ÉTICA E DIREITO

ÉTICA E DIREITO

Chaïm Perelman

Tradução
MARIA ERMANTINA DE ALMEIDA PRADO GALVAO

Martins Fontes

Esta obra foi publicada originalmente em francês com o título
ÉTHIQUE ET DROIT por *Éditions de l'Université de Bruxelles, em 1990.*
© 1990 by *Éditions de l'Université de Bruxelles.*
© 1996, *Livraria Martins Fontes Editora Ltda.*,
São Paulo, para a presente edição.

Revisão da tradução	*Eduardo Brandão*
Preparação do original	*Luzia Aparecida dos Santos*
Revisões gráficas	*Andréa Stahel M. da Silva*
	Maria Cecilia de Moura Madarás
	Maria de Fátima Cavallaro
	Ana Maria de O. M. Barbosa
	Dinarte Zorzanelli da Silva

Dados Internacionais de Catalogação na Publicação (CIP)
(Câmara Brasileira do Livro, SP, Brasil)

Perelman, Chaïm
 Ética e direito / Chaïm Perelman ; tradução Maria
Ermantina de Almeida Prado Galvão ; [revisão da tradução
Eduardo Brandão]. – 2ª ed. – São Paulo : Martins Fontes,
2005. – (Justiça e direito)

Título original: Éthique et droit.
Bibliografia.
ISBN 978-85-336-2223-4

1. Direito e ética 2. Direito – Filosofia 3. Direito – Metodologia 4. Justiça I. Título. II. Série.

05-8055   CDD-340.1

Índices para catálogo sistemático:
1. Direito : Filosofia   340.1
2. Ética e direito   340.1

Todos os direitos desta edição para o Brasil reservados à
Livraria Martins Fontes Editora Ltda.
*Av. Dr. Arnaldo, 2076
01255-000 São Paulo SP Brasil
Tel. (11) 3116.0000
e-mail: info@martinseditora.com.br
www.martinsmartinsfontes.com.br*

Índice

Quadro de correspondência... IX
Apresentação, de Alain Lempereur................................ XIII

PRIMEIRA PARTE

A ÉTICA

Capítulo I – **A justiça** 3

§ 1. Da justiça.. 3
    1. Colocação do problema..................................... 3
    2. A justiça formal.. 14
    3. As antinomias da justiça e a eqüidade 33
    4. Igualdade e regularidade 41
    5. Da arbitrariedade na justiça............................... 51
    6. Conclusão.. 66
§ 2. Os três aspectos da justiça.................................... 68
§ 3. A regra de justiça 85
§ 4. O ideal de racionalidade e a regra de justiça (seguido de uma discussão com Koyré, Guéroult, Ricoeur, Lacan, ...) 93
§ 5. Cinco aulas sobre a justiça................................... 145
    1. A justiça e seus problemas 146
    2. A regra de justiça e a eqüidade 156
    3. Da justiça das regras... 168

4. Justiça e justificação 181
5. Justiça e razão 194
§ 6. Justiça e raciocínio 206
§ 7. Igualdade e justiça 213
§ 8. Liberdade, igualdade e interesse geral 219
§ 9. Igualdade e interesse geral 227
§ 10. As concepções concreta e abstrata da razão e da justiça (A propósito de *Theory of Justice* de John Rawls) 236
§ 11. A justiça reexaminada 247

Capítulo II – **Considerações morais** 255

§ 12. Relações teóricas do pensamento e da ação 255
§ 13. Demonstração, verificação, justificação 263
§ 14. O raciocínio prático 278
§ 15. Juízo moral e princípios morais 288
§ 16. Cepticismo moral e filosofia moral 293
§ 17. Direito e moral 298
§ 18. O direito e a moral ante a eutanásia 306
§ 19. Direito, moral e religião 312
§ 20. Moral e livre exame 317
§ 21. Autoridade, ideologia e violência 328
§ 22. Considerações sobre a razão prática 338
§ 23. Desacordo e racionalidade das decisões 351

SEGUNDA PARTE

O DIREITO

Capítulo I – **A racionalidade jurídica: para além do direito natural e do positivismo** 361

§ 24. O que uma reflexão sobre o direito pode trazer ao filósofo 361
§ 25. O que o filósofo pode aprender com o estudo do direito 372
§ 26. Direito positivo e direito natural 386

§ 27. É possível fundamentar os direitos do homem?..... 392
§ 28. A salvaguarda e o fundamento dos direitos humanos.... 400
§ 29. Ciência do direito e jurisprudência 408
§ 30. A propósito da idéia de um sistema de direito 420
§ 31. O razoável e o desarrazoado em direito 427
§ 32. Ontologia jurídica e fontes do direito 437
§ 33. A lei e o direito... 448
§ 34. A reforma do ensino do direito e a "nova retórica"..... 458

Capítulo II – **O raciocínio jurídico: uma lógica da argumentação** 469

§ 35. Lógica formal, lógica jurídica.............................. 469
§ 36. A teoria pura do direito e a argumentação 473
§ 37. O raciocínio jurídico 480
§ 38. Raciocínio jurídico e lógica jurídica 490
§ 39. Que é a lógica jurídica?....................................... 498
§ 40. Direito, lógica e argumentação 505
§ 41. Direito, lógica e epistemologia 516
§ 42. Considerações sobre a lógica jurídica 532
§ 43. Juízo, regras e lógica jurídica.............................. 542
§ 44. Direito e retórica 552

Capítulo III – **Os lugares da argumentação jurídica** 559

§ 45. A motivação das decisões judiciais...................... 559
§ 46. A distinção do fato e do direito. O ponto de vista do lógico.. 571
§ 47. A especificidade da prova jurídica....................... 580
§ 48. A prova em direito... 591
§ 49. Presunções e ficções em direito 600
§ 50. A propósito da regra de direito. Reflexões sobre método.. 610
§ 51. A interpretação jurídica....................................... 621
§ 52. As antinomias em direito 632
§ 53. O problema das lacunas em direito 645
§ 54. As noções com conteúdo variável em direito......... 659
§ 55. O uso e o abuso das noções confusas.................. 671

Notas 685

Quadro de correspondência

Convenções

O parágrafo deste volume é citado juntamente com o ano de primeira publicação em forma de artigo, seguido da abreviação do nome da obra e das páginas nessa obra.

Abreviações

JR: *Justice et raison*, Bruxelas, Éditions de l'Université de Bruxelles, 1963.
CA: *Le Champ de l'Argumentation*, Bruxelas, Éditions de l'Université de Bruxelles, 1970.
DMP: *Droit, Morale et Philosophie*, Paris, Librairie générale de Droit et de Jurisprudence, 1976.
RD: *Le Raisonnable et le Déraisonnable en Droit. Au-delà du Positivisme juridique*, Paris, Librairie générale de Droit et de Jurisprudence, 1984.

Parte I. A ÉTICA

Capítulo I **A justiça**

§ 1: (1945), JR, 10-80
§ 2: (1957), JR, 155-174

§ 3: (1960), JR, 224-233
§ 4: (1960), CA, 287-336
§ 5: (1966), DMP, 15-66
§ 6: (1970), CA, 162-168
§ 7: (1977), RD, 170-175
§ 8: (1977), RD, 176-182
§ 9: (1982), RD, 183-191
§ 10: (1981), RD, 192-202
§ 11: (1984), RD, 164-169

Capítulo II **Considerações morais**

§ 12: (1958), JR, 175-183
§ 13: (1968), CA, 193-206
§ 14: (1968), CA, 183-192
§ 15: (1964), DMP, 87-91
§ 16: (1962), DMP, 83-86
§ 17: (1968), DMP, 185-190
§ 18: (1963), DMP, 179-183
§ 19: (1984), RD, 44-48
§ 20: (1984), DMP, 169-177
§ 21: (1969), CA, 207-216
§ 22: (1970), CA, 171-182
§ 23: (1966), DMP, 161-167

Parte II. O DIREITO

Capítulo I **A racionalidade jurídica**

§ 24: (1962), JR, 244-255
§ 25: (1976), DMP, 191-202
§ 26: (1976), RD, 20-25
§ 27: (1966), DMP, 67-74
§ 28: (1982), RD, 49-55
§ 29: (1970), CA, 150-161

§ 30: (1984), RD, 68-74
§ 31: (1978), RD, 11-19
§ 32: (1982), RD, 34-43
§ 33: (1982), RD, 26-33
§ 34: (1975), RD, 75-84

Capítulo II **O raciocínio jurídico**

§ 35: (1961), JR, 218-223
§ 36: (1964), DMP, 155-160
§ 37: (1965), DMP, 93-100
§ 38: (1966), CA, 123-130
§ 39: (1968), CA, 131-138
§ 40: (1968), CA, 139-149
§ 41: (1973), RD, 56-67
§ 42: (1976), RD, 91-100
§ 43: (1983), RD, 143-151
§ 44: (1984), RD, 85-90

Capítulo III **Os lugares da argumentação jurídica**

§ 45: (1978), RD, 112-123
§ 46: (1961), DMP, 101-108
§ 47: (1959), JR, 206-217
§ 48: (1981), RD, 124-131
§ 49: (1974), DMP, 145-154
§ 50: (1971), DMP, 135-144
§ 51: (1972), RD, 101-111
§ 52: (1965), DMP, 109-119
§ 53: (1968), DMP, 121-133
§ 54: (1984), RD, 132-142
§ 55: (1978), RD, 152-163

Apresentação

Chaïm Perelman é considerado um dos maiores filósofos do direito deste século. Sua originalidade se deve, em grande parte, à vontade incessante de reabilitar a vida do direito e de torná-lo o fundamento de sua atividade. Aprazia-se ele em dizer que o direito deveria ser, para a nova filosofia, o que haviam sido as matemáticas para a antiga, para a metafísica clássica. O direito, tal como é praticado, é o que nasce da controvérsia, no processo, e se cristaliza nas decisões do juiz. Ao integrar esse empreendimento pragmático no campo ampliado de seu estudo sobre a argumentação[1], Perelman restabelece os vínculos com o gênero judiciário, que a antiga retórica valorizava; além disso, enriquece-o com experiências tiradas da evolução do direito.

Começada em 1945, sua obra de filosofia jurídica prossegue durante quarenta anos. Elabora-se em numerosas contribuições e artigos, que o próprio Perelman reedita em *Justice et Raison* (1963), *Le Champ de L'Argumentation* (1970), *Droit, Morale et Philosophie* (1976) e *Le Raisonnable et le Déraisonnable en Droit* (1984). As obras que nos servem de base para este volume são marcadas pelos mesmos temas: para reforçar e aprimorar o edifício, Perelman retorna incessantemente às questões da justiça, dos valores, do razoável e à importância dos procedimentos argumentativos no raciocínio dos juízes. A meio caminho entre a obra de síntese, que apenas Perelman poderia ter escrito[2], e a antologia, que não evita certos textos análogos³, pareceu-nos importante adotar essas grandes categorias que Perelman havia traçado em seus diferentes livros e preservar tanto quanto o possível a ordem cronológica. O título "Ética e direito" faz referência à dupla preocupação perelmaniana de apoiar a filosofia moral com uma reflexão sobre o direito e de mostrar como o direito se ajusta à realidade a partir dos valores morais. Essa complementaridade, esse movimento de vaivém ditou-nos as duas partes da obra.

Na "Ética", o primeiro capítulo é consagrado à *Justiça*. Como abordar essa noção confusa e prestigiosa? Que papel atribuir à igualdade? Tais perguntas, entre outras, constituem a interrogação inicial de Perelman depois da última guerra. Seus estudos mais recentes integram as respostas sugeridas à perspectiva global da "Nova Retórica", salientando a importância de uma concepção não absolutista da justiça, que se desenvolve a partir de uma argumentação racional, prudente, fundamentada no senso comum e no consenso.

As *considerações morais* se abrem para uma crítica da razão clássica exclusivamente preocupada com verdades imutáveis. O discurso da ação e o raciocínio prático se afastam dos procedimentos dedutivos e indutivos para privilegiar a justificação. Isso enseja a Perelman a ocasião de discutir as teses de Lévy-Bruhl, de distanciar-se do cepticismo moral e, ao mesmo tempo, de aconselhar abordar a moral pelo direito. O direito não é, evidentemente, a moral; mas, na prática, como não se reduz a um formalismo puro, ele pode ser de grande interesse para a razão prática, até para a filosofia inteira. Nessa concepção da moral, não há regras irrefragáveis, mandamentos divinos; os princípios morais são lugares-comuns, em concorrência uns com os outros. Em suma, Perelman põe em relevo o exame que se deve renovar para cada situação particular: sempre que é esperada uma escolha moral, cumpre apresentar razões com autoridade suficientemente persuasiva para serem admitidas pelo auditório universal.

Na segunda parte, relativa ao "Direito", somos confrontados a todo instante com o combate travado por Perelman contra as visões tradicionais da razão jurídica. Essas visões contestadas que crêem, todas elas, na existência de um ideo-direito – transcendente ou positivo –, projetam uma metafísica monística, que Perelman igualmente tem em linha de mira. Ele luta a um só tempo contra os partidários do direito natural e contra os do juspositivismo. A nova racionalidade jurídica almeja romper com as ilusões de uns e de outros. A rejeição do direito natural pode parecer menos nítida na aparência, na medida em que Perelman, desejando um direito construído sobre os valores, adota os princípios gerais do direito, assim como os direitos do homem. Mas Perelman os concebe no interior do sistema positivo; procede a uma secularização, a uma integração imanente do que dependia antes de uma fonte transcendente. Fundamentar os direitos do homem no absoluto não tem sentido para ele, porque existe realmente um acordo dos homens na sociedade sobre a necessidade deles. Se há dificuldade quanto à sua hierarquia e à sua respectiva definição, compete a cada homem, individualmente, resolvê-la desenvolvendo a argumentação apropriada. No lado oposto, na vertente positivista, Perelman constata a impossibilidade, para a ciência, de explicar o direito e suas decisões. As sentenças e os arestos não redundam em proposições verdadeiras tiradas de um silogismo, mas em respostas mais aceitáveis e adaptadas, integradas numa argumentação. Se há sistema e ciência do direito, eles não podem esboçar-se fora da controvérsia permanente.

Portanto, o direito não é o lugar do irracional nem o do racionalismo tal como é conhecido em ciência. O meio-termo proposto pela "Nova Retórica" é o razoável e seu contraste, mais bem identificável por seus efeitos sociais, o *dezarrazoado*. O filósofo de Bruxelas pleiteia, assim, que se leve em conta a atividade do direito, feita de debates, de trocas de argumentos e de questionamentos das ontologias assentes no real. O realismo radical de Perelman tem condições de explicar a evolução no direito: é suscitada por uma dialética equilibrada entre formalismo e pragmatismo, entre legislador e juiz. Para encontrar a solução mais adequada, o estatismo do prescrito legal é adaptado pelo dinamismo da decisão judiciária.

No capítulo sobre o *raciocínio jurídico*, reunimos o conjunto dos textos onde Perelman justifica a existência de uma lógica específica ao direito. Ele nota a distância que separa os raciocínios matematizados aperfeiçoados pela lógica formal e os raciocínios jurídicos habituais descritos pela argumentação. Nem as estruturas dedutivas oriundas de um modelo kelseniano de direito puro, nem as fórmulas deônticas conseguem explicar a linguagem real do direito nem a tomada de decisão. Ao contrário, a lógica jurídica, tal como é compreendida por Perelman, é a adotada pelos juízes na motivação de suas decisões e a que permite levar um litígio a seu termo mediante a exposição de razões aceitáveis. Essa lógica da argumentação, ou retórica, se insere num contexto sociojurídico, que contém certas coerções processuais e na qual o juiz já não é simplesmente a "boca da lei".

O último capítulo, consagrado aos *lugares da argumentação jurídica*, examina as múltiplas ocasiões de debate em direito. Pode-se falar de um espaço onde se articula um conjunto de questões que serão resolvidas no processo... A argumentação é desenvolvida quando falta ou é contestada a evidência sobre os fatos ou sobre o direito. Para abordar o assunto de modo inteiramente concreto, Perelman contou com o auxílio de numerosos teóricos e práticos, pertencentes aos diferentes ramos do direito. O Centro Nacional Belga de Pesquisa Lógica era intimamente associado a esses trabalhos. Foi assim que Perelman pôde situar os limites da verdade material no discurso judiciário, através dos estudos sobre a prova, sobre as presunções e as ficções. Essa flexibilidade, da qual pode beneficiar-se a argumentação do juiz na apreciação soberana dos fatos, encontra-se também na evidenciação da lei que deverá ser aplicada num caso específico. As diferentes pesquisas sobre as leis, refiram-se elas à interpretação, às lacunas ou às antinomias, levam-nos à conclusão de que as normas não são também proposições verdadeiras ou falsas, que se imporiam como axiomas matemáticos; são diretrizes. A lei invocada serve para relacionar a solução racional ao direito em vigor. Os fatos, as leis e mesmo os conceitos em direito, que são em geral maleáveis ou de conteúdo variável, se curvam ante a argumentação. Quando há uso correto ou abuso? Na resposta a esta pergunta, Perelman abandona totalmente a ambição positivista de definir ou de dar um critério seguro.

Perelman chega quase a reconhecer a problematicidade incontornável do direito, a mesma que nós, de nossa parte, nos esforçamos em pôr em evidência numa problematologia do direito e que permite encarar o direito como resolução de problemas.

Alain Lempereur

PRIMEIRA PARTE
A ética

Capítulo I
A justiça

§ 1. Da justiça[1]

1. *Colocação do problema*

O presente estudo tem por objeto a análise da noção de justiça. Ele não se propõe, de modo algum, a apelar à generosidade inata do leitor, ao seu bom coração, à parte nobre de sua alma, para levá-lo, de modo direto ou dissimulado, a conceber um ideal de justiça que se deva venerar mais do que todos.

Não se deseja em absoluto convencê-lo de que determinada concepção da justiça é a única boa, a única que corresponde ao ideal de justiça perseguido pelo coração dos homens, sendo todas as outras apenas embustes, representações insuficientes que fornecem da justiça uma imagem falsa e se servem de uma justiça aparente que abusa da palavra "justiça" para fazer que se admitam concepções real e profundamente injustas. Não, este estudo não pretende apelar para os bons sentimentos do público; não quer nem elevar, nem moralizar, nem indicar ao leitor os valores que dão à vida todo o seu valor.

Esta advertência parece constituir um preâmbulo, se não indispensável, pelo menos extremamente útil. Com efeito, todas as vezes que se trata de uma palavra com ressonância emotiva, de uma dessas palavras que se escrevem com maiúscula para mostrar bem claramente todo o respeito que se tem por elas, trate-se da Justiça, da Virtude, da Liberdade, do Bem, do

Belo, do Dever, etc., é mister ficar alerta. Com demasiada freqüência, nosso interlocutor, conhecendo o apreço que temos pelos valores que essas palavras designam, procurará fazer-nos admitir a definição que ele nos apresenta como a única verdadeira, a única adequada, a única admissível, da noção discutida. Às vezes, ele se empenhará em nos levar diretamente a aquiescer ao seu raciocínio, o mais das vezes usará de longos rodeios para nos conduzir ao objetivo que se propõe atingir.

Na realidade, uma mente não prevenida não dá a importância devida à escolha de uma definição. Crendo ter cedido acerca do sentido de uma palavra, abandona, sem se dar conta, todo o móbil do debate. E tal desventura lhe acontecerá tanto mais facilmente quanto mais espírito matemático tiver, acostumado às deduções sólidas a partir de definições arbitrárias.

É um grave erro crer que todas as definições são completamente arbitrárias. Se os lógicos admitem a natureza arbitrária das definições, é porque elas não constituem, para eles, senão uma operação que permite substituir um grupo de símbolos conhecidos por um símbolo novo, mais curto e de manejo mais fácil do que o grupo de signos que o define. O único sentido desse novo símbolo, perfeitamente arbitrário, é o conjunto de signos que lhe serve de definição. Não tem ele outro sentido, e atribuir-lhe outro é cometer o erro de lógica clássica conhecido pelo nome de definição dupla. Chega-se, de fato, aos piores sofismas ao servir-se de uma noção em dois sentidos diferentes, sem provar que eles coincidem. Ora, chega-se normalmente a um sofisma cada vez que se define uma "noção com maiúscula": o erro de lógica assim cometido é imperceptível para todos aqueles que se contentam em seus raciocínios com o espírito matemático. Com efeito, essa falta não consiste numa definição dupla explícita e facilmente detectável, mas no acoplamento à definição que se quer fazer admitir do termo prestigioso (Justiça, Liberdade, Bem, Virtude, Realidade) do sentido *emotivo* desse termo, que faz que se confira *um valor* ao que é definido como sendo a justiça, a liberdade, etc.[2]

Todas as vezes que se trata de definir uma noção, que não constitui um signo novo, mas preexiste na linguagem, com todo o seu sentido emotivo, com todo o prestígio que a ela é vinculado, não se pratica um ato arbitrário, logicamente indiferente. Não é, em absoluto, indiferente que se defina a justiça, o bem, a virtude, a realidade, deste ou daquele modo, pois com isso se determina o sentido conferido a valores reconhecidos, aceitos, a instrumentos muito úteis na ação, que constituem verdadeiras forças sociais[3]. Admitir uma definição de uma noção assim é, longe de praticar um ato indiferente, dizer o que estimamos e o que desprezamos, determinar o sentido de nossa ação, prender-se a uma escala de valores que nos permitirá guiar-nos em nossa existência.

Toda definição de uma noção fortemente colorida do ponto de vista afetivo transporta essa coloração afetiva para o sentido conceitual que se decide atribuir-lhe. Ao considerar toda definição como a afirmação de um juízo analítico, que pode ser estabelecido de forma arbitrária, despreza-se essa transferência da emoção do termo que se define para o sentido conceitual que lhe serve de definição. Todas as vezes que tal transferência se opera, a definição não é analítica nem arbitrária pois, por seu intermédio, afirma-se um juízo sintético, a existência de um vínculo que une um conceito a uma emoção.

Daí resulta que uma definição só é analítica, portanto arbitrária, na medida em que nenhum sentido emotivo é vinculado ao termo definido.

As disciplinas filosóficas se distinguem das disciplinas científicas essencialmente pelo grau de emotividade vinculado às suas noções fundamentais. As ciências se separaram da filosofia na medida em que, pelo uso dos métodos precisos, experimentais ou analíticos, lograram pôr o relevo e obter o acordo das mentes menos sobre o sentido emotivo das palavras do que sobre o seu sentido conceitual. Quanto mais consistência adquire o sentido conceitual das palavras em todas as mentes, menos se discute sobre o sentido dessas palavras, mais se esfuma sua coloração emotiva[4]. Quando há mais vantagem em chegar a um acordo sobre o sentido conceitual de um termo do que em preconizar definições diferentes, o sentido emotivo desse termo se apaga e passa para o segundo plano. Foi isso que aconteceu com as noções básicas das ciências experimentais e matemáticas.

Se as ciências, chamadas sociais, o que os alemães chamam as "ciências do espírito", *Geisteswissenschaften*, só muito dificilmente logram constituir-se, é sobretudo porque a coloração afetiva de suas noções básicas é tão forte que um acordo sobre o sentido conceitual se forma apenas numa fraquíssima medida. Com maior razão essas mesmas considerações se aplicam à filosofia. Isso porque o objeto próprio da filosofia é o estudo dessas noções prestigiosas, fortemente coloridas no ponto de vista emotivo, constituídas pelos mais elevados valores, de sorte que o acordo sobre o sentido conceitual delas é quase irrealizável. Pois essas noções, por causa de seu sentido emotivo bem caracterizado, constituem o campo de batalha de nosso mundo espiritual. Foi por elas, pelo sentido conceitual que se lhes concederá, que sempre se travaram os combates do mundo filosófico.

Quando se trata de definir esses termos carregados de sentido emotivo é que surgem as discussões sobre o verdadeiro sentido das palavras. Ora, semelhantes discussões seriam absurdas se toda definição fosse arbitrária. Se, porém, concorda-se em reconhecer-lhes certo significado é porque sua conclusão determina um acordo sobre valores. É ao querer fazer que admitam sua definição pessoal dessas noções prestigiosas que a pessoa procura impor sua concepção do mundo, sua própria determinação do que vale e do que não vale. Cada qual definirá, portanto, essas noções à sua maneira, o que lhes acarretará a irremediável confusão.

Pode-se tirar daí a conclusão, que poderia parecer irreverente, de que o objeto próprio da filosofia é o estudo sistemático das noções confusas. Com efeito, quanto mais uma noção simboliza um valor, quanto mais numerosos são os sentidos conceituais que tentam defini-la, mais confusa ela parece. A tal ponto que nos perguntamos às vezes, e não sem razão, se o sentido emotivo não é o único que define essas noções prestigiosas e se não temos de resignar-nos, de uma vez por todas, à confusão que se prende ao sentido conceitual delas.

Tentando estabelecer o acordo das mentes sobre o sentido conceitual de uma noção assim, seremos inevitavelmente levados a diminuir-lhe o papel afetivo: é apenas a esse preço que se conseguirá resolver o problema, se é que se conseguirá isso um dia. Ao mesmo tempo, a noção deixará de ser filosófica e admitirá uma análise científica, desprovida de paixão, mas dando mais satisfação ao lógico. Com isso, estender-se-á o campo da ciência, sem restringir, todavia, o da filosofia. Como se verá, pelo exemplo do presente estudo, a coloração emotiva, retirada de uma noção tornada mais científica, virá prender-se a outra noção que enriquecerá o campo das controvérsias filosóficas. Isentando uma noção de qualquer coloração emotiva, transfere-se a emotividade para outra noção, complementar da primeira. Assim é que o esforço do pensamento filosófico, que abre à ciência um novo domínio do saber, lembra o dos engenheiros holandeses que, para proporcionar ao lavrador mais uma nesga de terra, recuam as águas do mar, sem as fazer desaparecer.

Uma análise lógica da noção de justiça parece constituir uma verdadeira aposta. Isso porque, dentre todas as noções prestigiosas, a de justiça parece uma das mais eminentes e a mais irremediavelmente confusa.

A justiça é considerada por muitos a principal virtude, a fonte de todas as outras.

"O pensamento e a terminologia", diz E. Dupréel[5], "desde sempre incitaram a confundir com o valor da justiça o da moralidade inteira. A literatura moral e religiosa reconhece no justo o homem integralmente honesto e benfazejo; justiça é o nome comum de todas as formas de mérito, e os clássicos expressariam sua idéia fundamental dizendo que a ciência moral não tem outro objeto senão ensinar o que é justo fazer e ao que é justo renunciar. Ela diria também que a razão deve ensinar-nos a distinção entre o justo e o injusto, em que consiste toda a ciência do bem e do mal. Assim, a justiça que, de um lado, é uma virtude entre as outras, envolve, do outro, toda a moralidade."

É tomada neste último sentido que a justiça contrabalança todos os outros valores. *Pereat mundus, fiat justitia.*

Para Proudhon, "a justiça, sob diversos nomes, governa o mundo, natureza e humanidade, ciência e consciência, lógica e moral, economia política, política, história, literatura e arte. A justiça é o que há de mais primitivo na alma humana, de mais fundamental na sociedade, de mais sagrado entre as noções e o que as massas reclamam hoje com mais ardor. É a essência das religiões, ao mesmo tempo que a forma da razão, o objeto secreto da fé, e o começo, o meio e o fim do saber. Que imaginar de mais universal, de mais forte, de mais perfeito do que a justiça"[6]?

É sempre útil e importante poder qualificar de justas as concepções sociais que se preconizam. Todas as revoluções, todas as guerras, todas as revoltas sempre se fizeram em nome da Justiça. E o extraordinário é que sejam tanto os partidários de uma ordem nova como os defensores da ordem antiga que clamam com seus votos pelo reinado da Justiça. E, quando uma voz neutra proclama a necessidade de uma paz justa, todos os beligerantes ficam de acordo e afirmam que essa paz justa só será realizada quando o adversário for aniquilado.

Note-se que pode não haver nenhuma má-fé nessas afirmações contraditórias. Cada um dos antagonistas pode estar sendo sincero e acreditar que sua causa é a única justa. E ninguém se engana, pois cada qual fala de uma justiça diferente.

"Como uma noção moral", escreve E. Dupréel[7], "não corresponde nem a uma coisa que basta observar para verificar o que dela se afirma, nem a uma demonstração à qual basta render-se, mas realmente a uma *convenção* para defini-la de uma certa maneira, quando um adversário tomou a ofensiva pondo de seu lado as aparências da Justiça, a outra parte ficará inclinada a dar da justiça uma definição tal que sua causa se mostre conforme a ela."

Cada qual defenderá uma concepção da justiça que lhe dá razão e deixa o adversário em má posição.

E se nos dissermos que faz milhares de anos que todos os antagonistas, nos conflitos públicos e privados, nas guerras, nas revoluções, nos processos, nas brigas de interesses, declaram sempre e se empenham em provar que a justiça está do seu lado, que se invoca a justiça todas as vezes que se recorre a um árbitro, perceberemos imediatamente a incrível multiplicidade dos sentidos que se atribuem a essa noção, e a confusão extraordinária que é provocada por seu uso.

É ilusório querer enumerar todos os sentidos possíveis da noção de justiça. Vamos dar, porém, alguns exemplos deles, que constituem as concepções mais correntes da justiça, cujo caráter inconciliável veremos imediatamente:

1. A cada qual a mesma coisa.
2. A cada qual segundo seus méritos.
3. A cada qual segundo suas obras.
4. A cada qual segundo suas necessidades.
5. A cada qual segundo sua posição.
6. A cada qual segundo o que a lei lhe atribui.

Precisemos o sentido de cada uma dessas concepções.

1º *A cada qual a mesma coisa.*

Segundo essa concepção, todos os seres considerados devem ser tratados da mesma forma, sem levar em conta nenhuma das particularidades que os distinguem. Seja-se jovem ou velho, doente ou saudável, rico ou pobre, virtuoso ou criminoso, nobre ou rústico, branco ou negro, culpado ou inocente, é justo que todos sejam tratados da mesma forma, sem discriminação alguma, sem discernimento algum. No imaginário popular, o ser perfeitamente justo é a morte que vem atingir todos os homens, sem levar em consideração nenhum de seus privilégios.

2º *A cada qual segundo seus méritos.*

Eis uma concepção da justiça que já não exige a igualdade de todos, mas um tratamento proporcional a uma qualidade intrínseca, ao mérito da pessoa humana. Como definir esse mérito? Qual medida comum encontrar entre os méritos e deméritos de diferentes seres? Haverá, em geral, semelhante medida comum? Quais serão os critérios que se devem levar em conta para a determinação desse mérito? Cumprirá levar em conta o resultado da ação, a intenção, o sacrifício realizado, e em que medida? Habitualmente, não só não respondemos a todas essas perguntas, mas nem sequer as formulamos. Se estamos embaraçados, dizemo-nos que será depois da morte que os seres serão tratados segundo seus méritos, que se determinará, com a ajuda de uma balança, seu "peso" de mérito e de demérito e que o resultado dessa "pesagem" indicará, por assim dizer automaticamente, a sorte que lhes será reservada. A vida do além, o paraíso e o inferno, constituem a justa recompensa ou o justo castigo da vida terrestre. Apenas o valor moral intrínseco do indivíduo será o critério do juiz, cego a todas as outras considerações.

3º *A cada qual segundo suas obras.*

Essa concepção da justiça tampouco requer um tratamento igual, mas um tratamento proporcional. Só que o critério já não é moral, pois já não leva em conta a intenção, nem os sacrifícios realizados, mas unicamente o resultado da ação.

O critério, ao abandonar as exigências relativas ao agente, satisfaz-nos menos do ponto de vista moral, mas se torna de uma aplicação infinitamente mais fácil e, em vez de constituir um ideal quase irrealizável, essa fórmula da justiça permite só levar em conta, o mais das vezes, elementos sujeitos ao cálculo, ao peso ou à medida. É nessa concepção, que aliás admite muitas variantes, que se inspira o pagamento do salário dos operários, por hora ou por peça, que se inspiram os exames e os concursos em que, sem se preocupar com o esforço fornecido, levam-se em conta apenas o resultado, a resposta do candidato, o trabalho que apresentou.

4º *A cada qual segundo suas necessidades.*

Essa fórmula da justiça, em vez de levar em conta méritos do homem ou de sua produção, tenta sobretudo diminuir os sofrimentos que resultam da impossibilidade em que ele se encontra de satisfazer suas necessidades essenciais. É nisso que essa fórmula da justiça se aproxima mais de nossa concepção de caridade.

É óbvio que, para ser socialmente aplicável, essa fórmula deve basear-se em critérios formais das necessidades de cada qual, pois as divergências entre tais critérios ocasionam diversas variantes dessa fórmula. Assim, levar-se-á em conta um mínimo vital que cumprirá assegurar a cada homem, seus encargos familiares, sua saúde mais ou menos precária, os cuidados requeridos por sua pouca idade ou por sua velhice, etc. Foi essa fórmula da justiça que, impondo-se cada vez mais na legislação social contemporânea, pôs em xeque a economia liberal em que o trabalho, assimilado a uma mercadoria, estava sujeito às flutuações resultantes da lei da oferta e da procura. A proteção do trabalho e do trabalhador, todas as leis sobre o salário mínimo, a limitação das horas de trabalho, o seguro-desemprego, doença e velhice, o salário-família, etc., inspiram-se no desejo de assegurar a cada ser humano a possibilidade de satisfazer suas necessidades mais essenciais.

5º *A cada qual segundo sua posição*.
Eis uma fórmula aristocrática da justiça. Consiste ela em tratar os seres não conforme critérios intrínsecos ao indivíduo, mas conforme pertença a uma ou outra determinada categoria de seres. *Quod licet Jovi non licet bovi*, diz um velho adágio latino. As mesmas regras de justiça não se aplicam a seres pertencentes a categorias por demais diferentes. Assim é que a fórmula "a cada qual segundo sua posição" difere das outras fórmulas da justiça no fato de ela, em vez de ser universalista, repartir os homens em categorias diversas que serão tratadas de forma diferente.

Na Antiguidade reservava-se um tratamento diferente aos indígenas e aos estrangeiros, aos homens livres e aos escravos; no início da Idade Média, trataram-se diferentemente os senhores francos e os autóctones galo-romanos; mais tarde, distinguiram-se os nobres, os burgueses, os clérigos e os servos ligados à gleba.

Atualmente, trata-se de forma diferente, nas colônias, os brancos e os negros; no exército há regulamentos diferentes para os oficiais, os suboficiais e os soldados. Conhecem-se distinções baseadas nos critérios de raça, de religião, de fortuna, etc., etc. O caráter que serve de critério é de natureza social e, a maior parte do tempo, hereditário, portanto independente da vontade do indivíduo.

Se consideramos essa fórmula da justiça aristocrática é porque é sempre preconizada e energicamente defendida pelos beneficiários dessa concepção, que exigem ou impõem um tratamento deferente para as categorias de seres por eles apresentadas como superiores. E tal reivindicação é habitualmente apoiada pela força conferida quer pelas armas, quer pelo fato de ser uma maioria defrontada com uma minoria sem defesa.

6º *A cada qual segundo o que a lei lhe atribui.*
Esta fórmula é a paráfrase do célebre *cuique suum* dos romanos. Se ser justo é atribuir a cada qual o que lhe cabe, cumpre, para evitar um círculo vicioso, poder determinar o que cabe a cada homem. Se atribuímos à expressão "o que cabe a cada homem" um sentido jurídico, chegamos à conclusão de que ser justo é conceder a cada ser o que a lei lhe atribui.

Esta concepção nos permite dizer que um juiz é justo, ou seja, íntegro, quando aplica às mesmas situações as mesmas leis (*in paribus causis paria jura*). Ser justo é aplicar as leis do país. Tal concepção da justiça, contrariamente a todas as precedentes, não se arvora em juiz do direito positivo, mas se contenta em aplicá-lo.

É evidente que essa fórmula admite em sua aplicação tantas variantes quantas legislações diferentes houver. Cada sistema de direito admite uma justiça relativa a esse direito. O que pode ser justo numa legislação, pode não o ser numa legislação diferente: com efeito, ser justo é aplicar, ser injusto é distorcer, em sua aplicação, as regras de um determinado sistema jurídico.

E. Dupréel opõe essa concepção a todas as outras[8]. Qualifica-a de "justiça estática", por ser baseada na manutenção da ordem estabelecida, e lhe opõe todas as outras consideradas como as formas da "justiça dinâmica", por poderem trazer a modificação dessa ordem, das regras que a determinam. "Fator de transformação, a justiça dinâmica se mostra um instrumento do espírito reformador ou *progressista*, como ele se autodenomina. A justiça estática, propriamente conservadora, é fator de fixidez."[9]

A análise sumária das concepções mais correntes da noção de justiça mostrou-nos a existência de pelo menos seis fórmulas da justiça – admitindo a maioria delas ainda numerosas variantes –, fórmulas que são normalmente inconciliáveis. Embora seja verdade que, graças a interpretações mais ou menos forçadas, a afirmações mais ou menos arbitrárias, se pode querer relacionar essas diferentes fórmulas umas com as outras, elas não deixam de apresentar aspectos da justiça muito distintos e o mais das vezes opostos.

Ante tal estado de coisas, três atitudes permanecem possíveis.

A primeira consistiria em declarar que essas diversas concepções da justiça não têm absolutamente nada em comum, que é abusivamente que as qualificam da mesma forma criando uma confusão irremediável, que a única análise possível consistiria na distinção desses diferentes sentidos, admitindo ao mesmo tempo que não são unidos por nenhum vínculo conceitual.

Se assim for, seremos levados, para evitar qualquer malentendido, a qualificar de forma diferente cada uma dessas seis concepções. Ou não reservaremos o nome de justiça a nenhuma delas, ou então consideraremos uma delas como a única que possamos qualificar de justa.

Esta última forma de proceder nos conduziria, por um rodeio, à segunda atitude. Esta consiste na escolha, entre as diversas formas de justiça, de uma só, da qual tentariam convencer-nos que é a única admissível, a única verdadeira, a única real e profundamente justa.

Ora, é exatamente essa forma de raciocinar que queríamos evitar a todo custo, é contra ela que prevenimos o leitor. Às razões que teríamos de escolher uma fórmula, os contraditores oporiam razões tão válidas quanto elas para escolher outra: o debate, em vez de levar ao acordo das mentes, só serviria para atritá-las de um modo ainda mais violento, porque cada um defenderia com mais energia a sua própria concepção; de todo modo, a análise da noção de justiça não teria avançado muito mais com isso.

É por esse motivo que damos nossa preferência à terceira atitude, que se imporia a delicadíssima tarefa de pesquisar o que há em comum entre as diferentes concepções da justiça que se poderiam formular; ou, pelo menos, – para não nos impormos a irrealizável condição de pesquisar o elemento comum a uma profusão infinita de concepções diferentes – buscaríamos o que há em comum entre as concepções da justiça mais correntes, que são as que distinguimos nas páginas precedentes.

2. A justiça formal

Para que uma análise lógica da noção de justiça possa constituir um progresso incontestável no esclarecimento dessa idéia confusa, é preciso que ela consiga descrever de um modo preciso o que há em comum nas diferentes fórmulas da justiça e mostrar os pontos em que diferem. Essa discriminação prévia permitirá determinar uma fórmula da justiça sobre a qual será realizável um acordo unânime, fórmula que levará em consideração tudo quanto há em comum entre as concepções opostas da justiça.

Daí não resulta, em absoluto, que se vá acabar com o desacordo existente entre os defensores das diversas concepções dessa noção. O lógico não é um prestidigitador e sua função não consiste em escamotear o que é. Ao contrário, ele deve fixar o ponto onde o desacordo ocorre, pô-lo em plena luz, mostrar as razões pelas quais, a partir de uma certa noção comum da justiça, chega-se, porém, a fórmulas não só diferentes, mas mesmo inconciliáveis.

A noção de justiça sugere a todos, inevitavelmente, a idéia de certa igualdade. Desde Platão e Aristóteles, passando por Santo Tomás, até os juristas, moralistas e filósofos contemporâneos, todos estão de acordo sobre este ponto. A idéia de justiça consiste numa certa aplicação da idéia de igualdade. O essencial é definir essa aplicação de tal forma que, mesmo constituindo o elemento comum das diversas concepções de justiça, ela possibilite as suas divergências. Isto só é possível se a definição da noção de justiça contém um elemento indeterminado, uma variável, cujas diversas determinações ensejarão as mais opostas fórmulas de justiça.

Em seu tratado sobre as *Trois Justices*[10], de Tourtoulon procura estabelecer um nexo entre as diversas concepções da justiça valendo-se da noção de limite. Para ele, a justiça perfeita consistiria na igualdade completa de todos os homens. O ideal de justiça corresponderia à primeira de nossas seis fórmulas. Mas, essa igualdade perfeita, todo o mundo o percebe imediatamente, é irrealizável e só pode constituir, portanto, um ideal para o qual se pode tender, um limite do qual se pode tentar aproximar-se na medida do possível. Todas as outras concepções da justiça não passariam de tentativas imperfeitas de realizar tal igualdade: buscar-se-ia pelo menos realizar uma igualdade parcial, que é tanto mais fácil de atingir quanto mais se afastar desse ideal de igualdade completa.

"Logicamente", diz de Tourtoulon[11], " as diversas concepções da justiça-igualdade, muito longe de serem contraditórias, são da mesma essência. Diferem apenas por sua possibilidade de realização. Sendo a igualdade perfeita uma idéia-limite, sua possibilidade de realização é nula. As possibilidades de realização aumentam à medida que as outras concepções igualitárias vão se afastando desse ponto situado no infinito."

"Poder-se-ia", diz ele[12], "chamar justiça de caridade, igualdade de caridade, aquela que tende a vir em auxílio dos infelizes por natureza e a proporcionar-lhes uma parte tão grande quanto o possível das satisfações que os outros podem usufruir.

"A justiça distributiva tem por objeto outra igualdade, aquela que leva em conta capacidades e esforços individuais na atribuição das vantagens. Sua divisa é: a cada qual segundo seus méritos; afastando-se da igualdade-limite, ela se aproxima das possibilidades de realização.

"A justiça comutativa já não se ocupa com a vida individual tomada em seu conjunto. Quer estabelecer a igualdade em cada ato jurídico, de tal modo que um contrato não arruine um para enriquecer o outro. Pode-se-lhe vincular a justiça compensatória pela qual se restabelece uma igualdade lesada por culpa de outrem....

"Usa-se em geral como um argumento de ataque o fato de a igualdade contida na idéia de justiça aparecer sob numerosos e diferentes aspectos, para rejeitar em bloco todas essas concepções como não tendo o menor valor lógico. É uma argumentação por demais superficial. Entre essas diversas noções de igualdade não existe nenhuma contradição; ao contrário, são implicadas umas pelas outras, são todas pontos tomados sobre uma abcissa cujo limite é 'a igualdade perfeita' e que se aproximam cada vez mais da ordenada que é 'a possibilidade de realização'."

A essa concepção, da qual não se pode negar que constitui um esforço meritório para a compreensão da noção de justiça, podemos dirigir duas objeções.

A primeira é que ela escolhe arbitrariamente, entre as diferentes fórmulas da justiça, apenas uma que, merecidamente, parece para uma imensa quantidade das consciências, se não para a maioria delas, perfeitamente inadmissível. Cumprirá tratar da mesma forma todos os homens sem levar em conta seus méritos, nem seus atos, nem suas origens, nem suas necessidades, nem seus talentos, nem seus vícios? Um número imenso de moralistas teria o direito de insurgir-se contra essa pseudojustiça, da qual o menos que se pode dizer é que não se impõe a nenhum ponto de vista.

A segunda objeção, que é decisiva do ponto de vista lógico, é que o nexo que de Tourtoulon deseja estabelecer entre as diferentes concepções da justiça é totalmente ilusório. Com efeito, se as diferentes fórmulas da justiça devessem preconizar igualdades parciais, ou deveriam ter decorrido umas das outras por silogismo, como uma parte que é contida no todo, ou deveriam ter podido completar-se, como duas partes diferentes de um mesmo conjunto. Ora, com muita freqüência, diga o que disser de Tourtoulon, as diferentes fórmulas da justiça se contradizem. Habitualmente, é impossível conciliar, por exemplo, as fórmulas "a cada qual segundo seus méritos" e "a cada qual segundo suas necessidades", sem falar das outras fórmulas que deveriam, todas juntas, formar um sistema coerente. Aliás, a melhor prova de que é impossível fundir todas as fórmulas da justiça naquela que preconiza a igualdade perfeita de todos os homens é a de que os protagonistas das outras concepções da justiça se insurgem contra ela considerando-a não somente arbitrária, mas também perfeitamente oposta ao nosso senso inato de justiça.

Ao invés da idéia de de Tourtoulon, que considera serem as diferentes concepções da justiça variantes que resultam de uma interpretação diferente da expressão "a mesma coisa" na fórmula "a cada qual a mesma coisa", poder-se-ia querer reduzir as divergências a uma interpretação diferente da noção "cada qual" nessa mesma fórmula.

Aristóteles já observara que é necessário existir certa semelhança entre os seres aos quais se se aplica a justiça. Historicamente, aliás, é um fato plausível que se tenha começado por aplicar a justiça aos membros de uma mesma família, para estendê-la em seguida aos membros da tribo, aos habitantes da cidade, de um território, para chegar, finalmente, à idéia de uma justiça para todos os homens.

"É mister", diz Tisset num interessante artigo[13], "que haja entre os indivíduos algo em comum pelo que seja estabelecida uma identidade parcial, para que se procure realizar entre eles a justiça: quando não há medida comum, e portanto não há identidade, a questão da realização da justiça nem sequer tem de colocar-se. E pode-se notar que atualmente, no intelecto humano, esse princípio não variou: não se pode falar de justiça, por exemplo, nas relações entre homens e vegetais; e se a noção de justiça recebeu hoje maior amplitude, se se aplica a todos os homens, é porque o homem reconheceu semelhantes em todos os seus semelhantes; é porque a noção de humanidade foi ficando pouco a pouco evidente..."

A priori, a área de aplicação da justiça não é determinada, sendo, pois, suscetível de variação. Todas as vezes que se fala de "cada qual" numa fórmula da justiça, pode-se pensar num grupo diferente de seres. Essa variação do campo de aplicação da noção "cada qual" a grupos variáveis fornecerá variantes não só da fórmula "a cada qual a mesma coisa" mas também de todas as outras fórmulas. Não é dessa forma porém que será possível resolver o problema que nos colocamos. Com efeito, em vez de mostrar a existência de um elemento comum às diversas fórmulas da justiça, as reflexões precedentes provam, ao contrário, que cada uma delas pode ser de novo interpretada de diferentes formas e dar azo a um número imenso de variantes.

Retomemos, portanto, depois dessas tentativas infrutuosas, nosso problema inicial. Trata-se de encontrar uma fórmula da justiça que seja comum às diversas concepções que analisamos. Essa fórmula deve conter um elemento indeterminado, o que se chama em matemática de uma variável, cuja determinação fornecerá ora uma, ora outra concepção da justiça. A noção comum constituirá uma definição da justiça *formal* ou *abstrata*; cada fórmula particular ou *concreta* da justiça constituirá um dos inumeráveis valores da justiça formal.

Será possível definir a justiça formal? Haverá um elemento conceitual comum a todas as fórmulas da justiça? Parece que sim. Com efeito, todos estão de acordo sobre o fato de que ser justo é tratar de forma igual. Só que surgem as dificuldades e as controvérsias tão logo se trata de precisar. Cumprirá tratar todos da mesma forma, ou cumprirá estabelecer distinções? E se for preciso estabelecer distinções, quais serão as que será necessário levar em conta para a administração da justiça? Cada qual fornece uma resposta diferente a essas perguntas, cada qual preconiza um sistema diferente, para o qual ninguém é capaz de angariar a adesão de todos. Uns dizem que é preciso levar em conta os méritos do indivíduo, outros que é preciso levar em consideração suas necessidades, outros ainda dizem que não se pode fazer abstração das suas origens, da sua posição, etc.

Mas, apesar das divergências, todos eles têm algo em comum na sua atitude. Com efeito, aquele que reclama que se leve em conta o mérito, quererá que se trate da mesma forma as pessoas de mérito igual; o segundo quererá que se reserve um tratamento igual às pessoas com as mesmas necessidades; o terceiro reclamará um tratamento justo, ou seja, igual, para as pessoas de mesma posição social, etc. Seja qual for o desacordo deles sobre outros pontos, todos estão, pois, de acordo sobre o fato de que ser justo é tratar da mesma forma os seres que são iguais em certo ponto de vista, que possuem uma mesma característica, *a única que se deva levar em conta na administração da justiça*. Qualifiquemos essa característica de *essencial*. Se a posse de uma característica qualquer sempre permite agrupar os seres numa classe ou numa categoria, definida pelo fato de seus membros possuírem a característica em questão, os seres que têm em comum uma característica essencial farão parte de uma mesma categoria, a mesma categoria essencial.

Portanto, pode-se definir a justiça formal ou abstrata como *um princípio de ação segundo o qual os seres de uma mesma categoria essencial devem ser tratados da mesma forma*.

Observe-se imediatamente que acabamos de definir uma noção puramente formal que deixa intocadas todas as divergências a propósito da justiça concreta. Essa definição não diz nem quando dois seres fazem parte de uma categoria essencial nem como é preciso tratá-los. Sabemos que cumpre tratar esses seres não desta ou daquela forma, mas de forma igual, de sorte que não se possa dizer que se desfavoreceu um deles em relação ao outro. Sabemos também que um tratamento igual só deve ser reservado aos seres que fazem parte de uma mesma categoria essencial.

As seis fórmulas de justiça concreta, entre as quais procuramos uma espécie de denominador comum, diferem pelo fato de que cada uma delas considera uma característica diferente como a única que se deva levar em conta na aplicação da justiça, de que elas determinam diferentemente a pertinência à mesma categoria essencial. Fornecem igualmente indicações, de maior ou menor precisão, sobre a maneira pela qual devem ser tratados os membros da mesma categoria essencial.

Nossa definição da justiça é formal porque não determina as categorias que são essenciais para a aplicação da justiça. Ela permite que surjam as divergências no momento de passar de uma fórmula comum da justiça formal para fórmulas diferentes de justiça concreta. O desacordo nasce no momento em que se trata de determinar as características essenciais para a aplicação da justiça.

Vamos retomar uma a uma as nossas diversas fórmulas de justiça concreta e mostrar como são, todas elas, determinações diferentes da mesma concepção de justiça formal:

1º *A cada qual a mesma coisa.*
A concepção da justiça preconizada por esta fórmula é a única concepção puramente igualitária, contrariamente a todas as outras, que exigem a aplicação de certa proporcionalidade. Com efeito, todos os seres aos quais se deseja aplicar a justiça fazem parte de uma só e única categoria essencial. Trate-se de todos os homens ou somente de alguns membros de uma família que participam de uma partilha, todos os que são visados quando se fala de "cada qual" já não são distinguidos por nenhuma outra característica. Considera-se que nem todas as características diferentes das que serviram para determinar o conjunto dos seres aos quais cumpre aplicar a fórmula "a cada qual a mesma coisa" podem entrar em linha de conta, que as diferenças entre esses seres não são, desse ponto de vista, essenciais.

Isso nos leva a distinguir, dentre as qualidades que diferenciam os seres, as qualidades essenciais e as qualidades secundárias que são irrelevantes para a aplicação da justiça. Concebe-se muito bem que o debate sobre a distinção das qualidades essenciais e secundárias não possa ser dirimido de modo satisfatório para todos, pois sua solução acarretaria a solução de todos os outros problemas concernentes aos valores.

A fórmula "a cada qual a mesma coisa", que determina uma concepção igualitária da justiça, não coincide necessariamente com um humanitarismo igualitário. Com efeito, para que fosse esse o caso, cumpriria que a classe dos seres aos quais se desejaria aplicar essa fórmula fosse constituída por todos os homens. Mas é possível que se restrinja essa aplicação a uma categoria bem mais limitada. Em Esparta, essa fórmula igualitária era aplicada unicamente à classe dos *homoïoï*, os aristocratas, a classe superior da população. Não teria passado pela cabeça dos *homoïoï* espartanos querer aplicar essa concepção da justiça às outras camadas da população, com as quais não viam nenhuma medida em comum.

Encontra-se o mesmo fenômeno numa instituição análoga, conquanto nascida em circunstâncias muito diferentes de tempo e de espaço: a dos pares da França e da Inglaterra. A mais alta camada da aristocracia, que nada reconhece acima de si, deseja que se tratem da mesma forma todos os seus membros, iguais entre si e superiores a todos os outros.

Logo, vê-se que a fórmula igualitária da justiça pode, em vez de testemunhar um apego a um ideal humanitário, não constituir senão um meio de fortalecer os laços de solidariedade entre os membros de uma classe que se considera incomparavelmente superior aos outros habitantes do país.

A possibilidade de determinar arbitrariamente a categoria de seres aos quais é aplicável a justiça igualitária permite-nos mostrar em que essa fórmula parece realizar, mais do que as outras, o ideal de justiça perfeita.

Com efeito, a partir dela, pode-se chegar a formular outra definição da justiça formal. Basta precisar que se entende por "cada qual" os membros da mesma categoria essencial; obtém-se assim a fórmula "a cada membro da mesma categoria essencial, a mesma coisa", que é, em todos os pontos, equivalente à definição da justiça formal que apresentamos antes. Talvez essa possibilidade é que tenha sido pressentida inconscientemente por de Tourtoulon quando ele cogitou em fazer da fórmula igualitária o ideal irrealizável da justiça perfeita.

2º A cada qual segundo seus méritos.

Essa fórmula da justiça exige que os seres sejam tratados proporcionalmente aos seus méritos, ou seja, que os seres que fazem parte da mesma categoria quanto ao seu mérito – cujos graus servirão de critério para o estabelecimento das categorias essenciais – sejam tratados da mesma forma.

Note-se que a aplicação da justiça proporcionalmente ao grau de intensidade de uma qualidade suscetível de variação, como o mérito, levanta problemas de lógica elucidados por um notável trabalho de Hempel e Oppenheim[14].

Para fazer parte da mesma categoria essencial, não importa possuir uma mesma característica determinada, mas possuí-la no mesmo *grau*. Não basta, para serem tratados da mesma forma, que dois seres tenham mérito: cumpre ainda que tenham esse mérito no mesmo grau.

Logo, é preciso, para a aplicação dessa fórmula, dispor de um critério que possibilite, seja medir o grau de mérito dos seres, se desejamos que as recompensas sejam comparáveis numericamente, seja ordenar os seres segundo a grandeza de seu mérito, se desejamos que a mais mérito caiba uma recompensa mais alta. É óbvio que a recompensa deve poder variar na mesma medida que o mérito, se desejamos uma proporcionalidade estrita.

Se, na aplicação da justiça, não nos contentamos em recompensar mas queremos também poder punir, há que ampliar a noção de mérito, de modo que abranja também o demérito.

Para que dois seres tenham a mesma concepção da justiça concreta, não basta que desejem ambos aplicar a fórmula "a cada qual segundo seus méritos", cumpre também que concedam o mesmo grau de mérito aos mesmos atos e que o seu sistema de recompensas ou de penas seja equivalente.

Para julgar da mesma forma, aplicando a fórmula "a cada qual segundo seus méritos", dois seres devem não só ter o desejo de aplicar a mesma concepção da justiça concreta, mas ainda ter a mesma representação dos fatos submetidos à sua apreciação.

Um julgamento poderia ser qualificado de injusto:
1º porque aplica uma fórmula da justiça concreta que não é aceita;
2º porque concebe a mesma fórmula de modo diferente;
3º porque, em sua base, se encontra uma representação inadequada dos fatos;
4º porque infringe as prescrições de justiça formal que exigem que se trate da mesma forma os seres que fazem parte de uma mesma categoria essencial.

Há que notar, de imediato, que as duas primeiras razões são muito amiúde baseadas num equívoco. De fato, só são válidas na medida em que o juiz é obrigado à observar certas regras de justiça, o que ocorre em direito, jamais em moral. Em princípio, não se pode considerar alguém injusto simplesmente porque aplica uma outra fórmula de justiça concreta. Não se pode exigir de alguém que faça uma partilha igual quando, segundo ele, por exemplo, a partilha deveria ser feita proporcionalmente às necessidades de cada um dos beneficiários. Consistindo a injustiça na violação das regras de justiça concreta segundo as quais pretensamente se julga, não se pode considerar um ato injusto se a fórmula de justiça de que nos servimos para criticar o julgamento não é a do juiz.

Se o juiz viola regras de justiça concreta aceitas por ele, é injusto. Ele o é involuntariamente se seu julgamento resulta de uma representação inadequada dos fatos. Ele só o é voluntariamente quando viola as prescrições da justiça formal.

3º *A cada qual segundo suas obras.*

Obtém-se a fórmula de justiça concreta "a cada qual segundo suas obras" ao considerar que fazem parte da mesma categoria essencial aqueles cuja produção ou cujos conhecimentos têm igual valor aos olhos do juiz. Se, colocando-se em certo ponto de vista, certas obras ou certos conhecimentos são considerados equivalentes, cumpre tratar da mesma forma os autores dessas obras ou aqueles cujos conhecimentos são examinados.

Emprega-se habitualmente essa fórmula de justiça quando se trata de retribuir operários ou de classificar candidatos por ocasião de um exame ou de um concurso.

A vida social inventou um instrumento de medida comum do valor do trabalho e de seus produtos que é o dinheiro. As noções de "salário justo" e de "preço justo" não passam de aplicações da fórmula "a cada qual segundo suas obras". Mas é muito difícil determinar o salário justo e o preço justo, visto os efeitos perturbadores da lei da oferta e da procura.

Se se deseja proporcionar o salário ao trabalho efetuado, pode-se levar em conta a duração do trabalho, seu rendimento e sua qualidade, variando esta, habitualmente, com a duração do tempo de aprendizagem. Mas só é possível obter certos resultados procedendo dessa maneira enquanto se trata de um trabalho cuja execução não exige capacidades especiais. Pois, assim que é preciso certo talento, sem falar de gênio, para realizar uma obra, falta a medida comum. É por isso que, nesse caso, prefere-se normalmente julgar a obra em si mesma, por meio de suas qualidades intrínsecas, apreciar o resultado do trabalho, em vez de basear-se no tempo necessário para realizar a obra em questão. Dá-se o mesmo em todos os exames e concursos em que, em vez de procurarem determinar o esforço fornecido pelo candidato, os examinadores contentam-se em avaliar seus conhecimentos de acordo com as respostas ou as obras por ele apresentadas.

Em todos esses casos renuncia-se a estabelecer uma medida comum entre todas as obras e se se contenta em comparar aquelas para as quais se admite um mesmo critério, as obras da mesma espécie. Não se procurará comparar quadros com obras literárias, sinfonias com obras de arquitetura. Se é verdade que o preço dessas obras pode, à primeira vista, parecer apresentar tal medida comum, isso só pode acontecer quando se tem a certeza de que esse preço é justo, ou seja, que corresponde ao valor real delas. Ora, se o preço constitui o único elemento de comparação entre as obras, não se vê como determinar seu valor, para ter condições de saber se o preço é justo ou não.

Por outro lado, quando se trata de comparar não obras e sim conhecimentos, como por ocasião de um exame, o recurso ao dinheiro enquanto padrão de medida é não só insuficiente mas totalmente impossível. O examinador não pode então julgar os candidatos senão com relação a um critério puramente interno, as exigências que ele formula na matéria. O exame permitirá estabelecer uma relação entre tais exigências e desempenho do candidato.

O exame supõe uma espécie de convenção entre as partes. Para poder submeter-se a ele, o candidato deve ter condições de conhecer as exigências do juiz. É por isso que este é acusado de injustiça todas as vezes que não observa as regras da convenção e formula uma pergunta "que não está no programa".

Para poder comparar candidatos, julgados por examinadores diferentes a partir de programas diferentes, cumpre poder estabelecer uma relação entre esses programas e supor que os juízes avaliam da mesma forma as insuficiências dos aspirantes. Como tais comparações só se fazem normalmente por razões práticas e puramente formais (equivalência de diplomas, por exemplo), os programas comparados são comumente relativos a conhecimentos da mesma espécie, ao passo que, salvo em caso especial, faz-se abstração das diferenças entre os examinadores.

Enquanto a fórmula "a cada qual segundo seus méritos" tem pretensões à universalidade, declara poder constituir uma medida comum aplicável a todos os homens, a aplicação da fórmula "a cada qual segundo suas obras" tem habitualmente pretensões mais modestas e mais imediatamente úteis. Comparem-se obras ou conhecimentos, esta última fórmula da justiça, uma das mais correntes na vida social, se limita, à míngua de um critério universal e por razões puramente práticas, à comparação de obras e de conhecimentos da mesma espécie.

4º *A cada qual segundo suas necessidades.*
A aplicação desta fórmula exige que sejam tratados da mesma forma aqueles que fazem parte da mesma categoria essencial do ponto de vista de suas necessidades.

Na vida social, é apenas deveras excepcionalmente que se fará a aplicação dessa fórmula ser precedida de um estudo psicológico sobre as necessidades dos homens considerados. Com efeito, não se deseja levar em conta todas as fantasias do indivíduo, e sim suas necessidades mais essenciais, as únicas que serão levadas em consideração na execução da fórmula. Esta deveria, antes, ser enunciada: "a cada qual segundo suas necessidades essenciais". Essa restrição provocará imediatamente discussões sobre o que se deve entender por "necessidades essenciais", pois as diferentes concepções ensejam variantes dessa fórmula de justiça.

Com muita freqüência mesmo, para permitir uma aplicação fácil dessa fórmula, seremos levados a não levar em conta necessidades consideradas importantes, mas cuja existência é difícil de detectar ou de controlar. Procurar-se-á, habitualmente, determinar essas necessidades por intermédio de critérios puramente formais, baseando-se nas exigências do organismo humano em geral. Apenas limitando a aplicação dessa fórmula a um número restrito de pessoas é que se pode fazer as necessidades particulares de cada qual entrarem progressivamente em linha de conta. Um dos problemas mais delicados da estatística em questão social é determinar os detalhes aos quais cumpre se interessar, dado o número de pessoas às quais se estende a pesquisa. Aplicada aos grandes números, uma pesquisa assim preferirá só levar em conta elementos numericamente determináveis, tais como, por exemplo, o número e a idade de pessoas de uma família, as somas de dinheiro de que dispõe, a quantidade de calorias de sua alimentação, a cubagem de ar de sua habitação*, o número de horas dedicado ao trabalho, ao descanso e ao lazer, etc.

É raro que se procure aplicar a fórmula "a cada qual segundo suas necessidades" a necessidades mais refinadas, mais individuais. Isso porque, e essa é a diferença essencial entre a caridade e essa fórmula da justiça que dela mais se aproxima, a justiça só se aplica a seres considerados como elementos de um conjunto, da categoria essencial, ao passo que a caridade considera os seres como indivíduos e leva em conta suas características próprias. A justiça, pelo contrário, tem tendência a abstrair os elementos que não são comuns a vários seres, os seus traços particulares. Quem procura, por caridade, satisfazer os desejos de seu próximo, se empenhará mais em levar em conta o elemento psicológico, individual, do que quem é levado a isso por sua concepção da justiça.

Quem deseja aplicar a fórmula "a cada qual segundo suas necessidades" deverá não só estabelecer uma distinção entre as necessidades essenciais e as outras, mas também hierarquizar as necessidades essenciais, de modo que se conheçam aquelas que se há de satisfazer em primeiro lugar e determinar o preço que custará a sua satisfação: essa operação conduzirá à definição da noção de mínimo vital.

Todos sabem que ásperas controvérsias foram provocadas por esta última noção e por todas as que lhe são vinculadas.

---
* Que determina os gastos com o aquecimento da habitação. (N. do T.)

Quase todas as divergências nascidas a esse respeito resultam de outra concepção das necessidades essenciais do homem, ou seja, das necessidades que devem ser levadas em conta por uma justiça social baseada no princípio "a cada qual segundo suas necessidades" e que tende a determinar as obrigações da sociedade para com cada um de seus membros.

5º *A cada qual segundo sua posição.*

A aplicação dessa fórmula supõe que os seres, com os quais se desejaria ser justo, estão repartidos habitualmente, mas não necessariamente, em classes hierarquizadas. Essa fórmula considera que é justo que se tenha uma atitude diferente para com membros das diversas classes, contanto que se trate da mesma forma os que fazem parte da mesma classe, ou seja, da mesma categoria essencial.

Essa divisão em classes, no sentido amplo, pode fazer-se de diversas formas. Pode basear-se na cor da pele, na língua, na religião, no fato de pertencer a uma classe social, a uma casta, a um grupo étnico. A subdivisão dos homens também pode fazer-se de acordo com suas funções ou suas responsabilidades, etc.

É possível que as classes distinguidas não sejam hierarquizadas: o tratamento dos membros de uma classe, diferente daquele de uma outra, não favoreceria uma determinada categoria de todos os pontos de vista. O mais das vezes, porém, as diversas classes são hierarquizadas. As classes superiores, as classes privilegiadas, gozam de mais direitos do que as outras. Mas as sociedades hierarquizadas, conforme se achem em pleno desenvolvimento ou em decadência, imporão mais deveres a suas elites ou não estabelecerão nenhuma relação entre os direitos concedidos e os deveres ou as responsabilidades. O ditado *noblesse oblige* é a expressão de uma aristocracia consciente de seus deveres particulares e que compreende que somente a esse preço é que logrará justificar sua posição privilegiada.

Em geral, um regime só é viável se cada membro de sua classe superior é defrontado com suas responsabilidades e se os direitos que se lhe concedem resultam dos encargos que se lhe impõem. Quando direitos particulares não coincidem com responsabilidades especiais, o regime não tardará, graças à arbitrariedade generalizada, a degenerar num favoritismo sistematizado, numa "república de amigos".

Tais reflexões não se aplicam somente a regimes em que a superioridade vem com o nascimento, mas também a regimes diferentes, tal como o regime democrático. Com efeito, em cada regime existe uma classe superior, a que dispõe da força e do poder no Estado. Um regime só será viável, com o correr do tempo, se as exigências impostas a essa classe forem inteiramente particulares e se a severidade com que se exigirá contas da gestão de cada qual for proporcional às responsabilidades assumidas.

6º *A cada qual segundo o que a lei lhe atribui.*
Essa fórmula da justiça de distingue de todas as outras pelo fato de o juiz, a pessoa encarregada de aplicá-la, já não ser livre para escolher a concepção da justiça que prefere: ele deve observar a regra estabelecida. A classificação, a distribuição em categorias essenciais, é-lhe imposta e ele deve obrigatoriamente levá-la em conta. É essa a distinção fundamental entre a concepção moral e a concepção jurídica da justiça.

Em moral, a pessoa é livre para escolher a fórmula da justiça que pretende aplicar e a interpretação que deseja dar-lhe; em direito, a fórmula da justiça é imposta e sua interpretação sujeita ao controle da Corte Suprema do Estado. Em moral, a regra adotada resulta da livre adesão da consciência; em direito, cumpre levar em conta a ordem estabelecida. Aquele que julga, em moral, deve primeiro determinar as categorias segundo as quais julgará, depois ver quais são as categorias aplicáveis aos fatos; em direito, o único problema que se deve examinar é o de saber como os fatos considerados se integram no sistema jurídico determinado, como os qualificar. Em direito moderno, as duas instâncias, a que determina as categorias e a que as aplica, são rigorosamente separadas; em moral, estão unidas na mesma consciência.

Em que medida o juiz, em direito, terá meios de fazer intervir, no exercício de suas funções, sua concepção particular da justiça? Em que medida as concepções morais influenciam o direito?

A resposta à primeira pergunta será diferente conforme se entender por juiz um funcionário específico, encarregado de aplicar a justiça, ou a jurisprudência em seu todo. Mesmo quando se trata de um juiz que se contenta em seguir as trilhas batidas da jurisprudência e que não deseja inovar na matéria, seu papel não é puramente passivo. De fato, como toda visão da realidade é em certa medida subjetiva, e isto ainda mais quando se trata antes de uma reconstituição do que de uma visão direta, o juiz íntegro será, mesmo involuntariamente, levado a fazer coincidir, em sua apreciação dos fatos, o direito e seu sentimento íntimo da justiça. Baseando-se em certos indícios ou negando-lhes a importância, levando em conta certos fatos ou interpretando-os de modo que se esvaziem de qualquer significado, o juiz pode fornecer uma imagem diferente da realidade e dela deduzir uma aplicação diferente das regras de justiça.

Quanto à jurisprudência, na medida em que interpreta as leis, pode até ir mais além. É dela que depende a definição de todas as noções confusas, de todas as expressões equívocas do direito: para ela, será um jogo definir essas noções e interpretar essas expressões de forma que o sentimento da justiça do juiz não seja contrariado com demasiada violência pelas exigências da lei. Em certos casos, quando se tratou de leis cujo sentido dificilmente se poderia deformar, a jurisprudência se contentou mesmo, pura e simplesmente, em esquecer-lhes a existência e, de tanto não as aplicar, as fez cair em desuso. No direito romano, o pretor podia permitir-se usar de ficções para modificar a aplicação das categorias estabelecidas pela lei, mas, atualmente, a determinação dessas categorias compete ao legislador. Este se encarregará de dar força de lei à concepção da justiça dos que detêm o poder no Estado.

A priori, não se pode dizer nada do caráter moral da lei, do modo como as categorias estabelecidas pelo legislador coincidem com as da massa da população: tudo depende da relação que há entre esta e os detentores do poder. Conforme estes forem ou não forem a expressão real da maioria da nação, as categorias jurídicas impostas coincidirão mais ou menos com o sentimento popular. Em todo regime democrático a lei segue, embora com certo atraso, a evolução por que passou a concepção da justiça na mente da maioria dos cidadãos. Durante o período em que há defasagem, a jurisprudência se encarrega, com certa dificuldade, de reduzir ao mínimo os inconvenientes das morosidades inevitáveis do poder legislativo.

Poderá a justiça opor-se ao direito? Haverá um direito injusto? Formular a questão dessa maneira só é possível se não se fizer caso algum da distinção que estabelecemos entre a justiça formal e a justiça concreta. Com efeito, querer julgar o direito em nome da justiça só é possível em virtude de uma confusão: julgar-se-á o direito por intermédio, não da justiça formal, mas da justiça concreta, ou seja, de uma concepção particular da justiça que supõe uma determinada escala de valores. De fato, não é em nome da justiça que se vai condenar ou reformar, mas em nome de uma visão do universo, talvez sublime, mas, de todo modo, considerada arbitrariamente como a única justa. Quando se condena uma concepção do mundo por meio de outra, não se deve dizer que se condena o direito em nome da justiça, se não se quer criar confusões proveitosas aos sofistas. Com efeito, o direito positivo jamais pode entrar em conflito com a justiça formal, visto que ele se limita a determinar as categorias essenciais de que fala a justiça formal, e sem essa determinação a aplicação da justiça fica totalmente impossível.

Acabamos de passar em revista as principais concepções da justiça concreta e vimos como todas podem ser consideradas determinações da justiça formal. Logo, podemos afirmar a existência de um elemento comum às fórmulas mais habituais da justiça, elemento que possibilita definir a parte formal de toda concepção de justiça.

A aplicação da justiça formal exige a determinação prévia das categorias consideradas essenciais. Ora, não se pode dizer quais são as características essenciais, ou seja, aquelas que se levam em conta para a aplicação da justiça, sem admitir certa escala de valores, uma determinação do que é importante e do que não o é, do que é essencial e do que é secundário. É a nossa visão do mundo, o modo como distinguimos o que vale do que não vale, que nos conduzirá a uma determinada concepção da justiça concreta.

Qualquer evolução moral, social ou política, que traz uma modificação da escala dos valores, modifica ao mesmo tempo as características consideradas essenciais para a aplicação da justiça. Ela determina, destarte, uma reclassificação dos homens em outras categorias essenciais.

O cristianismo substitui a distinção entre nacionais e bárbaros, livres e escravos, pela distinção entre crentes e incréus, a única que conta, definitivamente, para a justiça divina. A Revolução Francesa reagrupa os membros da nação numa única categoria essencial e só vê cidadãos iguais perante a lei onde o Antigo Regime via nobres, clérigos, burgueses e servos, cada qual sujeito a um regime jurídico diferente.

A concepção humanitária do século XX procurou reduzir ao mínimo as distinções nacionais e religiosas e estender ao máximo os direitos civis concedidos a todos os habitantes de um Estado, converter mesmo esses direitos civis em atributos decorrentes, em virtude do direito natural, da mera qualidade de homem.

Enquanto a concepção liberal do Estado determinava a qualidade de cidadão por meio de critérios puramente formais, a concepção nacional-socialista do direito queria conceber o Estado sob a forma de uma comunidade popular (*Volksstaat*), da qual só podiam fazer parte os membros de uma mesma raça, de um mesmo grupo étnico. A aplicação da justiça deveria basear-se essencialmente nessa distinção e deveria tratar de forma radicalmente diferente aqueles que eram, em virtude de suas origens, sujeitos de direito e aqueles que só podiam ser tratados como sujeitos passivos, meros objetos do direito.

Vê-se, por esses diferentes exemplos, como modificações na escala dos valores determinam modificações na aplicação da justiça. Mas, sejam quais forem as diferenças entre as concepções da justiça concreta, todas admitem a mesma definição da justiça formal, que exige sejam tratados da mesma forma os seres que fazem parte da mesma categoria essencial.

Se a noção de justiça é confusa, é porque cada qual, ao falar dela, se crê obrigado a definir a justiça concreta. Daí resulta que a definição da justiça contém ao mesmo tempo a determinação das categorias consideradas essenciais. Ora, esta, como vimos, implica uma determinada escala dos valores. Ao querer definir a justiça concreta, engloba-se na mesma fórmula a definição da justiça formal e uma visão particular do universo. Donde divergências, mal-entendidos e confusões tais que, prendendo-se às diferenças que opõem as diversas fórmulas, nem sequer se repara que elas têm um elemento em comum, a mesma concepção da justiça formal. Entretanto, mostramos que não há razão nenhuma para que o desacordo sobre a aplicação da justiça, resultante de diversas concepções da justiça concreta, impeça um acordo sobre a definição da parte formal da justiça.

Observe-se que foi a confusão entre a justiça formal e a justiça concreta que fez que qualquer concepção da justiça parecesse resumir uma concepção do mundo; de fato, toda definição da justiça concreta implica uma visão particular do universo. Daí o prestígio da noção de justiça e a importância dada à sua definição. Mas, pelo próprio fato de que a definição da justiça formal não prejulga de modo algum nossos juízos de valor, ver-se-á ainda menos inconveniente em chegar a um acordo sobre essa definição, porque a noção de justiça assim apresentada perde a um só tempo seu prestígio e quase todo o seu sentido emotivo.

A noção de justiça formal é clara e precisa e seu caráter racional é nitidamente posto em evidência. O problema da justiça fica assim parcialmente aclarado. Isso porque as dificuldades suscitadas pela justiça concreta não existem quando só nos preocupamos com justiça formal.

Vê-se como a justiça formal é conciliável com as mais diferentes filosofias e legislações, como se pode ser justo concedendo a todos os homens os mesmos direitos, e justo concedendo direitos diferentes a diferentes categorias de homens, justo segundo o direito romano e justo segundo o direito germânico.

É verdade que todas as dificuldades levantadas pela noção de justiça estão longe de ser aplainadas e que a justiça formal não pode coincidir com todos os usos contraditórios da noção de justiça. Ao contrário, cada vez que falarmos de justiça, deveremos fazer-nos a pergunta: trata-se de justiça formal ou de uma das inumeráveis concepções da justiça concreta? Isso não impede que a introdução desta última distinção apresente uma dupla vantagem: a de não introduzir no exame da justiça formal as dificuldades inerentes ao uso de uma fórmula de justiça concreta e a de nos permitir elucidar as dificuldades próprias do uso da justiça formal, em especial as resultantes das relações entre a justiça formal e a justiça concreta. É ao exame destas últimas que consagraremos nosso próximo capítulo.

3. As antinomias da justiça e a eqüidade

Mesmo se a distinção entre justiça formal e as diferentes fórmulas de justiça concreta não tivesse servido senão para evitar lamentáveis confusões, ela já teria constituído um progresso na compreensão da noção de justiça[15]. Mas ela se mostra ainda muito mais útil, pois nos permitirá esclarecer e até resolver problemas que, sem ela, poderiam ter parecido insolúveis. Um desses problemas consiste em determinar o sentido e o uso de uma noção assemelhada à de justiça, a noção de *eqüidade*.

Definiu-se a justiça formal como o princípio de ação segundo o qual os seres de uma mesma categoria essencial devem ser tratados da mesma forma.

Daí resulta que a aplicação da justiça supõe uma classificação ou uma ordenação dos seres de acordo com a característica essencial que lhe serve de base.

Pode-se dividir os seres considerados em duas categorias essenciais, conforme a presença ou a ausência da única categoria que se leva em conta. Pode-se dividi-los em mais categorias se cada categoria essencial é determinada por outra espécie de um mesmo gênero ou pelo grau com que se apresenta uma característica de intensidade variável. Neste último caso, teremos condições de não só dividir o universo do discurso em classes, mas até de ordenar essas classes conforme o grau de intensidade em que seus membros possuem a característica essencial.

Tomemos um exemplo para esclarecer nosso pensamento. Suponhamos que o universo do discurso – todos aqueles aos quais se desejaria aplicar a justiça – seja formado por todos os chefes de família de uma cidade. Querendo tratar diferentemente os que têm uma profissão e os que não exercem nenhuma, obtêm-se duas categorias essenciais. Se se quer tratar de modo diferente os chefes de família conforme a natureza de sua profissão principal, obtêm-se várias categorias essenciais. Pedindo a cada chefe de família que indique sua renda anual, obtêm-se categorias facilmente ordenáveis segundo a grandeza do montante indicado.

Toda aplicação da justiça exige, previamente, uma divisão assim do universo do discurso. Mas, sejam quais forem as dificuldades técnicas de tal tarefa, aplicar a justiça seria algo relativamente simples se devêssemos contentar-nos com uma única categoria essencial, por mais complexa que fosse. A aplicação da justiça formal seria algo possível.

Infelizmente, a realidade é muito mais complicada. O que acontece, na verdade, é que nosso sentimento de justiça leva em conta, simultaneamente, várias categorias essenciais independentes, que ocasionam categorias essenciais nem sempre concordantes.

Tomemos o caso de um patrão humanitário que desejaria retribuir seus operários levando em conta, a um só tempo, o trabalho e as necessidades deles. Suceder-lhe-á, com muita freqüência ficar em apuro: isso se dará todas as vezes que dois operários fizerem parte da mesma categoria essencial do ponto de vista do trabalho, e de categorias diferentes do ponto de vista das necessidades, ou vice-versa. Que tratamento cumprirá aplicar-lhes? Todas as vezes se agirá de modo formalmente injusto. Suponhamos que, de dois operários cujo trabalho é igual, um seja solteiro, o outro pai de uma família numerosa. Tratando-os da mesma forma, é-se injusto porque o princípio "a cada qual segundo suas necessidades" exige que se dê mais àquele que tem encargos familiares do que àquele que deve suprir apenas à própria subsistência. Tratando-os de forma desigual é-se injusto, porque não se trata da mesma forma dois seres que fazem parte da mesma categoria essencial, do ponto de vista da fórmula "a cada qual segundo suas obras".

Estamos diante de uma das inumeráveis antinomias da justiça. Tais antinomias são tão freqüentes que as poderíamos considerar mesmo um caso normal. Elas nos incitam, de modo por assim dizer irresistível, a afirmar que a justiça perfeita não é deste mundo. Com efeito, nunca podemos afirmar que fomos perfeitamente justos, que levamos em conta todas as concepções da justiça que se amalgamam em nós para formar a confusa mescla a que chamamos sentimento de justiça, que tratamos da mesma forma seres que fazem parte de uma mesma categoria por nós considerada essencial. Pelo contrário, sempre se pode afirmar que se foi perfeitamente injusto se não se levou em conta uma classificação considerada essencial pela própria pessoa que omitiu levá-la em consideração. Aliás, a experiência social está aí para provar que normalmente só se fala de justiça de uma maneira geral, enquanto, todas as vezes que se trata de casos particulares de aplicação, ouve-se quase sempre falar de injustiça.

Um modo de sair do mal-estar criado pelas antinomias da justiça consiste em dar deliberadamente preferência a uma característica essencial em detrimento de todas as outras, em determinar a característica que se vai levar em conta em primeiro lugar, podendo todas as outras exercerem sua influência apenas na medida em que não atrapalhem a primeira.

O modo mais eficaz de consegui-lo consiste em pôr em evidência essa característica essencial por meio de sinais externos, naturais ou artificiais.

A distinção dos homens em categorias essenciais baseadas na cor da pele foi por muito tempo o argumento peremptório que era oposto aos que exigiam a abolição da escravidão. Achava-se normal que não se tratasse como escravos homens de raça branca, mas por que conceder esse tratamento a seres de uma categoria tão diferente como os negros? Os negros não são homens, dizia-se, o que quer dizer que não fazem parte da mesma categoria essencial que os homens brancos, e portanto podia-se tratá-los de um modo desumano. Assim também, a concepção que queria considerar os judeus como seres de uma raça diferente, caracterizada por sinais externos manifestos, se empenhava em justificar com isso o tratamento todo especial que se lhes queria aplicar.

Mas, com muito mais freqüência do que de sinais naturais, as pessoas se servem de sinais artificiais para mostrar qual é a distinção, a característica, a que atribuem mais importância e que consideram essencial. O mais habitual desses sinais é o *uniforme*. O uniforme atesta que a pessoa se considera participante, em primeiríssimo lugar, de um determinado grupo. É o fato de pertencer ao grupo, ou a uma de suas subdivisões, que será tomado em consideração para a aplicação da justiça. Todos que fazem parte do mesmo grupo, ou da mesma subdivisão, são iguais e devem ser tratados da mesma forma, sem que se deva levar em conta nenhuma outra característica que poderia contrariar a primeira. Como as antinomias jurídicas tornam mais difícil e mais vaga a aplicação da justiça, elas embotam, por isso mesmo, o sentimento de justiça. Em contrapartida, o uso do uniforme no exército desenvolve particularmente nele o sentimento de justiça, porque impõe, por assim dizer, uma única categoria essencial, a patente. É preciso tratar da mesma forma os que estão vestidos igual e tratar de modo diferente militares vestidos diversamente. É porque, no exército, a hierarquia estabelecida pela patente, manifestando-se por sinais externos, domina todas as outras – sendo por isso mesmo, mais raras aí as antinomias jurídicas – que o sentimento de justiça é mais vivo e se manifesta de modo mais vigoroso.

Quando aparecem as antinomias da justiça e quando a aplicação da justiça nos força a transgredir a justiça formal, recorremos à *eqüidade*. Esta, que poderíamos considerar a muleta da justiça, é o complemento indispensável da justiça formal, todas as vezes que a aplicação desta se mostra impossível. Consiste ela numa *tendência a não tratar de forma por demais desigual os seres que fazem parte de uma mesma categoria essencial*. A eqüidade tende a diminuir a desigualdade quando o estabelecimento de uma igualdade perfeita, de uma justiça formal, é tornado impossível pelo fato de se levar em conta, simultaneamente, duas ou várias características essenciais que vêm entrar em choque em certos casos de aplicação.

Contrariamente à justiça formal, cujas exigências são bem precisas, a eqüidade consiste apenas numa tendência oposta a todo formalismo, do qual ela deve ser complementar. Ela intervém quando dois formalismos entram em choque: para desempenhar seu papel de eqüidade, ela própria só pode ser, pois, não-formal.

Se desejarmos levar em conta, na aplicação da justiça, duas características essenciais, se, ao tratarmos de modo idêntico dois seres que fazem parte da mesma categoria essencial, formos levados a tratar de modo demasiado diferente dois seres que fazem parte de uma mesma categoria essencial, determinada pela segunda característica, a eqüidade nos incitará a não levar em conta unicamente a primeira característica na realização da justiça.

Assim é que, tendo de contratar dois operários que fazem o mesmo trabalho, dos quais um seria solteiro e o outro pai de família numerosa, tratando-os da mesma forma, segundo a fórmula "a cada qual segundo suas obras", nós os trataremos de forma demasiado diferente se desejarmos levar em conta a fórmula "a cada qual segundo suas necessidades". A eqüidade nos incitará a diminuir essa diferença. Mas, se quisermos aumentar o salário do pai de família numerosa, deixaremos de tratar da mesma forma dois operários que fazem parte da mesma categoria essencial do ponto de vista de seu trabalho. Seja qual for a atitude adotada, seja qual for a medida em que se levará em conta uma ou outra fórmula de justiça, seremos levados a transgredir a justiça formal.

Mas em que medida será preciso levar em conta uma ou outra característica essencial? *A priori*, não existe regra nenhuma para dizê-lo: encontramo-nos em pleno compromisso quando recorremos à eqüidade. Esta só pode ser realizada pelo abandono do formalismo jurídico, quando este acarreta antinomias.

Embora o recurso à eqüidade seja indispensável quando as antinomias que ocorrem são imprevistas, há um meio de fazer estas desaparecerem, de forma menos arbitrária, cada vez que, prevendo tais dificuldades, decidimos previamente o grau de importância que queríamos conferir a cada uma das características cuja aplicação ocasionava o conflito. Essa decisão substitui, desde então, as características essenciais opostas por uma característica mais complexa, com algumas variáveis, que leva em conta cada uma das características anteriores.

O racionamento, aplicado em todos os países em tempo de guerra, fornece um excelente exemplo da maneira pela qual, procurando realizar a justiça, levando em conta suas diferentes concepções, complicou-se progressivamente a fórmula de justiça concreta que se devia aplicar. Sendo a preocupação do Estado repartir do modo mais justo o pequeno número de bens postos à disposição da população a fórmula que se impôs em primeiro lugar era "a cada qual a mesma coisa". Mas imediatamente percebeu-se que havia categorias de pessoas cujas necessidades eram maiores e que, por diversos motivos, não se podiam desprezar se se queria levar em conta a fórmula "a cada qual segundo suas necessidades". Foi preciso criar distribuições especiais para as crianças, para os velhos e para as diferentes categorias de enfermos. Depois decidiu-se conceder cupons suplementares a várias categorias de trabalhadores, não só porque suas necessidades eram maiores, mas também porque seu trabalho era útil à coletividade e queriam recompensar aqueles que a ele se dedicavam; portanto, essa atitude fez entrar em linha de conta a fórmula "a cada qual segundo suas obras". Por fim, levou-se em conta até a fórmula "a cada qual segundo sua posição", concedendo privilégios especiais não só aos fazendeiros, que ocupavam posição elevada numa comunidade que dependia de seus esforços, mas também aos membros de sua família. É óbvio que essa mesma fórmula permitiu à raça dos senhores outorgar-se ração dupla em todos os países ocupados. Assim é que, no exemplo do racionamento, apreende-se ao vivo o caso particularmente notável da aplicação da justiça pelo Estado e da complexidade a que pode chegar uma fórmula de justiça assim.

Quando se trata de dois operários que fazem o mesmo trabalho, dos quais um é solteiro e o outro tem encargos familiares, há um meio de solucionar a antinomia resultante da aplicação de duas concepções diferentes da justiça concreta, trocando-as por uma fórmula de justiça mais complexa, que levaria em conta tanto o trabalho dos operários como as suas necessidades. O estabelecimento da nova característica essencial será, em grande medida, arbitrária. Com efeito, até que ponto se deve levar em conta uma ou outra fórmula da justiça concreta? Tudo depende da importância que se lhes confere. Uma concepção puramente capitalista, que considera o trabalho uma mercadoria, não pode conferir às necessidades do operário, e sobretudo às de sua família, senão uma importância deveras secundária; ela quererá levar em conta, essencialmente, o trabalho por ele fornecido. Este último elemento é que será determinante, para ela, no estabelecimento da característica complexa. Em todo caso, o patrão capitalista procuraria arranjar-se para não arcar com a diferença entre o salário concedido ao operário sozinho e o do operário com encargos familiares; se fosse forçado a arcar com essa diferença, procuraria contratar, de preferência, operários solteiros. Em contrapartida, o Estado, na medida em que favorece as famílias numerosas, atribuirá mais importância à satisfação de suas necessidades. Manifestará essa simpatia através dos abonos familiares e, sobretudo, do modo como leva em conta encargos familiares na imposição da taxa profissional.

Seja qual for a importância relativa concedida a cada uma das duas fórmulas da justiça, determinando uma fórmula mais complexa que levaria em conta, em certa medida, as duas precedentes, consegue-se solucionar as antinomias que se apresentavam anteriormente. A nova fórmula da justiça cuja aplicação já não acarreta antinomias permite, assim, evitar o recurso à eqüidade.

Cumpre observar, para concluir estas considerações, que a passagem das fórmulas anteriores para uma fórmula mais complexa da justiça não é determinada unicamente por elas: de fato, é preciso ter razões alheias a essas fórmulas para poder fixar o coeficiente de importância atribuído a cada uma delas.

A vida social apresenta uma contínua oscilação entre a justiça e a eqüidade. Recorre-se a esta todas as vezes que, na elaboração de uma lei ou de uma regulamentação, não se teve a menor consideração por certas características essenciais, às quais importantes camadas da população – a chamada opinião pública – atribuem importância. Com efeito, muitos ficarão chocados com o tratamento demasiadamente diferente reservado pela lei ou pela fórmula de justiça aplicada a seres que fazem parte, segundo essa característica menosprezada, da mesma categoria essencial. Desejarão apelar à eqüidade para diminuir essa enorme diferença. Em contrapartida, preferirão ater-se ao texto da lei enquanto esta exprimir, de modo suficientemente adequado, o sentimento público.

Vê-se imediatamente que o apelo à eqüidade, condicionado pela introdução de novas categorias essenciais, será mais freqüente nas épocas de transição, em que certa escala de valores está sendo substituída por outra.

Apelar-se-á igualmente à eqüidade nas épocas de conturbação econômica e monetária, em que as condições que existiram no momento da fixação das regras se modificaram a tal ponto que se percebe uma diferença grande demais entre as regras anteriormente adotadas e aquelas que se teriam admitido atualmente. Nessa eventualidade, o conflito não é entre fórmulas diferentes de justiça, mas entre as regras que delas se deduzem hoje e as que se deduziram anteriormente, em vista de um estado de coisas profundamente modificado.

Suponhamos que se viva em período de inflação e que um artesão se tenha comprometido a entregar uma obra, que exige três meses de trabalho, por um salário equivalente ao de um operário qualificado. Se, no dia em que o trabalho deveria ser pago, o salário de um operário qualificado tivesse ficado cem vezes maior, ficar-se-á chocado com a diferença de tratamento reservado ao artesão imprudente o bastante para ter contratado com base na tarifa antiga. A eqüidade exigirá a diminuição dessa diferença. O dia que uma lei trouxer a reavaliação obrigatória dos contratos anteriores, a eqüidade tomará o lugar da justiça formal. Mas, durante o período transitório, será preciso contentar-se com o recurso à eqüidade.

A ÉTICA

Para concluir, apela-se à eqüidade todas as vezes que a aplicação simultânea de mais de uma fórmula da justiça concreta ou a aplicação da mesma fórmula em circunstâncias diferentes conduz a antinomias que tornam inevitável a não-conformidade com exigências da justiça formal. Serve-se da eqüidade como muleta da justiça. Para que esta não fique manca, para poder dispensar a eqüidade, é mister desejar aplicar uma única fórmula da justiça concreta, sem que se deva levar em conta mudanças que as modificações imprevistas da situação são capazes de determinar. Isto só é possível se nossa concepção da justiça for muito estreita ou se a fórmula da justiça utilizada for suficientemente complexa para levar em conta todas as características consideradas essenciais.

4. Igualdade e regularidade

Retomemos a análise de nossa concepção da justiça formal.

Esta especifica que seres que fazem parte da mesma categoria essencial devem ser tratados da mesma forma. A fórmula de justiça concreta é que fornecerá o critério que permite dizer quando dois seres fazem parte da mesma categoria essencial, ela é que indicará a maneira pela qual cada membro dessa categoria deve, em princípio, ser tratado.

A regra de justiça não pode especificar de forma totalmente determinada o tratamento reservado aos membros de uma categoria essencial, senão quando se trata de conceder algo disponível em quantia ilimitada. O mais das vezes não é esse o caso: a regra deverá então contentar-se em indicar um tratamento que conterá um ou vários elementos indeterminados, cuja determinação dependerá de circunstâncias exteriores.

Assim é que a lei penal que o juiz deve aplicar pode prever a pena que deverá punir, por exemplo, todo ladrão que praticou arrombamento: os anos de prisão normalmente estão sempre disponíveis. Mas suponhamos que se trate de uma partilha: a fórmula de justiça concreta jamais poderá indicar exatamente o que cabe a cada um; ela só poderá dizer à qual fração do bem a ser partilhado, cujo denominador poderia aliás depender do número dos beneficiários, cada um deles tem direito. A fórmula que preconiza uma partilha igual contém duas variáveis, cuja determinação depende de circunstâncias independentes da regra: uma depende da importância do bem a ser partilhado, a outra, do número de pessoas que participam da partilha; cada pessoa receberá $\frac{x}{n}$, designando x o bem a ser partilhado, n, o número de beneficiários.

Assim também, quando se trata de recompensar um grupo de concorrentes de acordo com a fórmula "a cada qual segundo seus méritos", está-se de acordo sobre o fato de que o prêmio concedido a cada um será proporcional a seu mérito, mas a importância real de cada prêmio dependerá do montante total que se havia decidido distribuir.

Seja como for, a aplicação correta da justiça exige, de todo modo, um tratamento igual para os membros da mesma categoria essencial. Ora, em que é baseada essa exigência de um tratamento igual? Simplesmente na determinação da forma como será tratado qualquer um dos membros da categoria. É porque qualquer membro da categoria é obrigado a sujeitar-se à regra que, ao aplicar esta, se é levado a tratar todos da mesma forma. Se cada aluno da escola deve ganhar um brioche, Paul, Pierre e Jacques, que são alunos da escola, receberão cada qual um brioche: o fato de receberem a mesma coisa decorre naturalmente do fato de fazerem parte da mesma categoria essencial. A igualdade de tratamento nada mais é senão a conseqüência lógica de nos encontrarmos diante de membros da mesma categoria; daí decorre o fato de que não os distinguimos, não estabelecemos diferença entre eles, de que, respeitando a justiça formal, os tratamos da mesma forma. Agir segundo a regra é aplicar um tratamento igual a todos os que a regra não distingue.

Daí resulta que a igualdade de tratamento na justiça formal nada mais é senão a aplicação correta de uma regra de justiça concreta que determina a forma como devem ser tratados todos os membros de cada categoria essencial. Quando o fato de pertencer à mesma categoria essencial coincide com a igualdade de tratamento reservado a seus membros, nosso sentimento de justiça formal é satisfeito. E, inversamente, assim que um tratamento igual é considerado justo, existe uma categoria essencial à qual pertencem todos aqueles a quem é aplicado.

Nossa análise mostra que, contrariamente à opinião corrente, não é a noção de igualdade que constitui o fundamento da justiça, mesmo formal, mas o fato de aplicar uma regra a todos os membros de uma categoria essencial. A igualdade de tratamento não passa de uma conseqüência lógica do fato de nos atermos à regra.

Se, na prática, porém, a igualdade parece desempenhar um papel tão grande, é porque a regra de justiça contém muito amiúde elementos cuja determinação depende do número de pessoas às quais a regra é aplicável: a própria regra parece, assim, fundamentar-se numa relação entre os membros da mesma categoria, a saber, na sua igualdade.

Suponhamos que se trate de julgar as pessoas segundo seu mérito. Se quem julgar for, como Deus, livre para dispor de suas recompensas de seus castigos, tendo ao mesmo tempo a segurança de que o número deles é inesgotável, poderá definir uma regra de justiça precisa e determinada, que se contentará em aplicar. Essa regra não deverá ter a menor consideração pelo número de pessoas que deverão ser recompensadas ou punidas, porque se sabe que haverá recompensa ou castigo para todas. Num caso desses, vê-se imediatamente que a igualdade é apenas uma conseqüência, que decorre do fato de que dois seres, aos quais se aplicou a regra, são colocados na mesma categoria essencial.

Assim também o juiz, quando se trata de condenar um criminoso, normalmente não se preocupa com nada além de aplicar a lei, dizendo-se que sempre haverá bastante lugar nas prisões. Mas, se a prisão se tornar pequena demais para o número de prisioneiros que devem ser detidos, se o juiz for obrigado a considerar esse novo fato na aplicação da pena, será levado a proporcionar esta com o número total das pessoas suscetíveis de compartilhá-la.

Essa hipótese pode parecer singular, porque suas condições de aplicação são anormais, mas se torna muito mais plausível se se tratar de distribuir recompensas. De fato, embora possamos admitir que o número de lugares no paraíso é ilimitado, a maioria das recompensas concedidas na terra e todas as partilhas, por só permitirem a distribuição de bens em quantidade limitada, devem levar em conta o número dos beneficiários para poder determinar o quinhão de cada um. É nesse momento que intervém a noção de igualdade, porque, embora a regra que indica qual fração do conjunto deverá ser atribuída a cada um não deva postular, no cálculo, a igualdade de todos, ela deve, não obstante, admitir a igualdade de todos aqueles que fazem parte da mesma categoria essencial.

Suponhamos que, numa sucessão, o quinhão dos filhos deva ser o dobro daquele das filhas: se há dois filhos e duas filhas que participam da herança, é de supor que cada filho receberá a mesma coisa, e que a primeira filha receberá a mesma coisa que a segunda, para lograr determinar a fração que deverá ser atribuída a um ou ao outro.

O uso que se faz da igualdade, no cálculo, embora não conduzindo a nenhum erro prático, porquanto a igualdade é uma conseqüência da regularidade, pode entretanto determinar erros de perspectiva em considerações sobre a natureza da justiça: pode incitar a considerar essencial o que não passa da mera conseqüência da regularidade.

A justiça formal se resume, pois, simplesmente à aplicação correta de uma regra.

Esta conclusão nos faz compreender imediatamente em que medida a justiça formal constitui o elemento comum a todas as concepções da justiça concreta: cada uma delas preconiza uma regra diferente, mas todas afirmam que ser justo é aplicar uma regra, a delas.

Por outro lado, vê-se em que a justiça formal é vinculada à lógica: de fato, a aplicação da regra tem de ser correta, logicamente irrepreensível, o ato justo tem de ser conforme à conclusão de um silogismo particular, ao qual chamaremos silogismo imperativo[16] porque sua maior e sua conclusão têm uma forma imperativa.

Suponhamos que se trate de um tratamento justo a ser aplicado a m_1. Se m_1 é um A, e se todos os A devem ser B, m_1

deverá ser B. Se, por nossa ação, m_1 tornou-se B, nossa ação foi justa. Assim também, se m_2, m_3, m_4 são A, nossa ação deve, para ser justa, torná-los todos B: a igualdade de tratamento resulta da aplicação, em nossa ação, de um silogismo a membros de uma mesma categoria essencial.

Esse raciocínio nos permite precisar nossas considerações sobre a justiça formal. Ser justo não é aplicar corretamente uma regra qualquer. Não se é justo ao aplicar, por exemplo, a regra "não se deve mentir". Pois a regra que vai ser aplicada deve ter certa estrutura lógica: deve enunciar ou implicar a maior de um silogismo imperativo da forma

       Todos os M devem ser P.
ou Nenhum M deve ser P.

A regra a ser aplicada será universal, afirmativa ou negativa, contendo a obrigação de tratar de certa maneira todos os seres de uma determinada categoria. A universalidade da regra é apenas uma conseqüência do fato de ela se aplicar a todos os seres de uma categoria; a regra será afirmativa ou negativa conforme se tratar de uma obrigação de fazer ou de abster-se.

Estas precisões permitem fornecer uma terceira definição da justiça formal: consiste ela em *observar uma regra que enuncia a obrigação de tratar de uma certa maneira todos os seres de uma determinada categoria.*

Esta definição equivale às duas anteriores. Com efeito, vimos que a igualdade de tratamento é vinculada ao fato de observar uma regra; ademais, a categoria em questão na definição é a categoria essencial, pois ela é que é levada em conta na aplicação da justiça.

As condições de aplicação da justiça formal se resumem aos três elementos de um silogismo imperativo:

a) a regra a ser aplicada que fornece a maior do silogismo;
b) a qualificação de um ser, o fato de considerá-lo membro de uma determinada categoria, que fornece a menor do silogismo;
c) o ato justo que deve ser conforme à conclusão do silogismo.

As poucas considerações que precedem trazem a lume a afinidade existente entre a justiça e as exigências da nossa razão. A justiça é conforme a um raciocínio. Falando a linguagem kantiana, poderíamos dizer que ela é uma manifestação da razão prática. É por isso, aliás, que se opõe às outras virtudes, mais espontâneas, que incidem diretamente sobre o real, enquanto ela postula a inserção do real em categorias consideradas essenciais.

A caridade é a virtude mais diretamente oposta à justiça. Pode exercer-se espontaneamente, sem nenhum cálculo, nenhuma reflexão prévia, sua meta é aliviar o sofrimento, seja ele qual for, o primeiro que se apresenta, sem levar em conta nenhuma outra circunstância. A caridade é simbolizada pela enfermeira com véu branco que passa de um doente para outro e encontra para cada um o remédio que acalma, a palavra que reconforta. Ela não se preocupa nem com os méritos de cada um, nem com a gravidade de seus ferimentos. Homens estão sofrendo, é mister ajudá-los, sem nenhuma restrição, sem segundas intenções. O ideal de caridade é incondicional e constitui um imperativo categórico. É universal e não é limitado nem por regras, nem por condições, nem por palavras; a caridade é instintiva, direta, indiscutível. Não se entra em acordo sobre fórmulas de caridade, pois ela não necessita de fórmulas para exprimir-se, é alheia não só a todo espírito sistemático, mas mesmo a todo raciocínio: ela dispensa qualquer elemento discursivo.

A justiça, ao contrário, não é concebida sem regras. Ela é fiel à regra, obediente ao sistema. Pode dispensar emoção, ímpeto. Imaginamo-la sob a forma de um velho severo e frio, que pesa, que calcula, que mede. Nada menos espontâneo do que a justiça. O indivíduo nada é para ela; ela não deve ver senão um elemento do conjunto. Tudo quanto é individual, espontâneo, emotivo, a aplicação da justiça deve empenhar-se para não o levar em conta. Ela não pode amar, pois é-lhe vedado favorecer. Sua simpatia só pode resultar da estima, da consideração: deve ser estritamente calculada, medida, proporcionada. A justiça não pode ser instintiva: é submetida a regras, condições, qualificações. A obrigação por ela imposta é condicional, hipotética, pois o modo como se agirá depende da categoria em que se encontra o objeto da ação. A aplicação da justiça supõe reflexão, discernimento, um juízo, um raciocínio. Nesse sentido, a justiça é uma virtude racional, a manifestação da razão na ação.

Note-se, a esse respeito, que a aplicação da justiça formal impõe, no domínio prático, trâmites racionais iguais aos requeridos pela aplicação de uma lei, no domínio teórico.

Para que um ato seja justo, é preciso que realize a conclusão de um silogismo cuja maior é constituída por uma fórmula da justiça concreta ou por uma de suas conseqüências, e a menor por uma qualificação que integra um ser numa categoria essencial.

A aplicação de uma lei teórica a fatos particulares apresenta exatamente a mesma estrutura: a maior é constituída por uma lei universal, a menor por uma qualificação e a conclusão enunciará uma afirmação concernente à realidade.

Veja-se o exemplo clássico do silogismo teórico:

> Todos os homens são mortais,
> Ora, Sócrates é um homem,
> Logo, Sócrates é mortal.

A estrutura desse silogismo difere daquela de um silogismo imperativo unicamente pelo fato de que sua maior e sua conclusão não enunciam o que deve ser, mas o que é. Essa diferença tem como conseqüência estabelecer outras relações entre o fato e a regra, no domínio teórico e no domínio prático.

A lei teórica não é passível de exceção: é universal ou necessariamente verdadeira. Um único fato contrário à lei basta para invalidá-la: nesse sentido pode-se afirmar que o fato prevalece sobre a lei, pois ele é que a desqualifica; são os fatos que submetem as leis à prova. Na área teórica os fatos é que são normativos; esta concepção é a própria condição da indução.

Em contrapartida, a lei prática imperativa não pode ser nem universalmente nem necessariamente seguida. Quando há necessidade, não há obrigação; ao contrário, a obrigação supõe liberdade; não se pode coagir o que é livre; não se pode regulamentar o que não é necessário. A concepção de uma lei imperativa supõe, pois, fatos que não lhe são conformes. Mas um fato assim não desqualifica a lei; ao contrário, a lei é que é normativa, ela é que se impõe aos fatos, que é juiz, não da realidade deles, mas do valor deles. Daí resulta que não se pode basear leis normativas na indução.

É muito importante saber se um domínio da realidade é submetido a leis teóricas ou a leis normativas, sendo que umas dizem o que é, as outras determinam o que vale. Com efeito, tudo que é submetido a leis teóricas é alheio tanto à vontade dos homens quanto à sua apreciação, constituindo esta, em definitivo, uma das formas de ação sobre uma vontade livre. Afirmar que uma área da atividade humana é submetida a leis teóricas significa querer subtraí-la à ação da vontade humana, à ação das leis normativas. A afirmação de que a lei da oferta e da procura rege a vida econômica tem como conseqüência subtrair os fenômenos econômicos à ação das regras normativas que a pretendessem regulamentar. Ao contrário, a regulamentação da vida econômica (salários e preços impostos, racionamento) prova que a lei da oferta e da procura não passa de uma tendência que os homens podem canalizar como o curso de um rio.

Falar da injustiça da natureza ou do destino é supor que esta não é regida por leis universais, mas por leis normativas, é supor que o desenrolar dos fenômenos naturais depende de uma vontade que pode submeter-se a leis, mas que pode também isentar-se delas. Como o necessário não é suscetível de um juízo de valor, fazer tal juízo é supor que o que se avalia não é necessário, que esse fato depende de uma vontade que poderia modificá-lo. É necessário aquilo cuja negação não é possível. Admitir a possibilidade dessa negação equivale a negar a necessidade oposta, significa fazer a realização de um fenômeno depender de uma vontade, de uma arbitrariedade. A intervenção da vontade divina, ao eliminar a necessidade, submete o universo a leis normativas e permite apreciações sobre o seu valor.

Se abstrairmos a diferença que acabamos de precisar, a que separa as leis teóricas das leis normativas, notaremos a existência de um mesmo esquema racional do qual nos servimos tanto para explicar um fenômeno como para justificar um ato.

Explicar um fenômeno é mostrar como ele se deduz das regras aceitas. A explicação é relativa a essas regras: se ele é conforme à conclusão de um raciocínio que apela para premissas aceitas, o fenômeno é explicado.

Dá-se o mesmo quando se trata de justificar um ato. O ato é justo se é conforme à conclusão de um raciocínio cujas premissas foram aceitas, constituindo uma delas um juízo imperativo, decorrente de uma fórmula de justiça concreta.

A explicação e a justificação servem-se dos mesmos procedimentos racionais; diferem apenas pela natureza de uma das premissas do raciocínio.

A justiça formal consiste em observar uma regra que contém uma obrigação de tratar de certa maneira todos os seres de uma determinada categoria.

Essa definição lembra muito a concepção que Dupréel apresenta com o nome de justiça estática.

"A *justiça estática*", diz Dupréel[17], "*consiste em observar uma regra estabelecida, seja qual for essa regra*. O dever de justiça é aplicar a regra reconhecida. É *justo* ou íntegro quem obedece a esse dever. Tal como um juiz que aplica escrupulosamente a lei. O professor se mostra justo dando a cada aluno os pontos e o lugar que eles mereceram: é porque respeita a regra e as condições do concurso.

"A justiça estática ou justiça no sentido estrito (integridade) se nos apresenta, portanto, como uma regra que se sobrepõe às outras regras e que assegura a observação de tal regra, dela fazendo um dever moral. Com efeito, todas as regras ou convenções que encontramos estabelecidas numa sociedade estão longe de ser, por si sós, regras morais. Não poderiam pretender a essa qualidade todos os artigos de regulamentos que são fundamentados em razões de oportunidade ou de conveniência particular, por exemplo, a parte que o Estado arrecadará sobre as heranças ou o lado da estrada em que os veículos se manterão. Não foi uma regra moral que inspirou o inventor do jogo dos centos quando fixou os valores relativos do rei e do ás. Mas, uma vez estabelecidas essas convenções, torna-se injusto infringi-las. A cada instante, consentir o benefício de ser membro de uma sociedade implica o compromisso de observar todas as suas regras, sendo a esse compromisso implícito que corresponde a *regra de justiça*.

"A justiça (estática) é, portanto, a *regra das regras* de uma sociedade; ela é que vem dar um valor moral ao respeito por regulamentos de todas as espécies, mesmo quando estes não são ainda, por si sós, regras especificamente morais. Logo, ela é, por excelência, a regra moral responsável pela própria existência do grupo social, uma vez que ela é o que acarreta um demérito moral do autor de qualquer infração às regras desse grupo, de qualquer natureza que sejam, aliás, essas regras."

Portanto, a justiça estática se refere às regras estabelecidas, às regras reconhecidas pelo grupo. Tal concepção é, num sentido, mais restrita do que a da justiça formal que se reporta às regras aceitas por quem as aplica, sejam elas impostas ou não pelo grupo. O ato é justo quando é conforme à regra, sem que se trate necessariamente de uma regra imposta pelo grupo.

Noutro sentido, a justiça formal é mais estrita do que a justiça estática, pois exige a observação de regras de uma determinada natureza e não de qualquer regra estabelecida. A justiça estática, ao sancionar qualquer regra jurídica ou moral que seja, vem assim coincidir com todo o campo da moralidade, ao passo que a justiça formal é baseada no sentimento de igualdade que só pode ser explicado pela aplicação de regras de natureza lógica bem determinada.

A justiça formal nos diz que um ato é justo quando resulta da aplicação de certa regra. Mas quando se pode dizer da regra que ela é justa? A justiça formal não nos informa disso. É verdade que, por esse silêncio, pode-se criar, sem dificuldade, um acordo sobre a definição dessa noção, mas grande número de leitores não se sentirá nem um pouco satisfeito: declararão que o problema, em vez de ser resolvido, foi simplesmente eludido, porque nos contentamos em definir uma justiça formal que não passa de uma fórmula vazia.

A verdadeira justiça, dirão esses críticos, não consiste na aplicação correta de uma regra, mas na aplicação correta de uma regra justa. Portanto não basta, dirão eles, contentar-se com a definição de um ato justo, independentemente do valor da regra. De fato, nem a análise de nosso sentimento de justiça, nem a da noção de justiça terminam se nos contentamos em determinar uma justiça puramente formal, sem que a nossa análise permita uma escolha entre várias fórmulas de justiça concreta, sem que nos deixe em condições de dizer quando uma regra é justa e quando não é.

Se a justiça formal é um princípio de ação que permite distinguir os atos justos daqueles que não o são, seria altamente desejável encontrar um critério teórico que possibilitasse distinguir as regras justas daquelas que não merecem esse qualificativo. Na continuação deste estudo, procuraremos determinar em que medida é possível realizar tal desejo.

5. Da arbitrariedade na justiça

Um ato é formalmente justo se observa uma regra que enuncia tratar de certa maneira todos os seres de uma determinada categoria. Observe-se que a própria regra não é submetida a nenhum critério moral; a única condição que deve preencher é de natureza puramente lógica. Trate-se de punir ou de recompensar, de aplicar uma lei sobre as sucessões, um regulamento sobre as vias públicas ou uma taxa aduaneira, se a regra estabelece a obrigação de tratar de uma determinada forma os seres de certa categoria, da observação da regra resulta um ato formalmente justo.

Podemos perguntar-nos, e não sem razão, se essa indeterminação sobre o próprio conteúdo da regra não pode levar mentes capciosas a escapar a qualquer acusação de injustiça formal, deixando-lhes ao mesmo tempo uma liberdade de ação quase completa, permitindo-lhes a mais completa arbitrariedade. Nada impede, de fato, quando se deseja não tratar conforme a regra um ser de certa categoria essencial, modificar a regra com uma condição suplementar que faria aparecer duas categorias onde antes só havia uma: essa subdivisão permitiria, daí por diante, tratar de modo diferente seres que a partir de então fariam parte de duas categorias diferentes. A modificação pode ser qualquer uma: pode tanto consistir numa restrição referente a condições de tempo ou de espaço quanto numa limitação que afeta uma propriedade qualquer de membros da categoria. Em vez de dizer "Todos os M devem ser P", dir-se-á, por exemplo "todos os M nascidos antes de 1500 devem ser P" ou "todos os M nascidos na Europa devem ser P" ou, em geral, "todos os M afetados pela qualidade A devem ser P". Dessa modificação da regra resultará imediatamente a conseqüência que os M nascidos depois de 1500, os M nascidos fora da Europa ou, em geral, os M que não têm a qualidade A já não deverão ser P. Como a antiga regra já não lhes é aplicável, ter-se-á liberdade de formular uma nova regra para eles, que dirá como esses seres deverão ser tratados. É essa toda a arte dos casuístas.

Em vez de agir de um modo formalmente injusto, tratando de maneira desigual dois seres que fazem parte da mesma categoria essencial, preferir-se-á modificar a regra de modo que, formalmente, a ação seja justa e irrepreensível.

Tomemos um exemplo pitoresco desse modo de agir tirado da política aduaneira contemporânea.

Atualmente, a política aduaneira dos Estados constitui um dos atributos de sua soberania. Logo, podem tributar, como bem lhes parecer, os produtos de proveniência estrangeira que se deseja introduzir em seu território. No entanto, para facilitar as relações comerciais internacionais, os Estados são levados a limitar sua arbitrariedade na área aduaneira mediante tratados comerciais que ligam os Estados contratantes por um determinado lapso de tempo. Alguns desses tratados contêm a cláusula de "nação mais favorecida", cláusula que permite aos exportadores, do Estado a que esse tratamento é concedido, se beneficiarem da tarifa alfandegária mais favorável concedida a qualquer Estado sobre qualquer produto.

Suponhamos que a Dinamarca se beneficia, num país A, da cláusula de nação mais favorecida. Se o Estado A permite à manteiga suíça transpor as fronteiras de seu território mediante um imposto muito baixo, será automaticamente obrigado a permitir à manteiga dinamarquesa entrar mediante o mesmo imposto, senão transgride seu tratado comercial com a Dinamarca e age de modo formalmente injusto.

O Estado A não desejaria conceder aos exportadores dinamarqueses o benefício de seu acordo com a Suíça, e isto apesar da cláusula de nação mais favorecida; e, tampouco querendo transgredir abertamente seu tratado com a Dinamarca, saiu-se airosamente fazendo uma modificação na regra: em vez de diminuir os direitos aduaneiros sobre a manteiga, diminuiu a taxa sobre a manteiga "proveniente das vacas cujos pastos ficavam a mais de 1.000 metros de altitude". Essa regra, aplicável à manteiga suíça e não à manteiga dinamarquesa, permite favorecer o primeiro país sem violar a cláusula de nação mais favorecida.

Que resultará destas considerações? Que é sempre possível, mediante uma modificação da regra, escapar à injustiça formal, e isto em todos os casos em que a própria regra não é imposta. A justiça formal pode, em todos esses casos, coincidir com uma desigualdade real por causa da arbitrariedade das regras. Daí resulta que o papel da justiça formal é muito reduzido em todos os casos em que não se trata de regras estabelecidas, impostas a quem deve observá-las.

Quando se trata de observar uma regra estabelecida, caímos na parte da justiça formal que coincide com o que Dupréel chama de justiça estática e cujo papel está longe de ser desprezível na vida prática, pois ela constitui o fundamento da justiça na aplicação do direito positivo.

Mas, se se deseja que a justiça formal não seja uma fórmula vazia fora do direito positivo, seja em moral ou em direito natural, é indispensável eliminar, na medida do possível, a *arbitrariedade* das regras que ela deve aplicar.

A condição que essa exigência imporá às regras já não se refere à forma, mas ao conteúdo delas. Porém, como vamos ver, essa condição não esvazia o conteúdo da regra, mas impõe a esta a integração num sistema; essa obrigação terá como conseqüência acentuar o caráter racional das regras de justiça.

É impossível dizer o que é uma regra justa sem apresentar uma definição, sempre discutível, da noção de justiça. Parece-nos possível, porém, sem definir de um modo subjetivo uma noção cujo sentido emotivo é muito pronunciado, completar nossas considerações sobre a justiça formal com a análise das condições de natureza racional, impostas às regras de justiça concreta, para evitar sua arbitrariedade.

As fórmulas de justiça concreta estabelecem ou implicam categorias essenciais cujos membros devem ser tratados de uma certa forma, a mesma para todos.

Considerar que uma fórmula assim é injusta significa criticar ou a classificação que ela estabelece, ou o tratamento que reserva aos membros das diferentes categorias.

Suponhamos que a fórmula determina a divisão de todos os seres com que nos ocupamos em três categorias, A, B e C e que disso resulta que "todos os A devem ser P", "todos os B devem ser R" e "todos os C devem ser S". Afirmando que a regra é injusta, pode-se insurgir, ou contra a divisão nessas três categorias, ou então, embora admitindo a legitimidade dessa divisão, pode-se achar injusta a diferença entre o tratamento reservado aos membros dessas três categorias. A primeira crítica emanará, habitualmente, dos partidários de outra fórmula de justiça concreta, ao passo que a segunda será a de um adepto de outra modalidade da mesma fórmula.

Tomemos um exemplo concreto de controvérsia sobre questões práticas, apresentando-o, para a clareza da exposição, como uma simples aplicação das fórmulas de justiça concreta.

Pode-se atacar o sistema dos abonos familiares, supondo-se que ele seja considerado a aplicação da fórmula "a cada qual segundo suas necessidades", achando injusto que se leve em conta, na determinação do salário dos operários, outra coisa além do rendimento deles. É evidente que o partidário da fórmula "a cada qual segundo suas obras" dividirá os operários em categorias diversas daquela de quem leva em conta a fórmula "a cada qual segundo suas necessidades"; ele pode, pois, acusar de injusta a classificação determinada por esta última regra de justiça concreta. Mas alguém que acha perfeitamente justificado o sistema dos abonos familiares pode achar injusto que se conceda para o quarto filho, por exemplo, um abono dez vezes superior ao concedido para o primeiro, quando é o primeiro filho que aumenta de modo mais sensível os encargos da família.

Vê-se imediatamente que esta última crítica é de uma ordem totalmente diferente da primeira, porque ela se coloca no mesmo terreno daquele a quem se dirige, já admite uma certa plataforma comum: a necessidade dos abonos familiares para suprir as necessidades da família. Em contrapartida, a crítica de quem acha injusto levar em contra outra fórmula que não seja a que remunera os operários proporcionalmente ao rendimento deles não atribui importância ao mesmo valor que a fórmula "a cada qual segundo suas necessidades" e será infinitamente mais difícil encontrar um terreno de entendimento entre os partidários dessas fórmulas diferentes da justiça.

Perguntemo-nos, para começar, em que consiste a crítica daquele que acha injusto um tratamento muito diferente reservado aos membros de diversas categorias essenciais que ele considera fundamentadas, e em que se poderia dar razão à sua crítica.

Criticando a lei penal francesa, a qual acha profundamente injusta, Proudhon escreve[18]:

" Um pobre diabo, cujos filhos se queixam de fome, rouba, à noite, num sótão, depois de arrombamento e escalada, um pão de quatro libras. O padeiro o faz condenar a oito anos de trabalhos forçados. Eis o direito... Em compensação, o mesmo padeiro, acusado de ter posto gesso no pão à guisa de farinha e vitríolo como fermento, é condenado a cinco libras de multa: é a lei. Ora, a consciência brada que esse traficante é um monstro, e a própria lei, absurda e odiosa. De onde vem essa contradição?"

Proudhon não vê o menor inconveniente em que se puna aquele que comete um roubo com arrombamento e aquele que adultera os gêneros alimentares, mas acha que a pena não é proporcional, em ambos os casos, à gravidade do delito cometido.

Que deveríamos responder a Proudhon para justificar a diferença de tratamento reservado aos membros dessas duas categorias determinadas pelo direito penal, para provar que não se trata de medidas arbitrariamente adotadas, mas de disposições justas, tomadas com conhecimento de causa? Cumpriria definir a noção "gravidade do delito" de modo que dela resulte, contrariamente à afirmação de Proudhon, a proporcionalidade da pena à gravidade do ato.

Para mostrar que as regras, que determinam duas categorias diferentes assim como o tratamento reservado aos seus membros, não são arbitrárias, deve-se mostrar como essas duas regras e as diferenças por elas implicadas se deduzem de um princípio mais amplo, mais geral, do qual elas apenas constituem casos particulares.

Assim também, perguntam-se: "será justo que um trabalhador braçal ganhe 5 francos por hora, enquanto tal médico ganha 50.000 francos por mês?" Poder-se-ia responder, ou que essa diferença de tratamento nada tem a ver com a justiça, sendo apenas um mero efeito da lei da oferta e da procura, ou, se se quer defender a legitimidade dessa diferença, deve-se encontrar uma categoria mais ampla, como aquela, por exemplo, de importância do serviço prestado, da qual se teria condições de deduzir a diferença de tratamento entre um trabalhador braçal e um médico famoso.

Esses dois exemplos bastam para mostrar o que se deve entender por uma regra arbitrária. Uma regra é arbitrária se, mesmo não sendo uma conseqüência necessária de uma lei teórica, não for suscetível de justificação.

Falar de outra injustiça que não a formal sempre significa comparar duas regras diferentes. O raciocínio que se poderia opor a isso não provaria que as regras são justas, porque não se pode impor a todos a mesma concepção da justiça – mas pelo menos que elas não são arbitrárias, porque são justificadas, se deduzem de uma regra mais geral, da qual constituem apenas casos particulares.

Quando se trata de justiça formal, contentamo-nos em comparar o tratamento reservado aos membros da mesma categoria essencial mas não temos meio algum de comparar as categorias entre si. Em contrapartida, a crítica dirigida a uma regra de justiça concreta provoca a busca de um termo de comparação entre diversas categorias essenciais de modo que se justifique, pela relação entre cada categoria e o gênero do qual depende, a diferença de tratamento entre essas diferentes categorias.

A resposta de quem é acusado de formular uma regra injusta, por favorecer os membros de uma categoria com relação aos de uma outra, só pode ser a indicação da regra mais geral da qual se deduzem logicamente as duas regras que são comparadas. Justificar é sempre mostrar como uma determinada categoria se integra numa categoria mais vasta, como uma regra particular se deduz de uma regra mais geral.

Vimos qual analogia existe entre a explicação de um fenômeno e a justificação de um ato, como o ato justo e o fenômeno explicado coincidem ambos com a conclusão de um silogismo. Não ficaremos nem um pouco espantados de constatar a existência da mesma analogia entre o fato de explicar uma lei teórica e o de justificar uma regra normativa.

Explicar uma lei é mostrar que ela se deduz de um sistema mais geral do qual ela constitui, em determinadas condições, um caso particular. Assim é que a lei da atração terrestre constitui um caso particular do princípio de gravitação universal. A necessidade de explicar a lei da atração terrestre se fez sentir no momento em que a atenção do pensador foi atraída por uma diferença anormal de comportamento: por que a maçã cai no chão, enquanto a Lua, sofrendo a mesma atração, não vem esmagar-se na Terra que a atrai? Por que a Lua e a maçã se comportam diferentemente com relação à terra? A explicação foi fornecida pelo princípio de gravitação universal do qual se pôde deduzir tanto a lei da atração terrestre quanto a resistência da Lua relativamente à Terra.

Assim também, a justificação de uma regra normativa apela a um princípio mais geral, do qual se pode deduzir o tratamento diferente aplicado a seres que fazem parte de outras categorias essenciais.

Essas considerações trazem a lume, uma vez mais, a relatividade tanto da explicação como da justificação; toda explicação é relativa a certas leis mais gerais, toda justificação é relativa a princípios mais abstratos. Mas, essas leis, pode-se também querer explicá-las, esses princípios, pode-se também dever justificá-los, visto seu caráter arbitrário. A explicação e a justificação recorrerão então a leis ainda mais gerais, a princípios ainda mais abstratos: chegar-se-á, tanto na área teórica como na área prática, à edificação de sistemas racionais. Ao sistema teórico da ciência será simétrico um sistema normativo da justiça.

Entretanto, por mais longe que remontarmos na explicação e na justificação, chegará um momento em que pararemos. Essa parada talvez seja apenas provisória, nada terá de necessária, mas determinará o topo de um estado da ciência, o teto de um sistema normativo.

As leis mais gerais da ciência, que possibilitam explicar todas as outras, mas ficam por sua vez inexplicadas, determinam os traços mais gerais da realidade; são elas que fazem que o universo não se reduza a uma tautologia, a um mero desenvolvimento do princípio de identidade. É a existência delas que permite à ciência esperar novos desenvolvimentos, novos progressos em profundidade. Não diremos, com E. Meyerson, que a explicação não passa de uma redução da realidade a uma identidade, mas afirmamos que é o fato de essa redução não poder fazer-se, e jamais se fará, que nos permite compreender por que a explicação é sempre relativa e sempre inacabada, por que a ciência jamais logrará esgotar seu objeto.

Essas leis que estão no topo de nosso sistema científico, embora enunciem ligações logicamente arbitrárias, porque inexplicáveis, não se pode pensar em pô-las em dúvida; de fato, as ligações que elas afirmam são universais e definem a nossa realidade: só nos resta inclinarmo-nos diante dos fatos.

Mas as coisas são totalmente diferentes num sistema normativo. Os princípios mais gerais de um sistema assim, em vez de afirmarem o que é, determinam o que vale: estabelecem um valor, o valor mais geral, do qual se deduzem as normas, os imperativos, as ordens. Ora, esse valor não tem fundamento nem na lógica, nem na realidade. Como a sua afirmação não resulta de uma necessidade lógica, nem de uma universalidade experimental, o valor não é universal nem necessário; é, lógica e experimentalmente, arbitrário. Aliás, é por ser arbitrário, logo precário, que o valor se distingue da realidade. Assim como a norma supõe uma liberdade, também o valor supõe uma arbitrariedade.

Nosso empenho de justificação das regras para delas eliminar, na medida do possível, a arbitrariedade deve deter-se num princípio injustificado, num valor arbitrário. Um sistema de justiça, por mais adiantado que seja, não pode eliminar toda arbitrariedade, senão, na verdade, já não seria um sistema normativo: estabeleceria uma necessidade lógica ou uma universalidade experimental e seu caráter normativo desapareceria imediatamente.

Todo sistema de justiça constitui apenas o desenvolvimento de um ou de vários valores, cujo caráter arbitrário é vinculado à própria natureza deles. Isso nos permite compreender por que não existe um único sistema de justiça, por que podem existir tantos quantos valores diferentes houver. Daí resulta que, se uma regra é considerada injusta por alguém que preconiza outra fórmula de justiça concreta, portanto outra distribuição em categorias essenciais, basta registrar o antagonismo que opõe os partidários das diferentes fórmulas da justiça; com efeito, cada um deles põe em primeiro plano um valor diferente. Dada a pluralidade dos valores, sua oposição e seu caráter arbitrário, o raciocínio é incapaz de desempatar os antagonistas, por falta de um acordo sobre os princípios que poderiam servir de ponto de partida para a discussão. Para que possa ser estabelecido um acordo sobre as regras de justiça, é mister que se possam justificar todas aquelas que se atacam, e que não se ataquem todas aquelas que se podem justificar, a saber: as que concedem a certos valores o primeiro lugar na condução de nossa ação.

Se consideramos uma regra injusta, por ela conferir a preeminência a outro valor, só temos de registrar o desacordo; um raciocínio será incapaz de desaprovar qualquer um dos adversários. Note-se que, se tal estado de coisas ocorre o mais das vezes quando se trata de debater a distribuição dos seres em categorias essenciais, é possível que algumas questões de valor intervenham mesmo quando se discute sobre o tratamento que se deve reservar aos membros de certas categorias.

Tomemos a crítica que Proudhon endereçou ao direito penal francês. Vimos que os antagonistas poderiam ter chegado a um acordo se definissem da mesma forma "a gravidade do delito". Se um faz essa gravidade depender da conturbação que introduz na ordem social e o outro dos sofrimentos que ela inflige à vítima do delito, estaremos diante de duas atitudes incompatíveis, baseadas numa concepção diferente do direito penal: a primeira se preocupa em proteger a sociedade, a segunda põe no primeiro plano o indivíduo. Dessa diferença resultará, em grande número de casos, apreciações diversas da gravidade do delito. O roubo de uma soma de dinheiro, nas mesmas circunstâncias, será punível da mesma maneira, segundo aquele que se preocupa sobretudo com a conturbação que esse roubo traz à sociedade, pouco importando os sofrimentos que esse roubo tenha causado. Em contrapartida, aquele que se preocupa com esses sofrimentos considerará infinitamente mais odioso e mais grave o roubo de todas as economias de um impotente do que o roubo da mesma soma do cofre-forte de um grande banco, e exigirá para o primeiro delito um castigo bem mais severo. Vê-se como uma concepção diversa da gravidade do delito permitirá classificar noutra ordem de importância as categorias determinadas pelo direito penal. Assim é que, afinal de contas, o desacordo sobre o tratamento reservado aos membros de uma categoria essencial, quando decorre de um desacordo sobre os valores, determina igualmente uma mudança na classificação dos seres ou dos atos.

É apenas quando há acordo sobre os valores desenvolvidos por um sistema normativo, que se pode procurar justificar as regras, que é possível eliminar tudo o que favorece ou desfavorece arbitrariamente os membros de certa categoria essencial. Quando o acordo sobre os valores permite o desenvolvimento racional de um sistema normativo, a arbitrariedade consistirá na introdução de regras alheias ao sistema; essas regras poderão ser atacadas como injustas, porque arbitrárias e não fundamentadas.

Portanto, uma regra não é arbitrária em si: torna-se arbitrária apenas na medida em que permanece injustificada.

Como tanto a arbitrariedade quanto a justificação são relativas a outras regras, todo o sistema é fundamentado nos princípios que estão em sua base, e seu valor é vinculado ao valor das afirmações arbitrárias e injustificadas que lhe servem de fundamento. Assim é que, definitivamente, todo sistema de justiça dependerá de outros valores que não o *valor de justiça*, e seu valor propriamente moral dependerá das afirmações arbitrárias a partir das quais se desenvolve.

Dupréel chegou a uma conclusão do mesmo gênero através de considerações de outra ordem.

"Não há", diz ele[19], "*um ideal de justiça*, único e oponível, pondo-o no mesmo plano, a algum outro ideal tal como a caridade ou a pureza. *Há formas múltiplas de ideal de justiça*, e cada uma delas tem um conteúdo que nunca é *a justiça pura*, o justo em si, mas é um *ideal qualquer*, redutível a alguma outra forma de aspiração moral desinteressada.

"O mais das vezes é mais vantajoso apresentar o ideal que se preconiza como sendo apenas a mera aplicação de uma regra moral previamente reconhecida ou indiscutida.... É por isso que *o ideal de justiça é, invariavelmente, um aspecto que se confere a um determinado ideal, qualquer um e variável*. A justiça é o nome prestigioso que se dá ao bem que se concebe."

Dupréel prova sua asserção não, como o fizemos, por uma análise puramente formal, mas pelo exame de três fórmulas de justiça concreta: "a cada qual a mesma coisa", "a cada qual segundo suas necessidades" e "a cada qual segundo seus méritos".

Com uma análise tão perspicaz quanto profunda, ele mostra que a fórmula de justiça igualitária exprime um ideal de respeito pelas pessoas ou de honra generalizada.

"A melhor ordem social", escreve ele[20], "não seria aquela em que cada indivíduo poderia, sem nenhum impedimento, tirar todos os proveitos de suas vantagens, de suas capacidades ou dos favores alheios. Um estado de fato assim, que seria uma desigualdade infinitamente fortalecida, convém substituí-lo por uma convenção pela qual uma mesma qualidade ou dignidade fundamental e um mesmo sistema de prerrogativas são reconhecidos a todo membro da sociedade ou a todos os homens...

"O igualitário propõe substituir, pela noção da pessoa provida de antemão de um mínimo de prerrogativas indefectíveis e idênticas, o fato bruto de indivíduos desiguais materialmente, e desigualmente capazes de aproveitar bens eventuais."

A fórmula "a cada qual segundo suas necessidades" tem valor porque, "ao aplicá-la, parece-se ter mais possibilidades de produzir, nas circunstâncias visadas, o máximo de fruição e o mínimo de sofrimento. Mas, se assim for, essa fórmula corresponde a um *ideal de beneficência*; é fundamentada no valor moral absoluto da dor suprimida e da alegria produzida. Essa proporcionalidade é justa por ser benfazeja. Oferece-se como o melhor procedimento na arte de fazer o bem. Apresentado dessa forma, o ideal de justiça só é, pois, determinado por um conteúdo que não é a justiça em si, mas a beneficência"[21].

Quanto à fórmula de justiça distributiva "a cada qual segundo seus méritos", Dupréel observa algo que é incontestavelmente exato: admiti-la significa supor um acordo prévio sobre os valores determinantes considerados como méritos. "Ora, esses méritos só poderão ser *virtudes quaisquer*, ou melhor, serão todas as virtudes, tais como o fato de prestar serviços à sociedade ou aos particulares, o fato de respeitar as regras e convenções, de realizar o melhor, etc. Por conseguinte, esse ideal de justiça, esse pretenso núcleo de justiça pura, se resume a uma *sanção dos outros valores morais previamente reconhecidos!* Se é justo que o mais merecedor seja o mais bem gratificado, isso quer dizer que a justiça só intervém no segundo tempo, para consagrar valores que ela sozinha não é suficiente para suscitar nem para definir."[22]

Baseando-se nesses três exemplos, Dupréel mostra que todo ideal de justiça depende de outros valores que não a própria justiça. Suas considerações permitem ilustrar luminosamente a tese, que acreditamos haver demonstrado de outro ponto de vista, de que todo sistema de justiça depende dos valores estabelecidos por seus princípios.

No entanto, a justiça possui um valor próprio, sejam quais forem os outros valores nos quais se fundamenta: é aquele que resulta do fato de sua aplicação satisfazer a uma necessidade racional de coerência e de regularidade.

Tomemos o exemplo de um sistema normativo assaz singular por conferir o mérito maior à estatura dos indivíduos. Desse sistema decorrerão regras que estabelecerão a obrigação de tratar os homens de uma forma relativamente proporcional ao seu tamanho. Pode-se procurar eliminar desse sistema toda regra arbitrária, todo tratamento desigual, todo favoritismo, toda injustiça. No interior do sistema, desde que não se ponha em discussão o princípio fundamental que lhe serve de base, a justiça terá um sentido bem definido: o de evitar qualquer arbitrariedade nas regras, qualquer irregularidade na ação.

Somos levados, assim, a distinguir três elementos na justiça: o valor que a fundamenta, a regra que a enuncia, o ato que a realiza.

Os dois últimos elementos, os menos importantes, aliás, são os únicos que podemos submeter a exigências racionais: podemos exigir do ato que seja regular, que trate da mesma forma os seres que fazem parte da mesma categoria essencial; podemos pedir que a regra seja justificada, que decorra logicamente do sistema normativo adotado. Quanto ao valor que fundamenta o sistema normativo, não o podemos submeter a nenhum critério racional, ele é perfeitamente arbitrário e logicamente indeterminado. Com efeito, embora qualquer valor possa servir de fundamento para um sistema de justiça, esse valor, em si mesmo, não é justo. O que podemos qualificar de justas são as regras que ele determina e os atos que são conformes a essas regras.

O caráter arbitrário dos valores que fundamentam um sistema normativo, a pluralidade e a oposição deles, fazem que um sistema de justiça necessário e perfeito seja irrealizável. Sustentar a existência de um sistema de justiça perfeito é afirmar que o valor no qual é baseado se impõe de modo irresistível, é afirmar, em definitivo, a existência de um único valor que domina, ou engloba, todos os outros. A preeminência desse valor já não seria abstrata: ele se imporia lógica ou experimentalmente, resultaria de uma necessidade racional ou de um fato de experiência. Ora, essa hipótese contém, em si, uma contradição interna: a noção de valor é, de fato, incompatível tanto com a necessidade formal quanto com a universalidade experimental: não há valor que não seja logicamente arbitrário. Apenas um racionalismo ingênuo julga a razão capaz de encontrar as verdades evidentes e os valores indiscutíveis. Sendo a justiça, desde sempre, considerada a manifestação da razão na ação, o racionalismo dogmático acreditava na possibilidade de desenvolver um sistema de justiça perfeito.

O racionalismo crítico, em contrapartida, por reduzir o papel da razão, por não lhe reconhecer nenhum poder de determinar o conteúdo de nossos juízos, é levado, por tabela, a limitar-lhe a importância no estabelecimento de um sistema normativo. A justiça, enquanto manifestação da razão na ação, deve contentar-se com um desenvolvimento formalmente correto de um ou de vários valores, que não são determinados pela razão nem por um sentimento de justiça.

Assim como a discussão sobre a justiça formal não poderia ser proveitosa quando se desejasse reduzir, com ela, divergências concernentes às fórmulas de justiça concreta, assim também a discussão sobre as regras de justiça não poderá ser proveitosa se se desejar, como conclusão, aniquilar todas as divergências concernentes aos valores. Nossa exigência de justiça deve limitar-se à eliminação das regras de toda arbitrariedade que não resulte de um juízo de valor irredutível. Assim como um ato justo é relativo à regra, a regra justa será relativa aos valores que servem de fundamento para o sistema normativo.

Como todo valor é arbitrário, não existe justiça absoluta, inteiramente fundamentada na razão. Para ser mais preciso, não existe justiça absoluta, exceto a respeito de seres idênticos que, seja qual for o critério escolhido, sempre farão parte da mesma categoria essencial. Assim que dois seres deixam de ser idênticos, assim que é preciso fazer a pergunta de saber se é preciso desprezar a diferença que os separa ou se, ao contrário, cumpre levá-la em conta, assim que é preciso distinguir as qualidades essenciais e secundárias para a aplicação da justiça, faz-se intervir considerações de valor, necessariamente arbitrárias.

O caráter emotivo dos valores que estão na base de todo sistema normativo é que faz que a aplicação da justiça pareça ser uma operação da qual toda afetividade não está inteiramente excluída. Um sistema de justiça pode, por inteiro, ressentir-se da coloração emotiva nele propagada pelo valor fundamental do qual ele constitui um desenvolvimento racional.

Baseando um sistema normativo no ideal da beneficência, pode-se mesmo ser levado a fazer distorções na aplicação estrita da regra, se essa irregularidade tiver como conseqüência uma diminuição do sofrimento: não se ficará muito zangado com o juiz que não aplicar a lei em todo o seu rigor, se o fizer unicamente em consideração de uma situação excepcionalmente infeliz; assim também, o direito de graça, concedido aos soberanos, lhes permite amenizar as severidades da lei, levando em conta circunstâncias especiais que o juiz não tinha de considerar.

Aliás, as desigualdades reais que se levam em conta para aplicar uma fórmula de justiça criam um novo problema para a consciência. Será justo que os seres ou seus atos sejam desiguais naturalmente? Será justo que um tenha nascido direito e o outro perverso, um belo e o outro disforme? A essa pergunta pode-se responder de dois modos diferentes. Pode-se dizer que a desigualdade é um efeito das leis naturais, do destino, e que a justiça é alheia a tudo quanto é necessário. Em contrapartida, um crente responderá que tais desigualdades resultam da vontade divina, cujos decretos são impenetráveis. Mas cada uma das duas respostas terá como conseqüência temperar, de certo modo, a aplicação da justiça. A primeira determinará a introdução da noção de irresponsabilidade, de sorte que só se punirão os atos que parecerem o efeito de uma vontade livre, portanto responsável. A segunda terá como conseqüência amenizar a aplicação da justiça pela caridade, pois aqueles a quem Deus recusa suas benesses devem poder ao menos esperar certa compensação na misericórdia dos homens.

O caráter arbitrário dos fundamentos da justiça faz com que ela não se imponha diretamente como outras virtudes mais espontâneas, de sorte que a intransigência exacerbada em sua aplicação pode até conduzir a conseqüências que uma alma bem-nascida sentirá como injustas: *summum jus, summa injuria*. É por isso que um ser apaixonado por justiça não se contentará em aplicar estrita e cegamente as regras que decorrem de seu sistema normativo; sempre pensará no fundamento arbitrário de seu sistema que não é, e não pode ser, um sistema perfeito. Não esquecerá que, ao lado dos valores reconhecidos por ele, existem outros valores aos quais algumas pessoas se devotam e pelos quais se sacrificam, e que sempre é possível uma revisão dos valores

Assim é que, embora a justiça pareça ser a única virtude racional, que se opõe à irregularidade dos nossos atos, à arbitrariedade das nossas regras, não se deve esquecer que sua ação mesma é fundamentada em valores arbitrários, irracionais, e que a estes se opõem outros valores aos quais um sentimento de justiça refinado não pode ser totalmente insensível.

6. Conclusão

A justiça é uma noção prestigiosa e confusa. Uma definição clara e precisa desse termo não pode analisar a fundo o conteúdo conceitual, variável e diverso, que seu uso cotidiano poderia fazer aparecer. Definindo-a, não se pode pôr em foco senão um único aspecto da justiça ao qual se quereria reportar todo o prestígio desta, tomada no conjunto de seus usos. Esse modo de agir apresenta o inconveniente de operar, por um subterfúgio lógico, a transferência de uma emoção de um termo para o sentido que se quer arbitrariamente conceder-lhe. Para evitar tal inconveniente, a análise da justiça se aterá a pesquisar a parte comum a diversas concepções da justiça, parte que, evidentemente, não esgota todo o sentido dessa noção, mas que é possível definir de uma forma clara e precisa.

Essa parte comum, chamada justiça formal, permite-nos dizer quando um *ato* é considerado justo. A justiça de um ato consiste na igualdade de tratamento que ele reserva a todos os membros de uma mesma categoria essencial. Essa igualdade resulta, por sua vez, da regularidade do ato, do fato de que coincide com uma conseqüência de uma determinada regra de justiça. A partir daí, pôde-se definir a noção de eqüidade que permite escapar às antinomias da justiça acarretadas pelo desejo de aplicar simultaneamente várias regras de justiça incompatíveis.

É infinitamente mais delicado definir uma noção que possibilite dizer quando uma *regra* é justa. A única exigência que se poderia formular acerca da regra é que não seja arbitrária, mas se justifique, decorra de um sistema normativo.

Mas um sistema normativo, seja ele qual for, contém sempre um elemento arbitrário, o valor afirmado por seus princípios fundamentais que, eles, não são justificados. Esta última arbitrariedade, é logicamente impossível evitá-la. A única pretensão que se pode, com todo o direito, alegar consistiria na eliminação de toda arbitrariedade que não seja a implicada pela afirmação dos valores que se encontram na base do sistema. Como, por outro lado, a arbitrariedade do sistema normativo vem sancionar desigualdades naturais, que tampouco são suscetíveis de justificação, daí resulta que, por essa dupla razão, não há justiça perfeita e necessária.

Essa imperfeição de todo sistema de justiça, a parte inevitável de arbitrariedade que contém, deve sempre estar presente na mente de quem quiser aplicar suas mais extremas conseqüências. É somente em nome de uma justiça perfeita que seria moral afirmar *pereat mundus, fiat justitia*. Mas todo sistema normativo imperfeito, para ser moralmente irrepreensível, deveria aquecer-se no contacto de valores mais imediatos e mais espontâneos. Todo sistema de justiça deveria não perder de vista sua própria imperfeição e disso concluir que uma justiça imperfeita, sem caridade, não é justiça.

§ 2. Os três aspectos da justiça[1]

1. Em todas as disciplinas normativas que regem, de um modo direto ou indireto, a ação com respeito a outrem, seja o direito ou a filosofia política, a moral ou a religião, a justiça constitui um valor central, o mais prestigioso que se possa invocar quando se trata de qualificar um ato (tal como uma decisão judiciária), uma regra ou um agente racional. Buscar as condições que permitem conceder a um ato, a uma regra ou a um agente, a qualidade de *justo* significa determinar os critérios do que vale, do que merece ser aprovado, na área da ação social. Como, ademais, toda visão do mundo molda à sua maneira os critérios da conduta válida, não se ficará nem um pouco espantado de constatar, ao estudar os textos relativos à noção de justiça[2], que esta se encontra imersa na ambigüidade e na confusão, à primeira vista ainda mais irremediáveis por resultarem, a um só tempo, da variedade das ideologias que a modelam e da diversidade dos planos nos quais se encontra desenvolvida uma teoria da justiça. No livro V da *Ética a Nicômaco*, que constitui, pelo que sabemos, o primeiro estudo analítico dessa noção, Aristóteles já chamava a atenção sobre a sua ambigüidade e sobre a multiplicidade de seus aspectos[3]. Para facilitar a análise, convém, parece-nos, tratar sucessivamente do ato justo, da regra justa e do homem justo, cuja determinação comporta exigências específicas, antes de examinar as interferências que podem ocorrer entre os diversos planos nos quais se apela ao ideal de justiça.

2. Ficando exclusivamente no plano do ato, da manifestação de uma vontade, nós o qualificaremos de justo se for conforme à aplicação correta de uma regra. O ideal de justiça tende, nesse nível, a modelar-se pelas operações mais elementares da aritmética e da física: querer-se-ia que as decisões justas fossem conformes a uma pesagem, a uma medição ou a um cálculo. O juiz, que atribuísse a cada qual o que lhe cabe segundo a lei, seria assimilável a aparelhos aperfeiçoados que indicam o montante a pagar, multiplicando a quantidade da mercadoria entregue pelo preço unitário. O montante é justo, por-

que a conta é exata e não se contesta a exatidão do aparelho, nem o preço unitário. Nessa concepção, o juiz perfeito seria como uma máquina sem defeito, que dá a resposta quando lhe fornecem os elementos do problema, sem se preocupar em saber o que está em causa e quem seria o beneficiário de um erro eventual. A venda que cobre os olhos da estátua da Justiça simboliza essa atitude desinteressada: julgam-se não pessoas, que não se vêem, mas seres que se enquadram nesta ou naquela categoria jurídica. O juiz é imparcial, pois não faz acepção das pessoas. O julgamento será o mesmo, em se tratando de amigos ou de inimigos, de poderosos ou de miseráveis, de ricos ou de pobres. Todos aqueles aos quais se aplica a mesma regra devem ser tratados da mesma forma, sejam quais forem as conseqüências. A máquina não tem paixões; não se pode nem intimidá-la, nem corrompê-la, nem, aliás, despertar-lhe a piedade. *Dura lex, sed lex.* A regra é a igualdade, ou seja, a permutabilidade dos indivíduos sujeitos à justiça; suas particularidades não serão levadas em consideração senão na medida em que a lei as torna uma condição de sua aplicação. Essa é a concepção formal da justiça[4], à qual seu próprio formalismo confere uma estrutura lógica, que favorece a dedução correta e, mais particularmente, o uso do silogismo: o que vale para todos os elementos de uma categoria se aplica a tal elemento dessa categoria. Nada deveria vir perturbar o desenrolar rigoroso do raciocínio: é com essa condição que poderá ser preservada uma ordem jurídica que dará uma impressão de segurança a todos que a ela estão sujeitos. O ideal do positivismo jurídico seria uma ordem jurídica tão bem elaborada, leis tão claras e tão completas que, no limite, a justiça pudesse ser administrada por um autômato. Foi a semelhante esforço de aclaramento e de aperfeiçoamento do sistema jurídico que se consagrou a escola de exegese.

 Ficando no plano do ato, a função do juiz é aplicar a lei, tal como é, sem outra consideração; não lhe compete modificar a lei em nome de concepções que julguem as próprias regras. Sua justiça é estática, não dinâmica[5]. É justo, para ele, o que é conforme à lei. Não tem de perguntar-se, enquanto juiz, se a lei é conforme à justiça. Trata-se, como se vê, de uma concepção heteronômica da justiça, insuficiente para o moralista ou para o filósofo. É justificada pela doutrina da separação dos poderes, que confere ao legislativo o direito exclusivo de legislar, ao judiciário o poder de aplicar a lei e vê na Corte de Cassação o policial encarregado pelo legislativo de cuidar de que os juízes não violem a lei em suas sentenças e arestos.

Seja qual for a origem da regra aplicada, tenha ela origem num ato do poder legislativo, no costume ou nos precedentes judiciários, uma decisão regular é satisfatória para a mente por causa da inércia mental, que acha normal e racional que o que foi decidido num caso o seja também em casos semelhantes (*stare decisis*). Resulte a decisão da aplicação a um caso particular de uma regra prévia, ou de precedentes fornecidos por sentenças anteriores, que formem um esquema de raciocínio aplicável ao caso presente, a justiça e a razão exigem que a mesma atitude seja adotada em situações essencialmente idênticas. Apenas a mudança deve ser justificada. No domínio do pensamento, como no da ação, a regra de justiça apresenta como normal a repetição de uma mesma maneira de agir[6]. Isso explica a racionalidade de fórmulas muito variadas – porque partiram de pontos diferentes –, mas que constituem todas as aplicações da regra de justiça no campo da conduta:

> Não faças a teu semelhante o que não desejarias que ele te fizesse.
> Age para com teu semelhante como desejarias que ele agisse para contigo.
> Não exijas de teu semelhante senão o que tu mesmo estás disposto a realizar.
> Admite que te tratem como tratas teu semelhante.
> Age do modo que desejarias que agissem todos os teus semelhantes.

O *semelhante*, em todas essas máximas, designa aquele a quem se aplicam as mesmas categorias que ao agente.

Definir o ato justo ou a decisão justa com relação à regra aplicada corretamente é supor que nem a escolha nem a interpretação da regra levantam problema. A regra segundo a qual se julgará deve ser incontestável e clara em todos os seus casos de aplicação possíveis, sem o que, tornando-se indispensável a intervenção pessoal do juiz, já não se poderia contentar-se com justiça formal nem com lógica formal para chegar a uma decisão justa. Pode acontecer que a decisão do juiz na escolha da regra possa ser determinada por regras estritas concernentes ao modo de proceder em casos específicos, mas nem sempre sucederá assim: a lei pode mostrar-se insuficiente, e o recurso à eqüidade parecer inevitável.

Para Aristóteles, o eqüitativo é justo; não é o legalmente justo, mas uma correção da justiça legal. Pois, precisa ele, enquanto a lei é universal, não é possível regulamentar certas situações por meio de enunciados universais que sejam corretos. A eqüidade do juiz paliará a imperfeição da lei, válida para os casos habituais, mas não para os casos aberrantes. Será justo decidir o que o legislador teria decidido se estivesse presente e tivesse conhecido o caso em questão[7]. Santo Tomás aconselha da mesma forma, quando a lei é defeituosa, a não julgar de acordo com a letra da lei, mas a recorrer à eqüidade, de acordo com a intenção do legislador. Retoma o parecer formulado no Digesto (I, *3 de Leg. Sentusque Consul. 25*) segundo o qual "é inadmissível que prescrições, sabiamente introduzidas com vistas à utilidade dos homens, se lhes tornem prejudiciais, por causa de uma interpretação por demais estrita pela qual se chega à severidade"[8].

Mesmo a lei sendo incompleta, obscura ou insuficiente, o juiz deve julgar (art. 4º do Código de Napoleão). A eqüidade do juiz deverá suprir a lei, mas sua decisão já não será justa por razões puramente formais: a própria regra aplicada deverá ser justa. É possível que uma máquina perfeita tenha condições de administrar uma justiça formalmente correta, mas nunca poderia julgar com eqüidade[9].

3. Assim que, por uma ou outra razão, há desacordo quanto à aplicação da lei, nasce o problema da regra justa. Ele se apresenta em circunstâncias variadas, seja porque haja empenho em especificar, no conjunto do direito vigente, a regra precisa aplicável na ocorrência, seja porque se trate de suprir o silêncio da

lei e de julgar com eqüidade, seja porque haja franca oposição à lei positiva, invocando-se prescrições de outra ordem, regras morais, prescrições religiosas ou o direito natural.

Em caso de contestação quanto à regra que deve ser aplicada ou quanto à sua interpretação, o juiz, que estatui nos âmbitos de um determinado sistema jurídico, se preocupará com a *ratio juris*, com a finalidade quer de tal lei particular, quer do sistema jurídico em seu todo. Conforme o modo estreito ou largo como essas questões de interpretação serão encaradas, elas dependerão quer das técnicas de exegese, quer da filosofia do direito. A intenção do legislador é amiúde equívoca. Sua determinação se limitará, em certos casos, ao exame dos trabalhos preparatórios; noutros, resultará de uma teoria geral do direito ou mesmo de uma filosofia política. A decisão do juiz será justa, nessa eventualidade, se a regra de seu julgamento for conforme ao espírito do sistema jurídico tal como é concebido.

Para alguns, esse modo de proceder pertencerá ainda, não ao plano em que tratamos da regra justa, mas àquele em que tratamos do ato justo. Com efeito, dizem eles, o ato é justo quando resulta da aplicação correta não de uma regra de direito isolada, mas do sistema jurídico em seu todo. O papel dos juristas que elaboram a doutrina é o de permitir ao juiz ver claro no sistema de direito que é encarregado de aplicar. O sistema e seus elementos são elucidados, mas não julgados: ainda permanecemos, inteiramente, no plano do direito positivo, que permanece a única norma da decisão justa.

Para outros, que se opõem a esse formalismo e a esse positivismo jurídico, o direito é uma técnica a serviço do ideal de justiça[10]. O papel do juiz só raramente se limita a uma dedução formal; o juiz encarna o direito vivo e deve inspirar-se, no cumprimento de sua missão, no exemplo do pretor romano para quem o direito era *ars aequi et boni*[11]. As regras do direito e os precedentes são indispensáveis para permitir a constituição de uma ordem jurídica estável, para garantir a segurança das transações. Mas isto não basta. O bom juiz é aquele que se serve do arsenal jurídico para fazer reinar a justiça. E é na medida em que forem bem-sucedidos nessa tarefa que as Cortes e Tribunais serão respeitados. O juiz não se pode contentar em aplicar a lei consoante a vontade do legislador: deve servir-se da lei para motivar suas decisões, mas estas devem ser acima de tudo eqüitativas. O juiz não está a serviço do poder que o nomeou, está a serviço da justiça. A Corte de Cassação não é o policial do legislativo, é a consciência jurídica que deve zelar por que o direito seja justo.

Nessa concepção, o juiz não se atém a aplicar a lei, mas vale-se dela para estear seu sentimento de eqüidade, que escutará acima de tudo quando a lei é obscura ou incompleta. Mas, esse sentimento que o deveria guiar no exercício de suas funções judiciárias, de onde vem, como o precisar, como conceber, de acordo com esse sentimento de eqüidade, o que é uma regra justa? Estamos a ponto de abandonar a concepção jurídica da justiça, que é conformidade ao direito, por outra concepção que desejaria impor-se ao direito e governá-lo. Poucas pessoas contestarão a legitimidade do ponto de vista que transcende o direito positivo, mas grande número de juristas, alegando a doutrina da separação dos poderes, vedarão ao juiz invocá-la, salvo em casos excepcionais, e exigirão que se deixe ao legislador o cuidado de votar leis impregnadas do sentimento da justiça. Normalmente, é o legislador, e não o juiz, que é o eleito da nação, é ele que, na democracia, é seu porta-voz. Permitir ao juiz decidir da regra justa significa supor que há outras normas em que deve inspirar-se em suas decisões que não as do sistema jurídico, significa subordinar o direito positivo à consciência individual do juiz, à sua filosofia política, às suas convicções religiosas, a um direito natural qualquer. A oposição ao direito positivo em vigor é perfeitamente admissível, mas não da parte do juiz no exercício de suas funções. Todo homem pode ter razões muito respeitáveis para se rebelar contra a ordem estabelecida; apenas o legislador pode legalmente modificá-la.

O sonho de uma sociedade mais justa inspirou os trabalhos de grande número de pensadores, e o estudo das condições e das conseqüências do estabelecimento de uma ordem justa constitui o objeto central da filosofia do direito, da filosofia moral, social ou política. O Platão de *A República* e de *As leis* constitui o modelo prestigioso dos pensadores do Ocidente: à justiça concebida como conformidade a normas habituais de conduta, ele prefere a justiça como conformidade a regras ideais; às numerosas definições da justiça que ele descarta umas depois das outras[12], ele opõe aquela que considera racionalmente fundamentada, a saber: "a posse de seu bem próprio e o cumprimento de sua própria tarefa constituem a justiça"[13]. A justiça não é conformidade a um sistema de regras consuetudinárias ou legais adotadas pelos homens, mas a conformidade dessas próprias regras a uma ordem prévia. O problema da justiça está, nesse caso, subordinado ao problema filosófico da determinação dessa ordem fundamental da qual resultará uma teoria do direito natural ou racional, que deveria guiar o legislador que deseja elaborar um direito positivo justo. Apenas quando a matéria não foi regulamentada por essa ordem fundamental prévia, é que o legislador determina soberanamente as normas do justo e do injusto. Santo Tomás se exprime com toda nitidez a esse respeito: "A vontade humana pode, em virtude de uma convenção comum, fazer que seja justa uma coisa dentre aquelas que não implicam nenhum desacordo com a justiça natural. E é aí que há lugar para o direito positivo. Daí a definição do Filósofo referente ao direito positivo, a saber: 'antes de ser estabelecido, não importava que ele fosse assim ou diversamente, mas, uma vez estabelecido, importa'. Em contrapartida, uma coisa, que por si só está em desacordo com o direito natural, não pode tornar-se justa por vontade humana, por exemplo, decretar que é permitido roubar ou cometer o adultério. Por isso está escrito em Isaías: 'Ai daqueles que fazem leis iníquas'."[14]

O direito natural, a que Santo Tomás alude, é preexistente ao direito positivo. Mas nem sempre sucede assim.

Em certas sociedades teocráticas, os mandamentos divinos não preexistem ao direito positivo, mas o *constituem* verdadeiramente. Depois de haver proclamado o Decálogo, Moisés ordena a seu povo observá-lo por amor e por temor de

Javé: "Guardai os mandamentos de Javé, vosso Deus, as instruções e as leis que ele vos prescreveu, e fazei o que é justo e bom aos olhos de Javé." (*Deuteronômio*, VI, 17-18). As prescrições religiosas, morais e jurídicas, não são distinguidas umas das outras ou, quando o são, é por meio de regras de competência e de procedimento de importância secundária. Trata-se aqui de uma concepção não filosófica, mas profética da justiça, da qual trataremos posteriormente; voltemos aos pontos de vista filosóficos.

As escolas clássicas de direito natural assimilam a atividade do jurista à do cientista: seu papel, de ambos, seria evidenciar estruturas prefiguradas na natureza das coisas. Lembramo-nos, nesse sentido, das célebres observações de Montesquieu: "Antes que houvesse leis feitas, havia relações de justiça possíveis. Dizer que não há nada justo ou injusto senão o que ordenam ou vedam as leis positivas é dizer que antes que se houvesse traçado o círculo todos os raios não eram iguais. Logo, cumpre reconhecer relações de eqüidade anteriores à lei positiva que as estabelece."[15] As leis justas são as que, deixando claras e formulando as relações de justiça possíveis, lhes conferem sua atualidade e sua positividade; não se trata aqui de uma invenção criativa, mas do reconhecimento e da sanção legais de relações objetivas e prévias.

Em contrapartida, os partidários de um direito racional o apresentam como uma criação puramente humana, orientada para a realização de fins, quer utilitários, quer ideais.

Hume não hesita em dizer que as regras de justiça não são naturais, mas artificiais, o que não quer dizer não-fundamentadas[16], pois são essencialmente úteis. Elas "têm por objetivo remediar inconvenientes oriundos do concurso de certas *qualidades* da mente humana e da *situação* dos objetos exteriores"[17]. Não limitando, como Hume, a justiça à regulamentação das questões de propriedade privada, Jeremy Bentham estabelecerá todo um sistema de legislação utilitária em que o legislador deveria inspirar-se para elaborar um direito justo.

Para os partidários de um direito racional ideal, de Kant a Del Vecchio, a justiça é fundamentada essencialmente no respeito à autonomia de cada pessoa. Eis como se exprime este último autor: "A justiça requer que cada sujeito seja reconhecido e tratado por qualquer outro como um princípio absoluto de seus próprios atos. A justiça requer que, no tratamento recíproco, se tome em consideração essa identidade metaempírica de natureza e que seja excluída, em conseqüência, toda disparidade não fundamentada na maneira de ser e de operar efetiva de cada qual, devendo todo comportamento ser reportado objetivamente à mesma medida absoluta."[18] Essa formulação, inspirada por um humanismo universalista, precisa a regra de justiça: "Age do modo que desejarias que agissem teus semelhantes", no sentido do imperativo categórico de Kant. Os semelhantes, que poderiam limitar-se aos homens da mesma tribo ou da mesma raça, ou englobar todos os seres vivos, se identificam, nesse caso, com todos os seres vivos que supomos dotados de autonomia e cuja personalidade deveria ser respeitada. Um direito positivo será tratado como justo se constituir "uma satisfação, parcial e imperfeita, mas indispensável, da 'sede de justiça', da necessidade de coordenação e de equilíbrio entre os indivíduos que é inata em nós, e que deve, porém, de certa maneira, se traduzir e se valorizar na experiência"[19].

Os pontos de vista em que se colocam os filósofos para determinar se uma regra é justa são, como comprovam as poucas amostras apresentadas, extremamente variáveis. Todos procuram, não obstante, limitar, à sua maneira, a arbitrariedade daqueles que imporiam leis unicamente em nome da força de que dispõem. As leis deveriam amoldar-se, quer a uma realidade prévia, quer a um sistema racional, concebido com o intuito de realizar um fim ideal. Pois uma regra justa não é arbitrária; deve possuir um fundamento justificativo em razão, mesmo que esse fundamento não suscite um acordo unânime[20].

Partindo da idéia de que é preciso tratar da mesma forma os semelhantes – formulação tão genérica da regra de justiça que não levanta nenhuma objeção –, cada filosofia procurará justificar, de acordo com seu sistema, o fato de que certas diferenças impedem considerar como semelhantes seres que se distinguem por características julgadas essenciais (seus méritos, suas necessidades, suas obras, sua posição, sua origem ou uma combinação qualquer de tais características); cada uma indicará como é preciso proporcionar o tratamento dos seres que fazem parte de categorias diferentes com o *valor* posto assim em evidência. É em considerações assim que Aristóteles fundamenta a proporcionalidade – e não a igualdade – que preside à determinação racional da justiça distributiva[21].

Aliás, essa proporcionalidade deve reger todas as formas de justiça cujas categorias podem ser organizadas num sistema que permita compará-las de um determinado ponto de vista. Assim é que, em direito penal, a gravidade da pena deveria ser proporcional à importância da transgressão para que as prescrições penais fossem justas, ou seja, desprovidas de arbitrariedade, pois justificáveis racionalmente. Mas é evidente que mesmo sistemas de direito penal racionalmente elaborados podem diferenciar-se uns dos outros, se admitem critérios diferentes para determinar a gravidade de um delito ou se são mais ou menos severos na fixação das penas.

Um sistema perfeitamente justo, do qual ninguém teria razão de se queixar, só seria realizável por um legislador de uma racionalidade tal que nenhuma de suas decisões apresentaria um aspecto discutível; noutros termos, todas as suas decisões deveriam ser conformes a critérios universalmente válidos. Mas isto ainda não bastaria para fazer reinar uma justiça absoluta. Pois as distinções de fato, que servem de base para a distribuição em categorias diversas e diversamente tratadas, deveriam igualmente ser não somente dadas, mas também fundamentadas em razão. Por que um homem seria covarde e o outro corajoso, um imbecil e o outro inteligente, um impulsivo e o outro ponderado? Quer a distribuição dos bens e dos males, das virtudes e dos vícios, se faça ao acaso, quer seja o efeito da graça divina, o sistema, por mais racional que seja, atém-se a sancionar situações que contêm um elemento arbitrário, proporcionando às vítimas a ocasião de se queixar. É para responder a essa objeção que os filósofos da Índia desenvolveram a teoria do *carma*, em que as vantagens e os inconvenientes de uma vida terrestre são a recompensa ou a punição de uma vida anterior, teoria em que Platão parece ter-se inspirado[22].

Parecendo sem esperança a tentativa de eliminar toda arbitrariedade de uma justiça humana, impôs-se à mente o caráter insuficiente, no absoluto, de uma justiça puramente racional. Assim como a eqüidade vem completar a regulamentação da ação justa, a caridade se impõe como o complemento indispensável de todo sistema que justifica as próprias regras, numa justiça humana preocupada em não lesar ninguém, em não dar a ninguém um motivo válido para se queixar.

4. O agente justo, homem ou divindade, é em geral definido como quem se aplica a proferir decisões justas ou a conhecer as regras justas. A justiça do agente constitui nesse caso uma virtude derivada, e não a fonte de toda justiça.

A definição tradicional da justiça entre os romanos (*Dig.*, 1, 1. 10) *"constans et perpetua voluntas jus suum cuique tribuendi"* apresenta o homem justo sob o aspecto de um juiz íntegro que se empenha sempre em chegar a uma decisão justa. A qualidade do agente depende da justiça do ato, cujos aspectos examinamos anteriormente, e não enriquece a própria noção de justiça. Dá-se o mesmo se, concebendo-se a justiça do agente consoante a regra justa, qualifica-se de justo quem se amolda ao direito natural ou racional, porque aceita os seus ensinamentos e lhe subordina sua conduta. Uma excelente ilustração desse ponto de vista é fornecida na célebre carta de Montesquieu sobre a justiça:

"Se há um Deus, meu caro Rhédi, é preciso necessariamente que seja justo, pois, se não fosse, seria o mais maldoso e o mais imperfeito de todos os seres.

"A justiça é uma relação de conveniência que existe realmente entre duas coisas: essa relação é sempre a mesma, seja qual for o ser que a considera, quer seja ele Deus, quer seja ele um anjo ou, enfim, quer seja ele um homem.

"É verdade que os homens nem sempre vêem essas relações; com freqüência mesmo, quando as vêem, afastam-se delas, e o interesse deles é sempre o que vêem melhor... Os homens podem fazer injustiças, porque têm interesse em cometê-las... Mas não é possível que Deus faça algo injusto...

"Assim, ainda que não houvesse Deus, deveríamos sempre amar a justiça, ou seja, fazer esforços para parecer com esse ser de quem temos uma idéia tão bela e que, se existisse, seria necessariamente justo."[23]

O qualificativo *justo* aplicado ao agente parece-nos fornecer uma contribuição original quando, contrariamente às concepções de Ulpiano e de Montesquieu, o agente justo se torna a fonte e a medida de toda justiça. Nas sociedades primitivas, os tabus, as proibições e as prescrições são de natureza ou de origem religiosas, e a obediência às ordens divinas é o fundamento de toda justiça. A piedade engloba a justiça e, na antiga tragédia grega por exemplo, a injustiça se confundia com a impiedade[24]. O empenho de Platão e, sobretudo, o de Aristóteles foi delimitar a justiça como virtude específica que a distinguiria da virtude em geral[25]. Aquele que se aplica à justiça é sábio; só é justo no exercício de certas funções. Ora, o que faz a especificidade de nossa civilização ocidental é a adição, à corrente formada pela tradição racionalista greco-romana, da tradição religiosa judaico-cristã, que deriva sua espiritualidade do primado concedido ao Deus justo, modelo de conduta perfeita, e ao homem justo, que se inspira nesse modelo divino em seu pensamento e em sua ação[26]. Em contraste com a concepção jurídica dos romanos e com a concepção filosófica dos gregos, a concepção judaico-cristã da justiça é essencialmente profética, pois é por intermédio dos profetas que Deus se revela aos homens.

Deus é Retidão e Justiça (*Deuteronômio*, XXXII, 4; *Isaías*, XLV, 21), mas sua justiça é caridade e clemência. Apelar à sua justiça significa apelar ao mesmo tempo à sua misericórdia *(Salmos,* CXLIII, 1), pois nele elas coincidem: "Javé é justiça em todas os seus caminhos, misericórdia em todas as obras" (*Salmos*, CXLV, 17). Da mesma forma, na tradição cristã, a *Primeira Epístola de São João* vê em Deus, indiferentemente, justiça (II, 1, II, 25) e amor (IV, 8).

Javé é justo, ama a justiça (*Salmos*, XI, 7). Todos os que estão em busca de justiça devem escutá-lo e seguir-lhe os mandamentos (*Isaías*, LI, 1). Assim também, para o cristão, Cristo é o modelo em que deve inspirar-se o fiel: "Aquele que pretende estar nele, deve também conduzir-se como ele se conduziu."

(*1ª Epístola de São João*, II, 6). O ensinamento paulino que, em sua polêmica com os doutores, afirma a primazia da caridade sobre a observância estrita da lei ("Pois aquele que ama o próximo cumpriu com isso a lei", *Epístola aos Romanos*, XIII, 8; *Epístola aos Gálatas*, V, 14), não opõe em absoluto a caridade à justiça; segundo São Paulo, Deus em sua justiça é misericordioso e piedoso (*Epístola aos Romanos*, IX, 14-16). No cristianismo, como no judaísmo, "o justo viverá da fé" (*Habacuque*, II, 4; *Epístola aos Romanos*, I, 17).

O justo é aquele que repousa em Deus, inspira-se nele, observa-lhe os mandamentos, mas é *sobretudo* aquele cujo coração é reto (*Salmos*, XXXII, 11). No *Levítico*, dentre as numerosas prescrições culturais e rituais, que o justo deve observar, brilha o célebre preceito: "Amarás o teu próximo como a ti mesmo" (*Levítico*, XIX, 34). A idéia de justiça, encarnada no ideal do justo, viceja na tradição judaico-cristã, e seguimo-lhe o desenvolvimento nos *Salmos* e nos *Provérbios,* nos Profetas que atacam a hipocrisia religiosa e exibem mais inteireza e solidariedade humana (*Isaías*, I, 10-17), no livro de Jó que descreve a conduta do justo (*Jó*, XXXI), no *Sermão da Montanha (Mateus*, V a VIII) e na mensagem de amor da *Primeira Epístola de São João* (IV, 7-21, V, 1-4). Nessa evolução, a observância do rito fica cada vez mais subordinada ao foro interior: o justo é aquele cujo coração é puro e a vontade reta. É na linha dessa tradição que Santo Anselmo, como precursor de Kant, definirá a justiça como "a retidão da vontade observada por si própria"[27].

De Santo Agostinho a Malebranche, a doutrina cristã quase não distinguirá a caridade ou o amor a Deus da justiça ou do amor à ordem "porque a idéia de Deus como soberana justiça é mais própria para reger nosso amor do que qualquer outra"[28]. "Aqueles que têm caridade", dirá Malebranche em seus *Entretiens* (VII, 13), "são justos na disposição de seu coração, mas não são justos em todo o rigor, porque não conhecem exatamente todas as relações de perfeição que lhes devem reger a estima e o amor."[29]

O justo é aquele que imita a justiça divina[30]. Para Leibniz, Deus é "a justiça essencial ou substancial que o mais virtuoso dos homens imita"[31]. Para ser justo, não basta ser caridoso, pois "na justiça estão contidas ao mesmo tempo a caridade e a regra da razão"[32]. Como conclusão de suas numerosas reflexões consagradas à jurisprudência universal, Leibniz definirá a justiça humana e divina como "uma caridade conforme à sabedoria; assim, quando se é propenso à justiça, tenta-se propiciar o bem a todos, conforme se pode fazê-lo racionalmente, mas em proporção das necessidades e méritos de cada qual; e mesmo que se seja obrigado às vezes a punir os maus, isso é para o bem geral"[33].

O racionalismo que afirma que "temos a razão comum com Deus" fornecerá a transição que conduz concepções religiosas e heteronômicas da justiça à autonomia moral, sem, porém, abandonar a referência a um modelo ideal. Para julgar as nossas ações, não é necessário, segundo Kant, sair de nós mesmos. Basta adotar como regra "a conduta do homem divino que trazemos em nós e a quem nos comparamos para nos julgar e para assim nos corrigir, mas sem nunca poder atingir-lhe a perfeição"[34]. O justo agirá amoldando-se ao dever que lhe impõe o imperativo categórico[35]. O imperativo religioso é substituído pelo de nossa própria consciência.

A vantagem dessa passagem do transcendente para o imanente, das prescrições religiosas para o imperativo da razão prática, resulta da autonomia moral assim realizada. Com efeito, enquanto as nossas concepções do justo dependiam de nossa fé religiosa, revelada pelos profetas que falam em nome do Absoluto, bastava abalar-nos a fé para retirar todo fundamento da moralidade: se Deus não existe, tudo fica permitido. Mas não se dá o mesmo se é a nossa consciência que constitui o critério capital na questão.

Critério capital não quer dizer critério absoluto. Pois, embora nossa consciência constitua nosso derradeiro recurso, ela não se identifica a um modelo imutável do qual se poderia, desde agora, codificar *ne varietur* todos os ensinamentos. Importa reconhecer à consciência do justo uma possibilidade indefinida de aperfeiçoamento moral.

A contribuição judaico-cristã, por fornecer um modelo absoluto do Justo, transcendente às regras e aos sistemas, permitiu à cultura ocidental passar da justiça fechada para a justiça aberta, das fórmulas de justiça sempre relativas para o ideal da justiça absoluta[36]. Apenas sob essa última forma é que a justiça se identifica com a consciência moral cujas aspirações sintetiza todas[37].

5. Os três planos em que nos colocamos para analisar a noção de justiça ampliaram-nos sucessivamente as perspectivas. O ato justo é correção, rejeição da desigualdade. A regra justa é razão, rejeição da arbitrariedade. O homem justo é consciência, rejeição da desumanidade. O ideal de justiça, tal como vive na tradição ocidental, combina todos esses pontos de vista, concedendo a prioridade a um ou a outro, conforme as visões do mundo e as disciplinas que o elaboram.

O plano do ato, no qual o justo se define pela correção para com a regra, tem a vantagem de fornecer um critério sobre o qual todos ficarão de acordo, quando a conduta for qualificada de justa por razões que não a santidade e a perfeição absoluta do agente. Apenas um Deus perfeito do qual se admite, *a priori*, que, faça ele o que fizer, agirá de um modo justo, pode dispensar-se de seguir regras. O homem tem o direito, nessa eventualidade, de submeter-se à justiça divina, mas é incapaz de compreendê-la, pois ela é racionalmente injustificável: ela não pode guiar a ação humana, não é utilizável na vida social.

Toda a justiça humana supõe regras de conduta, pois ela tem de justificar os atos pela conformidade deles com regras. Mas ser-lhe-á permitido ficar indiferente ao conteúdo dessas próprias regras, a exemplo do matemático que, enquanto tal, não tem de preocupar-se com as conseqüências de seus cálculos? Há legistas que defendem esse ponto de vista, por cepticismo, por respeito pela força que impôs a ordem pública da qual são os guardiões ou, mais simplesmente, por escrúpulo profissional. Não esqueçamos, de fato, que o ideal de uma ordem jurídica estável, que fixe os direitos e as obrigações de cada qual, que garanta a segurança com clareza, é dificilmente realizável se o juiz se deixa afastar de seu raciocínio técnico por preocupações de eqüidade. Mas, em que medida o sistema jurídico constituirá uma ordem dada ao juiz, em que medida, ao contrário, será uma ordem elaborada por ele? É o vaivém da segurança à eqüidade e da eqüidade à segurança que é a própria vida da jurisprudência e determina, mais particularmente, a idéia que nos formamos do papel da Corte de Cassação no sistema jurídico.

Para o filósofo ou para o profeta, embora seja importante as regras serem corretamente aplicadas, este não passa de um aspecto secundário de suas preocupações. O que lhes importa não é unicamente a aplicação correta das regras, é, acima de tudo, que as regras seguidas sejam justas.

A filosofia prática se propõe elaborar uma ordem humana racionalmente justificável: a confiança na possibilidade dessa empreitada coincide com a confiança nos poderes da razão humana autônoma. Admitir como fundamento da justiça as revelações proféticas é reconhecer a incapacidade de nossas faculdades racionais.

Podem ser formuladas duas críticas contra a concepção profética da justiça. De um lado, considerar os mandamentos divinos como uma ordem exterior à qual devemos obedecer, sem a colocar à prova de nossa razão e de nossa consciência, é engolfar-se num formalismo teológico comparável ao formalismo dos juristas, é o triunfo da letra e a submissão do espírito. Do outro, embora se deva reconhecer aos profetas uma graça especial, denegada ao resto dos homens, que nos completa as luzes naturais com uma iluminação sobrenatural, não será preciso, porém, que os que são privados dessa graça possam, não obstante, testar-lhe a autenticidade? Pois sempre houve, não é verdade, falsos profetas em Israel? Serão critérios racionais que nos permitirão discernir os verdadeiros profetas? Tornamos a cair no plano dos sistemas e das controvérsias filosóficas. Será a natureza da mensagem que nos permitirá reconhecer o verdadeiro profeta? Somos recambiados à consciência moral e a seus critérios imanentes.

Os partidários de uma concepção profética da justiça, fundamentada na imitação de um Deus Vivo, Retidão e Amor, verão o essencial da justiça na inteireza do coração e na boa vontade. A justiça não se reduz, para eles, nem a regras, nem a sistemas, mas reside na intenção esclarecida de proceder da melhor maneira possível, inspirando-se num modelo perfeito. Essa intenção se exprime, conforme as épocas, pela piedade do fiel ou pela caridade do sábio. A razão sozinha é insuficiente para nos guiar na ação e, mesmo que fosse possível elaborar uma ordem humana racionalmente satisfatória, por que cumpriria lhe amoldar a nossa conduta? Que é que torna respeitáveis as conclusões racionais, a não ser o modelo divino em que parecem inspirar-se? Não há justo, senão o coração reto à procura do Absoluto.

Os três preceitos de Ulpiano: *honeste vivere, alterum non laedere, suum cuique tribuere* (*Dig.*, I, 1, 10) parecem-me, convenientemente interpretados, resumir a nossa análise da noção de justiça. Esses preceitos foram compreendidos de formas muito variadas. Leibniz vê neles aforismos da justiça universal, da justiça comutativa e da justiça distributiva[38]. Para Kant, eles resumem nossos deveres jurídicos que comportam uma *lex iusti*, uma *lex iuridica* e uma *lex iustitiae*[39]. Quanto a nós, que interpretamos o terceiro preceito num sentido puramente legal (atribuir a cada qual o que lhe cabe segundo a lei), vemos nesses três aforismos os três aspectos complementares da noção de justiça, os aspectos profético, filosófico e jurídico, correspondentes aos planos do agente, da regra e do ato, que acabamos de distinguir em nossa análise.

A noção complexa de justiça se apresenta assim, no Ocidente, como um campo de encontro onde vêm fecundar-se mutuamente os aforismos bem-cunhados dos juristas romanos, os sistemas racionais dos filósofos gregos, as invocações apaixonadas dos profetas judeus que, todos eles, contribuíram para a grande tradição cristã, racionalista e, mais tarde, laica, que nos enriquece o pensamento e nos vivifica a consciência.

§ 3. A regra de justiça[1]

Na medida em que se limita o papel da razão prática a ajustar meios a fins indiscutíveis, sua ação se manifesta pela virtude de prudência. Mas, quando é o todo de uma conduta que é submetido ao crivo da razão, e não somente seus aspectos instrumentais e técnicos, o conceito a que se recorre para qualificar um comportamento aprovado é o de justiça. De fato, na tradição filosófica do Ocidente, é a justiça que é considerada a virtude racional por excelência. O sábio não se contenta em seguir seus impulsos, seus interesses e suas paixões, nem, aliás, suas tendências de piedade e de simpatia. Não basta, ao sábio, ser bom e caridoso: sua conduta será justa. A justiça, diz-nos Leibniz, é a caridade do sábio e abrange, segundo ele, além da tendência para fazer o bem, aliviando os sofrimentos, *a regra da razão*[2]. É por isso que, se há algum uso prático da razão, ele deve manifestar-se na ação justa, que atestaria uma racionalidade, da qual seria desprovido um comportamento injusto. Ora, ao seguir as incessantes controvérsias referentes ao justo e ao injusto, tanto na vida privada como na vida pública, sem que sejamos capazes de fornecer uma regra ou um critério que se imporia a todos, podemos perguntar-nos se não convém renunciar a qualquer esperança de ver a razão guiar-nos a ação. Mas, antes de nos resignarmos a essa conclusão desesperançada, cabe examinar se a regra da razão, à qual alude Leibniz, ao mesmo tempo que permite resolver automaticamente todos os conflitos, não poderia fornecer, à maneira do imperativo categórico de Kant, um esquema de ação de caráter formal, que não fosse desprovido de todo alcance e de toda utilidade. É à elaboração desse esquema e a uma reflexão filosófica concernente a ele que será consagrada esta explanação sobre a regra de justiça.

A noção de justiça sempre foi aproximada da noção de igualdade, e creio que seria útil tentar uma primeira aproximação da regra de justiça a partir de uma análise do que é implicado pela relação de igualdade.

Dois objetos, *a* e *b*, são iguais, se são permutáveis, ou seja, se toda propriedade de um desses objetos é também uma propriedade do outro. Em termos normativos, disso resulta que, se *a* e *b* são iguais, tudo o que se diz de um desses objetos deve poder ser dito do outro, pois essas duas afirmações são equivalentes, têm o mesmo valor de verdade. Dizendo que é justo tratar da mesma forma seres iguais, pois que cada propriedade de um desses seres é também uma propriedade do outro e que não existe, portanto, nenhuma razão que permita justificar seu tratamento desigual, o tratamento justo se apresenta como o tratamento fundamentado na razão, pois conforme ao princípio da razão suficiente. As conseqüências normativas que concernem às afirmações relativas a dois objetos iguais poderiam mesmo ser consideradas um caso particular de tratamento justo: se todo tratamento justo de dois objetos iguais deve ser igual, cumpre que se dê o mesmo com afirmações a respeito deles, sendo o dizer um caso particular do fazer.

A regra de justiça, que exige o tratamento igual de seres iguais, parece dificilmente discutível, mas seu campo de aplicação é extremamente reduzido, se não inteiramente nulo. Com efeito, desde Leibniz e seu princípio dos indiscerníveis, e sobretudo desde Frege e sua distinção entre sentido e designação de um nome, os lógicos estão cada vez mais inclinados a negar a existência de seres de quem todas as propriedades seriam as mesmas. A afirmação de que *a* é igual a *b*, concebida como a identidade completa deles, significaria simplesmente que os nomes "*a*" e "*b*" designam um único e mesmo objeto, ainda que o sentido deles, ou seja a maneira pela qual esse objeto é designado, difira em ambos os casos. Se queremos que a regra de justiça possa guiar-nos efetivamente, cumpre, portanto, formulá-la de maneira que ela nos indique, não como tratar seres que não diferem um do outro por nenhuma propriedade, mas como tratar seres que não são idênticos, ou seja, iguais em todos os pontos de vista. Este é o único problema real concernente à regra de justiça.

Quando se ouve pessoas queixarem-se de terem sido tratadas injustamente, porque não foram tratadas como o vizinho ou o concorrente, ou porque foram tratados da mesma forma, quando teriam merecido melhor, não acudirá à mente de ninguém que essas pessoas eram idênticas àquelas às quais se comparam ou que toda diferença entre elas teria bastado para justificar um tratamento desigual. Ao contrário, essas pessoas alegarão expressamente todas as espécies de diferenças, dirão que o outro é mais rico ou mais influente, que é parente ou amigo de certo funcionário, que faz parte de um clã, de um grupo político ou religioso próximo do Poder. Mas, se se queixam, é porque pretendem que tais diferenças não deveriam ter exercido nenhuma influência sobre a decisão adotada ou porque algumas diferenças essenciais, que deveriam ter intervindo em seu favor, ficaram sem efeito. É que pretendem que *certos* elementos, considerados *essenciais*, e nada além deles, deveriam ter sido levados em consideração: a decisão seria injusta porque não os levou em conta ou porque foi tomada em função de elementos irrelevantes, alheios à questão. A injustiça não resultaria, aqui, do tratamento desigual de seres idênticos, mas do tratamento desigual de seres diferentes, cujas diferenças eram irrelevantes no caso: do ponto de vista dos critérios que deveriam ter sido aplicados, os seres eram semelhantes e por isso deveria ter-lhes sido reservado o mesmo tratamento. Será também considerado injusto o tratamento igual de seres que, conforme os critérios em questão, deviam fazer parte de categorias diferentes às quais era reservado um tratamento desigual.

Mas quais serão as diferenças que importam e quais serão as que não importam em cada situação determinada? A esse respeito, podem manifestar-se divergências e se manifestam efetivamente. Qualifiquemos de essenciais as diferenças que importam e digamos que os seres entre os quais essas diferenças essenciais não existem são essencialmente semelhantes. Nesse caso, a regra de justiça exige que *sejam tratados da mesma forma aqueles que são essencialmente semelhantes.* Mas a regra de justiça, tal como é formulada, foi chamada noutra exposição regra de *justiça formal*[3], porque não nos diz *quando* os seres são essencialmente semelhantes nem *como* é preciso tratá-los. Ora, a aplicação dessa regra, em casos concretos, necessita da especificação dessas duas condições. Se supomos que é a lei positiva que fornece critérios de aplicação, a regra de justiça se precisa e se torna regra de direito (*the rule of law*), exigindo que sejam tratados de uma forma determinada pela lei todos os que são semelhantes aos olhos da lei. Amoldando-nos à regra de direito, amoldamo-nos à regra de justiça, precisada segundo a vontade do legislador. A justiça se define, nesse caso, como a aplicação correta da lei.

Qual sentido se deve dar à regra de justiça enquanto as suas condições de aplicação não forem determinadas? Ela significa simplesmente que o indivíduo, em sua ação, deve ser fiel a uma linha de conduta regular. Se um ser foi tratado de certa forma, porque faz parte de certa classe, qualquer outro membro dessa mesma classe deverá ser tratado da mesma forma. Essa concepção, qualificada por Dupréel de justiça estática[4], exige que se observe uma regra estabelecida, seja ela qual for. A ação justa é a que se amolda a uma regra aceita ou, pelo menos, a um precedente estabelecido. Quando uma decisão autorizada tratou de certa forma um caso relevante de certa categoria, é muito justo, e racional, tratar da mesma forma um caso essencialmente semelhante. O estabelecimento de uma ordem racional pressupõe, naturalmente, a conformidade com os precedentes (*stare decisis*). A regra de justiça convida-nos, de fato, a transformar em precedente, ou seja, em caso de aplicação de uma regra implícita, toda decisão anterior emanante de uma autoridade reconhecida.

Se uma primeira formulação da regra de justiça permitia aproximá-la da igualdade, concebida como permutabilidade completa, a formulação atual permite aproximá-la da idéia de legalidade, que seria pressuposta por toda indução a partir da experiência. Será necessário, para induzir, ou seja, para passar de um caso particular à regra geral, supor que os acontecimentos são regidos por leis objetivas? Bastaria, parece-me, ver na indução apenas a aplicação da mesma tendência racional que nos conduz à regra de justiça: cada fenômeno seria tratado como um precedente, ou seja, como a manifestação de uma regra implícita segundo a qual os fenômenos essencialmente semelhantes manifestam as mesmas propriedades. As tabelas de Mill, ou qualquer outra técnica da metodologia da indução, só serviriam de meio de controle: cada vez que um fenômeno não se amolda às previsões, cabe modificar, de um modo ou de outro, a categoria de fenômenos essencialmente semelhantes de que este último constitui uma amostra. Não se trata, a esse respeito, de falar de justiça ou de injustiça, já que, a menos que se admita o milagre, supõe-se que os fenômenos se desenrolam sempre de acordo com regras; trata-se somente de controlar, por meio da experiência, as regras elaboradas. Não se poderia sobreestimar, a esse respeito, a importância do caso invalidante que constitui um elemento essencial para o progresso da pesquisa[5].

Nossa sugestão, quanto ao fundamento da indução, apresenta alguma analogia com as concepções de Kant, assim como com as de Kelsen. Como para eles, é nossa mente que, na minha teoria, impõe aos fenômenos suas exigências de racionalidade. Mas, ao passo que, para Kant, se trata, nas analogias da experiência, de mostrar que a experiência só é possível mediante a representação de um nexo necessário das percepções, conforme às categorias, a minha concepção, que pressupõe igualmente um princípio regulador, se abstém ciosamente de lhe precisar excessivamente os termos. Apenas essa flexibilidade na formulação permite salvaguardar-lhe a universalidade na aplicação. Aliás, Kelsen associa, em estudos aprofundados e sugestivos[6], o princípio de causalidade ao da justiça imanente, mas, enquanto ele acredita que a metodologia das ciências naturais está se emancipando dessa concepção de origem teológica, o nexo que estabeleço entre a regra de justiça e o fundamento da indução não recorre a nenhuma explicação de ordem transcendente e seu aspecto, a um só tempo racional e formal, possibilita-lhe adaptar-se a todas as variações da metodologia científica.

A associação da regra de justiça à afirmação da regularidade dos fenômenos nos permitirá lançar luzes sobre o que as distingue uma da outra, e nos fazer compreender melhor o papel da regra de justiça como princípio diretor de nosso pensamento. Quando um fenômeno estudado não se apresenta de um modo conforme às previsões, podemos perguntar-nos se a experiência foi bem executada, se seu desenrolar não foi falseado em decorrência da intervenção de elementos que não se levou em conta ou se, enfim, sua observação não foi laivada de erro. Mas, quando, sobre todos esses pontos, se está tranqüilo, resta apenas modificar pelo menos uma das regras que intervieram na elaboração desmentida pela experiência. Um aspecto do fenômeno que ainda não havia retido a atenção deverá integrar-se no conjunto dos caracteres essenciais, ou seja, daqueles que devemos levar em conta na formulação da regra. Se descartamos a hipótese de uma conduta irregular, ou seja, de um milagre, tudo quanto é contrário às previsões estabelecidas graças às regras aceitas deverá explicar-se pela imperfeição destas. O progresso das ciências naturais consistirá na extensão progressiva da rede, conforme à experiência, das regularidades no universo. Em contrapartida, quando o comportamento de um agente responsável não é conforme ao que prescreve uma regra de direito aceita, a primeira reação não é modificar a regra, mas condenar a conduta desse agente que será qualificado de injusto. Aliás, poderá acontecer muitas vezes que, não só os terceiros, mas o próprio agente condenado, estejam de acordo sobre essa qualificação do ato. Mas nem sempre as coisas são assim. É possível que o agente, que é condenado em virtude de uma determinada legislação, tenha a consciência perfeitamente tranqüila, que considere sua conduta razoável e justa, porque conforme a outras regras diferentes das promulgadas pela ordem estabelecida. Essa situação levanta um problema diferente daquele da justiça estática ou da conformidade da ação a uma regra reconhecida: levanta o problema da regra justa que deveria servir de critério na ação.

Poderá a regra de justiça ser-nos de alguma valia nessa área? Ela nos permite, de todo modo, delimitar o problema. É justo, segundo ela, tratar da mesma forma os que são essencialmente semelhantes. Ela não precisa quando dois seres ou duas situações são essencialmente semelhantes, não nos diz, tampouco, como é preciso tratá-los. Ora, em cada caso concreto cumpre, para poder declarar que uma ação é justa ou injusta,

A ÉTICA

que seja encontrada uma resposta para essas duas questões. Essa resposta é habitualmente procurada em duas ordens de considerações, que às vezes são combinadas. Muito amiúde fundamentaremos a justiça da regra no caráter autorizado da fonte de que emana: será, ora a divindade, cujo caráter sacro garante que os mandamentos revelados sejam justos; ora o rei, cujo poder é fundamentado no fato de ser o representante de Deus na terra; ora o parlamento, porque é o representante autêntico da vontade nacional; ora, finalmente, o espírito e a vontade do próprio povo, tais como se manifestam nas tradições e nos costumes. Ocorre, ademais, sobretudo quando um projeto de lei está em discussão, que se empenhem em mostrar que suas prescrições são conformes à nossa necessidade de justiça, que tratam de forma igual situações que parecem essencialmente semelhantes, que esse próprio tratamento é justificado.

Note-se, a propósito disso, que nem a primeira, nem a segunda ordem de considerações podem deduzir-se da regra de justiça, cujo caráter formal não permite conclusões dessa espécie. São, ao contrário, essas considerações que fornecem precisões sem as quais a regra não nos poderia guiar em casos concretos. Deverão elas recorrer a técnicas de raciocínio que implicam avaliações e que estudamos longamente em nosso tratado da argumentação[7].

Suponhamos que se discuta um novo projeto de código penal. O projeto poderá diferir do código existente ou dos costumes locais que é destinado a substituir, seja por outra classificação dos delitos, seja pela fixação de outras sanções. Em princípio, não modificará as prescrições em vigor, senão se houver razões sérias para afastar-se da ordem estabelecida, pois toda modificação arbitrária parecerá injusta na medida em que dela resultam diferenças de tratamento não-fundamentadas. Não se deixará, com efeito, de confrontar as regras novas e suas conseqüências com situações anteriores que são consideradas essencialmente semelhantes: se ficarem manifestas diferenças de tratamento, ver-se-á nisso uma injustiça, a não ser que se tenha condições de justificar suficientemente quer a nova classificação, quer a diferença de tratamento. Essa é a razão do caráter tradicionalista de qualquer ordem jurídica, que apenas uma revolução é capaz de subverter, conservando ao mesmo tempo, mesmo nesse caso, muitíssimos elementos do passado.

É que a regra de justiça resulta de uma tendência, natural à nossa mente[8], de considerar normal e racional, portanto não exigindo nenhuma justificação suplementar, um comportamento conforme aos precedentes. Em qualquer ordem social, o que é tradicional se apresentará, pois, como óbvio; pelo contrário, qualquer desvio, qualquer mudança, deverão ser justificados. Essa situação, que resulta da aplicação do princípio de inércia na vida do espírito[9], explica o papel que nela desempenha a tradição; é dela que se parte, é ela que se critica, e é ela que se continua, na medida em que não se vêem razões para dela se afastar. E isto vale nas mais diversas áreas, trate-se de direito ou de moral, de ciência ou de filosofia.

Para afastar-se de uma tradição, são necessárias razões, que variarão de acordo com a área em questão. Mas, todas as vezes que se tratar de precisar ou de modificar as condições de aplicação da regra de justiça, tais razões nos conduzirão, no final das contas, a uma visão ideal do homem ou da sociedade, que fornecerá o fundamento capital dos critérios reconhecidos. Em se admitindo que um código penal justo deve estabelecer uma proporcionalidade entre a gravidade dos delitos e a das penas, que um sistema social e político justo deve estabelecer uma proporcionalidade entre os méritos e as recompensas, ou entre as necessidades e sua satisfação, a aplicação desses princípios gerais necessitará sempre de uma concepção do ideal humano, individual e social, consoante o qual a regulamentação se justifica, para a realização do qual ela foi elaborada.

Supor que seja possível, sem recorrer à violência, chegar a um acordo sobre todos os problemas implicados pelo uso da noção de justiça significa admitir a possibilidade de formular um ideal do homem e da sociedade, válido para todos os seres dotados de razão e que seja admitido pelo que chamamos noutra obra de auditório universal[10]. Creio que os únicos meios discursivos de que dispomos nessa matéria se reportam não a técnicas demonstrativas, ou seja, coercivas e *racionais*, no sentido estrito desse termo, mas a técnicas argumentativas, que não são coercivas, mas que poderiam tender a mostrar o caráter *razoável* das concepções apresentadas. Esse recurso ao racional e ao razoável, para a realização do ideal de comunhão universal, é que caracteriza o esforço secular de todos os filósofos, que aspiram a uma sociedade humana em que, progressivamente, a violência cederia lugar à sabedoria.

§ 4. O ideal de racionalidade e a regra de justiça [1]

O Sr. Chaïm Perelman, professor na Universidade Livre de Bruxelas, propôs-se desenvolver perante os membros da Sociedade os seguintes argumentos:

O ideal secular da filosofia, o da busca da sabedoria individual e de uma comunhão das mentes fundamentada na sabedoria, é essencialmente um ideal da razão prática, que dominaria as paixões e evitaria a violência. A ausência de acordo, mesmo sobre os princípios que guiariam o homem razoável na ação, justificou uma redução progressiva do papel da razão, tornando-se esta uma faculdade de raciocinar logicamente, ou seja, em conformidade com as regras, previamente aceitas, da lógica formal. O domínio propriamente racional seria o dos juízos analíticos. Daí resulta a completa impotência da razão diante da ação. O ideal da razão prática não é mais que um mito, como o do paraíso perdido. Mas, renunciando a esse ideal, a filosofia sela sua própria decadência e anuncia sua morte próxima.

É possível que, ao renunciar ao ideal da razão prática, se renuncie a uma vã ilusão. Mas é possível, sendo esta a justificação de minha tentativa, que a decepção resulte de uma concepção demasiado estreita da própria razão, pois, ao ver nesta apenas a faculdade do raciocínio demonstrativo, ou seja, formalmente correto, deixa-se de lado o fato indubitável de que raciocinar não é somente deduzir e calcular, mas é também deliberar e argumentar. E, se não tem sentido algum falar de uma deliberação ou de uma argumentação formalmente correta, significará isso que se deve renunciar a estabelecer uma distinção, do ponto de vista racional, entre as deliberações menos ou mais alentadas, entre as argumentações fortes e as argumentações fracas? A própria natureza da argumentação faz que ela não apresente o caráter coercivo das demonstrações, que se possa argumentar pró ou contra uma tese, ao passo que seria absurdo querer, num sistema coerente, demonstrar um teorema e sua negação. Mas tal situação requer, para aderir às conclusões de uma argumentação ou para descartá-las, uma capacidade de juízo que permita compreender a idéia mesma de decisão razoável.

Na tradicional oposição entre a caridade e a justiça, é esta última virtude que parece racional, é ela que pesa, que compara e mede, são as decisões justas que se apresentam como racionalmente fundamentadas. É por isso que a hipótese, segundo a qual o que é qualificado de justo manifesta, de certo modo, a influência da razão na ação, não parece temerária.

Essa influência se manifesta, antes de mais nada, na regra de justiça, segundo a qual é justo tratar da mesma forma o que é considerado essencialmente semelhante. A aplicação dessa regra implica, antes de mais nada, a importância do *precedente*, isto é, do tratamento anterior de uma situação semelhante, e do qual não convém afastar-se senão fornecendo razões suficientes. Em seguida, a aplicação da regra, quando as situações comparadas não são idênticas, mas somente semelhantes, necessita de um posicionamento quanto ao aspecto essencial ou acessório das características pelas quais elas diferem uma da outra. A justificação de tal posicionamento deverá recorrer não, como se poderia acreditar, a uma lógica dos juízos de valor, mas a todos os recursos de uma argumentação. Essa argumentação será qualificada de racional quando se achar que ela é válida para um auditório universal, constituído pelo conjunto das mentes razoáveis. Mas a idéia que se pode fazer desse auditório não é inteiramente fundamentada, nem na experiência, nem numa intuição evidente ou numa revelação transcendente, mas é, ela mesma, condicionada histórica e socialmente. É por isso que, na medida em que o ideal da razão prática é explicitado pelo recurso à regra de justiça, é possível precisar-lhe o alcance e circunscrever-lhe os limites.

1. *Resenha da sessão.*

A sessão foi aberta às 16h45, na Sorbonne, Sala Cavaillès, sob a presidência do Sr. Jean Wahl, Vice-Presidente da Sociedade.

Sr. J. Wahl. – Estou muito feliz de cumprimentar aqui meu colega e amigo Perelman. Devo antes de mais nada escusar o nosso Presidente, Gaston Berger, que bem teria gostado de assistir à nossa reunião mas que não poderá encontrar o Sr. Perelman, e em seguida apresentar suas desculpas à assembléia.

Encontrei com muita freqüência, agora já nem sei quantas vezes – discutíamos sobre esse número, há um instante –, o Sr. Perelman em sociedades filosóficas, em congressos. Nos congressos há presenças pesadas, e também, não direi..., sim há presenças leves, em certo sentido da palavra leve, os pesos pesados e as presenças leves, se os senhores quiserem, e foi entre essas presenças agradáveis que sempre pus a do Sr. Perelman, seja em Atenas ou em Neuchâtel. De fato, lembro-me sobretudo dessas duas cidades, Neuchâtel e Atenas; uma me faz pensar em Rousseau e a outra, em Platão; e, de ambas, podemos, portanto, ir à arte de persuadir e à arte de convencer, se bem que não esteja certo de que Platão sempre tenha tido a arte de convencer, nem Rousseau a arte de persuadir, mas deixarei o cuidado de decidir isso à discussão, após a conferência do Sr. Perelman.

Lamento ainda mais a ausência do Sr. Berger porque teria sido interessante conhecer os vínculos entre a antiga e nova retórica e a caracterologia, e passo imediatamente a palavra ao Sr. Perelman, agradecendo-lhe por estar aqui.

Sr. Perelman. – Senhor Presidente, Senhoras, Senhoritas, Senhores, caros Colegas e Amigos, é para mim uma imensa alegria poder falar à Sociedade Francesa de Filosofia, que ouviu debates tão célebres na história da filosofia.

Gostaria de entreter os senhores com um assunto, o da razão prática, que muito me interessa, e que parece bastante fora de moda para o pensamento contemporâneo. Talvez eu pudesse levar esse assunto à consciência dos senhores apresentando-lhes algumas sugestões sobre as origens psicológicas da reflexão filosófica. Disseram que ela foi suscitada pelo espanto, pela angústia, talvez também por um sentimento de revolta, que teria provocado as primeiras dúvidas e as primeiras discórdias. Pouco importa. O que é essencial é que, sejam quais forem os motivos do início da reflexão filosófica, ela não se concebe, a meu ver, sem uma ruptura da comunhão do homem com o seu meio, sem os primeiros questionamentos daquilo que, até então, era óbvio, tanto na visão do mundo como naquela do lugar que nele ocupamos; primeiros questionamentos tanto de nossas crenças como de nossas modalidades de ação. Ora, do questionamento ao desacordo, e do desacordo ao uso da força para restabelecer a unanimidade, a passagem é tão normal que quase não necessita de comentários. O que é excepcional, em contrapartida, e constituiu uma data na história da humanidade, é que se tenha permitido que, em matérias fundamentais, reservadas à tradição religiosa e aos seus porta-vozes, o uso da força possa ser substituído pelo da persuasão, que se possam formular questões e receber explicações, avançar opiniões e submetê-las à crítica alheia. O recurso ao *logos*, cuja força convincente dispensaria o recurso à força física e permitiria trocar a submissão pelo acordo, constituiu o ideal secular da filosofia desde Sócrates. Esse ideal de racionalidade foi associado, desde então, à busca individual da sabedoria e à comunhão das mentes fundamentada no saber. Como, graças à razão, dominar as paixões e evitar a violência? Quais são as verdades e os valores sobre os quais seria possível esperar o acordo de todos os seres dotados de razão? Eis o ideal confesso de todos os pensadores da grande tradição filosófica do Ocidente.

    Sabemos como, muito depressa, esse ideal obteve seus primeiros grandes sucessos na área das ciências matemáticas que forneceram, logo na aurora da filosofia grega, o modelo de todo pensamento racionalista. Este se pôs à busca de verdades necessárias, ou pelo menos indubitáveis, que pudessem constituir o fundamento absoluto do pensamento e da ação humanos. Assim como apreende intuitivamente as entidades e as operações matemáticas, a razão deveria ser capaz de apreender, pela intuição, os valores nos quais os homens poderiam fundamentar sua ação e que se manifestariam com uma evidência irrecusável a toda mente suficientemente exercitada. Conhecemos a gloriosa e decepcionante história dessa tentativa racionalista, que desenvolveu no Ocidente a paixão pelo saber objetivo e pela verdade universalmente válida, o gosto do rigor e da precisão, mas que não deixou de tornar proverbial, ao mesmo tempo, a incerteza da filosofia.

Como explicar o fato inegável do progresso das ciências, primeiro matemáticas, depois naturais, e o fato, não menos inegável, da diversidade das filosofias, que exclui qualquer progresso orgânico e arrasta periodicamente grandes filósofos à resolução, que a mim me parece desesperançada, de fazer tábula rasa do passado e de reconstruir, com novos esforços, um fundamento para a filosofia, que, dessa vez, resistiria à crítica? Seria entretanto permitido, depois do fracasso de tentativas empreendidas por um número tão grande de gênios filosóficos, agarrar-se ainda ao ideal da razão como guia na ação, em vez de ver na idéia da razão prática uma ilusão filosófica indigna de nossa era?

Faz mais de dois séculos que Hume reparou que cometemos paralogismos todas as vezes que, a partir do que é, concluímos um dever-ser. Nada de espantoso, pois, no fato de que, no que tange à ação, seja irrealizável um acordo, que se fundamentaria, não na razão, mas em falhas de raciocínio. Apenas a partir de fins admitidos, que não sejam eles próprios de natureza racional, é que se poderia, segundo ele, conceber os meios que lhes seriam os mais adequados. Aliás, ninguém negou, nesse sentido, a racionalidade de uma conduta prudente, conduta que leva em conta vantagens e inconvenientes, chances e riscos, apresentados por cada eventualidade focalizada; a teoria dos jogos, o estudo das funções de decisão poderiam nos esclarecer sobre o que se deve entender, nesse caso, por escolha razoável. Mas o papel da razão, como o do cálculo, continua sempre subordinado a opções fundamentais que, por sua vez, são de natureza não-racional. Se a razão permite somente ficar de acordo sobre as conclusões de uma dedução correta, a partir de premissas aceitas, ela se reduz à faculdade de raciocinar logicamente, ou seja, em conformidade com regras previamente aceitas da lógica formal. Nessa eventualidade, cumpriria mesmo convir com os positivistas que o ideal da razão prática não passa de um mito, igual ao do paraíso perdido.

Se não há dúvida de que as duas concepções clássicas da razão, tanto a dos intuicionistas como a dos formalistas, fracassam em atribuir um lugar à razão prática, é porque, parece-me, ambas pretendem que o que é racional deve ser necessário, ou ao menos coercivo.

A intuição dos valores deveria apreender estes à maneira de objetos que se impõem a todo ser de razão; mas sabemos que proceder assim é identificar um dever-ser a um ser, e quando, às vezes, parece possível realizar, por meio da intuição, um acordo sobre os valores, isso só se dá – creio que a experiência o mostrou suficientemente – mediante a imprecisão quanto ao objeto desse acordo. Quando se parte, por exemplo, de um princípio como *Todos os homens buscam a felicidade ou o bem* (ou qualquer outro valor), sabemos que se pode ficar de acordo sobre semelhantes proposições enquanto o termo-chave não foi suficientemente definido, mas os desacordos surgem tão logo se trata de precisar o alcance de semelhante afirmação. Compreendemos, assim, por que os intuicionistas tinham de fracassar em sua intenção de fundamentar uma axiologia nas intuições. Por outro lado, o desejo bem legítimo dos formalistas de elaborar raciocínios formalmente corretos, ou seja, conformes a regras previamente dadas, impõe-lhes afastar do campo do racional qualquer raciocínio que não satisfaça a tais exigências, o que sucede toda vez que se esforçam em deduzir valores sem os estabelecer previamente.

Querendo tratar os valores como objetos de intuição, querendo, por outro lado, encontrá-los como conclusão de raciocínios analíticos, só se pode fracassar na tentativa. Mas, em minha opinião, esse fracasso dos intuicionistas e dos formalistas resulta de uma concepção por demais estreita da razão. Não podemos perguntar-nos, de fato, se convém identificar esta com a faculdade do raciocínio necessário, ou coercivo, ou, pelo menos, formalmente correto. Será que raciocinar nada mais é senão inclinar-se diante das evidências, deduzir e calcular? Poder-se-á dizer que não se raciocina quando se delibera ou quando se argumenta? Cumprirá pretender que quando o raciocínio não nos conduz a conclusões necessárias ou coercivas, ou de uma probabilidade calculável, movemo-nos inteiramente na arbitrariedade? O efeito mais imediato de semelhante alternativa não será aumentar, fora de todas proporções com a realidade, o campo do irracional na conduta humana? Quando se desenvolvem argumentos em favor de uma tese, mesmo quando esses argumentos não são coercivos, pode-se pretender que a tese se apresenta sem o menor fundamento que a justifique? Não se pode qualificar de razoável uma conduta ou uma decisão que pode ser justificada por meio de argumentos fortes, enquanto seria desarrazoada a que só pode avançar argumentos fracos em seu favor? É verdade que não se pode, quando se trata de argumentação, dizer que ela é correta ou incorreta. De uma demonstração, de um raciocínio formal, diremos que ele é correto, ou seja, conforme às regras, ou incorreto, ou seja, não conforme às regras. Mas, quando se trata da argumentação, esse qualificativo não convém de modo algum, pois argumentar bem não é simplesmente amoldar-se a regras, e argumentar mal não é transgredi-las. Diz-se de uma argumentação que ela é forte ou fraca, que é bem ou mal dirigida; aliás, o grande problema de qualquer metodologia é precisar essas noções relativamente a cada disciplina; teremos a ocasião de voltar ao assunto.

Podem-se apresentar argumentos pró e contra uma tese, e a organização das argumentações em sentido oposto às vezes constitui mesmo, perante os tribunais, por exemplo, a condição prévia de um julgamento equilibrado. Enquanto num sistema formal utilizável, ou seja, coerente, é impossível demonstrar uma proposição e sua negação, é normal que, no âmbito de um mesmo sistema de direito, advogados argumentem em favor de teses opostas, pois, como nenhuma dessas argumentações é coerciva, nenhuma exclui a argumentação em sentido contrário. É em relação com argumentações que se opõem, com uma deliberação em que se examinam o pró e o contra, que se pode afinal compreender o significado e o alcance de uma liberdade de escolha ou de decisão, que é alheia à própria idéia de demonstração coerciva, com relação à qual a liberdade só pode ser concebida como liberdade de adesão[2]. Todas as vezes que teses opostas são defendidas por homens razoáveis, pode-se estar certo de que eles não demonstram, mas argumentam, sendo por essa razão que a compreensão das controvérsias filosóficas ficará mais fácil se aproximarmos estas mais dos raciocínios dos juristas do que daqueles dos matemáticos. Quando os filósofos apelam à razão, quase nunca se trata de intuição, ou de cálculo, mas muito mais de argumentações que crêem razoáveis. O modelo matemático invocado tão amiúde pelos filósofos racionalistas falseou completamente o ideal de racionalidade, impediu uma análise séria da argumentação, considerada uma forma de raciocínio indigno do filósofo, e tornou impossível ou ilusória a solução do problema da razão prática, que me parece essencial em filosofia.

Pessoalmente pretendo que, se a passagem da razão teórica para a razão prática é impossível, assim como é impossível a passagem do raciocínio demonstrativo para a argumentação – o que quer dizer que, se partirmos de uma concepção da razão teórica, jamais chegaremos a ter uma idéia, nem sequer a entrever a possibilidade fundamentada, de uma razão prática –, a passagem inversa, a da razão prática para a razão teórica, parece-me não só possível, mas também muito instrutiva para o filósofo. E creio que a regra fundamental da razão prática seria, nesse caso, *a regra da justiça*, da qual gostaria de falar-lhes mais longamente[3].

Tradicionalmente, a justiça parece oposta à caridade, que é toda ela espontaneidade, como a virtude racional por excelência. Os senhores sabem que Leibniz a definiu como *a cari-*

dade do sábio porque ela abrange, segundo ele, além da tendência para fazer o bem aliviando o sofrimento, *a regra da razão*[4]. Mas qual é essa regra da razão que está na base da justiça? Se procurarmos sua definição em Leibniz, não encontraremos indicações bem precisas. Pergunto-me se o caminho inverso não seria mais frutífero, e se uma análise consagrada à regra de justiça não nos permitiria lançar algumas luzes sobre a própria idéia de razão sob seus dois aspectos, o racional e o razoável, referindo-se o primeiro aspecto ao que há de coercivo, de demonstrativo, referindo-se o segundo ao que há de argumentativo e de não coercivo na razão.

Numa primeira aproximação, a regra de justiça nos ordena tratar da mesma forma dois seres idênticos. Com efeito, como dois seres idênticos são sempre permutáveis, e como toda propriedade de um deles é sempre propriedade do outro, segundo a célebre definição de Leibniz, não existe razão nenhuma que permita justificar seu tratamento desigual. Mas, se é justo tratar da mesma forma dois seres idênticos, é justo, portanto – e isto constitui apenas um caso particular da regra de justiça –, afirmar de um desses objetos o que se diz do outro. Logo, poderíamos conceber uma forma do princípio de identidade como uma conseqüência da regra de justiça. Assim formulada, a regra de justiça se apresenta, a um só tempo, como indiscutível e conforme ao princípio da razão suficiente. Mas seu campo de aplicação parece bem minguado, se não totalmente inexistente. Com efeito, já o princípio dos indiscerníveis de Leibniz punha em dúvida a existência de vários seres idênticos. Esse era, todavia, apenas um princípio de natureza metafísica. A análise empreendida há três quartos de século pelo grande pensador que foi Frege se mostra muito mais convincente à grande maioria dos lógicos. Em que consiste essa análise da idéia de identidade? Quando dizemos que a estrela da manhã é idêntica à estrela da noite, ou que Shakespeare é o autor de *Hamlet*, nada afirmamos, diz-nos Frege, referente a dois seres que seriam idênticos, mas pretendemos que dois nomes, que têm um sentido diferente, designam um único e mesmo ser. A identidade seria uma relação, não entre objetos, mas entre nomes de objetos, de sorte que a própria existência de seres idênticos seria excluída por essa análise semântica. Nesse caso, nossa primeira formulação da regra da justiça, que pareceu ser totalmente óbvia, fica, infelizmente, sem aplicação.

Para que pudesse efetivamente guiar-nos na ação, a regra de justiça deveria indicar-nos, não como há que se tratar dois seres idênticos, mas como há que se tratar de modo justo seres *que não são idênticos*. Praticamente, aliás, quem se queixa de ter sido tratado injustamente e se compara, para justificar suas queixas, com outros que não ele, nunca dirá que aqueles com quem se compara lhe são idênticos. Ao contrário, sempre alegará alguma diferença que o distingue dos outros: dirá, por exemplo, que seu concorrente, ou seu rival, tinha, junto daqueles que deviam tomar a decisão, proteções de que ele próprio era desprovido: portanto, ele alega, nitidamente, uma diferença. Mas insistirá no fato de que essas diferenças que reconhece, e que lhe parecem ter sido decisivas, não deveriam ter tido, nesse caso, a menor influência. Ele se queixará de que certos elementos, segundo ele alheios à questão, foram determinantes; em outros termos, pretende que certos elementos, considerados por ele *essenciais*, e nada além desses elementos, deveriam ter sido tomados em consideração. Atacará a decisão justa como injusta, seja porque ela não levou em conta elementos essenciais, seja porque levou em conta elementos que lhe parecem irrelevantes. Do ponto de vista dos critérios que deveriam ter sido aplicados, os seres ou as situações eram, segundo ele, essencialmente semelhantes, e deveriam tê-los tratado da mesma forma; ou eram essencialmente diferentes e deveriam ter sido tratados de uma forma que correspondesse a essas diferenças essenciais.

Esta análise nos permite concluir que, na prática, *a regra de justiça exige que sejam tratados da mesma forma*, não seres idênticos – o que seria um caso particular muito raro, se não inexistente –, mas *seres considerados essencialmente semelhantes*. E entenderemos por essencialmente semelhantes seres entre os quais não existem diferenças essenciais, diferenças que importam, nesse caso, e que devem ser levadas em conta[5].

Os senhores vêem imediatamente em que a regra que acabo de enunciar é formal. É formal por duas razões: em primeiro lugar, não diz quando diferenças devem ou não ser consideradas essenciais; em segundo, diz-nos somente que é preciso tratar da *mesma forma* os seres essencialmente semelhantes, mas não indica *como* é preciso tratá-los. Concebe-se perfeitamente que certa diferença, que importa num caso, não importa no outro. Concebe-se, aliás, que essas questões, atinentes ao que é essencial e ao que não o é, possam ser e sejam efetivamente objeto de discussões acirradas, até de lutas violentas. Essas diferenças deverão ou não ser consideradas essenciais para tal situação determinada? A diferença de sexo, ou de raça, ou de religião, justificará, por exemplo, um salário diferente, ou uma diferença de tratamento quanto à admissibilidade aos empregos públicos?

Compreende-se que, numa ordem política, tais questões litigiosas sejam, na medida em que concernem à comunidade, regulamentadas pela lei positiva. Quando é ela que determina os critérios de aplicação da regra de justiça, essa regra se precisa e se torna a regra de direito (o que os ingleses chamam *the rule of law*), que exige sejam tratados de uma forma, determinada pela lei, todos os que são semelhantes aos olhos da lei. Cumpre observar, aliás, que o modo como devem ser tratados os que são semelhantes aos olhos da lei também pode ser fixado, não por uma norma geral, mas pelo recurso aos precedentes, como no direito anglo-saxão. Com efeito, quando uma decisão autorizada tratou de certa forma um caso vinculado a uma certa categoria, parece justo e conforme à razão tratar da mesma forma um caso essencialmente semelhante. O estabelecimento de uma ordem social razoável pressupõe naturalmente a conformidade aos precedentes (*stare decisis*). A regra de justiça nos convida, de fato, a transformar em precedente, ou seja, em caso de aplicação de uma regra implícita, toda decisão anterior emanante de uma autoridade reconhecida.

Creio que o mesmo raciocínio também poderia ser seguido quando se trata da elaboração de uma ordem natural. Isto não pressupõe necessariamente (como se tentou afirmar) a existência de leis objetivas que, por si sós, teriam condições de justificar a indução a partir da experiência, ou seja, a passagem do caso particular para a regra geral. Bastaria, parece-me, não ver na indução senão a aplicação da mesma tendência natural que encontramos operante na regra de justiça. Cada fenômeno seria tratado como um precedente, como a manifestação de uma regra implícita segundo a qual os fenômenos essencialmente semelhantes manifestam as mesmas propriedades. O que distingue, porém, a ordem natural de uma ordem jurídica é que, nesta última, os precedentes só são estabelecidos por decisões cuja autoridade é limitada no tempo e no espaço, ao passo que os fenômenos naturais, quase sempre reprodutíveis em seus traços essenciais, podem, na medida em que são reconhecidos por todos os observadores, – sejam quais forem o momento e o local da experiência – servir para o estabelecimento de uma ordem natural universal. Por outro lado, enquanto as normas podem ser seguidas ou transgredidas – o que permite falar, a propósito delas, da responsabilidade e da liberdade do agente a quem os atos são imputáveis –, admitir que um fenômeno possa ou não ser considerado a manifestação de uma regra implícita é reconhecer a possibilidade de um milagre. Se essa eventualidade for excluída, se supusermos que todos os fenômenos são regulares, cada vez que um deles não se conformar com as previsões cumprirá modificar, de um modo ou de outro, a determinação dos caracteres essencialmente semelhantes que definem a classe da qual o fenômeno imprevisto constitui um elemento. Toda a metodologia das ciências indutivas se ocupa, de fato, não com o direito que se tem de extrapolar, mas com a forma certa de extrapolar. Ela deve permitir controlar a elaboração das regras. Não se poderia superestimar, a esse respeito, a importância do caso invalidante, que constitui um elemento essencial para o progresso da pesquisa, e isto tanto do ponto de vista psicológico como do ponto de vista metodológico[6].

Quando um fenômeno não se apresenta, ao estudo, de um modo conforme às previsões, podemos perguntar-nos se a experiência foi bem conduzida, se seu desenvolvimento não foi falseado em conseqüência da intervenção de elementos que não se levaram em conta, ou se, por fim, a observação do fenômeno não foi laivada de erros. Mas, se estamos tranqüilos em todos esses pontos, só resta modificar pelo menos uma das regras que intervieram na elaboração da previsão desmentida pela experiência. Um aspecto do fenômeno que ainda não havia retido a atenção deverá integrar-se no conjunto dos caracteres essenciais, ou seja, daqueles que se devem levar em conta na formulação da regra. Pois tudo quanto é contrário às previsões estabelecidas graças às regras aceitas deverá explicar-se pela imperfeição destas. O progresso das ciências naturais consiste, de fato, na extensão da rede, conforme à experiência, das regularidades no universo. É óbvio que essas regularidades podem ser de toda espécie, de caráter causal ou estatístico; a própria idéia de regularidade pode ser compreendida diferentemente de acordo com as necessidades da pesquisa científica.

A ordem natural é universal, pois é a experiência comum e as previsões que ela autoriza, graças à aplicação da regra de justiça, que permitem discernir os traços essenciais e distingui-los daqueles que não o são, quando se trata de formular as regularidades e as leis. Mas, quando se trata de normas que regem a ação, sabemos bem que a experiência não basta, nem para indicar quando, numa dada situação, dois seres devem ser considerados essencialmente semelhantes, nem como convém tratá-los. O juiz supremo, nessa matéria, será a nossa consciência, que foi formada por uma dada ordem social, política e econômica, ordem que comporta imperativos diversos, e que desempenhará, na determinação desses elementos essenciais, um papel decisivo. Contudo, o mais das vezes – e isso não é de nos espantar –, nossa reação será conformista e achará normal e racional, ou seja, não exigindo nenhuma explicação suplementar, um comportamento conforme aos precedentes. Isto, aliás, é apenas uma forma de seguir a regra de justiça. É apenas a aplicação, na vida da mente, de um princípio a que se poderia chamar princípio de inércia, porque desempenha exatamente o mesmo papel que este em física – segundo o qual o que é conforme ao que foi aceito não provoca nenhum espanto, devendo, em contrapartida, todo desvio, toda mudança ser justificados. Daí a importância da tradição, da educação e da iniciação, em todos os domínios, que constituem um elemento prévio indispensável à elaboração de qualquer pensamento original. Trate-se de direito ou de moral, de ciência ou de filosofia, é sempre de uma certa tradição que partimos, ainda que seja para criticá-la, e é ela que continuamos se não temos razões especiais para dela afastar-nos. É na negação desse ponto que vemos o erro fundamental de qualquer positivismo, na medida em que adota o método cartesiano, segundo o qual se deve partir do zero. Uma filosofia que se pretende conforme às progressões reais de nosso pensamento não pode fazer pouco caso de todas as contingências e declarar que fará tábula rasa de tudo o que não lhe parecer absolutamente fundamentado, pois, numa perspectiva antiabsolutista, que é a minha e que descarta qualquer idéia de um fundamento absoluto, uma pretensão dessas só pode redundar num cepticismo universal. Em vez de subscrever à legitimidade de uma dúvida universal, cumpre, ao contrário, – sendo isso que qualquer homem razoável exige em qualquer circunstância – fornecer razões que justifiquem a dúvida, quando se trata de uma tese admitida em qualquer área que seja. Essas razões deverão ser reconhecidas, antes mesmo de serem pesadas em face das teses que procuram combater, e é nesse momento que se entabulará a discussão referente ao que é essencial e ao que é acessório, ao que importa e ao que não importa, ao que é relevante e ao que é irrelevante.

À primeira vista, poder-se-ia crer que é aqui que deveria inserir-se uma lógica dos juízos de valor que indicaria como desempatar os pontos de vista. Uma lógica assim poderia ter cumprido esse papel, e a procurei sem grande sucesso anos a fio. Os elementos que consegui encontrar são muito parcos e só concernem às relações de meios com fim. A lógica dos juízos de valor de Goblot, por exemplo, não contém a menor indicação quanto à forma de raciocinar sobre os fins, o que quer dizer que todo raciocínio sobre os valores seria apenas de ordem técnica, e não filosófica. Isto nos obrigaria a renunciar a toda filosofia da razão prática: foi por isso que, após ter de lavrar esse auto de carência e, pessoalmente, não querendo renunciar, inspirei-me no lógico Gottlob Frege e no modo como procedeu numa área muito diferente. Frege, para renovar a lógica formal, a lógica matemática, partiu simplesmente do raciocínio dos matemáticos e propôs-se a analisá-lo para descobrir as leis lógicas segundo as quais o matemático raciocina. Por que não seguir o método de Frege no domínio do raciocínio prático, tal como se manifesta em direito, em moral, em filosofia, em política, e descobrir a maneira pela qual raciocinamos sobre os valores e cuja descrição procurei em vão nos trabalhos contemporâneos? O resultado da análise foi inesperado: constatei que, quando se trata dos valores, quando se trata de deliberar antes de agir, o raciocínio assume a forma de uma argumentação. Isso me pareceu uma revelação no mesmo momento, pois a teoria da argumentação – bem esquecida em nossa época – era, como rapidamente pude constatar, coisa bem conhecida dos Antigos, em especial de Aristóteles. Este mostrara, com efeito, que, ao lado daquilo a que chamava provas analíticas, ou seja, as provas formais e apodícticas, havia provas dialéticas, ou seja, provas concernentes ao opinável, à maneira de fundamentar as crenças e de chegar à melhor opinião.

Mas há argumentação e argumentação, e nem todas as argumentações têm o mesmo valor. O ideal filosófico mais representativo é servir-se – creio que até se poderia encontrar aí uma definição da filosofia – apenas de argumentos que sejam conformes ao imperativo categórico de Kant: não conviria utilizar, num raciocínio filosófico, senão argumentos que pudessem valer para uma universalidade das mentes. Cada orador se dirige, com sua argumentação, a um auditório que procura conquistar para as teses que lhe apresenta. Como toda argumentação, para ser eficaz, deve adaptar-se ao seu auditório, a qualidade da argumentação seria consoante à do auditório que consegue persuadir. Poder-se-ia considerar razoável a argumentação que procura convencer o auditório formado por todos os homens normais ou competentes. Em vez de partir de uma qualidade definida ou determinada *a priori* da argumentação, cumpre partir da argumentação tal como vale num meio de pessoas qualificadas para tratar desta ou daquela questão. Partiríamos assim da realidade concreta, da realidade tal como é definida por um determinado meio, o que permitiria precisar a distinção entre argumentos fracos e argumentos fortes. Os argumentos fortes são os que são considerados como tais pelos especialistas de uma disciplina, todas as vezes que se trata dessa disciplina. Note-se, aliás, que, para os filósofos, esse auditório, que é o auditório universal, é muito mais difícil de apreender do que o do cientista, do teólogo, ou do jurista. Entre estes, há sempre um conjunto de convenções, um conjunto de regras sobre as quais se está de acordo, ao passo que tal acordo é muito mais raro em filosofia. Em filosofia, trata-se apenas de uma visão da mente, e a concepção do auditório universal do filósofo permite caracterizar sobretudo o próprio filósofo. Mas admitir-se-á, em todo caso, sem dificuldade, que a argumentação mais crítica que o filósofo possa conceber é aquela que ele apresenta com o intuito de convencer semelhante auditório universal.

Se a regra de justiça, que exige que se trate da mesma forma seres essencialmente semelhantes, pode ser facilmente aceita por todos, é porque seu caráter formal lhe confere uma racionalidade dificilmente discutível: vão surgir as contendas quando se tratar de aplicá-la, quando se tratar de delimitar as características que tornam os seres essencialmente semelhantes e quando for preciso chegar a um acordo sobre a maneira de tratá-los. As respostas a tais questões são fornecidas em cada civilização pela ciência, quando se trata de saber teórico, e pelas normas jurídicas, morais e religiosas, quando se trata de regrar a conduta. Quando se apresentam razões para duvidar de uma lei ou de uma norma, sejam essas razões fornecidas pela experiência ou pela consciência, deverá ser desenvolvida uma argumentação para justificar a mudança proposta, que parecerá a mais apropriada para sanar os inconvenientes que se percebem ou se sentem. O que um filósofo pode almejar é que essas mudanças não sejam impostas pela violência, mas sejam justificadas por argumentos pretensamente válidos para um auditório universal. Esses argumentos não serão coercivos, sendo por essa razão que se pode diferir de opinião a respeito deles, mas permitirão formar um juízo, tomar uma decisão. É nesse sentido que compreendo o empenho permanente dos homens de boa vontade para formar uma sociedade de mentes livres e responsáveis, que descarte a violência e se fundamente na razão, ou seja, a um só tempo, nas demonstrações racionais e nas argumentações razoáveis.

Sr. J. Wahl. – Agradeço muito ao Sr. Perelman por sua exposição extremamente clara e pergunto se há pessoas que queiram fazer perguntas.

Sra. Parain. – Gostaria de perguntar ao Sr. Perelman qual é seu critério do argumento forte?

Sr. Perelman. – Esta é uma das questões mais difíceis levantadas por minha exposição. Isso porque, e vale a pena voltar a esse ponto, um argumento forte não é um argumento correto ou válido, cujo valor coercivo se imporia a todos. Se pudéssemos formulá-lo à maneira de uma regra de dedução, reduziríamos a argumentação à demonstração. Isto poderia ser encarado como um ideal, como um caso limite resultante da formalização de uma argumentação, da qual se teria eliminado toda ambigüidade, tanto quanto à sua interpretação como quanto ao seu campo de aplicação.

Creio que, para determinar a força de um argumento, cumpre ainda referir-se à regra de justiça[7]: um argumento forte, numa área determinada, é um argumento que pode prevalecer-se de precedentes. Nosso pensamento segue normas análogas às de toda conduta nossa: servimo-nos de precedentes, e servimo-nos de regras que constituem a generalização deles, por todo o tempo em que uma razão, de ordem teórica ou prática, não nos estimule a modificá-las, transformando o alcance do precedente. O procedimento é igual, trate-se de ciência ou de direito; parte-se sempre de técnicas de raciocínio que foram admitidas por homens de ciência ou por juristas, em sua especialidade. Se há discussão, é porque esse processo não é desprovido de posicionamentos, às vezes muito divergentes, quanto à maneira de servir-se de precedentes.

O lógico não deve, em áreas como a metodologia das ciências ou a do direito, querer dar lições aos especialistas.

Deve, ao contrário, seguir-lhes a cartilha, analisar os raciocínios tais como os encontra efetivamente utilizados, ver quais são os argumentos fortes ou fracos, relevantes ou irrelevantes em cada disciplina. Como toda disciplina nos inicia numa certa terminologia e nos ensina o manejo dos instrumentos de sua especialidade – dizendo-nos o que importa e o que não importa entre os dados da percepção –, ela nos ensinará que tipo de argumentos nela granjeia a convicção e que gênero de argumentos não tem alcance. O lógico pode, depois desse trabalho de iniciação prévia, tentar distinguir estruturas, formular hipóteses quanto ao alcance e à força de certos tipos de argumentos, procurando, por exemplo, transportar para uma disciplina os raciocínios que se mostraram fecundos noutra. Mas que se guarde de ser presunçoso, não considere suas sugestões como evidências, e sim como hipóteses que devem ser verificadas. De que adianta, de fato, um raciocínio claro e rigoroso se, na nova disciplina, à qual o queriam impor, ele se mostra completamente estéril e desprovido do menor interesse?

Em filosofia, a situação é bem diferente do que nas diversas ciências. Cada filósofo se situa em certa linha de pensamento, que terá como efeito dar a preferência a certo tipo de argumentos. Enquanto, para os pensadores que seguem Aristóteles, será considerado forte o pensamento que leva em conta a essência e os caracteres essenciais, para Bentham e os utilitaristas, o único argumento em favor de uma conduta será a indicação das boas ou más conseqüências que dela resultam: é o monopólio do argumento que qualifiquei de argumento pragmático[8]. Cada filosofia poderia, assim, caracterizar-se pelo gênero de argumentos aos quais nega qualquer valor. Há, aí, uma nova forma de encarar a história da filosofia, que estabeleceria uma correlação entre a ontologia de um pensador e seus preceitos metodológicos, e que lançaria uma luz nova sobre a história do pensamento.

Sr. J. Wahl. – Será que não há certos perigos, se bem que eu seja a favor do pluralismo, nesse pluralismo? Como as pessoas poderão entender-se?

Sr. Perelman. – Não sei se o senhor quer que eu lhe responda, porque não sei se é uma objeção para a qual acha que não há resposta. Pessoalmente, creio que há uma resposta, porque creio que os homens se entendem muito melhor do que os filósofos.

Sr. J. Wahl. – O senhor é filósofo apesar de tudo...

Sr. Perelman. – Sim... justamente. Mas constatamos que os homens admitem todos os tipos de argumentos e lhes concedem valor conforme o contexto e conforme a área de aplicação. O que caracteriza os filósofos é que menosprezam certos tipos de argumentos e os afastam de sua visão filosófica. Ou, ficam, por isso, fechados a certo tipo de argumentos, ou, estabelecem de antemão uma hierarquia entre os tipos de argumentos. Isso acarreta divergências intransponíveis entre pontos de vista. A argumentação nos permite compreender como, mesmo quando já não se entendem, os homens podem, não obstante, evitar a briga. É esse o papel do direito, por exemplo. O direito delimita as competências e fixa o âmbito das controvérsias. E, por outro lado, a concepção que tenho da razão, que não é uma razão coerciva, não me permite excluir a violência de outro modo que não por um posicionamento de ordem moral. Não creio que a violência seja excluída pela força do raciocínio apenas. Essa pretensão, não a tenho, porque creio que, no domínio da razão prática, os raciocínios jamais são coercivos, sendo por isso que, quando os homens não se entendem, o recurso a uma certa força ou à organização de uma certa força é indispensável. Não sou do tipo dos filósofos racionalistas que crêem numa sociedade das mentes que se eximiria de qualquer recurso à força. Posso somente dizer que a recusa da violência é uma atitude moral; isso prova justamente que não é uma atitude necessária.

Sr. Koyré. – Sou muito sensível à distinção feita por meu amigo Perelman entre o racional e o razoável e ao seu esforço de revalorização do raciocínio "razoável". Foi essa, em suma, a exigência de Hume, que esquecemos e não admitimos. Fui igualmente muito sensível ao seu desejo de dar valor à invocação do predecente; o precedente é o passado, a tradição fundamentada nos juízos dos que nos precederam; parece razoável admitir que eles foram tão razoáveis quanto nós mesmos e não achar que somos os primeiros a usar da razão. Pergunto-me, todavia, se ele não vai um tanto longe, longe demais, dizendo-nos que o argumento forte é sempre baseado nos precedentes. Não seríamos, com isso, levados a rejeitar toda inovação radical, toda ruptura com o passado, com a tradição? Quais argumentos esses inovadores – o Decálogo, Sócrates, Cristo – poderiam apresentar para defender sua causa?

Sr. Perelman. – Creio que não há inovação que não tenha raízes na experiência historicamente vivida. É possível – e essa é uma técnica freqüente em direito – partir de um caso particular que era considerado uma exceção e transformá-lo numa regra; partirmos de uma idéia que foi aceita em certo meio e a generalizarmos. Assim é que, a partir da afirmação de que somos todos irmãos, porque filhos de um mesmo Deus, se pretenderá que todos os homens se tratem uns aos outros como membros de uma mesma família. A partir da idéia de solidariedade familiar, incontestada, intervém uma extensão dessa solidariedade à humanidade, em virtude de um argumento por analogia, mas esse argumento por analogia encontra sua origem em certa experiência. Não somente a analogia, mas também toda conceituação parte de noções aplicadas em certo domínio. Assim é que o precedente pode ser puramente formalista e pode ater-se a seguir o caso anterior ao pé da letra. Mas pode também servir de ponto de partida para um raciocínio por extensão ou por analogia.

Sr. Koyré. – Quer dizer que, não se servindo do precedente em seu valor verdadeiro, mas interpretando-o, ou melhor, desinterpretando-o, modificando-lhe o sentido, substituindo-o, faz-se dele outra coisa.

Outra pergunta agora: qual é o critério que nos permite escolher entre as interpretações diferentes e aceitar, ou rejeitar, as "extensões" ou as "analogias"? E mesmo: haverá um critério assim?

Sr. Perelman. – Gostaria primeiro, se o senhor permitir, de terminar com o precedente.

A propósito da regra de justiça, falei-lhes de dois critérios que devem ser precisados para permitir a aplicação da regra: o tratamento projetado e os caracteres que devem ser considerados essencialmente semelhantes e que justificariam o mesmo tratamento. No uso do precedente, um elemento não varia: é o tratamento tal como foi aplicado anteriormente. Mas podemos encontrar uma modificação nos caracteres considerados essencialmente semelhantes. Por exemplo, ao passo que, há pouco, se considerava que pertencer a uma mesma família, a uma mesma célula, era o caráter que importava, pode-se agora estender esse caráter, digamos, à humanidade, ou a todos os membros de uma nação; isso quer dizer que o que se modifica é o caráter considerado essencialmente semelhante, e essa modificação, como já disse aos senhores, pode ser motivada por dois elementos: a experiência ou a consciência, nas duas áreas, a da teoria e a da ação.

Sr. Koyré. – Não vejo muito bem o que o recurso à consciência e à experiência pode fornecer-nos aqui. A consciência do passado – e amiúde do presente – opõe o homem à mulher, o branco ao negro – ou os assimila. A consciência nazista opõe o judeu ao ariano.

Sr. Perelman. – A modificação é motivada pela experiência quando um fenômeno previsto pela regra não ocorreu; esse desmentido infligido pela experiência nos obriga a reconhecer que alguns caracteres considerados essencialmente semelhantes não o são ou vice-versa. A modificação é motivada pela reação de nossa consciência quando um ato, que parecia ser aprovado por nossa consciência, pois conforme aos precedentes, provoca uma revolta da consciência, a nossa desaprovação: os critérios, que pareciam suficientes, atinentes ao que é e ao que não é essencialmente semelhante, deverão ser revistos.

Sr. Bénézé. – Vou forçar um pouco meu pensamento. Creio que sou totalmente da sua opinião, em geral, e vou perguntar-lhe simplesmente se o senhor aceitaria resumir tudo que entendemos por essa frase: que o acordo entre os que não pensam do mesmo modo só pode ser feito pela eloqüência, ou seja, por uma persuasão, conduzida e obtida por quem sabe falar.

Sr. Perelman. – E quem sabe pensar. Para mim, a argumentação é um uso da palavra inseparável do uso do pensamento. Não se pode esquecer que a retórica foi considerada pelos Antigos como a arte de bem conduzir, não somente a palavra, mas também o pensamento. Falar bem quer dizer falar de modo que se convença. Ora, falar de modo que se convença quer dizer falar de um modo eficaz; mas essa eficácia se apresenta de formas muito diversas e é obtida por meios diferentes, conforme se adapte a ignorantes ou a pessoas competentes.

Sr. Bénézé. – Mas a eloqüência também...

Sr. Perelman. – Sim, mas o que eu queria dizer é que não se trata somente de falar, trata-se de raciocinar. Note que houve uma transformação da noção de retórica na qual eu gostaria de insistir. Em primeiro lugar, a retórica foi considerada durante os três últimos séculos a arte da expressão, ou seja, uma forma de expressar o pensamento. É uma relação entre o pensamento e a maneira de expressá-lo, ao passo que entre os Antigos era a maneira de fazer que seu pensamento fosse admitido por outrem, e a questão da forma só tinha um papel subalterno que dependia do conteúdo, sendo essa, aliás, a razão por que – e tentamos mostrá-lo longamente em nosso *Tratado da argumentação*[9] – as figuras de retórica podem ser consideradas argumentos e não, simplesmente, ornamentos.

Em segundo lugar, o próprio Platão, que foi tão contrário à retórica dos sofistas, não disse: é preciso descartar a retórica. Diz-nos no *Fedro*: "Seria mister poder elaborar uma retórica digna do filósofo."[10] Que é a retórica digna do filósofo? Ele no-lo diz com todas as letras: é a retórica que poderia convencer os próprios deuses. Para elaborar uma retórica filosófica, ele muda a qualidade de seu auditório. Na medida em que não sei como devo falar aos deuses, posso ainda assim tentar fazer o melhor possível para dirigir-me a auditórios da melhor qualidade. E é esse, creio, o esforço de racionalidade dos filósofos. Quando falam da razão, consideram-na encarnada no que eles poderiam considerar o melhor auditório possível.

Sr. Bénézé. – Acho, apesar de tudo, que a sua argumentação diz mais respeito à eloqüência do que à própria racionalidade. Entendo por eloqüência não só a arte de falar bem, mas, de fato, de falar de um modo eficaz, ou seja, ser bem sucedido.

Sr. Perelman. – Ser bem-sucedido para quem? Quando se fala de retórica, opõe-se sempre a persuasão à verdade, mas se esquece muito que não há verdade senão admitida. Pode-se conceber uma realidade desconhecida, mas uma verdade desconhecida é uma criação de teólogo, pois, se é desconhecida dos homens, é conhecida por Deus.

Sr. Bénézé. – Conseqüentemente, é um acordo?

Sr. Perelman. – Eventualmente o acordo consigo mesmo.

Sr. Bénézé. – Este é incontestável. Falo de um acordo com o outro, acordo alheio ao racional.

Há outro ponto pelo qual passarei rapidamente, porque gostaria de deixar a palavra aos outros ouvintes; é este: o senhor falou de precedentes. Será que a escolha dos precedentes não depende da decisão?

Sr. Perelman. – Há interação. As civilizações, as culturas, os homens são diversos pelo modo como foram formados, em virtude de um conjunto de regras, de precedentes que forma o ponto de partida de sua ideologia ou de seu pensamento. Mesmo quando os homens se insurgem contra sua formação, são influenciados por ela, porque não se pode elaborar um pensamento de oposição sem que ele tenha sido formado por aquilo a que se opõe.

Sr. Bénézé. – Eu dizia isso porque, em alguns julgamentos, pude ver os juízes decidirem que seu aresto não constituiria um precedente, que os futuros juízes não alegariam exceção daquilo que eles próprios puderam dizer, para julgar como eles casos até semelhantes.

Sr. Perelman. – Isso quer dizer que eles se dão conta do caráter excepcional de sua decisão. Foi nisso que insisti a propósito do milagre: o milagre não forma precedente no estudo dos fenômenos naturais. A maneira de proceder que o senhor assinalou está nos talmudistas. Os talmudistas partem de certo número de decisões que foram tomadas por um Ser perfeito, que é Deus, e as tornam precedentes. Mas quando se encontram em presença de uma decisão que não gostam de generalizar, dizem: eis uma decisão que não formará precedente; é uma situação totalmente extraordinária, parece-se, na área da conduta, com o que é o milagre no reino da natureza.

Sr. Bénézé. – Estou de acordo; tanto mais que o milagre, também ele, é objeto de decisão.

Sr. Varet. – O que me inquieta, depois de tê-lo ouvido, é que, aparentemente, para o senhor, toda argumentação tem, *eo ipso*, um caráter razoável, de sorte que me pergunto o que seria, segundo o senhor, uma argumentação desarrazoada. De um lado, há argumentos fortes – e, se bem o compreendo, são razoáveis – e, depois, há argumentos fracos, e eles são igualmente razoáveis, mas *um pouco menos*... Então, o que é grave, até mesmo trágico, às vezes na existência, é que na realidade algumas teses desarrazoadas podem encontrar argumentos fortes à sua disposição, e teses muito razoáveis podem, ao contrário, só dispor de argumentos fracos.

Sr. Perelman. – Uma tese desarrazoada é uma tese sustentada por argumentos desarrazoados. Não creio que se possa falar da natureza razoável de uma tese *in abstracto*, sem a vincular aos argumentos. Por outro lado, o senhor tem razão, num certo sentido, ao dizer que um argumento fraco também pode ser fracamente razoável. É que, na área do formal, o raciocínio é correto ou incorreto, ou seja, se o senhor quiser, racional ou irracional. Na área da argumentação, pelo contrário, não há diferença de natureza entre o razoável e o desarrazoável, mas há diferença de graus. Mas, quando lhe digo que há diferença de graus, trata-se de uma diferença que importa, que, a meu ver, é essencial; isso quer dizer que não se deve crer que ao transformar a diferença de natureza em diferença de graus, eu a suprima, ao contrário, ela desempenhará o mesmo papel que a diferença de natureza desempenha na demonstração. Agora, de fato, um juiz que se vê diante de duas teses, uma forte e uma fraca, dará razão à mais forte e pronto.

Sr. J. Wahl. – Nem sempre...

Sr. Perelman. – Pode ser evidentemente um juiz corrupto, intimidado, mas o senhor vai me dizer também...

Sr. J. Wahl. – Não disse isso...

Sr. Perelman. – O senhor também poderá dizer-me que ele foi convencido pela tese mais fraca. Mas talvez haja desacordo sobre o que é uma tese forte e uma tese fraca, sendo por essa razão que o juiz deve ser controlado. No domínio do imperfeito, só podemos instituir um regime de controles humanos; estamos aqui no domínio do imperfeito, mas que é perfectível, justamente por ser imperfeito.

Sr. Guéroult. – Fiquei encantado com a sua exposição. Havia outrora uma disciplina, a *Retórica*, que ocupava um lugar considerável na especulação humana. Depois de Ramus, ela desapareceu do céu da filosofia, o senhor a traz de volta. Agradeço-lhe infinitamente.

Gostaria simplesmente de acrescentar uma curta observação a propósito da judiciosa questão, evocada há pouco, referente aos *argumentos fortes*. O senhor observou que não havia definição universal possível do argumento forte, sendo o mesmo argumento considerado fraco ou forte conforme a filosofia que se tem em vista. Penso que essa observação poderia traduzir-se da seguinte forma: a força de um argumento, sendo idêntica às demais condições, depende do valor ou do fim reconhecido como valor ou fim supremo por uma filosofia. O senhor citou o exemplo do utilitarismo. Ora, é evidente que os argumentos por ele considerados fortes só são tais aos olhos deles porque combinam com o valor privilegiado que ele erige em absoluto. Se tomarmos uma filosofia que nega a utilidade como valor supremo, todos os argumentos percebidos como fortes serão imediatamente percebidos como fracos. É por isso que, em toda argumentação filosófica que, como tal, se pretende racional, ou pelo menos razoável, associa-se o mais das vezes à tese adversa um juízo subsidiário, que se pode qualificar de "infamante" (cf. As "categorias infamantes" levantadas em *Platão* por M. V. Goldschmidt). Assim, declarar-se-á que, se recusarem tal conclusão, cairão ou na *Schwärmerei*, ou num misticismo *cego*, ou num cientificismo *empedernido*, ou num intelectualismo *abstrato*, etc., marcando todos esses adjetivos pejorativos a intervenção mais ou menos surda do valor privilegiado que comanda a especulação do filósofo e dá todo o peso ao que ele avalia ser o argumento forte.

Penso noutra questão conexa, que concerne à história da filosofia. A argumentação é importantíssima quando se trata de estabelecer o sentido verdadeiro de uma obra. Qual será o argumento forte nesse caso, que já não é o do filósofo tentando impor sua doutrina, mas o do historiador que tenta interpretá-la? Como definir e avaliar aqui o argumento forte? Em minha opinião, é aquele que, sendo idênticas às demais condições, combina com o valor ou com o fim reconhecido como supremo pela doutrina considerada. Quando a interpretação proposta contradiz esse valor, pode-se considerar como dos mais fracos o conjunto de seus argumentos. Por exemplo, se certa interpretação de uma filosofia eminentemente racionalista introduz nesta uma incoerência, sua argumentação parecerá ser muito fraca, dado que o valor privilegiado é aqui o rigor do encadeamento lógico; em compensação, o argumento que uma interpretação contrária tiraria do excesso de coerência que ela desvela no sistema será um argumento objetivamente muito forte. Esse argumento será muito mais fraco, quando se tratar de uma doutrina que pouco se incomoda com o rigor lógico.

Sr. Perelman. – Agradeço-lhe muito por ter feito essas observações que, aliás, vão na mesma direção de minhas próprias teses. Sei muito bem como a idéia de sistema, que lhe é cara, é ligada à idéia de argumentação. A única coisa em que há, talvez, possibilidade de discutir é a determinação do que é motor na elaboração de um sistema. Creio que há ligação entre a força concedida a certos tipos de argumentos e a preeminência que se concede a certas atitudes ou a certos valores; há uma dialética na qual um desses elementos repercute no outro, um sustenta o outro, sendo por essa razão que só se concebe a filosofia sob forma de um sistema; não há filosofia fora do sistema porque, sem ele, tudo se torna arbitrário. Se é indiscutível que há ligação entre os elementos de uma filosofia, podemos perguntar-nos o que deu impulso a tal visão do filósofo: será que foi o tipo de argumentos, será que foi o gênero de valor, será que foi certa situação ou certo ideal, etc.? Mas isso requer um estudo preciso. Creio que seria muito interessante, nos estudos de história da filosofia, mostrar a ligação que existe entre a visão do filósofo e os tipos de argumentos aos quais ele confere importância.

Quanto à sua segunda questão, que se reporta à interpretação, ela se refere à metodologia da interpretação de textos. Como há uma crítica histórica, há também uma crítica filosófica, e, na medida em que concedemos à coerência a primazia nessa interpretação, o senhor tem toda a razão. Mas é possível retorquir: Não, o filósofo se assinala em sua singularidade sobretudo quando é incoerente, porque prova com isso que preza certos valores, apesar da incoerência deles; nesse momento, o senhor já não terá razão. A questão é saber justamente qual é nossa metodologia da interpretação dos textos filosóficos e ela pode variar, evidentemente, de filósofo para filósofo.

Sr. Ricœur. – Quero primeiro felicitá-lo pela importância que deu à probabilidade em filosofia. Bergson já havia pleiteado pela introdução da probabilidade na argumentação filosófica: o senhor está, portanto, em terreno firme.

Gostaria de fazer-lhe duas perguntas no âmbito de sua própria reflexão. Em primeiro lugar, qual é a importância do modelo *jurídico* na argumentação? O senhor disse que os filósofos ficaram excessivamente fascinados pelo modelo matemático. Mas o modelo jurídico cobrirá toda a área da argumentação? Parece-me que se tem o direito de falar de debate jurídico em três situações bem determinadas: na primeira, não se sabe *qual* regra vale num caso proposto; trata-se, pois, de encontrar a regra existente sob a qual o caso deve ser subsumido; na segunda situação, trata-se, para resolver o caso, de inventar uma regra que não contradiga os precedentes e possa fazer jurisprudência: essa é a obra do legislador; há, então, extensão do domínio das regras, invenção jurídica; na terceira situação, a do litígio, encontramo-nos perante pretensões contrárias e conflitos de regras; trata-se, dessa vez, de inventar uma solução singular para dirimir o "caso": esse é propriamente o ato de julgar. Essas três situações definem o domínio daquilo a que os lógicos da Idade Média chamavam *judicium*. Minha pergunta é então esta: esse modelo que o senhor opõe ao modelo matemático será absolutamente universalizável? Por exemplo, deve-se descartar a teoria dos jogos? E que diria o senhor de um modelo como aquele

de que nos falava recentemente o Sr. Simondon e que ele propunha denominar transdução?
	Essa pergunta chama outra, que lhe é prévia. Será que o senhor define o domínio da filosofia pelo campo de validade de uma argumentação (seja ou não jurídico o seu modelo)? Ou então, a filosofia é definida pelas questões que coloca? O que o senhor nos propõe é um novo formalismo, não mais do necessário, mas do provável. Ora, não se deve dizer, pelo contrário, que a filosofia vale e pesa pela qualidade de suas questões? Será que é a materialidade da questão que a define ou a possibilidade de formalizar a argumentação? Em outras palavras: será que um filósofo é grande por sua *força* de argumentação ou pelo *peso* de suas questões? Como o senhor situa a noção de força de argumentação em relação às qualidades da questão filosófica? Recearia, de minha parte, que se mate a filosofia se se a definir somente por um formalismo da argumentação e se perder o impulso do *questionar* filosófico.
	Sr. Perelman. – Gostaria muito de insistir no fato de que quando falo aqui do provável, não se trata de um provável calculável; trata-se daquilo a que se poderia chamar uma probabilidade filosófica, a que meu mestre, Dupréel, chama a probabilidade ordinal. Decido-me mais em favor desta tese do que de alguma outra, mas sem que a probabilidade que prevalece possa ser redutível a probabilidades determináveis numericamente. Note-se, a esse respeito, que não descarto em absoluto a teoria dos jogos, não sou em absoluto um antimatemático, nem um anticientífico. Mas cumpre realmente entender-se: devemos nos servir dos formalismos na medida em que são utilizáveis e na medida em que são adaptados à situação, ou seja, quando chegamos a um acordo sobre certo número de elementos que tornam possível a aplicação do formalismo.
	Sua pergunta referente à relação da filosofia com o direito é muito interessante. Se penso mais no modelo jurídico do que no modelo matemático, é porque a situação do filósofo se parece muito mais com a do juiz do que com a do matemático. O juiz é que deve resolver, deve decidir, deve dizer todas as vezes, apesar da obscuridade, das lacunas, da insuficiência da

lei, se a pretensão é ou não é conforme ao direito. Deve resolver, deve tomar uma decisão. Creio que o filósofo está no mesmo caso; ele também deve tomar uma decisão. É meu modo de dizer, depois de Pascal, que somos engajados. O matemático, por sua vez, sempre pode dizer: no âmbito de tal sistema, a questão é insolúvel, não há nada que fazer, não tenho os elementos de decisão. Um cientista pode dizer o mesmo. Perguntemos a um historiador: tal acontecimento ocorreu tal dia? Ele pode responder: não sei nada a esse respeito, não tenho os elementos para estabelecer a minha convicção, e pronto. Na área da ação, devemos resolver, porque nada fazer, não escolher, significa também escolher de uma certa forma. Toda filosofia deve elaborar-se consoante uma decisão, um posicionamento[11]. Segundo elemento que permite aproximar o direito da filosofia: é que há debate em direito, como em filosofia; não há debate em matemática, uma vez que um sistema é dado, salvo quando as questões não foram bem precisadas, quando não foram bem expostas. Não imaginamos máquinas para filosofar comparáveis às máquinas de calcular, assim como não imaginamos máquinas para administrar a justiça. Poderíamos eventualmente conceber máquinas para uma espécie de jurisdição puramente administrativa, em que certas convenções, que resolvem as questões essenciais, teriam sido admitidas. Mas, à parte isso, há ainda assim uma diferença entre o direito e a filosofia: é que o juiz é atado pela lei que deve aplicar. Nesse caso, como há separação dos poderes, o próprio juiz não tem de formular leis. Em ciência, como em filosofia, – e é aqui que há uma aproximação – não há separação dos poderes. O juiz não pode fazer a lei, ao passo que os cientistas, os filósofos podem elaborar regras, e não somente ocupar-se com casos de aplicação, e sabemos que os maiores sempre o fizeram. Aí está, no que diz respeito à primeira questão[12].

Agora, no que diz respeito à segunda questão: Será que o filósofo é grande pelas questões ou pela argumentação? Pois bem, há duas espécies de filósofos. Há filósofos que partem de certos métodos admitidos e se dizem: esses métodos podem ser aplicados a esta ou àquela questão, e, quando os métodos são inaplicáveis, digo que as questões não têm sentido: é o primado do método. Há outros filósofos que admitem o primado da questão; dizem que há questões que importam, que me importam, e procuro os métodos que permitem resolvê-las da melhor forma possível. Os senhores compreendem muito bem, aliás, que minha própria atitude consiste em dar preferência ao segundo tipo de filósofos, já que toda a minha teoria da argumentação foi uma adaptação da teoria do raciocínio a situações em que o raciocínio formal se mostrava insuficiente. Mas há, evidentemente, uma solidariedade entre o gênero de questões e o tipo de argumentos que permitem fornecer uma solução; só que, para uns, há o primado de um e, para os outros, o primado do outro, da própria questão. Minha opinião pessoal seria de que é o segundo tipo de filósofo o único criador em filosofia.

Agora, que será que é uma grande questão e que será que é uma pequena questão? É difícil responder em poucas palavras. Mas o que afirmo é a impossibilidade, para um filósofo, de escapar às questões, dizendo que os métodos não lhe permitem resolvê-las; isso, justamente, distingue o filósofo do cientista. O cientista pode renunciar, o filósofo não.

Sr. P.-M. Schuhl. – Uma pergunta, que não é objeção: não haverá, na base da interessante exposição de nosso amigo Perelman, o sentimento de que, no fundo, a injustiça é mais escandalosa para todos do que o erro?

Sr. Perelman. – Mas a injustiça é um erro.

Sr. Schuhl. – É, mas na área moral...

Sr. Perelman. – A diferença seria a seguinte: o erro seria a não-aplicação das regras na área da teoria, ao passo que a injustiça o seria na área da prática, da ação. Mas, ao conceder a primazia à ação, assim como Peirce, que qualificou a lógica de ética do pensamento, direi que o erro é uma forma de injustiça, mas na área teórica. Assim como, na área do erro, convém distinguir a incorreção ou o erro formal e o erro como inadequação à experiência, parece-me que, na área da injustiça, convém igualmente distinguir a injustiça formal ou a não-conformidade às regras e a injustiça como ofensa feita à nossa consciência. A injustiça que choca a consciência é mais escandalosa do que o erro que se opõe à experiência, na medida em que sua persistência pode modelar a consciência no sentido da insensibilização, ao passo que a experiência sempre continuará a impor-se.

Sr. Jacques Lacan. – Os procedimentos da argumentação interessam ao Sr. Perelman pelo desprezo que por eles tem a tradição da ciência. Assim, ele é levado a, perante uma Sociedade de filosofia, a sustentar o equívoco.

Seria preferível que ele fosse mais além da defesa para que venhamos juntar-nos a ele. E é esse sentido que estará voltada a observação com que o alerto: foi a partir das manifestações do inconsciente, com que me ocupo como analista, que cheguei a desenvolver uma teoria dos efeitos do significante, em que encontro a retórica. Atesta isso o fato de que meus alunos, ao lerem suas obras, nelas reconhecem a música com que eu os faço dançar.

Assim, serei levado a interrogá-lo menos sobre o que ele aduziu aqui, talvez com excessiva prudência, do que sobre certo ponto em que seus trabalhos nos levam ao mais vivo do pensamento.

A metáfora, por exemplo, e se sabe que nela articulo uma das duas vertentes fundamentais do jogo do inconsciente.

Não deixo de concordar com o modo como o Sr. Perelman a trata, nela detectando uma operação de quatro termos, e mesmo com as justificações que fornece para separá-la assim, decisivamente, da imagem.

Nem por isso acho que ele tenha razões para acreditar tê-la reduzido à função da analogia[13].

Se temos como aceito que nessa função as relações $\frac{A}{B}$ e $\frac{D}{C}$ se sustentam em seu efeito, próprio da heterogeneidade mesma em que elas se distribuem como tema e foro, esse formalismo já não é válido para a metáfora, é a melhor prova é que ele fica confuso nas próprias ilustrações que o Sr. Perelman fornece.

Há mesmo, se quisermos, quatro termos na metáfora, mas a heterogeneidade deles passa por uma linha divisória: três contra um, e se distingue por ser a do significante ao significado.

Para precisar uma fórmula dela que apresentei num artigo intitulado "A instância da letra no inconsciente"[14], eu a escreverei assim:

$$\frac{S}{S'_1} \cdot \frac{S'_2}{x} \to S\left(\frac{1}{s''}\right)$$

A metáfora é, radicalmente, o efeito da substituição de um significante por outro numa cadeia, sem que nada de natural o predestine a essa função de foro, a não ser que se trate de dois significantes, como tais redutíveis a uma oposição fonemática.

Para demonstrar isso a partir de um dos exemplos, escolhido judiciosamente pelo Sr. Perelman do terceiro diálogo de Berkeley[15], um oceano de falsa ciência se escreverá assim, – pois é preferível restaurar nele o que a tradução já tende a "adormecer" (para prestar homenagem, com o Sr. Perelman, a uma metáfora encontrada com muito acerto pelos retóricos):

$$\frac{an\ ocean}{learning}\ of\ \frac{false}{x} \to an\ ocean\left(\frac{1}{?}\right)$$

Com efeito, *learning*, ensino, não é ciência, e aí sentimos melhor ainda que esse termo não tem mais a ver com o oceano do que os alhos com os bugalhos.

A catedral submersa do que se ensinou até então referente à matéria decerto não soará em vão em nossos ouvidos por se reduzir à alternância de sino surdo e sonoro por onde a frase penetra em nós: *lear-ning, lear-ning*, mas não é do fundo de um lençol líquido, mas da falácia de seus próprios argumentos.

Dos quais o oceano é um deles, e nada mais. Quero dizer: literatura, que cumpre devolver à sua época, pelo que ele suporta o sentido de que o cosmos em seus confins pode tornar-se um lugar de embuste. Significado portanto, o senhor me dirá, do qual parte a metáfora. Por certo, mas no alcance de seu efeito, ela passa além do que aí é apenas recorrência para apoiar-se no contra-senso do que não é mais que um termo entre outros do mesmo *learning*.

O que ocorre, em contrapartida, no lugar do ponto de interrogação na segunda parte de nossa fórmula, é uma espécie nova na significação, a de uma falsidade que a contestação não apreende, insondável, onda e profundeza de um *aneipoç* do imaginário onde afunda todo vaso que aí quisesse extrair algo.

Ao ser "despertada" em seu frescor, essa metáfora, como qualquer outra, se mostra o que é entre os surrealistas.

A metáfora radical é dada no acesso de raiva, relatado por Freud, do menino, ainda inerme de grosseria, que foi seu caçador de ratos antes de acabar neurótico obsessivo, o qual, ao ser contrariado pelo pai o interpela: "Du Lampe, du Handtuch, du Teller usw." (Tu lâmpada, tu guardanapo, tu prato...., e mais ainda.) No que o pai hesita em autenticar o crime ou o gênio.

No que nós mesmos entendemos que não se perca a dimensão de injúria em que se origina a metáfora. Injúria mais grave do que imagina ao reduzi-la à invectiva da guerra. Pois é dela que procede a injustiça feita gratuitamente a todo sujeito de um atributo pelo qual qualquer outro sujeito é incentivado a empreendê-la. "O gato faz au-au, o cachorro faz miau-miau." Eis como a criança soletra os poderes do discurso e inaugura o pensamento.

Podem espantar-se de que eu sinta a necessidade de levar as coisas tão longe no que diz respeito à metáfora. Mas o Sr. Perelman concordará comigo que ao invocar, para satisfazer à sua teoria analógica, os pares do nadador e do cientista, depois da terra firme e da verdade, e de confessar que podemos assim multiplicá-los indefinidamente, o que ele formula manifesta com evidência que estão todos eles igualmente por fora e equivale ao que digo: que o fato adquirido de nenhuma significação nada tem que fazer na questão.

Claro, falar da desorganização constitutiva de toda enunciação não é dizer tudo, e o exemplo que o Sr. Perelman reanima de Aristóteles[16], do entardecer da vida para falar da velhice, indica-nos bem para não mostrar nele somente o recalque do mais desagradável do termo metaforizado para dele fazer surgir um sentido de paz que ele não implica em absoluto no real.

Pois se questionamos a paz do entardecer, percebemos que ela não tem outro relevo senão o enfraquecimento dos vocalises: trate-se da toada dos ceifeiros ou do chilreio dos passarinhos.

Depois disso, teremos de lembrar que por mais blablablá que seja essencialmente a linguagem, é dela, porém, que procedem o ter e o ser.

Dito isso, brincando com a metáfora por nós mesmos escolhida no artigo citado há pouco[17], em especial: "Seu feixe não era avaro nem rancoroso" de Booz adormecido, não é por nada que ela evoca o vínculo que, no rico, une a posição de ter à recusa inserida em seu ser. Pois é esse o impasse do amor. E mesmo sua negação nada mais faria aqui, como sabemos, senão o enunciar, se a metáfora introduzida pela substituição do sujeito por "seu feixe" não fizesse surgir o único objeto cujo ter implica a falta ao ser: o falo, em torno do qual gira o poema inteiro até seu último verso.

Isso quer dizer que a mais séria realidade, e mesmo a única séria para o homem, se consideramos seu papel ao sustentar a metonímia de seu desejo, só pode ser mantida na metáfora.

Aonde quero chegar, senão a convencer os senhores de que o que o inconsciente traz de volta ao nosso exame é a lei pela qual a enunciação jamais se reduzirá ao enunciado de algum discurso?

Não digamos que escolho nele meus termos seja o que for que tenha de dizer. Se bem que não seja vão lembrar aqui que o discurso da ciência, na medida em que se recomendaria objetividade, neutralidade, mornidão, até mau gosto, é igualmente desonesto, tem intenções tão negras como qualquer outra retórica.

O que é preciso dizer é que o eu dessa escolha nasce em lugar diferente de onde o discurso se enuncia, precisamente naquele que o escuta.

Não será dar o estatuto dos efeitos da retórica, mostrando que se estendem a qualquer significação? Que nos objetem que eles param no discurso matemático, estamos tanto mais de acordo sobre isso pois esse discurso, nós o apreciamos ao mais alto grau porque ele nada significa.

O único enunciado absoluto foi dito por quem de direito, a saber: que nenhum lance de dados no significante jamais abolirá nele o acaso, – pela razão, acrescentaremos, de que um acaso só existe numa determinação de linguagem, e isso sob qualquer aspecto que o conjuguemos, de automatismo ou de circunstância[18].

Sr. Perelman. – Agradeço ao Dr. Lacan por sua intervenção, e estou convencido de que há relações geralmente fecundas entre meu estudo e a psicanálise. Só que, para confessar-lhes uma evolução histórica, parti em minha pesquisa de um fato que me escandalizava, enquanto lógico, a saber: os filósofos não estavam de acordo. Penso que muitos jovens racionalistas ficaram escandalizados com esse fato: por que há desacordo em filosofia? Além do mais, vi que não havia somente desacordo em filosofia, mas que também havia desacordo em direito, e desacordo em política, e desacordo freqüente em ciências humanas e em muitas outras áreas; e, então, o objeto próprio de minha pesquisa se ampliou: como explicar o desacordo nessas disciplinas que são consideradas, porém, dependentes da razão. Eis meu ponto de partida. E foi por isso que empreendi análises de raciocínios em direito, em filosofia, em história, em todos os tipos de áreas. Não examinei os raciocínios que poderia ter considerado desarrazoados, mas, ao contrário, razoáveis na área das ciências humanas, e vi que, na realidade, tudo devia ser repensado na metodologia dessas ciências.

Agora, em que medida a argumentação se prende à psicanálise, ou o desprezo pela argumentação se prende também a certo recalque psicanalítico? Decerto seria útil empreender pesquisas nessa área. É possível também que a idéia de argumentação tenha sido descartada em épocas de monarquia, de poder absoluto e de ditadura. Aludi a isso numa comunicação apresentada, faz alguns meses, sobre os âmbitos sociais da argumentação[19]. Toda vez que chegamos a regimes monolíticos, vemos que se amam as verdades evidentes, as deduções retilíneas e não muito o pró e o contra e a argumentação; é por isso que os elementos sociais podem igualmente intervir.

Todos esses estudos são muito apaixonantes, mas creio que seria preciso um grande número de especialistas para os executar com frutos. Não sei se podemos pedir a alguém que seja a um só tempo filósofo, jurista, historiador, sociólogo, psicólogo, psicanalista, etc. Pergunto-me se esforços que se estendessem a todo o campo das ciências humanas não deveriam ser objeto de trabalho de equipes, de equipes de pessoas que se dessem as mãos, que se ajudassem, que se auxiliassem, que se criticassem; não creio que isso possa ser executado por um homem só. É por isso que fico muito contente de constatar – e já o sabia desde uns meses atrás – que aqui, em Paris, estudam igualmente os usos persuasivos, racionais, razoáveis, desarrazoados da linguagem, do ponto de vista da psicologia e, em especial, da psicanálise. Fico muito feliz com isso, e se eu pudesse contribuir para o progresso dessas pesquisas, eu o faria com grande prazer.

Sr. Shalom. – Eu gostaria de perguntar-lhe se, em sua argumentação, não há que fazer uma distinção entre dois pontos de vista bem distintos. O senhor fala, de um lado, uma linguagem que é assaz quantitativa; quando fala do ponto de vista da lei, por exemplo, do ponto de vista jurídico, o senhor fala em termos de empirismo, em termos de neutralidade, de tolerância, vê a coisa largamente. Mas eu me pergunto se não se deve fazer uma distinção entre esse ponto de vista geral, em que se pode falar em termos de estrutura de uma argumentação, e o ponto de vista puramente pessoal; e, deste ponto de vista, creio que o que entra em jogo já não é a questão da estrutura da argumentação, mas talvez a questão da significação dos termos-chaves utilizados. Então me pergunto qual distinção se deve fazer entre a estrutura de uma argumentação e os termos-chaves utilizados nesta ou naquela argumentação. Quando o senhor fala de valor, pareceu-me que tinha tendência a querer integrar a noção de valor num determinado conceito de estrutura. Ou então, eu o compreendi mal.

Sr. Perelman. – Para hierarquizar os argumentos fortes ou fracos, é evidente que intervém um elemento de valor. Mas creio que há uma tarefa, e que é a tarefa prévia, e que é praticamente a única que empreendi: o estudo das estruturas argumentativas em que os valores aos quais se aplicam essas estruturas não intervêm. Há o problema do estudo de tipos de argumentos, como se estudam os raciocínios formais, por exemplo, os raciocínios por transposição, por permutação, etc.

Sr. Shalom. – Mas em função do sentido dos termos utilizados. Os tipos de argumentação não dependem dos conceitos em causa? Não vejo como se pode falar, no abstrato, dos tipos de argumentação sem falar dos conceitos em causa na argumentação. Ora, o conceito em causa se torna, então, a chave da estrutura do argumento.

Sr. Perelman. – Creio que é preciso distinguir os valores nos quais nos baseamos e os esquemas argumentativos. Por exemplo, tomemos o esquema ato-pessoa. Com muita freqüência partimos da idéia de que alguém realizou um ato corajoso e concluímos que é um homem corajoso; logo, passamos do ato para a pessoa. Há aí um esquema, um tipo de ligação entre os atos e as pessoas, esquema que é semelhante ao que existe, por exemplo, entre as obras e o estilo de que dependem essas obras; uma obra pode refletir certo estilo; uma instituição pode refletir, quer certa época, quer certo regime, etc. Há aí estruturas independentes de seu conteúdo. Mas, quando você fala de justo, ou de verdadeiro, ou de bom, não se trata de argumentos; trata-se, aqui, de certos valores que podem servir de ponto de apoio para argumentações, mas não dos próprios argumentos. Tomemos o raciocínio pelo exemplo; é um tipo de argumento dos mais freqüentes, mas o senhor compreende muito bem que esse tipo de argumentação não é vinculado ao gênero de exemplos que se fornecem, nem à especificidade deles. Mas o que é importante, do ponto de vista filosófico, é que esses tipos de argumentos podem ter valor em certas filosofias e não em outras, independentemente do conteúdo deles, portanto independentemente do valor ou da realidade à qual esse tipo de argumento é aplicado; há, aí, dois domínios totalmente diferentes.

Sr. Bouligand. – Depois de ter admirado a exposição muito rica do Sr. Perelman, eu gostaria de voltar a um ponto cujo interesse já nos foi salientado: ele se refere ao modelo matemático e ao modelo jurídico. Uma aproximação assim toca de perto aos progressos atuais da ciência, quando esta tenta conservar os esforços de racionalização que se realizaram em diversos ramos, a partir de uma base comum, tanto em ciências exatas como em ciências jurídicas; trata-se, originalmente, de regularizar as trocas. Para tanto, buscava-se "o eqüitativo", de um lado, num plano ideal, do outro, com vistas a uma arbitragem. Estando admitido esse início, cumpre reconhecer que, nem no matemático, nem no jurídico, os modelos chamados a intervir são modelos estáticos, e, para lembrá-lo, poderíamos falar da *atividade matemática* e da *atividade jurídica*. Escrúpulo terminológico importante, pois, ao longo de toda a historia e ainda diante de nossos olhos, a atividade matemática modificou constantemente o aparelho de conceitos que utiliza. Os conceitos se tornam cada vez mais abrangentes, como se se tratasse, de certo modo, de construir diques no rio matemático e impedi-lo de transbordar. Essa é uma característica na qual é bom insistir. O modelo matemático evolui e se flexibiliza, a ponto de a soma dos ângulos de um triângulo poder ora igualar dois ângulos retos, ora ser menor ou maior, conforme a geometria empregada. A geometria euclidiana é a mais cômoda, disse Henri Poincaré; ele poderia, aliás, ter acrescentado, para edificar a teoria da gravitação tal como Newton a podia conceber, no último terço do século XVII.

Sr. Perelman. – Agradeço muito ao Sr. Bouligand pelo que disse. Gostaria simplesmente de insistir na diferença fundamental que existe entre a atividade matemática e a atividade jurídica.

Em matemática, assistimos à flexibilização dos sistemas, ou seja, a sistemas novos que estabelecem outras condições e têm por objetivo seres mais abstratos ou mais gerais, ou que não fazem caso de certas condições precisas.

O que caracteriza a atividade jurídica é a atitude do jurista perante o sistema. O matemático passa de um sistema para outro, e se, dadas as necessidades de seu raciocínio, ele necessita de sistemas cada vez mais amplos, cada vez mais abrangentes, o jurista, pelo contrário, lida constantemente com um mesmo conjunto de regras que se aplica a um número indefinido de casos, e aos quais ele deve adaptá-las. O senhor vê a diferença: o matemático muda de sistema e nada se opõe a isso, mas, uma vez que está dentro do sistema, é dirigido por regras rígidas, de sorte que pode chegar à conclusão de que, em tal sistema, certas proposições são indemonstráveis. Já o jurista tem regras às quais deve ater-se, mas como há a primazia da decisão, o juiz é obrigado a julgar e a motivar sua decisão reportando-a ao direito vigente, ele não pode estar preso a regras de dedução, de motivação tão rígidas; ele tem o poder de reinterpretar essas regras: a motivação do jurista consistirá numa argumentação, enquanto a dedução do matemático será demonstrativa.

Sr. Ed. Wolff. – O Sr. Perelman levantou, de fato, um problema deveras capital na filosofia, que é o do próprio método da filosofia e da moral. Trarei primeiro à memória a lembrança de Dominique Parodi, que, como o Sr. Perelman, chamou a atenção sobre o que ele chamava "o método dos casos padrões para resolver um problema moral"; é isso, em suma, o que o senhor dizia, penso eu; e também a lembrança do Sr. Lalande, que, infelizmente, não está presente entre nós, suponho que todos nós sentimos sua falta. O Sr. Lalande também apelava "às pessoas competentes e de boa-fé" para formar o auditório e para dirimir o debate, quando debate havia, e queria mesmo codificar as regras do que chamava "o método polêmico".

Por outro lado, assisti recentemente a uma conferência seguida de discussão na Faculdade de Direito, onde se debateu a reforma do Júri, porque o Júri é formado por sorteio; evidentemente, isso não é uma garantia para julgar as pessoas! E permiti-me, naquela reunião, propor, inspirando-me nas idéias do Sr. Lalande, a seguinte reforma: que se constituísse, antes do processo, uma lista permanente que compreendesse os representantes de cada profissão, em certa proporção – aqui, não entro em detalhes, naturalmente, sobre a importância deles na nação, – e esses representantes seriam eleitos, em cada profissão, por seus pares, um pouco como os dirigentes sindicais; assim se constituiria uma lista já pronta e, nessa lista prévia, então se faria um sorteio, mas haveria, em todo caso, muito menos arbitrariedade.

Chego agora ao meu segundo ponto. Penso que Parodi, como o Sr. Lalande, se inspira no fundo em Kant. O imperativo categórico fornecia também uma regra para julgar, e é uma regra de justiça, como o senhor ressaltou, pois que o imperativo categórico consiste, em suma, em sua máxima de universalização, em fazer de modo que cada qual aja como todo o mundo poderia fazê-lo, e que cada qual resolva os problemas que podem surgir, sem levar em conta diferenças individuais, mas é justamente aí que aparecem as dificuldades. O imperativo categórico, empreguei essa expressão, talvez seja apenas o anteparo da moralidade; é essencial, é capital, forma-lhe a base, mas é insuficiente. O Sr. Bénézé, que é bastante mordaz em suas objeções, fazia há pouco esta crítica ao Sr. Perelman: "Em suma, pode-se resumir sua doutrina por isto: o senhor apela à eloqüência para dirimir os debates que surgem em moral, em justiça, etc." Ora, o Sr. Bénézé, depois de ter lido meu livro, *L'Individualisme radical fondé sur la caractérologie*, dizia-me: "Nele o senhor faz a apologia do assassinato, uma vez que disse: Se alguém tem a natureza de um assassino, não pode proceder de outro modo, é justo que assassine." Disse ao Sr. Bénézé: De modo algum; o imperativo categórico, não o nego, pretendo somente superá-lo: ele forma a base, e uma base indispensável. Mas é preciso levar em conta diferenças individuais e é evidente que é extremamente difícil dosá-las, medi-las; não estamos aqui no domínio do mensurável, como dizia muito bem Sr. Perelman; sempre haverá, em conseqüência, pequenas injustiças; essas pequenas injustiças, somos obrigados a tolerá-las para que a sociedade possa viver,...

Sr. J. Wahl. – Como o senhor sabe o que é uma pequena injustiça?

Sr. Ed. Wolff. – ... com a condição de que haja um mínimo, ainda assim, que permita a cada qual, justamente, ter uma vida decente, uma vida digna do homem, ou, como se diz, na área econômica, um certo *standard of life*; acima disso, poderia haver diferenças. E, talvez, em outras áreas da vida social, também se poderia definir esse mínimo, mas não entrarei nos detalhes.

Há também o fato do papel desempenhado pela violência. É evidente que, também aí, o imperativo categórico deve servir de anteparo; há certas violências de uma brutalidade e de uma grosseria tais que não poderíamos admiti-las. Mas há pequenas violências por meio das quais se resolve, no fundo, a maior parte dos problemas que surgem, mesmo na área da filosofia. Estou chegando ao meu terceiro ponto. Considero que é, nesse caso, lícito apelar a certa violência, ou seja, no fundo, apesar do que dizia o meu colega, o Sr. Bénézé, a certa eloqüência, a certa força de persuasão, para tentar ganhar o apoio das pessoas; por quê? Porque, em filosofia – à parte a lógica e a epistemologia, penso eu – os problemas se apresentam, em especial na metafísica, num plano que fica além do mundo dado, como dizia Auguste Comte, e no qual se pode discutir infindavelmente. Estou chegando agora, justamente, ao ponto de vista da caracterologia. O Sr. Jean Wahl dizia: A caracterologia está ausente. Por certo, não sou o Sr. Gaston Berger, é mister reconhecer as diferenças, mas afinal sou, ainda assim, um caracterologista, e em meu livro – bem como em minha conferência de fevereiro de 1955, na Sociedade de Filosofia – eu havia chamado a atenção para o fato de que em toda doutrina filosófica, assim como escrevia Bergson em *Intuition philosophique*, há uma intuição inicial que parte do ímpeto fundamental do ser no filósofo e que não é demonstrável. E, a partir daí, há um conjunto de argumentos, tirados quer da ciência contemporânea ou da experiência no sentido mais genérico do termo, quer do raciocínio; por exemplo, quando Kant refuta o argumento ontológico, trata-se de um argumento de raciocínio que é válido em si mesmo. Mas, naturalmente, quanto às intuições fundamentais, não é possível demonstrá-las, e sempre só pode haver o provável nessa área, e um provável que diferirá conforme os tipos de temperamentos ou de caracteres aos quais se dirige o filósofo que faz sua demostração. E, como creio ter mostrado, – não vou fazê-lo aqui porque seria longo demais – podemos distinguir certas grandes escolas doutrinais, certas grandes linhas diretrizes, para empregar sua expressão, Sr. Perelman. Ora, essas linhas diretrizes se encontram em todas as épocas, porém modificadas; elas têm aspectos novos, em virtude das influências sociais sofridas, em virtude também dos progressos e do estado da ciência contemporânea. É mais ou menos isso que eu queria dizer-lhe; gostaria de conhecer sua opinião sobre esses pontos, se o senhor tiver a gentileza de responder-me.

Sr. Perelman. – Não tenho muita coisa a responder às suas observações, exceto talvez que, quando falo do imperativo categórico de Kant, não o considero de modo algum a única regra moral original, uma vez que digo que, na verdade, partimos de certas regras que são aceitas em nossa sociedade, e só tentamos modificá-las quando temos condições de apresentar razões para fazê-lo. Mas, essas razões, deveríamos, se somos filósofos, pretender desenvolvê-las de modo que se apresentem como válidas para o auditório universal.

Depois, há uma área do imperativo categórico que é valida, aplicada ao pensamento. Há uma regra que é formal, que é a regra de justiça, mas mostrei bem que ela é perfeitamente inaplicável se não recorre a determinações de natureza concreta. Não partimos do formal; partimos mesmo de regras concretas; o que me interessa é saber quais são as técnicas de que dispomos quando, seja a experiência, seja a nossa consciência, no caso da teoria ou no caso da prática, deixam-nos em oposição com as conseqüências que podem resultar dessas regras. Nesse momento, as regras deverão ser modificadas e essa modificação deverá ser justificada mediante razões reconhecidas na área determinada.

Por outro lado, é verdade que as intuições desempenham um papel importante no pensamento filosófico e que essas intuições são determinadas por todas as espécies de elementos, entre outros, pelo caráter do filósofo; mas não são essas intuições, em minha opinião, que distinguem um filósofo de alguém que não é filósofo. A intuição pode ser também a intuição de um louco.

Sr. Ed. Wolff. – Sou partidário da continuidade do normal ao patológico. Entretanto, via de regra e posto à parte o caso de alguns paranóicos, um louco não sabe empregar argumentos coerentes e fundamentados nos fatos a serviço de sua intuição central.

Sr. Perelman. – Pode ser também a intuição de um iluminado. Se pretendo que o papel da filosofia é desenvolver uma abordagem que seja válida para todas as mentes razoáveis, é porque se trata de inserir essa intuição em contexto que a tornam admissível, e este é o papel do filósofo. Não direi que a intuição não tem nenhuma importância; é evidente que tem importância, como a experiência. Mas coloco-me aqui do ponto de vista do racional: qual a importância do racional em filosofia? Digo, ela é essencial. A razão não é tudo, porque não é ela que dará o ponto de partida de nossa filosofia, mas é ela que permitirá estruturá-la. Não há filosofia sem estruturação.

Sr. Lenoir. – Sua comunicação, senhor, é assaz rica de argumentos e de detalhes para que eu queira atenuar-lhe o interesse e o alcance com argúcias. Eu me contentarei, como o Sr. Bouligand, em expressar minha concordância com o senhor. O senhor indicou, no curso da discussão, a intrusão do social na filosofia. Ela é comum ao senhor e ao Sr. Eugène Dupréel, que tivemos a honra de receber em nossa Sociedade várias vezes. Talvez seja uma das características do pensamento belga. O senhor reconhece aqui, como os sociólogos, a interdependência e a interação da moral e do direito. Isso me permite provocá-lo, se assim posso dizer. O mesmo filósofo no senhor reconhece a existência de costumes próprios de uma sociedade, de uma época, e postula uma moral universal que assegure a comunidade das mentes. Por conseguinte, não vejo bem em que o senhor se afasta dos positivistas. Comte pôde ser mantido fora da Universidade e só entrar no ensino por meio da história. Tive a ocasião de relê-lo recentemente. Decerto há mesmo entre Descartes e ele uma filiação que basta para fazer dele um dos representantes mais autorizados do gênio francês. Mas, no *Curso de filosofia positiva*, a palavra *verdade* só aparece uma vez. Ela se apaga ante as necessidades sociais, a razão pública, a opinião. Abramos o *Sistema de política positiva*. Que é a moral universal que ele pretende fundar? De capítulo em capítulo, de digressão em digressão, de resumo em resumo, chegamos, e de maneira expressa, a um preceito: "O verdadeiro, o belo, o bem". Ora, é o preceito de Victor Cousin; e Schuhl mo sugeriu, ele remonta a Plotino.

Sr. Perelman. – Gostaria, antes de mais nada, de fazer meu *mea* culpa; esqueci que estava falando em Paris, e, falando em Paris, quando se fala de positivismo, pensa-se em Comte, mas eu não estava, em absoluto, pensando em Comte. Para mim,

Comte não é um positivista, no sentido atual do termo, ele leva muito mais em conta a história; não faz tábula rasa do passado, acho que o Sr. Gouhier poderia também dizer muitas coisas a esse respeito.

Sr. Lenoir. – O debate entre civilização e culturas não está encerrado. Pensamos com muita freqüência no intemporal. Talvez convenha ajustar a reflexão à história do mundo. Hoje o neopositivismo não domina a América do Sul e o México, sem reabrir o debate e sem caminhar, sem o saber às vezes, na direção da civilização.

Sr. Perelman. – Confesso não ter pensado nesses discípulos de Comte quando fiz alusão ao neopositivismo. Por outro lado, quando o senhor diz que é preciso opor os dados sociais, as culturas, a uma tendência à universalidade, para mim a tendência à universalidade é um dos elementos mais característicos de nossa cultura e da cultura filosófica. Não sei em absoluto se todas as civilizações têm essa mesma tendência. Se podemos dizer que o mundo ocidental é caracterizado pela filosofia, isso quer dizer pela tendência à universalidade; as duas estão ligadas, e é por essa razão que eu definia por ela a filosofia. Considero que minha concepção está situada inteiramente na linha de nossa cultura.

Sr. Heidsieck. – Gostaria de interrogá-lo sobre o auditório universal. Será um ideal, será um mito? Como saber se o auditório concreto encarna o auditório universal, e em que medida? Onde está aqui o critério? Creio também que isso me intimida, esse auditório universal, é gente demais, ou gente elitista demais. Não seria no diálogo singular, por exemplo, num conflito, no diálogo de dois combatentes que tentam achar entre si um caminho de paz, que se estabelece a justiça? É a busca da honra mutuamente garantida, como diz Proudhon, que forma aqui o critério.

Sr. Perelman. – Creio que haveria muito que dizer sobre essa questão, que é uma questão muito difícil. Pretender, como constatava Sócrates perante Calicles, que basta que estejamos de acordo para que acreditemos ter encontrado a verdade é ainda, em minha opinião, um exagero, porque o acordo de duas pessoas só vale quando essas duas pessoas representam a razão. Que é a razão? Ela se define, a meu ver, pelo recurso ao auditório universal. Mas, então, que é esse auditório universal? Não é, evidentemente, um auditório efetivo; não passa de uma hipótese que corresponde à idéia de objetividade, mas é uma hipótese que é submetida ao controle e à verificação, e é por essa razão que acho que essa idéia pode servir e pode ser perfeitamente utilizável, enquanto hipótese de trabalho: essa é uma idéia que me formo e a submeto a todos que poderiam ser considerados membros desse auditório. Quem é membro desse auditório e quem não é? Os senhores sabem que houve épocas em que os que não estavam de acordo com a opinião dominante eram considerados monstros, excluídos, queimados, etc. Temos todos os tipos de concepção atinentes às pessoas que estão no interior desse auditório, e isso, aliás, poderia ser objeto de outro estudo muito interessante: que é que foi considerado como encarnação do auditório universal, entre os diferentes filósofos e as diferentes épocas[20]? A idéia do auditório universal implica, a um só tempo, uma questão de fato e uma norma; e há aí, como sempre em filosofia, uma interação entre os fatos e as normas.

Sr. Robinet. – O senhor estabeleceu uma nítida distinção entre o racional, coagido pela necessidade do idêntico, e o razoável, contingentemente aberto para o princípio de razão do semelhante. A distinção entre razão e argumentação vem, por isso, a conduzir a uma irredutibilidade entre demonstração e indução. Como, por conseguinte, o senhor pode admitir uma raiz comum à lei lógica e à regra de justiça, a não ser reduzindo o racional ao argumento forte e o razoável ao argumento fraco? Ou então, o senhor mantém a distinção entre razão teórica e razão prática?

Essa distinção entre razão e argumentação não deverá ser acompanhada por uma reflexão corolário sobre argumentação e ação? Qual, de fato, a consistência do precedente que fundamenta a regra de justiça, ou, qual é o ser do essencialmente semelhante? Como o senhor absorve os aparentes acidentes que sobrevêm no exercício da prevalência do precedente sociológico e do hábito do preceito: seja que se constate uma regressão da ordem do semelhante (profanação, tortura, tirania), seja que se assista à sua aceleração (o "herói", a consciência da humanidade)? Não seria então o mais diferente (o monstro ou o sábio) que permitiria à regra de justiça encontrar seu equilíbrio, propondo à espécie humana induções que a expõem à desagregação?

Enfim, se o senhor introduz a razão suficiente na definição da razão prática, não deve completar a prevalência dos precedentes com uma prevalência não menos efetiva dos conseqüentes e da finalidade? A precedência sociológica não deverá comportar, para não ser racionalista, e sim razoável, a consideração dialética do futuro?

Sr. Perelman. – Considero o racional e o razoável duas manifestações daquilo que deveria valer para o auditório universal. Entre os dois, verei apenas uma diferença de grau; passaríamos do razoável para o racional mediante a eliminação dos elementos de ambigüidade, mediante a formalização e a mecanização. Onde pôde se dar o acordo sobre o que se entende por essencialmente semelhante, e se esse caráter é reconhecível sem ambigüidade – porque se trata de um caráter formal, por exemplo –, encontramo-nos no domínio da razão teórica, porque se eliminou a possibilidade de decisões divergentes.

Oporei, assim, não razão a argumentação – porque acredito na possibilidade de uma argumentação que deveria valer para o auditório universal –, mas demonstração a argumentação. Esta última é efetivamente ligada à ação, porque visa a exercer uma influência sobre outrem, influência cujo efeito poderia manifestar-se, quer por uma ação imediata, quer pela criação de uma disposição à ação. Toda educação que se manifeste pela glorificação dos homens do passado e que se expresse por meio de discursos epidícticos, cria disposições à ação, pelo emprego dos valores. É no gênero epidíctico que a argumentação se apresenta melhor como o emprego de uma lógica dos juízos de valor.

A regra de justiça, que é fundamental na argumentação, não nos diz quais características devem ser consideradas essencialmente semelhantes. O imperativo categórico de Kant precisa que essas características são as dos homens e, com isso, sua filosofia é um humanismo. Mas trata-se de uma opção, que é a opção humanista, que faço minha, mas sem lhe negar a precariedade. Em outras circunstâncias, em culturas diferentes, outra determinação das características essenciais, mesmo quando se trata de homens, é perfeitamente concebível. A regra de justiça é conciliável com determinações diferentes de suas condições de aplicação.

Assim é que, entre os lugares de que nos servimos na argumentação, oponho os lugares da qualidade aos lugares da quantidade, o que se pode chamar de lugares românticos aos lugares clássicos. É óbvio que os lugares da qualidade, ou seja, os lugares românticos, vão procurar conferir uma superioridade a determinações de ordem qualitativa, ao que é único, por exemplo, ao que não é repetível, ao que é precário, etc. O ponto de vista clássico e o ponto de vista racionalista, ao contrário, procurarão conferir o valor ao que é universal, ao que é quantativamente mais importante, etc.[21] Essas duas tendências são encontradas em toda a história da filosofia e são encontradas também, aliás de modo permanente, em toda sociedade que também tem suas tendências caracteriais que se opõem a esse ponto de vista. Há aí valores antiéticos, sendo por essa razão que uma argumentação que se baseia numa espécie de valores e não noutra jamais é coerciva, porque sempre há o outro tipo de argumentação que se lhe pode opor. A questão é simplesmente saber o que, na mente, tanto do orador como do auditório, terá mais importância, e se intervêm opções.

É óbvio que aquilo a que o senhor chama "a consideração dialética do futuro" tem um papel importante na modificação dessas condições de aplicação: há uma dialética do formalismo e do pragmatismo sem a qual a história da cultura se tornaria incompreensível.

Sr. Robinet. – Mas será que nesse momento, tanto forte como fraco, o argumento não desaparece?

Sr. Perelman. – Não, ele não desaparece porque é vinculado a toda uma visão da humanidade. Um argumento nunca é isolado de seu contexto, e só é forte ou fraco no contexto; fora do contexto, não o é.

Sr. Robinet. – E o que constitui o contexto é, em sua opinião, da ordem do racional?

Sr. Perelman. – Seja como for, é da ordem do contingente, mas de um contingente organizado, porque o que nos indicam o precedente e a tradição é que se trata de experiência organizada, e não de experiência dispersa. É também por essa razão que uma reflexão sobre uma ordem jurídica pode ser útil para a compreensão desse problema.

Sr. Druckman. – Permita-me tomar um caso concreto, a propósito do raciocínio que o senhor fez, que mostra o contraste entre o método jurídico e o método matemático. Tomemos, por exemplo, o seguinte caso jurídico: nos Estados Unidos, em 1954, nossa Corte Suprema decidiu um caso de modo contrário a toda a tradição legal e a todos os precedentes que existiam há quase cento e vinte anos. Tratava-se, nesse caso, de segregação nos Estados Unidos. O senhor falou de uma espécie de justiça que reside nos precedentes. Eis um caso em que se encontrou, em minha opinião, e creio que na opinião de quase todos os homens de boa vontade, algo totalmente contrário aos precedentes, do ponto de vista legal, e que é mais justo do que a situação antiga.

Em segundo lugar, a Corte, ao decidir esse caso, disse que os juízes não deram o menor argumento legal: saíram inteiramente da lei que existia nos Estados Unidos inventando uma nova lei, sem nenhum ato parlamentar.

Em terceiro lugar, eles apelaram à ciência, e creio que posso falar de uma ciência psicológica, de uma ciência sociológica (talvez não fossem tão fortes nas ciências físicas), tomaram o resultado da ciência psicológica dizendo que era preciso mudar todos os precedentes. E eu gostaria de saber, de seu ponto de vista, qual é a relação entre o caso moral e o caso de uma ciência em que o precedente não é moral, como ocorre nesse exemplo concreto, pois não encontro nenhuma relação entre esse método de juristas e o dos moralistas. Não era um ouvinte universal que fundamentava a decisão da Corte, mas uma ciência muito concreta.

Sr. Perelman. – Uma das grandes diferenças entre o raciocínio matemático e o raciocínio jurídico é que o raciocínio matemático desce das premissas para as conseqüências; mas pode acontecer ao raciocínio jurídico retroceder; é por essa razão que o qualifico de dialético, em contraposição ao raciocínio analítico. O juiz pode perfeitamente levar em conta conseqüências da aplicação de um raciocínio, e se tais conseqüências lhe parecem opostos à consciência – e quando tem esse poder – pode, a partir das conseqüências que quer que se admitam, retroceder às premissas para reinterpretá-las e modificá-las, sem tocar, porém, no contexto da lei. Nas ciências naturais, quando a pessoa se encontra ante um fenômeno imprevisto ou um fenômeno imprevisível no âmbito de uma determinada ciência, ela muda as premissas para conseguir prevê-lo. É isso que se passa, *mutatis mutandis*, igualmente em direito. Disse isto: que nos servimos dos precedentes se não temos razão para nos afastar desses precedentes, e disse que havia duas grandes razões para mudar, que eram a experiência e a nossa consciência. Se os juízes acham que, seguindo os precedentes ao pé da letra, chegaria a uma coclusão que sua consciência não lhes permite aceitar, por razões políticas, morais ou sociais, reconstroem então o conjunto de sua legislação de modo que se chegue a uma conclusão admissível e a integrá-la no ordem jurídica. Os senhores compreendem muito bem que não posso apresentar-lhes um sistema de raciocínio judiciário que não permitisse reviravoltas de jurisprudência; isto não teria o menor sentido; mas tais reviravoltas de jurisprudência são significativas porque sempre são determinadas por uma reação quanto às conseqüências. Então cabe perguntar-se: quais são as conseqüências que influenciaram tanto os juízes para que eles se afastem dos precedentes. Repito: não disse que era preciso seguir sempre os precedentes, mas que se deve segui-los quando não se tem razões para se opor a eles. Há sempre razões, e são razões que importam, quando se derrubam os precedentes.

Quanto à questão de saber se uma ciência pode determinar uma conduta a ser seguida, creio que o juiz pode servi-se de todos os dados de todas as ciências, mas integrando-as em raciocínio que contenham premissas normativas tais como: "Não cumpre que haja perturbações nesta sociedade", "não cumpre criar um espírito de ressentimento", etc.; essas premissas certamente estavam presentes na decisão a que o senhor aludiu.

Sr. Vinbert. – Desloco o problema. O senhor fundamenta seu sistema na argumentação, entretanto, talvez não seja tanto na argumentação quanto na escolha dos critérios que se levantam as contendas. Ora, os critérios dependem menos de argumentos do que da maneira de sentir; como sair dessa uma vez que, nessa área, não há precisamente consenso universal absoluto?

Sr. Perelman. – Jamais pretenderei que baseio todo o meu sistema na argumentação: acho que se causou um enorme dano à compreensão de nosso pensamento com a exclusão da argumentação, mas não quereria ver nela o todo de uma filosofia. Essa enfatização do papel da argumentação é a novidade de meu ponto de vista, mas todos os outros pontos de vista são geralmente salvaguardados.

Não se deve perder de vista que a importância do argumento está em que ele é dirigido a outrem, e em que nosso sentimento não faz o valor do argumento. Há aí um aspecto comunitário e racional do argumento; é que ele visa sempre a outrem; pode visar a mim mesmo no caso de uma deliberação, mas esse é um caso deveras particular. Alguém que só se preocupa com seus próprios sentimentos, e não com os das pessoas que quer influenciar, dá-nos muito amiúde a impressão de um homem desarrazoado. Concordo em admitir que os nossos sentimentos sejam um motor na argumentação, mas a técnica da argumentação, por sua vez, deve ser essencialmente uma técnica voltada para outrem. E é isso que faz sua especificidade e isso que permite compreender que o problema do razoável não é aqui o problema de um indivíduo isolado; é o problema do indivíduo numa comunidade.

Sr. Ohana. – Parece-me que há, em sua exposição, uma pequena ambigüidade acerca do que o senhor designa por "filosofia": há a filosofia *de fato* e a filosofia *de direito*. Parece-me, quando o senhor fala de um auditório universal, trata-se, em sua mente, daquilo que deveria ser a filosofia; mas, na realidade, o filósofo nem sempre se dirige a um auditório universal; dirige-se a um auditório determinado, histórica e sociologicamente determinado, e tenta obter a sua "conivência"; é aqui que intervém a persuasão, que é "retórica" no sentido pejorativo do termo, e o senhor se propõe precisamente substituir essa persuasão pejorativa por uma persuasão normativa; o senhor pede aos filósofos que se dirijam, pelo menos em intenção, a um ouvinte universal.

Sr. Perelman. – Talvez estejamos de acordo, mas formularei de outro modo a sua objeção. A diferença entre os filósofos e os políticos é que os políticos efetivamente se dirigem a um auditório determinado. Se o filósofo raciocina como um político, será um péssimo filósofo. Enquanto filósofo, ele tem uma idéia do auditório universal. Se ele reduz essa idéia, ao conjunto daqueles que pensam como ele ou lhe são muito próximos, será um pífio filósofo, e não vamos de modo algum levá-lo em conta, pois ele só é filósofo na medida em que tem a pretensão de querer convencer, não o pequeno grupo de homens a que se dirige efetivamente, mas convencer os homens razoáveis em geral, que estariam encarnados nesse pequeno grupo de homens. É porque tem uma idéia insuficiente da maneira pela qual concebe o auditório universal que ele será, a nossos olhos, um pífio filósofo. Afinal de contas, há um problema de encarnação. Sabemos bem que o audiotório universal é sempre uma elaboração da mente, e que a elaboração da mente pode ser mais ou menos ampla, mais ou menos extensa, mais ou menos limitada, e julgamos o filósofo de acordo com a concepção que ele tem desse auditório universal. Mas essa pretensão faz que ele seja filósofo, porque, de outro modo, não o consideraremos sequer filósofo.

Sr. Ohana. – Sim, mas para o senhor, é filósofo aquele que é "normativamente filósofo". Logo, o senhor nega o título de filósofo aos que não se dirigem ao auditório universal. Ora, de fato, em minha opinião, há muitos filósofos, reconhecidos universalmente como filósofos, e que se dirigiram a um auditório fechado, participante de sua subjetividade coletiva

Sr. Perelman. – Mas será que pretendiam convencer unicamente esse pequeno grupo de homens, ou será que pretendiam dizer verdades válidas para todos ou valores absolutos? O fato de utilizarem palavras como verdade, valores universais ou valores absolutos, prova que seus argumentos ultrapassam esse pequeno grupo, porque, de outro modo, não teriam utilizado esses termos.

Sr. Ohana. – Mas é uma maneira pretensão à universalidade que não é fundamentada objetivamente, enquanto o senhor deseja precisamente que seja fundamentada objetivamente.

Sr. Perelman. – Não, não. Digo que ela jamais é fundamentada objetivamente. Digo que sempre há apenas uma pretensão, porém ela é mais, ou menos, bem realizada. É uma questão de mais ou de menos. A encarnação do auditório universal varia com os séculos com as épocas, com os progressos da ciência, etc. O que foi considerado normal, válido universalmente em tal época não o foi mais noutra época; isso quer dizer que essa idéia do auditório universal sempre é uma idéia situada histórica, social, psicologicamente; mas há sempre uma dialética entre as diferentes concepções que podemos ter desse auditório.

Sr. Ohana. – Todo o mundo tem pretensão à universalidade; o que importa é atualizá-la perante um auditório universal que a reconheça efetivamente. Há uma diferença extremamente importante entre o fato de se dirigir a sentimentos universais que se tornam objeto de juízos de valor verdadeiros (porque são precisamente universais) e o fato de se dirigir a sentimentos particulares de um auditório sociologicamente fechado para obter-lhe a cumplicidade.

Sr. Perelman. – Nesses casos, um filósofo também pode fazer obra de político e também pode fazer obra...

Sr. Ohana. – Isso é lamentável, mas o faz. E é por isso que, na minha opinião, o senhor não assinalou o suficiente a distinção entre o que deveria ser a filosofia e o que ela foi amiúde de fato.

Sr. Perelman. – Digamos isto: um filósofo pode ter toda espécie de atividades. Digo que faz obra de filosofia quando pretende dirigir-se ao auditório universal, mesmo que a encarnação desse auditório seja muito limitada. Agora seria preciso ver na prática como isso se passa.

A ÉTICA 145

Sr. J. Wahl. – Creio que isto pode conduzir-nos a uma conclusão, o Sr. Perelman dirigiu-se a um auditório universal... Agradecemos-lhe, assim como a todos que participaram desta bonita sessão.

§ 5. Cinco aulas sobre a justiça[1]

Apresentação

Faz exatamente vinte anos que terminei a redação de meu primeiro estudo sobre a justiça. Mas, em vez de considerar terminada a minha tarefa e de voltar-me para outros trabalhos, não parei de refletir sobre essa noção, nas dificuldades que apresenta seu manejo, no paradoxo resultante de que, aparentemente racional, ela suscita discussões e divergências de visões tão opostas à idéia tradicional da razão e do racional.

Os valores e as normas pressupostos pela execução da justiça poderão ser objeto de um exame racional ou serão apenas a expressão de nossas paixões e de nossos interesses? Como se raciocina sobre os valores e as normas, e como se pode conceber a idéia da razão prática? Todas essas questões provocaram minha reflexão filosófica e suscitaram pesquisas cujos resultados foram publicados em diversos estudos, durante estes vinte últimos anos.

O professor Sciacca, que dirige os cursos de aperfeiçoamento em filosofia na Universidade de Gênova, convidou-me a apresentar, em cinco aulas, no mês de abril de 1964, uma visão sintética de minhas idéias sobre a justiça e a mostrar como elas se desenvolveram desde o meu primeiro estudo. Aceitei prontamente essa oportunidade de aprimorar minhas concepções sobre a matéria e fico feliz de poder apresentar ao público o texto dessas aulas, ligeiramente modificado para a publicação.

1. A justiça e seus problemas

A justiça é uma das noções mais prestigiosas de nosso universo espiritual. Seja-se crente ou incréu, conservador ou revolucionário, cada qual invoca a justiça, e ninguém ousa renegá-la. A aspiração à justiça caracteriza as objurgações dos profetas judeus e as reflexões dos filósofos gregos. Invoca-se a justiça para proteger a ordem estabelecida e para justificar as reviravoltas revolucionárias. Nesse sentido, a justiça é um valor universal.

A sede de justiça que incita os homens a realizarem o ideal da sociedade de seus sonhos, a se revoltarem contra a injustiça de certos atos, de certas situações, fornece uma motivação suficiente tanto para os mais sublimes sacrifícios como para os piores delitos. O mesmo ímpeto entusiasta que os lança na perseguição de um mundo melhor pode varrer sem piedade tudo quanto lhe faz obstáculo: *pereat mundus, fiat justitia*.

Mas a justiça está longe de ser um valor exclusivamente revolucionário. Os tribunais de justiça e toda a administração da justiça são escudos que protegem a ordem estabelecida cujos guardiões são os juízes, pois seu papel é aplicar a lei e punir os que a transgridem. Para os conservadores, o fato de não violar a lei, e de amoldar-lhe a ação, é a manifestação usual do sentimento de justiça.

Cada vez que um conflito opõe adversários, tanto nos tribunais como nos campos de batalha, os dois campos reclamam a vitória da causa justa. E, se uma voz neutra pleiteia o fim do conflito, graças a uma decisão justa ou pela conclusão de uma paz justa, ninguém a acusará de parcialidade, pois cada qual está convencido de que a justiça triunfará com a vitória de sua própria causa.

Essa situação paradoxal não deve incentivar-nos a concluir imediatamente que, em todos os conflitos, pelo menos um dos adversários age de má-fé. Outra explicação é não só possível, mas também a mais verossímil, a saber: os campos opostos não têm a mesma concepção da justiça. Após ter mostrado que a justiça é um valor universal, ou seja, universalmente admitido, urge assinalar que é também uma noção *confusa*.

Em seu *Traité de Morale*, Eugène Dupréel insistiu longamente nesse aspecto da questão: "Como uma noção moral não corresponde nem a uma coisa que basta observar para verificar o que dela se afirma, nem a uma demonstração perante a qual basta render-se, mas na verdade a uma *convenção* para defini-la de uma certa maneira, quando um adversário tomou a ofensiva, pondo de seu lado as aparências da justiça, a outra parte ficará inclinada a dar da justiça uma definição tal que sua causa fique-lhe conforme."[2]

Opondo-se ao realismo platônico das idéias e negando a existência de uma única *verdadeira justiça*, Dupréel adota um ponto de vista convencionalista, que é a expressão de seu nominalismo. Cada qual seria livre para definir a justiça como lhe aprouvesse, como conviesse aos seus interesses pessoais, daí a irremediável confusão da noção.

Deveremos então concluir que as concepções da justiça são puramente arbitrárias, e terá Pascal razão de afirmar que a força sempre pode dar, à míngua de critério objetivo na matéria, as aparências da justiça, sem recear ser contradita, pois "é a força que faz a opinião"[3]?

Mas será realmente preciso que, em matéria de justiça, como em tantas outras matérias, oscilemos constantemente entre uma concepção realista, objetiva e dogmática, e uma concepção nominalista, subjetiva e arbitrária? Haverá meios de escapar a esse dilema, cujos dois ramos nos parecem igualmente ruinosos?

Seja qual for a resposta a esta última pergunta, é um fato inegável que a justiça assume rostos diversos, adaptados todas as vezes às teses dos adversários confrontados. E, se dizem que, há milênios, nos conflitos públicos e privados, nas guerras e nas revoluções, nos processos e nas disputas de interesses, todos os antagonistas declaram e se empenham em provar que a justiça está de seu lado, que se invoca a justiça todas as vezes que se recorre a um juiz ou a um árbitro, percebe-se a confusão, à primeira vista inextricável, que os usos múltiplos dessa noção não deixaram de provocar.

É por isso que a primeira tarefa que se impõe é uma análise científica do conceito de justiça que permita, tal como a decomposição da luz branca num prisma, distinguir a variedade de seus sentidos e de seus usos.

Um início de análise nos foi apresentado por Aristóteles, no livro V de sua *Ética a Nicômaco*. Aristóteles constata que a idéia de justiça, bem como a de injustiça, é equívoca, pois, segundo o uso "o homem injusto é aquele que viola a lei e é também o cúpido. Por conseguinte, salta aos olhos que o homem justo é aquele que respeita a lei e é também aquele que salvaguarda a igualdade. Logo, pode-se concluir que a noção do justo corresponde às noções de legal e de igual, e a noção de injusto às de ilegal e desigual"[4].

Continuemos o exame do texto de Aristóteles e veremos quão diferentes são os dois sentidos que ele distinguiu.

"As leis", diz-nos Aristóteles, "determinam todas as coisas, visando ao interesse comum."[5] Por isso, no sentido em que justo é sinônimo de legal, chamamos de justo "o que produz e conserva a felicidade e as partes constituintes da felicidade para a comunidade política"[6]. Daí resulta que se será justo sendo corajoso, temperante, plácido, numa palavra, fazendo o bem que a lei ordena e evitando o mal que ela veda. Assim, compreendida, diz-nos ele, "a justiça não é uma parte da virtude, mas a virtude em sua integridade"[7]. A justiça não seria senão a virtude considerada em relação a outrem.

O propósito de Aristóteles, no quinto livro consagrado à justiça, não é o de examinar esta enquanto virtude em geral, mas como virtude específica, distinta das outras virtudes e definível em função da igualdade, de certa racionalidade na ação. Se, portanto, ao interpretar a noção de "justiça" num sentido lato, pode-se dizer que é justo ser caridoso e injusto ser cruel, ao tomar essa noção num sentido estrito, pode-se conceber que a justiça coincide com a crueldade e a caridade com a injustiça. Com efeito, se o ato justo é aquele que reserva um tratamento igual a todos os que são iguais, e injusto aquele que favorece ou desfavorece um destes, o comportamento de um diretor de escola que trata com a mesma dureza de coração todos os seus alunos será justo, porém cruel; em contrapartida o juiz que, por piedade, absolve um réu culpado de um delito, será formalmente injusto, ainda que seja caridoso.

Essa mesma distinção que Aristóteles faz entre a justiça como virtude em geral e a justiça como virtude específica, nós a encontramos nos debates contemporâneos sobre a justiça das instituições políticas.

Certos teóricos identificam a sociedade justa com a sociedade ideal. Assim é que o professor Iredell Jenkins, no volume de *Nomos* dedicado à idéia de justiça, escreve que cada sociedade deve formular as metas e o programa que ela persegue e importa pouco que essas metas e esse programa sejam apresentados em nome da justiça, do interesse público, do progresso, da democracia ou do comunismo; a justiça não passa do nome do bem comum[8].

Ao contrário, noutro artigo publicado na mesma coletânea, o professor Rawls insiste no fato de que "a justiça não passa de uma das numerosas virtudes das instituições políticas e sociais, pois uma instituição pode ser ultrapassada, ineficaz, degradante, ou muitas outras coisas ainda, sem ser injusta"[9]. É esse também o parecer do professor Frankena que, num ensaio consagrado ao conceito de justiça social, considera esta *uma* das características de uma sociedade ideal. "As sociedades", escreve ele, "podem ser amoráveis, eficazes, prósperas ou boas, assim como justas, mas podem ser justas sem se distinguir por essas outras qualidades."[10]

Para Rawls e Frankena, de fato, a justiça das instituições sociais, da mesma forma que a dos comportamentos em Aristóteles, deveria poder ser definida por meio de critérios puramente racionais. Isto exige, segundo eles, que a consideremos uma virtude específica, e não a qualidade global de toda sociedade ideal que as diversas ideologias e utopias poderiam apresentar-nos.

Efetivamente, quando se considera a justiça, num sentido estrito, virtude específica de certos comportamentos, de certas regras, de certas instituições, parece mais fácil defini-la por meio de critérios racionais. Mas estará ausente toda racionalidade no conceito de justiça concebido como virtude global de uma sociedade ideal? Eis o problema à cuja exposição gostaríamos de consagrar o fim deste capítulo.

Se encararmos a justiça como conformidade à lei, bastará uma decisão arbitrária do legislador para criar normas de uma conduta justa, ou essa própria decisão e a lei que ela promulgar deverão visar ao interesse comum, a produzir e a conservar a felicidade de uma comunidade política, segundo a expressão de Aristóteles? Será que uma prescrição qualquer do legislador merece obediência e respeito? Por que as leis devem ser obedecidas, de onde lhes vem a autoridade? Este problema central de qualquer filosofia política merece algum exame.

Para grande número de autores, a lei tira sua autoridade da fonte de que emana.

A fonte menos contestada das normas morais e jurídicas é o costume. Com efeito, desde que um arranjo social foi admitido, explicitamente ou, o mais das vezes, implicitamente, desde que as pessoas se conformem a ele durante um tempo suficiente, desde que ele se torne costumeiro ou tradicional, acha-se normal e justo ater-se a ele e injusto afastar-se dele. Um modo de agir adotado sem protestos cria um precedente, e não se encontra nada que censurar em comportamentos conformes aos precedentes. O princípio de inércia, que transforma em norma todo modo de fazer habitual, está na base das regras que se desenvolvem espontaneamente em toda sociedade; constatam-se seus efeitos desde a mais tenra infância. A conduta habitual, costumeira, conforme à expectativa dos membros do grupo, não necessita ser justificada: espontaneamente será reconhecida como justa, como conforme ao que deve ser.

Observou-se com freqüência, desde Hume, que não se pode deduzir logicamente o direito do fato, nem o dever-ser do ser. Mas prescindimos dessa dedução, quando se trata de conduta conforme ao costume, de situação conforme à tradição. É unicamente quando se pretende que o direito não é conforme ao fato que uma prova deve ser fornecida. A prova compete, de fato, a quem pretende que a conduta costumeira é injusta, não a quem se conforma ao costume. O fato presume o direito; é para derrubar uma presunção que é preciso fornecer provas. O princípio de inércia desempenha também um papel estabilizador indispensável na vida social. Isto não quer dizer que tudo que existe deve ficar imutável, mas sim que não convém mudá-lo sem razão: *apenas a mudança deve ser justificada*.

As inovações são o mais das vezes justificadas graças à intervenção de uma vontade, às vezes uma vontade superior, mas sempre uma vontade que tem autoridade na matéria: serão a vontade divina, a vontade de indivíduos ou a da nação.

Os mandamentos da divindade, seja seu objetivo santificar e, portanto, fortalecer o costume, ou visem eles a modificá-lo, devem ser seguidos. Nas sociedades teocráticas, pressupõe-se que toda norma seja, direta ou indiretamente, de origem divina. O justo é aquele que obedece a Deus, encarnação da justiça suprema. É justo, para Abraão, sacrificar a Deus, que lho ordena, seu filho querido, Isaac; é justo, para todos os crentes, observar as prescrições gerais do decálogo: "Observareis", diz Moisés, "os mandamentos de Javé, vosso Deus, as instruções e as leis que ele vos prescreveu. Fareis o que é justo e bom aos olhos de Javé" (*Deuteronômio*, VI, 17-18).

Toda regra emanante de uma fonte sagrada possui uma garantia suficiente de sua justiça. A religião e as autoridades que ela houver santificado formularão as regras divinas que não podem ser violadas, as prescrições que são obrigatórias para todos os fiéis.

Os indivíduos, na medida em que lhes é reconhecida certa autonomia, e desde que respeitem as regras do grupo, podem, ademais, assumir compromissos que deverão então respeitar: *pacta sunt servanda*. Aquele que aceita uma mudança do *status quo* em seu desfavor não pode queixar-se, salvo fraude ou erro, de haver sofrido uma injustiça: *volenti non fit injuria*.

As convenções devem ser respeitadas. Assim é que a aliança contratada por Abraão com seu Deus, pacto selado no sangue e que deve ser ratificado, mediante a circuncisão, por cada descendente varão de Abraão, é um exemplo de contrato social pelo qual a tribo se compromete a aceitar Javé como único Deus e único legislador. Assim também, as teorias que presumem um contrato social na origem de toda sociedade constituída derivam a autoridade da lei da autonomia individual prévia, da capacidade de comprometer-se e da obrigação correlativa de cumprir seus compromissos.

Sabemos como Rousseau fundamenta no contrato social um poder soberano, absoluto, sagrado e inviolável. As leis que são a expressão da vontade geral devem ser obedecidas: não podem ser injustas, pois são a expressão da vontade de cada qual. Para Rousseau, assim como para Hegel, que justifica a soberania do Estado enquanto expressão da vontade nacional, as leis emanantes do Estado, portanto da vontade geral, serão por isso mesmo justas.

Historicamente, o costume, a vontade divina, a vontade dos indivíduos ou a da nação (representada pelo Estado) constituem as quatro fontes da legitimidade das normas e dos mandamentos. Poder-se-á, ademais, encontrar algum critério objetivo da justiça de uma regra, sem se ater a indicar as contingências históricas ou a vontade autorizada que permitem legitimar-lhes a fonte? Para consegui-lo, cumpriria definir a justiça consoante certa racionalidade, seja esta concebida em termos de igualdade, de proporcionalidade, de eficácia ou de conformidade à natureza das coisas. Foi à determinação de tais critérios que foram consagradas, entre outras, as diversas teorias do direito natural ou racional.

A busca de um direito que tivesse uma base diferente que o costume ou uma vontade soberana se impôs ao pretor *peregrino*, o magistrado romano encarregado de resolver os conflitos nos quais estavam envolvidos estrangeiros. Formalmente, a lei romana não lhes era aplicável. Não obstante, quando as prescrições do *jus civile*, ou seja, do direito aplicável aos cidadãos, parecia ao pretor que podiam ser estendidas aos estrangeiros, ele as integrava ao *jus gentium*, ou seja, ao direito aplicável a todos. Para realizar essa extensão, amparava-se na ficção que identificava os estrangeiros aos cidadãos romanos. Em contrapartida, quando a lei romana não era aplicável, porque as situações por resolver eram imprevistas, ele tinha de inventar regras que fossem eqüitativas. Procuraria as regras razoáveis, conformes à natureza das coisas, ou seja, às situações normais nas relações entre os homens, pois o direito justo conduz a conseqüências que partes de boa-fé deveriam normalmente ter esperado, mesmo que elas não houvessem previsto o rumo dos acontecimentos.

Para descobri-lo, bastava com muita freqüência explicitar, estender e tornar obrigatórias as regras consuetudinárias elaboradas pelos comerciantes do Império Romano. A função do pretor não era inventar um direito novo, e sim aplicar um direito suposto preexistente, mesmo que este ainda não estivesse oficialmente promulgado.

A afirmação da existência de uma lei justa, aplicável a todos, era conforme à concepção do mundo dos estóicos[11]; encontramos uma expressão eloqüente sua nesta passagem bem conhecida de Cícero:

"Existe uma lei verdadeira, razão reta conforme à natureza, presente em todos, imutável, eterna; ela chama o homem ao bem com seus mandamentos e o desvia do mal com suas interdições, seja que ordene ou proíba, ela não se dirige em vão às pessoas de bem, mas não exerce a menor influência sobre os maus. Não é permitido infirmá-la por outras leis, nem derrogar um de seus preceitos; é impossível ab-rogá-la por inteiro. Nem o Senado nem o povo pode nos libertar dela, e não se deve buscar fora de nós alguém para explicá-la e interpretá-la. Ela não será diferente nem em Roma nem em Atenas, e não será no futuro diferente do que é hoje, mas uma única lei, eterna e inalterável, regerá a um só tempo todos os povos, em todos os tempos; um único Deus é, de fato, como o mestre e o chefe de todos. Ele que é o autor dessa lei, que a promulgou e a sanciona. Quem não a obedece foge de si mesmo, renegando sua natureza humana e se reserva os maiores castigos, mesmo que logre escapar aos outros suplícios [os dos homens]."[12]

Para que o direito natural possa ser admitido como tal, é-lhe necessário mais do que uma origem divina. É-lhe necessário, de fato, impor-se não a um único povo, como a lei mosaica que une apenas os descendentes de Abraão em virtude de uma aliança, mas a todos os homens, independentemente das contingências históricas. Para que a vontade divina esteja na origem de um direito natural, cumpre que seja um Deus único, que imponha seus mandamentos à sociedade universal dos seres racionais e que as leis que prescreve sejam conhecidas pela razão reta de cada qual. O que as leis ordenam e vedam deve decorrer da natureza das coisas, tais como Deus as criou.

Ao lado das leis naturais, que regem o curso dos fenômenos, existiriam prescrições racionais que ordenam agir em conformidade com a natureza das coisas; essas prescrições são justas e obrigatórias.

Bastará que o pensamento cristão, tal como o encontramos expresso no decreto de Graciano (cerca de 1140) identifique o direito natural, descrito por Cícero, com as prescrições das Escrituras e do Evangelho (o direito natural é o que está contido na Lei e nos Evangelhos)[13], para que se desenvolva a teoria escolástica do direito natural. O decreto de Graciano afirma que a lei natural prevalece de forma absoluta sobre os costumes e as constituições. Tudo quanto foi reconhecido pelo uso, ou posto por escrito, se contradiz a lei natural, deve ser considerado nulo e inexistente[14]. Aqui o direito natural não serve somente, como para o pretor romano, para estender ou para completar uma lei positiva, mas para julgar e, se for o caso, para condenar.

Na perspectiva de Santo Tomás, o direito natural nada mais é que a participação das criaturas racionais na lei eterna que Deus impõe ao universo. Deus nos esclarece a razão e nos permite discernir o bem do mal. O homem, decaído desde o pecado original, é incapaz de se conduzir de um modo justo sem o auxílio da graça, mas isso não o impede de distinguir o bem do mal graças apenas à sua razão.

Um passo a mais, e passaremos para as teorias clássicas e laicas do direito natural, que se desenvolveram nos séculos XVII e XVIII, notadamente em Grotius, Pufendorf e Montesquieu.

Grotius afirma, nos prolegômenos de seu *De jure belli ac pacis*, que o direito natural é fundamentado na evidência racional. Seus princípios são claros e evidentes como princípios matemáticos. Mesmo Deus seria incapaz de modificá-los: "Assim como Deus não poderia fazer que dois mais dois não sejam quatro, ele não pode fazer que o que é intrinsecamente mal não seja um mal."[15]

Essa comparação será retomada por Montesquieu: "Dizer que não há nada de justo ou de injusto além do que ordenam ou vedam as leis positivas é dizer que antes que se houvesse traçado o círculo, nem todos os raios eram iguais. Logo, cumpre re-

A ÉTICA

conhecer relações de eqüidade anteriores à lei positiva que as estabelece."¹⁶

Como essas relações não dependem da vontade divina, elas continuariam idênticas quer Deus exista, quer não. É a conclusão lógica que Montesquieu tira dessas premissas em sua célebre carta sobre a justiça:

"Se há um Deus, meu caro Rhédi, urge necessariamente que seja justo, pois, se não fosse, seria o pior e o mais imperfeito de todos os seres.

"A justiça é uma relação de conveniência que se encontra realmente entre duas coisas; essa relação é sempre a mesma, seja qual for o ser que a considere, quer seja Deus, quer seja um anjo, quer seja, enfim, um homem.

"É verdade que os homens nem sempre vêem essas relações; muitas vezes mesmo, quando as vêem, afastam-se delas, e seu interesse é sempre o que vêem melhor... Os homens podem fazer injustiças, porque têm interesse em cometê-las... Mas não é possível que Deus jamais faça algo injusto...

"Assim, ainda que não houvesse Deus, deveríamos sempre amar a justiça; ou seja, fazer esforços para nos assemelhar a esse ser de que temos uma tão bela idéia e que, se existisse, seria necessariamente justo."¹⁷

Para os racionalistas, a justiça é uma relação objetiva independente da vontade divina. No entanto, Deus, se existe, só pode ser justo, e os homens deveriam tomá-lo como modelo de sua conduta: devem obedecer à voz de Deus em nós, que é a voz da consciência. Se a razão nos faz conhecer as regras justas, a consciência nos ensina, em cada circunstância, como agir moralmente. Devemos tomar como modelo, dirá Kant, "a conduta desse homem divino que trazemos em nós e com o qual nos comparamos para nos corrigir assim, mas sem nunca poder atingir a sua perfeição"¹⁸.

Segundo os partidários do direito natural, a razão é, pois, uma faculdade capaz de nos fazer conhecer não só o que é objetivamente verdadeiro ou falso, mas também o que é justo ou injusto. Será esse realmente o caso? Haverá normas de ação justas, porque conformes à razão? Outra tradição duas vezes secular, que vai de Hume a Kelsen, se opõe à idéia da razão prática. Ela nega a existência de um direito natural, acessível a todos pela razão apenas, que nos forneceria normas de conduta justas para guiar nossa vontade.

Cumprirá dar razão aos partidários ou aos adversários do direito natural? A razão prática não seria senão aparência? Se, pelo contrário, nós lhe reconhecermos um papel na ação, como se deverá compreendê-lo, pois que os homens não estão de acordo sobre o que é justo? O problema é essencial para a filosofia. O ideal tradicional da filosofia como mestra da sabedoria, como guia da comunidade, será uma mera ilusão, um mito análogo ao do paraíso perdido? Se a filosofia não é uma atividade puramente teórica e crítica, mas pode cumprir uma função construtiva na conduta dos indivíduos e das sociedades, determinando racionalmente as normas e os valores, cumpre-nos apresentar, com mais precisão, as relações entre a justiça e a razão.

2. *A regra de justiça e a eqüidade*

Dentre todas as virtudes que nos deveriam guiar a conduta, duas delas foram desde sempre consideradas racionais, a saber: a prudência e a justiça[19].

A prudência é a virtude que nos faz escolher os meios mais seguros e menos onerosos de alcançarmos nossos fins. Se apenas o nosso interesse devesse nos importar, a prudência nos aconselharia a agir de forma que nossos atos fossem os mais úteis, apresentassem o máximo de vantagens e o mínimo de inconvenientes.

Mas em que medida deveremos levar em conta apenas o nosso interesse ou o dos outros, quais são os nossos direitos e as nossas obrigações, como agir para que nossa conduta seja não só eficaz, mas também justa, a prudência sozinha não nos pode ensinar. Quando se submete o conjunto de uma conduta ao crivo da razão, e não somente seus aspectos instrumentais e puramente técnicos, cumpre recorrer ao conceito de justiça, a justiça é que é a virtude característica do homem razoável.

A justiça, diz-nos Leibniz, é a caridade do sábio e abrange, segundo ele, "além da tendência para fazer o bem, aliviando os sofrimentos, *a regra da razão*"[20]. A ação justa deve dar provas de uma racionalidade que faltaria ao ato que fosse apenas caridoso.

Mas em que consiste essa racionalidade e em que medida a regra da razão será realmente capaz de nos guiar a ação? Nunca foi possível fornecer um critério de justiça que obtivesse a adesão, se não de todos, pelo menos de todos aqueles cuja inteligência e moralidade apreciamos. A profusão de controvérsias referentes a esse conceito e a suas aplicações deve deixar-nos muito circunspectos na questão.

Leibniz precisa que a regra da razão exige que proporcionemos o bem que queremos propiciar a todos com as necessidades e com os méritos de cada qual[21]. Mas haverá outro critério além dos méritos e das necessidades? A definição mais freqüente da justiça não é *cuique suum*, a cada qual o que lhe cabe, sendo os direitos e as obrigações de cada qual determinados pela lei? Acha-se justo conceder aos homens exatamente o que a lei lhes atribui. Não será justo também às vezes tratar todos da mesma forma? Ou às vezes proporcionar seu tratamento com suas obras ou com sua posição? Nenhum desses pontos de vista é inteiramente irrelevante, mas, na prática, conduzem freqüentemente a conseqüências diferentes, até incompatíveis. Que fazer então?

O problema está longe de ser simples e, para não deixar nada na sombra, procedamos passo a passo em nossa análise.

Um comportamento ou um juízo humano só pode ser qualificado de justo se puder ser submetido a regras ou a critérios. Assim, a estima pode ser justa, se estiver proporcionada com os méritos da pessoa estimada, mas a idéia de um amor justo nos parece ridícula. Com efeito, o amor é dirigido a um ser que é considerado único e incomparável, trate-se de uma pessoa ou de uma entidade, tal como a pátria, eventualmente personificada. Esse amor não pode resultar simplesmente de uma avaliação justa de suas qualidades e de seus defeitos, das vantagens e dos inconvenientes que ela propicia. Nada de mais alheio ao amor do que semelhante pensamento. Se dizemos que o amor é cego é porque ele se desinteressa de ver tais como são, e *a fortiori* de pesar, os defeitos do ser amado.

Para a justiça, apenas a pesagem conta. A venda que tradicionalmente cobre os olhos das estátuas da justiça atesta que esta só levará em conta o resultado da pesagem. Não se deixará impressionar por outras considerações.

O amor concede favores, a justiça se preocupa com a imparcialidade. O amor é estritamente pessoal, mas a justiça não faz acepção das pessoas.

O comportamento justo é regular. Conforma-se a regras, a critérios. Poderá a razão ajudar-nos a determiná-los? Desde os antigos gregos, foi esse o problema essencial daqueles que viam na razão, expressa pela filosofia, um guia capaz de esclarecer-nos o juízo e dirigir-nos a ação.

Desde Aristóteles, como vimos, o conceito de justiça foi aproximado da igualdade. Uma análise da relação de igualdade decerto projetará alguma luz sobre a idéia de justiça.

Diz-se de dois objetos, *a* e *b*, que são iguais se são permutáveis, ou seja, se toda propriedade de um é também uma propriedade do outro. Logo, é justo tratar da mesma forma seres iguais, porquanto nada justifica seu tratamento desigual. Em conseqüência, o que se diz de um deve poder ser dito do outro, o que é a formulação pragmática do princípio de identidade.

Assim, numa primeira aproximação, a regra de justiça estabelece a exigência do tratamento igual de seres iguais.

Essa regra é indiscutível, mas qual será seu alcance? Seu campo de aplicação parece, de fato, extremamente reduzido. Ele é mesmo inteiramente nulo, se admitimos o princípio dos indiscerníveis de Leibniz, segundo o qual não existem dois seres idênticos, ou seja, dois seres cujas propriedades sejam todas iguais. Se fosse assim, a afirmação de que *a* e *b* são idênticos seria uma contradição em termos.

Entretanto, uma célebre análise do lógico alemão Gottlob Frege mostrou[22] que se pode, sem se contradizer, afirmar a identidade de *a* e *b*; isso significaria que "a" e "b" são dois nomes de um mesmo objeto, que é designado de diversas maneiras, como na afirmação de que a estrela da manhã é idêntica à estrela da noite.

Se não há seres idênticos, a regra de justiça só tem interesse se nos diz como tratar seres que não são idênticos.

E, efetivamente, é apenas isso que importa.

Ao ouvir pessoas se queixarem de uma injustiça, porque não receberam o mesmo tratamento que o vizinho ou o concorrente, ninguém pensará que essas pessoas são idênticas àquelas com quem se comparam ou que, aos olhos delas, qualquer diferença teria bastado para justificar um tratamento desigual. Ao contrário, citarão expressamente diferenças: dirão que a outra é mais rica ou mais influente, que é parente ou amigo de tal funcionário, que faz parte de um clã, de um grupo político ou religioso próximo do Poder. Queixam-se ainda mais por causa disso, persuadidas de que essas diferenças não deveriam ter influenciado a decisão.

Pode também acontecer que se queixem de um tratamento igual e que, em nome da justiça, reivindiquem um tratamento preferencial. Enumerarão, para justificar suas pretensões, as diferenças essenciais que foram desprezadas e que deveriam ter sido levadas em consideração.

Quem se crê injustamente tratado pretende que apenas certos elementos, pertinentes no caso, deveriam ter influenciado a conclusão; é injusto desprezar esses elementos, assim como é injusto levar em conta elementos irrelevantes, alheios à situação.

A injustiça, assim concebida, jamais resulta do tratamento desigual de seres idênticos. No primeiro caso, queixam-se do tratamento desigual de seres diferentes: com efeito, se as diferenças não concernem a características essenciais, as partes deveriam ter sido tratadas igualmente, como se fossem semelhantes. Inversamente, no segundo caso, acham injusto um tratamento igual ou não-diferenciado, reservado a seres que, consoante os critérios adotados, são essencialmente diferentes e fazem parte, portanto, de categorias diferentes.

Mas quais serão as diferenças que importam e as que não importam, em cada situação particular? Eis o ponto em que deixam de entender-se.

Suponhamos que se estabeleça um sistema de racionamento de víveres em período de penúria. Cumprirá tratar da mesma forma todos os habitantes do país? Cumprirá, ao contrário, adaptar esse tratamento à situação particular deles e levar em conta necessidades dos idosos, dos doentes, das crianças e das mulheres grávidas? Cumprirá distribuir rações suplementares aos que fornecem um trabalho que exige força ou aos elementos mais úteis à comunidade? Cumprirá tratar da mesma forma os homens e as mulheres, os cidadãos e os estrangeiros? Cumprirá, ou não, desprezar as diferenças de raça, de classe, de religião ou de filiação política? Para os funcionários encarregados de aplicar o regulamento elaborado no final das contas, a justiça consiste em segui-lo, dando a cada qual as rações que a lei lhe atribui.

De todas as distribuições possíveis, existirão algumas mais conformes à *regra de razão*? Não é fácil responder a essa pergunta. Mas notemos, desde já, que, seja qual for a regulamentação adotada, ela sempre será um caso de aplicação da *regra de justiça*.

Esta, na medida em que é concebida para se aplicar a seres que não são idênticos, exige, não o tratamento igual de seres idênticos, mas um tratamento igual de seres *essencialmente semelhantes*. Entendemos por seres essencialmente semelhantes os seres entre os quais não existem diferenças essenciais, ou seja, diferenças que importam e que cabe levar em conta no caso.

A regra de justiça assim definida é uma regra formal porque não precisa *quando* dois seres são essencialmente semelhantes nem *como* se deve tratá-los para ser justo[23].

Em situações concretas, é indispensável especificar esses dois elementos. Quando é a lei positiva que fornece os critérios de sua aplicação, a regra de justiça se precisa e se torna a regra de direito (*the rule of law*), que exige que sejam tratados de uma forma determinada pela lei todos os que são semelhantes aos olhos da lei. A regra de direito é a regra de justiça acompanhada de modalidades determinadas pela vontade do legislador. A ação conforme à regra de direito é justa porque aplica corretamente a lei.

Qual será a importância da regra de justiça, concebida como regra puramente formal? Ela se atém a exigir que se seja, em sua ação, fiel a uma linha de conduta regular. Essa exigência define o que E. Dupréel chama de *justiça estática*[24], porque se caracteriza pela conformidade com a regra estabelecida ou com o precedente reconhecido, sejam eles quais forem. Quando uma decisão autorizada resolveu um caso, é justo tratar da mesma forma um caso essencialmente semelhante (*stare decisis*). Transformamos em precedente, ou seja, em caso de aplicação de uma regra implícita, toda decisão anterior emanante de uma autoridade reconhecida[25]. A regra de justiça, na área do pensamento ou na da ação, apresenta como normal a repetição de um mesmo modo de agir. Ela conduz à segurança jurídica e se encarna no silogismo judiciário que prescreve ao juiz tratar cada membro de uma categoria como devem ser tratados todos os membros dessa categoria.

O juiz imparcial é justo porque trata da mesma forma todos aqueles aos quais a mesma regra é aplicável, sejam quais forem as conseqüências. Ele é comparável a uma balança, a uma máquina à qual é alheia qualquer paixão: não se pode intimidá-lo, nem corrompê-lo, ou despertar-lhe a piedade. *Dura lex, sed lex*: a regra é a igualdade perante a lei, ou seja, a permutabilidade dos que estão sujeitos à jurisdição.

Nessa concepção da justiça, o juiz não tem, enquanto juiz, de questionar a lei. Essa concepção, inaceitável em moral, é fundamentada na doutrina da separação dos poderes, que concede ao legislativo o direito exclusivo de legislar, limitando-se o papel da Corte de Cassação a ser o policial, encarregado pelo poder legislativo de vigiar para que os juízes não violem a lei em suas sentenças e arestos. É óbvio, como veremos mais adiante, que não se pode limitar assim a função do juiz quando se lhe reconhece um papel ativo na elaboração da lei nem sobretudo, como na *common law*, quando ele deve julgar com eqüidade.

Todas as grandes tradições morais e religiosas contêm, entre seus preceitos, *a regra áurea* que nos convida a tratar os outros como a nós mesmos. Eis, dentre as mais conhecidas, alguns modos de formulá-la:

Ama teu próximo como a ti mesmo.
Não faças a teu semelhante o que não gostarias que ele te fizesse.
Age para com teu semelhante como gostarias que ele agisse para contigo.
Age do modo que gostarias que agissem teus semelhantes.

Esta última formulação nos aproxima do imperativo categórico de Kant (age de tal modo que a máxima da tua vontade possa, ao mesmo tempo, valer sempre como princípio de uma legislação universal) e do princípio de generalização de Singer (O que é bom – ou mau – para uma pessoa, deve ser bom – ou mau – para qualquer pessoa semelhante que se encontre em circunstâncias semelhantes)[26].

Podemos ver nas diversas formulações da regra áurea alguns casos de aplicação da regra de justiça da qual certos elementos foram precisados. A regra de justiça não diz quando os seres devem ser considerados essencialmente semelhantes; a regra áurea precisará que se deve entender com isso os nossos próximos ou todos os que são homens semelhantes a nós mesmos. A regra de justiça não diz como se deve tratá-los; a regra áurea considerará como modelo de conduta aquela que gostaríamos que pratiquem, quer a nosso respeito, quer a respeito de todos os nossos semelhantes. É graças a regra de justiça que um juízo subjetivo pode transformar-se numa norma de moral, a regra áurea.

A regra de justiça, por exigir a uniformidade, conduz à previsibilidade e à segurança. Permite o funcionamento coerente e estável de uma ordem jurídica. Mas isto não basta para satisfazer a nossa necessidade de justiça. É mister que a própria ordem assim realizada seja justa.

Por outro lado, acaso a eqüidade não se opõe às vezes à aplicação uniforme e, por assim dizer, mecânica da mesma regra, sem se preocupar com as conseqüências? A aplicação de uma regra, que regulamenta os casos mais habituais, não poderá produzir efeitos moralmente chocantes em casos excepcionais? Aristóteles previu a objeção e não hesitou em dar um lugar a eqüidade: "A eqüidade, mesmo sendo justa, não se resume a essa justiça que é a conformidade à lei, mas é, antes, um corretivo à justiça legal. Se a eqüidade é assim, é porque a lei é sempre uma disposição universal e porque, em certos domínios, é impossível falar corretamente permanecendo no plano do universal; portanto, quando se deve editar uma disposição universal sem ser capaz de fazê-lo corretamente, a lei leva em consideração o que ocorre na maioria dos casos, sem ignorar a parte de erro que contém. Nem por isso deixa de ser uma boa lei; pois o erro não está na lei, tampouco está em quem faz a lei; está na própria natureza do caso considerado; a matéria das ações morais é, de fato, no mais profundo de si mesma, rebelde a uma legislação universal. Então é legítimo, na medida em que a disposição tomada pelo legislador é insuficiente e errônea por causa de seu caráter absoluto, trazer um corretivo para cumprir essa missão, editando o que o próprio legislador editaria se lá estivesse e o que teria prescrito na lei, se tivesse tido conhecimento do caso em questão."[27]

É assim que Aristóteles justifica o recurso[28] à eqüidade, que qualifiquei, noutro estudo, de "muleta da justiça", o que indica que o recurso à eqüidade só é permitido quando a lei parece manca. Ora, esse fato não se presume; é preciso, ao contrário, justificar qualquer derrogação da lei.

O recurso à eqüidade é, pois, um recurso ao juiz contra a lei; apela-se ao seu senso de eqüidade quando a lei, aplicada rigorosamente, em conformidade com a regra de justiça, ou quando o precedente, seguido à letra, conduzem a conseqüências iníquas. Isso pode ser explicado por três razões: a primeira, aquela a que Aristóteles alude, é a obrigação de aplicar a lei a um caso singular, no qual o legislador não pensara; a segunda se apresenta quando condições externas, tais como uma desvalorização da moeda, uma guerra ou uma catástrofe, modificam tanto as condições do contrato que sua execução estrita lesa gravemente uma das partes; a terceira se deve à evolução do sentimento moral, do que resulta que certas distinções, que o legislador, ou o juiz que havia enunciado o precedente, havia menosprezado no passado, se tornam essenciais na apreciação atual dos fatos.

Quando o próprio legislador se dá conta de que as situações que ele deseja resolver são tão variadas e tão movediças que não pode regulamentá-las de um modo preciso, contenta-se às vezes com algumas indicações genéricas, ao mesmo tempo que abandona à eqüidade do juiz sua aplicação em cada caso particular (cf. várias legislações que limitam os aluguéis na

Europa depois da Primeira Guerra Mundial). Geralmente, a lei não deixa ao juiz uma liberdade tão grande de apreciação, mas ainda assim o juiz se empenhará em interpretá-la de forma que se evitem as conseqüências iníquas. Dá-se o mesmo com o juiz federal, nos Estados Unidos, que deve interpretar os termos da Constituição americana, assim como com o juiz da *common law* anglo-saxã que, presume-se, se atém aos precedentes[29].

Não se deve esquecer, de fato, que nem as leis nem os precedentes são aplicados mecanicamente. Obrigado a julgar em todos os casos que entram em sua competência, o juiz dispõe, para o tanto, do poder de interpretação. Com efeito, o art. 4º do Código de Napoleão – e existem prescrições similares em todos os sistemas de direito nacionais, sendo conhecidas exceções apenas em direito internacional público – afirma que o juiz não pode recusar-se a julgar a pretexto do silêncio, da obscuridade ou da insuficiência da lei. O juiz deve dizer o direito, ainda que não possa motivar sua decisão pela invocação de uma lei indiscutida e cujos termos são todos eles claros. Note-se, a esse respeito, que existe uma relação inversa entre a clareza e a precisão da lei e o poder de interpretação do juiz.

Eis alguns exemplos que permitem compreender melhor como o juiz não se contenta em aplicar a regra de justiça, mas se serve de seu poder de interpretação e de apreciação para que suas decisões se conformem ao seu senso de eqüidade.

O art. 11 do Código Civil francês (e belga) diz que "o estrangeiro usufruirá na França (na Bélgica) direitos civis iguais aos que são ou serão concedidos aos franceses (aos belgas) pelos tratados da nação à qual esse estrangeiro pertence". Qual será a situação do apátrida? Dever-se-á recusar qualquer direito civil ao estrangeiro cuja nação não concluiu nenhum tratado de reciprocidade com a Bélgica? O problema se apresentou com uma acuidade particular em 1880, quando o Código Civil estava em vigor na Bélgica há cerca de meio século. Como a aplicação normal do art. 11 devia conduzir a conseqüências moralmente inaceitáveis, a Corte de Cassação da Bélgica decidiu, por seu aresto de 1º de outubro de 1880 (*Pasicrisie belge*, 1880, I, 292), interpretar o texto da lei de forma que lhe fossem eliminados os efeitos iníquos. Ela decidiu que a expressão "direitos civis", que figura no art. 11, designa unicamente os direitos civis que viessem a juntar-se aos direitos naturais (como o direito à assistência pública em caso de necessidade), mas não tem em vista os direitos naturais, tais como o direito de casar-se, o de litigar em juízo, os direitos de propriedade e de sucessão, que o estrangeiro usufruirá em qualquer circunstância.

Outro eminente exemplo de trabalho criativo, em matéria jurisprudencial, é fornecido pelas sucessivas interpretações do art. 1.382 do Código de Napoleão, que se contenta em afirmar que "Todo e qualquer ato do homem que causa a outrem um dano obriga aquele por, cuja culpa ele ocorreu, a repará-lo". Através de sucessivas interpretações, a jurisprudência belga e francesa pôde estender e até transformar o sentido dos termos "causa" e "culpa" de modo que se imputasse a responsabilidade de um dano não só àquele que cometeu um erro, mas também àquele que deu origem a um risco. Essa extensão levou de modo natural ao seguro obrigatório dos riscos comportados pelo uso de um automóvel ou pela exploração de uma indústria.

Assim também, o juiz da *common law*, que parece atado pelos precedentes (*stare decisis*) pôde, não obstante, escapar a uma rigidez excessiva, geradora de injustiças, limitando o alcance dos precedentes à *ratio decidendi*, que ele esclarece à sua moda, e introduzindo distinções quando se faz sentir a necessidade[30].

Em vez de adaptar uma lei mediante a interpretação de seus termos, pode-se modificá-la atuando sobre o campo de aplicação de seus termos, mediante o uso da qualificação[31]. Ao decidir incluir um caso particular no campo de aplicação da lei, ou ao decidir excluí-lo dele, o juiz pode modificar os efeitos da lei. Essa era a técnica utilizada pelo pretor romano para estender aos estrangeiros a aplicação de uma lei referente apenas aos cidadãos romanos; é a uma ficção igual que o juiz, sobretudo o juiz de primeira instância, pode recorrer, negando, por exemplo, contra a evidência, que os fatos puníveis tenham ocorrido. Tendo de julgar uma mãe, culpada de ter matado, com a ajuda de seu médico, um filho monstruoso ao nascer, em conseqüência da absorção de um calmante perigoso, o softenon, o júri belga não alegou circunstâncias atenuantes. Para obter a absolvição desejada pela opinião pública, o júri pura e simplesmente negou os fatos de que a mãe era acusada, respondendo negativamente à primeira pergunta relativa a estes.

O papel da eqüidade na aplicação da lei não nos permite afirmar que, para que uma decisão seja justa, cumpre e basta que ela se conforme à regra de justiça. Esta nos ensina simplesmente que um ato é *formalmente justo* se trata um membro de uma determinada categoria de um modo conforme à maneira pela qual devem ser tratados todos os membros dessa categoria. O ato é formalmente justo porque é conforme à conclusão de um silogismo judiciário.

Mas a eqüidade pode prevalecer sobre a segurança, e o desejo de evitar conseqüências iníquas pode levar o juiz a dar nova interpretação à lei, a modificar as condições de sua aplicação. Mesmo recusando ao juiz o direito de legislar, é-se obrigado a deixar-lhe, em nosso sistema, o poder de interpretação. Graças ao uso que dele fizer, o juiz poderá, em certos casos, não se contentar com a interpretação tradicional e com a aplicação correta da lei, em conformidade com a regra de justiça. Mas, para evitar a arbitrariedade na matéria, ele terá de motivar especialmente as decisões que se afastam da jurisprudência habitual.

Se a regra de justiça nem sempre basta para uma aplicação justa da lei, ela é totalmente impotente quando se trata de julgar a própria lei, de dizer se a lei é justa ou injusta. Ela nada nos ensina, de fato, quanto ao próprio conteúdo das regras.

Quem puder modificar as regras como bem entender poderá escapar à acusação de injustiça formal, mesmo agindo como bem lhe apetecer, da forma mais arbitrária. Bastar-lhe-á, de fato, introduzir na regulamentação algumas distinções que sirvam aos seus desígnios. Se não desejar aplicar a regra, tal como é formulada, a alguém que se pode subsumir sob uma categoria determinada pela lei, bastar-lhe-á introduzir uma condição suplementar que terá por efeito distinguir duas classes diferentes no seio dessa categoria. Enquanto a lei prescreve que "Todos os M devem ser P", bastará decidir que, doravante, "Todos os M nascidos antes de 1900 devem ser P", ou que "Todos os M nascidos na Europa devem ser P", ou, em geral, que "Todos os M tendo a qualidade Q devem ser P". Com isso, a lei já não se aplica a todos os M nascidos depois de 1900, a todos que nasceram fora da Europa, a todos que não têm a qualidade Q; não exigindo desses M que sejam P, já não se pode ser acusado de violar a lei e de infringir a regra de justiça.

Um exemplo possibilitará ilustrar claramente o modo como aquele que tem liberdade para elaborar regras novas pode contravir o espírito de justiça, mesmo respeitando a letra, mesmo amoldando-se à regra de justiça.

Suponhamos que, em virtude de um tratado de comércio, a Dinamarca se beneficia no Estado E da cláusula de nação mais favorecida, que obriga o Estado E a conceder à Dinamarca o benefício de toda redução dos direitos aduaneiros concedida a qualquer outro Estado para qualquer produto que seja. O Estado E está disposto a conceder à Suíça uma redução dos direitos aduaneiros sobre a manteiga suíça, mas não queria beneficiar a Dinamarca com essa concessão. Tampouco deseja tornar-se culpado de uma violação flagrante de seu tratado com o último país. Para conciliar essas exigências, normalmente incompatíveis, decide especificar que a diminuição dos direitos aduaneiros só se aplicará à manteiga proveniente de vacas cujos pastos ficam a mais de mil metros de altitude. A manteiga dinamarquesa não preenche, é claro, essas condições. Tudo foi resolvido, os termos do acordo com a Dinamarca foram respeitados. Mas poder-se-á pretender que esse modo de agir é conforme aos compromissos assumidos pelo Estado E para com a Dinamarca?

Esse exemplo mostra que a regra de justiça, cuja importância é inegável para julgar da aplicação correta, portanto formalmente justa, das regras vigentes a situações particulares, não esgota todo o conteúdo da idéia de justiça. Desejamos, de fato, que o ato justo não se defina simplesmente pela aplicação correta de uma *regra*, seja ela qual for, mas pela aplicação de uma *regra justa*.

Há critérios racionais que permitiriam distinguir as regras justas daquelas que não o são? A razão será capaz de ir além das exigências puramente formais da regra de justiça para nos guiar na busca das regras justas?

Os teóricos do direito natural se empenharam em fornecer uma resposta positiva a essa pergunta, sem obter, porém, a prova convincente da maior parte dos princípios de justiça, tão indiscutíveis quanto os princípios matemáticos? Se assim não fosse, dever-se-ia considerá-los racionalmente arbitrários? Poder-se-á, descartando essas posições extremas, chegar a um acordo sobre critérios razoáveis de uma regra justa? A continuação de nossa análise se empenhará em responder a essas questões fundamentais.

3. *Da justiça das regras*

A observância da regra de justiça assegura a regularidade, a segurança e a imparcialidade na administração da justiça. Mas ela é incapaz de julgar as próprias regras. Existirão critérios racionais para nos guiar nessa matéria, para nos permitir qualificar de justas ou de injustas as leis e as regras de toda espécie? Com efeito, é contra a arbitrariedade e a injustiça das leis que se insurgem aqueles que querem modificar ou revisar a ordem estabelecida. É muitas vezes contra o abuso do poder dos governantes, em especial dos legisladores, que os teóricos do direito natural recorrem à *razão justa*, à *natureza das coisas*. Mas serão suas teorias fundamentadas noutra coisa além de intuições incomunicáveis e de posicionamentos controvertidos? Será isso que nos empenharemos em examinar.

Vimos que a regra de justiça não indica quais são as distinções que se devem ou não levar em conta no estabelecimento das categorias de seres essencialmente semelhantes, nem de que maneira convém tratar esses seres. Ora, é sobre um ou outro desses pontos que incidirá a crítica de uma lei considerada injusta: dirão que as distinções que a lei estabelece, que os tratamentos que impõe, são arbitrários e injustificados.

Suponhamos que, numa legislação, o conjunto dos seres por ela abrangidos seja dividido em três categorias, *A*, *B* e *C*, e que ela prescreva que "Todos os *A* devem ser *P*", "Todos os *B* devem ser *R*" e "Todos os *C* devem ser *S*". O crítico que combate, quer o princípio da classificação, quer o gênero de tratamento reservado aos membros de cada categoria, procurará modificar um ou outro, e às vezes esses dois elementos da legislação.

Suponhamos que uma legislação que consagra um sistema de abonos familiares seja apresentada como a expressão de uma aspiração de satisfazer às necessidades fundamentais dos trabalhadores.

Um crítico poderia atacar o próprio princípio dessa legislação e as classificações que ela determina, achando injusto que, na determinação do salário dos operários, se leve em conta outra coisa além do trabalho fornecido ou do seu rendimento. Brandindo o aforismo "a trabalho igual, salário igual", cumpre de fato achar irrelevantes, não essenciais e arbitrárias, todas as distinções e as classificações fundamentadas no sexo, na idade, na raça ou no estatuto familiar dos trabalhadores. O fato de não desprezar essas diferenças, mas de nelas fundamentar uma escala de salários diferenciada, pode parecer a alguns profundamente injusto.

Outros, ao mesmo tempo que aderem ao princípio mesmo da legislação, podem criticá-la por outras razões. Mesmo admitindo que se tem de levar em conta encargos familiares para fixar o salário dos operários, podem achar perfeitamente injusto que o abono concedido para o quarto filho, por exemplo, seja o triplo do montante outorgado para o primeiro, quando é este que aumenta de modo mais sensível os encargos do casal.

As duas críticas têm um alcance muito diferente. A primeira recusa misturar considerações de natureza social ou política com o que lhe parece ser uma contribuição puramente econômica, para a qual apenas considerações referentes à qualidade, à duração e ao rendimento do trabalho podem fornecer os elementos pertinentes de uma classificação aceitável. A segunda crítica, em contrapartida, aceita colocar-se do ponto de vista adotado pela legislação, mas critica-lhe a execução.

Eis outro exemplo. Proudhon critica com paixão as leis penais francesas:

"O pobre diabo, cujos filhos choram de fome, rouba, à noite, num sótão, depois de arrombamento e escalada, um pão de quatro libras. O padeiro o faz condenar a oito anos de trabalhos forçados: eis o direito... Em contrapartida, o mesmo padeiro, acusado de ter posto gesso à guisa de farinha e vitríolo como fermento, é condenado a cinco libras de multa: é a lei. Ora, a consciência brada que esse traficante é um monstro e a própria lei absurda e odiosa."[32]

Proudhon ataca com violência a injustiça de um Código Penal que prevê penas tão desproporcionais entre as duas espécies de delitos. Para ele, o delito do padeiro é infinitamente mais odioso do que o do pobre diabo, ao passo que a pena que o pune é muito mais leve. Proudhon reclama uma proporcionalidade entre os delitos e as penas, devendo estas, sob pena de injustiça ou de arbitrariedade, ser proporcionais à gravidade dos danos à ordem pública.

Assim também, se nos perguntarmos: "Será justo que este médico ganhe vinte vezes mais do que aquele trabalhador braçal?", poderíamos evitar responder, alegando que, numa economia liberal, o preço e os salários estão sujeitos à lei da oferta e da procura e não dependem de considerações de justiça. Mas impõe-se uma resposta, se tanto o médico como o operário são ambos funcionários do Estado. Cumprirá então justificar a diferença, mostrando que ela não é arbitrária, mas que os vencimentos de um e de outro são proporcionais a um elemento suscetível de apreciação, tal como, por exemplo, os serviços prestados por um e pelo outro à comunidade.

Estes poucos exemplos nos esclarecem sobre o conceito de injustiça aplicado a uma regra ou a uma legislação.

Quando se trata de justiça ou de injustiça formal, de aplicação correta ou não da regra de justiça, comparam-se os tratamentos reservados aos membros da mesma categoria essencial, mas não se dispõe de nenhum meio para comparar os seres que pertencem a categorias diferentes e para julgar os tratamentos que lhes concernem. Em contrapartida, é disso que se trata quando se declara que uma regra é injusta, porque os critérios de classificação são irrelevantes e os tratamentos aplicados são arbitrários. Para refutar a primeira crítica, dever-se-á mostrar a pertinência da classificação estabelecida pela legislação em questão, e sua superioridade sobre aquela que se queria pôr em seu lugar. Para refutar a segunda crítica, cumprirá mostrar que os tratamentos previstos, trate-se de recompensas ou de punições, não são arbitrários, mas conformes a princípios gerais que permitem sua sistematização racional.

Um sistema de regras absolutamente justo, que se imporia como tal a todas as mentes razoáveis, deveria apresentar classificações em categorias e prever tratamentos que sejam indiscutíveis, por serem os únicos conformes à razão. A busca de um sistema assim não será ilusória? Dada a grande variedade de nossas sociedades, de suas concepções religiosas, filosóficas e políticas, será possível elaborar princípios racionalmente fundamentados, que poderiam servir de base para instituições consideradas justas por todos os seres razoáveis? Antes de responder a essa pergunta, em toda a sua generalidade, examinemos a tentativa do professor John Rawls, que se empenhou, em trabalhos recentes[33], em responder de um modo afirmativo a esta última questão.

O professor Rawls define a justiça como uma virtude específica que, aplicada a uma instituição ou a uma prática, exige a eliminação das distinções arbitrárias e o estabelecimento, em suas estruturas, de um equilíbrio apropriado entre as pretensões opostas[34]. Os princípios de justiça devem especificar em que condição a balança, ou a parte de cada qual, pode ser considerada conveniente e justa, e quais distinções justificam diferenças de tratamento que não seriam arbitrárias. Examinando o papel da justiça na sociedade, o professor Rawls só se ocupa com a justiça das regras que, determinando as funções e as situações, os direitos e as obrigações, as recompensas e as punições, dão forma e estrutura à atividade social[35].

A justiça, por ele concebida consoante a idéia de correção (*fairness*), se inspira nitidamente no modelo do jogo correto (*fair-play*). Segundo ele, é essa idéia de *fairness* que é fundamental na justiça aplicada a práticas (*practices*) definidas por regras.

A concepção da justiça, cujas conseqüências ele desenvolverá, é fundamentada nos dois seguintes princípios, que lhe parecem racionais:

1. Toda pessoa, participante de uma instituição ou de uma prática, ou afetada por seu funcionamento, tem um direito igual à mais ampla liberdade, compatível com a mesma liberdade para todos.

2. Desigualdades definidas ou favorecidas pela estrutura institucional são arbitrárias, a não ser que seja razoável prever que elas se mostrarão úteis a cada qual, e contanto que as funções e as situações de que resultam sejam acessíveis a todos[36].

É considerada justa uma liberdade igual para todos os que participam de uma instituição ou de uma prática, igualdade que é normal entre os jogadores no começo de qualquer jogo. Supõe-se que as desigualdades são arbitrárias e injustas, a não ser que se tenha condição de justificá-las provando que são proveitosas a cada qual e que ninguém está excluído *a priori* de uma função vantajosa. É óbvio que a pessoa se pautará, para avaliar as instituições e as práticas, pela regra de justiça, que exige tratamento igual de todos os casos essencialmente semelhantes. Mas assim que, nas regras do sistema, se estabelece uma distinção que favorece ou desfavorece alguns indivíduos, ela será presumida injusta enquanto não se tiver mostrado *que ela não é arbitrária*. Em conformidade com o segundo princípio, só se permitirá, aliás, uma limitação, mesmo igual, dos direitos de cada qual, se se provar que é indispensável para o bem de todos. A situação que não exige satisfação alguma, porque parece conforme à razão e à justiça, é a da maior liberdade de cada qual, compatível com essa mesma liberdade para todos.

Entretanto, não cabe justificar todas as diferenças que o sistema estabelece, mas unicamente as distinções na atribuição das funções e das situações de que resultam, direta ou indiretamente, desigualdades na distribuição das vantagens e dos ônus. As limitações de liberdade e as desigualdades não serão consideradas justificadas, porém, se delas resultarem vantagens para o conjunto da sociedade, pois cumpre ainda que estas beneficiem a *cada um* de seus membros. É sobretudo sobre esse ponto que o professor Rawls é mais exigente que os utilitaristas.

Aliás, ele não apresenta seus princípios para que sirvam de base para um novo contrato social; apercebe-se perfeitamente de que, como nossa sociedade já funciona com o conjunto de suas instituições e de suas leis, é impossível recomeçar tudo do zero; suas sugestões visam unicamente a fornecer princípios suscetíveis de tornar seu funcionamento mais justo do que é atualmente. É por isso que propõe regras de procedimento que devem permitir a realização desse objetivo.

Uma condição prévia, e indispensável, é que se lide com pessoas razoáveis, capazes de conhecer seus interesses, de prever as prováveis conseqüências que resultam da adoção de tal espécie de regras, de se amoldar às regras adotadas e de resistir às tentações que acarretariam a violação destas. Cumpre, ademais, que elas tenham condições de resistir à inveja que nasceria da percepção da superioridade de alguma outra pessoa, apesar das inegáveis vantagens que proporcionaria a esta a posição de comando que se lhe poderia confiar. Supõe-se, ademais, que essas pessoas têm interesses semelhantes e complementares, de modo que sua colaboração se mostre vantajosa, e são suficientemente iguais em poder e em habilidade para que nenhum membro do grupo seja, em circunstâncias normais, capaz de dominar os outros[37].

Para melhorar suas instituições e suas leis tornando-as justas, os membros da sociedade discutem entre si, cada qual expondo os motivos de suas queixas e apresentando suas reivindicações legítimas. Cada qual deveria ser livre e fazer valer seu ponto de vista, mas as decisões que seriam tomadas deveriam amoldar-se às seguintes regras:

1. Se os critérios de decisão propostos por alguém forem aceitos, as reivindicações dos outros serão julgadas segundo o mesmo critério.

2. Nenhuma queixa será ouvida antes que cada um esteja de acordo, em linhas gerais, sobre os princípios segundo os quais as queixas deverão ser julgadas.

3. Os princípios propostos e reconhecidos, numa ocasião qualquer, serão considerados obrigatórios, salvo circunstâncias especiais, em todas as ocasiões posteriores.

As regras assim instituídas seriam, segundo o professor Rawls, as de um sistema justo, pois seriam regras de um sistema imaginado por alguém que sabe que seu inimigo tem o direito de lhe destinar seu lugar dentro do sistema[38].

Em que medida os princípios e as regras de procedimento, apresentadas pelo professor Rawls, podem ser consideradas racionais, eficazes e suficientes para que, pautando-nos por elas, possamos estar certos de tornar cada vez mais justo o funcionamento das instituições humanas? É isso que nos propomos examinar.

Observe-se, para começar, que toda sociedade organizada é regida por leis e regulamentos que se referem não só ao fundo, mas também aos procedimentos reconhecidos para modificar e aplicar suas leis. Daí resulta que, como o professor Rawls não quer fazer tábula rasa do passado mas unicamente melhorar as instituições existentes, é preciso que as três regras de procedimento que preconiza, se já não são admitidas na sociedade que se deve reformar, sejam aceitas em conformidade com as leis e regulamentos atualmente em vigor.

Assinale-se, a esse respeito, que quase todos os sistemas de direito modernos aceitam o valor do precedente no solucionamento dos conflitos, ainda que o estatuto do precedente possa variar de um sistema para outro. No entanto, são indispensáveis juízes para decidir se um caso novo é ou não é essencialmente semelhante a um caso anteriormente julgado.

Se a primeira regra de procedimento é, pois, geralmente admitida, a segunda exige um aprimoramento indispensável. Com efeito, o professor Rawls exige que todos estejam de acordo com os procedimentos adotados. Tomado ao pé da letra, esse princípio é inaplicável, pois é evidentemente impossível pedir o acordo dos bebês que acabaram de nascer, ou dos alienados mentais incapazes de raciocinar sadiamente. Esse modo de proceder é, aliás, conforme às exigências do professor Rawls, cujo sistema só pode funcionar com a colaboração de seres eminentemente razoáveis. Mas, então, não cumprirá limitar o direito de voto e, em geral, o de participar ativamente dos negócios públicos, mesmo numa sociedade relativamente igualitária? Cumprirá recusar o exercício dos direitos políticos unicamente às crianças abaixo de certa idade ou igualmente àqueles que não teriam passado com sucesso por testes de inteligência e de conhecimento, e os conceder, em contrapartida, aos estrangeiros que habitam no país? E que fazer quando, a pretexto de que apenas os seres razoáveis podem exercer seus direitos políticos, denega-se o direito de voto a classes inteiras da sociedade? Essa é, como se sabe, a pretensão de qualquer paternalismo político.

Cumprirá conformar-se aos procedimentos vigentes numa sociedade, ainda que pareça profundamente iníquos, ou uma revolução justa poderá esforçar-se em modificar o estado de coisas existente?

Por outro lado, a exigência da unanimidade, mesmo limitada aos que exercem seus direitos políticos, leva ao *liberum veto* e, portanto, à anarquia. Logo, é indispensável, à míngua de conquistar a adesão de cada qual, elaborar técnicas que permitiriam, à maioria simples ou a uma maioria qualificada, que se supõe representar a vontade geral, chegar a uma decisão. Poder-se-á, sem risco de enganar-se, ter certeza de que o funcionamento de uma democracia, mesmo fundamentada no sufrágio universal igualitário, nunca conduzirá à injustiça na aplicação das duas regras fundamentais que o professor Rawls considera essenciais e suficientes para a elaboração de instituições justas?

Mas, suponhamos resolvidas todas essas dificuldades prévias e admitamos que existe um acordo sobre as regras de procedimento que permitem levar em consideração as queixas e as reivindicações de todos. Teremos certeza, nesse caso, de que as instituições serão progressivamente melhoradas para se tornarem tão justas quanto o possível? Quem nos diz que não chegaremos muito rápido a uma sociedade, tal como queriam instituí-la os teóricos do liberalismo clássico, em que o funcionamento das leis econômicas do mercado, embora podendo ser perfeitamente correto, *fair*, no sentido do professor Rawls, redundaria, não obstante, numa distribuição muito desigual das riquezas?

Isso constitui a objeção fundamental formulada pelo professor Chapman contra a concepção da justiça como *fairness*[39]. Confrontando o sistema imaginado pelo professor Rawls com o utilitarismo, o professor Chapman mostra que este último, ao levar em conta conseqüências dos atos, mais do que sua conformidade com certos procedimentos considerados justos, porque corretos, apresenta a vantagem de buscar uma melhor distribuição dos bens, o que permitiria estabelecer mais justiça nas possibilidades de satisfazer as necessidades fundamentais de todos os membros da sociedade[40]. É essa, aliás, a inspiração profunda do liberalismo moderno, tal como é defendido por Lorde Beveridge.

O professor Rawls presume, ao elaborar seu sistema, que seres racionais, capazes de prever as conseqüências de seus atos, elaborarão regras que, igualitárias no início, funcionarão de modo que se mantenha essa igualdade indefinidamente. Mas que fazer se essa esperança não se realizar? Tendo os membros de uma sociedade aceitado certas regras de fundo e de procedimento, seus filhos e seus netos estarão ligados para sempre por convenções de seus antepassados, como parece exigir a terceira regra introduzida pelo professor Rawls para o solucionamento dos conflitos? Cumprirá, ao contrário, que cada geração seja convidada, em intervalos regulares, a concluir um novo contrato social ou, pelo menos, que seja livre para apalavrar novos procedimentos em questão de adoção e de modificação das regras, sem levar em conta procedimentos existentes? Cumprirá que cada geração restabeleça, de novo, um ponto inicial igualitário, em conformidade com o segundo princípio do professor Rawls, suprimindo, por exemplo, o direito à herança? Mas, uma vez nessa via, não cumpriria também limitar de mil maneiras o direito de dispor da propriedade privada, mesmo em vida, a fim de eliminar as desigualdades arbitrárias no seio da sociedade?

A experiência nos ensina, de fato, que procedimentos, que se queria igualitários, podem levar-nos a conseqüências que, com o tempo, podem mostrar-se iníquas. Sabemos que se supunha que a Revolução Francesa, ao abolir todos os privilégios do Antigo Regime, ia estabelecer um novo regime condicionado pela liberdade e pela igualdade, mantendo ao mesmo tempo o direito de propriedade e de sua transmissão hereditária. As desigualdades flagrantes que daí resultaram suscitaram a oposição socialista e alimentaram seus ataques contra a propriedade privada dos meios de produção. Essa história bem conhecida nos ensina que mesmo a idéia de privilégio, concebida como desigualdade injustificada, é suscetível de interpretações variadas. O que não pareceu à burguesia liberal causar danos ao princípio da igualdade pode parecer, a outros, a base de todas as desigualdades e a raiz de todas as injustiças.

As questões que acabamos de evocar, as dificuldades por elas reveladas, mostram-nos a insuficiência do modelo fornecido por um jogo corretamente conduzido para responder a todas as exigências dos que aspiram a mais justiça social.

Regras de *fair-play* são fáceis de estabelecer quando se trata de um jogo, em que cada qual começa, por conta própria, em condições de igualdade relativa, em que os lances permitidos e proibidos são conhecidos de antemão, em que é fácil prever todos os desenvolvimentos possíveis, assim como todas as situações que determinam o ganho ou a perda. Todos os jogadores, antes de começar, conhecem as regras do jogo, aceitam-nas, e a presença de um árbitro permite, em caso de necessidade, garantir a sua observância pontual. Ninguém é obrigado a participar de um jogo cujas regras recusa, e jamais, em nome dessas regras, impor-lhe-ão uma coerção contrária às suas convicções mais íntimas. Mas, quando se trata do funcionamento das instituições sociais e políticas e das regras que as regem, o problema da justiça se situa num contexto deveras diferente.

As regras de uma sociedade constituída, as pessoas que nela exercem os direitos políticos bem como suas respectivas situações, seus direitos e suas obrigações, são, em sua maioria, produtos de um passado histórico. Cumprirá, em nome de princípios de justiça abstrata, não fazer caso desse passado e decidir apagar tudo, em intervalos regulares, e recomeçar do zero? É uma ambição dessas que encontramos em pensadores racionalistas, tais como Descartes, que, depois de fazer tábula rasa dos preconceitos, das tradições, dos costumes de seu meio, se propõem reconstruir *ab ovo* um novo saber. Mas eles dispõem, pelo menos assim crêem, de um método novo que, fundamentando-se na evidência racional, lhes permitiria reconstruir sobre a rocha uma ciência que seria digna desse nome. Para reconstruir, da mesma forma, uma sociedade perfeitamente justa, seria preciso que seus membros reconhecessem com evidência que é justo renunciar às vantagens que a situação histórica lhes proporcionou, que logrem encontrar regras evidentes que justificarão as desigualdades sociais assim como aquelas a que terão de amoldar-se para encontrar uma solução justa para os conflitos que os opõem.

Mas, se é justo e razoável renunciar às situações historicamente adquiridas, por que procurar melhorar as instituições de uma sociedade politicamente organizada que é, também ela, um produto da história, e não estabelecer, já no início, uma justiça igualitária entre os homens que vivem na terra, suprimindo, na medida do possível, as desigualdades na distribuição das riquezas e das competências entre as diversas regiões do globo, das quais algumas conhecem uma penúria permanente?

Sem sombra de dúvida, as leis e os regulamentos justos não podem ser arbitrários, mas cumprirá admitir como evidente, e não necessitando de nenhuma justificação, o princípio de igualdade completa de todos os que participam do funcionamento de uma instituição, e como arbitrária toda desigualdade que não é justificada pelas vantagens que cada qual dela retira?

Essa igualdade ideal, reconhecida no início, deverá, ademais, ser negativa ou positiva? Deverá ela consistir no fato de que cada qual usufruirá um direito igual à vida, uma liberdade igual de consciência, de palavra, de imprensa, de associação e de trabalho, no sentido de que o Estado não limitará, sem razão suficiente, nenhuma dessas liberdades e lhes protegerá o exercício? Cumprirá, ao contrário, que a igualdade exigida seja positiva, no sentido de que o Estado deixará cada qual capaz, mediante a criação de instituições de toda espécie, tais como hospitais, escolas, fábricas ou igrejas, de exercer efetivamente os direitos que são assim garantidos?

O professor Rawls parece, antes, partidário da concepção liberal, ou seja, negativa, da igualdade, pois só gostaria de limitar a liberdade individual na medida em que essa limitação se justificar por vantagens que proporcionará a cada qual, e não ao maior número. O princípio que ele apresenta como evidente, cuja racionalidade se imporia a todos os que aspiram a uma sociedade justa, sofre dos equívocos da noção de igualdade, cujas interpretações diametralmente opostas são apresentadas pelas ideologias liberais e socialistas. Aos que reclamam o mínimo de intervenção do poder político no que consideram seus negócios privados, opõem-se, em quase todos os domínios, os que reclamam uma intervenção maior da coletividade, esperando que dessa forma será possível satisfazer, às expensas da comunidade, um número crescente das necessidades de cada qual. A menor experiência da vida política deixa patente a vaidade de qualquer esperança de acordo espontâneo de todos os membros da sociedade nessas matérias essencialmente controversas. Aliás, é por isso que, em vez de se fundamentarem num acordo garantido pela evidência, as instituições políticas foram organizadas de modo que pudessem funcionar, mesmo na ausência de semelhante acordo.

Numa sociedade democrática e pluralista, cada qual é livre para adotar uma moral, para elaborar regras de vida, para inspirar-se num ideal e para viver a vida, como a entende, contanto que não transgrida regras de ordem pública. Mas não se dá o mesmo quando se trata de regras jurídicas, que determinam os direitos e as obrigações de cada qual, em conformidade com os desejos e as aspirações da coletividade politicamente organizada, ou pelo menos tais como os concebem e os interpretam seus representantes e seus funcionários. Como é vão esperar que a expressão desses desejos e a formulação dessas aspirações sejam objeto de um acordo sempre unânime, mesmo entre os representantes eleitos da nação, o direito de cada Estado tem de tomar precauções para que as questões controversas não sejam resolvidas por um recurso à violência. Portanto, ele deverá prever regras de procedimento relativas à elaboração e à modificação das leis, bem como regras de competência para o solucionamento dos conflitos que a aplicação dessas leis poderia suscitar: a justiça política e social pressupõe, de fato, legisladores e juízes.

As regras morais e jurídicas regem, de um modo complementar, as relações dos membros de uma sociedade; muitas vezes, aliás, elas interagem, podendo os sentimentos morais desempenhar um papel considerável na adoção e na interpretação das leis, podendo a promulgação das leis modificar, por sua vez, os sentimentos morais. Mas, por certos aspectos, direito e moral diferem profundamente. Os ideais morais dependem, de fato, da consciência de cada qual; cada qual é, nessa área, seu próprio juiz e o dos outros. Em contrapartida, quando as regras, tendo-se tornado de ordem pública, são sancionadas por uma coerção legal, apenas o poder judiciário ou administrativo é competente para dizer o direito. Isso porque as normas de direito que determinam uma ordem pública devem comportar regras de procedimento e de prova, que permitam limitar a insegurança jurídica e paliar, graças à designação de magistrados e de funcionários competentes, a ausência de critérios objetivos e impessoais para resolver os conflitos eventuais.

Se os princípios propostos pelo professor Rawls para eliminar a arbitrariedade das instituições sociais e políticas fossem de uma evidência que se imporia a todos pela racionalidade, o direito e a moral deveriam coincidir em questão de justiça. Não teria sido útil organizar um poder legislativo nem um poder judiciário, e não se teria a menor necessidade de coagir para que se amoldem ao que é justo todos os membros razoáveis da sociedade. Com efeito, tanto os revolucionários quanto os conservadores deveriam admitir a evidência das mesmas regras. Não será essa a aspiração e a ilusão de toda utopia[41]?

De fato, bem pouco numerosas são as leis sobre as quais os homens estão de acordo, dando-lhes a mesma interpretação. Nada de mais controverso do que o caráter justo ou injusto das leis. Poder-se-á, perante essas divergências, que parecem inerentes à própria natureza das coisas, acreditar num uso prático da razão? Consagraremos ao exame dessa questão a continuação de nossa exposição.

4. Justiça e justificação

A análise que publiquei, vinte anos atrás, da noção de justiça[42], procurando ressaltar-lhe os aspectos racionais, permitiu-me constatar que um ato pode ser qualificado de justo na medida em que consiste na aplicação de uma regra em conformidade com a regra de justiça, que uma regra é justa na medida em que não é arbitrária, em que pode ser justificada por meio de princípios mais gerais. Assim, uma lei penal será justa se as penas que estabelece forem proporcionais à gravidade dos delitos; um regulamento que fixa os vencimentos dos funcionários será justo se determinar montantes proporcionais à posição hierárquica por eles ocupada ou aos serviços que são chamados a prestar à sociedade. Mas quais serão os critérios que possibilitarão avaliar a gravidade de um delito ou a utilidade social? Poderíamos resumi-los a outras normas, mas, afinal de contas, dizia eu em meu estudo[43], sempre esbarraremos em normas irredutíveis, numa visão do mundo que expressa aspirações e valores não-racionais.

Os diferentes ideais, que podemos conceber de uma sociedade perfeita, se apresentavam, a meus olhos, como arbitrários, na medida em que nem a experiência nem o cálculo eram capazes de fundamentá-los; nem a experiência, e a indução que ela autoriza, nem a dedução rigorosa podem, de fato, garantir a passagem do que é dado, do fato objetivo, do que é verdadeiro, para o ideal que queremos realizar, para os valores que ele promove e para as regras que justifica. Chegava eu, assim, à conclusão de que nosso esforço de justificação das regras, para delas eliminar a arbitrariedade, deveria deter-se em princípios injustificados e não-evidentes, em posicionamentos e em valores controversos.

Portanto, era utópico querer que os homens concordassem sobre o mesmo ideal de uma sociedade justa, pois às diversas aspirações dos homens, diversamente hierarquizadas, correspondem diversas concepções da cidade ideal.

Se alguém considera que uma regra é injusta, porque divide os seres em categorias diferentes daquelas que se lhe impõem aos olhos, e isso porque julga diversamente, de acordo com sua própria visão do mundo, o que é ou não importante ou pertinente, nenhuma técnica racional me parecia capaz de eliminar a oposição; bastava apenas registrá-la. Dada a pluralidade dos valores, sua freqüente incompatibilidade e seu caráter arbitrário, o raciocínio era incapaz, parecia-me, de desempatar os antagonistas.

Numa perspectiva assim, uma análise escrupulosamente realizada deveria ater-se a pôr em evidência os desacordos, os diversos valores subjacentes aos diversos sistemas. Foi ao que se aplicou, por exemplo, Enrico di Robilant, numa tese intitulada *Sui principi di giustizia*[44]. Estudando sucessivamente o código prussiano (*Landrecht*) de 1794 e a constituição atual da república italiana, ele mostra, de modo convincente, quais são os valores que os inspiraram. Mas será possível encontrar critérios objetivos que permitiriam mostrar a superioridade inegável de um ou outro desses sistemas de valores? Isso me parecia absolutamente impossível. Minha análise concluía com esta conclusão céptica:

"Tomemos o exemplo de um sistema normativo bastante singular para atribuir o maior mérito ao tamanho dos indivíduos. Desse sistema decorrerão regras que estabelecerão a obrigação de tratar os homens de um modo relativamente proporcional ao seu tamanho. Pode-se procurar eliminar desse sistema toda regra arbitrária, todo tratamento desigual, todo favoritismo, toda injustiça. No interior do sistema, assim que se põe em discussão o princípio fundamental que lhe serve de base, a justiça terá um sentido bem definido, o de evitar toda arbitrariedade nas regras, toda irregularidade na ação.

"Somos assim levados a distinguir três elementos na justiça: o valor que a fundamenta, a regra que a enuncia, o ato que a realiza.

"Estes dois últimos elementos, os menos importantes, aliás, são os únicos que podemos submeter a exigências racionais; podemos exigir do ato que seja regular, que trate da mesma forma seres que fazem parte da mesma categoria essencial, podemos postular que a regra seja justificada, que decorra logicamente do sistema normativo adotado. Quanto ao valor que fundamenta o sistema normativo, não podemos submetê-lo a nenhum critério racional, ele é perfeitamente arbitrário e logicamente indeterminado."[45]

Qualificando de arbitrário e de logicamente indeterminado todo valor que fundamenta um sistema normativo, exprimia eu a convicção de que ele não poderia resultar de uma experiência nem ser deduzido de princípios incontestáveis. Essa é ainda a minha convicção atual. Mas cumprirá tirar disso a conclusão bem mais geral, a saber, que os valores e as normas fundamentais que nos guiam a ação são alheios a qualquer racionalidade, que não podemos nem criticá-los nem justificá-los, que toda deliberação a propósito deles não passa da expressão de nossos interesses e de nossas paixões? Essa conclusão, desesperadora para um racionalista, impõe-se, porém, àqueles para quem toda prova é fundamentada no cálculo ou na experiência, pois todo raciocínio convincente é uma forma de dedução ou de indução. Nessa perspectiva, é realmente preciso endossar a conclusão, tão chocante para o senso comum, de que todos os valores são igualmente arbitrários, pois nenhum deles se impõe racionalmente.

Mas cumprirá endossar a concepção da razão e do raciocínio à qual nos habituara a lógica moderna? Será verdade que as únicas provas admissíveis resultam de operações de dedução e de uma generalização a partir da experiência? E que é impossível raciocinar sobre os valores?

O lógico francês Edmond Goblot publicou, em 1927, uma lógica dos juízos de valor[46]. A única análise interessante que essa obra apresenta é a dos valores instrumentais, os que constituem meios ou obstáculos em relação aos fins buscados; esses próprios fins são considerados dados, ou fundamentados em intuições que escapam a qualquer controle racional. Por outro lado, os numerosos estudos dedicados, nos últimos trinta anos, à lógica das normas, ou à lógica deôntica, só se referem às regras gerais de transformação de proposições que contêm expressões tais como "é obrigatório", "é proibido", "deve-se", "é permitido", mas sem nos guiar, nem um pouco, na escolha das regras ou dos valores particulares.

Dever-se-á concluir, portanto, que a determinação dos valores não-instrumentais e a das normas que nos fixariam os direitos e nos prescreveriam as obrigações escapam a qualquer lógica e a qualquer racionalidade? Dever-se-á renunciar a todo uso filosófico da razão prática e limitar-se, na área da ação, a um uso técnico da razão, a um ajuste dos meios aos fins que, por sua vez, seriam inteiramente irracionais?

É essa, de fato, a tese de todos os filósofos positivistas, desde Hume até Ayer. Mas, deveremos resignar-nos a isso, e considerar toda a tradição clássica da filosofia ocidental, que busca um fundamento racional para a nossa ação individual ou coletiva, que visa a elaborar uma técnica, uma filosofia do direito e uma filosofia política, como nada mais que a expressão de um sonho milenar, nutrido por ilusões e por paralogismos[47]?

Antes de subscrever às teses do positivismo concernentes aos valores, pareceu-me que um novo esforço deveria ser empreendido, o de elaborar uma lógica dos juízos de valor, não a partir do que a lógica moderna nos ensinava, concernente à natureza do raciocínio, mas a partir de um exame detalhado do modo como os homens raciocinam efetivamente sobre os valores. Dez anos de trabalho, em colaboração com a Sra. L. Olbrechts-Tyteca, nos conduziram, não à lógica dos juízos de valor que buscávamos, mas a uma lógica, há muito tempo menosprezada e completamente esquecida pelos lógicos contemporâneos, entretanto longamente desenvolvida, desde a Antiguidade, nos antigos tratados de retórica e nos Tópicos. Trata-se do estudo das provas, que Aristóteles qualificava de dialéticas[48] e opunha às provas analíticas, as únicas julgadas dignas de interesse nas obras modernas de lógica. Um amplo estudo, empírico e analítico, permitiu-nos apresentar essa lógica não-formal, que é uma teoria da *argumentação* complementar da teoria da *demonstração*, objeto da lógica formal[49].

Nossos trabalhos nos convenceram de que não existe lógica específica atinente aos valores, mas existem as mesmas técnicas de raciocínio que utilizamos para criticar e para justificar opiniões, escolhas, pretensões e decisões, enunciados que qualificamos habitualmente de juízos de valor. É por isso que o uso prático da razão não pode ser compreendido sem o integrar numa teoria geral da argumentação.

Por esquecimento da argumentação, técnica de raciocínio indispensável ao juízo prático, ao menosprezar os meios discursivos de obter a adesão que não se baseassem no cálculo e na experiência, era-se inevitavelmente conduzido à conclusão de que os valores eram logicamente arbitrários e, por conseguinte, desprovidos de justificação racional. Na falta de uma teoria da argumentação, nem sequer se consegue conceber o que há de específico no processo de justificação e, *a fortiori*, precisar suas relações com a idéia de justiça.

O objeto mesmo de toda justificação é muito diferente daquele de uma demonstração que, por sua vez, se desenvolve a partir de enunciados ou de proposições, dos quais é sensato perguntar-se se são verdadeiros ou falsos. Pois o objeto da justificação é de ordem prática: justifica-se um ato, um comportamento, uma disposição a agir, uma pretensão, uma escolha, uma decisão[50].

Apenas de um modo indireto é que se pode falar da justificação de um agente ou de uma proposição.

Com efeito, a justificação de um agente consiste no fato de justificar sua conduta, às vezes também de dissociá-lo, inteira ou parcialmente, de um ato ou de uma decisão que lhe é imputado; mas, neste último caso, trata-se mais de escusa do que de justificação: quer-se impedir que o juízo formado sobre o ato seja transferido para o agente.

Por outro lado, justificar uma proposição ou uma regra é justificar o fato de aderir a ela ou de a enunciar num dado momento; é, portanto, justificar um comportamento. Como consideramos razoável a adesão a um enunciado verdadeiro, a prova dessa verdade pode decerto constituir o essencial da justificação exigida; mas não será uma demonstração, nem uma verificação, o que permitirá justificar a adesão a um axioma ou a uma norma. É aqui que as particularidades do raciocínio justificativo se impõem à mente; ele constitui, antes, o que o professor Feigl chama de *vindicatio actionis*, a justificação de uma ação, do que uma *validatio cognitionis*, a prova da validade de um conhecimento[51]; mas, mesmo neste último caso, trata-se de justificar uma crença, um comportamento.

Durante séculos, os lógicos puderam menosprezar completamente o problema da justificação da escolha dos axiomas, considerando estes ora evidentes, ora arbitrários. No primeiro caso, de fato, como só se pode inclinar-se diante da evidência, não se tem escolha e não se tem, portanto, de justificar a adesão. No segundo caso, sendo toda escolha considerada igualmente arbitrária, não é possível justificá-la, mostrando que tal escolha é preferível a outra.

Mas, se nos afastamos dessas duas atitudes extremas, que lembram o realismo e o nominalismo, tão logo admitimos, a um só tempo, que convém escolher axiomas e que sua escolha não é inteiramente arbitrária, a justificação dessa escolha deixa de ser um problema desprezível.

Transpondo esse mesmo raciocínio para os primeiros princípios da filosofia, como estes não são concebidos como evidentes, nem como arbitrários, o próprio centro da reflexão filosófica se acha transferido da teoria para a prática, direcionados à justificação de nossas escolhas e de nossas decisões em filosofia. Mas uma justificação filosófica não pode referir-se aos interesses e às paixões de um grupo particular: se não é apresentada como devendo ser válida para todos, ela não constitui uma justificação filosoficamente admissível. Uma justificação será racional ou, pelo menos, razoável.

Admitir a possibilidade de uma justificação racional ou razoável significa reconhecer, com isso, um uso prático da razão. Já não é limitar esta, como queria Hume[52], a um uso teórico, à capacidade de descobrir a verdade ou o erro. É reconhecer que raciocinar não é somente verificar e demonstrar, é também deliberar, criticar e justificar, é apresentar razões pró e razões contra, é, numa palavra, argumentar.

Não nos acudiria à mente querer justificar cada um de nossos atos nem cada uma de nossas crenças. A dúvida metódica, à maneira cartesiana, só é concebível se uma intuição evidente, indubitável, permite eliminá-la. Ora, o problema da justificação só surge na área prática quando se trata de decisão, de ação, de escolha, fora da experiência, que suprime toda possibilidade de decisão e de escolha. Nessa perspectiva, querer justificar tudo se tornaria um empreendimento insensato, pois completamente irrealizável, que só pode levar a uma regressão ao infinito. A empreitada de justificação só tem sentido se os atos que cabe justificar são atos criticáveis, que possuem alguma falha que os tornam inferiores aos atos que escapam à crítica e, em conseqüência, à necessidade de serem justificados.

Tem-se com freqüência, é verdade, a impressão de que a justificação não é a refutação de uma crítica, mas a apresentação de uma razão positiva em favor de uma escolha ou de uma decisão. Essa razão positiva é a indicação de que a escolha ou a decisão em questão escapa a certas críticas, notadamente àquelas de que são objeto posicionamentos concorrentes. Para levar em conta essas diversas modalidades, diremos que a justificação consiste quer na refutação de uma determinada crítica, quer na indicação de que uma proposição lhe escapa inteiramente ou, pelo menos, em maior medida do que as alternativas cogitadas.

A crítica concernirá à moralidade, à legalidade, à regularidade (no sentido mais amplo), à utilidade ou à oportunidade de um comportamento, de uma decisão, de uma medida tomada ou proposta. Para que essa crítica seja possível, cumpre portanto, necessariamente, uma adesão prévia a normas ou a fins em nome dos quais a crítica é formulada.

Todas as vezes que uma conduta ou um projeto se conforma indiscutivelmente às normas aceitas, ou realiza plenamente os fins reconhecidos, assim como em todos os casos em que não deve amoldar-se a normas e não pretende perseguir fins determinados, ela escapará a um só tempo às críticas e ao processo correlativo de justificação.

Será esse o caso, por exemplo, da conduta de um Deus, concebido como vontade absolutamente perfeita, não sendo subordinada a nenhuma norma; será esse o caso de um Poder soberano, considerado *legibus solutus*, superior a qualquer lei. A justificação só concerne, portanto, ao que é discutível e mesmo, normalmente, ao que é criticado por determinadas razões.

O que vale, em si, enquanto valor absoluto, não pode ser criticado e não tem necessidade nenhuma de justificação: basta mostrar que, ao criticar o absoluto e ao justificá-lo, nós o transformaríamos num valor relativo e subordinado. Mas o que vale para o absoluto se aplica igualmente ao que é autônomo. Assim como um poder soberano se recusa às leis que lhe são impostas do exterior, assim também toda disciplina, que se pretende autônoma, e especialmente autônoma em relação à filosofia, se recusa à crítica filosófica de suas teses e de seus pressupostos. Os especialistas das matemáticas, da história ou do direito sairiam de sua disciplina se devessem ocupar-se com princípios filosóficos e discutir seriamente sobre a existência dos seres matemáticos, sobre a realidade do passado ou sobre o direito de punir. Eles se interessam pelas modalidades: como conhecer o passado, como elaborar um código penal.

Essa forma de conceber problemas filosóficos como alheios a uma determinada disciplina, que é por assim dizer óbvia nos meios científicos e técnicos, pareceria incompreensível se se adotasse o ponto de vista tradicionalmente aceito na filosofia ocidental. Segundo este, deve-se pôr em dúvida tudo quando não é evidente; mas, como a evidência é a mesma para todo ser dotado de razão, cada qual deveria chegar às mesmas evidências, ou seja, aos mesmos princípios. Seria inadmissível que ciências e filosofia tivessem pontos iniciais diferentes; elas deveriam admitir os mesmos critérios e as mesmas normas de crítica e de justificação.

Essa conseqüência se impõe se todo ser humano, dotado de razão, for permutável com qualquer outro, se os fatos e as verdades falarem por si sós a toda mente atenta. Pouco importam a qualidade, a especialidade ou a competência de um crítico, se suas objeções se impõem a todos, se os critérios e as normas que permitem julgar-lhes a validade são admitidos universalmente.

Mas, se os critérios e as normas, em nome dos quais é formulada uma crítica, não são unanimemente aceitos, se tanto a interpretação como a aplicação deles a casos particulares pode ser objeto de juízos discordantes, a qualidade e a competência especializada dos interlocutores se torna um elemento essencial e, às vezes, até mesmo prévio ao debate.

É verdade que a busca de princípios universalmente válidos, que fornecessem o contexto comum para qualquer crítica e para qualquer justificação, é uma *aspiração* milenar de toda filosofia, em especial de todo racionalismo. Mas, *de fato*, a crítica e a justificação sempre se situam num contexto historicamente determinado.

Assim é que, para toda sociedade, e para toda mente, existem atos, agentes, crenças e valores que, em certo momento, são aprovados sem hesitação, que não são discutidos e que, portanto, não cabe justificar. Esses atos, esses agentes, essas crenças e esses valores fornecem precedentes, modelos, convicções e normas, que permitirão a elaboração de critérios que servem para criticar e para justificar os comportamentos, as disposições e as proposições. Mas, para reconhecer esse fato, não é de modo algum necessário aderir a um ponto de vista absolutista. O absolutismo consiste, com efeito, na afirmação de que atos, agentes, convicções e valores servirão eterna e universalmente de modelos para o estabelecimento de critérios que eles terão de fundamentar. É a uma visão absolutista que se prende a idéia clássica de justificação, como busca de um fundamento absoluto, irrefragável e universalmente válido.

Se recusamos o ponto de vista absolutista, se admitimos que os precedentes e os modelos, as convicções e os valores – em relação aos quais se efetua a crítica e se elabora a justificação, que nos indicam assim o que escapa à crítica e ao dever de justificação – são relativos a determinados meio e disciplina e podem variar no tempo e no espaço, a crítica e a justificação já não se apresentam aqui como intemporais nem como universalmente válidas. Mas, então, a questão de saber quem é competente ou qualificado para criticar e para julgar, quais são as modalidades da crítica e da justificação, se torna essencial. Concebe-se que, nessa perspectiva, o modelo jurídico, cujo interesse para o filósofo já mostrei noutro estudo[53], se revela importante. Voltaremos a isso em nossa derradeira aula. Vejamos primeiro o que distingue o direito, e as disciplinas particulares, da filosofia.

Os juristas, cuja função é manter e fazer funcionar uma ordem social estável, reduzindo o número dos conflitos, buscando resolvê-los pacificamente, imaginaram instituições e regras de procedimento que dão a alguns o poder de legislar, a outros, o poder de governar, a outros, enfim, a competência de julgar e de dizer o direito. Como bem mostrou o professor Hart[54], a existência de tais regras é que distingue essencialmente o direito da moral. São, igualmente, os pressupostos e os métodos reconhecidos em cada disciplina que distinguem estas da filosofia.

Quem tem autoridade para legislar? Quem tem competência para julgar?

Se admitimos que cada homem é o reflexo de uma razão divina, que os mesmos critérios do bem e do mal estão inseridos no coração e na consciência de cada qual, as regras que conferem autoridade e competência não têm importância nenhuma, pois cada qual, elaborando as mesmas leis, as aplicará da mesma maneira. É um otimismo assim que justifica as doutrinas anarquistas que preconizam uma sociedade sem governo, sem legisladores e sem juízes. Aqueles, pelo contrário, que reservam apenas a uma elite ou mesmo a um só o privilégio de conhecer as regras corretas e a arte de aplicá-las, não concederão a autoridade e a competência de legislar e de julgar senão a uma assembléia de sábios ou de sacerdotes, senão a um rei-filósofo.

Mas se acreditarmos que a anarquia conduz à desordem, que a utopia de um rei-filósofo ou de um governo de sábios – sejam eles sacerdotes, mandarins ou tecnocratas – leva ao despotismo de um só ou de um pequeno grupo, pretensamente esclarecido, buscaremos noutro lugar o fundamento da autoridade dos legisladores e da competência dos juízes.

Quando faltam critérios objetivos e universalmente aceitos, é preciso, para evitar a anarquia, adotar critérios pessoais e conceder a *alguns* a autoridade de legislar e de governar, a competência de julgar. Esse poder, seja ele possuído ou conferido, deverá justificar-se pela confiança inspirada por aqueles que o exercem naqueles em cujo nome é exercido e pela autoridade que lhes é, desse modo, reconhecida.

Tal confiança se manifesta de várias formas. Pode ser explícita e manifestar-se por ocasião de eleições, periodicamente repetidas, para permitir não só a escolha de representantes, mas também um controle da maneira pela qual se desincumbem de sua tarefa. Pode ser implícita e presumida, enquanto o povo não se revoltar contra seus governantes. Quando parece preferível tornar certas funções duradouras e certos juízes inamovíveis, é indispensável prever técnicas de controle, procedimentos de apelação e de cassação.

Os legisladores, os governantes, os juízes, eleitos ou nomeados por aqueles que têm a confiança do povo, devem exercer seus mandatos em conformidade com as aspirações da comunidade que os designou para isso.

O papel do legislador, bem como o do juiz – na medida em que este não se contenta em aplicar mecanicamente a lei, mas a interpreta e a completa – não é decidir o que lhes parece justo pessoalmente, sem levar em conta aspirações do público do qual lhes emana o poder[55]. É verdade que tais aspirações são variadas, e mesmo opostas, que são amiúde mal formuladas e por vezes incoerentes. É por isso que, e o professor Morris tem razão em salientá-lo[56], o papel do legislador é criador, pois ele deve, ao mesmo tempo que leva em conta desejos do público, formular regras e precisar critérios que sintetizam esses desejos. Deverá elaborar, assim, uma ordem jurídica à qual a grande massa dos cidadãos se submeterá espontaneamente, porque a considera justa. Em seu estudo sobre a justiça política, o professor Friedrich salienta esse mesmo fato ao escrever: "O ato mais justo é o ato que é compatível com o maior número de valores e de crenças, levando em conta a intensidade deles."[57] É óbvio que os valores e as crenças em questão são os da comunidade cujo e em cujo nome o poder político é exercido.

As leis, os costumes e os regulamentos de uma comunidade, pelo próprio fato de estarem em vigor, serão presumidos justos, e não caberá justificá-los enquanto nenhuma crítica se manifestar a respeito deles. Quando ocorrer, a crítica deverá mostrar que esta ou aquela disposição legal não é conforme às aspirações da comunidade, seja por causa de sua ineficácia, porque ela não constitui um bom meio de realizar o fim que se supõe persiga, seja porque é incompatível com um valor reconhecido pela comunidade. As críticas que visam a melhorar as leis deverão ser submetidas à apreciação dos legítimos detentores do poder legislativo, aos que têm autoridade para votar e para modificar as leis. O mais das vezes essa legitimidade resulta da legalidade, do fato de que o poder lhes foi conferido em conformidade com os procedimentos legais vigentes. É enquanto detentores de um poder legítimo que eles terão autoridade para dirimir as posições controversas. Mas o prestígio da autoridade só se manterá, com o passar do tempo, se o poder for exercido de uma maneira que não se afaste demais daquilo que o povo dele espera. Se a autoridade descura, de uma forma intolerável, das aspirações do povo, corre o risco de ser objeto de uma desaprovação cada vez mais patente, que redundará, afinal, em derrubar o governo em decorrência de eleições perdidas, de um golpe de Estado ou de uma revolução.

Nossa análise conduz à relativização da noção de justiça política. As leis e os regulamentos politicamente justos são os que não são arbitrários, porque correspondem às crenças e às aspirações e aos valores da comunidade política. Se a força de coerção de que dispõe um poder legítimo se exerce consoante os votos da comunidade, as decisões são politicamente justas, porque as convicções e as aspirações dessa comunidade é que fornecem os critérios que o homem político deve levar em conta. Mas essa concepção, que é conforme à ideologia democrática, será satisfatória do ponto de vista filosófico?

Se devêssemos fazer o que é justo politicamente coincidir com o que é justo filosoficamente, chegaríamos rapidamente, à maneira de Rousseau, à deificação da vontade geral e ao absolutismo que dela deriva. A adoção da máxima *vox populi vox Dei* transformaria a vontade geral numa norma absoluta à qual nada poderia opor-se, que nenhuma crítica poderia atingir: renunciar-se-ia, ao mesmo tempo, inclinando-se diante das crenças, das aspirações e dos valores de uma comunidade política, a buscar um critério racional que permitisse criticar essas crenças, essas aspirações e esses valores.

A ÉTICA

As conseqüências de tal renúncia seriam graves, pois conduziriam não só a encarar como perfeitas e infalíveis decisões humanas instáveis e manifestamente imperfeitas, mas também a deixar à força, e unicamente à força, a solução dos conflitos que opusessem comunidades políticas cujas crenças, aspirações e valores se mostrassem incompatíveis. Renunciando a elaborar normas e critérios que transcendam os das comunidades politicamente organizadas, renunciar-se-ia, desde então, ao papel tradicional da filosofia moral, da filosofia do direito e da filosofia política. Incapaz de fortalecer a justiça, a filosofia prática, por seu cepticismo, se ateria a justificar a força, critério e juiz último em matéria de valores e de normas.

A análise nos conduz, assim, de Caribde a Cila. Querendo evitar que se imponham pela força valores pretensamente absolutos, vemos que apenas a força parece capaz de dirimir os conflitos entre valores relativos. E acontece, todas as vezes, o naufrágio da empreitada filosófica que, no domínio prático, se empenha em substituir a violência pela razão.

Mas estaremos encurralados numa ou noutra dessas duas soluções igualmente desastrosas? Recusando o absolutismo que pretende apoiar-se em intuições evidentes, assim como a desordem (quando não a anarquia) e as violências (quando não o despotismo) que resultam de suas pretensões, deveremos reconhecer com cinismo a arbitrariedade suprema de todos os valores e de todas as normas e o inevitável recurso à razão do mais forte para fundamentar, em última análise, todo sistema de justiça?

Uma longa experiência histórica nos ensinou que é perigoso impor, pela violência e pela inquisição, convicções e valores que constituem, para um filósofo ou para um profeta, a verdade objetiva e a justiça absoluta. Não há muita distância, de fato, do filósofo-rei e do profeta armado ao tirano, ainda mais despótico porque terá a consciência tranqüila. Mas se o filósofo renuncia a servir-se da força das armas para impor suas idéias, seu papel não será valorizar tudo que elas têm de convincente para tornar a humanidade mais justa, porque mais razoável?

Voltamos assim às relações entre a justiça e a razão. Em que sentido se poderá afirmar o caráter razoável dos valores, dos critérios e das normas? Poder-se-ão transcender, na área prática, as aspirações de uma comunidade política? Dispor-se-á de critérios filosóficos que permitem criticá-las e justificá-las? É com o exame dessas questões que queremos terminar o nosso estudo.

5. Justiça e razão

Os legisladores e os juízes, que dispõem da sanção e da coerção para garantir o respeito às leis e a execução dos julgamentos, têm de exercer suas funções dentro do espírito em que elas lhes foram conferidas: devem elaborar leis justas, porque conformes às aspirações da comunidade de que são os representantes; devem aplicá-las dentro de um espírito de eqüidade, conforme às tradições da comunidade de que são os magistrados. Mas o filósofo não é, como o juiz, encarregado de fazer que se respeite a ordem estabelecida; tampouco deve, como o político, se amoldar aos desejos de seus eleitores para ganhar-lhes os votos. Se existe uma missão, que seria a do filósofo, é a de ser o porta-voz da razão e o defensor dos valores universais, que se supõem válidos para todos os homens. Como escrevia Husserl: "Somos, em nosso trabalho filosófico, *funcionários da humanidade*."[58]

Numa perspectiva absolutista, seja ela realista, idealista ou voluntarista, as noções de *razão* e de *valor universal* não apresentam dificuldade alguma. Se existir uma realidade absoluta, um espírito absoluto ou uma vontade absoluta que ilumine nossa razão, que comanda nosso coração e nossa consciência, com uma necessidade, uma evidência que não deixem o menor lugar à dúvida nem ao equívoco, o filósofo só terá de estabelecer o inventário dessas verdades, que se impõem a todos, num tratado de direito natural ou racional, que nenhum ser normal pensaria em contestar.

Mas, na realidade, as coisas não são tão simples. Se podemos alegar valores universais, tais como a verdade, a justiça, a beleza, que todos evocam, e que ninguém recusa, esse acordo só subsiste enquanto se fica nas generalidades. Assim que se tenta passar desse acordo, *in abstracto*, para casos de aplicação concreta, as controvérsias surgem sem mais tardar. Não é, de fato, porque se respeita e se admira a verdade, a justiça e a beleza, que se estará necessariamente de acordo sobre o que deve ser qualificado de verdadeiro, de justo e de belo.

Assim também, poderia realizar-se um acordo sobre as normas gerais, apresentadas como absolutas e universalmente válidas, tais como "é preciso fazer o bem e evitar o mal", "não se deve fazer ninguém sofrer sem necessidade", "é preciso sempre procurar o bem maior do maior número", "cumpre que a máxima de nossa ação possa sempre servir ao mesmo tempo como regra de uma legislação universal". Cada uma dessas regras exprime, à sua maneira, uma norma universalmente válida, mas quem não vê que inumeráveis discussões, sempre renascentes, não podem deixar de surgir sempre que for necessário precisar essas regras para aplicá-las a situações concretas? Será que todos estão sempre de acordo sobre o bem e sobre o mal, sobre as necessidades que justificam os sofrimentos, sobre o que constitui o bem maior do maior número, e sobre as regras válidas de uma legislação universal? Infelizmente a razão prática, que se supõe nos guiar na ação, não conduz cada um daqueles que falam em seu nome às mesmas decisões. Cumprirá, levando em conta esses fatos, infelizmente demasiado certos, tirar a conclusão desencantada de que o acordo geral sobre os valores e as normas, chamados universais, só concerne a formas vazias, a regras que ninguém se lembra de recusar, porque cada qual é livre para interpretá-los à sua maneira? Essa é, como vimos, a conclusão dos positivistas que, negando o uso prático da razão, chegam a um niilismo filosófico nessa área.

O legislador não parece em busca de normas universais. Contudo, na medida em que a atividade dos juristas tem pretensão a alguma racionalidade, o exame do papel do juiz, na aplicação da lei, e o do legislador, em sua elaboração, pode esclarecer-nos sobre o papel da razão na ação.

Como se deve conceber o ideal de um juiz justo? Qual o seu papel na administração da justiça?

Um juiz não é um espectador objetivo e desinteressado, cujo julgamento seria justo porque, descrevendo fielmente o que vê, se amoldaria a uma realidade exterior dada . Com efeito, ele não pode contentar-se em deixar os próprios fatos falarem: deve tomar posição a respeito deles. O juiz justo será imparcial: não tendo vinculação com nenhum daqueles que lhe submetem seu ponto de vista, aplicará a todos as regras jurídicas prescritas pelo sistema de direito a que pertencem os indivíduos sujeitos à jurisdição. O juiz não é um mero espectador, pois tem uma missão, que é a de dizer o direito: com suas decisões, deve fazer que se respeitem as normas da comunidade. O papel do juiz pode ser esclarecido pela análise do papel do árbitro.

Quando as partes não estão perante um juiz, mas perante um árbitro livremente escolhido por elas, desejam que a decisão seja dada em conformidade, não com as normas impostas pelo direito, mas com as normas comuns às partes e ao árbitro. A pessoa do árbitro é essencial quando as partes se entendem para recorrer à arbitragem de alguém que julgaria com eqüidade. Não se exige do árbitro unicamente que não seja parcial com partes que ele não conhece, pois então qualquer desconhecido daria conta do recado. Deseja-se, de fato, que a decisão não seja arbitrária, como se fosse tirada na cara ou coroa. O árbitro ideal seria aquele cujo senso de eqüidade é guiado pelos mesmos valores, pelos mesmos princípios e pelos mesmos procedimentos que os das partes em litígio. Mas, se assim for, a imparcialidade almejada não é unicamente ausência de preconceito, mas participação ativa em favor das normas e dos valores comuns. Daí resulta que, todas as vezes que os valores, os princípios e os procedimentos das partes forem diferentes, dever-se-á recorrer a árbitros diferentes.

Para resolver um conflito opondo industriais a operários americanos, apelar-se-á a alguém que, mesmo não sendo ligado a nenhuma das partes em confronto, conheça os princípios em que as partes desejam que ele se inspire, e isto com vistas a contribuir para realizar um fim que lhes é comum, a saber: a prosperidade da economia americana. No caso de um litígio entre comerciantes do mesmo ramo, escolherão como árbitro um membro respeitado da profissão, que tenha a confiança das partes, porque conhece os usos e os costumes da profissão e zela pela honorabilidade de seus membros. Mas concebe-se que os árbitros escolhidos nesses dois casos, seja qual for a sua respeitabilidade, não serão qualificados, nenhum dos dois, para arbitrar um conflito entre os Estados Unidos e Cuba. Neste caso, procurar-se-á um neutro que, conhecedor dos princípios do direito internacional, é devotado à causa da paz e da manutenção da ordem internacional; guiado por essa finalidade e por esses princípios é que ele deverá elaborar uma solução justa.

Assim também, o legislador justo está à procura de regras que, mesmo não sendo vinculadas a alguns dos interesses que se opõem na legislação em questão, terão em vista a realização dos valores e dos fins que correspondem às aspirações de toda a comunidade.

Tomando como modelo o juiz e o legislador, como se deverá conceber o papel do filósofo, que deve formular leis justas e julgar de um modo imparcial, de acordo com essas leis, não para sociedades particulares, para grupos sociais e profissionais limitados, mas para a humanidade em seu todo? Pois o que o distingue, como tal, é que deve procurar critérios e princípios, formular valores e normas, que possam obter a adesão de todos os seres razoáveis.

Se lhe acontece encontrar critérios e princípios, valores e normas que não são recusados, pelo que ele saiba, por nenhum ser razoável, ficará feliz em fazer deles o ponto inicial de uma legislação universal. Eles apresentam, de fato, a vantagem de não dever ser justificados, não porque são evidentes, mas porque não são controversos. Essa situação privilegiada será devida, o mais das vezes, ao fato de serem ambíguos ou equívocos e, portanto, suscetíveis de interpretações variadas. O papel do filósofo será então de precisá-los, descartando as fórmulas e as interpretações que não poderiam, a seus olhos, ser defendidas perante um auditório universal[59]. Ele se inspirará nas mesmas considerações para elaborar técnicas de prova de interpretação indispensáveis para o estabelecimento dos fatos e para a aplicação das leis. Em seu empenho de formular regras justas, buscará, como o juiz da *common law*, precedentes capazes de guiar-lhe o juízo, mas não aceitando, entre as máximas que lhe motivam a decisão (*ratio decidendi*) senão aquelas que são suscetíveis de se tornarem leis de uma legislação universal.

As conclusões a que chega a minha busca de regras moral e filosoficamente justas lembram o imperativo categórico de Kant.

Vejamos com mais vagar suas idéias. Isto nos permitirá precisar melhor em que minhas teses se aproximam das dele, e em que diferem.

No início do primeiro livro da *Crítica da razão prática*, Kant enuncia as seguintes definições:

"Princípios práticos são proposições que contêm uma determinação geral da vontade da qual dependem várias regras práticas. Eles são subjetivos, ou seja, *máximas*, quando a condição é considerada pelo sujeito como válida somente para a sua vontade; mas são objetivos ou leis práticas quando essa condição é reconhecida como objetiva, ou seja, válida para a vontade de todo ser razoável."[60] O imperativo categórico, que é a lei fundamental da razão pura prática, se formulará da seguinte forma: "Age de tal maneira que a máxima da tua vontade possa sempre valer ao mesmo tempo como princípio de uma legislação universal."[61]

Transponhamos o imperativo categórico de Kant para a linguagem judiciária. Poderíamos formulá-lo assim: "Deves comportar-te como se fosses um juiz cuja *ratio decidendi* devesse fornecer um princípio válido para todos os homens." À parte a minha insistência sobre o precedente, ao qual se deveria reportar a *ratio decidendi*, minha formulação não difere muito, à primeira vista, do imperativo categórico. Contudo, seu sentido real é bem diferente, por causa da nítida distinção estabelecida por Kant entre o subjetivo e o objetivo.

Opondo as máximas às leis, Kant nos diz que a máxima é subjetiva porque o sujeito considera que a condição que lhe determina a vontade é válida apenas para a sua vontade, e só para ela; a lei, pelo contrário, é objetiva se a condição é reconhecida como válida para a vontade de todo ser razoável. Mas essa dicotomia, na oposição que estabelece entre o individual e o universal, parece-me de um lado contrária aos fatos e, do outro, totalmente quimérica.

Com efeito, assim que formulamos princípios de ação, sejam eles quais forem, esses princípios eliminam qualquer arbitrariedade de nossa conduta. Esta, sendo regulada, já não depende inteiramente do capricho do sujeito, e a regra pode até tornar-se o princípio de ação de uma comunidade de homens dispostos a aceitá-la. Por outro lado, cada um de nós será juiz, em última instância, dos princípios considerados objetivamente válidos, ou seja, válidos para a vontade de todo ser razoável? Cada um de nós poderá declarar, *a priori*, de acordo com sua própria convicção, que todo ser que não considera objetivamente válidos tais princípios não é um ser razoável?

A experiência das relações entre as regras e a vontade nos mostra que nos encontramos muito raramente perante uma regra puramente subjetiva e que nunca temos a certeza de nos encontrarmos perante uma regra objetiva e universalmente válida. O que constatávamos, efetivamente, é uma universalização progressiva de nossos princípios morais, o que nos permite elaborar progressivamente, para toda a humanidade, princípios de ação razoáveis. Talvez a função essencial dos filósofos seja a de formular tais princípios práticos, assumindo os cientistas o mesmo papel na área do conhecimento, da razão teórica. A função específica da filosofia é, de fato, propor à humanidade princípios de ação objetivos, ou seja, válidos para a vontade de todo ser razoável. Essa objetividade não será, nesse caso, nem conformidade com o objeto exterior, nem submissão às ordens de uma autoridade qualquer: ela visa a um ideal de universalidade e constitui uma tentativa de formular normas e valores que se possam propor ao assentimento de todo ser razoável. Mas *propor* não é *impor*, e é essa distinção que urge salvaguardar a qualquer preço, se se quer evitar os abusos a que conduz o ideal do rei-filósofo, que disporia da autoridade política e da força do Estado para assegurar o triunfo de suas convicções, de seus valores e de suas normas.

Por outro lado, para Kant, uma lei pura prática, estabelecida *a priori*, tem de ser formal, sendo apenas a forma de uma lei assim que a torna própria para uma legislação universal[62]. Nossas preocupações vão além, pois não creio que o filósofo deva limitar seu esforço à elaboração de uma lei puramente formal, comparável à regra de justiça. Mas é óbvio, e em contrapartida, que as proposições que ele apresentaria a todos não podem prevalecer-se de uma necessidade e de uma evidência que as deixariam ao abrigo de qualquer prova.

Sabemos que os filósofos, que invocam os valores universais, tais como a verdade, a realidade (oposta à aparência), o bem e o justo, só raramente ficam de acordo entre si sobre o critério e o conteúdo desses valores. Significaria isso que seus esforços, bem como as construções conceituais que são seu resultado, não passam de devaneios, ou de mitos individuais que devem substituir os mitos tradicionais e coletivos? É assim que, efetivamente, deveríamos qualificar as asserções metafísicas, se coubesse assimilá-las a teorias científicas empiricamente controláveis.

Mas essas asserções, que expressam a formulação sistemática de um ideal, não podem ser julgadas como juízos de fato: seu papel, com efeito, não é amoldar-se à experiência, mas fornecer critérios para avaliá-la, julgá-la e, se preciso for, desqualificar-lhe certos aspectos. É isso que faz todo filósofo que opõe a realidade à aparência, graças ao estabelecimento de uma hierarquia dos valores entre as diversas manifestações do real.

Os filósofos que não reconhecem a primazia da razão prática deram, muito amiúde, margem às críticas dos positivistas, apresentando ontologias, teorias do ser, como se elas estivessem no mesmo plano que as teorias científicas do real. Mas a realidade, tal como é concebida pelos filósofos, é sempre normativa, pois redunda em desvalorizar as manifestações do real qualificadas de aparência ou de ilusão. Dá-se o mesmo com os positivistas, quando elaboram uma concepção do real que valoriza aquele que é conhecido pelas ciências naturais, sendo qualquer outro acesso ao real tratado de mítico ou de ilusório. A mesma abordagem normativa se revela no uso filosófico da noção de "natureza", quer se aconselhe a seguir a natureza, quer a opor-se a ela. O qualificativo "natural" será concedido a certas características, de forma variável aliás: a natureza dos estóicos coincide com a razão, a dos românticos, com a paixão e se opõe às convenções sociais, consideradas artificiais; deste último ponto de vista, a expressão mais adequada da natureza é fornecida pelo amor livre.

A atividade do filósofo, mestre de sabedoria e guia na ação, é posicionamento, correlativo de uma visão do mundo; ela se inspira numa seleção, numa escolha. Mas o perigo da escolha é a parcialidade, o menosprezo por pontos de vista opostos, o fechamento às idéias do próximo. A dificuldade da tarefa do filósofo consiste no fato de ele dever, como um juiz justo, decidir, ficando ao mesmo tempo imparcial. É por isso que a racionalidade do filósofo terá como regra a de todos os tribunais dignos desse nome, *audiatur et altera pars*. É preciso, em filosofia, que os pontos de vista opostos possam fazer-se ouvir, venham de onde vierem e sejam eles quais forem. Isto é fundamental para os filósofos que não acreditam poder fundamentar suas concepções na necessidade e na evidência; pois essa é a única forma com que podem justificar sua vocação à universalidade.

Assim como o juiz que, após ter ouvido as partes, deve proferir sua sentença, o filósofo não concederá o mesmo valor às mais diversas opiniões. Grande número de teses e de valores, submetidos à sua apreciação, expressam de fato apenas interesses, aspirações, de alcance limitado, que entram em conflito com visões de alcance universal. Na medida em que o filósofo fundamenta suas decisões em regras que devem valer para toda a humanidade, ele não pode subscrever a princípios e valores que não seriam universalizáveis e não poderiam ser, portanto, aceitos pelo auditório universal, aquele a que se dirige.

Quando se trata de justificação e, em geral, de argumentação, quando se trata de apresentar razões pró ou contra uma tese, tanto a crítica como a refutação supõem critérios, valores e normas previamente reconhecidos por aqueles que devem julgar da pertinência da crítica, da legitimidade da refutação. O orador, que procura persuadir seu auditório, ou seja, o conjunto daqueles a que visa seu discurso, só pode fundamentar sua argumentação, sob risco de petição de princípio, naquilo que esse auditório admite no início.

As noções de *discurso*, *orador*, *auditório* constituem noções técnicas da retórica clássica. Para dar-lhes um alcance filosófico, é indispensável generalizá-las. Entendemos por discurso toda forma de argumentação destinada a ganhar a adesão das mentes, seja qual for sua extensão e a maneira de apresentá-la. O orador é aquele que apresenta a argumentação, e o auditório, o conjunto daqueles cuja adesão ele quer ganhar. É importante notar que, seja qual for esse auditório, o discurso do orador deve se adaptar a ele, trate-se da multidão reunida numa praça pública, de uma sociedade científica, de um juiz que deve decidir sobre um litígio, do sujeito que delibera ou, enfim, do auditório universal que encarna o que tradicionalmente denominamos a razão.

O apelo à razão é característico do discurso filosófico. Na história da filosofia, já desde Platão e Aristóteles, mas sobretudo desde Descartes, a razão é a faculdade de cada ser humano normal – seja ela considerada ou não o reflexo da razão divina – que lhe permite ver evidências. Estas, impondo-se à razão de um apenas, se imporão por isso mesmo a todos os seres dotados de razão. Essa faculdade, própria de cada qual e comum a todos os homens, deve, de fato, graças à intuição, apreender verdades universalmente válidas. Para desempenhar esse papel, a razão deverá ser a mesma em cada qual, independente, por conseguinte, de sua personalidade e de seu meio, de sua formação e de seu passado. Foi a essa razão supra-individual e anistórica que se opuseram as teses românticas.

Ao mesmo tempo que admito o que há de válido na crítica romântica, mantenho, não obstante, que toda filosofia é um apelo à razão. Mas minha concepção da razão difere da concepção clássica. Não enxergo nela uma faculdade oposta a outras faculdade do homem; concebo-a como um auditório privilegiado, o auditório universal. O apelo à razão é apenas uma tentativa de convencer, mediante o discurso, os membros desse auditório, composto daquilo a que o senso comum chamaria homens razoáveis e informados. É a eles, ou pelo menos ao auditório universal tal como ele o imagina, com suas convicções e suas aspirações, que o filósofo se dirige, é a ele que quer convencer, a partir das teses e por meio de argumentos que acha aceitáveis para cada um de seus membros. Para consegui-lo, o filósofo deve amparar-se numa argumentação racional, conforme ao imperativo categórico de Kant: suas teses e seus raciocínios deveriam valer a um só tempo para a comunidade humana em seu todo[63].

Para elaborar uma argumentação assim, o filósofo é mesmo obrigado a formar-se uma idéia desse auditório que quer convencer, idéia que pode não coincidir com a realidade. É por isso que as teses do filósofo, para serem aprovadas, devem ser submetidas à aprovação efetiva dos membros desse auditório. Estes podem contestar as convicções e as aspirações que o filósofo lhes atribui, opor-se ao modo como as seleciona, as formula e as precisa dada as necessidades de seu discurso, assim como à argumentação com a qual fundamenta as conclusões a que chega. Sem a possibilidade sempre aberta do diálogo, sem uma disposição para ouvir as críticas, que terá de levar em conta se não tem condições de refutá-las, o filósofo não pode pretender transcender as crenças, os interesses e as aspirações dos grupos particulares a que se dirigem, entre outros, o teólogo ou o político.

É essa intenção de universalidade, cuja realização efetiva jamais está assegurada, que caracteriza a argumentação racional. Esta não pode, como uma técnica demonstrativa, definir-se por sua conformidade com regras prescritas de antemão. Os argumentos não são, como um raciocínio demonstrativo, corretos ou incorretos; são fortes ou fracos, relevantes ou irrelevantes. A força ou a fraqueza dos argumentos é julgada de acordo com a regra de justiça, que exige que se trate da mesma maneira situações essencialmente semelhantes. A relevância ou a irrelevância será examinada de acordo com critérios e regras reconhecidos nas diversas disciplinas e nas metodologias que lhes são próprias.

Infelizmente, não existe metodologia comum à filosofia, que permitiria decidir do valor de uma argumentação filosófica. Os filósofos normalmente extraem suas teses iniciais e suas técnicas de raciocínio quer da história da filosofia, situando-se no prolongamento de um sistema, quer de uma ou outra disciplina em que se inspiram.

Para julgar de uma forma coerente uma argumentação filosófica, o filósofo só disporá de critérios satisfatórios quando houver construído sua própria filosofia. Esta nunca está acabada, mas, à medida que se for completando, fornecerá critérios mais seguros e mais bem elaborados para julgar a força e a pertinência de seus próprios argumentos e dos que se lhe opõem. Por causa do valor concedido à coerência de seu pensamento, ser-lhe-á mais difícil recusar os argumentos *ad hominem*, os argumentos de crítica interna, que se fundamentam nas teses cujo valor ele mesmo reconhece explicitamente[64].

Sejam quais forem o talento e os esforços do filósofo, ocorrer-lhe-á raramente, porém, convencer todos os seus interlocutores. Sai desse apuro, com muita freqüência, desqualificando o interlocutor recalcitrante. Haverá homens que não acreditam na existência de Deus? "É uma grande questão se existem tais", diz La Bruyère, "e mesmo que assim fosse, isso prova somente que há monstros"[65]. La Bruyère reutiliza, nessa passagem, a técnica de S. Anselmo que trata o incréu de insensato[66].

Esse processo de desqualificação, que permite recusar o adversário, é mais freqüente do que se imagina. No entanto ele não é utilizável em todos os casos, quando os recalcitrantes constituem uma fração considerável do auditório universal. Pode-se então tentar provar que o conhecimento da *verdadeira* realidade, dos *verdadeiros* valores é acessível apenas a uma elite, apenas aos que têm a graça e dispõem de meios que não são acessíveis a todos. Mas, para que tal pretensão se prenda ao pensamento filosófico, é preciso que os argumentos em que se apóia se dirijam ao auditório universal, inclusive aqueles que são recusados posteriormente.

Sendo o raciocínio filosófico o que é, há que se resignar a admitir que a controvérsia filosófica é vinculada à própria natureza da filosofia. Com efeito, a argumentação, mesmo racional, não é coerciva. Não existem, transcendendo qualquer filosofia, critérios não-formais aos quais a argumentação racional deveria amoldar-se. É por isso que, no final das contas, a razão filosófica implica a liberdade do juízo do filósofo e a responsabilidade que lhe é correlativa. O filósofo se compromete ao julgar; julgando uma filosofia, julga-se também o homem que lhe é solidário.

Se assim for, os critérios, os valores e as normas enunciados por uma filosofia não constituem verdades e valores absolutos e impessoais. Expressam eles as convicções e as aspirações de um homem livre, mas razoável, que se empenha, graças a um esforço criador, pessoal e situado na história, em apresentar ao auditório universal, tal como o concebe, teses aceitáveis. Essas teses, ele procurará justificá-las ou mostrará que não necessitam de justificação, levando em conta objeções e críticas que lhe parecem pertinentes. Conhecendo suas limitações, o filósofo sabe que seus esforços não produzirão uma obra definitiva e completa. Ainda que possa ter superado as dificuldades e os problemas de que teve consciência, ele prevê que o futuro reserva à humanidade outras dificuldades e outros problemas e que o progresso dos conhecimentos abalará e modificará as convicções que lhe pareceram aceitáveis para o auditório universal. Competirá a outros, depois dele, continuar o esforço que houver empreendido por mais racionalidade e justiça, e menos violência, nas relações humanas.

Resumamos as nossas conclusões.

Um ato é injusto se não é conforme à regra de justiça, a não ser que se justifique o desvio em relação a essa regra com considerações de eqüidade.

Uma regra é injusta quando é arbitrária, quando constitui um desvio injustificado em relação aos costumes e aos precedentes, quando introduz distinções arbitrárias.

Uma distinção é arbitrária quando não é justificada racionalmente. Os critérios e os valores utilizados no processo de justificação serão irracionais se manifestarem um posicionamento parcial, se constituírem uma defesa de interesses particulares, inaceitável para o auditório universal.

À míngua de critérios absolutos, de evidências irrefragáveis, os critérios e os valores que servem para justificar as regras de ação não podem ser subtraídos à crítica. Aqueles que aspiram a mais justiça nas relações humanas devem estar prontos para levar em conta todas as acusações de parcialidade proferidas a seu respeito.

À míngua de critérios impessoais, suas teses filosóficas fornecem a justificação suprema das convicções e das aspirações do filósofo, sua última palavra em questão de racionalidade e de justiça. Mas, em filosofia, não há coisa julgada.

§ 6. Justiça e raciocínio[1]

Se decido jantar no "Au Roy d'Espagne", passar minhas férias em Florença ou pedir em casamento certa moça de minhas relações, e se essa decisão não viola nenhum compromisso anterior, não virá à cabeça de ninguém qualificá-la de injusta. Com efeito, para dizer de uma decisão qualquer, de uma coisa, de uma ação ou de um juízo, de uma lei ou de um regulamento, propostos ou adotados, que são injustos, há que ter condições de indicar as razões, aceitáveis para aqueles a quem nos dirigimos, que justificariam essa qualificação.

Não basta declarar que se fundamenta o juízo numa intuição ou num sentimento, num "não-sei-quê" que desperta a simpatia ou a antipatia, como no caso do amor. A escolha do qualificativo "justo" ou "injusto" supõe, de fato, que se apele a um critério estabelecido, a um padrão comum, às vezes até comunitário, e que não é meramente a expressão de uma opinião preconcebida.

Não basta, tampouco, que a ação que se qualifica de injusta tenha causado um dano a alguém: cumpre ainda que resulte de uma falta, tal como a violação de uma obrigação ou de uma regra, explícita ou implícita, moral ou jurídica, e que se possa estabelecer uma relação de causa com efeito entre a falta cometida e o dano sofrido.

Aquele que se declara vítima de um fado injusto imputa, com isso, a uma divindade ou a uma natureza impessoal obrigações que ela não teria observado, aquela, por exemplo, de tratar os seres de uma certa categoria de forma relativamente igual. À míngua de semelhante imputação, pelo menos implícita, a vítima atém-se a exprimir o sentimento de que não merece o fardo que lhe é reservado e que teria sido injusto se a situação em que se encontra tivesse sido desejada por um agente moral. A impressão de ser vítima de uma injustiça resulta, desde o início, de uma comparação que a pessoa estabelece com outros seres, que se encontram numa categoria essencialmente semelhante àquela em que ela própria se encontra e que foram tratados de uma forma mais favorável. Sente-se como injusta toda violação da *regra de justiça*, que exige o tratamento igual de seres e de situações essencialmente semelhantes[2]. Em contrapartida, quem se conforma à regra de justiça, ou segue um precedente apropriado, escapa, à primeira vista, à acusação de injustiça e não deve, pois, justificar sua conduta. Quem, em contrapartida, é acusado de violar a regra, de afastar-se de um precedente estabelecido, não pode eximir-se de fornecer uma explicação se quer que sua conduta não seja considerada injusta. Tal justificação consistirá em raciocínios que se referirão à materialidade dos fatos, à qualificação deles ou à própria regra que foi violada.

Quem contesta os fatos que lhe são censurados leva o debate a uma área que não concerne à justiça, mas à verdade. Na medida em que o estabelecimento dos fatos levanta problemas de prova, caberá distinguir entre a moral e o direito. Em moral, cada qual é livre para recorrer a todos os meios de prova disponíveis para estabelecer ou contestar os fatos pertinentes, mas sabe-se que, em direito, presunções de toda espécie regulam o problema do ônus da prova e limitam de diversas formas a admissibilidade dos meios de prova. Assim é que, em conseqüência da presunção de inocência, os fatos acusados devem ser estabelecidos pelo demandante ou pelo acusador, podendo o demandado contentar-se em negar; que a prova dos fatos prescritos é inadmissível, bem como a dos fatos que constituem uma difamação; que certos fatos só podem ser estabelecidos mediante documentos; que outros, que tendem a um não-reconhecimento de paternidade, por exemplo, só podem ser fornecidos por certas pessoas e, ainda assim, em prazos determinados.

Para que os fatos estabelecidos constituam a violação de uma regra moral ou jurídica, eles devem ser qualificados, ou seja, subsumidos sob uma regra. Cumpre que os fatos sejam imputáveis a uma pessoa responsável por seus atos, que poderia não ter cometido o ato que lhe é censurado; com efeito, ao impossível ninguém é obrigado. A qualificação de um ato se realiza de duas formas diferentes: pela assimilação da situação nova a uma situação antiga (técnica do precedente) ou por sua subsunção sob uma regra geral (aplicação de uma regra geral a um caso particular). A qualificação exige, pois, um juízo de apreciação, referente à pertinência do precedente invocado ou da regra escolhida. Esse juízo poderia ser contestado, pois alguém poderia indicar as razões por que o precedente é inaplicável, ou sustentar que a regra deve ser interpretada de uma maneira que exclui a qualificação proposta. O juiz a quem o caso é submetido também pode, em especial se julga em última instância, por razões de toda espécie, recorrer à ficção. Mas o recurso à ficção, que constitui uma recusa de aplicar a regra em certas situações, pode ser considerado, na realidade, uma crítica indireta da regra, por alguém que não tem o poder de modificá-la diretamente. É por essa razão, aliás, que a ficção não existe em moral, que não conhece separação de poderes.

Poder-se-á, igualmente, opor-se à qualificação proposta quando os fatos considerados apresentam vários aspectos e se julga preponderante o aspecto que permite aproximar os fatos de outro precedente ou subsumi-los sob outra regra, diferentes daquele ou daquela que foram invocados. Uma situação em que dois precedentes ou duas regras podem, de uma forma igualmente válida, aplicar-se a um mesmo conjunto de fatos, é capaz de conduzir, em direito, a antinomias e, em moral, a um conflito de deveres; trata-se, então, de escolher a regra à qual será concedida a prioridade para a resolução do caso em questão. Em todos os casos, se não se quer que a decisão seja arbitrária ou injusta, cumprirá que a qualificação adotada possa ser justificada por meio de uma argumentação, que jamais é coerciva, mas cujo aspecto razoável será mostrado, graças a considerações de todo tipo, mas que normalmente serão, quer teleológicas, quer pragmáticas (recurso à *ratio legis* ou raciocínio pelas conseqüências).

A decisão de qualificar os fatos de certa maneira vai de par com a determinação do campo de aplicação de uma norma ou do alcance de um precedente. Este pode resultar de certas teorias doutrinais (que permitiram a elaboração de noções tais como *abuso do direito, ordem internacional pública*) que invocam razões de ordem geral que limitam o alcance de uma regra de direito.

Observe-se que tais problemas de qualificação podem surgir tanto em moral quanto em direito, mas é aí que esses raciocínios podem ser seguidos mais facilmente, pois no direito são formulados de uma forma explícita, as discussões, as argumentações e as posições são resolvidas de uma forma tal que as partes possam, e mesmo devam, delas tomar conhecimento, pois os argumentos adversos e suas conclusões devem ser refutados e não podem ser simplesmente ignorados.

Os mais interessantes, para aqueles que estudam os problemas morais, políticos ou filosóficos, são os raciocínios atinentes ao justo e ao injusto que, para além das questões de fato e de qualificação, atingem as próprias regras que se pretende foram violadas. Com efeito, nesse caso, os raciocínios vão além das questões de aplicação para atingir os próprios princípios que deveriam guiar os indivíduos e as sociedades.

Se a crítica das regras se situar num plano puramente jurídico, será indispensável levar em conta instituições que determinam a separação, a hierarquia ou o equilíbrio dos poderes, pois nem todos são qualificados para modificar uma lei considerada injusta. Com efeito, é preciso possuir uma qualidade que confere a competência de julgar ou de legislar: todos os que não têm essa competência podem, unicamente, empenhar-se em influenciar os detentores do poder judiciário ou legislativo. Apenas saindo de perspectivas jurídicas, quando se considera uma ação ou uma regra como moral ou politicamente injusta, é que se pode deixar de lado todas as questões de competência, essenciais em direito.

Quais são as técnicas argumentativas que permitem criticar as próprias regras?

Uma primeira crítica pode, também desta vez, recorrer à regra de justiça, mas já não será, desta vez, para mostrar que certas disposições da lei foram violadas, que a lei não foi aplicada com imparcialidade, respeitando o princípio de igualdade perante a lei, mas sim para criticar disposições da lei que estabelecem uma discriminação arbitrária e injustificada, ou que desprezam diferenças consideradas essenciais. Algumas críticas podem dirigir-se à falta de proporcionalidade entre os delitos e as penas, ou insistir na crueldade inútil, na ineficácia de certas disposições legais, que não realizam o objetivo social em cuja intenção foram adotadas. À parte as críticas referentes à ineficácia de certas medidas legislativas, que nos chamam a atenção sobre o interesse da sociologia jurídica para esclarecer o legislador, todas as outras pressupõem um acordo sobre juízos de valor concernentes ao caráter essencial ou irrelevante de certas distinções, a gravidade de certos delitos pode ser apreciada diversamente, levando em conta, a um só tempo, condições políticas, sociais e econômicas de um país e das ideologias opostas.

Mas não basta, para julgar que uma regra é injusta, que ela o seja consoante a perspectiva pessoal, ao passo que parece justa do ponto de vista defendido pelo adversário: cumpre ainda que a pessoa tenha condições de mostrar por que a perspectiva em que se coloca é preferível à do adversário. Trata-se de obter, em favor de sua tese, o apoio da opinião pública e, entre outros, de uma parte considerável daqueles que defendem a ordem estabelecida. Isto explica o interesse de todas as discussões ideológicas, sejam elas de natureza política, filosófica ou religiosa. Ao desacreditar a ideologia adversa, solapa-se a autoridade moral daqueles que exercem o poder em seu nome, de forma que já não pareçam ser senão o porta-voz de interesses particulares que se cobrem de um manto de respeitabilidade. O questionamento da justiça de certas regras redunda em geral, pela crítica de uma ideologia, na contestação da autoridade que ela deveria legitimar; esta já não parece ser senão um usurpador que, por falta de melhor, se apóia apenas na força para exercer seu poder.

Quando, a partir de premissas consideradas verdadeiras, um raciocínio chega a uma conclusão coerciva, nem a autoridade nem a força podem ser invocadas para sustentá-la ou para combatê-la. Mas, quando as premissas são contestadas ou quando só fornecem razões mais ou menos fortes em apoio de uma tese, quando teses opostas podem ser razoavelmente defendidas e uma solução única não se impõe necessariamente a todas as mentes, é que o papel da autoridade e, eventualmente, até o uso da força são indispensáveis para fazer que se admita uma determinada ordem.

Note-se, a esse respeito, que as técnicas do direito podem tentar limitar o uso da força, criando instituições legislativas e judiciárias que oferecerão procedimentos aceitos para a elaboração das normas e para a resolução dos litígios. Mas estas, para funcionarem sem demasiados atritos e para restabelecerem, graças à sua autoridade, o acordo em domínios controvertidos, pressupõem o reconhecimento da legitimidade daqueles que devem tomar decisões, as quais determinam os âmbitos da ordem social e servem para restabelecer a paz perante pretensões opostas. Mas o papel dessas autoridades não é tão essencial quando se trata, não de intervir num domínio controvertido, mas de reconhecer a existência, já admitida pela opinião comum, de costumes e de princípios gerais que fazem parte do acervo de cultura de uma civilização. Existe, de fato, certa complementaridade entre o caráter discutível das regras e a autoridade daqueles que as fazem admitir: quanto mais contestáveis e contestadas são as regras e as decisões, maior deve ser a autoridade daqueles que quereriam vê-las admitidas pela comunidade; não é preciso muita autoridade para fazer que se reconheçam princípios de moral ou de eqüidade geralmente admitidos, o respeito pelos valores e pelas instituições tradicionalmente reconhecidos, aos quais as autoridades não poderiam opor-se sem comprometer perigosamente seu prestígio e arriscar-se a serem desobedecidas. É esse o sentido da oposição suscitada em Antígona pela ordem de Creonte, que se atritava com as leis divinas tradicionalmente respeitadas. É esse o sentido e o alcance da reivindicação dos partidários do direito natural, segundo os quais os direitos dos homens não emanam de uma decisão das autoridades, que estas poderiam revogar arbitrariamente, pois esses direitos existem independentemente das autoridades, sendo a missão destas respeitá-los e protegê-los.

Mas, mesmo nessa área, em que a existência de normas geralmente admitidas numa sociedade ou numa civilização não resulta de uma decisão das autoridades, estas têm, não obstante, uma função incontestável para desempenhar quando se trata de interpretar essas normas e de precisar-lhes o campo de aplicação. Com efeito, essas normas fundamentais não devem ser assimiladas a axiomas matemáticos, evidentes e unívocos, mas, antes, a "lugares-comuns", ou seja, a princípios comumente aceitos, mas que ficam vagos, dos quais convém precisar as condições de aplicação, e que podem em certos casos entrar em conflito com outros princípios. Competirá às autoridades precisar o alcance de cada um deles e hierarquizá-los para resolver as incompatibilidades que podem ser ocasionadas por sua aplicação simultânea em situações concretas.

Quais são os raciocínios que permitirão justificar as decisões tomadas nesses casos? Serão raciocínios que podemos qualificar de dialéticos, porque recorrerão a argumentos de toda espécie que não podemos reduzir a esquemas dedutivos nem a uma simples indução. Muito amiúde eles combinarão o raciocínio por analogia e argumentos pragmáticos com a regra de justiça, que exige o tratamento igual de situações essencialmente semelhantes.

Uma análise sistemática das relações que existem, em diferentes sistemas de direito, entre as regras de direito positivo, os princípios gerais do direito, as regras de moral e as técnicas utilizadas pelos legisladores e pelos juízes para motivar suas proposições e suas decisões, permitiriam enumerar, classificar e sistematizar, com conhecimento de causa, os esquemas argumentativos aos quais recorrem os juristas, quando se trata de raciocinar em matéria de justiça. E se, inspirando-se no resultado de tais pesquisas, os moralistas tiverem de refletir na tarefa que deles se espera, dar-se-ão conta de que seu papel não deve limitar-se ao estabelecimento de princípios gerais, suscetíveis de interpretações muito variadas, mas que não podem escapar ao exame de situações concretas e desinteressar-se das técnicas de raciocínio às quais cumpre inevitavelmente recorrer se se quer que a razão prática consiga, guiando as boas vontades, limitar um pouco o recurso desenfreado à arbitrariedade e à violência.

§ 7. Igualdade e justiça[1]

Enquanto a noção de justiça parece uma das mais controversas que há, uma vez que é normal ver cada uma das duas partes, nos conflitos que as opõem, pretender que a sua causa é que é a única justa, a noção de igualdade é suscetível de uma definição formal e inconteste. É tentador fazer um paralelo entre as duas noções e esclarecer uma delas pela outra. Foi o que não deixaram de fazer certos vulgarizadores do socialismo, como Bernard Shaw, cujas conferências sobre o tema da igualdade foram publicadas em 1971[2]. Nelas, ele apresenta a igualdade como o ideal que deve ser realizado pela revolução socialista. Na página 62, lemos esta frase: "Through revolutions we may get the perfect State, the criterion of perfection being equality". Numa conferência feita em 1884, com o título "The socialist movement is only the assertion of our last honesty", diz ele que "honesty" significa que "when one man has worked an hour for another, that other shall work not less than an hour for him" (p. 1). Enfim, numa conferência intitulada "Equality", diz ele: "Ask the first comer what Socialism is. He will tell you that it is a state of society in which the entire income of the country is divided between all the people in exactly equal shares, without regard to their industry, their character, or any other consideration except the consideration that they are living human beings" (p. 155).

Estes poucos exemplos, que identificam o tratamento igualitário com um tratamento justo, indicam-nos imediatamente quão transformada fica a idéia de igualdade quando é aproximada daquela de justiça.

Com efeito, a relação de igualdade, que foi claramente definida em aritmética, permite-nos provar que 2 + 2 = 4 e que 2 + 2 ≠ 5. Poderemos demonstrar que se trata de duas proposições verdadeiras, nas quais não temos de preferir a igualdade ou a desigualdade: basta constatar que, se uma soma de dois números é igual a um terceiro, ela não é igual a um número que difere deste último. É impossível, nesse contexto, realizar a igualdade quando ela não existe.

A igualdade que é aproximada, desde Aristóteles, da idéia de justiça consiste numa igualdade de tratamento. O que está em questão, segundo Bernard Shaw, é tratar igualmente seres humanos vivos.

Dentro do mesmo espírito, mas de um modo menos absoluto, I. Berlin escreve numa comunicação intitulada "Equality": "Equality needs no reasons, only inequality does"[3]. A igualdade não tem de ser justificada, pois é presumida justa: a desigualdade, pelo contrário, se não é justificada, parece arbitrária, portanto injusta.

Assim também, John Rawls, em sua teoria da justiça, escreve: "All social values – liberty and opportunity, income and wealth, and the bases of self-respect – are to be distributed equally unless unequal distribution of any, or all, of these values is to everyone's advantage"[4].

Admite-se, em ambos os casos, que algumas razões podem justificar um tratamento desigual e que a igualdade não é, portanto, um valor que se impõe em todos os casos.

Em meu primeiro estudo sobre a justiça, distingui seis fórmulas de justiça distributiva: a cada qual a mesma coisa, a cada qual segundo seu mérito, segundo suas obras, segundo suas necessidades, segundo sua posição, segundo o que a lei lhe atribui[5]. Buscando o elemento comum a todas essas fórmulas, pude discernir uma regra de justiça formal definida como um *princípio de ações segundo o qual os seres de uma mesma categoria essencial* (ou seja, que são essencialmente semelhantes) *devem ser tratados da mesma forma*[6]. As diferentes fórmulas de justiça distributiva indicam a cada vez o critério que determina quais são as diferenças que convém levar em consideração e quais são as que convém desprezar quando se trata de determinar a similitude essencial dos seres e das situações. A superioridade da última fórmula, que trata cada qual segundo o que a lei lhe atribui, é que ela impõe legalmente os critérios que convém levar em conta, pois obriga tratar igualmente todos aqueles entre os quais a lei não faz distinção: *in paribus causis, paria jura*.

Certos estudiosos pretenderam que a regra de justiça formal é apenas uma lei lógica, exigindo o tratamento igual de todos aqueles aos quais uma mesma regra é aplicável. Mas duas considerações se opõem a essa assimilação.

A primeira é que uma lei lógica, sendo necessariamente válida, não conhece exceção. Ora, podemos, em nome da eqüidade, rejeitar a justiça formal. Com efeito, se eu me tornasse supremo legislador na Arábia Saudita, onde, em conformidade com o Alcorão, faz mais de mil anos, os ladrões têm a mão esquerda cortada, eu me oporia a que a mesma punição continuasse a ser administrada no caso de roubo: ao modificar a regra, introduziria um corte entre o passado e o futuro e teria tratado diferentemente casos essencialmente semelhantes. É verdade que a regra de justiça torna os juristas conservadores, pois exige deles que se interroguem sobre os precedentes e, a não ser que com razão válida, que tratem as situações atuais como foram tratadas, no passado, as situações essencialmente semelhantes. Mas nenhum jurista admitirá que não seja possível afastar-se do precedente por boas razões.

A segunda consideração que se opõe à assimilação da regra de justiça formal a uma lei formal é que essa regra é uma regra de justiça e só é aplicável quando se podem invocar considerações de justiça. Se a sitiante escolhe entre cem frangos um só para ser degolado e servido na refeição de domingo, ela não tem nenhuma obrigação de tratar da mesma forma os noventa e nove outros frangos, que nada distingue do primeiro. Ela não está vinculada aos seus frangos por nenhuma consideração de justiça e não é obrigada a tratá-los de um modo igual.

A Constituição belga, ao afirmar em seu art. 6º que "Todos os belgas são iguais perante a lei", se opõe a todos os privilégios que, em questão de impostos, de acesso aos empregos públicos e em questão de jurisdição, as instituições do Antigo Regime podiam conceder à nobreza e ao clero. Mas a existência desse artigo não impediu denegar às mulheres, durante cerca de um século, o acesso à magistratura e à advocacia e, durante mais de um século, o exercício do direito de voto. Na verdade, constatamos que a exigência geral de igualdade jamais consiste noutra coisa que numa rejeição de *certas desigualdades concretas*, e não de todas as desigualdades imagináveis.

Certas constituições, tais como a Constituição austríaca de 1934, vão ainda mais longe e não só prescrevem aos juízes tratar da mesma forma as situações entre as quais a legislação não estabelece distinções, mas também vedam introduzir nas próprias leis distinções arbitrárias, que não são justificadas por razões objetivas. Assim também, "numerosas decisões do Tribunal Constitucional da República Federal da Alemanha vedam ao legislador tratar de forma desigual situações essencialmente semelhantes. Uma distinção será considerada arbitrária quando não se puder indicar motivo evidente ou funcional, conforme à natureza das coisas, razoável, relevante e, pelo menos, não desarrazoado, que permita justificá-la"[7].

Mas o que constitui uma boa razão para justificar uma desigualdade de tratamento pode variar conforme as sociedades e as épocas. Enquanto pareceu normal à Corte de Cassação da Bélgica, em seu aresto de 11 de novembro de 1889, afastar as mulheres do exercício da advocacia porque o legislador "tinha como axioma, por demais evidente para que fosse preciso enunciá-lo, que o serviço da justiça era reservado aos homens", semelhante justificação hoje nos pareceria não só inaceitável, mas até ridícula. É interessante examinar, na legislação e na jurisprudência de diversos sistemas de direito, a maneira pela qual evoluíram as concepções concernentes às razões que justificam as discriminações. Como tal evolução é vinculada à evolução das ideologias, a maneira pela qual se justificam as desigualdades nos esclarecerá sobre a evolução das mentalidades numa dada sociedade.

Ver-se-á, nesses casos, quais valores são classificados antes do valor da igualdade de tratamento, concebido como forma de justiça. Assim é que N. Rescher, em seu livro *Distributive Justice* (Bobbs-Merril Co., Indianapolis, 1966) examinou o conflito que pode ocorrer entre a justiça e o utilitarismo.

É óbvio que preferimos, por razões de justiça, ou de tratamento igual, uma distribuição 2, 2, 2 a uma distribuição 3, 3, 0, quando se trata de partilhar 6 unidades de valor positivo entre três pessoas, A, B e C, que nada de essencial diferencia entre si. É óbvio que se prefere, por razões utilitárias, uma distribuição 3, 3, 3 à distribuição 2, 2, 2. Mas, a partir de qual valor da distribuição 3, 3, X deverá ser preferida à distribuição 2, 2, 2?

Rescher examina uma hipótese em que a justiça-igualdade de tratamento pode ser abandonada por outras razões que não a eqüidade, por exemplo, por razões utilitárias.

Mas os problemas mais delicados nascem a propósito da categoria a que visa a igualdade de tratamento. Tradicionalmente, em nossa civilização individualista, a igualdade de tratamento concerne a pessoas humanas. Mas esse ponto de vista é inteiramente particular. Não se poderá conceber uma igualdade de tratamento exigida para famílias, sociedades, povos, raças, Estados, universidades, profissões, classes, etc.?

Nos Estados Unidos, quando se tratou de admissão às universidades, em vez de designar os melhores candidatos, o que teria eliminado quase todos os estudantes negros, decidiu-se conceder-lhes uma certa cota, para permitir escolher certo número de estudantes negros, mesmo que se devesse, agindo assim, eliminar estudantes de raça branca mais merecedores do que os que haviam sido admitidos. Assim também, se se quer tratar igualmente duas comunidades (como as comunidades flamenga e francófona na Bélgica), acontecerá necessariamente que se favoreça os indivíduos de uma ou da outra. Num sistema federal, como o dos Estados Unidos, conceder-se-á o mesmo número de senadores a um Estado que só conta com cem mil habitantes e a um Estado que possui mais de vinte milhões. Mas essa desigualdade será compensada, designando-se os deputados proporcionalmente à população. Vê-se, por esse exemplo, como diversas aplicações do princípio de igualdade podem ser opostas e conciliadas mediante acertos de todo gênero.

Mas a verdadeira dificuldade, nessa questão, resulta da oposição entre duas concepções da igualdade, a igualdade de tratamento e a igualdade de situações.

A igualdade, tal como era concebida pela Revolução Francesa e no século XIX, era a igualdade de tratamento e se manifestava pela abolição de privilégios de toda espécie; daí o princípio, geralmente admitido desde então nas democracias liberais, da igualdade de todos perante a lei. Mas, hoje, a idéia que se impõe cada vez mais é a de diminuir as desigualdades entre os membros de uma mesma sociedade, ou entre povos e Estados cujo desenvolvimento é desigual, concedendo privilégios aos que estão em estado de inferioridade. Conceder-se-ão facilidades, bolsas, uma ajuda especial aos que são desfavorecidos pela natureza ou pela sociedade. Nos tratados de comércio entre Estados, serão concedidos verdadeiros privilégios aos Estados cuja economia é frágil ou pouco desenvolvida. Preocupar-se-á menos com justiça concebida como igualdade de tratamento do que com justiça concebida como tendente a diminuir desigualdades, muito gritantes, das situações.

Um exame, mesmo bastante rápido, das condições em que a igualdade, enquanto valor, é aplicada, mostra, pois, o que há de incongruente na idéia de considerar a igualdade social como sinal de perfeição. Com efeito, não somente se é levado a fechar os olhos para a existência de outros valores, tal como a eficácia ou a utilidade, mas também para o fato de que a igualdade pode ser aplicada não só a indivíduos, mas também a coletividades de toda espécie, assim como à igualdade de situação.

É por essa razão que não basta considerar a igualdade como identificada à justiça, a não ser com razão válida que justifique a desigualdade. Pois cumpre, primeiro, precisar de qual igualdade se trata no caso.

Vimos que o tratamento igual de situações essencialmente semelhantes, que justificam a técnica do precedente, transforma os juristas em conservadores, se definimos assim aqueles que acham que apenas a mudança deve ser justificada e que a continuação do que existe não tem a menor necessidade de justificação. Nenhuma pessoa razoável contesta as regras e os valores admitidos, sem boas razões, pois a disparidade inadmissível das condições pode, aliás, fornecer uma destas.

A conclusão que se evidencia desta análise é que basta analisar o modo como é posto em prática um ou outro valor que se busca realizar na sociedade pela moral, pelo direito ou pela religião, para que apareça uma pluralidade irredutível de pontos de vista e de aspirações. Esta não permite chegar, nesta matéria, a uma verdade única, que se imporia a todos e sempre, mas implica visões múltiplas, que tornam inteligível a pluralidade das culturas, das ideologias, das religiões e das filosofias.

§ 8. Liberdade, igualdade e interesse geral[1]

A associação das noções "liberdade" e "igualdade" é característica da revolta contra as concepções do Antigo Regime segundo as quais o rei é, como representante de Deus na terra, o único detentor original de todos os poderes, beneficiando-se os súditos apenas das liberdades que lhes são outorgadas pelo poder régio. As liberdades assim conferidas são, de fato, apenas privilégios de conteúdo variável, que a boa vontade do Príncipe concede em troca dos serviços prestados ou esperados. Tenham sido arrancados ao poder régio ou dados espontaneamente, em sinal de indulgência e de encorajamento, esses privilégios em nada constituem o reconhecimento de um direito natural prévio qualquer. Se são concedidos a uns indivíduos é a título excepcional, distinguindo-os dos outros por um título de nobreza ou por um benefício. Com seus favores, o soberano recompensará os habitantes de uma cidade ou de uma província pelo auxílio financeiro ou militar que deles tiver obtido.

A idéia de que são os homens, livres e iguais em direitos, que constituem o único fundamento da ordem política, em virtude de um contrato social, se desenvolve a partir de meados do século XVII, nutre o pensamento do Século das Luzes e culmina nas proclamações e nas declarações americanas e francesas do século XVIII, que caracterizam a ideologia individualista e burguesa dos direitos do homem e do cidadão.

O art. 1º da Declaração dos Direitos do Homem e do Cidadão de 1789 proclama: "Os homens nascem e permanecem livres e iguais em direito. As distinções sociais só podem ser fundamentadas na utilidade comum." A liberdade é considerada um direito imprescritível e natural do homem, enquanto a igualdade é apenas a dos cidadãos perante a lei. Segundo o art. 6º da Declaração, a lei será a mesma para todos, quer ela proteja, quer puna. "Todos os cidadãos, sendo iguais a seus olhos, são igualmente admissíveis a todas dignidades, colocações e empregos públicos, segundo sua capacidade e sem outra distinção além daquela de suas virtudes e de seus talentos."

A luta pela igualdade era uma luta pela abolição dos privilégios do clero e da nobreza, tanto em questão de acesso às funções públicas como em questão de impostos. A igualdade política só era garantida aos cidadãos adultos e varões, contanto que pagassem um mínimo de impostos. No século XIX, a igualdade dos direitos era garantida aos proprietários. O direito de propriedade era, aliás, considerado um direito natural, prolongamento da liberdade individual e fundamento, segundo Locke, da ordem social.

As limitações da liberdade, e do direito de propriedade, só podem resultar da lei, expressão da vontade da nação. O direito liberal se caracteriza pelo lugar predominante concedido ao princípio da autonomia da vontade, fundamento de todas as *convenções de direito privado*, que deveria conceder a todos uma igual proteção da lei. A lei Le Chapelier, votada em 1791, abole as corporações e veda aos cidadãos de uma mesma profissão se coalizarem para defender seus interesses comuns, e isto a pretexto de garantir a autonomia da vontade. Mas, na realidade, ela, que deveria proteger igualmente a liberdade de todos os contratantes, favorecia o empregador que não era em absoluto igual àquele que, pelo contrato de trabalho ou de emprego, devia aceitar um vínculo de subordinação para com o patrão.

A superioridade moral deste último era, aliás, salientada pelo art. 1.781 do Código Civil que dispunha que, em caso de contestação relativa aos salários, se acreditaria no patrão mediante a sua mera afirmação.

Conhecem-se os abusos ocasionados por essa legislação liberal. O empresário, que tratava a mão-de-obra como uma mercadoria, utilizou a concorrência existente no mercado de emprego para baixar o custo da mesma. "Daí resultará uma deterioração constante das condições de trabalho: alongamento da duração da jornada de trabalho até 14 h e mais (fenômeno esse que foi intensificado pela utilização do gás de iluminação nas fábricas e nas oficinas), exploração incontrolada da mão-de-obra feminina e infantil, completa ausência de higiene e de segurança no trabalho; rigor da autoridade patronal e, acima de tudo, aviltamento dos salários, degradação das condições de vida, elevada taxa de mortalidade."[2]

Deram-se conta de que, nessas condições, a liberdade igual, pressuposta pela autonomia da vontade, não passava de uma ficção. "A liberdade do assalariado de recusar o contrato que lhe é oferecido é inteiramente teórica. Ela é proporcional à sua dependência econômica, ele tira seus recursos apenas de seu trabalho e não pode adiar por muito tempo fechar o contrato. Cedo ou tarde, ele terá de aceitar as condições do patrão. A alienação da força de trabalho no contrato de trabalho expressa e fundamenta, a um só tempo, a alienação social."[3]

Quando as relações são econômica e socialmente desiguais, a liberdade conduz à opressão do mais fraco; buscar-se-á protegê-lo com leis imperativas, que limitam o campo de liberdade contratual: passar-se-á do regime de "autonomia da vontade" para a determinação de um estatuto do trabalhador elaborado no século XX por esse ramo essencial do direito social que recebeu o nome de direito do trabalho. Para evitar que uma igualdade de tratamento teórica aplicada a situações desiguais redunde em conseqüências iníquas, uma nova legislação social, visando a proteger o operário e o empregado, o favorecerá, em vários pontos de vista, de modo que se compense a desigualdade real entre os contratantes.

Algumas disposições especiais tornarão mais difícil a ruptura do contrato, alongarão os prazos do aviso prévio, o dobrarão e o quadruplicarão, mesmo se o assalariado ficou dentro da mesma empresa mais de dez ou de vinte anos, garantirão a estabilidade do emprego mercê da técnica jurídica da suspensão do contrato de locação de serviços ainda que a interrupção das prestações advenha da parte do empregado (serviço militar, maternidade). Toda uma legislação social vedará o trabalho das crianças, imporá condições de higiene, garantirá salários mínimos, um máximo de horas de prestações diárias ou semanais, férias pagas, uma contribuição patronal aos seguros contra doença e contra desemprego, etc. Uma legislação social cada vez mais complexa será elaborada em todos os países desenvolvidos com o intuito de evitar o abuso do poder econômico. As concepções funcionais do direito limitarão todos os direitos individualistas, mais especialmente o direito de propriedade, graças à teoria do abuso do direito, que deixa de proteger os direitos de que os indivíduos dispõem quando estes não são exercidos conformemente ao bem comum, ao interesse geral. É visando ao interesse geral que medidas legislativas e administrativas virão substituir a igualdade formal, que é a igualdade de tratamento, concedendo facilidades ou privilégios aos que se encontram, de um ou de outro ponto de vista, numa situação inferior, e isto com o intuito de contribuir para igualar as condições[4]. Apenas os que são economicamente fracos, por exemplo, usufruirão vantagens recusadas aos outros: à liberdade negativa, a do liberalismo, opor-se-á a liberdade positiva, de inspiração socialista: do Estado guardião se passará, gradualmente, para o Estado-Providência.

A passagem da igualdade formal para a igualdade real se manifestará, em direito penal, pela teoria da individualização da pena, que leva em conta, na repressão, a individualidade do delinqüente. Em vez de atentar apenas aos elementos objetivos de uma infração, insistir-se-á nos elementos subjetivos; o que, necessitando de uma medida individualizada, redundará em penas desiguais, mesmo para co-autores de um mesmo delito. A Corte de Cassação da Bélgica aprovou esse modo de agir ao rejeitar vários recursos que pretendiam que o juiz havia violado o art. 6º da Constituição belga, que garante a todos os belgas a igualdade perante a lei, porque havia tratado diferentemente dois homens que haviam cometido um mesmo delito.

A igualdade das penas perante os mesmos delitos se vê também substituída pela busca de penas adequadas ao objetivo que se lhes atribui, e isto consoante a idéia que se forma do interesse geral. Aliás, esse modo de agir sempre foi admitido pelo legislador, na medida em que havia previsto circunstâncias agravantes ou atenuantes. O objetivo da igualdade das penas desaparece, assim diante daquele da utilidade da pena, de sua adaptação ao objetivo perseguido[5].

Assim também, em matéria fiscal, vê-se o princípio fundamental da igualdade perante o imposto, garantido pelo art. 112 da Constituição belga, bombardeado por toda espécie de derrogações legislativas ou administrativas, com vistas a favorecer operações econômicas julgadas úteis para a comunidade, porque "tendentes à melhoria da produtividade, à luta contra o desemprego ou à racionalização da economia". Quanto mais intervencionista se torna o Estado, mais numerosas se tornam semelhantes medidas de exceção, que favorecem uns contra os outros, e fica mais esvaziado de seu conteúdo, por decisões tomadas em nome do interesse geral, o princípio de igualdade perante o imposto[6].

Passando do direito interno para o direito internacional público, aos problemas levantados pela liberdade e pela igualdade dos indivíduos correspondem os da soberania e da igualdade dos Estados.

A igual soberania dos Estados foi proclamada nos termos mais formais na Declaração 2.625 das Nações Unidas (XXV) de 19 de outubro de 1970. Essa declaração sobre as relações amigáveis e sobre a cooperação entre os Estados formula assim seu 6º princípio:

"Todos os Estados usufruem a igualdade soberana. Têm direitos e deveres iguais e são membros iguais da comunidade internacional, apesar das diferenças de ordem econômica, social, política ou de outra natureza.

"Em particular, a igualdade soberana compreende os seguintes elementos:

a) Os Estados são juridicamente iguais.

b) Cada Estado usufrui direitos inerentes à plena soberania.

c) Cada Estado tem o dever de respeitar a personalidade dos outros Estados.

d) A integridade territorial e a independência política dos outros Estados são invioláveis.

e) Cada Estado tem o direito de escolher e de desenvolver livremente seu sistema político, social, econômico e cultural.

f) Cada Estado tem o direito de cumprir plenamente e de boa-fé suas obrigações internacionais e de viver em paz com os outros Estados"[7].

Mas, a essa declaração de princípio, de ordem jurídica, opõe-se a realidade econômica, política e militar, que manifesta desigualdades incontestáveis entre Estados: a ideologia dos Estados do Terceiro Mundo visa não só a opor-se às pressões de todo tipo de que os Estados mais fracos poderiam ser objeto, mas a obter, ademais, alegando sua inferioridade econômica, variadas vantagens, que vão das doações e empréstimos a juros baixos até a redução unilateral das barreiras aduaneiras e a garantia dos preços, independentemente das flutuações do mercado.

Para conservar sua independência econômica, para poder sobreviver e mesmo progredir, num mundo submetido à lei do mais forte e do mais poderoso, não hesitaram eles em nacionalizar sem indenização empresas estrangeiras, em romper compromissos anteriores, dos quais afirmam que não passaram da expressão do colonialismo político e econômico que consagrava a exploração de seus recursos naturais e da população indígena. E, efetivamente, a autodeterminação dos países subdesenvolvidos é ainda mais factícia do que a autonomia da vontade dos operários no início do século XIX europeu.

Mas se se trata, mediante medidas favorecedoras, de afastar-se da igualdade formal dos Estados, e das leis do mercado, a comunidade internacional teria de elaborar uma teoria do interesse geral que permitisse justificar um novo direito social internacional em favor dos Estados e das populações cujo subdesenvolvimento econômico é indubitável.

Assim é que, nas mais diversas áreas, à liberdade e à igualdade jurídicas e formais, serão opostas com uma freqüência cada vez maior a liberdade e a igualdade reais, o que necessitará de medidas que limitem a exploração do mais fraco pelo mais forte, mercê de privilégios que concedam, em nome do interesse geral, um tratamento favorecido para aqueles que foram maltratados pela história.

Mas quem será juiz do interesse geral? Haverá nessa matéria uma verdade, de ordem econômica ou política, que seria revelada por um profeta qualquer, ou por uma assembléia de homens competentes no assunto? Um rei-filósofo ou legislador poderia apresentar um programa ou uma legislação nacional ou internacional que se imporia a todos por sua evidência? Basta enunciar a idéia para apreender-lhe imediatamente o aspecto utópico, pois nessa área não se trata de um saber puramente teórico, mas de adotar medidas práticas que apelam tanto à vontade quanto ao conhecimento.

Mas, nesse caso, bastará um voto majoritário, numa assembléia nacional ou internacional, para decidir do interesse geral, devendo a minoria submeter-se sem pestanejar às decisões que a desfavoreçam?

Esta última eventualidade nos lembra os séculos de luta, tanto pacífica como revolucionária, que conduziram, nos países democráticos, ao sufrágio universal, com todos os seus acessórios indispensáveis, tais como a liberdade de opinião, de imprensa, de reunião e de associação, sem as quais o direito de legislar e de governar, de uma maioria, não pode ser considerado legítimo. Mas, além disso, a maioria só pode impor suas visões no seio de uma comunidade em que os elementos de união predominem largamente sobre os que levam à desagregação.

Se, contrariamente ao que se passou no interior dos Estados onde a luta pela liberdade e pela igualdade dos cidadãos foi longa e sangrenta, o princípio da igual soberania dos Estados foi admitido sem grandes dificuldades, foi porque ficou entendido que nenhuma maioria poderia impor suas visões a um Estado recalcitrante: na ausência de uma comunidade internacional, fundamentada numa concepção comum do interesse geral, a teoria da igual soberania dos Estados, indispensável no estado atual das relações internacionais, é um obstáculo essencial no caminho que leva da igualdade e da soberania formais à instituição de uma autoridade capaz de agir em nome do interesse geral.

Comparando as situações em direito interno e em direito internacional, ficamos impressionados, apesar da simetria das noções "igual liberdade" e "igual soberania", com a diferença fundamental dos contextos políticos. Pois se, em direito interno, os Estados existiram enquanto comunidades organizadas, antes do reconhecimento da liberdade e da igualdade dos cidadãos, que só foi obtido depois de uma preparação filosófica e ideológica de mais de um século, e das revoluções que resultaram na abolição do Antigo Regime, foi sem a menor dificuldade que foi obtido, em direito internacional público, o reconhecimento da igual soberania dos Estados. Mas este não permite muito realizar a criação de uma comunidade internacional, com poder coercivo, na ausência de uma ideologia correspondente às aspirações da humanidade em busca da união na diversidade.

Assim como a ideologia liberal, em nome dos direitos do homem e do cidadão, logrou reorganizar a estrutura do Estado, instaurando os princípios de uma democracia liberal, que pôde orientar-se cada vez mais para uma democracia social, opondo a liberdade e a igualdade reais à liberdade e à igualdade formais, assim também, mas em sentido inverso, em nome de uma visão do interesse geral, que preludia a existência de uma comunidade internacional juridicamente organizada, seremos levados a repensar a idéia de igual soberania dos Estados, para tornar esta compatível com a existência de uma autoridade internacional dotada de poderes coercivos.

A elaboração de bases de tal comunidade internacional é a tarefa essencial, em nossos dias, da filosofia política e da filosofia do direito.

§ 9. Igualdade e interesse geral[1]

Um dos valores universais que encontramos em todas as sociedades e em todas as épocas é a justiça. Os homens sempre tiveram sede de justiça. O que caracteriza a nossa civilização, desde o século XVIII, é a insistência com que, cada vez mais, a igualdade é apresentada como um substitutivo da justiça. Note-se, a esse respeito, que a igualdade em questão nada tem a ver com a igualdade ou a desigualdade matemáticas: se duas grandezas são desiguais, só se pode constatá-lo, e a justiça nada tem a ver com isso. Por outro lado, quando se afirma que todos os homens são iguais perante Deus (São Paulo, *Epístola aos Gálatas*, III, 28), isso não impede que, segundo a mesma tradição, uns irão para o inferno e outros para o paraíso. A igualdade aos olhos de Deus significa simplesmente que Deus tratará igualmente os poderosos e os miseráveis, os ricos e os pobres, os nobres e os escravos, os homens e as mulheres, levando em conta apenas os seus méritos. Deus despreza as distinções socialmente importantes e só atenta para as diferenças que lhe parecem essenciais, as que justificam a seus olhos um tratamento desigual.

Assim que surge um problema de justiça, intervém, *em princípio*, a regra de justiça formal que exige o tratamento igual daqueles que estão em situações essencialmente semelhantes[2]. Quais são, em cada caso, as diferenças essenciais, aquelas que se devem levar em conta, e as diferenças irrelevantes? Cumprirá levar em conta diferenças de raça, de sexo, de idade, de fortuna neste ou naquele contexto? É normal que apareçam conflitos de opinião a propósito disso. Para manter a paz social, é útil que, nas áreas socialmente importantes, a lei determine essas diferenças essenciais e indique quais são as distinções que se devem levar em conta. Nesse caso o princípio de justiça formal desaparece diante do princípio da igualdade perante a lei.

Uma mudança revolucionária, tal como a resultante da Revolução Francesa de 1789, substitui legalmente certas distinções, anteriormente reconhecidas, por outras. Eis o que declaram os arts. 1º e 6º da Declaração dos Direitos do Homem e do Cidadão de 1789:

"*Art. 1º* - Os homens nascem e permanecem livres e iguais em direitos. As distinções sociais só podem ser fundamentadas na utilidade comum.

"*Art. 6º* – A lei é a expressão da vontade geral. Todos os cidadãos têm o direito de concorrer pessoalmente, ou por seus representantes, para a sua formação. Ela deve ser a mesma para todos, quer proteja, quer puna. Todos os cidadãos, sendo iguais a seus olhos, são igualmente admissíveis a todas as dignidades, colocações e empregos públicos, conforme sua capacidade e sem outra distinção além daquela de suas virtudes e de seus talentos."

No que concerne à propriedade, o art. 17 proclama que "sendo um direito inviolável e sagrado, ninguém pode ser privado dele, a não ser quando a necessidade pública, legalmente constatada, o exija com evidência e sob a condição de uma justa e prévia indenização". No que concerne aos impostos, sendo indispensável uma contribuição comum para o funcionamento do Estado, o art. 13 dirá que ela deve ser "igualmente distribuída entre todos os cidadãos, em razão de suas faculdades".

A exigência de igualdade, que o espírito revolucionário manifesta, implica a abolição dos privilégios de toda espécie. Essa conseqüência se destaca com toda clareza na Constituição belga de 1831, cujo art. 6º proclama: "Não há no Estado nenhuma distinção de ordens. Os belgas são iguais perante a lei: apenas eles são admissíveis aos empregos civis e militares, salvo as exceções que podem ser estabelecidas por uma lei para casos particulares". O art. 112 o completa: "Não pode ser estabelecido privilégio em questão de impostos. Nenhuma isenção ou moderação de impostos pode ser estabelecida senão por uma lei."

Resulta desses textos que os direitos, que não são privilégios, são protegidos. Note-se, porém, que, apesar do art. 6º da Constituição, a Corte de Cassação da Bélgica, por um aresto de 11 de novembro de 1889, afastou as mulheres do exercício da advocacia, pelo motivo de que o legislador "tinha como axioma demasiado evidente para que se devesse enunciá-lo que o serviço da justiça era reservado aos homens". Foi preciso, na Bélgica, esperar a Lei de 7 de abril de 1922 para que as mulheres belgas, munidas do diploma de doutora em direito, pudessem prestar o juramento de advogado e exercer essa profissão.

Em resumo, a igualdade, tal como é concebida pela Revolução de 1789, e pelos regimes liberais nela inspirados, significa igualdade perante a lei, podendo o legislador estabelecer distinções que julga úteis em nome do interesse geral, podendo as que resultam da natureza das coisas serem reconhecidas pelo juiz, mesmo na ausência de texto legal.

Que significa, nesse caso, a igualdade perante o imposto? Significa que, salvo disposições contrárias da lei, quando se institui um imposto sobre a renda, todos aqueles que têm a mesma renda deveriam ser tributados igualmente. Mas como tributar aqueles cujas rendas tributáveis são diferentes, por exemplo, 5.000, 50.000 e 500.000 francos (suíços) por ano? Deverão todos eles pagar a mesma coisa, digamos, 500 francos por ano? Deve cada qual pagar 10% do que ganha ou cumprirá aumentar a taxa do imposto de uma forma mais proporcional, isentando de qualquer imposto quem só ganha 5.000 francos e tributando os outros, por exemplo, em 10.000 e em 250.000 francos? Neste último caso a igualdade, que só concerne àqueles que têm a mesma renda, é substituída por certa proporção "em razão de suas faculdades"...

Poder-se-ia conceber, no último caso, a igualdade não no sentido de igualdade de tratamento, mas de igualação do resultado, tributando as rendas de tal forma que elas ficassem todas iguais depois do imposto. Essa igualação das rendas mediante o imposto teria como conseqüência que a busca do ganho deixaria de motivar a atividade dos habitantes, que buscariam as atividades mais agradáveis ou mais prestigiosas e que ninguém, em todo caso, quereria correr o menor risco material. É por essa razão que, como o constata B. Minc, em seu livro *L'économie politique du socialisme*[3], tal igualação foi julgada contrária ao interesse geral, pois as empresas não teriam formado operários qualificados, a disciplina do trabalho não teria sido garantida, o trabalho difícil não teria sido feito e a produtividade do trabalho não poderia ter sido aumentada. É por isso que, para Lênin, diferenças de renda são instrumentos que o Estado deve utilizar para orientar a produção na direção desejável.

Para que a igualação das rendas se tornasse socialmente suportável, teria de existir uma autoridade que, zelando pelo interesse geral, distribuísse as funções e os cargos de um modo obrigatório, de maneira que a vida comunitária pudesse desenrolar-se sem contratempos.

Ter-se-á realizado a igualdade das rendas acrescendo as desigualdades de poder. Com efeito, ao suprimir a motivação fundamentada na isca do ganho, a maioria das atividades econômicas já não dependeria da liberdade e da iniciativa de cada qual, mas seria dirigida pelos detentores do poder político, que se prevalecem do interesse geral. Tais atividades já não dependeriam do direito privado, em que o princípio de igualdade desempenha uma função essencial, mas do direito público, que concede uma preponderância indiscutida aos detentores do poder[4].

Uma igual participação no poder só pode realizar-se em pequenos grupos unidos por um mesmo ideal de vida, tais como as comunidades religiosas ou os kibutz, onde as decisões importantes são tomadas em assembléias gerais regularmente convocadas, das quais participam todos os membros, com direito de voto igual. Nas entidades maiores, a participação democrática do povo no poder se expressa por um voto que designa os representantes que, de modo direto ou indireto, exercerão o poder. Essa participação se torna simbólica em outros regimes, em que o poder se perpetua por cooptação ou é ganho por golpes de estado periódicos.

A ÉTICA

Passando de um regime liberal para um regime dirigista, o princípio da igualdade perante a lei subsiste, pelo menos para as situações essencialmente semelhantes, mas sua importância prática diminui em decorrência das desigualdades *na* lei, ou seja, das diferenças que o legislador achar bom introduzir na lei em nome do interesse geral.

O princípio da igualdade perante a lei impõe aos funcionários, em especial aos juízes, certa uniformidade na aplicação do direito; ele garante os jurisdicionados contra a parcialidade e a arbitrariedade dos agentes do poder. Mas não protege contra a arbitrariedade e a injustiça do legislador, que poderia introduzir na própria lei discriminações injustificadas.

Para obviar a este último inconveniente, convenções internacionais, tal como a Convenção Européia dos Direitos do Homem e das Liberdades Fundamentais, vedaram expressamente certas discriminações. Assim é que o art. 14 da Convenção declara: "A fruição dos direitos e liberdades reconhecidos na presente convenção deve ser assegurada, sem distinção nenhuma fundamentada notadamente no sexo, na raça, na cor, na língua, na religião, nas opiniões políticas ou quaisquer outras opiniões, na origem nacional ou social, no fato de pertencer a uma minoria nacional, na fortuna, no nascimento ou em qualquer outra situação". Em seu aresto de 23 de julho de 1968, a Corte européia estimou que o art. 14 não veda toda distinção de tratamento: a igualdade de tratamento só seria violada "se faltar à distinção justificação objetiva e racional", devendo a existência de semelhante justificação "ser apreciada em comparação com o objetivo e com os efeitos da medida considerada, levando-se em conta os princípios que geralmente prevalecem nas sociedades democráticas"[5].

Interdições de discriminação foram garantidas, depois da guerra, pelas Constituições de vários Estados europeus, mas as garantias assim proclamadas só são realmente eficazes quando se institui, ao mesmo tempo, o controle da constitucionalidade das leis pela Corte Suprema ou por uma Corte Constitucional. Assim é que, por influência de Gerhard Leibholz, enquanto era juiz na Corte Constitucional de Karlsruhe, o princípio de igualdade foi ampliado, na República Federal da Alemanha, de modo a limitar igualmente a arbitrariedade do legislador. A Corte dirá que o legislador violou o princípio de igualdade de modo arbitrário, portanto inadmissível, "quando não há fundamento razoável, decorrente da natureza das coisas, ou qualquer outra razão evidente que justificaria a diferenciação introduzida"[6]. Para escapar à censura da Corte Constitucional, o legislador deverá mostrar que sua distinção é justificada pelo interesse geral[7].

O recurso à natureza das coisas ou ao interesse geral poderia dar a impressão de que uma justificação assim fundamentada é objetiva, que é válida em toda parte e sempre. Mas isto não passa de uma ilusão. Basta lembrar o acordão da Corte de Cassação da Bélgica de 1889, afastando as mulheres do exercício da advocacia, por razões que lhe pareciam evidentes, para constatar que as distinções fundamentadas tradicionalmente na natureza das coisas serão qualificadas, um século mais tarde, de discriminações injustificadas.

Embora na Bélgica, atualmente, a Corte de Cassação não controle a constitucionalidade das leis, ela é, assim como o Conselho de Estado, amiúde convidada a controlar se atos regulamentares ou administrativos não são contrários ao art. 6º da Constituição belga, que afirma a igualdade de todos os belgas perante a lei. Resulta do estudo já citado de Beguelin que, se o princípio de igualdade requer "que todos os belgas que estão numa mesma categoria sejam tratados de forma idêntica, ... é essencial que os critérios, que servirão para distinguir uma categoria à qual será aplicado um regime particular, sejam objetivos, gerais, conformes às leis e adequados"[8]. Cumpre, além disso, que exista "uma relação lógica entre a escolha de um ou de vários critérios e a meta do regime particular que se deseja aplicar à categoria que esse ou esses critérios permitirem definir". O critério do montante dos rendimentos pode determinar a taxa do imposto, mas não a acessibilidade aos empregos públicos[9]. Se as distinções estabelecidas se explicam "por um conjunto de elementos objetivos", "pelas necessidades próprias de cada serviço", "por condições diferentes conforme o sexo ou a situação social dos desempregados", o art. 6º da Constituição não é violado, pois, como o Conselho de Estado não se institui juiz do interesse geral, não lhe compete apreciar o fundamento dessas distinções[10].

A Corte de Cassação e o Conselho de Estado dirão que o art. 6º foi violado se as categorias escolhidas forem claramente arbitrárias, alheias à meta perseguida, irracionais em relação ao interesse geral. O controle que exercem é apenas marginal, pois recusam assumir o lugar do legislador ou do poder executivo, cujo poder discricionário admitem, enquanto eles o exercem de modo razoável.

Ninguém dirá que o princípio de igualdade foi violado porque o legislador exige o diploma para a prática da medicina ou o acesso à advocacia. Admitir-se-á, da mesma forma, em nome do interesse geral, a instauração de um imposto de renda progressivo.

O Conselho de Estado admitirá também que "a diferenciação das normas de população escolar entre o ensino neerlandófono e o ensino francófono em Bruxelas" não viola o art. 6º da Constituição, "desde que as diferenciações assim estabelecidas sejam fundamentadas no interesse público, desde que tenham, portanto, uma meta relacionada com esse interesse e os meios empregados para alcançar essa meta sejam aptos para atingi-la"[11]. Admitirá também que o princípio de igualdade não foi violado se a meta perseguida pelas distinções introduzidas for salvaguardar um pluralismo político, manter um equilíbrio entre os diferentes partidos políticos na rádio e na televisão. Admitirá também que o tempo concedido no rádio às emissões religiosas não seja igual, mas proporcional ao número de adeptos de cada culto.

Ao passo que, para a Revolução de 1789, o princípio de igualdade significava a abolição dos privilégios, no século XX evoca-se esse princípio, concebido desta vez como igualdade de oportunidades, para conceder privilégios aos que se encontram numa condição de inferioridade. Assim é que, em nome da igualdade, conceder-se-ão abonos de desemprego aos que não têm trabalho, e bolsas aos estudantes oriundos de famílias pobres, para compensar uma desvantagem insuperável no prosseguimento de seus estudos, quando são titulares de um diploma de fim de estudos secundários que os habilita a ingressar na universidade. Mas, não cumpriria recuar um degrau e restabelecer a igualdade de oportunidades para o acesso aos estudos secundários? E até onde cumpriria recuar na busca da igualdade de oportunidades? Será consoante o interesse geral que serão fixadas as modalidades técnicas da igualação.

Em direito penal moderno, o princípio da igualdade perde a supremacia para a concepção moderna da individualização da pena. Os tribunais não considerarão contrária à igualdade dos belgas perante a lei que os co-autores de um mesmo delito sejam condenados a penas diferentes, podendo as circunstâncias atenuantes ser concedidas a um e recusadas ao outro. "O que é mister buscar", escreverá J. Messine[12], "não são penas iguais: são penas *adequadas* ao objetivo que se lhes atribui".

À medida que o Estado intervém mais ativamente na economia do país, ele pode, indo ao encontro do princípio liberal da igualdade de concorrência, conceder vantagens de todo tipo, em especial vantagens fiscais, e isto com o intuito de favorecer o interesse geral (ver, por exemplo, o capítulo 1º da lei belga de expansão econômica de 30 de dezembro de 1970).

Como conclusão de seu estudo aprofundado sobre *L'égalité devant l'impôt en droit belge*, o professor J. Kirkpatrick escreve: "Às regras gerais destinadas a assegurar a justiça ou a neutralidade do imposto, o legislador traz deliberadamente múltiplas *derrogações inspiradas por sua política econômica e social*.

"Ora se trata de derrogações *gerais* resultantes da lei: incentivo às famílias numerosas..., às habitações modestas, aos depósitos de poupança, a certas liberalidades, a certas despesas de previdência..., aos investimentos em favor do pessoal das empresas.

"Ora derrogações gerais resultam de *circulares administrativas* ilegais: regime que favorece empregados e dirigentes estrangeiros de sociedades estrangeiras sob controle estrangeiro..., regime favorecendo jornais.

"Ora se trata de vantagens fiscais concedidas às empresas com *autorização administrativa*. A importância destas últimas vantagens fiscais destrói em grande parte a neutralidade de nosso regime fiscal para com as empresas e atesta o intervencionismo crescente dos poderes públicos na vida econômica."[13]

Quanto mais cresce a intervenção do Estado, mais o argumento tirado do interesse geral prevalece sobre o princípio de igualdade.

Ora, a noção de interesse geral é vaga, confusa, e sua aplicação a situações concretas varia no tempo e no espaço e até, numa sociedade concreta, segundo a ideologia dominante. Um dos principais atributos dos poderes legislativo e executivo será seu poder de apreciação em matéria de interesse geral, exercendo o poder judiciário, nessa área, quando muito um controle marginal, a fim de prevenir abusos manifestos. Mesmo que o legislador disponha de um poder discricionário muito amplo, ainda assim deve respeitar a constituição e tratados, tais como a Convenção Européia dos Direitos do Homem e o Tratado de Roma que instituiu a Comunidade Econômica Européia. Dar-se-á o mesmo com o poder discricionário concedido ao executivo e aos poderes subordinados, mas, desta vez, a maneira pela qual eles exercem esse poder será mais amplamente controlada pela Corte de Cassação e sobretudo pelo Conselho de Estado. Cumpre precisar, a esse respeito, que a existência de um poder discricionário do chefe de um órgão do poder lhe permite escolher entre várias formas razoáveis de aplicar a lei, mas ele cometeria um abuso ou um desvio de poder ao aplicá-lo de um modo não razoável, pretextando interesse geral para impor medidas arbitrárias.

A existência de um poder judiciário independente, capaz de restringir a arbitrariedade dos outros poderes e de assegurar o respeito ao direito, em especial ao princípio de igualdade perante a lei, fornece certa garantia contra o tratamento desigual daqueles que se encontram na mesma situação jurídica. Mas, quando as situações são diferentes, competirá aos poderes legislativo e executivo decidir, em nome do interesse geral, se as diferenças devem ou não ser levadas em consideração.

Quanto mais amplo é o controle do poder judiciário, mais ele poderá zelar por que, a pretexto de interesse geral, os outros órgãos do Estado não abusem de seu poder discricionário de uma forma arbitrária. Mas esse controle sempre delicado, que opõe, dentro do Estado, as cortes e os tribunais aos outros poderes, só poderá exercer-se utilmente nas sociedades em que uma opinião pública vigilante e respeitosa do direito conceder seu apoio ao mais fraco e ao menos perigoso dos poderes, o poder judiciário.

§ 10. As concepções concreta e abstrata da razão e da justiça[1]
(A propósito de *Theory of Justice* de John Rawls)

A oposição entre as concepções concreta e abstrata da razão e da justiça só pode ser compreendida em função da minha própria visão da filosofia e, em especial, do modo como concebo as relações entre a filosofia e o senso comum. Minha posição sobre a teoria da justiça de Rawls será apenas uma aplicação de ambos.

O interesse pelo senso comum aumentou, na filosofia contemporânea, em conseqüência da valorização da língua natural, instrumento por excelência do senso comum, e da influência exercida por G. Moore e L. Wittgenstein, cujas concepções são muito diferentes da tradição clássica em filosofia.

A tradição clássica da filosofia ocidental se constitui contra o senso comum. Podemos datá-la do grande poema de Parmênides, que opõe ao caminho do pensamento, da opinião, do senso comum, aquele da verdade conforme à razão. As aparências são contraditórias e a via seguida pelo senso comum é confusa e inconsistente. O papel da dialética de Zenão, de Sócrates e de Platão será o de mostrar claramente as incoerências a que leva o senso comum, do qual se tem de purgar o pensamento para chegar a uma filosofia, que se inspira nas matemáticas e se deixa guiar pela razão; essa razão, que o cristianismo, a partir de Santo Agostinho, considerará um pálido reflexo da razão divina. Essa tradição será continuada pelo racionalismo do século XVII que, através de Descartes, Spinoza, Leibniz, desprezará tanto o senso comum como a língua vulgar. Em busca das idéias claras e distintas, desdenha-se o sentido habitual das noções. Spinoza expressa seu desprezo pelo uso comum nesta explicação que fornece no 3º livro da *Ética*, depois de sua definição da indignação: "Sei que esses nomes têm, no uso comum, outra significação. Destarte, meu desígnio é explicar, não a significação das palavras, mas a natureza das coisas, e designar estas por termos cuja significação usual não se afaste em absoluto daquela com que as quero empregar"[2]. A tradição racionalista foi seguida, no século XVIII, por filósofos do Século das Luzes, para os quais tudo quanto é produto da história e não corresponde às idéias claras e distintas, ou ao critério utilitarista, é considerado preconceito de que convém alijar-se o mais rápido possível. Continuam essa mesma tradição todos aqueles que, tais como os partidários do empirismo lógico, procuram substituir a língua comum por uma língua artificial, que seria a da lógica formal e da matemática.

À tradição racionalista se opõem os pensadores que julgam e condenam a metafísica e, mais particularmente, o racionalismo, em nome do senso comum. Durante séculos, era essa a tradição do cepticismo, representada pelos pirrônicos, Sexto Empírico e os médicos empiristas, e pelos apologistas da religião cristã, tal como Tertuliano, que utilizavam todo o arsenal céptico para humilhar a razão e preferir, a ela, a revelação de origem divina.

É apenas no século XVIII, depois do triunfo do cartesianismo, que os meios jesuíticos oporão à evidência racional, critério de verdade em Descartes, Spinoza e Leibniz, as evidências de senso comum, que deveriam fornecer os primeiros princípios da filosofia. É essa a tese do padre jesuíta Cl. Buffier (1661-1737), que publica em 1717 um *Traité des premières vérités et de la source de nos jugements*, segundo o qual é o senso comum que nos fornece as evidências mais seguras e os primeiros princípios da filosofia.

Que é o senso comum, que deve substituir a evidência cartesiana como critério de certeza? Encontramos uma resposta a essa pergunta, formulada no espírito de Buffier, num escrito de Fénelon, o célebre arcebispo de Cambrai, e intitulado *Traité de l'existence de Dieu*. Nessa obra publicada em 1718, três anos após a morte do autor, e relativamente contemporânea da obra de Buffier, lemos a seguinte passagem:

"Mas que é o senso comum? Não serão as primeiras noções que todos os homens têm igualmente das mesmas coisas? Esse senso comum, que é sempre e em toda parte o mesmo, que se antecipa a qualquer exame, que torna ridículo o próprio exame de certas questões, que faz que, sem querer, a pessoa ria em vez de examinar, que reduz o homem a não poder duvidar, seja qual for o esforço que faça para se pôr numa verdadeira dúvida; esse senso que é o de todo homem; esse senso que não espera ser consultado, mas se mostra ao primeiro olhar, e que descobre de imediato a evidência ou o absurdo da questão... Ei-las, pois, essas idéias ou noções gerais que não posso contradizer nem examinar, segundo as quais, ao contrário, eu examino e decido tudo, de sorte que rio em vez de responder todas as vezes que me propõem o que é claramente oposto ao que essas idéias imutáveis me representam."[3]

Assim como Buffier utiliza o senso comum para refutar o cartesianismo, os representantes da escola escocesa, em especial Thomas Reid e Dugald Stewart, vão desenvolver uma filosofia do senso comum, mediante a qual criticarão a filosofia de Hume e mostrarão que as teses por ele defendidas são ridículas. Ridículas, mas não absurdas. O que é contrário ao senso comum faz rir, pois se opõe às idéias que parecem indubitáveis no seio de uma comunidade. Contrariamente à evidência cartesiana, garantida por uma intuição individual, as do senso comum seriam comuns a todos. Quem se opõe a ele faz rir, a não ser que o considerem uma mente perturbada. É mediante um procedimento análogo que G. Moore e, mais tarde, L. Wittgenstein apelarão ao senso comum e ao modo como nos servimos da língua vulgar para criticar as teses filosóficas do idealismo inglês e do empirismo lógico.

A terceira concepção das relações entre a filosofia e o senso comum é aquela em que se inspiram tanto H. Sidgwick como J. Rawls, que são ambos moralistas. Este último presta, aliás, homenagem a Sidgwick cujo tratado, que se tornou clássico, *The Methods of Ethics*, ele considera a obra mais notável da teoria moral dos tempos modernos. Ora, Sidgwick, no prefácio da primeira edição de seu tratado, assinala-nos que pretende apresentar-nos "an examination, at once expository and critical, of the different methods of obtaining reasoned convictions as to what ought to be done which are to be found – either explicit or implicit – in the moral consciousness of mankind generally"[4]. O que ele qualifica de moralidade do senso comum está na base de uma concepção intuicionista da moral. Para Sidgwick, o intuicionismo dogmático é aquele que aceita como axiomáticas as regras gerais do senso comum, e o intuicionismo filosófico, aquele em que se procura fornecer uma explicação mais profunda dessas regras habituais[5]. Segundo ele, a análise filosófica parte das noções de senso comum, mas estas são vagas, ambíguas, e o papel do filósofo é eliminar ou reduzir o que há de confuso e de indeterminado nessas concepções, e encontrar critérios que permitam escolher entre as diferentes regras, quando estas parecem incompatíveis[6]. Para Sidgwick, em questão de moral, o senso comum oferece o ponto de partida da reflexão filosófica, mas, por todas as razões que ele acaba de indicar, o filósofo não pode contentar-se com ele.

No último estado de suas idéias, tal como as expôs em suas *Dewey Lectures*[7], Rawls afirma que seu propósito é análogo ao de Sidgwick: "The aim of political philosophy, when it presents itself in the public culture of democratic society, is to articulate and to make explicit those shared notions and principles thought to be already latent in common sense; or, as it is often the case, if common sense is hesitant, and doesn't know what to think, to propose to it certain conceptions and principles congenial to its most essential convictions and historical tradition."

Nem Sidgwick nem Rawls descartam o senso comum logo de início, mas tampouco crêem que o senso comum forneça os primeiros princípios da filosofia, por causa de sua confusão e de sua incoerência. O papel do filósofo é assumir o senso comum, mas elaborar, precisar e definir suas noções, aclarar seus princípios e fornecer critérios que justifiquem uma escolha, uma decisão, quando os princípios de senso comum nos deixam imobilizados.

Minha própria concepção das relações entre a filosofia e o senso comum tão-só prolonga as reflexões de Sidgwick e de Rawls, levando porém mais longe suas análises. Ambos pretendem, de fato, apenas introduzir mais clareza e coerência nas concepções do senso comum, mas acabam por chegar a filosofias diferentes, porquanto um preconiza o utilitarismo e o outro se lhe opõe a este. É que, a meu ver, esse esforço de aclaramento e de sistematização jamais é neutro. Uma noção clara nunca é idêntica a uma noção confusa, pois, para aclarar, é-se obrigado a escolher, a eliminar certos aspectos da noção confusa e a lhe privilegiar outros. Assim também, em caso de conflito entre princípios, convém introduzir critérios de hierarquização, que não existem no senso comum. Esse esforço duplo implica um posicionamento, juízos de valor explícitos ou implícitos, um engajamento do filósofo.

Para tomar um exemplo bem conhecido, a idéia comum do direito se refere a dois aspectos, o de comando de um soberano acompanhado de eventual punição em caso de transgressão e aquele que vê no direito uma busca da justiça. Uma definição do direito que elimine a confusão favorecerá um desses aspectos ou o outro: a primeira redundará no positivismo jurídico e a outra no jusnaturalismo. Cada um desses aclaramentos favorecerá um valor e desprezará o outro: ora se enfatizará a ordem jurídica, ora se concederá a primazia à idéia de justiça.

Concluindo, a partir do senso comum, é normal que se elaborem filosofias diferentes, orientadas, explicita ou implicitamente, por juízos de valor variados, o que é um outro modo de hierarquizar os princípios. Como o esforço filosófico, que redunda em mais clareza e coerência, implica posicionamentos diferentes, ele redundará numa pluralidade de filosofias irredutíveis.

É assim que se poderia esclarecer a oposição entre uma concepção concreta, que é a do senso comum, conjunto dos usos de uma noção e das regras que lhe são relativas, e uma concepção abstrata que destaca da primeira certos aspectos privilegiados, o que só se pode fazer desprezando os aspectos que parecem incompatíveis com estes.

*
* *

A primeira noção confusa que encontramos em nosso caminho é a própria noção de senso comum. Com efeito, constituirá o senso comum um invariante, comum a todos os homens, a todas as épocas de sua história ou será comum apenas a certas comunidades, a certa etapa de sua evolução histórica? O pensamento de Sidgwick é vacilante a esse respeito. Enquanto, na p. 3 de seu tratado, ele fala do "moral common sense of modern christian communities", na p. 9 fala do "common sens of mankind". Qual deles a filosofia tem de analisar?"

Em Rawls, não encontramos semelhante confusão, mas, antes, uma evolução. Enquanto, em sua *Theory of Justice*[8], ele pretende, como conclusão (p. 587), que sua teoria é válida para todo ser racional e poderia ser integrada num senso comum intemporal, em suas *Dewey Lectures*, pretende unicamente evidenciar os princípios latentes no senso comum de uma sociedade democrática, conforme a certa tradição histórica (p. 518).

Evoluirá o senso comum sob a influência das ciências e da filosofia? Certas convicções ficarão invariáveis e serão comuns a toda a humanidade? Ou dependerão elas de tradições religiosas, tal como o fato de atribuir uma alma unicamente aos homens ou a todos os animais?

O senso comum do Ocidente não crê na reencarnação, enquanto a metempsicose é um lugar-comum na Índia. Em que medida certas críticas filosóficas ou certas teorias científicas modificam idéias de senso comum sobre Deus, sobre o lugar do homem ou da Terra no Universo? Há nisso um objeto de pesquisas que me parece apaixonante, especialmente se se pretende, como eu o faço, que as idéias de senso comum constituem o ponto inicial de toda filosofia moral.

Passemos agora ao exame, no pensamento de Rawls, das noções de razão e de justiça, centrais em sua filosofia.

A propósito da noção de razão, constatamos certa evolução, uma tentativa de aclaramento.

Em sua *Theory of Justice*, ele se serve de dois adjetivos derivados da idéia de razão, *racional e razoável*, de um modo relativamente indiferenciado. Dois homens racionais (ou razoáveis), postos diante de uma mesma situação e buscando um acerto justo, deveriam, depois de deliberar, chegar à mesma conclusão. Se assim não for, é porque seus interesses divergentes os estimulam a defender uma solução que os favorece. Basta, pois, admitir a hipótese de que se encontram atrás de um véu de ignorância, que lhes esconde sua situação própria, para que cheguem a uma mesma conclusão. Se dois homens não estão de acordo sobre a solução que se deve dar a um mesmo problema é porque não têm a mesma informação ou têm interesses divergentes ou são movidos por paixões, que explicam um comportamento desarrazoado. Mas se são seres racionais, que têm as mesmas informações de ordem geral e que ignoram o que as pode diferenciar, eles são permutáveis. A conclusão a que chegará um deles será também a de qualquer outro. É por essa razão que Rawls, inspirando-se no modelo do espectador imparcial, afirma que a conclusão será a mesma para qualquer homem racional, e isto *sub specie aeternitatis*.

Em contrapartida, em suas conferências de 1980, distingue ele nitidamente o racional do razoável (pp. 528-530). Enquanto qualifica de racional a escolha dos melhores meios para realizar os fins de cada um deles, qualifica de razoáveis as condições que os membros de uma sociedade propõem para definir os termos justos (*fair*) de uma cooperação social: tais termos serão caracterizados por uma reciprocidade e uma mutualidade que redundam na igualdade dos associados na situação original e, com isso, numa estrutura fundamental da sociedade justa.

Pessoalmente, opus igualmente o razoável ao racional[9], mas insistindo no fato de que, se o racional é ligado à idéia de verdade, portanto de unicidade, o mesmo não se dá com o razoável, que é uma noção mais vaga, socialmente condicionada, e que não leva a uma solução única, mas a uma pluralidade de soluções aceitáveis em dado meio. Ao passo que era desarrazoado na Bélgica, há um século, permitir a uma mulher, mesmo doutora em direito, participar da administração da justiça, tal proibição pareceria ridícula hoje. Se é instaurado um sistema de segurança social que concede indenizações de desemprego, pode-se discutir sobre o montante dessa indenização: serão descartados como desarrazoados montantes muito baixos ou muito elevados, mas, entre certos limites, pode subsistir um acordo razoável quanto ao montante dessas indenizações.

O razoável é vinculado ao senso comum, ao que é aceitável em dada comunidade. As condições de coexistência numa sociedade justa dependem, portanto, de nossa idéia de justiça, que contém exigências múltiplas e em geral incompatíveis. Daí resulta que não se pode pretender que se fará necessariamente um acordo sobre a elaboração razoável de uma estrutura justa da sociedade, pois várias soluções poderiam ser igualmente razoáveis.

Esse pluralismo de soluções razoáveis justifica o recurso, para chegar a uma decisão, a outras técnicas além da deliberação apenas, a saber: o voto majoritário, ou a designação de uma autoridade competente, que terá o poder de decidir.

Passemos agora à análise da idéia de justiça tal como a encontramos em Rawls, e que se limita, para ele, à aplicação da noção de justiça à estrutura de uma sociedade (*Theory of Justice*, § 2).

Como se sabe, Rawls, para apresentar suas idéias, supõe um contrato concluído entre sócios com o objetivo de tornar mais justa a sociedade de que fazem parte. Esses sócios são pessoas. Essa noção de pessoa, que é uma noção de senso comum, é precisada no pensamento de Rawls, mas, ao mesmo tempo, ela evolui, e constatamos que, em seus escritos anteriores ao tratado, no tratado e em *Dewey Lectures*, a noção se acha definida cada vez de um modo diferente. Assim é que, em sua contribuição ao volume *Justice (Nomos*, VI, Atherton Press, Nova York, 1963), intitulada "Constitutional Liberty and the concept of justice", ele apresenta pela primeira vez os dois princípios de igual liberdade e de diferença que devem, segundo ele, caracterizar a estrutura institucional de uma sociedade (pp. 100-101). Aí ele define, pela primeira vez, as pessoas a quem concernem dois princípios:

"The term 'person' is to be understood in a general way as a subject of claims. In some cases, it means human individuals, but in others it refers to nations, corporations, churches, teams, and so on. Although there is a certain priority to the case of human individuals, the principles of justice apply to the relations among all these types of persons, and the notion of a person must be interpreted accordingly". Neste texto, ele define a pessoa como sujeito de direito, ou seja, como uma pessoa jurídica.

Em seu tratado, abandona essa concepção para identificar a pessoa com indivíduos humanos (§ 22), eventualmente chefes de família (p. 128); pelo contrário, nas *Dewey Lectures*, a pessoa é tomada no sentido kantiano de sujeito moral livre, responsável e autônomo (pp. 516-517), para o qual as noções de liberdade e de igualdade se tornam as noções centrais na posição original. Com efeito, é para pessoas assim concebidas que as liberdades fundamentais, tais como a liberdade de consciência, a liberdade de pensamento, a liberdade de movimento, a liberdade de escolha de uma profissão, são primordiais (p. 526).

Mas, ao mesmo tempo que define a noção de pessoa, ele introduz a noção de cidadão: em cada um de seus textos, fala-nos de uma posição inicial de igual liberdade para todos os cidadãos no seio do sistema social considerado (cf. *Nomos*, VI, p. 99; *Theory of Justice*, p. 127; *Journal of Philosophy*, p. 517). Os cidadãos é que deverão usufruir uma liberdade igual numa sociedade democrática. Esse é o sentido que ele dá à expressão "pessoas participantes de uma instituição ou afetadas por ela" (*Nomos*, VI, p. 100). É preciso ser cidadão para participar do contrato que visa a tornar mais justo o Estado de que fazemos parte. Ora, o fato de ser ou não ser cidadão é o resultado de contingências históricas às quais Rawls recusa qualquer pertinência em questão de justiça. Essa é a razão principal que ele nos fornece, em sua teoria da justiça (pp. 15, 100-104), para não levar em conta, na sociedade justa, vantagens naturais e mesmo o mérito individual, ao passo que o aforismo *cuique suum*, a cada qual o que lhe compete, é a definição secular da justiça. A afirmação de que todos os homens são iguais perante Deus deve ser interpretada da seguinte forma: para julgar os homens, Deus não leva em conta nenhuma outra distinção além do mérito das pessoas.

É verdade que Rawls nos precisa, já no início, que não se interessa pela justiça como virtude dos indivíduos, mas como virtude de uma instituição social. Mas cumprirá que, beneficiando-se os cidadãos de uma liberdade igual no início, toda desigualdade de situação não se possa justificar senão pelo interesse geral, independentemente do mérito?

Essa definição da justiça como liberdade igual é uma noção muito controversa, pois em que medida essa liberdade será independente das condições de seu exercício (do papel da propriedade privada, por exemplo)[10]? Justificando as diferenças apenas pelo interesse geral, sem levar em conta contingências históricas, Rawls é influenciado pelo utilitarismo.

Mas, se quer descartar tudo o que depende das contingências históricas, não se vê como Rawls justificará o fato de que é aos cidadãos, e não a todos os habitantes de um Estado, por exemplo, que ele propõe concluir um contrato social justo, que não deve desfavorecer nenhum deles, mas que poderia tratar como escravos os estrangeiros que o contrato social não deve, em princípio, levar em conta. Com efeito, esse contrato entre cidadãos, fundamentado unicamente em seus interesses egoístas, não implica em absoluto uma doutrina que proteja os direitos do homem em geral.

Parece-me que há certa incompatibilidade entre a busca de um princípio intemporal de igual liberdade, que não dá importância à história, e o papel primordial atribuído ao cidadão na elaboração de uma sociedade justa, pois a sociedade considerada e os cidadãos que dela fazem parte são ambos produtos da história. Por outro lado, sem levar em conta a história, não se pode dar conteúdo preciso à noção confusa de igual liberdade. O papel da história é maior ainda quando se trata de definir o princípio de diferença. É ele admitido em todos os sistemas modernos de direito em que o princípio da igualdade perante a lei pode ser infringido em nome do interesse geral. Assim é que se admitirá sem dificuldade que a prática da medicina seja reservada aos que são portadores de um diploma que lhes atesta a competência na matéria, e isso no maior interesse dos doentes. O utilitarismo constitui uma interpretação individualista da noção de interesse geral, na medida em que este é definido pelo maior interesse do maior número, ignorando qualquer outro fator que se poderia levar em conta, tais como o progresso das ciências e das artes, o interesse do Estado, a proteção do mundo animal e vegetal, etc. Em sua primeira concepção do princípio de diferença, Rawls se opõe ao utilitarismo na medida em que considera injusto o fato de sacrificar o interesse dos indivíduos ao da comunidade em seu todo. Portanto, ele só admite, no início, desigualdades na medida em que elas beneficiam cada membro da sociedade (*Nomos*, VI, p. 100). Essa concepção geral, que é retomada em várias passagens da *Theory of Justice* (pp. 14-15, 30, 60, 246), ele vai modificá-la, pois é praticamente inaplicável. Com efeito, como Rawls reconhece em *Theory of Justice* que não há, por assim dizer, situação que seja vantajosa para cada qual (p. 319), ele substitui, em sua teoria definitiva, a formulação primitiva do princípio de diferença, de sorte que, em vez de justificar as desigualdades pelo fato de serem úteis a todos, exigirá que elas aproveitem aos membros mais desfavorecidos da sociedade (§§ 13 e 49). Isto é uma segunda limitação do princípio do interesse geral, assimilando este ao interesse daqueles que são mais desfavorecidos, concepção conforme à ideologia do liberalismo social.

Está na hora de concluir.

Na medida em que uma teoria moral se inspira em noções de senso comum, que são vagas e relativamente indeterminadas, essas noções só são precisadas levando-se em conta o contexto histórico, que permite elaborar uma filosofia ou uma ideologia conformes às necessidades e às aspirações de uma dada sociedade. Embora seja possível fornecer princípios de justiça gerais relativamente formais, sua aplicação só pode ser feita fora do contexto histórico desta. Foi isso que José Lhompart mostrou muito bem em seu artigo intitulado "Gerechtigkeit als geschichtliches Rechtsprinzip"[11].

Daí resulta que uma teoria da justiça, como toda teoria filosófica, na medida em que sua elaboração é acompanhada de juízos de valor explícitos, ou pressupõe juízos de valor implícitos, é sempre historicamente situada e é concomitante de um posicionamento que não vale para a eternidade e para toda sociedade, mas depende do senso comum, de lugares-comuns, de uma dada sociedade. Quanto mais alentada é a elaboração filosófica que é feita dessas noções e princípios de senso comum, precisando umas e hierarquizando os outros, – pela eliminação das confusões e das incoerências que lhes são inerentes – mais original se torna a concepção e mais se distingue das outras tantas visões do senso comum de que partiu.

É nessa perspectiva que convém avaliar a teoria da justiça de John Rawls, enquanto elaboração filosófica da ideologia do liberalismo progressista da sociedade americana de hoje.

§ 11. A justiça reexaminada

A análise filosófica da noção de justiça deveria começar formulando a questão: "Será a justiça a única virtude referente às nossas relações com outrem ou será apenas uma das virtudes, em competição com outras, tais como a eqüidade, a misericórdia, a generosidade?" Em suas obras, Platão escolheu a primeira opção da alternativa, enquanto Aristóteles demonstrou uma nítida preferência pela segunda. A escolha efetuada por cada um deles não é em absoluto arbitrária, pois se explica pela diferença entre suas filosofias.

Para Platão, o filósofo, especialista em dialética, é capaz de conhecer o mundo das idéias, em especial a idéia de justiça. Admitindo a existência de um *cosmos*, de uma ordem universal, harmoniosa e justa, o sábio nela se inspirará para apresentar o ideal de uma sociedade justa, formulará as leis justas dessa sociedade que, enquanto juiz, será capaz de aplicar de uma forma unívoca, sem dar azo à crítica nem à controvérsia. O conhecimento objetivo do justo e do injusto não o incentivará a concessão nenhuma, pois não se transige com a verdade. Nessa perspectiva, nada mais justificado do que a máxima *pereat mundus, fiat justitia*, faça-se a justiça, ainda que se destrua o mundo: nenhuma conseqüência, seja ela qual for, deve desviar-nos da realização da justiça.

Há cerca de trinta anos, por ocasião do Congresso Internacional de Filosofia em Amsterdam, um juiz calvinista me confiou que concebia seu papel como sendo o de procurar, em cada litígio, a solução justa tal como Deus a conhece. Expressava assim a versão cristã, agostiniana, do platonismo: estando o mundo das idéias situado no entendimento divino, o homem se empenhará para descobrir o que é justo para o espírito de Deus. Tendo-se atingido esse resultado, nenhuma boa razão pode afastar da solução justa aquele que se deixa guiar por Deus em seus juízos e em suas decisões. Quem conhece a resposta absolutamente justa, conforme à verdade, de todo problema humano, não deve, em hipótese alguma, afastar-se dela. Toda concessão seria indigna de um juiz íntegro, que não se deixará corromper, nem sequer se apiedar: *dura lex, sed lex*.

A essa visão absolutista da justiça, inspirada a um só tempo no espírito das matemáticas e num ideal de inspiração religiosa, Aristóteles opôs o ideal de prudência, que se inspira numa longa experiência do funcionamento das instituições humanas. Para julgar, tomar uma decisão deliberada, o sábio não pode encontrar, quando se trata de ação humana, a única solução, fundamentada na intuição e na demonstração incontestáveis. Com efeito, no domínio da razão prática, ele só dispõe de raciocínios dialéticos, que, na melhor das hipóteses, levam apenas a uma solução razoável. A norma em que o juiz se inspirará não é divina, nem absoluta, pois o homem prudente é que será seu único modelo. A regra, formulada pelo legislador humano, ainda que seja justa, só é adaptada às situações habituais. Quando a situação, saindo do trivial, não tiver sido prevista pelo legislador, o juiz deverá procurar, inspirando-se na eqüidade, uma solução mais justa do que a da lei, mais adequada ao problema. À justiça concebida como conformidade à lei, Aristóteles opõe, quando é preciso, uma justiça superior inspirada na eqüidade. Uma justiça humana, portanto imperfeita, não pode impor uma submissão incondicional: será normal temperar seus os excessos pelo recurso à eqüidade, à misericórdia, à generosidade.

No debate entre Platão e Aristóteles, não hesito em colocar-me do lado de Aristóteles. Pois se, há trinta e cinco anos, tive a coragem de escrever que a filosofia é o estudo sistemático das noções confusas[1], a noção de justiça é a que melhor parece ilustrar essa tese.

À primeira vista, parece que uma decisão é justa se é conforme à regra de justiça formal, que exige o tratamento igual de casos essencialmente semelhantes. Esta afirmação deveria ser precisada e mesmo emendada em alguns pontos importantes.

Comecemos por reconhecer, com Norman C. Gillespie[2], que nem sempre é injusto tratar diferentemente casos essencialmente semelhantes. Com efeito, se dou um dólar a um mendigo de passagem e se, uma hora mais tarde, dou a outro mendigo apenas um quarto desse montante, não agi injustamente, pois a regra de justiça não transforma, de repente, um ato voluntário num ato obrigatório. Se fosse justo que, em certa situação, eu agisse de um modo determinado, eu deveria agir do mesmo modo numa situação essencialmente semelhante. Mas, se a primeira situação me deixava inteiramente livre para agir como bem entendesse, continuo livre para agir numa situação essencialmente semelhante. Meu modo de agir não havia, portanto, estabelecido precedente ao qual eu seria obrigado a amoldar-me em virtude da regra de justiça formal.

Acrescentarei, porém, de minha parte, que há poucas situações em que a ação livre não tende a transformar-se em ação obrigatória, na medida em que é criadora de uma expectativa na cabeça do beneficiário. Sabe-se com que rapidez uma gratificação voluntária, concedida por um patrão ao empregado no final do ano, transforma-se numa obrigação, da qual é difícil poder desvencilhar-se.

Observe-se também que o fato de se amoldar a uma regra ou a um precedente só será considerado justo se a regra ou o próprio precedente for admitido. Jamais se dirá que o médico que procedeu a seleções no campo de Auschwitz e seguiu escrupulosamente a regra, que lhe prescrevia enviar as crianças judias de menos de catorze anos à câmara de gás, agiu de um modo justo ao executar com zelo e pontualidade uma ordem ou um precedente criminal.

Portanto, cumpre, para que um ato seja justo em virtude da regra de justiça formal, não só que o caso novo seja essencialmente semelhante a um caso anterior, mas também que a decisão que fornece o precedente seja aceita. Ora, a realização dessas duas condições é raramente incontestável.

Quando duas situações serão essencialmente semelhantes? Em outros termos, quando se dirá que o que diferencia as situações é irrelevante?

Em 1944, em meu primeiro estudo sobre a justiça, eu enumerara seis princípios que apresentam, a esse respeito, critérios diferentes. Ei-los:

1 – A cada qual a mesma coisa.
2 – A cada qual segundo suas obras.
3 – A cada qual segundo seus méritos.
4 – A cada qual segundo suas necessidades.
5 – A cada qual segundo sua posição.
6 – A cada qual segundo o que a lei lhe atribui (*cuique suum*)[3].

A escolha de qualquer um desses princípios fará que situações que pareceriam essencialmente semelhantes a um parecerão diferentes a outros. As diferenças de sexo, de idade ou de raça, deverão ser levadas em consideração quando se trata de determinar o salário justo? Cumprirá ou não levar em conta os encargos familiares? Ou a produtividade? Vê-se imediatamente que podem surgir controvérsias a esse respeito, e que a solução adotada, ainda que em dado contexto possa ter nossas preferências e parecer razoável, não é necessariamente a única solução que se impõe como justa de um modo indiscutível.

A segunda condição, a determinação da regra pela qual é justo pautar-se ou de um precedente reconhecido, levanta um problema insolúvel no absoluto.

De fato, quando a regra é justa ou um precedente é reconhecido? Poder-se-ia responder que isso ocorre quando a regra ou o precedente são justificados ou não necessitam de justificação. Este último caso sucede quando aquele que estabelece a regra ou o precedente não é criticado. Quando o fato de estabelecer uma regra ou um ato é criticável? Quando a regra ou o ato se opõe a uma norma ou a um valor reconhecido.

Desse ponto de vista, Patrick Day, numa sugestiva comunicação intitulada "Presumptions"[4], mostrou que existem presunções, atinentes a certos princípios, que dispensam de qualquer justificação aqueles que os acatam, mas exigem uma justificação daqueles que os transgridem. O que é característico é que tais princípios não constituem verdades universalmente válidas, mas caracterizam atitudes diferentes, que o autor qualifica de conservadora, liberal ou socialista.

A presunção conservadora atua em favor do que existe: apenas a mudança, sempre, em toda parte e em tudo, exige uma justificação[5]. A presunção liberal exige a justificação de qualquer ataque à liberdade: "leaving people to themselves is always better, *caeteris paribus*, than controlling them" (Mill, "On liberty," cap. V, *in Utilitarianism*, ed. por Warnock Collins, 1964, p. 228). A presunção socialista, em contrapartida, requer a justificação das desigualdades. Como o afirma I. Berlin: "equality needs no reasons, only inequality does"[6].

Assim, a *adesão* a certos princípios ou a certos valores dispensaria a justificação de toda regra e de toda ação que se lhes amolde. É uma abordagem do mesmo gênero, a do *consenso*, que fornece aos juristas um critério freqüentemente utilizado como fundamento da justiça. Poderíamos distinguir três variantes dela, conforme se trate de um consentimento pessoal e expresso, de um consenso coletivo e implícito e, enfim, de um consenso indireto, não à regra, mas à autoridade que a proclama.

a) A primeira forma de *consenso*, geradora de direitos e de obrigações, que é justo reconhecer, é a que se manifesta pela expressão de uma ou de várias vontades, formulada numa promessa ou numa convenção. Todo ajuste que resulte de uma promessa, de um contrato ou de um pacto, é justo respeitá-lo. Daí os brocardos jurídicos bem conhecidos: *volenti non fit injuria*, a quem consente, não se faz injustiça, e *pacta sunt servanda*, os contratos devem ser cumpridos.

b) A forma comunitária e implícita do *consenso* se manifesta no costume que, por ser de há muito seguido pelos membros de uma comunidade, parece exprimir um *consenso* ao qual é justo amoldar-se.

c) A derradeira forma de *consenso* é indireta: não se pode pensar em acordo sobre uma regra ou sobre um precedente considerado justo, mas numa confiança concedida a uma autoridade reconhecida pelos membros de uma comunidade, cujas decisões seriam obrigatórias, às quais seria, portanto, justo amoldar-se. Tratar-se-á de uma autoridade religiosa, tal como Deus ou seus porta-vozes para uma comunidade religiosa, ou de uma autoridade política, tal como um rei, um parlamento ou um juiz, cujos poderes seriam reconhecidos por causa de uma ideologia aceita na comunidade política.

O estudo das instituições jurídicas mostra como os diversos fundamentos do *consenso* puderam ser contestados. Procurou-se mostrar, em certos casos, que não se trata de um consentimento livre, mas que foi obtido sob coerção ou foi dado em conseqüência de informações enganosas. Que a convenção é ilegal ou imoral, logo, sem efeito. Que o costume é incerto, ou foi pervertido em suas aplicações concretas. Que a justiça de uma regra ou de uma decisão, mesmo que seja presumida quando emana de uma autoridade reconhecida, pode ser contestada quando a regra ou a decisão está em contradição flagrante com um princípio que expressa valores reconhecidos.

A ÉTICA

Num debate assim, em que é normal que se manifestem pontos de vista opostos, é raro que se chegue a um acordo unânime. Com efeito, os argumentos apresentados por uma parte e pelas outras têm maior ou menor força, maior ou menor pertinência, mas jamais são coercivos, o que não significa que tenham todos o mesmo valor. Na área prática, trate-se de moral, de direito ou de política, recorre-se a raciocínios dialéticos no sentido de Aristóteles, que os opõe aos raciocínios analíticos. Eles permitem descartar certas decisões como desarrazoadas, mas quase nunca logram mostrar de uma forma indiscutível que a solução pretendida é a única razoável.

Note-se, a propósito disso, que a categoria do razoável, que desempenha um papel essencial na argumentação, no que chamei de a *nova retórica,* difere do *racional.* Enquanto o racional se refere, de um modo variável conforme os autores, a verdades eternas e imutáveis, a um direito ou a uma moral universalmente válidos, a provas coercivas, ao espírito sistemático, ao uso dos melhores meios com vistas a um dado fim, o razoável é uma noção mais vaga, com conteúdo condicionado pela história, pelas tradições, pela cultura de uma comunidade. O que pode ser considerado razoável numa sociedade, numa época, pode deixar de sê-lo noutra sociedade ou noutra época[7].

Isso não impede que o desarrazoado, apesar de tudo quanto essa noção tem de vago e de instável, estabeleça, em cada Estado de direito, um limite ao exercício de um poder discricionário legalmente reconhecido. Um poder assim confere, em todos os domínios, o direito de escolher entre as diversas opções que se oferecem, mas com a condição de que a escolha não seja desarrazoada, porque senão a considerarão contrária ao direito, seja qual for a qualificação exata que motivar a recusa de reconhecer a legalidade dessa escolha[8].

Ademais, a idéia de que existem princípios de justiça análogos a princípios matemáticos que, corretamente aplicados, forneceriam sempre soluções justas, sejam quais forem as circunstâncias, se mostra contrária à realidade.

Capítulo II
Considerações morais[1]

§ 12. Relações teóricas do pensamento e da ação[1]

Graças às influências conjugadas do marxismo e do pragmatismo, das correntes existencialistas e cientificistas, que se pretendem antimetafísicas, a filosofia contemporânea do Ocidente, ao examinar as relações teóricas entre o pensamento e a ação, concede sem hesitar a primazia à ação, tornando-se esta o critério do valor daquele. Em se tratando de julgar o valor da teoria pela prática, ou o valor das idéias por suas conseqüências, em se concedendo a primazia ao concreto sobre o abstrato e à política sobre a metafísica, ou, enfim, em se reduzindo a verdade de uma proposição às suas possibilidades de verificação, é sempre o êxito de uma certa ação que se torna, definitivamente, aquilo que permite realizar o acordo das mentes sobre a validade de um pensamento. O pensamento crítico de nosso tempo não dá muito crédito às idéias; estas têm de pagar à vista, por meio de efeitos imediatamente observáveis, qualquer adesão que se esforçam em colher. Reempregando a terminologia aristotélica, é a primazia do ato sobre a essência, que chega até a redução da essência aos atos que são a manifestação sua.

Essa tendência atualista, tão difundida em nossa época, é, há que o dizer, diametralmente oposta à tradição clássica da metafísica ocidental que, em busca de primeiros princípios e de verdades necessárias, vê, desde Platão e Aristóteles, no pensamento racional o guia de toda ação e o fundamento de toda sabedoria. A tradição clássica não hesita, de fato, em afirmar a superioridade do eterno sobre o temporal, assim como a da contemplação e da ciência do imutável sobre a ação, sobre a produção e o saber prático, sobre o conhecimento do oportuno. Observe-se, porém, que, para grande número de filosofias que pertencem a essa tradição – mencionemos mais particularmente o estoicismo e o spinozismo –, a ação não é oposta ao pensamento, mas à paixão. O essencial é o que não é vã agitação, mas ação livre, graças à qual nos sentimos realmente ativos, e não um joguete de influências externas, escravos de nossas paixões. Escapamos a estas, às aparências sensíveis, ao erro e à imoralidade, quando o nosso comportamento é determinado por nossas idéias adequadas, pela parte racional de nosso ser. A primazia do pensamento se assinala, assim, pelo fato de ser ele que permite distinguir a ação da paixão. Apenas o sábio é livre, pois sua ação é autônoma. Mas que deverá ele fazer em caso de dúvida e de hesitação? Deverá envolver-se sem ser movido por idéias claras e distintas, sem a garantia da evidência? Descartes reconhece que "como as ações da vida freqüentemente não suportam nenhum adiamento, é uma verdade muito certa que, quando não está em nosso poder discernir as opiniões mais verdadeiras, devemos seguir as mais prováveis". (*Discurso do método*, 3ª parte). É por essa razão também que ele estabelece uma nítida separação entre a teoria e a prática, entre o que convém à busca da verdade e o que é recomendável nas ações da vida. Mas não é compreensível que, nessa perspectiva, o sábio renuncie cada vez mais à ação, cujas condições não lhe parecem seguras, e prefira o gênero de vida contemplativo e místico para o qual se preparará, se preciso for, com práticas ascéticas e purificadoras.

As duas correntes filosóficas, que acabamos de caracterizar esquematicamente, se opõem diametralmente, tanto por sua teoria do conhecimento quanto por sua teoria da ação.

Para a tradição clássica, o conhecimento verdadeiro e a ação livre consistem numa conformidade a uma ordem constituída previamente a qualquer ação humana. A intervenção humana é causa de subjetividade, ou seja, de erro e de imoralidade. O desacordo dos homens, suas variações na história são outras tantas provas da imperfeição de seu conhecimento e de sua ação. Impõe-se uma ascese prévia para rejeitar tudo que os afasta da ordem universalmente válida. Cada qual deve libertar-se de suas paixões e de seus preconceitos, do que traz a marca de sua personalidade e de seu meio. O método para bem conduzir a nossa razão consiste acima de tudo numa disciplina de purificação, que permitirá apegar-se apenas às idéias claras e distintas, conhecidas por meio de intuições evidentes que garantem a verdade do seu objeto. O conhecimento progredirá de certeza em certeza, seguindo a ordem correta que vai do simples ao complexo. Apenas um conhecimento assim elaborado merece o nome de ciência. O saber infalível resultará do uso correto da razão, que é uma faculdade comum a todos os homens normalmente constituídos e perfeita em cada um deles.

A ciência fundamentada em intuições racionais será uma cópia perfeita da realidade por ela descrita. Mas, para justificar tal concepção da verdade como correspondência com o real, cumpriria pressupor que a própria realidade, que se manifesta à intuição, é estruturada em proposições verdadeiras, independentemente de qualquer linguagem humana. As proposições verdadeiras da linguagem científica devem refletir, de uma forma tão transparente quanto possível, sem ambigüidade nem confusão, as próprias estruturas do real. As noções utilizadas deveriam amoldar-se à classificação natural das coisas.

Assim como a proposição verdadeira, a ação virtuosa é conforme a uma ordem estabelecida. A ação livre do sábio seguirá as regras objetivas da moral e do direito natural que sua razão lhe revela. A tradição filosófica cristã, desde Santo Agostinho até Leibniz, passando por Santo Tomás, Duns Scot e Descartes, encontrará em Deus um fiador para o pensamento humano. Como o espírito divino conhece de antemão a solução de todos os problemas e como, graças à luz natural e sobrenatural, ele nos faz conhecê-las, o otimismo cristão fornece confiança ao filósofo. O racionalismo cristão sabe que todos os problemas possuem sua solução desde sempre e que lhe basta, para encontrá-la, exercer bem suas faculdades naturais. Compreende-se que um racionalismo ateu não possa vangloriar-se da segurança de um Descartes e não possa demonstrar o mesmo imperialismo intelectual. Ele deverá reduzir o alcance de suas afirmações apenas ao domínio cuja chave as ciências exatas parecem fornecer-lhe, declarando inacessível à razão o domínio do normativo, o das regras que nos deveriam reger a ação. O pensamento, capaz de conhecer o real, seria incapaz de justificar racionalmente a conduta humana. Cumpriria renunciar a uma ciência dos fins, pois estes são alheios às estruturas do real. Apenas uma ciência descritiva encontra seu fundamento nos fatos. Como o que deve ser é o reflexo do que é, não há verdade no domínio do normativo. Este escapa ao conhecimento racional; o ideal de uma razão prática se mostra uma ilusão, quando não uma contradição em termos.

Sejam quais forem as dificuldades, que podem parecer insuperáveis, da tradição clássica, ela apresenta pelo menos a vantagem de haver edificado teorias coerentes da verdade, da razão e da liberdade. Quanto às tendências contemporâneas, para as quais nem a verdade, nem a liberdade são conformidade a uma ordem preestabelecida, que recusam ver na razão uma faculdade imutável, cujas evidências seriam infalíveis, poderão elas fornecer-nos critérios satisfatórios daquilo que são uma tese válida, uma escolha razoável, uma decisão justificável? Com efeito, é assim que devem ser formuladas as questões relativas à verdade, à liberdade e à razão, em filosofias que concedem a primazia da ação sobre o pensamento. Não basta dizer que toda afirmação pressupõe uma ação, que consideramos verdadeiras teses nas quais estamos prontos para fundamentar nossa conduta e que apenas o êxito desta garante a exatidão de nossas idéias; cumpre ainda que possamos indicar os critérios da ação eficaz e da escolha razoável e precisar as condições do erro e do fracasso. Tudo isto exige uma teoria da razão prática, tanto mais indispensável porque deverá fornecer, a um só tempo, as regras da ação e do pensamento. Essa teoria deverá, aliás, empenhar-se em evitar as dificuldades da filosofia clássica.

A ÉTICA

Gostaria de submeter à discussão algumas sugestões que me parecem dever fornecer os elementos de uma solução ao problema com que nos ocupamos.

Na filosofia clássica, as teorias do conhecimento focalizaram o indivíduo sozinho em face do universo. Que o seu pensamento se forme graças à experiência do real ou que a realidade seja o reflexo de um pensamento razoável, o pensamento verdadeiro sempre parece ser aquele que corresponde ao real. Mas, de fato, entre o indivíduo e o universo interpõe-se o meio social, com suas tradições, sua linguagem e suas técnicas. Cada homem, antes de ter acesso a uma reflexão pessoal, passou por uma educação moral, política ou religiosa e por uma iniciação a qualquer uma das inumeráveis ciências e técnicas de seu tempo. Todo conhecimento é, no início, tradição, ensino e conformismo. Não somente a linguagem, tanto usual quanto técnica, mas também as regras e os métodos, mediante os quais se efetuam a verificação e a prova, elaboram-se numa tradição e são ensinados numa iniciação, prévias ao trabalho criador. Ao lado das regras e dos métodos críticos, comuns a todo exercício do pensamento, cada disciplina desenvolve processos e métodos específicos que possibilitam fazer a distinção entre o que é relevante e o que não o é em sua própria área de pesquisa. Assim é que cada mente é condicionada pela formação e pela educação que recebeu. O saber já pronto, transmitido de geração em geração, parece natural, conforme ao real, e não levanta muitos problemas, enquanto as regras e os métodos já elaborados se aplicam sem dificuldade às novas situações. Mas, surgindo uma dificuldade, apresentando-se um problema cuja solução os métodos conhecidos não permitem encontrar, daí em diante mostra-se indispensável um esforço criador. Será necessário inventar novos processos ou modificar as antigas técnicas, formular uma nova teoria que necessitará da criação de uma nova terminologia, flexibilizar as regras antigas retificando-lhes o campo de aplicação. Num esforço de adaptação aos novos problemas provocados pela prática ou imaginados pelo espírito inventivo do cientista, o pensamento criador modificará ou contestará o próprio âmbito consoante o qual a situação foi examinada primitivamente.

Assim é que toda teoria ou toda prática nova, tendente a obviar a imperfeição de um ou de outro elemento do patrimônio cultural, deverá manifestar sua superioridade sobre o que ela tende a substituir de modo convincente para as mentes formadas pela disciplina a que pertence a novidade proposta. Nesse caso, tratar-se-á muito raramente de demonstração formal; será, antes, uma confrontação das vantagens e dos inconvenientes de duas teorias ou de duas práticas. Os argumentos apelarão, em ciência e nas técnicas, a noções tais como a coerência, a simplicidade, a clareza, a fecundidade, o rendimento, a utilidade: em moral, em política ou nos debates religiosos, invocar-se-ão a liberdade, a justiça, a pureza, a fidelidade ou a santidade. Todas essas noções são relativamente indeterminadas, pois são diversas as suas condições de aplicação. Tais noções se precisam e se modificam por ocasião de seu uso, e essa plasticidade quase não lhes permite a formalização. Uma argumentação que recorre a essas noções parecerá tanto menos convincente de imediato quanto mais revolucionárias forem as mudanças por ela preconizadas. Quanto menos mudanças uma novidade trouxer a nossos hábitos e aos âmbitos de nosso pensamento, mais facilmente se poderá pleitear-lhe a causa. As mudanças revolucionárias foram raramente admitidas de chofre num patrimônio cultural.

Esse processo de nossas idéias e de nossas técnicas nos obriga a repensar, em termos alheios à tradição clássica, os problemas fundamentais do conhecimento e da ação e, mais particularmente, as noções de verdade e de liberdade, elaboradas consoante esses problemas.

Partamos da teoria clássica da verdade como correspondência do que é dito verdadeiro com o objeto da asserção. Que significará essa correspondência, se acreditamos que a linguagem é uma obra humana, mais ou menos adaptada ao real e às necessidades da comunicação com os outros? Dizer que uma proposição é verdadeira não será, ao mesmo tempo, formular um juízo implícito sobre os termos por ela utilizados? Imaginemos a descrição de uma experiência por um alquimista do século XVI na linguagem da época: diremos que sua descrição é exata, mesmo que a terminologia nos pareça ultrapassada? Supondo-se que possamos controlar os fenômenos aos quais se refere a descrição, não diremos que esta é imprecisa, que contém detalhes supérfluos e não menciona precisões importantes, que arrasta consigo, implicitamente, afirmações falsificadas e que teríamos preferido uma descrição numa terminologia menos superada? Diremos que a descrição atual seria mais verdadeira do que a antiga? Mas, se nos servimos da palavra "verdadeiro" nesse sentido, como uma intuição poderá nos garantir, por sua evidência, a verdade de um enunciado? Se fizermos abstração da linguagem com que descrevemos essa intuição, poderemos ainda falar de verdade nesse caso? A verdade não é relativa a signos, e, quando não há signo, nem significação, tratar-se-á de outra coisa senão de dados, a respeito dos quais não se pode pensar em verdade?

Tudo quanto podemos dizer, a propósito disso, parece-me, é que considerar indiscutível a verdade de uma proposição é, de todo modo, pressupor que não convém discutir os termos da linguagem que permitiu expressá-la; e, muito amiúde, de fato, a linguagem não está em causa. Mas se poderá concluir disso – sejamos nós realistas ou nominalistas – que as questões da linguagem são alheias à definição da verdade?

Pessoalmente, não creio. Creio que estamos contentes com a linguagem utilizada, não porque ela é arbitrária, nem porque é o reflexo de estruturas do real, mas porque ela nos convém, até nova ordem: há um juízo implícito de adesão à linguagem e, com isso, a uma tradição que a elaborou. Quando quisermos reformar o uso de um termo, por ele nos parecer repleto de equívoco ou favorecer erros, ou repousar numa classificação imperfeita, não hesitaremos em combater a proposição considerada verdadeira até então.

Percebemos a existência de um juízo de valor na reforma de uma terminologia. Por que recusar a existência de um juízo de valor no uso de uma terminologia tradicionalmente admitida? O fato de renunciar a servir-se de uma liberdade é, de certa forma, um uso dessa liberdade.

Com efeito, a liberdade não é somente adesão a uma ordem prévia. Ela é escolha de uma linha de conduta. Percebemos essa liberdade quando nos afastamos de um automatismo, de uma rotina, de uma linha de conduta geralmente adotada. Mas não usaremos da liberdade, mesmo permanecendo conformistas? O juiz que segue os precedentes compromete sua integridade tanto quanto aquele que deles se afasta. Ele tem, não obstante, uma superioridade sobre este último; é que, normalmente, não deve justificar sua conduta. Sua decisão, pelo fato mesmo de ser tradicional, não tem de ser justificada. Em contrapartida, aquele que se afasta da norma parece comprometer mais fortemente sua responsabilidade, pois deve justificar sua iniciativa para valorizar-lhe a racionalidade. Essa justificação deverá ganhar a adesão daqueles a quem é dirigida, e de quem modifica os hábitos de pensamento. Ela se amparará em argumentos que variarão de acordo com o âmbito em que se move e que fornecerá o critério de pertinência deles. Esses argumentos serão científicos, técnicos, jurídicos, políticos ou filosóficos, conforme o âmbito em que se insiram e a ordem que procurem precisar ou modificar. É nessa perspectiva que a idéia de uma razão dialética se torna compreensível. As mudanças no âmbito de referência são devidas à iniciativa individual de uma mente criadora, mas essa iniciativa, para ser admitida, e para que as proposições dela resultantes sejam integradas no âmbito que ela modifica, deve encontrar razões que pareçam válidas segundo os critérios anteriormente reconhecidos.

Definir a verdade e a liberdade apenas como conformidade a uma ordem imutável e perfeita significa aderir implicitamente a uma visão teológica que é a da metafísica clássica. Em contrapartida, quando a ordem é humana e imperfeita, definir a verdade e a liberdade como conformidade a essa ordem não é respeitar o absoluto, e sim a tradição. Pautar por esta o pensamento e a ação significa comprometer-se, ainda que esse compromisso, por ser conformista, pareça normal sem dever ser justificado. Mas, por se tratar de uma ordem que homens produziram e aperfeiçoaram e que permanece sempre perfectível, as concepções da verdade e da liberdade como conformidade a uma ordem se mostram insuficientes e devem ser completadas por uma concepção da verdade que permita conceber a superioridade de um âmbito de referência sobre outro, e compreender por que o abandono deste último âmbito e sua substituição pelo novo constitui uma decisão razoável.

§ 13. Demonstração, verificação, justificação[1]

Acontece com freqüência, por ocasião de palestras filosóficas, que o orador encarregado de fazer a síntese de um congresso dedique alguns dias de lazer, antes da reunião, a redigir essa síntese, para estar totalmente pronto para essa exposição de encerramento. Esse modo de agir evita as eventualidades da improvisação, mas não me parece muito instrutivo: é por essa razão que, querendo levar em conta, até o derradeiro minuto, as discussões que se realizaram nestes dias, preferi improvisar, expondo-me a todas as insuficiências desse procedimento. Espero que os senhores tenham a bondade de perdoá-las.

Devemos perguntar-nos, para começar, em que medida os organizadores do simpósio, que propuseram o tema "Demonstração, Verificação, Justificação" tiveram suas esperanças mais ou menos realizadas nestes poucos dias. Como se viu, trata-se, de um modo geral, do problema da prova, da justificação de nossas afirmações, das pretensões de racionalidade de um discurso responsável, seja ele científico ou filosófico. Nossos dois colegas que o introduziram, quando da sessão inaugural, o Sr. Klibansky, presidente do Instituto Internacional de Filosofia, e o Sr. Devaux, presidente do Centro Belga de Pesquisas de Lógica, indicaram-nos em que perspectivas se situava esse tema.

Foi-nos bem mostrado que a própria noção de demonstração, tal como nos é apresentada em Aristóteles, em quem é vinculada à evidência das premissas de um discurso apodíctico, e a noção de demonstração formal, dentro de um sistema hipotético-dedutivo, têm filosoficamente um alcance muito diferente.

Compreende-se que, na primeira concepção, como a demonstração parte de axiomas ou de princípios incontestes, o papel do filósofo seja apresentar esses princípios evidentes, a partir dos quais as ciências poderiam desenvolver as conseqüências que tiram deles. Não é de espantar que, em virtude desse papel, a filosofia seja considerada a rainha das ciências. Quando a demonstração se desenvolve dentro de um sistema hipotético-dedutivo, o cientista pode dispensar o filósofo, e a investigação dos primeiros princípios.

Enquanto, na demonstração, partimos dos princípios, as operações de verificação exigem a evidência de certos fatos, que devem verificar ou alterar, confirmar ou infirmar hipóteses ou idéias gerais.

Em ambos os casos, o do discurso demonstrativo e o do discurso de verificação, não se pode dispensar uma forma de evidência, que garante a seriedade do discurso científico. É verdade que, na metodologia das ciências atuais, as coisas não são tão simples, mas constatamos, não obstante, que as técnicas científicas da prova permitem, *grosso modo*, chegar a um acordo que é buscado em vão em filosofia. Os desacordos dos filósofos, que com freqüência trazem à baila evidências divergentes e incompatíveis, levantam infalivelmente o problema da racionalidade e mesmo o da seriedade de seus discursos.

Como é possível que, em filosofia, quase não se chegue ao acordo que é efetuado utilizando-se processos de demonstração ou de verificação? Em face dessa situação, como bem o assinalaram os senhores Klibansky e Devaux, manifesta-se uma tendência de negar a existência de provas em filosofia. Como disse Gilbert Ryle, por ocasião de outro simpósio, realizado em Bruxelas, sobre a teoria da prova[2]: "Os filósofos não fornecem provas, assim como os tenistas não marcam gols. E os filósofos não tentam em vão fornecer provas. Os gols são alheios ao tênis, assim com as provas à filosofia."

Mas a conclusão que o Sr. Devaux tira disso não deixa de inquietar-nos: "A filosofia seria puramente irracional? Renunciando às técnicas comprovadas da ciência, em questão de prova, não se chegará ao fim da filosofia? Poder-se-á considerar um empreendimento sério essa forma irracional de filosofar?"; era esse, como os senhores sabem, o parecer de Descartes, que pretendia que a filosofia, na medida em que não pode tornar-se uma ciência, emite apenas opiniões e não merece que nos ocupemos dela.

Assim situado, nosso simpósio estava centrado no problema das relações entre as Ciências e a Filosofia. Em que medida as técnicas científicas de prova constituem os únicos procedimentos racionais? Ou, ao contrário, ainda que o empreendimento filosófico não dependa da demonstração e da verificação, poderemos encontrar uma justificação que lhe garanta o caráter racional?

O primeiro relator de nossas Palestras, o Sr. McKeon, utilizando seus profundos conhecimentos históricos em proveito de sua dialética, procurou mostrar-nos que as coisas não eram tão simples quanto uma mente menos avisada poderia imaginar. Na realidade, disse-nos ele, essas três noções – demonstração, – verificação e justificação, – correspondem às diferentes concepções de um discurso que estabelece um fundamento, conforme esse fundamento seja concebido como uma elaboração a partir de princípios, como um confronto com certo objeto, ou conforme ponha a ênfase na comunicação entre os homens. A partir de cada uma dessas concepções de um fundamento, as noções de demonstração, de verificação e de justificação serão diferentemente elaboradas, pois serão adaptadas à concepção que se quer fazer prevalecer. Essas noções são cercadas de um halo de ambigüidade, de que nos aperceberemos à medida que se for desenvolvendo a discussão a respeito delas. Se queremos discutir em filosofia, não temos de dar a tais noções um sentido definitivo e rígido; devemos ser sensíveis aos matizes que resultam de pontos de vista diferentes, de atitudes diferentes, e o proveito que se retirará destes poucos dias de discussão será o de que cada qual se dará conta da insuficiência, do aspecto unilateral, de seu próprio discurso. Assim esclarecidos, todos ganharão em compreensão e perderão um pouco de sua soberba.

Esse primeiro relatório nos desconcertou um pouco, pois é certo que a predição do Sr. McKeon se verificou, e ele próprio não contribui pouco para justificar suas previsões, fornecendo com isso um excelente exemplo daquilo que o Sr. Kotarbinski qualificou de justificação ativa.

O Sr. McKeon pôs o dedo num grave problema que surge a todo usuário de uma linguagem, mas sobretudo ao filósofo. Pois, ao servir-se de uma palavra, tal como *demonstração*, o filósofo não pode dizer que a emprega, a um só tempo, em todos os sentidos que podem ser encontrados num bom dicionário. Pois, nesse caso, ninguém lhe compreenderia o discurso.

Se quero fazer-me compreender, quando me sirvo de uma palavra, tenho mesmo de lhe dar um sentido determinado. Devo limitar-me a um sentido particular, admitindo a possibilidade de retomar a noção, de corrigi-la, de mostrar que não era tão clara como se havia exposto no início.

De tudo isso resulta uma lição de metodologia filosófica. Iniciem com noções que tratarão de tornar tão claras quanto o possível, mas, no meio do caminho, mostrem as condições dessa clareza. É esse o conselho que nos esforçamos em seguir, sendo por isso que, na continuação de meu discurso, quando eu falar de demonstração, compreenderei esse termo, não no sentido aristotélico, mas no sentido atual de prova por operação formal, de prova por cálculo, a partir de premissas, no interior de um sistema formal. Foi nesse sentido, aliás, que o compreenderam todos os que utilizaram este termo na seqüência do simpósio, quando se tratou dos problemas das ciências dedutivas ou indutivas, tanto o Sr. Ayer, o Sr. Bunge e o Sr. Granger como o Sr. Vuillemin.

Em contrapartida, quando se tratou de *verificação*, o termo não foi utilizado do mesmo modo unívoco, pois, se para o Sr. Granger, esta é apenas a simples constatação de um fato, para o Sr. Vuillemin ela resulta de uma arbitragem entre diferentes medidas, enquanto, para o Sr. Bunge, é indissociável de todo um conjunto de elementos teóricos que permitem conferir o valor correto aos elementos de origem empírica.

Retomemos uma por uma essas diferentes exposições, começando pela do Sr. Ayer. À primeira vista, poderíamos perguntar-nos em que o interessante relatório do Sr. Ayer, consagrado ao problema da indução, esclarece-nos sobre o tema do simpósio. Mas, por ocasião da discussão, ficou claro que esse problema nos fornece um excelente exemplo de uma situação em que, na ausência de demonstração ou de verificação, é-se, não obstante, obrigado a recorrer a certos princípios. O relatório do Sr. Ayer se atém a mostrar de uma forma muito convincente que não é possível demonstrar nem verificar o princípio da uniformidade da natureza ou qualquer outro princípio indispensável às ciências indutivas, quer se raciocine em termos de verdade, quer de probabilidade. Não obstante, é inegável que não se pode evitar de recorrer a tal princípio, mesmo que não se tenha condições de demonstrá-lo, nem de verificá-lo. Poder-se-á, pelo menos, justificar o recurso a esse princípio?

Efetivamente, esse recurso se justifica por sua fecundidade. Mas em que condições? Para que o princípio metodológico da uniformidade da natureza se mostre fecundo e válido, é mister que todas as categorias, todos os conceitos e todas as classificações que elaboramos para descrever e explicar os fenômenos naturais levem em conta esse princípio, sem que seja indicado *a priori o que é uniforme* na natureza.

Justamente na medida em que nossas teorias, nossos conceitos e nossas classificações só são criadas posteriormente, é que, posto à prova da experiência e, aliás, constantemente submetido a experiências e a provas futuras, o princípio da uniformidade da natureza manifesta sua fecundidade. Fornece-nos ele o exemplo de um princípio que estabelecemos, mas cuja aplicação é constantemente submetida à prova, graças aos elementos de indeterminação, portanto de flexibilidade, por ele contidos. Se se tratasse de um princípio *a priori* no sentido clássico, que é admitido por causa de sua evidência, fundamentada na clareza e na distinção de seus termos, isso não funcionaria de jeito nenhum. A fecundidade do princípio se deve à sua capacidade de adaptação ao imprevisto, na medida em que a indeterminação de alguns de seus termos permite precisá-los em decorrência da prova da experiência. Assim é que a afirmação de que é preciso tratar da mesma forma situações essencialmente semelhantes é um princípio *a priori*, cuja fecundidade não se deve à sua evidência, mas ao que ele contém de vago. Ele contém noções cujo sentido só se elabora à medida que se vão realizando a prova científica e a construção das teorias que precisam o que, em cada caso, é essencial e relevante, podendo essas precisões ser, aliás, modificadas com o progresso científico.

É um princípio a que se pode chamar heurístico, porque condiciona o estudo dos fenômenos naturais, e cujo estatuto lembra o estatuto do princípio de não-contradição, tal como o Sr. Gonseth sugeriu, que não logramos demonstrar, que estamos constantemente ocupados em verificar, mas que constitui, de fato, uma preliminar que permite definir a existência matemática.

Estabelecemos que só têm existência matemática os seres não contraditórios. Há, aí, uma condição da existência matemática, que possibilita definir uma área de racionalidade, do mesmo modo que o princípio da uniformidade da natureza, que possibilita afirmar a existência de leis naturais, de qualquer espécie que seja, estabelece um princípio de racionalidade indispensável ao estudo dos fenômenos naturais.

Toda vez que é apresentada uma objeção contra a validade do princípio, dever-se-á encontrar uma réplica flexibilizando-lhe a aplicação nesta ou naquela área em que ele parece forjado pela experiência.

Percebemos assim o papel, em ciências, de princípios filosóficos, indispensáveis às disciplinas científicas, sejam elas formais ou experimentais. Eles são *a priori*, mas num sentido muito diferente daquele dos primeiros princípios aristotélicos. São princípios reguladores, normas que utilizamos para construir nosso universo científico, trate-se de um universo formal ou empírico. Poder-se-ia falar, a esse respeito, de princípios de uma ontologia regional, mas que exigem, para sua aplicação, o recurso a métodos formais ou empíricos. E isto nos mostra como um ponto de vista filosófico é prévio à formalização, quer de estruturas abstratas, quer de estruturas obtidas por indução a partir de pesquisas de ordem empírica.

Foi ao papel da demonstração, da verificação e da justificação nas ciências, em especial em física, foi às relações entre o formal, o empírico e o teórico ou filosófico que se consagraram as exposições dos senhores Bunge, Vuillemin e Granger.

Neste último, a ênfase é posta sobretudo na demonstração, sendo as duas outras noções essencialmente consideradas auxiliares em relação a esta, sendo a noção de demonstração, vinculada a um sistema puramente formal, apresentada como o ideal de toda ciência natural.

Em contrapartida, a atividade científica, segundo o Sr. Vuillemin, consiste numa interação entre a demonstração e a verificação. Com efeito, centrando sua exposição na medição científica, ele nos mostra que esta não é simplesmente um dado obtido por meio de um instrumento de medição. Esta só constitui a medida *aparente*, pois a exigência de compatibilidade que condiciona a nossa teoria da medição nos obriga a substituir os diversos dados, quando eles são incompatíveis, pelo que se poderia qualificar de medida real, que só se pode determinar com certo coeficiente de erro, pois o estabelecimento da coerência buscada exige o recurso a várias teorias, tanto físicas como matemáticas. Foi na importância do recurso a essas teorias que insistiu o Sr. Mercier ao mostrar, de um modo convincente, que não há, em física, medições independentes das teorias, as únicas que permitem interpretá-las e compreendê-las.

O que aproxima o Sr. Granger e o Sr. Vuillemin é o fato de apresentarem a atividade científica como independente dos pressupostos filosóficos, que não teriam a menor importância nas ciências em que apenas a demonstração e a verificação teriam legitimidade. Imagino que o ponto de vista deles é motivado essencialmente pelo acordo que encontramos geralmente nas ciências, que as distingue tão profundamente da filosofia. Se as ciências tivessem pressupostos filosóficos, deveriam ressentir-se disso, e as teses defendidas pelos cientistas deveriam ter sofrido a repercussão de suas divergências filosóficas. Ora, não é isso que sucede, aparentemente; o que justificaria a eliminação das ciências, em especial da física, de qualquer perspectiva filosófica.

A exposição do Sr. Bunge reconhece, em contrapartida, a existência de tais pressupostos filosóficos, que intervêm tanto na doutrina prévia como na metodologia das ciências e que variam, efetivamente, de uma época para outra.

Quais são essas preliminares? Dizem respeito à metodologia. Citando uma frase de Philippe Franck, o Sr. Hirsch nos diz que a filosofia não passaria de uma ciência petrificada e que, nessa medida, constitui um obstáculo para os progressos da ciência viva. Se é verdade que toda ciência só se desenvolve rejeitando certas teses científicas aceitas, ou pelo menos restringindo-lhes o alcance, as teses propriamente filosóficas não se situam no mesmo plano. A não ser que se confunda ciência e filosofia, o objeto e os métodos delas, cumpre reconhecer a especificidade do ponto de vista filosófico, que reage sobre a metodologia das ciências, mas não se pode pensar em opor, a teses científicas, teses filosóficas concorrentes.

O problema da independência das ciências com relação à filosofia, que apresenta conseqüências imediatas quanto à idéia que se faz do caráter objetivo e impessoal dos métodos e dos resultados científicos, merece certamente ser objeto de pesquisas aprofundadas. Por que certos povos, ou pelo menos certas civilizações, não logram elaborar uma ciência da natureza em nosso sentido da palavra, e por que outras culturas favorecem um desabrochar de tais ciências? Será simplesmente um desenvolvimento devido à inteligência de uma raça, ao seu domínio das matemáticas e das técnicas de medição? Não o creio. Creio mesmo que povos com conhecimentos matemáticos muito desenvolvidos podem ficar atrasados tanto em sua tecnologia como em suas ciências naturais.

Por ocasião das Palestras que o Instituto Internacional de Filosofia realizou em Mysore, em 1959, e por ocasião dos contatos que estabelecemos, nessa oportunidade, com vários filósofos da Índia, eles nos disseram que vários dirigentes políticos do país estavam muito preocupados com o seguinte fato: tendo enviado grande número de universitários ao Ocidente para prosseguir seus estudos científicos, esperando que voltariam muito bem formados do ponto de vista científico e tecnológico, conservando ao mesmo tempo suas crenças ancestrais, tiveram de constatar, para seu grande desapontamento, que aqueles que haviam assimilado as técnicas e os métodos de pensamento ocidentais haviam perdido suas crenças ancestrais. O ponto de vista das ciências modernas parecia incompatível com o ponto de vista preconizado pelo hinduísmo.

Menciono estes fatos apenas a título de exemplo. O problema importante é destacar essa filosofia subjacente da ciência moderna, que tomou um impulso tão grande no Ocidente depois do Renascimento. Pois não me parece muito que antes do impulso extraordinário das ciências e das técnicas depois dessa época, ou seja, até o fim da Idade Média, nossa civilização tenha sido, no ponto que nos interessa, muito diferente das civilizações da Ásia e, de todo modo, não é mais avançada do que elas.

Em que medida a revolução do Renascimento é condicionada filosoficamente? Há, aí, um problema muito interessante para o qual os trabalhos de Michaël Polanyi, em especial a notável tese que desenvolveu em *Personal Knowledge* (Londres, 1958), chamaram a atenção do mundo erudito. Ele defende a tese de que, contrariamente à opinião corrente, a pesquisa científica não é impessoal e objetiva, mas se insere numa visão do mundo, se desenvolve a partir desta, e de que sua metodologia nela se inspira.

Seja como for, esse problema das relações, da interação entre a visão do mundo e a pesquisa científica, merece um estudo pormenorizado, que incidiria tanto sobre a história das ciências como sobre as ciências atuais. E o fato de que nossos três relatores, apesar da seriedade com que praticam a filosofia das ciências, tenham expressado pareceres divergentes sobre a importância do fundo filosófico na pesquisa científica, nos incita a crer que minuciosas análises nessa área se mostrariam particularmente fecundas.

O Sr. Kotarbinski consagrou seu interessante relatório, a um só tempo singelo e profundo, à justificação ativa, ou seja, às situações em que, por nossa ação, favorecemos a realização de nossas previsões. Algumas de nossas atividades permitem verificar ou justificar nossas afirmações, o que revela a existência de relações inesperadas entre o pensamento e ação. Mas sua exposição não procurou distinguir, uma da outra, a verificação e a justificação, e só se baseou em exemplos em que a justificação de uma afirmação se faz mediante o recurso a uma verificação. A especificidade da justificação não pôde, por isso, ser posta em evidência.

Em contrapartida, essa especificidade foi salientada no relatório do Sr. Rotenstreich, que nos mostrou por que a atividade filosófica, em especial a que justifica um sistema filosófico, não pode ser nem uma demonstração nem uma verificação, mas é de natureza diferente.

Isso que sua análise mostrou de forma tão convincente, tratarei de repeti-lo à minha maneira.

Ele nos disse, em outros termos, que o filósofo é aquele que consegue mostrar o que aquele que não é filósofo não vê ou não repara. O filósofo nos mostra o que certo modo de conhecimento não consegue fazer-nos ver, explica aquilo que o uso de certos conceitos pode implicar e do que a pessoa que emprega esses conceitos não está consciente, enfim, torna evidentes os pressupostos de um empreendimento, pressupostos que escapam a quem se aplica a ele: a prática deste é tradicional, puramente técnica, ele não vê o fundamento deste a superestrutura.

A função do filósofo é, pois, sempre tornar evidente o que é invisível, por meio dos instrumentos de conhecimento habituais, o que é implícito no uso conceitual ou pressuposto pela atividade do não-filósofo. Ele nos conduz daquilo que é imediatamente dado ao que só aparece depois da reflexão filosófica.

Pessoalmente, acrescentaria inclusive que o filósofo parte daquilo que é aparente, ou seja, daquilo que nos parece ser imediatamente dado, para nos mostrar o real que está por baixo da aparência. Não se trata, de fato, simplesmente de opor o invisível, o implícito e o pressuposto ao que é visível e imediatamente dado, mas também de mostrar sua superioridade sobre o aparente qualificando-o de real. O interesse, a importância da atividade filosófica, resulta justamente da primazia do real sobre a aparência, sendo esta apenas erro ou aspecto superficial das coisas.

É essa oposição fundamental, entre a realidade tornada evidente pela filosofia e a aparência comumente dada, seja qual for a área em que se encontre essa oposição, sejam quais forem as justificações que se lhe dêem, que se encontra em todas as filosofias. Mesmo o positivismo não lhe escapa, ele que tanto insistiu sobre os pseudoproblemas, sobre as pseudoproposições, que caracterizam a metafísica tradicional. É verdade que essas distinções entre *aparência* e *realidade* resultam de sua concepção da linguagem e do conhecimento, mas, uma vez que suas investigações têm por objeto o conhecimento, e insistem sobre a estrutura de uma linguagem cognitiva, é normal também que suas distinções pertençam ao mesmo domínio.

Há, portanto, na atividade do filósofo, não somente o cuidado de mostrar algo que outros não viram, mas também de mostrar a superioridade, a realidade, do que é assim mostrado. Ora, e penso que os senhores se dão conta disso, não é por processos de demonstração, no sentido técnico da lógica formal, nem por processos de verificação, tais como são praticados nas ciências empíricas, que se logrará distinguir a aparência da realidade. Para passar da aparência à realidade, são necessárias outras técnicas de pensamento.

Como lograremos distinguir a realidade da aparência, mostrar que a distinção que acabamos de estabelecer pode ser razoável ou racionalmente defendida? Quais as provas de que dispomos para defender essa proposição? Como mostrar que a distinção que propomos pode ser justificada? O filósofo é aquele que reestrutura uma realidade primitivamente dada, buscando mostrar que essa reestruração não é arbitrária, mas tem razões em seu favor. Sua função não é demonstrar a verdade de um enunciado, mas estabelecer a legitimidade de uma reestruração, e isto mediante técnicas de justificação.

Cumpre observar, de passagem, que o irracionalismo em filosofia se explica, essencialmente, pelo desconhecimento da racionalidade do processo de justificação. Com efeito, o indispensável recurso à justificação não pode deixar de condenar, aos olhos daqueles que limitam as provas racionais à demonstração e à verificação, qualquer construção filosófica à irracionalidade. Daí resulta que um defensor impenitente da racionalidade da filosofia tem de insistir sobre a existência de justificações válidas, defensáveis, numa palavra, de justificações racionais.

A esse respeito, só podemos deplorar que se tenha descurado tanto do estudo da noção de justificação, em especial do papel que ele desempenha em filosofia, ao passo que a demonstração e a verificação foram, desde Aristóteles, objeto de tantas análises aprofundadas. Em que consiste a racionalidade de uma justificação? Eis aí questões essenciais para a compreensão da especificidade do raciocínio filosófico, que mal foram afloradas.

Tomemos um exemplo em nossos próprio debates. O Sr. Vuillemin veio defender perante nós uma tese filosófica: *A medição é uma linguagem*. Algum de nós se oporia ao Sr. Vuillemin dizendo-lhe: "Está errado, a medição não é uma linguagem?" Não o creio. Se assim agisse, não se comportaria como filósofo. Observe-se que muito poucos filósofos dariam razão ao Sr. Vuillemin, confirmando que, efetivamente, a medição é uma linguagem. A reação normal será, antes, perguntar-se em que sentido se pode dizer que a medição é uma linguagem. Em que sentido a medição poderá ser separada de outras técnicas científicas, das teorias científicas? Assim é que o Sr. Mercier nos apresentou, de modo brilhante, a crítica da tese, chegando à conclusão de que não é a medição, mas a física toda que é uma linguagem, porquanto não há meios de nela separar os diversos elementos uns dos outros, logo, a medição de todas as teorias que a tornam possível e permitem interpretá-la. A essa objeção, nosso colega Paulus veio acrescentar outra crítica. Que é a linguagem? Há tantas formas de linguagem, tantos usos da linguagem. Os senhores decerto entendem por linguagem uma concepção muito particular. Precisem a concepção da linguagem que lhes permite dizer que a medição é uma linguagem.

É assim, na realidade, que se desenrola a discussão filosófica. E que responderá o Sr. Vuillemin às objeções que se lhe poderão apresentar? Responderá justificando sua posição, às vezes precisando-a, às vezes mesmo, aliás, modificando seu pensamento. E, entre o fato de precisar e o de modificar, há matizes imperceptíveis, de sorte que, com muita freqüência, é impossível dizer, depois de uma discussão, se o pensamento do filósofo foi precisado ou modificado. Os dois são ligados, sendo esse, aliás, o interesse da discussão filosófica. Em que será que tudo isso esclarece o raciocínio filosófico? Vê-se que o bom filósofo é aquele que, apresentando uma tese, procura da melhor maneira possível responder de antemão às objeções, de modo que ao lê-la se encontre, de um modo antecipado, a resposta às críticas que poderiam acudir à mente do leitor. O filósofo não se contenta em afirmar, mas justifica seus posicionamentos respondendo às críticas e às objeções.

Essa forma de raciocinar não é uma demonstração nem uma verificação, mas uma justificação, uma refutação das objeções. Muito amiúde, aliás, essa refutação consistirá numa crítica do ponto de vista, das preliminares, nas quais se fundamenta a objeção. Pois a objeção formulada é sempre apresentada em nome de um fato que parece ter sido desprezado, em nome de uma regra que foi violada, em nome de um valor que foi ignorado. Que irá responder o filósofo? Tal fato, interpreto-o desse modo, e então minha tese não se opõe a ele. Tal regra não é obrigatória em todos os casos; seu respeito só se impõe em tais circunstâncias que estavam ausentes. Tal valor não é, de fato, senão um meio, é subordinado a certo outro valor que, por sua vez, não foi achincalhado, etc. Muitas vezes se refutará a crítica, reinterpretando, reformulando as teses em que está fundamentada a crítica. A isso o crítico responderá, por sua vez, ou deixando mais compreensível seu próprio pensamento, ou combatendo os pressupostos de seu interlocutor. Esse vaivém é que caracteriza o diálogo filosófico, na medida em que não é um diálogo de surdos.

Bem se vê que essa dialética, uma vez que a podemos chamar por esse termo, segundo Aristóteles, difere do raciocínio demonstrativo. É um diálogo, mas um diálogo sem fim. Pois alguma outra pessoa, dentro de cinco anos, dentro de um século talvez, formulará novas objeções, nas quais o filósofo por certo jamais refletiu, que são suscitadas pela evolução dos costumes, das teorias políticas ou das teorias científicas e às quais os discípulos do filósofo procurarão responder por sua vez, interpretando o pensamento do mestre, precisando-o ou adaptando-o. É assim que toda grande filosofia é perpetuamente revista, atacada e defendida, reinterpretada e atualizada, o raciocínio filosófico é assim alimentado, a um só tempo, pela crítica e por sua refutação, que são as duas formas do juízo de justificação. Justifico a minha tese, a um só tempo, criticando as teses opostas e os pontos de vista que lhes dão, e refutando as críticas de meus adversários.

A justificação filosófica se apresenta, assim, quer como a refutação prévia das eventuais críticas, num sistema que não é pura dedução, mas do qual uma grande parte é polêmica; quer, sendo posterior à crítica, o pensamento filosófico se desenvolve e amadurece lentamente, após uma longa experiência de todas as objeções suscitadas por uma intuição que é apresentada sob forma de tese. É esse aspecto polêmico da filosofia, que a opõe ao aspecto puramente dedutivo de um sistema matemático, que supõe um conhecimento das perspectivas de onde vêm as objeções, as críticas, e que explica por que os matemáticos alcançam, muito mais depressa do que os filósofos, um pensamento maduro e original. É por essa razão que o aprendizado da filosofia é tão mais árduo do que o aprendizado da matemática, pois exige uma familiaridade com todo o horizonte filosófico, de onde podem vir as objeções e as críticas.

A filosofia se apresenta, assim, efetivamente, como um empreendimento de justificação. O filósofo está constantemente perante juízes. Deve constantemente estar aberto às objeções, estar pronto para justificar-se ou corrigir-se, nunca é absolvido, porque, em filosofia, não há juiz supremo, que lhe concederá a salvação definitiva, que lhe garantirá que a causa está definitivamente ganha, que sua filosofia é a boa, é a derradeira, que já não haverá outra.

Talvez esteja aí a grandeza da filosofia; o interesse que apresenta é que o tipo de racionalidade da justificação filosófica é tal que ela nunca está acabada. Uma racionalidade acabada só pode realizar-se dentro de um sistema fechado, que não leva em conta as críticas, que repousa em evidências inabaláveis, que se desenvolve numa espécie de monólogo, seja qual for, aliás, seu interesse intrínseco, é uma ciência fechada, uma escolástica. Sabemos hoje pelo que peca esse modo de reduzir a filosofia a uma ciência demonstrativa.

A filosofia racional de hoje já não pode pretender-se uma ciência demonstrativa, mas será racional pela pertinência e pela amplitude de seu procedimento de justificação. Isto me permite dizer ao Sr. Granger que não convém fazer a justificação passar por uma demonstração. A justificação é indispensável quando a demonstração é impossível, mas não se deve querer identificá-la com o que ela não é, não pode ser e não pretende ser; por isso ela está ao abrigo da crítica de que ela pretende ser o que não é. Sua estrutura é diferente, o tipo de seu discurso e de sua racionalidade é diferente.

Se as palestras das quais participamos durante estes poucos dias foram tão interessantes, tão animadas e tão enriquecedoras, e para as quais os senhores contribuíram tanto com seus relatórios quanto com suas críticas, se essas palestras me parecem ter sido não só vivas, mas particularmente fecundas, é justamente na medida em que provamos que a nossa tarefa não está acabada e que duas áreas, pelo menos, deveriam ser objeto de estudos posteriores.

O primeiro desses problemas é o do papel dos pressupostos filosóficos nas ciências, na metodologia das ciências e na elaboração das teorias científicas; o segundo, que não se deve resolver *a priori*, mas ao qual convém consagrar estudos empíricos e analíticos, consiste num estudo do processo de justificação e, em especial, em seu papel em filosofia. Se deixássemos estas palestras com a idéia de que há aí dois temas fecundos, que merecem pesquisas posteriores, acho que nossas discussões teriam cumprido uma função relevante para o progresso da filosofia.

§ 14. O raciocínio prático[1]

Enquanto um raciocínio teórico consiste numa inferência que tira uma conclusão a partir de premissas, o raciocínio prático é o que justifica uma decisão. Falaremos de raciocínio prático toda vez que a decisão depende de quem a toma, sem que ela decorra de premissas consoantes a regras de inferência incontestes, independentemente da intervenção de qualquer vontade humana.

A distinção entre raciocínio teórico e prático seria nítida se se houvesse definido o raciocínio teórico como aquele que, partindo de premissas verdadeiras, chega a uma conclusão verdadeira ou provável; mas isso seria restringir além da conta o campo do raciocínio teórico, pois, de um lado, dele se excluiria qualquer raciocínio hipotético-dedutivo, em que a verdade das premissas não é afirmada, assim como todo raciocínio formalmente correto mas que tenha uma premissa falsa ou que se apresente sob a forma de uma norma. Ora, a meu ver, a lógica deôntica é tão teórica quanto a lógica clássica.

Mas, se não se impusesse condição restritiva atinente à natureza das premissas do raciocínio teórico, todo raciocínio prático poderia ser transformado (Toulmin [1], Hare [2], Nielsen [3], Castañeda [4], Pike [5], Kerner [6], Watson [7]) num raciocínio teórico, formalmente correto, pela introdução de uma premissa a partir da qual, em conjunção com as outras, a proposição, objeto da decisão no raciocínio prático, poderia ser deduzida como conclusão do raciocínio teórico.

É verdade que, nesse caso, a discussão se deslocaria da conclusão para a premissa contestada, lançar-se-ia a acusação de petição de princípio, afirmar-se-ia que a premissa em questão deveria ser considerada o resultado de uma decisão que deveria, por sua vez, ser justificada (Searle [8], Flew [9], Black [10], L. J. Cohen [11]). Ao transformar, pela introdução de premissas suplementares, um raciocínio prático em raciocínio teórico, pode-se tentar disfarçar, em proposição verdadeira ou em norma (Naess [12, 13], Österberg [14], Braithwaite [15]), uma decisão cuja legitimidade não foi justificada. Vê-se que, se se exige a justificação desta, o raciocínio que concernia à decisão efetiva se desdobra, assim, num raciocínio teórico, que deve ser completado por um raciocínio prático concernente à legitimidade de uma ou de outra premissa.

Assim é que, se a solução de um problema de decisão pode ser obtida através de um mero cálculo, a partir de uma teoria matemática da decisão (Braithwaite [15]), observadas certas condições ótimas (estratégia *minimax* ou *maximin*) (Luce e Suppes [16], Churchman [17], Apostel [18]), não é esse cálculo que constitui um raciocínio prático, mas a argumentação que justifica a escolha de determinada estratégia, à qual se decide ater-se. O cálculo precisa as conseqüências que decorrem dessa estratégia num caso particular: nisto nada tem de prático, não mais do que a adição efetuada por uma caixa registradora que indica o montante a ser pago pela compra de vários artigos.

Se procurarmos um exemplo patente de raciocínio prático, nós o encontraremos na sentença ou no aresto de um tribunal, que indica, além do decisório (o dispositivo), os motivos que justificam o dispositivo adotado pelo juiz, os considerandos, que indicam as razões pelas quais o julgado não é ilegal nem arbitrário, devendo também descartar as objeções apresentadas contra esta ou aquela premissa do raciocínio (Stone [19]). Outro exemplo de raciocínio prático é fornecido por um projeto de lei precedido de um preâmbulo, pois este não fornece as premissas a partir das quais ele teria sido inferido, mas sim as razões que militam em favor de sua adoção.

Vê-se que o raciocínio prático pode redundar, quer numa decisão referente a uma única situação concreta (o caso do juiz), quer numa decisão de princípio, que regulamenta grande número de situações (caso do legislador). Aliás, é possível que, graças à técnica do precedente, que impõe ou sugere tratar da mesma forma situações essencialmente semelhantes (Perelman [20]), a motivação de uma decisão (a *ratio decidendi*) forneça uma regra em que os outros juízes, no âmbito do mesmo sistema jurídico (Kelsen [21]) deverão ou poderão inspirar-se em suas decisões referentes a situações similares.

Resulta dessas considerações que o raciocínio prático (Foot [22], Rescher [23], Ross [24], Anscombe [25], Jarvis [26], Mothersill [27], Gauthier [28], Kenny [29], Geach [30], Von Wright [31]) apresenta uma estrutura diferente daquela de um raciocínio teórico que conclui pela verdade ou pela probabilidade de uma conclusão ou, ao menos, pelo fato de esta poder ser corretamente inferida a partir das premissas: admitir tal conclusão não significa tomar uma decisão qualquer, mas sim reconhecer a verdade de uma conclusão ou, pelo menos, a correção de uma inferência, ou seja, sua conformidade às regras.

O fato de a conclusão decorrer das premissas, de um modo por assim dizer impessoal, permite elaborar, na área do raciocínio teórico, uma lógica da demonstração puramente formal, e mesmo utilizar, nessa matéria, máquinas de calcular. O raciocínio prático, em contrapartida, por recorrer a técnicas da argumentação (Perelman e Olbrechts-Tyteca [32]), implica um poder de decisão (F. Cohen [33], Kattsoff [34]), a liberdade de quem julga. Sua meta é mostrar, conforme o caso, que a decisão não é arbitrária, ilegal, imoral ou inoportuna, mas é motivada pelas razões indicadas.

Em face do raciocínio prático, tal como acabo de defini-lo, são possíveis três atitudes.

A primeira seria a de um determinista que, negando a liberdade de decisão, veria nesse raciocínio apenas um simulacro, e no qual o que parece uma decisão não passa de um fenômeno natural explicável pela intervenção de fatores conscientes ou inconscientes, de causas psicológicas, sociológicas ou ideológicas, que tornam a decisão tomada inevitável ou extremamente provável (Perrin [35]).

A segunda, que reconhece a existência de decisões fundamentadas em razões, é acompanhada de uma teoria sobre as razões que, apenas elas, merecem ser levadas a sério, sendo todas as outras razões alegadas apenas racionalizações, razões aparentes, nem sequer estando, o mais das vezes, as razões reais mencionadas no texto (Eichhorn [36], Zitta [37], Feuer [38]).

A terceira atitude consiste em tomar o raciocínio prático tal como é formulado (Nielsen [39, 40], Perelman [41]), e em examiná-lo do ponto de vista de sua conformidade a uma dada ordem, que ele contribui, aliás, para elaborar e para precisar.

Quando uma Corte de Cassação decide cassar uma sentença por violação da lei ou rejeitar um recurso não fundamentado, ela só pode adotar a terceira atitude, pois sua função é confrontar a sentença com as regras de processo ou de mérito que se supõe ter ela violado. Um sociólogo poderia adotar a segunda atitude (Diesing [42]), analisando a sentença num contexto que não seria puramente legal. A primeira atitude, em contrapartida, exclui todo ponto de vista normativo, pois, encarando o raciocínio prático apenas como epifenômeno, só se interessa pela infra-estrutura que explica a decisão como um acontecimento natural.

O raciocínio prático pressupõe a possibilidade de escolha, de decisões, mas também que estas não são inteiramente arbitrárias, que todas as escolhas e todas as decisões não se equivalem. Remete ele a uma dialética da ordem e da liberdade, devendo igualmente a decisão livre apresentar-se como conforme a uma ordem ou a valores que permitem considerá-la oportuna, legal, razoável (Ruytinx [43], Gochet [44]). Embora o raciocínio prático exclua a evidência ou a necessidade lógica da decisão, ele pressupõe que temos a possibilidade de criticá-la e de justificá-la com base em valores e em normas reconhecidos.

Pode-se apreciar a decisão consoante um bem que se busca ou um mal que se evita: julgando-a quanto à sua eficácia, supõe-se que a finalidade perseguida não está em questão. É nessa perspectiva que se coloca Aristóteles, quando afirma na *Ética a Nicômaco* que a deliberação (Kolnai [45]) e a decisão não dizem respeito ao fim, mas aos meios (1112b).

Mas também podemos apreciar a decisão confrontando-a com uma regra à qual deveria ter-se conformado e que poderia ter violado. Daí resulta que a eficácia e mesmo a oportunidade não são os únicos elementos que se devem levar em conta numa deliberação, podendo esta também ter por objeto a regularidade, ou seja, a sua conformidade a uma regra moral ou jurídica.

Poderá o raciocínio prático ter por objeto os fins perseguidos e as próprias regras (Schilpp [46])? Certamente, contanto que se seja qualificado para essa discussão e se disponha de critérios – normas (Singer [47] ou valores (Morris [48], Montefiore [49]) – em comparação com os quais fins e regras poderiam ser apreciados ou reinterpretados. A própria natureza do raciocínio prático necessita, de fato, do enquadramento da decisão num contexto (Baier [50]) de valores e de normas em comparação com os quais uma decisão poderia ser criticada e justificada, censurada ou aprovada.

Passando, assim, de um contexto para um contexto mais geral ou mais fundamental (Griffiths [51], Nielsen [52], Wadia [53]), não se pode deixar de chegar, no final das contas, a um contexto filosófico (Crawshay-Williams [54], Johnstone [55], Passmore [56], Bednarowski [57], Tucker [58]). Se este for criticado por sua vez, ele o será quer em nome de outra filosofia, quer em nome de noções, de valores, de opiniões, que transcendem as filosofias particulares. É nesta última situação que se faz referência aos "lugares-comuns" elaborados pela retórica clássica (Perelman e Olbrechts-Tyteca [32], *A teoria da argumentação* [59], Perelman [60], Natanson e Johnstone [61]).

Quando se trata de chegar a uma decisão, obrigatória para um grupo de homens, esta não pode ser apresentada como conforme a uma verdade intemporal e impessoal, pois, nesse caso, não haveria possibilidade de escolha nem raciocínio prático. Várias eventualidades deverão poder apresentar-se para que se possa escolher. Quando, na ausência de uma verdade, uma decisão única se mostra, não obstante, indispensável, somos mesmo obrigados a recorrer a uma autoridade, cujo campo de competência pode ser delimitado por técnicas de procedimento. Com efeito, quando a decisão não concerne unicamente ao indivíduo e ao seu poder de ação próprio, mas é de natureza política ou judiciária, apenas uma autoridade competente é qualificada para tomá-la. Então é que podem surgir os problemas de procedimento, prévios ao exame do mérito da questão. Uma tradição jurídica secular ocupou-se longamente de todos esses problemas; é por essa razão que a análise do raciocínio prático poderia examinar utilmente o raciocínio dos juristas, assim como a lógica formal deve seu renascimento à análise do raciocínio matemático (Perelman [62]).

É verdade que, em questão de decisão, à busca da verdade, característica do raciocínio teórico, corresponde a submissão a uma autoridade perfeita, a autoridade divina. Nesse caso, a melhor justificação de uma decisão será sua conformidade com os mandamentos da divindade que constituem a ordem perfeita à qual o indivíduo pio e justo tem de submeter-se. O indivíduo não possui então senão uma única possibilidade de ação razoável, sendo qualquer outra escolha pecado e licença.

O raciocínio prático adquire toda a sua importância filosófica na ausência de uma verdade ou de uma autoridade perfeita que forneça o critério indiscutível do valor de nossas decisões. É em face de valores e de normas múltiplas, de autoridades imperfeitas, que se manifesta o interesse do raciocínio prático. É então, num pluralismo de valores, que assume toda a sua importância a dialética, entendida em seu sentido aristotélico, como técnica da discussão, como capacidade de objetar e de criticar, de refutar e de justificar, no interior de um sistema aberto, inacabado, suscetível de precisar-se e de completar-se no próprio decorrer da discussão.

Note-se que o interesse de uma decisão é vinculado à ação que lhe dá seguimento; ora, como o tempo da ação não é ilimitado, o raciocínio prático deve resultar numa decisão num determinado lapso de tempo. Cumpre que, numa dada situação, uma decisão tomada já não possa ser contestada: a urgência da ação impõe a técnica da última instância, a autoridade da coisa julgada. Mas isto não significa que o debate permanecerá fechado quando se tratar de debater questões análogas às que foram julgadas, conquanto a importância do precedente não deva ser subestimada.

Assim é que, no raciocínio prático, o fator temporal (Perelman e Olbrechts-Tyteca [63]) não pode ser desprezado: manifesta-se ele pelas categorias de urgência e de oportunidade, sobre um fundo de inércia, resultante do fato de que as coisas e as situações, assim como as normas que as regem, continuam a ser o que são ou evoluem espontaneamente numa determinada direção, a menos que haja uma intervenção externa. O raciocínio prático se insere numa ordem que comporta valores e normas aceitos, assim como situações de fato que, por sua duração e graças à prescrição, se transformam em situações de direito, em precedentes que se tem de levar em conta, situações e precedentes que impõem o ônus da prova e da justificação àqueles que quiserem modificá-los.

Estas poucas reflexões bastam para indicar a insuficiência da lógica do raciocínio teórico para a análise do raciocínio prático e dos problemas por ele suscitados. Felizmente, para essa área tão diferente da lógica e da teoria do conhecimento tradicionais, existe uma disciplina, constituída há séculos, cuja análise permitiria tornar evidentes as características do raciocínio prático, a saber: o direito (Perelman [62]), desprezado pelos filósofos, tanto empiristas como racionalistas, que não quiseram reconhecer senão um modelo de raciocínio digno do interesse do lógico, o raciocínio teórico ou científico. Mas, se reconhecermos a especificidade do raciocínio prático, admitiremos sem dificuldade a insuficiência dos modelos extraídos do raciocínio teórico. Situaremos então o raciocínio prático na perspectiva que lhe convém, a de um pensamento intimamente vinculado à ação, que visa à coexistência pacífica de uma pluralidade de seres livres, porém razoáveis.

BIBLIOGRAFIA[2]
estabelecida por P. Gochet, Universidade de Liège

Anscombe, G.E.M., [25], *Intention*, Oxford, 1958.
Apostel, L., [18], "Game Theory and the Interpretation of Deontic Logic", *Logique et Analyse* **10**, 70-90, 1960.
Baier, K., [50] *The Moral Point of View: A Rational Basis of Ethics*, Ithaca (N. Y.), 1958.
Bednarowski, W., [57] "Philosophical Argument", *Proc. Arist. Soc.*, Supl., vol. **39**, 19-46, 1965.
Black, M., [10] "The Gap Between 'Is' and 'Should'", *Philosophical Review* **73**, 165-181, 1964.
Braithwaite, R., [15] *Theory of Games. A Tool for the Moral Philosopher*, Cambridge, 1961.

CASTAÑEDA, H. N., [4] "On a Proposed Revolution in Logic" (Toulmin's Uses of Argument), *Philosophy of Science* **27**, 279-292, 1960.
CHURCHMAN, W., [17] *Prediction and Optimal Decision – Philosophical Issues of A Science of Values*, Englewood Cliffs (N. Y.), 1961.
COHEN, F., [33] "Is and Should: an Unabridged Gap", *Philosophical Review* **74**, 220-228, 1965.
COHEN, L. J., [11] "Are Moral Arguments Always Liable to Breakdown?", *Mind* **68**, 530-532, 1959.
CRAWSHAY-WILLIAMS, R., [54] *Methods and Criteria of Reasoning*, Londres, 1958.
DIESING, P., [42] *Reason in Society: Five Types of Decisions and Social Conditions*, Urbana (Ill.), 1962.
EICHHORN, W., [36] *Wie ist Ethik als Wissenschaft möglich?*, Berlim, 1964.
FEUER, A., [38] "What is Alienation? The Career of a Concept", *New Politics* **1** (3), 116-134, 1962.
FLEW, A., [9] "On not Deriving 'Ought' from 'Is'", *Analysis* **25**, 25-32, 1964.
FOOT, Ph., [22] "Moral Argument", *Mind* **67**, 502-513, 1958.
GAUTHIER, D., [28] *Practical Reasoning. The Structure and Foundations of Prudential and Moral Arguments and their Exemplification in Discourse*, Oxford, 1963.
GEACH, P. T., [30] "Dr. Kenny on Pratical Inference", *Analysis* **26**, 76-78, 1966.
GOCHET, P., [44] "Raison et morale dans la philosophie anglo-saxonne contemporaine", *Revue universitaire de science morale* **1-3**, 25-46, 1965.
GRIFFITHS, B. P. L., [51] "Justifying Moral Principles", *Proc. Arist. Soc.* **58**, 103-124, 1957/58.
HARE, R. M., [2] *Freedom and Reason*, Oxford, 1963.
JARVIS, J., [26] "Practical Reasoning", *Phil. Quarterly* **12**, 316-328, 1962.
JOHNSTONE, H. W., [55] *Philosophy and Argument*, University Park (Pa.), 1959.
KATTSOFF, L., [34] *Making Moral Decisions*, Haia, 1965.
KELSEN, H., [21] "Der Begriff der Rechtsordnung", *Logique et Analyse* **3/4**, 150-167, 1958.
KENNY, A. J., [29] "Practical Inference", *Analysis* **26**, 65-75, 1966.
KERNER, G., [6] "Approvals, Reasons and Moral Arguments", *Mind* **71**, 474-486, 1962.

KOLNAI, A., [45] "Deliberation is of Ends", *Proc. Arist. Soc.* **62**, 195-218, 1961/62.

LUCE, D., & SUPPES, P., [16] "Preference, Utility and Subjective Probability", *in Handbook of Mathematical Psychology* **3**, 250-402, Nova York, 1965.

MONTEFIORE, A., [49] "Goodness and Choice", *Proc. Arist. Soc.*, supl., vol. 35, 45-61, 1961.

MORRIS, Ch. [48] "Les valeurs problématiques ou non problématiques et la science", *Revue Universitaire de Science Morale* **4**, 33-38, 1966.

MOTHERSILL, M., [27] "Anscombe's Account of the Practical Syllogism", *Philosophical Review* **71**, 448-461, 1962.

NAESS, A., [12] "Do we Know that Basic Norms Cannot Be True or False?", *Theoria* **25**, 31 fls., 1959.

– [13] "We still do not Know that Norms Cannot Be True or False. A Reply to Dag Österberg", *Theoria* **28**, 205 fls., 1962.

NATANSON, M., & JOHNSTONE, H. W., [61] (editores) *Philosophy, Rhetoric and Argumentation*, University Park (Pa.), 1965.

NIELSEN, K., [3] "Good Reasons in Ethics: An Examination of the Toulmin-Hare Controversy", *Theoria* **24**, 9, 1958.

– [39] "The Good Reasons Approach", *Phil. Quarterly* **9**, 116-130, 1959.

– [40] "The Good Reasons Approach Revisited", *Archiv für Rechts- und Sozialphilosophie* **4**, 455-483, 1965.

– [52] "Can a Way of Life Be Justified?", *Indian Journal of Philosophy*, 1960.

ÖSTERBERG, D., [14] "We Know that Norms Cannot Be True or False. Critical Comments on Arne Naess: Do we Know that Basic Norms Cannot Be True or False?", *Theoria* **28**, 200 fls., 1962.

PASSMORE, J., [56] *Philosophical Reasoning*, Londres, 1961.

PERELMAN, Ch., [20] "L'idéal de rationalité et la règle de justice", *Bull. de la Société française de Philosophie* **55**, 1-2, 1961, republicado *supra* (O ideal de racionalidade e a regra de justiça).

– [41] "Jugements de valeur, justification et argumentation", *Revue Internationale de Philosophie* **58**, 325-33, 1961, republicado *in Rhétoriques*, Bruxelas, 1989, trad. bras. *Retóricas*, Ed. Martins Fontes, São Paulo, SP.

– [60] *The Idea of Justice and The Problem of Argument*, Londres, 1963.

– [62] "Ce qu'une réflexion sur le droit peut apporter au philosophe", *Archives de Phil. Du Droit* **7**, 35-43, 1962, republicado *infra* (O que uma reflexão sobre o direito pode trazer ao filósofo); ver também "What a Philosopher may Learn from the Study of Law", *Natural Law Forum* **11**, 1-2, 1966.

PERELMAN, Ch. & OLBRECHTS-TYTECA, L., [32] *Traité de l'argumentation*, Paris, 1958, Bruxelas, 1988⁵, trad. bras., *Tratado da argumentação*, Ed., Martins Fontes, São Paulo, SP.

– [63] "De la temporalité comme caractère de l'argumentation", *Archivio di Filosofia*, 115-133, 1958; republicado *in Rhétoriques*, Bruxelas, 1989.

PERRIN, G., [35] *Sociologie de Pareto*, Paris, 1966.

PIKE, N., [5] "Rules of Interference in Moral Reasoning", *Mind* **70**, 391-399, 1961.

RESCHER, N., [23] "Practical Reasoning and Values", *The Philosophical Quarterly* **16**, 121-136, 1966.

ROSS, A., [24] "On Moral Reasoning", *Danish Yearbook of Philosophy* **1**, 120-132, 1964.

RUYTINX, J., [43] "Introduction à la problématique générale de la philosophie morale", *Revue Universitaire de Science Morale* **5**, 33-66, 1966.

SCHILPP, P. A., (ed.) [46] *The Philosophy of C.D. Broad*, Nova York, 1959.

SEARLE, J., [8] "How to Derive Ought from Is", *Philosophical Review* **73**, 43-58, 1964.

SINGER, M., [47] *Generalization in Ethics*, Nova York, 1961.

STONE, J., [19] *Legal System and Lawyers' Reasoning*, Londres, 1964.

– [59] *(La) Théorie de l'argumentation, Perspectives et applications*, Louvain, 1963.

TOULMIN, S., [1] *The Uses of Argument*, Cambridge, 1958.

TUCKER, J. W., [58] "Philosophical Argument", *Proc. Arist. Soc.*, supl., vol. **39**, 48-64, 1965.

WADIA, P. S., [53] "Why Should You Be Moral?", *Australasian Journal of Phil.* **42**, 216-226, 1964.

WATSON, R., [7] "Rules of Inference in Stephen Toulmin's The Place of Reason in Ethics", *Theoria* **29**, 313-315, 1963.

VON WRIGHT, G.H., [31] "Practical Inference", *Philosophical Review* **72**, 159-179, 1963.

ZITTA, V., [37] *Georg Lukac's Marxism. Alienation, Dialectics, Revolution*, Haia, 1964.

§ 15. Juízo moral e princípios morais[1]

Se partimos da hipótese de que Deus é o Ser supremo, cuja vontade é o fundamento de toda norma moral, a filosofia moral não existe como disciplina independente: depende inteiramente da teologia. Mas, se nos empenhamos em elaborar uma ética independente, surge imediatamente o problema de seu fundamento, que é ainda mais controvertido porque opiniões diametralmente opostas se manifestaram sobre o ponto de saber o que deve ser fundamentado e o que deve servir de fundamento. Cumprirá fundamentar o juízo moral nos princípios morais ou cumprirá, ao contrário, fundamentar os princípios no juízo moral?

A concepção clássica, perante todo juízo moral, formula a pergunta "por quê?" e se empenha em respondê-la reportando-a a uma regra que seria, por sua vez, deduzida de um princípio ainda mais geral, até que se chegue a um princípio considerado, por uma ou outra razão, inconteste, o qual forneceria, assim, um fundamento satisfatório para a moral. Todo juízo moral seria, nessa perspectiva, demonstrável como um teorema de geometria deduzido a partir de axiomas bem seguros. Foi nessa perspectiva que Locke, Spinoza ou Leibniz se propuseram, de acordo com o desejo de Descartes, elaborar uma moral racional.

Duas objeções, de direito e de fato, foram opostas a esse procedimento. A primeira é a de que o princípio geral de que é pendente todo o sistema terá necessariamente a forma de um juízo deôntico, afirmativo ou negativo, expressando uma obrigação de fazer ou de abster-se. Ora, de onde virá o caráter coercivo de semelhantes princípios gerais, dos quais eis alguns exemplos: "Não se deve causar sofrimento sem necessidade", "Deve-se sempre procurar realizar o que é mais útil ao maior número", "Deve-se agir de modo que a máxima de nossa ação sempre possa ser, ao mesmo tempo, a regra de uma legislação universal"? Nem a experiência sensível, nem uma intuição análoga àquela que nos permite apreender relações matemáticas não os poderia garantir. Por outro lado, os princípios que acabamos de enunciar, e outros análogos, parecem à primeira vista não-equivalentes e talvez sejam até incompatíveis. Existirá um meio de escolher entre eles, mostrando, por exemplo, que tal princípio leva a conseqüências inaceitáveis, que permitem eliminá-lo como regra suprema?

Mas, então, não se deveria aderir à tese que L. Lévy-Bruhl expôs num livro célebre[2], a saber: a ética não deve ser concebida como um sistema dedutivo, mas à maneira de uma ciência indutiva, cujas teorias gerais seriam confirmadas ou infirmadas ao se confrontar com a experiência as conseqüências que dela se tiram? Se assim fosse, o juízo moral, tal como se manifesta em cada caso particular, é que seria mais seguro do que os princípios morais, ele é que forneceria a prova da inadequação do princípio, e não o inverso. Nesta última perspectiva, o juízo moral é o que há de mais seguro e não necessita de nenhum fundamento. É isso, aliás, que escreve Lévy-Bruhl: "A moral não necessita ser mais fundamentada do que a natureza."[3] O que constatamos, repete ele, depois de Paul Janet, é que "as morais teóricas divergem, ao passo que as morais práticas coincidem... Não se pode negar que, numa mesma época e numa mesma civilização, as diferenças morais redundam, em geral, em preceitos tão semelhantes entre si quanto pouco o são as teorias"[4]. E ele mostra que não é o primeiro dessa opinião: "Já Schopenhauer havia chamado a atenção sobre esse acordo inevitável: 'É difícil', escrevia ele, fundamentar a moral: é fácil pregá-la." Pois não há duas maneiras de fazê-lo. Suas regras gerais *"Suum cuique tribue. Neminem laede. Imo omnes, quantum potes, juva"*, nada têm de misterioso. São garantidas por um assentimento unânime. Schopenhauer não se detém um instante na idéia de que morais práticas diferentes possam opor-se umas às outras. Parece-lhe evidente que as mesmas máximas se encontram em toda parte. John Stuart Mill, por sua vez, observa que a regra suprema de seu utilitarismo se confunde com o preceito do Evangelho "Ama a teu próximo como a ti mesmo"[5].

Lévy-Bruhl fortalece mais sua tese mostrando que aqueles que praticam a filosofia moral atacam seus adversários mostrando quais conseqüências moralmente inaceitáveis se poderiam tirar da doutrina deles, enquanto estes se defendem mostrando que não é nada disso e que suas teses são compatíveis com a "consciência moral comum"[6].

E, efetivamente, é esse o andamento mais freqüente tomado pelas controvérsias doutrinais em ética. É para escapar à crítica, que mostra que às vezes o *ato* mais útil ao maior número não é um ato moral, que o utilitarismo clássico se transformou, aplicando recentemente o critério de utilidade às *regras* morais, realizando, assim, uma síntese com o kantismo. De fato, dirá ele, efetivamente, para agir moralmente, devo pautar-me pelo imperativo categórico de Kant e agir por respeito a uma regra que eu queria ver adotada numa legislação universal. Mas, quando nos perguntamos quais as características particulares dessa regra, a resposta será: é a regra que é mais útil ao maior número.

Resultaria, da crítica de Lévy-Bruhl, que os diversos princípios de moral, na medida em que escapam à censura de inadequação, na medida em que suas conseqüências se amoldam à "consciência moral comum", não diferem entre si, sejam quais forem as suas aparências. Eles são, segundo Lévy-Bruhl, apenas meras racionalizações sem alcance[7].

É inegável que, se devêssemos ver nos princípios de moral axiomas que fundamentam sistemas tão diferentes como as diversas geometrias, as considerações de Lévy-Bruhl teriam sido da maior pertinência. Mas será que teremos de nos voltar para o modelo matemático para nos esclarecer sobre o papel e o alcance desses princípios? Parece-me que só se pode compreender-lhes o significado e o interesse comparando-os com princípios fundamentais do direito, tal como o art. 1.382 do Código Civil atinente à responsabilidade quase delituosa ("Todo fato qualquer do homem, que cause a outrem um dano, obriga este, por cuja culpa ele aconteceu, a repará-lo").

Os juristas bem sabem que existe uma relação inversa e complementar entre a clareza a precisão das normas e o poder de apreciação dos juízes que as devem aplicar. Quanto menos claros e precisos os termos de uma norma, maior a liberdade concedida ao juiz, maior também a flexibilidade da norma, adaptável, pelo juiz, às circunstâncias e situações menos previsíveis. É quando dispõe de um grande poder de apreciação que o juiz tem condições de interpretar os termos da lei de modo que as conseqüências legais que deles tira concordem com seu senso de eqüidade.

Ora, podem-se imaginar princípios de moral que não contenham termos vagos e imprecisos, que requeiram interpretações, amiúde controvertidas, em sua aplicação?

Quando se afirma que o princípio supremo da moral é não infligir sofrimento sem necessidade – mesmo que se logre precisar quando há sofrimento e quais são os seres que não se deve fazer sofrer – seria preciso uma biblioteca de comentários, em geral controversos, para decidir quando há ou não há necessidade que justifique os sofrimentos. Poder-se-ão infligir ou tolerar sofrimentos para defender o país ou a ordem social, para se alimentar de carne ou de peixe, para prevenir o crime ou por respeito à vida? Cumprirá permitir a eutanásia e vedar a vivissecção? Aplicando o mesmo princípio de moral, cada qual o interpretará de um modo conforme ao seu juízo.

Dizer que, para agir moralmente, devemos pautar-nos pelas regras mais úteis ao maior número é convidar-nos a resolver outros problemas. Quais são os seres que se devem levar em conta no cálculo da utilidade? Serão somente os homens ou também certos animais? Serão os que vivem atualmente, em certo território, ou também os que nascerão amanhã, ou dentro de um século? Quais são os critérios da utilidade, e em que medida se deve levar em conta cada um dos elementos que entram em linha de conta? Quem não vê que, ao aplicar essa regra, cada qual se pautará pelos hábitos e pelas convicções de seu meio?

Assim também, ao aplicar o imperativo categórico de Kant, cada qual se esforçará, salvo nos casos excepcionais em que semelhante empreitada se mostra impossível, em propor como regras universalizáveis aquelas que ele respeita em seu próprio meio. De sorte que o imperativo categórico, e isso é geralmente admitido, é compatível com variadas regras de moral prática.

É inevitável que os princípios de moral, preconizados pelos mais diversos teóricos, sejam assaz vagos para poder ser interpretados de formas variadas por aqueles que se esforçam em aplicá-los. Mas significa isso que não tenham interesse e que os juízos morais que enunciamos em cada caso particular sejam a única coisa que conta? Mesmo nas ciências naturais, quando se trata de experiências repetíveis e de alcance universal, o papel do teórico e do intérprete não é nem um pouco desprezível[8]. Apenas uma visão do espírito teórico, e contrário à realidade da pesquisa, afirma que a ciência se constrói a partir de dados indiscutíveis, que não são influenciados pelos princípios e pelos métodos de sua execução. Será assim, *a fortiori*, quando se tratar da experiência moral, que não possui nem a estabilidade nem a uniformidade da experiência sensível.

Para dizer o direito, o jurista dispõe de um conjunto de leis e de regulamentos facilmente acessíveis e cuja validade não é contestada. Ainda assim, porque se conhecem as variadas interpretações de que os textos, mesmo os mais precisos, são passíveis, e porque se dá valor à segurança jurídica e à paz judiciária, cada Estado organizado tem de designar os juízes competentes para julgar e para dirimir com suas decisões os conflitos que as diversas interpretações da lei podem suscitar. Mas, em moral, não existem obras que contenham o conjunto das regras válidas numa dada sociedade e todos parecem qualificados para emitir um juízo moral sobre qualquer situação humana, com uma autoridade variável segundo as circunstâncias. Não é nada espantoso que os juízos morais referentes às situações particulares nem sempre sejam seguros ou concordantes.

Quando nos encontramos diante das controvérsias, em moral, é que o papel dos princípios se mostra mais importante. Estes exercem um efeito persuasivo, dirigindo a mente para preocupações que se deveriam levar em conta na apreciação da situação. Uma deliberação moral, para ser imparcial, não pode fazer distinção de pessoas. Para que haja juízo moral, é mister apreciar as situações inserindo-as em categorias, tratando da mesma forma situações essencialmente semelhantes. É esse o sentido da regra de justiça⁹ que, expressa nas formulações que a precisam diferentemente, conduz tanto *à regra de ouro* (Ama a teu próximo como a ti mesmo. Não faças a teu próximo o que não gostarias que te fizessem.) quanto ao imperativo categórico. Quando as situações são essencialmente semelhantes? Os princípios de moral, e as técnicas empregadas para a sua aplicação, fornecem as diretrizes de ordem geral, que insistem nos elementos pertinentes e importantes na deliberação moral. É por isso que o papel deles não é em absoluto irrelevante, pois, embora a sua interpretação deles dependa de juízos morais seguros, eles são reguladores quando o juízo moral é incerto ou controverso.

Porque os princípios de moral não possuem a univocidade dos axiomas matemáticos e os juízos morais não são nem tão seguros nem tão facilmente comunicáveis quanto os juízos de experiência, as relações que mantêm entre si, que são relações dialéticas, serão mais bem compreendidas se as aproximarmos, não das ciências exatas ou naturais, mas do direito e de sua aplicação. O ensinamento tirado do exame das técnicas jurisprudenciais, da maneira pela qual o juiz concilia o respeito ao formalismo jurídico com a consideração das conseqüências sociais da interpretação dos textos, parece-me essencial para esclarecer os respectivos papéis, em moral, da teoria e da experiência, de princípios morais e do juízo moral[10].

§ 16. Cepticismo moral e filosofia moral[1]

O artigo bem construído de Léonard G. Miller[2] tenta escapar ao cepticismo moral, embora reconhecendo que os princípios primordiais nos quais se fundamenta uma moral racional não são nem verdadeiros nem falsos, e que nenhuma razão pode justificá-los. Com efeito, se pudéssemos justificar um princípio, tal como "é mau *per se* infligir sofrimentos não necessários", esse princípio deixaria de ser considerado primordial e se tornaria primordial o princípio que servisse para justificá-lo. Os princípios primordiais da moral, que são princípios de ação, não são suscetíveis, segundo Miller, nem de prova, nem de justificação, mas não é desarrazoado apegar-se a eles, se com eles se está comprometido, pois, por seu estatuto, eles escapam a qualquer possibilidade de justificação. Daí resulta, segundo Miller, que, não tendo uma pessoa adotado tal princípio, ela não pode, por meio de razões, ser levada a endossá-lo, mas esse fato não constitui, uma razão suficiente para considerar desarrazoada a atitude de quem o adota, pois quando nenhuma razão permite justificar um compromisso, quando um posicionamento é inevitável, não é desarrazoado comprometer-se sem razão.

A tese de Miller, ao denegar qualquer racionalidade aos princípios que regem a vida moral, transforma estes em regras consuetudinárias, de natureza psicossocial, que podem variar de sociedade a sociedade, de homem a homem, sem que possa ser fornecida nenhuma razão em favor de umas ou das outras, na medida em que essas regras constituem princípios primordiais. Como, num sistema formal, não se pode pensar em demostrar axiomas, pois com isso seriam transformados em teoremas, dedutíveis de outros axiomas, – e porque não é desarrazoado admitir axiomas não-demonstrados – assim, quando se trata de regras morais, cumpre que se admitam certos princípios primordiais, sem que haja meios de justificá-los. Quando se trata de sistemas formais, devemos tomar o cuidado de evitar a incoerência; da mesma forma, é preciso que os princípios primordiais simultaneamente admitidos para reger a vida moral não conduzam a incompatibilidades. Quanto ao mais, nenhuma prova pode ser fornecida de nenhum desses princípios.

Uma concepção dos fundamentos da moralidade, tal como a apresentada por Miller, permite a cada qual permanecer inabalavelmente em suas posições e continuar indefinidamente um modo de vida uma vez aceito; ela garante a cada qual a invulnerabilidade de sua torre de marfim. Mas, por essa mesma razão, suprime toda filosofia moral, toda reflexão sobre os princípios da moralidade, todo diálogo entre homens e sociedade que aderem a critérios diferentes de moralidade. A vida moral se reduz a um conformismo – uma adesão irraciocinada ao que nos foi inculcado com o leite materno – e nenhum raciocínio pode exercer a menor influência sobre as nossas regras de conduta: o que nenhuma razão fundamenta, nenhuma razão pode abalar.

Essas conclusões paradoxais são as conseqüências inevitáveis da idéia que Miller se forma dos princípios primordiais que forneceriam os critérios de toda moral sistematicamente elaborada. Cumpre, de fato, que se saiba o que é bom ou mau em si, sem nenhuma justificação, para poder fundamentar no critério primordial todo juízo formulado sobre as regras morais derivadas e sobre todo ato particular.

Para julgar do valor da tese de Miller, retomemos a nossa confrontação de um sistema moral com um sistema axiomático. Este nos permite comumente demonstrar certo número de teoremas, devendo os próprios axiomas ser admitidos sem demonstração. Mas, assim que se trata de escolher, na prática, dentre vários sistemas axiomáticos igualmente coerentes, aquele que utilizaremos em determinada situação, existem normalmente razões para tal escolha. Essas razões serão, sem dúvida, alheias ao formalismo, mas não estarão ausentes. A escolha de um sistema axiomático, em circunstâncias particulares, pode, como toda escolha razoável, ser justificada. Se não nos fundamentamos, para aceitar os axiomas, numa evidência que nos força a reconhecer-lhes a verdade, e por isso nos priva de qualquer possibilidade de escolha, as razões que justificam uma determinada escolha serão de ordem pragmática.

Quando se trata dos princípios primordiais de um sistema moral, a idéia de que possam ser verdadeiros ou falsos, e, *a fortiori*, de que sua evidência possa impor-se a todos, é excluída *a priori* por Miller. Ele exclui igualmente – por definição – que um critério primordial, que determina o que é bom ou mau em si, possa ser justificado por uma razão qualquer sem perder esse caráter de princípio primordial. Essa dupla exclusão impossibilita qualquer discussão dos princípios primordiais da moralidade, ficando estes tão separados uns dos outros quanto os axiomas de diferentes sistemas formais, sem que haja um terreno de discussão em que se possa compará-los entre si.

A tese de Miller parece, à primeira vista, logicamente inatacável, mas a realidade da vida moral nos mostrará a insuficiência dessa concepção um tanto quanto esquematizada.

Na prática da moralidade concreta, é bastante raro encontrarmos um desacordo fundamental sobre princípios primordiais, sendo mais corrente um acordo geral sobre princípios, acompanhado de um freqüente desacordo sobre a aplicação deles em casos particulares. Raros são aqueles que negarão que é imoral infligir sofrimentos sem necessidade, mas se levantarão divergências tão logo se quiser precisar as circunstâncias em que é necessário infligir sofrimentos. Dever-se-á manter a pena de morte para combater a criminalidade? Os indivíduos e os Estados podem matar ou mandar matar em caso de legítima defesa? Dever-se-á encorajar a eutanásia no caso de doentes portadores de um câncer incurável? Dever-se-á renunciar a comer carne para evitar a hecatombe cotidiana de milhares de animais? Dever-se-á salvar a mãe ou a criança nos casos infelizes de gravidez em que há risco de perdê-las a ambas? Dever-se-á tolerar sacrifícios rituais de seres humanos ou de animais? O divórcio, o adultério, a pederastia deverão ser estritamente proibidos ou haverá casos em que, para evitar sofrimentos muito grandes, deverão ser tolerados? A enumeração destes poucos problemas, entre centenas de outros, nos indica, sem a menor dúvida, que não se pode pensar em reger nossa vida moral por meio de um único princípio, a não ser que esse princípio contenha termos de conteúdo indeterminado e cuja determinação exigirá uma elaboração conceitual que implique o conjunto dos problemas morais. Impõem-se as mesmas conclusões se substituímos o princípio de Miller pelo imperativo categórico de Kant ou pelo princípio utilitarista que define o ato moral como o ato mais útil ao maior número. Mesmo que os princípios primordiais de um sistema de moral devessem ser numerosos, não me parece que seja possível enunciá-los com uma precisão tal que eles possam fornecer, por si sós, uma resposta inequívoca a todos os problemas morais que se apresentam aos homens na infinita variedade de situações concretas. Um esforço de interpretação e de explicitação se mostrará indispensável em cada situação um pouco nova.

Na verdade, os diferentes princípios de moral não são contestados por homens que pertencem a meios de cultura diferentes, mas são interpretados de modos diversos, não sendo jamais definitivas essas tentativas de interpretação.

A discussão, em questão moral, difere completamente da demonstração formal, pois é constante correlacionamento de experiências particulares e de conceitos com conteúdo parcialmente indeterminado, em constante interação. O problema do moralista não é a justificação dos princípios primordiais, mas sua interpretação num contexto particular. E o papel decisivo, nesse debate, caberá à experiência moral de cada qual, ajudada pela regra de justiça que exige o tratamento igual de situações essencialmente semelhantes.

Cada situação realmente nova exigirá uma adaptação dos âmbitos do contexto. Esta é impossível sem uma decisão ponderada do agente moral, que deverá justificar, de uma ou de outra forma, a maneira pela qual interpretará e aplicará as regras tradicionais. Quando não se opõem umas às outras regras diferentes e arbitrárias, mas sim regras comumente admitidas cuja interpretação e adaptação a situações variadas podem ser feitas de formas diferentes, o modelo formal não nos pode esclarecer sobre os problemas levantados pela deliberação moral. Esta não se apresenta de uma forma impessoal e a resposta não pode ser fornecida por uma máquina de calcular, pois a deliberação compromete inevitavelmente a pessoa de quem decide e lhe justifica decisão. É por essa razão que o modelo jurídico me parece mais adequado do que o modelo formal para guiar as reflexões do filósofo sobre o estatuto dos princípios morais.

Apenas o modelo formal pode inspirar-nos a idéia de que existe, em moral, princípios primordiais e arbitrários que permitiriam justificar todas as regras derivadas e as atitudes morais. De fato, um princípio de ação jamais é um princípio primordial *per se*, mas o permanece enquanto não se sente nenhuma hesitação em admiti-lo. Se um interlocutor vier a contestá-lo, empenhar-se-á em recorrer a argumentos ou a lugares – no sentido de *lugares-comuns* de Aristóteles – para lhe procurar não uma demonstração, mas uma justificação. Justificar um princípio não é fazê-lo depender de outro princípio considerado mais fundamental, é refutar as objeções que seriam opostas à sua validade universal, inspirando-se em outros princípios, apelando à experiência moral e à regra de justiça. Mas essa refutação necessitará com muita freqüência de uma reinterpretação do princípio criticado, de uma redefinição de alguns de seus termos. Às vezes seremos levados a precisar, a limitar o alcance do princípio que lhe opõem, a qualificar de outra maneira a experiência moral citada pelo interlocutor, a matizar a aplicação da regra de justiça. A filosofia moral não se elabora através de axiomas e de deduções, mas mediante um aprimoramento contínuo das regras que nos podem guiar na ação. Os princípios primordiais da vida moral constituem uma espécie de esboço que a reflexão moral enriquece constantemente.

Esta não se fundamenta em princípios evidentes nem em princípios arbitrários, pois só se poderia qualificá-los assim se o sentido deles tivesse sido fixado previamente de uma forma que não deixasse margem a nenhuma discussão, a nenhuma interpretação, a nenhum aprimoramento. Mas, de fato, nunca é isso que sucede. A vida moral, como a vida do direito, porém muito mais do que ela, supõe regras e preceitos que a experiência e uma reflexão sobre a experiência devem constantemente repensar e readaptar às aspirações dos homens defrontados com os problemas da existência.

§ 17. Direito e moral[1]

Tradicionalmente, os estudos consagrados às relações entre o direito e a moral insistem, dentro de um espírito kantiano, naquilo que os distingue: o direito rege o comportamento exterior, a moral enfatiza a intenção, o direito estabelece uma correlação entre os direitos e as obrigações, a moral prescreve deveres que não dão origem a direitos subjetivos, o direito estabelece obrigações sancionadas pelo Poder, a moral escapa às sanções organizadas.

Os juristas, descontentes com uma concepção positivista, estadística e formalista do direito, insistem na importância do elemento moral no funcionamento do direito, no papel que nele desempenham a boa e a má-fé, a intenção maldosa, os bons costumes, a eqüidade, e tantas outras noções cujo aspecto ético não pode ser desprezado.

Raros, em contrapartida, são aqueles que recomendam o estudo do direito como objeto de meditação, e às vezes até de inspiração, para o moralista. É, porém, neste último aspecto das relações entre o direito e a moral que eu gostaria de insistir.

Ao lado de princípios constitucionais que variam de um sistema para outro, ao lado de leis devidas a circunstâncias passageiras ou justificadas por considerações de pura oportunidade, os diversos sistemas de direito ocidentais contêm regras que se encontram, com pouca diferença, em cada um deles, que permanecem obrigatórias durante períodos muito longos, e às vezes remontam ao direito romano.

Algumas dessas regras foram promovidas à categoria de "princípios gerais do direito" e alguns juristas não hesitam em considerá-las obrigatórias, mesmo na ausência de uma legislação que lhes concedesse o estatuto formal de lei positiva, tal como o princípio que afirma os direitos da defesa, e que expressaríamos pelo brocardo *audiatur et altera pars*. Outras são enunciadas por diversos artigos dos Códigos Civil, Penal, ou de Processo, referentes à responsabilidade, a diferentes espécies de delitos, à admissibilidade dos depoimentos, às diferentes formas de presunções, e tantas outras matérias comuns aos países que possuem uma velha tradição jurídica.

É pensando nessas regras, relativamente permanentes, do pensamento jurídico que eu gostaria de expor a seguinte tese: antes de se lançar na elaboração de preceitos muito abstratos – tais como o imperativo categórico ou o princípio utilitarista –, aos quais se reportariam todas as regras morais, o moralista não teria interesse em assinalar, no conjunto das regras de direito, aquelas que, por sua perenidade e por sua generalidade, expressam valores que se impõem aos juristas? Não deveria ele admitir a presunção, que me parece razoável, de que tais regras, e os valores que elas protegem, as distinções que elas estabelecem, não deixam de ser pertinentes para o pensamento do moralista?

Parece-me que essas regras, e tudo o que elas nos ensinam, poderiam cumprir, para o moralista, o mesmo papel que a língua corrente e sua análise desempenhariam para um filósofo da escola de Oxford, como John Austin: sem considerar que as lições que se poderiam tirar de uma análise assim constituiriam a última palavra da filosofia, não caberia descartá-las sem boas razões. Se o uso corrente da linguagem faz caso de uma distinção, há uma presunção em favor de sua importância filosófica, presunção que o filósofo não deveria menosprezar e não deveria ter por errônea ou superficial sem apresentar a prova do que afirma. O moralista deveria proceder da mesma forma a respeito das regras jurídicas. É possível, evidentemente, que esta ou aquela regra ou presunção corresponda à finalidade do direito, e não à da moral, e que o moralista possa, por essa razão, desprezá-la, mas ao menos fornecerá as razões pelas quais não as leva em conta. Veremos que, efetivamente, em certos casos, é normal que as regras jurídicas difiram das regras morais, mas tal divergência não se presume: é necessário explicá-la.

Para fazer-me melhor compreender, gostaria de lembrar a discussão que se deu recentemente, no Congresso das Sociedades de Língua Francesa de Filosofia[2], a propósito do uso moral e imoral da linguagem. Para alguns, o uso imoral da linguagem se limitava à violação da obrigação de dizer a verdade. Mas, se analisamos, a esse respeito, as legislações modernas, o problema do uso moral ou imoral da linguagem se mostra infinitamente mais complexo. Em direito, a noção central é a de *compromisso*: a testemunha que mente é passível de punição essencialmente porque se comprometeu a dizer a verdade, toda a verdade e nada além da verdade. Mas está estipulado que, quando se trata de parentes em linha reta ou do cônjuge de uma das partes, não se poderá obrigá-los a testemunhar sob juramento; se essas pessoas são ouvidas sem prestar juramento, não se poderá condená-las por falso testemunho ou falsa declaração, quando testemunharam em favor dos réus ou indiciados (cf. art. 268 do Código [belga] de Processo Civil). O legislador admite que não cabe constranger os sentimentos de afeição que se presume existir entre parentes próximos, obrigando estes a testemunhar sob juramento contra um pai, um filho ou um esposo, réu ou indiciado.

Mas há casos mais flagrantes em que prescrições legais não só não obrigam a dizer a verdade, não punindo a mentira, mas punem aquele que tiver dito a verdade, em circunstâncias em que se deve manter sigilo. Com efeito, a violação do sigilo profissional pode ser punida pela lei. As profissões, às quais é imposto o sigilo profissional, podem variar no decorrer dos séculos, mas a própria existência de semelhante obrigação se encontra nos mais diversos sistemas. Dá-se o mesmo em todos os casos de denúncia ao inimigo. A denúncia às autoridades do país é às vezes recomendada tanto moral quanto legalmente, mas, por vezes, mesmo que a lei a prescreva, pode continuar a ser moralmente condenável. As variações nessa matéria são muito instrutivas quanto às relações que existem, em determinada sociedade, entre seus membros e as autoridades.

Pode-se, mentindo, causar dano à honra e à consideração das pessoas; é normal que quem não pode apresentar a prova fundada de suas alegações, que expõem uma pessoa ao desprezo público, seja incriminada de calúnia e condenada por isso. Mas casos há em que a prova dos fatos alegados não é permitida e que, mentindo ou dizendo a verdade, a pessoa se vê incriminada de difamação. Há mais: será incriminado de divulgação maldosa aquele que imputar a outrem fatos dos quais existe uma prova legal, mas que ele houver aventado com o único intuito de prejudicar.

Vimos que a testemunha sob juramento tem a obrigação de dizer toda a verdade; em contrapartida, em certos casos, é-se forçado ao sigilo profissional. Quando essas duas obrigações entram em conflito, e a pessoa obrigada ao sigilo for arrolada para testemunhar, ela poderá decidir livremente, em seu foro íntimo, qual é a obrigação que prima na ocorrência.

Mas, dirão, as leis podem obrigar você a calar-se, nunca a mentir. Isto não é tão certo. Casos há, de fato, em que o silêncio equivale a uma denúncia e a única atitude digna é, justamente, mentir. Aquele que, à pergunta do inimigo (se ele esconde em casa certa pessoa procurada), respondesse com o silêncio, agiria de um modo menos digno do que aquele que negasse, mentindo, pois o silêncio não deixaria de ser interpretado como uma confirmação e, por isso, constituiria uma forma atenuada de denúncia. Assim também, poder-se-ia condenar o resistente que, não podendo resistir à tortura e recusando-se a denunciar os camaradas, se refugia na fabulação?

Estes poucos exemplos bastam para mostrar que as prescrições jurídicas, que enfatizam o pluralismo das normas e dos valores, e os conflitos a que, em circunstâncias concretas, ele pode levar, obrigarão o moralista a reconhecer a insuficiência de um formalismo ético estrito. Não basta enunciar alguns princípios gerais: é preciso que o moralista se preocupe com problemas criados pela aplicação deles nos mais variados casos.

É a propósito disso, para esclarecer a dialética das relações entre as regras gerais e os casos particulares, que o moralista poderá inspirar-se utilmente no modelo jurídico.

Com efeito, os grandes princípios do direito, tal como o art. 1.382 do Código de Napoleão relativo à responsabilidade civil (Todo fato do homem que cause um dano a outrem obriga este, por cuja falta ele ocorreu, a repará-lo), enunciam regras que ninguém contesta, mas cuja aplicação conduziu a inumeráveis controvérsias, para as quais toda uma biblioteca de estudos jurídicos buscou soluções.

Não se daria o mesmo em ética? Os princípios fundamentais da moral, sejam eles deontológicos ou teleológicos, sejam eles formalistas ou utilitaristas, sejam os atos julgados por sua conformidade com as regras ou por suas conseqüências, podem não ser contestados *in abstracto*. Mas, tão logo se trata de aplicá-los a circunstâncias concretas, darão azo a infinitas controvérsias. Nesse caso, os métodos e os critérios de interpretação, que permitem aplicar as regras, adquirirão muito mais importância do que as próprias regras em sua formulação abstrata e relativamente vaga. Limitando-se apenas ao enunciado dessas regras, o moralista renuncia ao papel essencial atribuído, em direito, à doutrina e à jurisprudência. Contenta-se com o papel do legislador, e ainda de um legislador que não enuncia regras muito precisas, depositando confiança no juiz quanto à aplicação delas. O exemplo do direito nos convence imediatamente da insuficiência desse ponto de vista, pois por que o moralista renunciaria à tarefa que é essencial para a doutrina jurídica?

Essas reflexões não significam, de modo algum, que o direito não possua uma especificidade, pela qual se afasta dos pontos de vista próprios da ética. Com efeito, a importância especial concedida em direito à segurança jurídica explica o papel específico do legislador e do juiz, tão oposto à autonomia da consciência que caracteriza a moral.

Ante a multiplicidade de normas e de valores, o direito, querendo garantir a segurança jurídica que fixaria os direitos e obrigações de cada qual, tem de conceder a alguns, os legisladores, a autoridade de elaborar as regras que se imporão a todos, e tem de designar aqueles, os juízes, que terão a incumbência de aplicá-las e de interpretá-las.

Assim também, para evitar as contestações que questionam as situações existentes, o direito reservará um lugar importante a presunções de toda espécie que dispensam de qualquer prova aqueles que delas se beneficiam. Ao lado das presunções irrefragáveis que garantem a estabilidade de certas instituições ao impedir qualquer prova contrária (estabilidade das decisões de justiça protegidas pela autoridade da coisa julgada, estabilidade das famílias, em que a impugnação da paternidade já não é possível depois de prazos muito curtos), outras presunções *juris tantum* admitem a prova contrária, mas impõem o ônus da prova a quem quiser derrubá-las (presunção de inocência, presunção de propriedade para os possuidores de bens móveis). Razões de segurança jurídica imporão limites à admissibilidade da prova (certos tipos de prova são admitidos apenas para provar a existência dos atos jurídicos e de obrigações importantes), instituirão procedimentos especiais, que garantem o desenrolar satisfatório dos processos, tanto em matéria civil quanto penal. Assim também, para evitar que as partes recorram a juízes que lhes teriam a preferência, regras de processo precisas predeterminam quais juízes serão competentes para conhecer cada tipo de litígio, que será qualificado em caso de apelação ou de recurso em cassação.

A preocupação com a segurança jurídica previne, graças às técnicas e aos procedimentos que acabo de mencionar, o nascimento de zonas de penumbra e de incerteza que caracterizam tantas situações sociais que escapam às regulamentações do direito. Tal pessoa será honrada, poder-se-á ter confiança em sua discrição, em sua coragem, em sua lealdade? A tais perguntas formuladas em termos puramente morais, podem ser, e são efetivamente, dadas as mais variadas respostas. Mas, em direito, é-se inocente ou culpado, absolvido ou condenado. Conforme os temperamentos e os costumes, julgar-se-á com maior ou menor severidade determinada falta do passado. Em direito, um delito está prescrito ou não está: não é prescrito pela metade. Pode-se julgar de um modo variável a maturidade de um rapaz, mas a idade da maioridade é determinada por condições precisas, fixadas com a precisão de um dia.

Poderíamos multiplicar os exemplos dos efeitos da segurança jurídica. Nada de mais normal que, em muitos casos, disso resulte um tratamento muito diferente da mesma situação, conforme seja encarada do ponto de vista moral ou daquele do direito. O tratamento da eutanásia fornece, a esse respeito, uma excelente ilustração.

As pessoas que admitem, por razões que consideram moralmente justificáveis, a eutanásia, o fato de acelerar ou mesmo de provocar a morte de um ente querido, para lhe abreviar os sofrimentos causados por uma doença incurável ou para terminar a existência miserável de uma criança monstruosa, ficam escandalizados com o fato de que, do ponto de vista jurídico, a eutanásia seja assimilada, pura e simplesmente, a um homicídio.

Supondo-se que, do ponto de vista moral, se admita a eutanásia, não se atribuindo um valor absoluto à vida humana, sejam quais forem as condições miseráveis em que ela se prolonga, devem-se pôr os textos legais em paralelismo com o juízo moral? Seria uma solução perigosíssima pois, em direito, como a dúvida normalmente intervém em favor do acusado, corre-se o risco de graves abusos promulgando uma legislação indulgente nessa questão de vida ou de morte. Mas constatou-se que, quando o caso julgado reclama mais a piedade do que o castigo, o júri não hesita em recorrer a uma ficção, qualificando os fatos de uma forma contrária à realidade, declarando que o réu não cometeu homicídio, e isto para evitar a aplicação da lei. Parece-me que esse recurso à ficção, que possibilita em casos excepcionais evitar a aplicação da lei – procedimento inconcebível em moral –, vale mais do que o fato de prever expressamente, na lei, que a eutanásia constitui um caso de escusa ou de justificação.

Vê-se, por esse exemplo particular, que, mesmo quando não se trata de uma violação flagrante, pelo legislador, desta ou daquela regra moral, pode haver boas razões para que as regras morais não sejam inteiramente conformes às regras jurídicas, pois estas são sujeitas a condições de segurança, a presunções e a técnicas de prova, com as quais o juízo moral não se embaraça muito.

Mas a regra geral, ou pelo menos a presunção, é a conformidade entre as regras morais e as regras jurídicas. É por essa razão que o estudo do direito, ao reconhecer para a moral sua pertinência costumeira, impedirá o teórico de lançar-se em simplificações exageradas referentes tanto ao conteúdo das regras quanto à sua aplicação a situações concretas. Ele verá então que os diversos princípios que os filósofos apresentaram como a norma suprema em ética não são, na realidade, senão *lugares-comuns*, no sentido da retórica clássica, que eles fornecem razões que convém levar em conta em cada situação concreta e não axiomas, como os da geometria, cujas conseqüências práticas poderiam ser tiradas por meio de simples dedução. O raciocínio prático, aplicável em moral, não deve inspirar-se no modelo matemático, inaplicável no caso, e sim na virtude, caracterizada pelo comedimento e pela consideração de aspirações diversas e de interesses múltiplos, qualificada de φρόνησις (prudência) por Aristóteles, e que se manifestou tão brilhantemente em direito na *jurisprudentia* dos romanos.

§ 18. O direito e a moral ante a eutanásia[1]

Um processo, que mexeu com a opinião pública na Bélgica e no exterior, levantou, de novo, a propósito da eutanásia, o problema das relações entre o direito e a moral. Deverão as regras jurídicas ser a tal ponto diferentes das regras morais que obriguem a condenar, como culpadas de homicídio, pessoas de que a opinião pública tinha sobretudo piedade e cujo comportamento pareceu, a muita gente, não ser imoral? Antes de responder a essa pergunta, no que tange à eutanásia, insistamos em algumas características particulares de nosso direito que o diferenciam profundamente da moral, tal como é concebida em nossa sociedade; com efeito, para assimilar as regras jurídicas a regras morais, cumpriria que suas condições de aplicação fossem análogas; ora, não é esse, em absoluto, o caso.

Fazendo abstração do conteúdo das regras morais e jurídicas, constatamos, em suas condições de aplicação, quatro diferenças essenciais que é importante assinalar.

1. As regras jurídicas são supostamente conhecidas por todos; sua observância impõe-se a todos aqueles que estão no território do Estado, sob pena de sanções. As regras morais, ao contrário, não são codificadas. É verdade que, numa mesma sociedade, cujos membros têm um passado comum e tradições comuns, essas regras apresentam um núcleo comum, mas, pelo próprio fato de nossa sociedade ser diversificada, de seus membros professarem religiões diferentes, sendo alguns incréus, de

aderirem a ideologias diferentes (inclusive certo cepticismo ideológico), é inevitável que as regras morais em que se louvam, levando em conta o modo como as interpretam e as aplicam, nem sempre conduzam, na prática, a conclusões concordantes. À ordem jurídica, obrigatória em dado Estado, não se pode contrapor uma ordem moral única, mas, quando muito, uma base de moralidade comum, acompanhada de numerosas divergências. Nas sociedades pluralistas, que dão valor à liberdade espiritual, uma ordem legal única coexiste com diversas concepções morais e religiosas.

2. Ao passo que, em moral, todos podem formar-se uma opinião e emitir um juízo, aprovar ou desaprovar um comportamento particular, em direito, apenas o juiz competente é qualificado para aplicar a lei e proferir uma sentença. Normalmente, é a juízes togados que será atribuída tal competência; em certas matérias, em que se deseja que a opinião pública possa manifestar-se, tais como as matérias criminais, os delitos políticos e de imprensa, recorrer-se-á a um júri, incumbido de tornar conhecido o parecer de cidadãos honrados e representantes da massa dos cidadãos; em outras matérias, que dependem do Código Comercial e da legislação do trabalho e do emprego, o tribunal será constituído de representantes dos ramos profissionais: será esse o caso dos tribunais de comércio e da justiça do trabalho.

Como o sentido e o alcance de uma lei não podem ser exatamente conhecidos sem que se lhes determine as condições de aplicação (pois ambos podem ser transformados pelo modo como os fatos são qualificados), importa saber quem pode aplicar a lei, qualificando os fatos que foram estabelecidos. Não podemos esquecer que, de fato, graças ao poder de qualificação concedido aos juízes, estes podem introduzir no direito verdadeiras ficções, recusando aplicar aos fatos as qualificações normais, e isto a fim de impedir a aplicação das conseqüências previstas pela lei para fatos assim qualificados.

A moral não conhece ficções, o que obriga a formular as regras de uma forma que expressaria o sentimento moral tão exatamente quanto possível.

3. Ao passo que em moral basta uma suspeita para arranhar a reputação de uma pessoa, em nosso direito a dúvida aproveita ao réu. Como, quando se trata das questões de fato, o juiz da causa deve decidir-se de um modo ou de outro, ele é obrigado a absolver assim que admite que possa subsistir uma dúvida razoável a propósito da realidade delas. O juízo moral, por admitir matizes que o direito ignora, por não estar amarrado de uma maneira rígida a prazos de prescrição e a outras formas de processo, por colocar a eqüidade em primeiro plano, sem se preocupar com a segurança que nunca está ausente da mente do jurista, pode fundamentar-se em regras cujo enunciado comporta termos vagos, que uma regra jurídica só toleraria excepcionalmente.

4. A racionalidade de nossos juízos, tanto em direito como em moral, se manifesta pela regra de justiça, que exige que se trate da mesma forma situações essencialmente semelhantes. Mas, ao passo que, em moral, a regra de justiça só concerne ao comportamento individual de um agente, às suas próprias decisões e às das pessoas que toma como modelos em sua conduta, em direito, essa regra, por se aplicar às decisões de justiça tornadas públicas pela *Revista de Jurisprudência*, permite compreender a importância do precedente e o papel da jurisprudência na interpretação da lei. A organização do sistema judiciário dos Estados modernos tende, de fato, à elaboração de uma jurisprudência uniforme que asseguraria a segurança jurídica dos jurisdicionados. É importante, de fato, que cada qual saiba quais são os direitos e as obrigações garantidos e impostas a cada sujeito de direito. É apenas com essa condição que a paz judiciária poderia ser assegurada numa sociedade civilizada.

As considerações que precedem bastam, parece-nos, para justificar a inevitável defasagem entre regras morais e regras judiciárias em questão de eutanásia.

O direito à vida, que implica a obrigação de respeitar a vida, a dos outros e às vezes a vida própria, constitui uma regra fundamental tanto de nossa moral quanto de nosso direito. No entanto, apenas os seres humanos são assim respeitados em nossa civilização, que não reconhece nem ao chefe político ou religioso, nem ao pai de família o direito de vida e de morte sobre outro indivíduo. Em grande número de Estados modernos esse respeito chega à supressão da pena de morte, mesmo para os crimes mais hediondos. Ao passo que, em Esparta e em Roma, o direito de vida e de morte era reconhecido ao pai de família, que podia expor os filhos recém-nascidos, existem outras sociedades que protegem a vida de diversas espécies animais, embora admitam sacrifícios rituais, muito freqüentes nas sociedades primitivas.

Se é incontestável que as religiões e as ideologias que dominam nas sociedades impregnadas do ideal humanista impõem o respeito à vida de cada ser humano, essa obrigação, como a maioria dos princípios morais e jurídicos, não pode ser observada de modo absoluto. Em certos casos, em que dois seres humanos estão simultaneamente em perigo de vida, uma intervenção cirúrgica permite salvar um deles sacrificando o outro: esse é o cruel dilema que se apresenta às vezes ao ginecologista, obrigado a escolher entre a mãe e a criança. Nosso código não pune o homicídio cometido em estado de legítima defesa; não se pensa em punir quem participa de uma execução de condenação à morte, e o fato de matar um combatente inimigo em tempo de guerra é considerado uma ação muito honrosa. Quando se trata de legítima defesa, permite-se à vítima de uma agressão matar o agressor para escapar de seu ataque. Em outros casos, o homicídio é permitido ou incentivado para proteger a sociedade contra os criminosos e o Estado contra seus inimigos. Em contrapartida, nosso direito não autoriza o homicídio para aliviar os sofrimentos de um doente incurável e não permite suprimir um monstro cuja sobrevivência só pode constituir um fardo para a família e para a sociedade. Cumprirá modificar o Código Penal nesse ponto, porque algumas pessoas, que se associaram para provocar a morte de uma criança monstruosa, suscitaram uma piedade geral e foram mesmo absolvidas no final das contas? Não o creio.

Quando se trata da eutanásia que visa a abreviar os sofrimentos de um doente incurável, ninguém, ao que me parece, tem o direito de adotar a solução do desespero e de provocar deliberadamente a morte do doente. Mas é muito difícil, eu diria mesmo moralmente impossível, recusar ao médico o direito de fazer tudo quanto pode para diminuir sofrimentos intoleráveis para o doente e para seus familiares, administrando calmantes, mesmo que estes tenham efeitos nocivos ao organismo. Tudo aqui é questão de medida, de tato, de dosagem, e os médicos especialistas, defrontados com inúmeras situações análogas, formaram sua própria ideologia, sabendo o que podem fazer e até onde podem ir. As decisões por tomar são em geral penosas, mas esse é um caso de consciência e de consciência profissional. Não há nada a modificar a esse respeito em nosso Código Penal, pois é salutar um médico saber que, ao administrar uma dose mortal de morfina, corre o risco de ser processado. Trata-se de uma proteção indispensável do doente e da sociedade contra abusos sempre possíveis e sempre ameaçadores.

O problema se apresenta diferentemente quando se trata de seres humanos monstruosos que apresentam deformações congênitas tais que seu desenvolvimento normal não pode ser cogitado: a sobrevivência desses seres constitui um fardo intolerável para a família e uma carga para a sociedade, mas essas razões são nitidamente insuficientes para permitir violar esse princípio essencial de nossa civilização que obriga o respeito à vida humana. Nossa civilização estabelece uma distinção fundamental, tanto em direito como em moral, entre os homens e os outros seres vivos. O indivíduo humano deve ser protegido contra as reiteradas pretensões da sociedade de tudo julgar consoante os seus interesses, de considerar moral e legal tudo que lhe é útil, imoral e ilegal tudo que lhe é nocivo. Sabemos a que abusos pode conduzir semelhante pretensão e devemos opor-nos a esse processo inevitável em que se começaria por suprimir os monstros, depois os alienados mentais, os esclerosados, os velhos, os doentes incuráveis, e se acabaria suprimindo os adversários do poder estabelecido, da religião ou da ideologia dominante.

Cumpre que a lei continue a proteger o direito à vida de cada ser humano. Se há, porém, situações extraordinárias em que, apesar da severidade da lei, a consciência popular deseja a absolvição, a instituição do júri lhe permite manifestar-se. É essa a sua principal razão de ser, e sua existência constitui a proteção mais eficaz contra a aplicação da lei que iria de encontro ao sentimento geral. Cumpre, pois, que o nosso Código Penal continue a proteger a vida dos seres humanos, ainda que seja preciso, em certas circunstâncias, recorrer a ficções para temperar a severidade da lei. Mas há um aspecto do problema que merece toda a nossa atenção, pois num ponto os nossos serviços sociais deveriam ser melhorados. Se é indispensável proteger a vida dos seres humanos, sejam eles quais forem, não se pode, porém, ignorar os ônus e os sofrimentos intoleráveis que pode impor aos pais e às crianças da família a obrigação de conservar em seu seio um ser monstruoso. Muito amiúde, tanto os pais quanto as crianças normais da família são sacrificados a esse ser anormal cujos cuidados absorvem inteiramente os infelizes pais, obrigados a desamparar os filhos normais, esperando que estes se virarão sem sua ajuda. Por respeito pela vida humana, teremos o direito de impor a esse grupo essencial que a família constitui ônus exorbitantes, que apresentam o risco de ter para seus membros as mais deploráveis conseqüências? Se nossa sociedade preza esse princípio fundamental de nossa civilização que obriga a respeitar a vida humana, ela deve aceitar sofrer as conseqüências disso e criar instituições especializadas que se impõem. Mediante um preço de pensão proporcional aos seus meios, os pais deveriam poder confiar a guarda desses seres monstruosos a centros médicos do Estado. Este terá o direito de se desinteressar das conseqüências produzidas pelo respeito de princípios por mais nobres que sejam? É justo que todos os membros da sociedade que proclama certos princípios morais assumam-lhes as conseqüências penosas: o apego aos princípios se mede pelos sacrifícios que a própria pessoa está disposta a aceitar em seu nome, e não por aqueles que se quereria impor aos outros.

§ 19. Direito, moral e religião[1]

Não há melhor exemplo de que as noções fundamentais tratadas pela filosofia sejam noções confusas do que o próprio título desta comunicação. Com efeito, ninguém duvida que grande número de sentidos se mesclam confusamente na compreensão de cada uma destas três noções. Daí resulta que, para servir-se delas de um modo rigoroso, o filósofo tem de aclará-las, de defini-las a seu modo, o que levanta imediatamente o problema da *escolha* dos aspectos que ele considera importantes e daqueles que despreza e descarta. Esse posicionamento prévio explica e justifica o pluralismo filosófico, pois cada filósofo precisará as noções comuns de modo que elas se integrem melhor em sua perspectiva filosófica.

A última grande obra que Henri Bergson publicou em vida, *Les deux sources de la morale et de la religion* (Alcan, 1932), ilustra esse método filosófico.

Nessa obra, ele apresenta primeiro uma moral tribal da obrigação, a de uma sociedade fechada (p. 27) à qual opõe *outra* moral (p. 27), a da aspiração, a moral aberta. Assim também, ele opõe à religião estática, a da tribo (cap. II), a religião dinâmica representada pelo misticismo (cap. III). Mas, ao mesmo tempo que considera essas concepções da moralidade e da religião como opostas uma à outra, apresenta-as como complementares, participando juntas de uma concepção mais rica, em que a moral fechada e a religião estática não passariam de momentos de uma evolução direcionada a uma moral e uma religião depuradas (pp. 66-67, 227).

É óbvio que a mesma multiplicidade de sentidos se encontra nas diversas concepções do direito, ora ordem de um poder soberano, ora expressão da justiça. Como precisar, por conseguinte, de uma forma satisfatória, as relações, numa cultura, do direito com a moral e a religião?

Parece-me que, para obviar essa dificuldade metodológica, a única abordagem defensável será notar como, no contexto histórico de uma cultura, uma certa visão da moral e da religião se combina com uma certa concepção do direito. Somente após numerosos estudos de culturas comparadas é que se poderia tentar extrair, e sempre a título provisório, conclusões filosóficas que não fossem arbitrárias.

Se uma religião, tal como o judaísmo, se dota de um Deus legislador, paradigma do justo e do bem, esse Deus será a fonte tanto da moral quanto do direito. Mas como, nessa perspectiva, distinguir o aspecto moral ou jurídico do ponto de vista religioso?

Veja-se o quarto mandamento do Decálogo que ordena observar o dia de sábado para santificá-lo e impõe a obrigação de não trabalhar neste dia (*Deuteronômio*, V, 12-15). A Bíblia nos assinala (*Números*, XV, 32) que um homem foi preso porque apanhava lenha no sábado, mas não se sabia qual castigo Deus reservara aos que violam o quarto mandamento. Interrogaram-se, e eis a resposta: "Javé disse a Moisés: o homem deve ser condenado à morte; toda a comunidade deve apedrejá-lo fora do arraial" (*Números*, XV, 34).

Por todo o tempo em que nenhuma sanção humana é prevista para a violação de um mandamento, por todo o tempo em que se deixa apenas a Deus o castigo do culpado, diríamos hoje, não vendo no direito senão uma instituição humana, que o fato incriminado não pertence ao direito, mas fica nos domínios da religião e da moral. Assim que um juiz humano, ainda que inspirado por Deus, decide da sanção, o mandamento se transforma em regra de direito, ainda que de origem divina. Diremos que estamos no domínio jurídico se existirem procedimentos que precisem quem é competente para dizer o direito e quais sanções humanas devem ser previstas em caso de violação da regra. Vê-se, por exemplo, como a nossa visão moderna do direito nos permite distinguir o direito da moral e da religião, mesmo quando é a tradição religiosa a fonte reconhecida de todas as regras de conduta.

Observe-se, desde já, que na tradição cristã, de Paulo de Tarso a Tomás de Aquino, as coisas se apresentam de forma muito diferente. Opondo a fé à lei, Paulo precisa que a lei só se impõe aos que são circuncidados, ao passo que o que conta, para os outros, é unicamente a fé operante pela caridade (*Epís-*

tola aos Gálatas, V, 3-6). A "nova aliança" se louva numa moral da caridade e do amor, e não numa legislação que só concerne aos judeus. No mesmo espírito, Tomás de Aquino distinguiu, entre os mandamentos, aqueles que se dirigem apenas ao povo judaico, por ele qualificados de lei divina, e aqueles que se dirigem a todos, que expressam a lei eterna, e se manifestam aos homens sob forma de direito natural, cujas prescrições deveriam ser observadas por todos, pois enunciam regras de uma justiça universal. Passando do judaísmo para o cristianismo, a religião já não está na origem de uma legislação positiva, mas de uma justiça universal, que os príncipes, que estabelecem a lei humana, têm de respeitar; quanto ao mais, eles são livres para modelá-la à vontade. É verdade que esse direito natural, de inspiração cristã, incluía certos princípios, tais como a monogamia e a indissolubilidade do matrimônio, cujo caráter universal pode-se contestar.

Desde a conversão de Constantino até o século XVII pelo menos, a religião era considerada, na Europa cristã, o fundamento ideológico e institucional do Estado, do qual eram excluídos aqueles que não professavam a religião estabelecida. Se eram tolerados no Estado, era graças à proteção do Príncipe, sem que nada os protegesse contra a arbitrariedade do próprio Príncipe.

Em conseqüência das guerras de religião que ensangüentaram a Europa, prevalece, no século XVII, a regra *cujus regio ejus religio*: o soberano é que tem o direito de decidir da religião de seus súditos. Estes podem, eventualmente, deixar o país, mas não podem participar da vida pública se não compartilham a religião do Príncipe. Sabe-se que tal compromisso pouco durou. Já na segunda metade do século, erguem-se vozes preconizando a tolerância religiosa. Conhecem-se as cartas sobre o governo de Locke, que denega ao Príncipe qualquer competência em questão de salvação individual. Este não é mais qualificado do que qualquer outro para conhecer a verdade em matéria religiosa. É essa a tese que será retomada pelos partidários protestantes de um direito natural fundamentado na razão, tais como Pufendorf e Wolff. A razão impõe a regra da liberdade religiosa, estendida no século XVIII à liberdade de consciência. O pluralismo religioso tem como conseqüência a secularização do Estado, que propõe como finalidade do direito o estabelecimento de uma ordem social que assegure aos membros da comunidade política uma coexistência pacífica, sejam quais forem suas concepções religiosas. Numa sociedade pluralista, um certo consenso estabelecerá, para garantir a liberdade de religião, uma tolerância recíproca, que redundará, nos Estados Unidos da América, na completa separação do Estado e da religião.

Não obstante, mesmo nas sociedades pluralistas, quando uma religião é nitidamente majoritária, é nela que em geral se inspiram as decisões do legislador. Assim é que o domingo será proclamado dia feriado legal nos Estados cristãos, enquanto será a sexta-feira nos Estados muçulmanos e o sábado no Estado de Israel. De fato se estabelecerá, em cada Estado, um ajuste, variável conforme as circunstâncias, entre a liberdade de consciência e a primazia concedida a esta ou àquela religião. Assim é que, levando em conta a nacionalidade ou a religião, se flexibilizarão as regras nacionais em favor dos estrangeiros e dos adeptos de outra religião. Mas cada Estado sempre estabelecerá limites à liberdade religiosa. Ir-se-á tolerar, em nome da religião, a recusa do serviço militar ou da vacinação preventiva? Ir-se-ão admitir o canibalismo, o assassínio ritual ou o uso de drogas de todo tipo? Enquanto o pluralismo religioso implica certa tolerância, as exigências da vida em sociedade impõem limites a esta, que são variáveis no tempo e no espaço.

É fácil transpor para as relações do direito com a moral o que dissemos das relações do direito com a religião. Uma moral de inspiração religiosa nos ordena obedecer aos mandamentos divinos, sejam eles quais forem; é imoral desobedecer-lhes. O direito virá em geral punir tal desobediência. Numa sociedade em que domina uma religião, a moral e mesmo o direito nela se inspiram. Mas, numa sociedade que aceita o pluralismo religioso, já não é a verdade religiosa, mas sim o respeito à liberdade em questão de religião e de consciência que se torna o valor fundamental. Esta é concebida como a expressão da dignidade e da autonomia da pessoa.

Enquanto numa sociedade, dominada por uma religião ou por uma ideologia considerada verdadeira, o papel do indivíduo é menosprezado, em todo caso nitidamente subordinado ao das instituições e da comunidade, com o pluralismo, tanto religioso como ideológico, são os valores de liberdade e de dignidade da pessoa que triunfam tanto em moral como em direito. Assim é que, depois dos excessos do nacional-socialismo, as constituições de grande número de países incluíram em seu texto artigos que protegem a dignidade da pessoa e vedam discriminações de toda espécie. A melhor manifestação desse novo clima é a Declaração Universal dos Direitos do Homem.

Esta declaração, expressão de certo humanismo universalista, manifesta a importância concedida a aspirações de ordem puramente moral. Mas só pôde estabelecer-se um acordo universal sobre tal documento – do qual a maioria dos termos se prestam às mais variadas interpretações – porque cada Estado se reservava o direito de interpretá-lo à sua maneira. Um documento assim só terá adquirido um alcance jurídico no dia em que for estabelecido um tribunal competente para interpretá-lo e para dirimir os litígios suscitados por sua aplicação. É por isso que foi dado um passo decisivo em 4 de novembro de 1950, quando foi assinada a Convenção Européia de Salvaguarda dos Direitos do Homem e das Liberdades Fundamentais, que não se contentou em adotar um texto, mas instituiu, ao mesmo tempo, uma Comissão e sobretudo um Tribunal dos Direitos do Homem, habilitado para dizer o direito em caso de contestação.

Note-se, a esse respeito, que é fácil obter um acordo universal sobre uma declaração puramente moral, que cada qual é livre de interpretar à sua maneira; outra coisa é aceitar submeter-se às decisões obrigatórias de uma autoridade judiciária competente. A confiança que se lhe concede pressupõe a existência de certo consenso sobre os valores fundamentais de uma comunidade e sobre a primazia que se concede a este ou aquele valor ou aspiração. Uma comunidade ideológica assim remete a uma história comum, a uma cultura e a uma tradição comuns, à existência de um conjunto de "princípios gerais do direito comuns aos povos civilizados". Mas a existência de tal cultura comum, de uma comunidade organizada que a encarne, faz surgir imediatamente o problema do valor que se atribui a essa comunidade e da importância que há em defender-lhe a independência. Assim, é indispensável temperar o individualismo da doutrina dos direitos do homem, tão logo aparecem as instituições jurídicas que os garantem. Ora, estas pressupõem comunidades organizadas sem as quais, na falta de um Estado de direito, os direitos do homem se prendem à utopia[2].

O rápido esboço das relações entre direito, moral e religião no Ocidente, deveria ser completado, como já assinalamos, pelo estudo das mesmas relações na África e na Ásia. Somente depois é que se poderiam arriscar conclusões filosóficas que não fossem por demais arbitrárias.

§ 20. Moral e livre exame[1]

Se tentamos caracterizar o conjunto das discussões relativas ao princípio do livre exame, constatamos que este foi analisado sobretudo em suas relações com a Ciência, com a busca da Verdade. Um argumento impositivo não deve vir opor-se ao progresso do pensamento, ao progresso dos nossos conhecimentos. É essencial julgar as proposições teóricas consoante provas que podemos apresentar em seu favor e independentemente da autoridade da pessoa que as enuncia; esta pode, de fato, constituir um obstáculo ao progresso do pensamento na busca da Verdade. O princípio do livre exame adquiriu, assim, um sentido muito preciso no campo teórico, mas terá ele também alcance prático? Poderá ele guiar-nos, ser-nos de alguma utilidade, em matéria moral ou política?

Observe-se que, durante séculos, a tradição filosófica buscava também a verdade no que tange à conduta. A partir da natureza do universo, da natureza das coisas ou da natureza do homem, tentava-se definir a verdadeira justiça, encontrar as regras corretas, aquelas que seriam eternamente válidas. E, se essa busca pudesse ter sido profícua, o princípio do livre exame teria tido inegáveis conseqüências práticas. Infelizmente, as investigações filosóficas não conduziriam a um acordo sobre uma verdade única em matéria moral ou política. E debalde Montaigne zombou dos desacordos dos filósofos; Pascal falará mesmo da loucura deles, da loucura daqueles que, segundo Varrão, puderam apresentar duzentos e oitenta e oito tipos de Soberano Bem. Pascal vê nisso uma prova da fraqueza da razão humana, a prova de que a verdade moral não poderia ser encontrada por um esforço filosófico. Deve-se procurá-la na revelação religiosa. Apenas a religião nos permitirá conhecer a verdadeira moral, que é a moral revelada. Como sói acontecer, Pascal tira partido da fraqueza das luzes naturais para nos convidar a buscar a salvação em verdades de origem sobrenatural.

A concepção segundo a qual não pode haver moral independente da religião, segundo a qual toda moral está ancorada numa visão religiosa, ainda é freqüentemente defendida hoje. Ela é sobretudo o cavalo de batalha de teólogos protestantes, o mais das vezes americanos, que consideram que a função principal da religião é justamente fornecer um fundamento à moral. "Se um agnóstico ou um ateu tentar formular uma moral, esta se ressentirá de uma maneira inegável das tradições religiosas de seu meio. Por mais que ele pretenda enunciar teses puramente racionais, o fato de ele viver numa sociedade dominada pelo hinduísmo, pelo confucionismo ou pelas tradições judaico-cristãs, influenciará a tal ponto suas convicções que suas origens religiosas ficarão patentes para qualquer mente de boa-fé."[2]

Não creio poder contestar esta afirmação: há uma nítida afinidade entre as morais laicas desenvolvidas por filósofos e as concepções religiosas de seu meio. Mas o fato de haver tantas religiões quantas filosofias há nos permite voltar contra a religião o argumento pascaliano contra a filosofia. Se não há senão uma única moral verdadeira, as religiões são tão incapazes de no-la garantir quanto as filosofias. Isso não impede que elas sejam apresentadas como capazes de fornecer um fundamento absoluto à moral, e pretendam mesmo ter uma resposta a todas as questões e a todas as aspirações éticas. Os mandamentos divinos bastam para fundamentar uma moral do dever; o dever é obedecer aos mandamentos divinos, sejam eles quais forem. Aquele que é tentado, não por uma moral do dever, mas por uma moral de aspiração, aquele que aspira a realizar um ideal, a amoldar-se a um modelo de vida, as diferentes religiões têm com que satisfazê-lo: a moral cristã é a imitação de Jesus, a moral budista é a imitação de Buda. O ideal moral é a imitação do ser divino ou quase divino que a religião nos apresenta. Para quem é motivado mormente por interesses egoístas, as religiões aprimoraram a concepção escatológica de um juízo final, com um paraíso e um inferno, de sorte que aquele que não vê na nobreza moral uma justificação suficiente de sua conduta poderá encontrar na busca da salvação uma justificação suplementar. O conjunto dessas justificações forma uma doutrina a tal ponto impressionante que alguns puderam pensar que, sem elas, a moral desmoronaria. Como proclama uma das personagens de Dostoiévski: "Se Deus não existe, tudo é permitido."

Mas, efetivamente, uma mesma religião aceita concepções morais muito variadas. Para ficar convencido disso, nada como o exame das sociedades cristãs, desde o cristianismo primitivo, passando pela sociedade feudal da Idade Média, pelo cristianismo do Renascimento e da Contra-Reforma, até o cristianismo contemporâneo. A mesma religião, os mesmos textos sacros aceitam interpretações muito variadas, adaptadas às necessidades de cada sociedade, em determinada época de seu desenvolvimento. A moral seria de origem não religiosa, mas sociológica.

Na verdade, dirão, não são as religiões que cada vez fundamentam a moral; a tradição cultural de cada sociedade é que lhe permitirá elaborar, a um só tempo, suas concepções morais, jurídicas e religiosas. A moral seria a expressão de uma sociedade, em dado momento de sua evolução. É essa a tese da moral sociológica, defendida por Durkheim e, mais particularmente, por seu discípulo Lévy-Bruhl, numa obra de grande repercussão: *La morale et la science des mœurs*. Nela ele desenvolve a tese de que, em cada época, em cada meio, o juízo moral, que concerne às situações concretas, é muito mais seguro do que as teorias morais e os princípios morais, amiúde muito divergentes, destinados a justificá-lo. Daí resulta que não se deve conceber a moral como uma ciência dedutiva, em que as conseqüências poderiam deduzir-se de princípios gerais evidentes, mas como uma disciplina indutiva cujos dados iniciais seriam fornecidos pelos juízos morais particulares. Mostrei em outro artigo[3] o que há de inadequado na assimilação da moral quer a uma disciplina dedutiva, quer a uma ciência indutiva. O importante, para mim, é que numa concepção puramente sociológica da moral, assim como numa concepção religiosa, não há lugar nenhum para o princípio do livre exame. Pois, em ambos os casos, o comportamento moral não passaria de obediência e de conformismo.

Haveria meios de elaborar uma filosofia moral que não fosse puro conformismo, e a razão poderá nos ser de alguma ajuda nessa questão? As tendências anti-religiosas e antimetafísicas em filosofia, representadas pelo empirismo e pelo positivismo, se opuseram, há mais de dois séculos, à idéia de uma razão prática. Seu porta-voz mais eloqüente e mais influente é, incontestavelmente, o filósofo inglês David Hume que, em seu *Tratado da natureza humana*, insiste no fato de que: "A razão serve para descobrir a verdade ou o erro. A verdade e o erro consistem no acordo ou no desacordo, seja com as relações reais, seja com a existência real e os fatos reais. Logo, tudo quanto não é suscetível desse acordo ou desse desacordo não pode ser nem verdadeiro nem falso e jamais pode ser um objeto de nossa razão."[4] A razão pode ensinar-nos unicamente o que é, e não o que deve ser. "Não é contrário à razão", diz Hume, "preferir a destruição do mundo inteiro a uma arranhadura de meu dedo. Não é contrário à razão que eu escolha arruinar-me completamente para prevenir o menor mal-estar de um índio ou de uma pessoa completamente desconhecida minha."[5] A vida moral não pode explicar-se pela razão. São as paixões, as emoções, é o senso moral que podem motivar-nos a ação; para compreender a moral, há que empreender estudos de psicologia. O tratado de Hume, que é um "Ensaio para introduzir o método experimental nos assuntos morais", elabora uma psicologia e insiste na impossibilidade de uma filosofia moral. Os princípios da moral, não param de repetir depois de Hume, não podem ser racionalmente fundamentados. E num artigo recentíssimo[6], o professor Leonard G. Miller procurou dissociar esse cepticismo concernente à moral do niilismo moral a que tal cepticismo poderia conduzir. Na realidade, diz-nos esse filósofo canadense, não é porque as regras morais não podem ser racionalmente fundamentadas que não devemos pautar por elas a nossa ação, pois a razão, não podendo fundamentá-las, é também incapaz de combatê-las. Ela não nos pode fornecer razões contra uma determinada moral. E conclui afirmando que podemos levar uma vida moral independentemente de seus fundamentos racionais.

Tal conclusão teria sido satisfatória se a moral fosse apenas conformismo, se consistisse pura e simplesmente em seguir as regras que nos inculcaram com o leite materno, como dizia Descartes a propósito da moral provisória. Mas, então, mais uma vez, não há lugar nem para a reflexão moral, nem para a filosofia moral, sem as quais o princípio do livre exame ficaria totalmente alheio à moral. Cumprirá resignar-se a esta última conclusão? Não o creio.

De fato, há meios de apresentar outra concepção da razão e do raciocínio diferente daquela que foi tradicionalmente ensinada, tanto pelo racionalismo como pelo empirismo clássicos. A razão não é unicamente a faculdade de perceber evidências capazes de nos guiar no raciocínio dedutivo e indutivo. Se não houvesse senão essas duas formas de raciocinar, a filosofia moral seria impossível. O importante, para o nosso propósito, é notar que raciocinamos igualmente quando discutimos, quando deliberamos, quando pesamos o pró e o contra. Quando criticamos e procuramos justificar, aplicamos igualmente nossas faculdades de raciocínio, e podem-se conceber uma crítica e uma justificação racionais. Ora, essas atividades são essenciais à prática e, em especial, à vida moral.

Que se deve justificar, como se pode justificar, quando se pede uma justificação? Toda justificação diz respeito a uma ação, a uma escolha, a uma decisão, a uma pretensão. Mas nem toda ação, nem toda decisão deve ser justificada. Deve-se justificar apenas o que necessita de uma justificação, porque criticado ou pelo menos criticável[7]. Muito amiúde, de fato, a busca de uma justificação nos pareceria incongruente. Se tenho um encontro, e se chego pontualmente à hora combinada, não virá à mente de ninguém pedir-me uma justificação. Se fiz uma promessa, e cumpro-a ao pé da letra, não tenho necessidade de justificar minha conduta. Só se deve, de fato, justificar uma conduta quando pode ser-lhe dirigida uma crítica. Que é criticar? É mostrar que uma ação se opõe a uma regra aceita, que não consegue atingir o fim a que visa, que se opõe a um ideal reconhecido. Noutros termos, toda crítica que exige uma justificação se situa num contexto em que certas regras, certas normas, certos valores, certos ideais já são aceitos. Sem isso, a crítica seria impossível. Isto não quer dizer que essas regras, essas normas, esses valores ou esses ideais não poderiam ser criticados por sua vez, mas seria em comparação com outras regras, com outros critérios, com outros valores. Uma crítica é inconcebível fora de um contexto que pressupõe a adesão a certas regras, a certos valores, a certos ideais.

Se às vezes nos pedem para justificar uma decisão ou uma escolha, sem que tal pedido resulte de uma crítica prévia, e se refletimos no significado de tal pedido, seu único sentido seria obrigar-nos a imaginar críticas com o objetivo de refutá-las ou, pelo menos, de mostrar em que a decisão adotada é menos sujeita a críticas do que as soluções que foram desprezadas. Pedem-nos para ser o advogado do diabo, depois para refutar os argumentos alegados em seu favor. Toda justificação é, pois, relativa a uma crítica real ou eventual, e consiste na refutação dessa crítica, ou numa modificação de atitude que permita escapar à crítica.

Mas, quando o espírito crítico pode aparecer, o princípio do livre exame está em seu lugar. Se não somos obrigados a

A ÉTICA

aceitar as ordens, os mandamentos, as regras e os ideais tal como eles nos vêm do exterior, tais como a tradição no-los fornece, se podemos confrontá-los uns com os outros, tentando estabelecer uma coerência em nosso pensamento, reformulando e hierarquizando as normas e os valores, nesse momento uma filosofia moral se torna possível.

Essa filosofia moral já não será alheia a todo contexto histórico e cultural; ao contrário, ela se situará no interior desse contexto, que fornecerá a própria matéria de nossa reflexão moral, das razões pró e das razões contra, que deverão ser examinadas em nossa deliberação e nos permitirão decidir-nos. Com efeito, nem todas as razões se equivalem, e nem todas são da mesma natureza. Há razões de oportunidade, que se tiram de determinadas circunstâncias; outras só valem para determinado meio. As razões morais são aquelas que acreditamos serem válidas para todos. Pretender-se-ia que as razões morais pudessem se tornar universais e, com isso, razoáveis. Encontramos aqui outra concepção da racionalidade. Se há uma razão prática, ela só pode ser concebida em comparação com valores e com normas que pretendemos poderem ser válidas para todo ser razoável. A filosofia moral se empenha em nos fornecer essas razões de alcance universal.

Mas não nos disseram que há várias filosofias morais, diversas concepções do Soberano Bem, da Felicidade, do Progresso? E não basta opor-lhes o "Reino de Deus na terra", pois este também pode ser concebido de muitas maneiras diferentes, pois as visões religiosas do ideal moral não são menos numerosas do que as visões filosóficas. A multiplicidade dessas concepções bastará para descartá-las a todas, a pretexto de que são numerosas e de que nenhuma delas se impõe com a evidência da Verdade? Seria esse efetivamente o caso, se a idéia de racionalidade devesse necessariamente ser vinculada à de verdade.

O que caracteriza a idéia de verdade é que ela é regida pelo princípio de não-contradição, e que a negação do verdadeiro só pode ser o falso. Se o que afirmo é verdadeiro, quem me contradiz só pode estar errado. Mas, quando se trata de filosofia da ação, de filosofia prática, de filosofia dos valores, várias concepções diferentes podem ser igualmente razoáveis. Esse fato explica o pluralismo filosófico e justifica a tolerância em filosofia. Com efeito, se só houvesse uma verdade no que tange à conduta, no que tange a valores, seria imoral tolerar o erro no que se refere ao essencial, a saber: nossa conduta e nossa vida moral. Mas, na verdade, há várias formas de ser razoável, e não é por não estarem de acordo sobre uma decisão por tomar que duas pessoas não podem ser, ambas, razoáveis.

Mas a unicidade retorna de outro lado. Pois, vivendo numa sociedade em que decisões comuns devem poder ser tomadas, em que certas regras devem ser seguidas, obrigações impostas a todos, haverá limites ao pluralismo e à tolerância. A ordem social exige certa disciplina, a submissão a leis e às obrigações por elas impostas. Se a razão não nos fornece regras que se imporiam a todos por sua evidência e sua verdade, se podemos conceber diversas formas de regulamentar a vida pública e de dirigir os negócios públicos, dever-se-á por isso tolerar a anarquia que resultaria da impossibilidade que há de chegar a acordos fundamentados numa objetividade que não seria contestada por ninguém? Quando a ordem social não pode ser fundamentada na unicidade da verdade, ela é obrigada a suprir a carência disso resultante invocando a autoridade.

A idéia de autoridade desempenha um papel central na filosofia religiosa, política e mesmo moral. Numa sociedade organizada, alguns devem ter o poder de legislar, outros o de julgar, de governar e de administrar. De onde lhes vem a autoridade, o que a legitima? A tradição, nesse ponto, faz a autoridade depender, acima de tudo, de Deus: toda autoridade emana de Deus, ou de um princípio sobrenatural, eis o que a história nos ensina para começar. Deus será legislador, ele é que decidirá quais serão aqueles que terão direito de governar em nome da autoridade divina. Por todo o tempo em que toda autoridade emana de Deus, assistimos à confusão de todas as ordens, religiosa, jurídica e moral. Nem a política nem a moral têm autonomia alguma com relação à ordem religiosa. A separação se efetua em certo momento, quando as pessoas designadas para exercer uma autoridade política foram distinguidas daquelas que exerciam a autoridade em matéria de religião. Mas a vinculação entre a ordem religiosa e a ordem política subsistiu tanto tempo, mesmo no Ocidente, que Jean Bodin, no entanto considerado uma mente liberal na época, pôde proclamar em sua *République*, em 1576: "mesmo todos os ateus estão de acordo acerca de que não há coisa que mais mantenha os Estados e as Repúblicas do que a religião, e que esse é o principal fundamento do poderio dos monarcas, da execução das leis, da obediência dos súditos, da reverência dos magistrados, do temor de proceder mal e da amizade mútua para com cada qual; cumpre tomar todo cuidado para que uma coisa tão sagrada não seja desprezada ou posta em dúvida por disputas; pois deste ponto depende a ruína das Repúblicas." Daí o direito do monarca de zelar pela manutenção da unidade religiosa, fundamento da solidariedade de um Estado.

Em conseqüência das discussões que, nos séculos XVII e XVIII se seguiram às guerras religiosas, a idéia de que a autoridade política emana de Deus foi cada vez mais contestada e, graças à voga das teorias do contrato social, foi substituída pela idéia de que todos os poderes e toda autoridade política emanam da nação. Tornando a origem do poder e da autoridade política independente das considerações religiosas, contribuiu-se para a secularização do Estado. As diversas constituições puderam, depois da derrubada do Antigo Regime, elaborar procedimentos que indicam como a autoridade, em matéria legislativa, judiciária e governamental, é conferida pela nação, fonte de todo poder político. Essa secularização pôde prosseguir, apesar dos ataques do clericalismo que queria que a autoridade política continuasse a depender, como no passado, de autoridades religiosas, que não admitiam a laicização do Estado.

Por séculos a fio, a moral, bem como a política, se inspirou em considerações religiosas: a moralidade resultava da piedade que ordenava a obediência às prescrições divinas e às leis sagradas da *Polis*. Porém, muito cedo, a institucionalização da autoridade divina, graças aos sacerdotes e aos reis, encontrou um contrapeso, que fazia justiça à autonomia da pessoa, num fenômeno notável, o nascimento da profecia. Numa sociedade em que toda autoridade vem de Deus, o profeta, que está em contato com a divindade cuja voz escuta, utilizará essa palavra divina para opor-se às autoridades estabelecidas, tanto religiosas quanto políticas.

Não é de espantar que, vários séculos mais tarde, os protestantes se tenham assenhoreado da idéia de que a profecia continua para combater a autoridade da Igreja romana. Para esta, ao contrário, como a profecia acabou com os textos sacros, toda palavra divina, e sua interpretação, deveria ser comunicada unicamente por intermédio das autoridades religiosas. O fiel deve, em questão de fé, inclinar-se diante do magistério da Igreja. Em contrapartida, para os protestantes, o fato de poder escutar e compreender diretamente a voz de Deus dará, a cada fiel, um princípio de autonomia. Essa concepção poderá laicizar-se, e dar origem à idéia de consciência moral, em conseqüência de sua junção com as concepções de origem filosófica.

O nascimento da filosofia moral na Grécia repousava na idéia de que havia normas objetivas no tocante à conduta moral, e de que o sábio, graças à sua razão, podia conhecê-las. Quando Sócrates se formula, no *Críton*, a questão de saber se é moral desobedecer à lei, ele se instaura em juiz desta. É verdade que se deixa guiar pela voz do "daimon" e que chega à conclusão de que é melhor sofrer a injustiça do que desobedecer à lei. No entanto, pelo próprio fato de se perguntar se deve desobedecer à lei, Sócrates reconhece implicitamente que está de posse de um critério pessoal que lhe permite dizer sim ou não. Se a questão não tivesse sido: "Deverei antes sofrer a injustiça do que desobedecer à lei?", mas "Deverei antes cometer uma injustiça do que desobedecer à lei?", sua resposta decerto teria sido diferente. Pois Sócrates mostrou que, perante semelhante alternativa, ele não hesitara em desafiar as autoridades políticas.

A tradição dos profetas unida à tradição filosófica permitiu a elaboração de um princípio independente de conduta: que se chame a voz de Deus em nós ou a do *daimon*, a voz da razão ou a da consciência, trata-se todas as vezes de um recurso a um princípio individual e autônomo de conduta moral.

Embora a autoridade religiosa, que emana de Deus, possa ditar regras de conduta em matéria religiosa, embora a autoridade política, que emana da nação, possa prescrever regras políticas, existe um critério de conduta, que é próprio de cada um de nós e ao qual nos dirigimos quando se trata de problemas de consciência. É unicamente na medida em que se reconhece a existência desse critério pessoal que se torna possível uma moral independente, a um só tempo, das autoridades políticas e religiosas. Mas, por intermédio disso, reencontramos o princípio do livre exame, enquanto recusa de considerar um princípio de obediência, obediência a uma autoridade religiosa ou política, como o princípio primordial em questão de conduta. Compete a nós decidir, em última instância, se convém ou não obedecer. Jamais poderemos, se formos um adepto do livre exame, desvencilhar-nos de nossa responsabilidade argüindo, mesmo de boa fé, que nos limitamos a amoldar-nos às ordens de uma autoridade qualquer. Se é verdade que a obediência à autoridade será o mais das vezes, como para Sócrates, a atitude recomendável, cumprirá que seja em virtude de uma decisão de obedecer que, assim como a de desobedecer, não nos permite eludir nossas responsabilidades morais. Assim é que, segundo o princípio do livre exame, à rejeição do argumento impositivo, em matéria teórica, se emparelha, em matéria prática, a autonomia da consciência. Aliás, é unicamente nesta última perspectiva, quando a nossa consciência é considerada o penhor primordial de nossos valores, que a rejeição do argumento impositivo, em matéria científica, pode ser considerado em seu verdadeiro alcance. Pois, não o devemos esquecer, o respeito à verdade, o amor à verdade, é a expressão não de um juízo teórico, mas de uma atitude moral. Mas por que é preciso que o valor concedido à verdade seja o único para o qual o argumento impositivo não possa ser a última palavra na questão? Há outros valores, tais como a justiça, a humanidade, a beleza, todos os que consideramos valores absolutos, que deixariam de desempenhar esse papel para a consciência, se um princípio de obediência devesse ser o critério primordial em questão de conduta. Com isso, a autoridade, política ou religiosa, se tornaria o único valor absoluto, exigindo, em qualquer circunstância, uma submissão incondicional. Essa conseqüência nos permite compreender a especificidade de uma moral baseada no livre exame.

É óbvio que a consciência de cada qual também foi formada, que deve ser esclarecida e pode ser guiada, mas é a cada pessoa que cabe, em última instância, a responsabilidade de decidir-se e de agir. E apenas uma moral que faz justiça ao livre exame é que se revela apta para salvaguardar nossa autonomia, nossa liberdade e nossa responsabilidade.

§ 21. Autoridade, ideologia e violência[1]

As manifestações políticas, as campanhas de desobediência civil e a contestação universitária, que se alastraram pelo mundo durante os últimos anos, foram apresentadas em quase toda parte como uma rebelião contra a autoridade, sendo esta identificada com o poder que, mercê do uso público da força, constitui uma ameaça contínua às liberdades individuais.

É assim, como oposta à liberdade, que a autoridade é apresentada, há mais de um século, por John Stuart Mill, em seu célebre estudo "On liberty" do qual gostaria de citar a seguinte passagem:

"A luta entre a liberdade e a autoridade é o traço saliente das épocas históricas que se nos tornam familiares acima de tudo nas histórias grega, romana e inglesa... Por liberdade, entendia-se a proteção contra a tirania dos governantes políticos... Antigamente, de um modo geral, o governo era exercido por um homem, ou uma tribo, ou uma casta, que tirava sua autoridade do direito de conquista ou de sucessão, que, seja como for, não a obtinha do consentimento dos governados e cuja supremacia os homens não ousavam, ou talvez não desejassem contestar, por mais precauções que pudessem tomar contra o seu exercício efetivo."²

Na continuação de sua exposição, John Stuart Mill não utiliza mais o termo "autoridade", substituindo-o regularmente por "poder", como se esses termos tivessem sido sinônimos. Mas serão permutáveis esses termos? Se falamos dos detentores do poder dizendo "as Autoridades", queremos entender com isso que seu poder é reconhecido, acrescentamos um matiz de submissão respeitosa ou de lisonja, e, de tanto proceder assim, os dois termos vêm a ser considerados sinônimos. É isso que nos diz Littré, numa nota à palavra *autoridade*, onde admite que "numa parte de seu emprego essas duas palavras são muito próximas uma da outra", mas acrescenta esta restrição: "como autoridade é o que autoriza e poder o que pode, há sempre na autoridade um matiz de influência moral que não é necessariamente implicada por poder".

Na realidade, ainda no século XVIII essas duas noções eram concebidas como tão opostas quanto o fato e o direito. Assim é que o bispo e moralista inglês Joseph Butler, em seu segundo sermão, opõe o poder das paixões à autoridade da consciência, o que é seguido por causa de sua ascendência de fato ao que deveria ser seguido por causa de sua superioridade moral[3]. A *auctoritas*, em latim, é o que o tutor acrescenta à vontade do menor, validando-a; ele transforma uma expressão da vontade, juridicamente sem efeito, em ato juridicamente válido.

É a uma oposição do mesmo gênero que se refere Jacques Maritain, no importante relatório intitulado "Démocratie et Autorité", que ele publica no segundo tomo que o Instituto Internacional de Filosofia Política dedicou ao Poder. Aí ele estabelece duas definições:

"Chamaremos de autoridade o direito de dirigir e de comandar, de ser escutado ou obedecido pelos outros; e de 'poder' a força de que se dispõe e com cuja ajuda se pode obrigar os outros a escutar ou a obedecer. O justo privado de todo poder e condenado à cicuta não diminui – ele cresce – em autoridade moral. O gângster ou o tirano exerce um poder sem autoridade. Há instituições, o Senado da antiga Roma, a Corte Suprema dos Estados Unidos, cuja autoridade aparece de uma forma ainda mais manifesta por não exercerem funções determinadas na ordem do poder... Toda autoridade, desde que toca à vida social, requer ser completada (de um modo qualquer, que não é necessariamente jurídico) por um poder, sem o que corre o risco de ser vã e ineficaz entre os homens. Todo poder que não é a expressão de uma autoridade é iníquo. Separar o poder da autoridade significa separar a força da justiça."[4]

Bertrand De Jouvenel, em seus notáveis estudos "Du Pouvoir" e "De la Souveraineté" insiste longamente na importância da autoridade em matéria política:

"Chamo de Autoridade a faculdade de angariar o consentimento de outrem. Ou ainda, e isso equivale ao mesmo, chamo de Autoridade a causa eficiente de agrupamentos voluntários. Quando constato um agrupamento voluntário, nele vejo o trabalho de uma força, que é a Autoridade.

"Sem dúvida, um autor tem o direito de empregar uma palavra no sentido que escolheu, contanto que disso esteja devidamente ciente. Todavia, ele se presta a confusão se o sentido dado é muito distante do sentido habitualmente aceito. Parece que estou nesse caso, pois que qualificam correntemente de "governo autoritário" aquele que recorre largamente à violência, em ato e em ameaça, para se fazer obedecer, governo do qual cumpriria dizer, segundo minha definição, que carece de autoridade suficiente para cumprir seus desígnios, de sorte que preenche a margem com a intimidação.

"Mas essa corruptela da palavra é recentíssima, e atenho-me a recolocá-la no fio reto de sua acepção tradicional."[5]

A mesma deformação, assinalada por De Jouvenel, se encontra naqueles que identificam a autoridade da lei com o temor da sanção, mas, de fato, a polícia só deve intervir se o respeito devido à lei não basta, por si só, para impedir sua violação.

A autoridade se apresenta sempre com um aspecto normativo, é o que deve ser seguido ou obedecido, tal como a autoridade da coisa julgada, a autoridade da razão ou da experiência.

Com efeito, aquele que possui o poder, sem a autoridade, pode forçar a submissão, mas não o respeito.

Na tradição judaico-cristã, a autoridade não é uma noção jurídica, e sim moral: é vinculada ao respeito. O modelo da autoridade assim compreendida é a do pai sobre os filhos, que ele educa e guia, aos quais indica o que devem fazer e do que devem abster-se, que os inicia nas tradições, nos costumes e nas regras do meio familiar e social em que vão ser integrados. Uma autoridade derivada da autoridade do pai é a do professor, que diz às crianças qual é a forma correta de ler e de escrever, o que devem considerar verdadeiro ou falso. O professor disse, *magister dixit*, é o exemplo por excelência do argumento impositivo. Em nenhum caso, nem na relação entre o pai e os filhos sujeitos à sua autoridade, nem naquela do professor com as crianças da escola primária, se pode pensar em igualdade. Com efeito, cada educação, mesmo cada introdução, em qualquer área que seja, começa com um período de iniciação, no qual é absurdo admitir a igualdade entre o iniciador e o iniciado. É indispensável conferir alguma autoridade a quem é encarregado da iniciação, mesmo quando se trata de uma relação entre adultos. Se me dirijo a um professor para que me ensine rudimentos de química ou de chinês, é realmente preciso que, durante o período de iniciação, eu me conforme com suas indicações e com suas instruções. Toda crítica supõe o conhecimento da área em que ela deverá exercer-se. É por essa razão que é normal que a instrução primária seja mais dogmática do que a secundária, e que a instrução universitária se caracterize pela formação do espírito crítico. Isto não é, aliás, unicamente uma questão de idade e de nível de instrução, pois, mesmo no ensino universitário, no tocante às matérias desconhecidas do estudante, tal como o chinês, será inevitável um período de iniciação, de aprendizado, mas ele se fará sobre uma base já habituada ao espírito crítico noutras matérias.

Descartando toda a contribuição da educação, fazendo tábula rasa do passado, Descartes foi levado a supor a existência de idéias inatas na mente de todo ser racional, o que conduziu Rousseau, em *Émile*, à teoria aberrante segundo a qual não convém ensinar as ciências à criança: esta deve descobri-las por seus próprios meios. Mas hoje sabemos que os métodos, chamados ativos, necessitam do concurso de um *professor* muito mais competente e mais inventivo do que os métodos tradicionais, em que o professor, a rigor, poderia ter sido substituído por um manual.

O papel indispensável da autoridade do pai e do educador em relação às crianças de pouca idade não pode, pois, ser racionalmente contestado. O problema real é saber em que momento e de que maneira a relação de autoridade deve ser progressivamente substituída por uma relação de colaboração crítica. E, sobretudo, qual é o papel da autoridade nas relações entre adultos.

Observe-se que, na área política ou religiosa, apela-se com muita freqüência à imagem do pai para expressar o respeito devido a um chefe carismático. O pai da pátria é um chefe político, cuja ação foi, e às vezes continua a ser, criadora e protetora. Os *Founding fathers*, os pais fundadores dos Estados Unidos da América, são os ancestrais que elaboraram a constituição americana e contribuem para o respeito de que esta é cercada. O culto dos ancestrais é muito conhecido em numerosos países da Ásia e da África. A tradição judaico-cristã é digna de nota a esse respeito, pois, para manifestar a Deus o respeito e o amor que se lhe deve, ele é qualificado de "nosso pai, nosso rei", no judaísmo; e, no cristianismo, a prece cotidiana começa pelas palavras bem-conhecidas, "pai-nosso que estais no céu". O magistério da Igreja se reporta, a um só tempo, à autoridade do pai e à do mestre, que conhece as verdades salutares e zela pela salvação dos fiéis.

Na tradição hebraica, Deus é o detentor do poder político e todo poder monárquico só pode resultar de uma delegação: o ungido do Senhor é o vigário de Deus, todo poder político emana de Deus e é responsável perante Deus.

Foi ainda essa imagem do pai que serviu para apresentar, na Idade Média, as relações do Senhor para com seus rendeiros, e, mais tarde, para tranqüilizar a consciência dos colonizadores em relação aos povos de cor, essas "crianças grandes". O paternalismo que exprimia essa atitude está bem desconsiderado hoje.

A tradição filosófica do Ocidente, desde Sócrates até os nossos dias, sempre foi oposta ao argumento impositivo; e isto em nome da verdade. Uma das razões da condenação de Sócrates foi que, em nome da verdade, ele se opunha à autoridade paterna. Mais tarde, Bacon opôs às autoridades tradicionais a autoridade dos sentidos e da experiência. Descartes, a da razão. No conflito entre a Igreja e Galileu, este opunha a observação e o método experimental à autoridade da Bíblia e de Aristóteles. Os filósofos do Século das Luzes qualificaram de preconceitos todas as afirmações apresentadas em nome de autoridades religiosas ou laicas.

E, efetivamente, toda vez que existem métodos fundamentados na experiência, que permitem provar o valor de uma afirmação e controlar-lhe a verdade, nenhuma autoridade lhe pode ser oposta: *um fato é mais respeitável do que um* lord mayor. Se, lançando mão, quer da experiência, quer de um cálculo, cada qual, se não se enganar, chegará ao mesmo resultado, o recurso à autoridade é não só inútil, mas até assaz esquisito. Para admitir que dois mais dois são quatro, não tenho necessidade de autoridade nenhuma; quando métodos que todos podem aplicar conduzem cada qual ao mesmo resultado, cada qual é igual e a invocação de uma autoridade é simplesmente ridícula.

Ora, durante séculos, a tradição clássica, apoiando-se em considerações ora religiosas, ora filosóficas, pôde pretender que existe uma resposta verdadeira a todos os problemas humanos claramente expostos. Essa resposta, que Deus conhece desde toda a eternidade, é aquela que todo ser dotado de razão deveria empenhar-se em descobrir.

Mas será verdade que a qualquer pergunta que os homens podem fazer-se razoavelmente existe uma única resposta que seja verdadeira? Poder-se-á admitir que, essa verdade, é possível encontrá-la, ou, pelo menos, que existem métodos que permitem provar toda hipótese que se poderia formular a seu propósito?

É inegável que, em grande número de áreas, quando se trata de conhecimento, o ideal de verdade deva prevalecer sobre qualquer outra consideração. Mas, quando se trata de agir, de saber o que é justo ou injusto, bom ou mau, o que deve ser encorajado ou proscrito, existirão critérios objetivamente controláveis? Poder-se-á falar de verdade objetiva no que tange à decisão e à escolha, quando se trata de indicar a conduta preferível?

Se não for esse o caso, poderá a razão guiar-nos na ação? A idéia de razão prática será, como julgava Hume, uma contradição em termos?

Pessoalmente, creio que há um papel da razão prática, mas é puramente negativo: permite-nos descartar soluções desarrazoadas. Mas nada nos garante, em questão prática, a existência de uma única solução razoável: nesse caso, se não há, em questão prática, solução única, como a que nos fornece a resposta verdadeira em questão teórica, a escolha da solução depende, não mais da razão, mas da vontade.

É nessa perspectiva que as leis, as regras obrigatórias num Estado, foram apresentadas como a expressão da vontade do Soberano que, segundo grande número de teóricos, desde o Trasímaco que Platão nos fez conhecer, até Marx, imporia a todos as leis que lhe são mais favoráveis, porque conformes ao seu próprio interesse.

Se, contrariamente aos teóricos do direito natural, segundo os quais existem regras objetivamente válidas que o legislador tem de procurar e de promulgar, as regras obrigatórias são a expressão da vontade do legislador, é normal que aqueles a quem elas são impostas exijam participar da sua elaboração, conceder-lhes seu consentimento, diretamente ou por intermédio de seus representantes. Assim é que, desde a *Magna Carta* de 1215, que prometeu aos nobres e aos burgueses que nenhum imposto lhes seria impingido sem seu consentimento, vimos desenvolver-se progressivamente a ideologia democrática segundo a qual os Poderes não emanam de Deus ou de seus representantes na terra, mas da nação e dos ocupantes de seus cargos eletivos.

A ideologia democrática se opõe à idéia de que existem regras objetivamente válidas no tocante à conduta, pois não se decide, com maioria, o que é verdadeiro ou falso. Aqueles que, como Godwin, o discípulo anarquista de Bentham, acreditaram que, em questão de conduta, há meios de determinar objetivamente o que é "mais útil ao maior número", se opuseram à idéia de que é indispensável um legislador para formular as nossas regras de conduta. E, de fato, em matéria científica não se pode tratar de impor sua autoridade pessoal. Se cada qual possuísse em seu coração e em sua consciência os critérios objetivos do justo e do injusto, a idéia de recorrer a um legislador qualquer pareceria não só odiosa, mas pura e simplesmente ridícula.

Se, no entanto, para nós, anarquia significa não só ausência de governo, mas também desordem, é porque, quando se trata de tomar decisões, de elaborar regras ou de escolher pessoas para desempenhar certas funções, após ter descartado as soluções desarrazoadas, é indispensável confiar a uma pessoa ou a um corpo constituído o poder de tomar uma decisão reconhecida. Apenas o poder legislativo pode formular regras obrigatórias nos limites de seu território. E, como tais regras podem muito amiúde ser objeto de interpretações divergentes, é indispensável confiar a um poder judiciário a competência de dizer o direito.

Os Poderes constituídos, encarregados de dirigir uma comunidade politicamente organizada, seriam bem pouco eficazes se devessem contar apenas com a força para se fazer obedecer. É essencial, para o exercício do poder, que sua legitimidade seja reconhecida, que ele usufrua uma autoridade que angarie o consentimento geral daqueles que lhe são sujeitos. É esse o papel indispensável das ideologias. Sejam elas de natureza religiosa, filosófica ou tradicional, elas visam, para além da verdade, à legitimação do Poder. Muitas vezes a legitimidade deste resulta de sua legalidade, ou seja, do fato de ter sido designado em conformidade com os procedimentos legais de eleição e de nomeação, mas isso supõe que esses próprios procedimentos não são contestados, que estão de acordo com uma ideologia reconhecida, explícita ou implícita.

Com efeito, nunca são procedimentos científicos, visando a estabelecer o verdadeiro ou o falso ou, pelo menos, o provável ou o improvável, que permitem justificar nossas decisões, que nos fornecem razões de agir, de escolher ou de preferir: os métodos científicos possibilitam estabelecer fatos, mas não os considerar como razões de agir ou de preferir.

Para certas filosofias positivistas ou naturalistas, os únicos motivos de nossas ações consistem no prazer que elas proporcionam ou no sofrimento que evitam, na satisfação que nos podem dar, permitindo-nos saciar nossos instintos, nossas necessidades, nossos interesses de todo tipo. Todo juízo de valor seria camuflagem de um interesse, racionalização de um desejo. Toda ideologia não passaria da máscara enganadora de uma ação disciplinadora, a serviço do mais forte. Essa é a tese que se extrai dos escritos de um Marx ou de um Nietzsche.

E, efetivamente, a crítica filosófica da ideologia dominante, quando põe a descoberto os paralogismos e os sofismas que legitimam um poder fundamentando-lhe a autoridade, é a precursora da ação revolucionária. Assim que o Poder é considerado a mera expressão de uma relação de forças, não se hesita em lhe opor uma força revolucionária a serviço de interesses antagonistas. Mas o partidário da revolução não pode contentar-se em opor uma força revolucionária à força que protege a ordem estabelecida; deve, ademais, se fazer o apologista da ordem nova, que será mais justa, mais humana, que salvará o homem de suas diversas alienações, devolvendo-lhe a liberdade perdida. Com isso, deverá ser elaborada outra ideologia para mostrar a superioridade da ordem nova sobre a antiga, da ordem revolucionária sobre a ordem estabelecida.

Como os métodos científicos só podem, quando muito, servir para pôr em discussão os fatos de que se prevalece uma ideologia, mas não podem criticar as razões que lhe servem para justificar suas preferências, é em nome de outra ideologia, de outro ideal do homem e da sociedade, que a ideologia dominante poderá ser criticada. Mas essa nova ideologia também não poderá escapar à crítica; o debate filosófico se apresenta, assim, como uma luta permanente entre ideologias que se esforçam para impor-se a todos em nome da verdade. Mas, na verdade, essas críticas que uns opõem aos outros ensejam, tanto para uns como para os outros, um progresso espiritual, pois cada qual, na medida em que leva em conta objeções alheias, modifica sua posição quando ela lhe parece vulnerável. Após um debate prolongado, e por vezes secular, as posições confrontadas estarão bem diferentes do que foram no começo.

Mas hoje assistimos, muito amiúde, não a uma luta entre ideologias, mas a uma contestação que, pouco se importando com qualquer construção teórica ou tomando emprestado aqui ou ali *slogans* inconsistentes, muitas vezes contraditórios, mas sempre insultuosos, se contenta em opor à ordem estabelecida a violência, negando qualquer autoridade ao Poder existente.

Essa atitude pode encontrar sua justificação naqueles que recusamos escutar, aos quais denegamos a qualidade de interlocutores e que são obrigados a recorrer à violência para se fazer ouvir. Mas a contestação, assim compreendida, só merece respeito se pode igualmente prevalecer-se de uma ideologia, que reclamaria, por exemplo, o respeito à dignidade da pessoa, ou a instauração de uma sociedade mais democrática. Apenas uma ideologia permite aos contestadores justificarem sua revolta contra o apelo à polícia, em caso de desordens nas Universidades, pois, sem ela, se tudo não passa de relação de forças, por que se indignar com que os defensores da ordem estabelecida oponham a força à força?

Na verdade, se faz parte da tradição nas Universidades não recorrer a uma força externa para manter a disciplina, é porque, tradicionalmente, as Universidades desconfiam do Poder, considerando-o uma ameaça para a liberdade acadêmica. É em nome de um valor, o respeito à liberdade acadêmica, que não se gosta de apelar a forças policiais, que poderiam constituir um perigo para a livre expressão das opiniões. É porque as Universidades são consideradas no Ocidente o santuário tradicional da liberdade de pensamento e de expressão, da livre busca do verdadeiro e do justo, que devem ser protegidas contra o uso da violência, venha ela de onde vier. E é apenas em nome de uma ideologia que o recurso à força pode ser proibido. Mas, se se recusam todas as ideologias, como não passando de racionalizações sem consistência, se toda a vida política é apresentada apenas como uma relação de forças, então não só o direito do mais forte é sempre o melhor, mas a própria idéia de direito desaparece para ceder o lugar à mera violência.

Concluindo, para que a vida social e política não se resuma a uma pura relação de forças, cumpre reconhecer a existência de um Poder legítimo, cuja autoridade se fundamenta numa ideologia reconhecida. A crítica dessa ideologia só pode ser feita em nome de outra ideologia, e é esse conflito das ideologias, sejam elas quais forem, que está na base da vida espiritual dos tempos modernos. Impedir a competição entre ideologias significa restabelecer o dogmatismo e a ortodoxia, significa subordinar a vida do pensamento ao Poder político. Denegar todo valor às ideologias significa resumir a vida política a uma luta armada pelo poder, da qual sairá vencedor incontestavelmente o chefe militar mais influente.

Permitir às Universidades funcionar sob a salvaguarda da liberdade acadêmica significa reconhecer a existência de outros valores que não a força, significa admitir que nenhum deles está ao abrigo da crítica, que nenhuma ideologia deve poder contar com a força bruta para assegurar-lhe a sobrevivência.

§ 22. Considerações sobre a razão prática[1]

Terá o ideal da razão prática um alcance filosófico ou deveremos reduzi-lo a um plano puramente técnico, ao do ajustamento dos meios tendo em vista um fim? Damos o nome de *prudência* à virtude que nos guia na escolha dos meios mais eficazes e mais rentáveis, que nos ensina a evitar os obstáculos dificilmente superáveis e a renunciar a empreendimentos demasiado temerários. Mas a prudência não nos permite aquilatar o fim de nossos atos; quando muito se pode pretender que pressupõe um egoísmo conseqüente. Mesmo então, caso o interesse do agente é que deva fornecer, implicitamente, o critério primordial no que tange à conduta, a prudência não nos diz se é o eu concreto de cada um de nós que será juiz de seu interesse ou se é a um eu razoável, que se inspira num ideal de sabedoria e de justiça, que se confiará essa missão essencial. No primeiro caso, sendo a razão subordinada aos sentimentos, às emoções e às paixões, ela ficará inteiramente a serviço das forças irracionais, individuais ou sociais. Unicamente se a razão prática puder apresentar fins para a nossa ação, se puder contribuir para elaborar um modelo do sábio ou do justo, se puder fornecer, para julgar do valor dos atos, critérios independentes dos objetivos, às vezes desarrazoados e amiúde opostos, dos agentes individuais, é que será fiel ao ideal secular da filosofia ocidental.

O ideal do sábio, do homem virtuoso – por ter o conhecimento daquilo que vale realmente, uma concepção racionalista da justiça como caridade conforme à sabedoria, que procura propiciar o bem a todos, "conforme se pode fazê-lo razoavelmente, mas na proporção das necessidades e dos méritos de cada qual"[2] – pressupõe a existência de critérios objetivos de valor que tornam possível uma ciência da moral. Os grandes filósofos racionalistas, de Platão a Leibniz, passando por Santo Tomás, Descartes, Spinoza e Locke, propuseram-se todos a elaboração de uma moral racional, mas se atritaram constantemente com os cépticos que alegavam divergências constantes nessa área.

Como se sabe, o cepticismo propagou-se no Ocidente no século XVI[3], e o sucesso dos *Ensaios* de Montaigne, em especial o décimo segundo capítulo do segundo livro intitulado "Apologia de Raimond Sebond", não permitiu aos filósofos modernos ignorarem o pirronismo. Uns, tais como Pascal, seguem Montaigne, até reutilizam a maioria de seus argumentos, e falam da incapacidade de nossa razão para conhecer a natureza do soberano bem e a verdadeira justiça para chegar à conclusão da falência da filosofia nessa área e na obrigação que temos, para evitar o cepticismo, de aceitar como único guia em matéria de conduta a revelação divina, tal como ela se manifestou nas Sagradas Escrituras. Outros, como Descartes ou Spinoza, crêem que, reformando nossos métodos de conhecimento, fiando apenas na evidência, lograr-se-ia construir um saber indubitável que comportaria uma ciência do real e uma moral racional. Mas o critério da evidência só se aplica ao que é verdadeiro, e mesmo necessário, e a razão não pode, portanto, fazer-nos conhecer regras de conduta que, por sua vez, só podem ser obrigatórias. Com efeito, dir-nos-á Hume, "a razão serve para descobrir a verdade ou o erro. A verdade e o erro consistem no acordo e no desacordo, quer com as relações *reais* das idéias, quer com a existência *real* e os fatos *reais*. Logo, tudo quanto não é suscetível desse acordo e desse desacordo não pode ser nem verdadeiro nem falso e jamais pode ser um objeto de nossa razão". Daí resulta que "ações podem ser louváveis ou censuráveis, mas não podem ser razoáveis ou desarrazoadas"[4]. Não é contrário à razão, dirá ainda ele, preferir a destruição do mundo inteiro a uma arranhadura de meu dedo[5]. Não há passagem racional do que é para o que deve ser. Nossas concepções morais são determinadas por nossos sentimentos e pelos costumes de nosso meio: isto explica as extraordinárias divergências que se percebem a esse respeito, e a obrigação que temos de renunciar à razão como guia de nossa conduta. Em vez de crer, como Spinoza, que a razão nos permitirá combater as paixões e ficar livres de sua escravidão, devemos reconhecer que a própria razão está a serviço das paixões[6], e não pode, portanto, desempenhar, em moral, senão um papel subordinado.

Tanto os partidários como os adversários do papel prático da razão puseram-se, desde Descartes, por causa das críticas do cepticismo, de acordo sobre uma concepção da razão como faculdade capaz de discernir de um modo indubitável os vínculos necessários. Apenas semelhante concepção deveria permitir opor-se ao pluralismo e ao relativismo assinalados pelos cépticos. Compreende-se que o raciocínio *more geometrico*, cujos axiomas são evidentes e cujas demonstrações são indiscutíveis, se tenha tornado o ideal reconhecido dos filósofos racionalistas. E também que, por uma evolução totalmente natural, o racionalismo, cada vez mais exigente quanto aos seus métodos, perseguidor implacável das intuições não-comunicáveis e dos outros meios de provas que não fossem a experiência suscetível de repetição e o cálculo conforme às regras, tenha redundado no positivismo, no empirismo lógico e, no final das contas, na eliminação da metafísica e na negação do papel prático da razão.

Sabemos que, entre Descartes e o positivismo, um esforço admirável foi realizado por Kant para salvaguardar o papel da razão prática, mesmo levando em conta as críticas de Hume.

Kant reconhece, assim como Hume, que "o dever exprime uma espécie de necessidade e de ligação com princípios, que não se apresenta noutra parte em toda a natureza. O entendimento só pode conhecer, do dever, o que *é, foi* ou *será*. É impossível que algo nele deva ser de modo diferente do que é, de fato, nestas ou naquelas relações de tempo; de mais a mais, o dever, quando se tem simplesmente diante dos olhos o curso da natureza, já não tem o menor significado. É-nos tão impossível perguntar o que *deve* acontecer na natureza quanto perguntar qual propriedade um círculo *deve* ter; mas é-nos possível perguntar o que acontece na natureza e quais são as propriedades do círculo"[7]. Daí resulta que a existência da moralidade nos obriga a reconhecer a intervenção das coisas em si em nosso universo prático: com efeito, a lei moral, cuja existência é inegável, permite afirmar a existência de uma liberdade, como sua *ratio essendi*[8], sendo a causalidade pela liberdade definida como a determinação da vontade pela razão pura prática, ou seja, uma razão não-condicionada empiricamente[9]. Como se deverá conceber essa determinação da vontade pela razão pura prática? Como sua determinação por leis práticas objetivamente válidas. O primeiro capítulo da analítica da razão pura prática começa com definições referentes aos princípios práticos e sua objetividade: "Princípios práticos são proposições que encerram uma determinação geral da vontade de que dependem várias regras práticas. Eles são subjetivos, ou seja, *máximas*, quando a condição é considerada pelo sujeito como válida somente para a sua vontade; mas são objetivos ou *leis* práticas quando essa condição é reconhecida como objetiva, ou seja, válida para a vontade de todo ser razoável"[10]. A racionalidade de uma lei prática já não concerne, desta vez, a uma relação de necessidade ou de verdade, mas ao fato de ela estabelecer um princípio objetivo, ou seja, válido para a vontade de todo ser razoável.

Essa extensão do campo de aplicação da razão, da área teórica à área prática, só é possível com a condição de renunciar a identificar a razão com a faculdade de enunciar ou de reconhecer juízos necessários, que seriam os únicos evidentes. Definir a racionalidade pela submissão à evidência não apresenta muitos inconvenientes, se o campo da evidência se estende não só ao conhecimento do verdadeiro, mas também ao do bem, do justo, do belo e de todos os valores considerados absolutos. Subordina-se, então, inteiramente o ponto de vista prático ao teórico, sendo a liberdade apenas a adesão à evidência, sendo toda escolha, toda deliberação, apenas a expressão de nossa ignorância. Mas uma filosofia moral, embora empobrecida de alguns de seus elementos essenciais, continua mesmo assim concebível. Em contrapartida, se circunscrevemos o campo da evidência, tudo que lhe é exterior se situa, nessa perspectiva, fora de qualquer racionalidade: é por isso que, mormente depois de Hume, mas já um século antes em Pascal, partidário da identificação do racional com o que depende do espírito matemático, a área dos valores dependerá de fatores irracionais, tais como o coração, o sentimento ou a revelação. Mas, nesse caso, a reflexão deixa de ser filosófica e se reduz à avaliação técnica de nossos atos, enquanto meios ou obstáculos que favorecem ou desfavorecem a realização de fins cuja racionalidade nos escapa. Estes dependem de um condicionamento psíquico ou social, de nossas inspirações religiosas ou ideológicas, que nos determinam os pensamentos e os atos e permitem explicá-los, mas não os justificar. Pode haver, nessa concepção, causas para determinar as nossas decisões e as nossas escolhas, mas não razões para guiar e orientar a nossa liberdade.

É nessa perspectiva que se compreendem os positivistas e formalistas contemporâneos que, não querendo fazer a lógica e as matemáticas dependerem de fatores irracionais, e porque limitavam a racionalidade à necessidade e à eficácia, rejeitando ao mesmo tempo o critério da evidência, não encontraram, para começar, nada melhor como fundamento dos axiomas dos sistemas dedutivos do que o princípio da tolerância. Não admitindo que a construção de uma língua ou de uma lógica se imponha graças a evidências racionais e parecendo-lhes, por isso mesmo, toda elaboração nessa matéria igualmente arbitrária, a única atitude razoável só poderia ser a tolerância. Mas ultimamente eles parecem ter compreendido, o que o Colóquio de Varsóvia pôde atestar, que, se os sistemas dedutivos e em especial seus axiomas não são evidentes, se não se trata nem de demonstrá-los nem de verificá-los, pode-se, não obstante, procurar justificar as escolhas e as práticas do teórico. Isto marca uma reviravolta em relação ao racionalismo clássico, uma revalorização da razão prática, intimamente associada à noção de *justificação*. Mas tudo isso só é realizável, como tentaremos mostrá-lo, deixando de identificar o uso correto da razão com a redução de todo problema prático a elementos evidentes que se impõem a todo ser racional.

Note-se, para começar, que a área da evidência é aquela de que estão excluídas decisão e escolha, e deliberação prévia a estas. Temos, de fato, de inclinar-nos diante da evidência: como o nosso uso da liberdade não admite hesitação nenhuma, a única atitude concebível é a submissão ao evidente. Mas, na ausência de alternativa na ação, toda consideração de justificação fica despropositada.

A justificação concerne, de fato, a nossas ações e a nossas pretensões, a nossas escolhas e a nossas decisões; não concerne, propriamente, nem a proposições (*statements*) que podemos demonstrar ou verificar, mas não podemos justificar, nem a agentes que podemos tornar responsáveis ou não dos atos que cometeram, mas são esses próprios atos que serão criticáveis ou justificáveis.

Quando se procura justificar uma proposição, o que se justifica efetivamente é o fato de lhe aderir ou de a enunciar:

não se justifica senão *o comportamento do agente*, mostrando que foi com justa razão, porque a proposição é verdadeira ou provável, que a adesão foi concedida. Justificar um agente significa, seja justificar-lhe a conduta, seja mostrar que não é responsável por ela, mas então se trata antes de escusa do que de justificação.

Mas, se a justificação sempre se refere a uma ação ou a uma disposição para agir, admitir a possibilidade de uma justificação racional significa admitir ao mesmo tempo um uso prático da razão, não limitando esta à faculdade de discernir relações necessárias, nem sequer relações referentes ao verdadeiro ou ao falso. Isso porque toda justificação racional supõe que raciocinar não é somente demonstrar e calcular, é também deliberar, criticar e refutar, é apresentar razões pró e contra, é, numa palavra, argumentar. A idéia de justificação racional é, de fato, inseparável da idéia de argumentação racional.

Não nos acudiria à mente justificar cada um de nossos atos nem cada uma de nossas crenças. Tal empreitada seria insensata, pois completamente irrealizável; só poderia levar a uma regressão ao infinito. A empreitada de justificação só pode ter sentido se os atos que cabe justificar não possuem as propriedades que exigimos dos atos que escapam à crítica e, portanto, à necessidade de justificá-los.

Esta análise nos esclarece sobre o fato de que toda justificação pressupõe a existência, ou a eventualidade, de uma apreciação desfavorável referente ao que cabe justificar[11]. Toda justificação é, de fato, a refutação de uma crítica concernente à moralidade, à legalidade, à regularidade (no sentido mais lato), à utilidade ou à oportunidade de um comportamento. Daí resulta que a própria possibilidade de uma crítica prévia à justificação supõe a adesão a normas ou a fins em nome dos quais a crítica é avançada. Na medida em que uma conduta se amolda indiscutivelmente às normas aceitas ou realiza plenamente os fins reconhecidos, assim como em todos os casos em que ela não deve amoldar-se às normas e não pretende perseguir fins determinados, ela escapa, a um só tempo, às críticas e ao processo de justificação. A justificação só diz respeito ao que é, a um só tempo, discutível e discutido. O que vale em si, enquanto valor absoluto, não pode, pois, ser criticado nem justificado, tendendo todo esforço nesse sentido a transformá-lo num valor relativo e subordinado.

A análise que precede nos ensina que qualquer crítica, bem como qualquer justificação, pressupõe a adesão indiscutida, pelo menos temporariamente, às normas e aos fins em nome dos quais a crítica é apresentada. Cumprirá, para que a crítica seja pertinente, que tais normas ou tais fins usufruam um acordo universal e inabalável? Isso não é de modo algum indispensável. Concebe-se perfeitamente a possibilidade de uma crítica relativa, concernente, por exemplo, à ilegalidade de um ato, mesmo da parte dos que se opõem à lei invocada, seja qual for a razão de sua atitude. É possível, de outro lado, que a confrontação de um comportamento com uma lei que ele transgride enseje a ocasião de uma crítica desta última, que a subordinemos a regras (de direito natural, por exemplo) de ordem superior ou a um fim que essa lei deveria realizar, e que nesse caso realiza menos bem do que o ato criticado. É ao querer escapar à precariedade de uma crítica e de uma justificação relativas a normas e a fins particulares, limitados no tempo e no espaço, que o filósofo, contrariamente ao jurista, inicia a busca de normas e de fins absolutos, ou seja, indiscutíveis.

Sua busca terá possibilidades de ser bem sucedida? Poderá ele, partindo do fato inegável de que, em toda realidade e para toda mente, há comportamentos, normas e modelos indiscutidos, que não cabe portanto justificar, passar daí para a afirmação da existência de comportamentos, de normas e de modelos indiscutíveis, porque escapam para sempre a qualquer crítica? Como passar da adesão a certas normas e a certos modelos, que constituem apenas um fato, individual ou social, talvez precário, para a afirmação de seu valor absoluto?

O absolutismo pode, efetivamente, apresentar seu absoluto como transcendente a toda norma e a todo valor, como sendo a origem e o fundamento de todas as normas e valores a que aderimos. Mas, então, o problema real com o qual ele se defronta não concernirá a esse absoluto que, por definição, escapa a qualquer crítica, mas aos valores e às normas na medida em que encontram nesse absoluto seu fundamento inabalável. Se eles são múltiplos, cumpriria estar seguro de que, em nenhuma circunstância, chegam a opor-se, de que são sempre compatíveis, sejam quais forem as situações a que se deveriam aplicar. Parece-me que, mesmo nesse ponto, o absolutista poderia justificar a legitimidade de sua tese, apresentando exemplos de normas de validade universal, tais como "deve-se fazer o bem e evitar o mal", "não se deve fazer nenhum ser sofrer sem necessidade", "é preciso que a máxima de nossa ação possa valer sempre, ao mesmo tempo, como regra de uma legislação universal", "deve-se sempre procurar o maior bem do maior número", etc. Embora seja verdade que cada uma dessas regras expressa, à sua maneira, normas que podemos qualificar de absolutas, quem não vê quantas discussões inumeráveis e sempre renascentes não poderão deixar de surgir quando se tratar de precisá-las perante casos concretos de aplicação[12]? O absolutista ousará pretender que as soluções assim fornecidas, em cada caso, escaparão para sempre a qualquer crítica, e conservarão o valor absoluto concedido à regra geral e indeterminada? Cumpriria, de fato, que não só as leis fossem absolutas, mas que fossem acompanhadas de técnicas de interpretação indiscutíveis que permitissem, a todos aqueles que as devem aplicar, chegar à mesma solução, tão indiscutível quanto a norma geral. Se não fosse esse o caso, como o valor absoluto da norma não prejulga o valor das conseqüências que dela se tiram, o absolutismo teórico se conciliaria perfeitamente com um relativismo prático, pois as críticas e as justificações têm como objeto as variadas interpretações suscitadas pelas necessidades da prática. O absolutismo axiológico se torna uma teoria filosoficamente significativa se os valores e as normas por ele estabelecidas são não só apresentadas como absolutas, mas também como evidentes, ou seja, capazes de guiar de um modo unívoco em cada caso de aplicação possível. Quem não vê que, para satisfazer à última exigência, cumpriria elaborar todo um código, que previsse sem ambigüidade todas as condutas conformes a cada uma das regras enunciadas mais acima, e isto para todos os casos de aplicação imagináveis? Já não é uma única regra geral e vaga, mas toda uma legislação minuciosa que o absolutismo deveria garantir, legislação que não teria necessidade nem de juízes nem de advogados para a sua aplicação imediata e cujas diversas regras pretenderiam impor-se absolutamente e para sempre.

À míngua de satisfazer a essas condições, o absolutismo se resume a uma aspiração ao absoluto, pois os problemas concretos só são suscitados e resolvidos efetivamente quando se toma em consideração normas e valores múltiplos, aos quais aderimos de fato com intensidade variável. Essas normas e esses valores fornecerão o contexto inevitável, sem o qual nenhuma razão poderia orientar-nos os atos, as decisões e as atitudes, pois nem a crítica nem a justificação podem exercer-se num vácuo espiritual. Toda crítica se exerce em nome de uma norma, de um fim, de um valor, supostamente admitido, com o qual é confrontado o que se critica, para mostrar suas insuficiências.

O caso mais banal de justificação resulta da prova de que o comportamento criticado é conforme à norma, realiza o valor ou o fim invocado. Tal justificação pode comportar elementos de fato e de direito. Provar-se-á que os fatos criticados não ocorreram, que ocorreram de modo diferente, ou que não são imputáveis a quem é criticado, devendo esta explicação fornecer uma causa de escusa para o agente. A descrição dos fatos poderá, se for o caso, ser acompanhada de outra interpretação da norma, do valor ou do fim, de modo que se chegue a uma qualificação dos fatos de que resultará a rejeição da crítica.

Quando se tratar de aplicar a lei, haverá juízes para aquilatar o valor da prova, haverá em geral regras que regulamentam as técnicas da prova, utilizando todo um jogo de presunções diversas; haverá, da mesma forma, juízes para decidir da interpretação das normas, dos valores ou dos fins invocados. Só se pode renunciar ao juiz, competente na matéria, para fazer acabar as controvérsias, se a razão de cada qual se inclina diante da evidência dos fatos e das normas. Assim é que os filósofos apelam amiúde à evidência, mas a existência permanente de controvérsias filosóficas parece indicar que o valor convincente de suas provas não se impõe a todos da mesma maneira, e que um posicionamento responsável parece inevitável, mesmo em filosofia.

Dá-se o mesmo, com mais forte razão, quando a justificação resulta, não de uma interpretação das normas, dos fins ou dos valores, mas da modificação ou mesmo da rejeição deles. Com efeito, desta vez o indivíduo se apresenta não como juiz, tendo de aplicar normas e critérios aceitos, mas como legislador, que introduz normas novas. Se sua ação não se fundamenta simplesmente no uso da força, mas recorre a procedimentos de persuasão, só se poderão descartar as normas e os critérios aceitos mostrando-lhes a insuficiência em comparação com os fins ou com os valores a serem realizados, ou sua incompatibilidade com outras regras, fins ou valores, diferentes daqueles que se criticam, mas que se supõe serem igualmente reconhecidos por aqueles a quem se dirige o discurso justificativo.

Resulta desta análise que a dúvida universal é quimérica, pois não se pode duvidar do que é aceito e descartá-lo sem razão[13]. Para duvidar, deve-se acreditar numa razão que justifique a dúvida. Pois, se se aceitou uma opinião, é razoável ficar com ela e não é razoável abandoná-la sem razão. Esse princípio de inércia, fundamento da estabilidade de nossa vida espiritual e da vida social, é que explica, quando se trata de ação, o constante recurso aos precedentes. Dizer que se seguiram os precedentes é dizer que se adota uma conduta que não precisa de nenhuma justificação, pois ela é apenas a aplicação da regra de justiça que nos ordena tratar da mesma forma situações essencialmente semelhantes[14]. Se se trata de um modo conforme aos precedentes uma situação essencialmente semelhante às situações anteriores, não se tem de fornecer justificação alguma. Pois se terá provado que não se introduz nenhuma mudança que deva ser justificada.

Em contrapartida, se propomos afastar-nos dos precedentes, das regras e dos modos de agir tradicionais num meio, seremos acusados de injustiça e de arbitrariedade, a conduta será considerada desarrazoada, se não apresentarmos razões suficientes para justificar a mudança. Ora, que fazer quando as razões invocadas convencerem uns e não os outros, quem terá o direito de decisão nessa questão? Não se concede a cada qual o direito e o poder de legislar e de impor seu ponto de vista, na medida em que é controverso, à sociedade em seu todo. Quando as regras e os critérios não são evidentes, cumpre que o legislador, que impõe seu ponto de vista, esteja habilitado a fazê-lo. O filósofo não pode desempenhar o papel de legislador universal senão na medida em que suas proposições se impõem a todos, parecem evidentes e suprimem, por isso mesmo, qualquer controvérsia a respeito delas. O filósofo, não sendo designado por nenhum poder político para julgar e para legislar, só pode impor-se pela força convincente de suas razões. Mas as razões, como vimos, pressupõem normas, valores e fins, aceitos na sociedade à qual se dirigem. Eles é que devem ser invocados, é a eles que devem referir-se o juiz justo e o justo legislador. Mas, se assim for, concebe-se que essas noções são relativas, e que as razões que valem num meio social e cultural não valem noutro.

O juiz justo não é o juiz objetivo, que se pauta por uma realidade exteriormente dada. Não é um espectador desinteressado que decide consoante critérios universalmente válidos. É, antes, o juiz imparcial, que não deve ter vínculos com nenhum dos adversários que se apresentam perante ele, mas deve aplicar, quer regras jurídicas obrigatórias para todos no âmbito de sua jurisdição, quer, se é árbitro, regras e costumes com os quais concordam aqueles que lhe apresentam seu litígio. Assim é que a idéia de imparcialidade é relativa, pois as regras e os valores comuns às partes podem variar em cada caso. A mesma pessoa, considerada um árbitro imparcial num conflito do trabalho que opõe industriais e operários de um país, e que será normalmente dirimido consoante valores e normas aceitas nesse país, pode já não ser nem um pouco imparcial, se se trata de um conflito entre seu país e um país estrangeiro. O árbitro imparcial, desta vez, não deverá ser solidário com os interesses de nenhum dos adversários, e as regras que deverá aplicar serão as do direito internacional público, às quais pretensamente os dois países se submetem.

Dá-se o mesmo com o legislador justo que, em cada caso, deverá levar em conta interesses, regras e valores de seu país, talvez muito diferentes daqueles de um país estrangeiro, ao qual a legislação não é aplicável.

Na medida em que o filósofo se propõe formular leis justas e julgar de acordo com elas de um modo imparcial, não para sociedades particulares e grupos de interesses particulares, mas para toda a humanidade, ele deve formular seus critérios, suas normas, suas leis e seus valores de forma que possam ser admitidos por todos, que a justificação que deles se fornece se fundamente em valores e em regras que ele possa apresentar como universalmente válidas. Dá-se o mesmo com as provas e com as técnicas de interpretação utilizadas para reconhecer os fatos e aplicar as leis. É esse o sentido que poderíamos dar ao uso prático da razão, que fornece regras e critérios que podemos submeter à adesão de todos.

Mas, na medida em que tais regras não são necessárias, não se impõem por sua evidência irrefragável, mas são, antes, submetidas, como uma proposição razoável, à aprovação de todos, é necessário que todos aqueles a quem são dirigidas, que constituem a humanidade esclarecida, possam discuti-las, criticá-las e emendá-las. Uma razão prática, que não se pretende apodíctica, mas simplesmente razoável, deve, para não parecer despótica, abrir-se à discussão e ao diálogo. Assim como o regime monárquico convém melhor para realizar as concepções de uma razão segura de suas evidências, desprezando as opiniões daqueles que não se beneficiam dessas intuições privilegiadas, o regime democrático da livre expressão de opiniões, da discussão de todas as teses confrontadas, é o concomitante indispensável do uso da razão prática simplesmente razoável.

§ 23. Desacordo e racionalidade das decisões[1]

Em homenagem ao professor Th. Kotarbinski

Se duas pessoas, que devem tomar uma decisão em face de uma mesma situação (escolha de um candidato, decisão judiciária, por exemplo), decidem diferentemente, poder-se-á pretender que cada uma delas pôde agir razoavelmente, ou dever-se-á, ao contrário, afirmar que isso é impossível e que uma delas, pelo menos, deve ter agido de uma forma irracional, em conseqüência de um conhecimento imperfeito dos fatos ou impulsionada por motivos não racionais, tais como a paixão, o interesse ou o capricho? É esta última eventualidade, pelo menos quando se trata de decisões judiciárias, que parece admitida por J. Roland Pennock ao escrever: "Quando um tribunal é composto por mais de um juiz, é de presumir que cada um dos juízes, se houvesse agido de maneira inteiramente racional, teria chegado, perante o mesmo caso, a julgar da mesma forma."[2] Esta conclusão, que parece conforme ao senso comum, deve, porém, ser confrontada com o fato bem conhecido de que a Corte Suprema dos Estados Unidos, que é cercada de grande respeito e cujos membros são conhecidos pela competência e pela integridade, chega mui raramente a decisões unânimes. Ao contrário, a maioria de suas decisões, que fizeram época na história do direito americano, foi tomada com a maioria de 6 contra 3, ou mesmo de 5 contra 4. Cumprirá tirar disso a conclusão de que, em cada caso, os membros da maioria ou da minoria decidiram de um modo desarrazoado e de que convém pôr em dúvida a integridade intelectual ou moral da maior parte dos membros da Corte, pois tanto uns como os outros estão, ora do lado da maioria, ora do lado da minoria?

A vinculação tradicionalmente estabelecida entre desacordo e falta de racionalidade, pelo menos na pessoa de um dos oponentes, se explica pelo estreito vínculo que parece existir entre a idéia de razão e a de verdade. Ora, a unicidade da verdade é garantida pelo princípio de não-contradição: é impossível que dois enunciados contraditórios sejam verdadeiros simultaneamente. Daí resulta que, se duas pessoas respondem diferentemente às perguntas: "Quem é o melhor candidato?", "X é culpado de homicídio?", "Dever-se-á interpretar desta forma o texto da lei?", "Tal política deverá ser seguida em tais circunstâncias?", uma delas, pelo menos, está enganada e, estando errada, carece de racionalidade. É esse, de todo modo, o parecer de Descartes que se exprime a esse respeito com muita clareza em suas *Regulae*: "Todas as vezes que dois homens emitem sobre a mesma coisa um juízo contrário, é certo que um dos dois está enganado. Há mais, nenhum deles possui a verdade; pois, se dela tivesse uma visão clara e nítida, ele poderia expô-la a seu adversário de tal modo que ela acabaria por forçar-lhe a convicção."[3]

Segundo Descartes, para quem a evidência constitui o critério primordial no tocante à verdade, o desacordo é não só o indício de um erro na cabeça de um dos adversários, mas também a prova de que nem um nem o outro percebe a verdade com evidência. Não se pode pensar em decisão em face de uma proposição evidente. Mas Descartes pretende, ademais, que o desacordo é sinal de erro, e, portanto, de uma falta de racionalidade. A tese da unicidade da verdade, e da falsidade de todo juízo que lhe é oposto, parece-lhe um fundamento suficiente para a afirmação de que, de dois homens que emitem sobre a mesma coisa um juízo contrário, ao menos um está enganado e, por isso, é desarrazoado. Com efeito, partindo da hipótese de que Deus, em sua onisciência, conhece a solução de todos os problemas, tanto teóricos como práticos, chega-se inevitavelmente à conclusão de que todas as questões comportam uma resposta verdadeira, aquela que a razão divina conhece desde toda a eternidade e que a razão humana tem por tarefa encontrar.

É a esta última afirmação que se opõe Hume, quando distingue o que é do que deve ser, os juízos concernentes ao que é, suscetíveis de verdade e de falsidade, dos juízos de valor e das normas, que expressam apenas uma reação emotiva e subjetiva. Como a razão serve, segundo ele, para descobrir a verdade ou o erro[4], e unicamente para isso – o que não a impede de julgar normas e valores – não existe critério racional no que tange à ação. Como a idéia mesma de razão prática, capaz de julgar os próprios fins, é um conceito de filosofia indefensável, como nossas escolhas e nossas decisões são feitas, no final das contas, consoante critérios não-racionais, os desacordos nesse ponto se explicam não pelo fato de que pelo menos um dos que se opõem é desarrazoado, mas porque a ação de cada um é motivada diferentemente por fatores subjetivos e não-racionais. A razão é, por certo, capaz de nos esclarecer sobre as conseqüências de nossos atos, mas não tem condições de avaliar essas conseqüências e, logo, de nos guiar na ação. É realmente essa a conclusão a que chegam Hume e todos os positivistas.

Ao imperialismo do dogmatismo racionalista se opõe, assim, o niilismo do cepticismo positivista: ou para cada questão existe uma solução que é objetivamente a melhor, e a razão tem por tarefa encontrá-la, ou não existe verdade nessa matéria, pois toda solução depende de fatores subjetivos, e a razão não pode constituir um guia para a ação. Somos, assim, remetidos de Caribde a Cila: ao dogmatismo e à intolerância de uns, só poderíamos opor o cepticismo dos outros.

À tradição filosófica do Ocidente, que procurou resolver os problemas práticos assimilando-os a problemas de conhecimento, a problemas científicos e, sobretudo, a problemas matemáticos, e que só concebia a própria idéia de razão em função do conhecimento teórico, opõe-se o pensamento judaico talmúdico, nutrido por uma reflexão sobre os problemas suscitados pela interpretação da Bíblia e pela aplicação da Lei. Conhecem-se os desacordos e as controvérsias que podem surgir a propósito disso. As mais célebres, no Talmude, são as que opõem a escola de Hillel à de Chamai, tendendo a primeira, muito amiúde, a permitir o que a segunda proibia. Como tal controvérsia se eternizava por três anos, como cada uma das duas escolas pretendia que a lei era conforme ao seu ensinamento, o Talmude relata o que disse o Rabino Abba, em nome do Rabino Samuel. Dirigindo-se este ao céu para conhecer a verdade, uma voz de cima respondeu que as duas teses expressavam a palavra do Deus Vivo[5]. As duas teses, mesmo sendo diametralmente opostas, merecem igual respeito, pois expressam um parecer refletido e abalizado; nesse sentido, são ambas razoáveis. Mas, uma vez que, na prática, urge tomar uma decisão e uma vez que o tribunal rabínico deve poder dizer se tal conduta é obrigatória, permitida ou proibida, a tradição dará preferência ao ensinamento da escola de Hillel, porque seus membros, diz-se[6], são conhecidos por sua modéstia, por sua humildade e por jamais deixarem de apresentar o parecer de seus adversários. Fosse essa a verdadeira razão, fosse, antes, que se preferisse uma interpretação menos restritiva, pouco importa. O que parece notável é que não se tenha invocado, para descartar a interpretação da escola de Chamai, sua falsidade ou sua irracionalidade. Entre duas interpretações opostas, *que são declaradas igualmente razoáveis*, far-se-á a escolha, se preciso for, mas por outras razões que não a falsidade ou a irracionalidade de uma delas.

A tradição dos moralistas ocidentais, que crê numa verdade objetiva em questão de conduta e na importância da razão prática, é diametralmente oposta a este último ponto de vista.

Citemos, a esse respeito, algumas passagens características de Henry Sidgwick:

"What I judge ought to be must, unless I am in error, be similarly judged by all rational beings who judge truly of the matter."[7]

"We cannot judge an action to be right for A and wrong for B, unless we can find in the natures or circumstances of the two some difference which we can regard as a reasonable ground for difference in their duties. If therefore I judge any action to be right for myself, I implicity judge it to be right for any other person whose nature and circumstances do not differ from my own in certain important respects."[8]

"If a kind of conduct that is right (or wrong) for me is not right (or wrong) for someone else, it must be on the ground of some difference between the two cases, other than the fact that I and he are different persons."[9]

Enquanto a primeira citação se reporta a uma objetividade das regras morais, que parece uma condição do tratamento racional delas, as duas outras expressam a máxima de justiça ou de eqüidade, fundamental em Sidgwick e semelhante à minha regra de justiça[10]. Em sua recente obra, *Generalization in Ethics*, o professor Singer, que cita os dois últimos textos[11], aproxima-os de seu *princípio de generalização*.

O ponto de vista de Sidgwick, que Singer adota, acaba de ser objeto de uma crítica interessante num artigo de P. Winch, *Universalizability of Moral Judgments*[12], que chega, na área moral, a uma conclusão análoga à do Talmude: dois juízos morais diametralmente opostos sobre um mesmo problema concreto podem ser ambos respeitáveis e razoáveis.

O autor fundamenta toda a sua argumentação numa análise bastante aprofundada do problema moral que se apresenta ao capitão Vere, na novela de Herman Melville *Billy Budd*[13]. O caso se situa imediatamente após o motim de Nore, quando se temiam outros incidentes análogos a bordo de navios de guerra britânicos. Billy Budd, marinheiro de caráter angélico, é acusado injustamente por Claggart, o mestre que o persegue, de incitar os marinheiros à revolta. Billy Budd, cuja indignação o impede de exprimir-se, bate, em seu desespero, em seu acusador, que recebe, ao cair, um golpe mortal na cabeça. A lei marcial, que o comandante Vere é incumbido de aplicar, pune com pena de morte o ato de Budd, considerado o mais hediondo de todos os crimes. Mas, por outro lado, fica claro aos olhos de todos que Claggart acusou falsamente um homem inteiramente inocente. O problema poderia apresentar-se como um conflito entre o formalismo do código militar e as exigências da consciência, pois todos reconhecem que Billy Budd é "inocente aos olhos de Deus". Mas Vere expõe o problema no plano puramente moral: "Podemos moralmente condenar a uma morte vergonhosa um homem inocente perante Deus e cuja inocência todos nós sentimos?"

É ante esse trágico conflito moral que Vere, no final das contas, opina pela condenação à morte, enquanto seu imediato decide em favor da absolvição.

Vere é descrito minuciosamente como um homem cioso de seus deveres, plenamente consciente de suas obrigações profissionais, mas, ao mesmo tempo, muito sensível ao aspecto humano da situação; é isso que torna sua decisão ainda mais difícil. Poderemos dizer que ele, ou seu imediato, se conduziram, nesse caso, de uma forma desarrazoada, que um deles estava errado e o outro tinha razão? Se Vere não tivesse tido a responsabilidade primordial de manter a disciplina a bordo do navio, num momento muito conturbado da história da marinha, sua decisão teria, talvez, sido diferente. Para ele, de todo modo, o imperativo moral que prevaleceu foi o da disciplina, ao passo que não era esse o caso para seu auxiliar, que acreditava moralmente impossível condenar a uma morte vergonhosa um homem "inocente perante Deus". Poder-se-á dizer que um deles julgou de uma forma imoral? É a esta última questão e descartando ao mesmo tempo o relativismo e o cepticismo em moral, que Peter Winch responde pela negativa. Daí tira a conclusão, que poderia parecer paradoxal, a saber: Se A diz, "X é o que devo fazer para agir moralmente" e se B diz, numa situação essencialmente semelhante, "X não é o que devo fazer para agir moralmente", é possível que ambos tenham razão[14]. E, isto, afirma Winch, não porque admite o relativismo moral e porque basta que um homem esteja em paz com sua consciência para que se possa pretender que agiu bem, mas porque a importância que um homem atribui a esta ou aquela espécie de consideração pode conduzi-lo, por razões objetivas, a uma decisão diferente daquela que outro, que avalia diferentemente, poderia, com toda a honestidade e boa-fé, ser levado a adotar.

Essa concepção não se opõe, em absoluto, à possibilidade de um juízo ético imparcial. Com efeito, A seria parcial se aplicasse a si mesmo ou aos amigos princípios e critérios de julgamento diferentes daqueles que aplica a terceiros. A regra de justiça ou o princípio de eqüidade poderiam obter inteira satisfação, se A tratasse da mesma forma as pessoas que estão em situações essencialmente semelhantes. Mas resulta daí que, se A decide de maneira razoável o que é normalmente justo (tanto para ele como para os outros), qualquer outra pessoa deve aquilatar da mesma forma essa mesma situação? Efetivamente, seria esse o caso se raciocinássemos, com relação à justiça de uma decisão, como raciocinamos com relação à verdade de uma proposição e devêssemos considerar necessariamente injusta uma decisão diferente relativa à mesma situação. Mas essa assimilação não se impõe em absoluto.

Com efeito, quando se trata de uma decisão, ela será considerada justa se puder ser justificada por razões suficientes, mas que não são no entanto coercivas, pois a maneira de avaliar as razões e os argumentos é vinculada, no final das contas, à situação e à filosofia de cada qual.

É unicamente a partir de um monismo filosófico, que exclui como errônea qualquer outra filosofia, que seria permitido assimilar os juízos de decisão a juízos verdadeiros ou falsos. Sem isso, seria impertinente assimilar as divergências fundamentais em matéria de valores, correlativas de divergências filosóficas, a divergências em matéria científica, em que existem critérios que permitem distinguir o verdadeiro do falso. À míngua de um acordo sobre os critérios, deve-se aceitar o pluralismo das filosofias e das escalas de valores. É então que se manifesta a fecundidade de um diálogo que permite a expressão completa de cada um dos pontos de vista opostos, que permite igualmente ter esperança na elaboração posterior de um ponto de vista mais global, que levaria em conta teses opostas em confronto. Mas nada garante a síntese, nem sua unicidade, nem sobretudo o fim do processo pelo qual se constituem as sucessivas filosofias.

Na perspectiva do pluralismo, duas decisões diferentes, sobre o mesmo objeto, podem ser ambas razoáveis, enquanto expressão de um ponto de vista coerente e filosoficamente fundamentado. A tese segundo a qual não existe senão uma decisão justa, a que Deus conhece, supõe a existência de uma perspectiva global e única, que se poderia, com toda razão, considerar a única conforme à verdade.

Mas, se admitimos que, na falta de um acordo sobre os critérios, podem ser razoavelmente emitidos juízos de valor diferentes sobre um mesmo estado de coisas, quando, por razões práticas, é indispensável uma linha de conduta uniforme, é compreensível que se imagine toda espécie de procedimentos (tal como o voto por maioria) que permitam dirimir o conflito entre dois posicionamentos igualmente razoáveis. Mas isso não significa que a atitude descartada por semelhante procedimento deva ser desqualificada e considerada desarrazoada. Apenas argumentos de ordem filosófica podem conduzir à desqualificação de um posicionamento filosófico. Quando, numa comunidade política, ou perante um tribunal, é preciso escolher entre várias eventualidades, igualmente razoáveis, o critério de decisão pode ser reconhecido por todos, mediante considerações de oportunidade, sem implicar de jeito nenhum o caráter desarrazoado da solução descartada.

SEGUNDA PARTE
O direito

Capítulo I
A racionalidade jurídica: para além do direito natural e do positivismo

§ 24. O que uma reflexão sobre o direito pode trazer ao filósofo[1]

Bem raras são as filosofias que dão alguma importância ao processo da elaboração e da aplicação do direito, pois, tradicionalmente, as filosofias, em busca do Ser, da Verdade, do Bem e da Justiça absolutos, visam a edificar um sistema teórico e um ideal social que dispensam os homens de recorrer às técnicas jurídicas. Com efeito, o que é evidente não exige prova e o que é claro é compreendido imediatamente. Se todos aderem sem discussão a certa tese, é porque "ela é óbvia"; poder-se-ia mesmo, a rigor, omitir enunciá-la. O ideal da imediatez, em filosofia, deveria liberar-nos não só dos inconvenientes da prova dos fatos e da interpretação dos textos, mas também, se possível, da redação das leis. A sociedade ideal, ignorando as contestações, não necessita de juízes nem de advogados. Desejar-se-ia que as leis estivessem inseridas no coração, na consciência e na razão de cada qual; e, se ainda assim forem necessárias leis, que fossem claras, concisas e tão escassas quanto possível. Note-se, a esse respeito, com o nosso colega Paul Foriers[2], que, nas sociedades utópicas, o direito e todas as instituições por ele implicadas são desprezados e sempre reduzidos a sua mais simples expressão. A sociedade utópica, pela razão mesma de seu sucesso, ignora conflitos e tribunais; nela todos conhecem seu papel e seu dever e fazem espontaneamente o que deles se espera.

Essa atitude de incompreensão, e até de desprezo, para com o direito, para com seus auxiliares e suas obras, é a expressão do ideal absolutista em filosofia. Na medida em que, a partir dos primeiros princípios necessários e evidentes, o filósofo tem condições de ensinar-nos verdades incontestáveis, ele nos faz participar, de certa maneira, da visão divina das coisas: e concebe-se que os sucessos dessa visão racional, forma laica da revelação, nos dispensam, em todo o campo do conhecimento percorrido pela intuição filosófica, de recorrer às técnicas e às incertezas do direito.

Costuma-se identificar esse ideal absolutista com os dogmatismos de toda espécie que se julgam capazes de nos ensinar um método para adquirir verdades absolutas e indubitáveis. Mas se esquece, então, de que o cepticismo filosófico, que põe em dúvida o nosso poder de conhecimento infalível, não passa de uma forma desse mesmo absolutismo quando nega, por essa razão, a racionalidade humana. Pascal encontra a prova da fraqueza e da decadência do homem nas suas variações atinentes ao verdadeiro e ao justo; e, acrescenta ele, porque o homem decaído já não é um ser racional, ou seja, capaz de absoluto, tem necessidade de uma revelação divina para suprir-lhe a impotência.

Mas não se poderá ver uma manifestação da racionalidade do homem no modo como ele consegue paliar essa ausência de saber infalível? A ciência humana não será um conjunto de hipóteses e de métodos pelos quais os homens suprem a falta de onisciência? O direito não seria, da mesma forma, um conjunto de técnicas comprovadas, graças às quais os homens, pelo fato de viverem numa sociedade terrestre, e não no paraíso, buscam suprir sua falta de santidade? É verdade que, para os santos do paraíso, não se previram nem legisladores, nem juízes; mas o ideal de racionalidade filosófica deverá apresentar aos homens unicamente a visão de um paraíso terrestre, onde todos os homens, tornados sábios, se comportariam como santos, ou deverá ele também visar, e talvez essencialmente, a organizar na terra, com um mínimo de violência, uma sociedade de homens com seus defeitos e suas deficiências? Como o direito responde a esta última preocupação, compreende-se que seja desprezado, como um conjunto de expedientes indignos do filósofo, por aqueles cujas pretensões são absolutistas, mas seja, ao contrário, um digno objeto de estudos para os filósofos que encontram alguma racionalidade na organização de um saber e de uma ação essencialmente falíveis.

O racionalismo clássico, o de Descartes e de Spinoza, que estuda as relações entre a razão e a vontade, inspirou-se, em suas considerações, em um modelo absoluto; com isso, falseou as relações efetivas que existem entre essas faculdades, eliminando, no final das contas, uma delas em proveito da outra.

Com efeito, se partimos da idéia de que existe uma vontade perfeita, esta basta como fundamento de uma ordem racional e de uma justiça absoluta: o que Deus decide, pelo fato mesmo de tê-lo decidido, é verdade e justiça; sua vontade é criadora do real e fundamento de todas as normas, pois nada lhe pode limitar nem a onipotência nem a perfeição; se detectamos uma ordem na natureza, é porque a sabedoria divina só varia para manifestar, por meio de milagres, seu poder ilimitado e, pela graça, a imensidão de seu amor. Na perspectiva cartesiana, em que a vontade divina se torna o critério da razão, apenas Deus é livre e criador, e nela nenhum valor positivo é conferido à vontade humana que, quando não é guiada pela evidência, só pode soçobrar no erro e no mal. Para agir como ser de razão, o homem, após haver purgado seu espírito de todos os obstáculos de origem individual e social, deve submeter-se à vontade divina, cuja manifestação é uma ordem que se impõe pela sua evidência à intuição. Descartes nos diz com toda a clareza, na segunda parte do *Discurso do método*, que uma legislação que é obra de um só vale mais do que a que foi elaborada por vários através das transformações da história, pois é mais fácil a um só seguir um plano racional e apartar-se das contingências que constituem os hábitos e os costumes dos habitantes de um país. Vê-se como a visão cartesiana das relações entre Deus e os homens prepara e prefigura a teoria do poder absoluto sob todas as suas formas. A vontade do rei, pela graça de Deus, se torna a lei, justa porque emanação de um poder santificado. Essa ideologia glorifica a monarquia absoluta e justifica o uso da força para com aqueles que se atrevessem a revoltar-se contra a sua arbitrariedade.

Partindo da identificação entre a vontade e a razão, Spinoza inverte as perspectivas. Se, para Descartes, a razão não passa de submissão a uma vontade perfeita, para Spinoza o homem é livre quando sua vontade se deixa dirigir inteiramente pelas idéias adequadas de sua razão. Ele exalta a liberdade do homem cuja conduta é determinada pelo encadeamento rigoroso de suas idéias claras e distintas. Mas tal liberdade não é conformidade a uma ordem prévia: é a liberdade das máquinas que funcionam sem incidentes e que, mesmo quando fornecem resultados que não tínhamos condições de prever, se limitam, para consegui-lo, a efetuar corretamente as operações para as quais foram montadas. A liberdade assim concebida se identifica com a ordem da razão, sem que nenhum lugar seja reservado nela um poder qualquer de decisão e de escolha.

Tanto na concepção de Descartes como na de Spinoza, não há, para a vontade humana que busca evitar o erro e o mal, a menor possibilidade de uma escolha imperfeita, mas razoável. Pois uma escolha assim, que não é arbitrária e sim guiada por regras, pressupõe o exercício de um poder de decisão no interior de um âmbito prévio. Ora, essa dupla condição se opõe tanto à idéia de uma vontade perfeita, critério de toda norma, como à idéia de uma razão perfeita, capaz de determinar *a* solução correta de todos os problemas, eliminando, portanto, qualquer possibilidade de uma escolha esclarecida. O papel tradicional do direito é organizar, efetivamente e de diversas formas, a dialética entre vontades e razões humanas, logo imperfeitas. Os ensinamentos que ele nos oferece e que examinaremos na continuação desta explanação não têm nenhum valor para os metafísicos apaixonados por absoluto, mas quão preciosos são para os filósofos que reconhecem os limites inevitáveis da condição humana.

A esperança secular dos metafísicos foi encontrar, aplanando as areias movediças de nossas opiniões e de nossas crenças, a rocha sólida que serviria de fundamento inabalável para o seu sistema filosófico. A busca dessa primeira verdade, que se imporia por sua evidência a todos os homens dotados de razão, foi a primeira iniciativa de uma filosofia que se constituía em ciência rigorosa. Essa ciência não podia ter a aparência de uma ciência natural, como a física ou a química, pois estas se elaboram a partir de experiências e de regras sobre as quais existe um acordo prévio e que importa unificar, mediante uma hipótese abrangente e fecunda. Tal hipótese é menos segura do que os fatos de que se parte, mas tem a vantagem de integrá-los num sistema que permite previsões que experiências futuras submeteriam à prova. A busca de princípios deveria, ao invés, dar à filosofia, concebida como ciência rigorosa, a aparência de um sistema dedutivo, cujos teoremas se impõem pela evidência a todas as mentes, garantindo assim o fim dos desacordos e dos conflitos entre os homens. Mas os problemas humanos não podem reduzir-se a problemas formais, e, se pretendemos tirar de uma fórmula evidente, porque de forma pura, conclusões que parecem pertinentes para a solução de problemas concretos e controversos, é porque essa fórmula foi interpretada ou generalizada de um modo que já não pode angariar todos os sufrágios. Como as tentativas de construir sistemas filosóficos *more geometrico* acabaram por redundar até agora em fracassos, fosse qual fosse a genialidade de seus autores, é razoável perguntar-se se, inspirando-se nos ensinamentos do direito, o filósofo não teria mais possibilidades de obter êxito em sua empresa.

    O jurista lhe ensinará, de fato, que a adoção de uma constituição ou de uma lei fundamental nova sempre foi precedida por uma tomada do poder pela força, por uma ruptura violenta com uma ordem preexistente. É ilusório supor que uma ordem nova possa impor-se apenas por sua racionalidade e sem recorrer à violência; cumpriria, para tanto, que se estivesse de acordo ao menos sobre o critério do racional: isto implica que o novo seja conforme a algum acordo prévio, do qual não passa da aplicação e da execução. A racionalidade se apresenta, de fato, não como ruptura, mas como continuidade, adaptação ao que já é admitido, construção que se apóia no passado. Aqueles que crêem na evidência das idéias como uma força irresistível e pacífica, porque emanante de nossa própria razão e diante da qual toda vontade, rompendo com seus preconceitos e seus hábitos, teria de inclinar-se, invocam uma analogia muito contestável. As idéias se imporiam ao espírito atento, do mesmo modo que, em pleno dia, a realidade sensível aos nossos olhos largamente abertos. Mas as idéias não são objetos, pois pressupõem sempre uma linguagem, expressão de uma cultura e, por essência, extrapolação com relação à experiência[3]. As idéias menos duvidosas são as que resultam da aplicação correta de regras admitidas, da fidelidade a convenções adotadas, da conformidade com a regra de justiça que nos exige tratar da mesma forma os membros de uma mesma categoria essencial; o que, aplicado a um formalismo, significa que devemos tratar como sendo permutáveis expressões com forma igual[4]. Nossa razão, enquanto faculdade do raciocínio discursivo, não é intuição, mas fidelidade a regras. O racionalismo clássico assimilou com demasiada facilidade o conhecimento a uma espécie de contemplação ou de experiência que se imporia a todo espírito atento, sem lhe considerar todo o passado; de fato, as idéias novas se constituem sobre um embasamento de idéias anteriores que lhes servem de cauções e de avalistas.

Descartes, em busca de uma primeira verdade, preconizava a dúvida universal, que requer que se comece por fazer tábula rasa de todas as opiniões pessoais; mas qual homem normal porá em dúvida qualquer uma de suas convicções se as razões de duvidar delas não forem mais sérias do que a opinião à qual se opõem? Para abalar uma crença, é preciso, como numa alavanca, um ponto de apoio mais sólido que aquele que importa pôr em movimento. Ninguém jamais pôs seriamente em dúvida o conjunto de suas opiniões, pois estas se põem reciprocamente à prova: conservam-se aquelas que, até o momento, melhor resistiram à prova, o que não as garante absolutamente contra toda prova ulterior. Enquanto, nas metafísicas absolutistas, a mente oscila da dúvida absoluta à certeza absoluta, na realidade ficamos sempre no meio-termo: as opiniões a que aderimos constituem o derradeiro estado de evolução das nossas idéias, o que não significa necessariamente o estado definitivo; mas, essas idéias, não vamos razoavelmente renunciar a elas, salvo se se mostrarem incompatíveis com idéias a que concedemos um crédito superior. Pedir que façamos tábula rasa de nosso passado intelectual é opor-se ao princípio de inércia que fundamenta, de fato, a nossa vida espiritual, assim como a nossa organização política e social. Esse princípio se manifesta pela regra de justiça e, mais particularmente, pela conformidade com os precedentes, que assegura a continuidade e a coerência de nosso pensamento e de nossa ação. Poderíamos formular o princípio de inércia: não se deve mudar nada sem razão. Pretender que nossas idéias, nossas regras e nossos comportamentos são desprovidos de um fundamento absoluto, que, portanto, o pró e o contra se eqüivalem, e que é preciso, em filosofia, fazer tábula rasa de nosso passado, é enunciar uma exigência que se prende à utopia e com a qual só podemos nos conformar por ficção. É verdade que mesmo Descartes, em sua moral provisória, dava provas de mais realismo; mas, para edificar a ciência e a filosofia, será acaso necessário adotar princípios inteiramente opostos aos que são úteis para "as ações da vida"? Acreditamos, ao contrário, que o conjunto de nossas idéias também (estando, por princípio, excluído qualquer uso da violência) se transforma do interior, assim como uma ordem jurídica que, para funcionar adaptando-se às novas situações e aspirações, prevê procedimentos de reforma e de flexibilização.

Outra objeção ao absolutismo resulta de nossa concepção mesma do conhecimento como conjunto de proposições ligadas sistematicamente. Mas isso é incompatível com a tese da existência de um critério absoluto de conhecimento que, porque absoluto, só pode concernir a proposições isoladas, cujos elementos são todos claros por si sós e não dependem, como substâncias, de nenhum outro elemento.

Nas ciências formais, a clareza e a univocidade dos enunciados resultam da decisão metódica de só utilizar os signos num contexto bem definido, em que apenas certas combinações são permitidas, em que se determinou de antemão a estrutura dos enunciados dotados de um sentido e cujos axiomas foram enumerados previamente, ou seja, os enunciados cuja validade não se discute. Um sistema formal não apresenta, a meio do caminho, problemas de escolha e de decisão além dos que, formalmente, é capaz de resolver; nele não se tem de julgar e de motivar seu juízo, basta demonstrar, calcular a solução. Certos racionalistas, como Leibniz, quiseram eliminar todo problema de juízo em proveito das demonstrações e dos cálculos; mas isto suporia que o modelo matemático sempre pode substituir os problemas concretos criados pela existência. Se, efetivamente, em grande número de casos, esse modelo pode fornecer-nos uma aproximação suficiente do concreto e se convém utilizá-lo sem hesitar em todas as áreas em que seu uso pode ser eficaz, porque nelas se pode chegar a um acordo sobre o que é importante e sobre o que é irrelevante, a verdade é que são poucos os problemas humanos que apresentam tal característica. Leibniz pensava que o espírito humano está para o espírito divino assim como o finito está para o infinito e que, já que Deus conhece, para qualquer problema, a solução verdadeira e justa, deveríamos desenvolver nossas capacidades de análise para aproximar-nos o mais possível, mercê do cálculo, das soluções que Deus conhece imediatamente: máquinas poderiam fornecer-nos o resultado para o qual hoje necessitamos de um juiz ou de um árbitro. Mas o ideal de Leibniz, de uma matemática universal, esbarra em dificuldades para as quais o direito nos chama a atenção.

Raros são os casos em que máquinas poderiam dizer o direito no lugar dos juízes, pois toda vez que surge o problema de aplicar disposições legais a situações novas – e um autômato poderá dizer quando a situação é nova? – convém interpretar os termos da lei, ou seja, precisá-los de certa forma; isto supõe que tais disposições não tinham uma aplicação evidente e que um ou outro desses termos não era perfeitamente claro. Acha-se uma noção clara e de aplicação evidente quando não se entrevêem casos em que sua aplicação poderia, razoavelmente, prestar-se à controvérsia. Mas nossa segurança, nesse ponto, talvez seja menos a expressão de um saber do que uma falta de imaginação. Locke já reparara que passagens da Escritura ou cláusulas do Código, que haviam parecido claras a não-iniciados, foram mergulhadas na obscuridade em virtude das elucidações dos comentadores[5].

Mesmo o texto que parece atualmente claro aos comentadores pode deixar de sê-lo em circunstâncias que estimulam a interpretar os termos da lei de uma forma que saia do normal. Mencionei noutro art. 6º o texto, que parece perfeitamente claro, do art. 617 do Código Civil belga, que afirma que o usufruto se extingue com a morte natural do usufrutuário. Mas todos ficariam de acordo sobre a interpretação desse texto se novas técnicas permitissem prolongar indefinidamente a vida humana em estado de hibernação? Alguns alegariam circunstâncias imprevisíveis para encontrar nesse texto, na falta de emenda legislativa, uma interpretação jurisprudencial que o tornaria conforme à finalidade do usufruto. O texto, perfeitamente claro hoje, deixaria então de sê-lo, e assistiríamos ao choque de interpretações variadas, defendendo umas a fidelidade à letra da lei, vindo outras opor-lhe o espírito da instituição, ou seja, sua finalidade. Veríamos em ato o conflito, tradicional em direito bem como em todas as instituições humanas, entre o *formalismo*, a fidelidade à regra e à tradição, e o *pragmatismo*, que exige, acima de tudo, que se levem em consideração conseqüências da interpretação do texto num ou noutro sentido.

Essa dialética do formalismo e do pragmatismo, constantemente em ato na vida do direito (em que se manifesta, entre outras coisas, pela tensão entre a segurança jurídica e a eqüidade), só é possível porque o respeito à letra e às formas não constitui nem um valor absoluto nem um preconceito sem importância. Se o texto da lei houvesse sido considerado como perfeitamente claro, como sendo suscetível de uma única interpretação *ne varietur*, fossem quais fossem as conseqüências, nenhuma motivação de ordem pragmática poderia ter sido levada em consideração, sendo a lei o que é. Mas, se apenas as conseqüências devessem importar para a interpretação de um texto, se uma liberdade completa devesse, a esse respeito, ser deixada ao juiz, o papel do legislador, elemento essencial da separação dos poderes, seria progressivamente reduzido ao nada; apenas contariam, no Estado, os juízes dotados de um poder de decisão desenfreado, mormente os detentores do poder executivo, capazes de nomear e, em curto prazo, demitir os próprios juízes. Atualmente, a distribuição dos poderes entre o legislador e o juiz depende, de um lado, do legislador capaz de formular leis, com maior ou menor precisão e de traçar os limites, com maior ou menor rigidez, à ação judiciária, e, de outro lado, da concepção que o poder judiciário, em especial a Corte Suprema, tem de seu papel e de sua missão. Em que medida estarão os juízes incumbidos unicamente de aplicar a lei ou também de colaborar em sua elaboração? Em que medida estarão os juízes amarrados por uma ordem legal prévia? É nesses termos que se manifesta, em direito, a dialética da razão e da vontade, da realidade e do valor, constituindo a razão e a realidade o pólo objetivo, aquele que o juiz deve levar em conta e diante do qual deve inclinar-se, fornecendo a vontade e o valor o pólo subjetivo, que depende, no final das contas, da decisão do juiz.

Quanto mais precisa for a ordem jurídica determinada pelo legislador, mais ela corresponderá, efetivamente, à ordem política e social à qual deve aplicar-se, mais reduzido será o papel do juiz na aplicação do texto e menor sua parte na elaboração do direito. Mas, se os textos não forem redigidos com precisão, ou se deixarem de corresponder à ordem política e social ambiente, assistiremos ao primado do pragmatismo, ao triunfo do espírito sobre a letra. Assim é que, na Polônia, a democracia popular, em vez de ab-rogar pura e simplesmente, por ocasião de sua instauração, toda a legislação anterior, o que teria criado um vácuo e um caos jurídicos dificilmente suportáveis, ab-rogou apenas um pequeno número de disposições de direito público; quanto ao resto, elaborou certas regras constitucionais que indicavam a finalidade do regime e de suas instituições e permitiam aos juízes desprezar ou reinterpretar os textos legais da época capitalista com um máximo de liberdade. Ao afirmar nitidamente o primado da finalidade sobre a fidelidade devida aos textos, os dirigentes da democracia popular polonesa resolveram – no imediato, e enquanto o conjunto da legislação em vigor não fosse substituído – confiar aos juízes do novo regime a tarefa de adaptar ao espírito socialista os textos antigos, mesmo os mais opostos às suas aspirações. Note-se que, no intervalo, desapareceu a segurança jurídica, pois o juiz, já não sendo incumbido simplesmente de aplicar um texto, mas de interpretá-lo consoante diretrizes mais gerais, cumpre um papel mais político do que jurídico. Tal situação, a bem dizer excepcional e transitória em toda sociedade moderna organizada, não passa da exageração de um papel que, em toda ordem jurídica, o poder judiciário cumpre de uma forma variável, conforme a precisão dos textos e sua adequação. O outro limite, a esse respeito, consistiria na substituição dos juízes por máquinas eletrônicas cuja programação seria fornecida pelo legislador: a ordem elaborada em todos os seus pormenores eliminaria qualquer possibilidade de decisão do juiz.

O estudo do direito nos ensina, pois, o que se torna, na prática, um poder de decisão sem regras prévias e o que é pressuposto pela elaboração de regras que permitiriam evitar todo poder de decisão: num caso teríamos uma justiça sem legislação, no outro, uma legislação sem juízes. Ora, em direito, toda nova regra se inspira em alguns princípios mais gerais que ela precisa e estrutura, toda decisão é fundamentada em alguma regra que a justifica: assistimos a uma dialética constante entre a razão e a vontade, entre as estruturas que fixam os âmbitos de uma ação e as decisões que precisam, adaptam e até modificam esses âmbitos, se forem incompatíveis com regras mais bem assentes. A razão e a vontade não se apresentam como uma dualidade irredutível, não tendo qualquer valia para a elaboração da outra, mas se acham, efetivamente, em constante interação. A prática do direito nos ensina, assim, a não reconhecer uma separação nítida das faculdades. A metafísica absolutista, pelo contrário, seja racionalista ou voluntarista, preocupa-se em elaborar uma ordem racional, exclusiva de todo poder de decisão, ou em apresentar, por causa de seu dualismo radical, analogias flagrantes com uma sociedade sem juízes ou sem legisladores.

O direito só existe como disciplina tecnicamente autônoma nas sociedades que dão espaço – entre o calculável, que elimina qualquer decisão individual, e o político, em que o poder de decisão seria ilimitado e arbitrário – a uma ordem para cujo estabelecimento concorre uma multiplicidade de vontades humanas. É por isso que, estudando com atenção e analisando com cuidado as técnicas jurídicas de processo e de interpretação, que permitem aos homens viver num Estado de direito (*Rechtsstaat*), o filósofo, em vez de sonhar com a utopia de uma sociedade paradisíaca, poderia inspirar-se, em suas reflexões, no que a experiência secular ensinou aos homens encarregados de organizar na terra uma sociedade razoável.

§ 25. O que o filósofo pode aprender com o estudo do direito[1]

À entrada da Academia, Platão mandara pôr a inscrição: "Ninguém entra aqui se não for geômetra"; assim também, Descartes e Spinoza propunham aos filósofos o método geométrico como modelo de racionalidade. Leibniz sonhava em poder terminar as disputas filosóficas mercê de um recurso ao cálculo: *calculemus*, e almejava pôr fim às divergências dos filósofos com os mesmos procedimentos que deixam de acordo os matemáticos. Outros pensadores, de tendência empirista, de Hume a Piaget, propõem aos filósofos seguirem os métodos das ciências experimentais.

Em contrapartida, não conheço muitos filósofos que tenham proposto que nos inspiremos no modelo jurídico. Ao contrário, a tradição filosófica, pelo menos a do racionalismo, não hesitou em demonstrar seu desprezo pelo direito, por suas técnicas e por seus auxiliares. Em vez de discutir, a perder de vista, sobre as aparências do justo, Platão aspira a fornecer-nos o conhecimento da verdadeira justiça, a que permitirá ao dialético, o único apto para ocupar-se de política, encontrar as soluções racionais para qualquer problema de justiça.

É digno de nota que em todas as sociedades utópicas, as quais se pretende sejam racionais, nenhum lugar é reservado aos praticantes do direito, mesmo quando elas foram planeadas por juristas. É isso que ressalta com toda clareza da interessante comunicação apresentada por nosso colega Paul Foriers, no simpósio de Bruxelas, sobre *As utopias no Renascimento*[2].

"Construtores de sociedades ideais ou reformadores visionários, os utopistas traçam planos que, pela própria perfeição, reduzem a importância do direito, seu papel, sua influência.

"Por ser harmoniosa, a cidade ideal quase não conhece dissonâncias, os conflitos serão, portanto, acidentes que o otimismo utópico só encara por esse ângulo e cuja multiplicação ele acredita evitar condenando de um modo global os juristas, depositando sua fé na preeminência da natureza humana."[3]

Nos países utópicos, as leis são pouco numerosas; simples e claras, são imediatamente acessíveis a todos e não têm de ser interpretadas para ser compreendidas: "Não há advogados, por conseguinte. Ao invés de ver neles auxiliares da justiça, os utopistas consideram os pleiteantes por profissão apenas como homens aferrados a torcer o sentido da lei e a viver de chicana."[4] É esse o parecer de Thomas More, em sua *Utopia*, e Eméric Crucé, em *Le Nouveau Cynée*, não hesita em acusar os advogados de perverter o direito:

"O texto das leis é claro e inteligível. Se há alguma falha, que os juízes a supram com sua sabedoria e eqüidade, sem recorrer a milhares e milhares de intérpretes que não coincidem mais entre si que os relógios e causam escrúpulos e distrações de espírito pela diversidade de suas opiniões. Isso gera e alimenta os processos, e os faz durar tanto tempo que não se lhes pode ver o fim. É por isso que os povoados de espanhóis nas Índias tinham razão de rogar ao seu Rei que não lhes enviasse nenhum advogado. Pois os povos grosseiros que vivem de modo natural estão mais à vontade do que os que empregam sua sutileza em embustes."[5]

Almeja-se que, na sociedade ideal, as leis estejam inscritas no coração, na consciência e na razão de cada qual, que cada qual paute espontaneamente por elas a sua conduta e que não se tenha necessidade nem de juízes nem de advogados. Alguém imagina tribunais no seio do paraíso?

A diversidade das leis, sua variação no tempo e no espaço, provocou a verve de Pascal:

"Três graus de elevação do pólo derrubam toda a jurisprudência; um meridiano decide da verdade; em poucos anos de posse, as leis fundamentais mudam; o direito tem suas épocas: a entrada de Saturno em Leão assinala-nos a origem de tal crime. Engraçada justiça que um rio demarca! Verdade aquém dos Pirineus, erro além."[6]

A diversidade das leis é prova de nossa ignorância da verdadeira justiça. Pois o que é conforme à razão não pode ser justo aqui e injusto ali, justo hoje e injusto amanhã, justo para um e injusto para o outro. O que é justo com razão deve, como o que é verdadeiro, sê-lo universalmente. Todo desacordo é sinal de imperfeição, de uma falta de racionalidade.

Se duas interpretações de um mesmo texto são razoavelmente possíveis, é porque a lei é ambígua, portanto imperfeita. Se a lei é clara, é porque, de dois intérpretes, um pelo menos é de má-fé. De todo modo, o desacordo é um escândalo, devido à imperfeição do legislador ou à enganadora sutileza dos advogados. O senso inato de justiça, de que certamente é provido todo juiz eqüitativo, deveria poder trazer rapidamente de volta a ordem correta.

Na sociedade ideal, em que tudo é racionalmente organizado, as leis não podem apresentar tais defeitos e os advogados por demais sutis deveriam ser deixados sem condições de causar danos. Por que o acordo que se constata quanto aos axiomas e aos teoremas matemáticos não seria realizado em direito? Uma vez que a razão divina, em sua onisciência, conhece o verdadeiro e o justo em todas as coisas, não se deverá estender, a todas as matérias, esse conhecimento claro e distinto, conforme à razão divina, que faz a glória da geometria?

Ora, que constatamos? O ideal de um direito natural, ou racional, que se imporia a todos, à maneira de um sistema de geometria, deu origem a sistemas muito divergentes. E Locke já notou o paradoxo de que artigos do Código, que haviam parecido claros a não-iniciados, foram mergulhados na obscuridade em conseqüência das elucidações dos comentadores[7].

Cumprirá imputar esse estado de coisas, que se tem mesmo de reconhecer, à irracionalidade ou à desonestidade dos juristas? Cumprirá condenar o direito e os juristas em nome de uma concepção da razão e da justiça inspirada pelas ciências matemáticas ou naturais, ou não cumpriria, contando com o fato de que os juristas mais eminentes são tão razoáveis e tão honestos como os homens de ciência, reconhecer, de uma vez por todas, que as divergências de todo tipo que se constatam em direito se devem à sua própria natureza, à sua especificidade em comparação com as ciências? Se as decisões importantes da Corte Suprema dos Estados Unidos são raramente tomadas em unanimidade pelos juízes, cumprirá acusar pelos menos alguns desses juízes tão respeitados de serem desarrazoados ou desonestos, ou cumprirá tirar disso a seguinte conclusão, que me parece mais verossímil: em direito o desacordo se explica por razões específicas? A tradição judaica, que jamais procurou conceber o direito a partir do modelo científico, relata a esse respeito uma história bem significativa. Sabe-se que, no Talmude, duas escolas de intérpretes da Bíblia estão constantemente em oposição, a escola de Hillel e a de Chamai. O Rabino Abba conta que, perturbado por essas interpretações contraditórias dos textos sacros, o Rabino Samuel se dirige ao céu para saber quem diz a verdade: uma Voz do alto lhe responde que as duas teses expressavam a palavra do Deus Vivo[8]. A lição desse relato é clara: duas interpretações opostas podem ser igualmente respeitáveis, e não é necessário condenar como desarrazoado pelo menos um dos intérpretes.

De fato, admitimos perfeitamente que dois homens razoáveis e honestos possam não estar de acordo sobre uma determinada questão e julgar diferentemente. A situação é mesmo considerada tão normal, tanto nas assembléias legislativas como nos tribunais que comportam vários juízes, que são consideradas excepcionais as decisões tomadas por unanimidade, e é normal prever procedimentos que permitem chegar a uma decisão quando pareceres opostos permanecem irredutíveis quando confrontados.

Mas, já que a prática jurídica de todos os povos reconhece esse estado de coisas, cumprirá condenar o direito em nome de critérios que lhe são alheios, ou não se poderá, ao contrário, tirar proveito de uma análise da especificidade do direito, para compreender melhor outras situações em que se manifestam divergências irredutíveis, como em moral, em política e em filosofia?

O direito, tal como funciona efetivamente, é essencialmente um problema de decisão: o legislador deve decidir quais serão as leis obrigatórias numa comunidade organizada, o juiz deve decidir sobre o que é o direito em cada situação submetida ao seu juízo. Mas nem o legislador nem o juiz tomam decisões puramente arbitrárias: a exposição dos motivos indica razões por que uma lei foi votada e, num sistema moderno, toda sentença deve ser motivada. O direito positivo tem como correlativo a noção de decisão, senão razoável, pelo menos raciocinada.

As filosofias que tomam as ciências como modelo não dão nenhuma importância à idéia de decisão razoável. Elas se constroem em função da idéia de verdade, certa ou provável. Perante a verdade, não há lugar para uma escolha razoável, pois toda escolha, nessa perspectiva, implica a ignorância da verdade. Ser razoável é amoldar as idéias a uma realidade objetiva, ou apresentá-las de tal forma que a clareza e a distinção delas nos forcem a submeter-nos à evidência. A possibilidade de escolher é então correlativa de uma ignorância, a da única resposta, que Deus conhece, aliás, desde toda a eternidade.

O racionalismo clássico, o de Descartes e de Spinoza, que estuda as relações entre a razão e a vontade, inspirou-se, em suas considerações, num modelo absoluto; com isso, falseou as relações efetivas que existem entre essas faculdades eliminando, no final das contas, uma delas em proveito da outra.

A perfeição divina pode, de fato, ser encarada quer como vontade perfeita, quer como razão onisciente.

A vontade perfeita não encontra à sua frente realidade alguma nem norma alguma: o que ela decide se torna, pelo próprio fato, realidade, verdade em justiça. A vontade divina é, em

Descartes, criadora do real e fundamento de todas as normas, pois nada pode limitar-lhe a onipotência nem a perfeição. Mas essa vontade é pura arbitrariedade, pois não deve amoldar-se a nenhum critério exterior a ela.

Em Spinoza, a razão divina é consciência de uma ordem sistemática, cujas proposições são todas elas teoremas que se encadeiam de um modo rigoroso. Na medida em que é razoável e se amolda a suas idéias claras e distintas, o homem é livre, mas, como sua liberdade é identificação com a ordem da razão, nenhum lugar é reservado para um poder qualquer de decisão e de escolha.

Tanto na concepção de Descartes como na de Spinoza, não há, para a vontade humana que procura evitar o erro e o mal, possibilidade alguma de uma escolha imperfeita, mas razoável. Pois tal escolha, que não é arbitrária, mas guiada por regras, pressupõe o exercício de um poder de decisão no interior de um âmbito prévio. Ora, essa dupla condição se opõe tanto à idéia de uma vontade perfeita, critério de toda norma, quanto à de uma razão perfeita, capaz de determinar a única solução correta de todos os problemas e que elimina, portanto, qualquer possibilidade de uma escolha esclarecida.

Assim, sendo o papel tradicional do direito organizar efetivamente, e de diversas formas, a dialética de vontades e de razões humanas, portanto imperfeitas, o modelo divino dos racionalistas é inadequado justamente na medida em que não deixa nenhum lugar para a idéia de decisão razoável[9].

Foi o método geométrico que inspirou a idéia da razão entre os racionalistas clássicos. Partindo de axiomas evidentes, que se impõem a todo ser racional, por meio de regras de dedução igualmente indubitáveis, consegue-se transferir a evidência dos axiomas para todos os teoremas. Sendo a razão divina capaz de conhecer a verdade ou a falsidade de qualquer proposição, é normal propor aos homens que descubram, graças ao uso correto do método geométrico, as verdades que Deus conhece desde toda a eternidade. Descartando todas as opiniões a cujo respeito poderia haver a menor dúvida, Descartes espera chegar a verdades evidentes que, como uma rocha sólida, permitiriam fundamentar um sistema filosófico inabalável, que serviria de base para a comunidade universal dos seres racionais. Esse ideal de racionalidade supõe a humanidade purgada, pela dúvida, de todos os seus preconceitos, de seus dogmas, de seus valores e de suas normas, que uma longa história depositou na consciência de cada sociedade constituída. Ora, todo sistema axiomático se apresenta, da mesma forma, como independente de qualquer contexto: quer consideremos os axiomas evidentes, quer os consideremos arbitrários (e supõe-se que a vontade do matemático, nesse caso, a exemplo da vontade divina, não conhece nenhum obstáculo e determina, a um só tempo, os primeiros princípios e as regras de inferência), eles não são, na perspectiva clássica, objeto de uma decisão raciocinada. Ou os axiomas se impõem à vontade de todo ser racional, ou, consoante o princípio de tolerância de Carnap, cada qual elabora, como bem entende, seu sistema axiomático. No primeiro caso, a conformidade com a razão elimina qualquer escolha; no segundo, a escolha é arbitrária e sem razão. É por isso que o método axiomático, aplicado em geometria, que serviu de método para o racionalismo clássico, difere de cabo a rabo do raciocínio jurídico; veremos que, tomando este como modelo, chega-se a conceber outro tipo de racionalidade.

Enquanto Descartes teria querido construir seu saber racional a partir de uma dúvida universal, que marca uma ruptura com o passado, para os juristas toda racionalidade é continuidade. A ruptura com uma ordem preexistente, a instalação de um novo regime, de um novo poder constituinte, só pôde dar-se, na história, mediante a violência ou, pelo menos, mediante a ameaça do uso da força. É uma ilusão acreditar que uma ordem nova possa impor-se apenas por sua racionalidade: se é reconhecida como tal é porque é conforme ao critério de racionalidade previamente admitido e não é, portanto, ruptura completa com o passado. Uma tese, como a de Kelsen, que desenvolve a teoria pura do direito, ao considerar o sistema de direito como separado de todo contexto não-jurídico, só poderia, na melhor das possibilidades, considerá-lo um sistema hipotético-dedutivo, pois a validade da norma fundamental ou dos princípios constitucionais deve sempre ser pressuposta. Mas do que a norma fundamental tira sua validade? É certo que não de sua evidência. As teses iniciais de um sistema jurídico, sejam elas quais forem, trate-se de princípios constitucionais, de leis, de precedentes judiciários no sistema da *common law* ou mesmo dos princípios gerais do direito, nunca foram consideradas como evidentes, como impondo-se de uma forma não-ambígua a todos os seres racionais. Mas, por outro lado, também nunca foram consideradas como arbitrárias, pois, situadas num contexto social, político e histórico, elas encontram nesse contexto razões que lhes explicam e justificam a aceitação.

É tão rara a aceitação das teses fundamentais de um sistema jurídico ser unicamente baseada na força quanto na evidência; normalmente, o que falta à evidência das regras jurídicas é suprido pela autoridade daqueles que as enunciaram, considerados detentores legítimos do poder constitucional ou legislativo.

Toda revolução, que redunda numa mudança de regime, e não simplesmente numa mudança de pessoas no interior de um mesmo regime, foi precedida por um período, de maior ou menor duração, que fornece a justificação ideológica de novos princípios constitucionais. Quanto às novas leis, normalmente elas são precedidas de uma exposição de motivos que indica as razões pelas quais a lei é preconizada e admitida. Apresentando a lei como um meio que permite realizar certos fins previamente aceitos, procura-se mostrar sua legitimidade, e não unicamente sua legalidade, ou seja, o fato de ter sido votada nas formas previstas pelo sistema jurídico. Quando a lei se atém a sancionar as regras tradicionais, os usos e os costumes da sociedade à qual se aplica, beneficia-se de imediato da adesão concedida a essas regras. Quanto mais conforme a expectativa é uma legislação, menos indispensável é o recurso à autoridade para fazê-la respeitar. Em 1919, o governo belga pôde suprimir o voto plural e estabelecer o sufrágio universal igualitário (um homem, um voto) mediante uma medida que violava de modo flagrante a constituição, mas que correspondia de um modo tão geral às concepções da população que a ação ilegal do governo não criou nenhum problema político e a legitimidade da medida pareceu incontestável.

A autoridade dos precedentes judiciários, numa sociedade regida pela *common law*, mas também, embora em menor grau, em todo sistema de direito cujas decisões judiciárias são publicadas, é igualmente fundamentada no preconceito favorável de que se beneficia a conformidade às regras admitidas.

Quanto aos princípios gerais do direito, que exprimem valores tradicionais na consciência jurídica de uma civilização dada, formulam eles teses que os membros educados da sociedade são tentados a admitir espontaneamente, por isso, aproximam-se mais de princípios evidentes que não necessitam muito de uma autoridade particular para serem admitidos. Não obstante, essa autoridade é indispensável na medida em que tais princípios necessitam de uma interpretação e de uma determinação de seu campo de aplicação, que podem ser muito mais controversas do que os próprios princípios, pois o acordo sobre eles se realiza no equívoco e na imprecisão.

As exigências da ordem jurídica, que continua através das comoções de toda espécie, enquanto não for substituída inteira ou parcialmente por uma nova ordem, mostram-nos mui claramente o que há de irrealizável no conselho de Descartes que nos manda fazer tábula rasa de todas as nossas opiniões. Que homem normal poria em dúvida qualquer uma de suas convicções se as razões de delas duvidar não fossem mais sólidas do que a opinião à qual elas se opõem? Para abalar uma crença, é preciso, como para uma alavanca, um ponto de apoio mais sólido do que aquilo que se tem de pôr em movimento. Ninguém jamais pôs seriamente em dúvida o conjunto de suas opiniões, pois estas se provam reciprocamente: conservam-se aquelas que, até agora, resistiram melhor à prova, o que não as garante, de modo algum, contra toda prova posterior. Enquanto nas metafísicas absolutistas o espírito oscila da dúvida absoluta à certeza absoluta, ficamos, na realidade, sempre no meio-termo: as opiniões a que aderimos constituem o último estado da evolução de nossas idéias, o que não significa necessariamente o estado definitivo; mas, essas idéias, não vamos, razoavelmente, desfazer-nos delas, salvo se elas se mostrarem incompatíveis com idéias a que concedemos um crédito superior. Mandar-nos fazer tábula rasa de nosso passado intelectual é opor-se ao princípio de inércia que fundamenta, de fato, a nossa vida espiritual, assim como a nossa organização política e social. Esse princípio se manifesta pela regra de justiça[10], que nos manda tratar da mesma forma os seres e as situações essencialmente semelhantes, e, mais particularmente, pela conformidade aos precedentes, que assegura a continuidade e a coerência de nosso pensamento e de nossa ação. Poderíamos formular o princípio de inércia, enquanto diretriz: não se deve mudar nada sem razão. Pretender que nossas idéias, nossas regras e nossos comportamentos são desprovidos de um fundamento absoluto, que, por essa razão, o pró e o contra se equivalem e que cumpre, portanto, em filosofia, fazer tábula rasa de nosso passado, é enunciar uma exigência que pertence à utopia e à qual só nos podemos conformar por ficção. É verdade que mesmo Descartes, em sua moral provisória, dava provas de mais realismo, mas, para edificar a ciência e a filosofia, será necessário adotar princípios inteiramente opostos aos que são úteis para "as ações da vida"? Acreditamos, ao contrário, que o conjunto de nossas idéias também (estando excluído, por princípio, todo uso da violência) se transforma do interior, à semelhança de ordem jurídica que, para funcionar, adaptando-se às novas situações e aspirações, prevê procedimentos de reformas e de flexibilização[11].

Assim é que a racionalidade, tal como se apresenta em direito, é sempre uma forma de continuidade: conformidade a regras anteriores ou justificação do novo por meio de valores antigos. O que não tem nenhuma amarra com o passado só pode impor-se pela força, não pela razão. Daí resulta que o novo e o antigo não devem ser tratados da mesma forma, ser aceitos se são evidentes e ser descartados no caso contrário. Pois, se assim fosse, todas as regras de ação, que jamais são evidentes, deveriam ser descartadas, o que mesmo Descartes reconheceu ser impossível, pois ele não pode dispensar uma moral provisória. Mas ele não viu que seria impossível trocar a moral provisória por uma moral definitiva cujos princípios seriam, a um só tempo, claros e evidentes.

O direito nos ensina, ao contrário, a não abandonar regras existentes, a não ser que boas razões justifiquem-lhes a substituição: apenas a mudança necessita de uma justificação, pois a presunção joga em favor do que existe, do mesmo modo que o ônus da prova incumbe àquele que quer mudar um estado de coisas estabelecido. E se advém que a novidade prevalece racionalmente (e não pela violência), é graças ao fato de ela satisfazer melhor a critérios ou a exigências preexistentes.

As razões que acarretam a modificação de uma regra antiga, ou sua substituição por uma regra nova, não têm validade universal, mas devem, contudo, ser admitidas por aqueles a quem cabe persuadir da utilidade da nova legislação. Noutros termos, à mingua de poder contar com a evidência de uma regra, a exposição de motivos tem de mostrar sua desejabilidade num dado contexto político, fornecendo os valores e as normas efetivamente admitidas o ponto inicial da argumentação que deve justificar a introdução da nova regra.

Mas a argumentação que forma a exposição de motivos não constitui em absoluto uma dedução, e a conclusão a que ela chega não é em absoluto coerciva. As razões em favor da regra são argumentos com maior ou menor força. Com efeito, os valores, as normas e os fatos, dos quais parte uma argumentação, são extremamente variados e quem argumenta é mesmo obrigado a operar uma escolha entre eles. Essa escolha porá tal conjunto de fatos, este ou aquele valor, esta ou aquela norma, no primeiro plano da consciência, conferindo-lhe uma *presença* na mente dos ouvintes. Alguns desses dados vão ter de ser reformulados ou reinterpretados para mostrar melhor a pertinência das medidas propostas e a adequação delas ao objetivo perseguido. Convirá, se for o caso, refutar as objeções e as críticas daqueles que alegam outros fatos, outros valores e outras normas.

Ao instaurar, em virtude de uma nova legislação, um regime de pensões de velhice, convirá mostrar não só a utilidade dessa forma de seguro contra a miséria, mas também que os encargos que delas resultariam para a comunidade são suportáveis, sem que se deva sacrificar nenhum outro serviço que a comunidade julgue mais importante. Concebe-se que, sobre todas essas questões, e mais particularmente quando se trata de determinar o montante da pensão, pareceres diferentes sejam igualmente justificados e talvez igualmente razoáveis. Quando se trata de estabelecer normas de ação, não existe solução única que, em tais questões, possa impor-se com evidência a todos os membros da comunidade. É por isso que, por não poder reconhecer uma decisão como a única razoável, quando é preciso, contudo, tomar uma que se torne obrigatória, é indispensável determinar quem teria o poder de tomar uma decisão abalizada, de que forma seria conferido o poder legislativo.

Mas não basta promulgar leis para que sua aplicação seja incontestável e uniforme. As leis podem, normalmente, ser interpretadas e aplicadas de várias formas; logo, para evitar a desordem, é indispensável conceder a alguns, e consoante certos procedimentos, o poder de governar, de administrar e de julgar.

Aliás, as leis têm maior ou menor clareza e conferem aos que as aplicam um poder de interpretação mais ou menos extenso. Existe uma relação inversamente proporcional entre a clareza da lei e o poder de interpretação conferido aos que devem aplicá-la. Este, aliás, fica ainda maior porque, com a evolução da sociedade, os progressos técnicos e as mudanças de costumes, a letra da lei se opõe cada vez mais ao seu espírito, ou seja, à sua finalidade. Cumprirá conceder a preeminência a uma interpretação analítica e formalista da lei, mais favorável à segurança jurídica? Cumprirá, ao contrário, conceder a primazia à interpretação teleológica e pragmática da lei, que levaria em conta, essencialmente, as conseqüências, a eqüidade e o bem comum? As duas têm seus partidários, sendo por isso que a autoridade do juiz é indispensável para pôr fim às controvérsias que, caso contrário, poderiam eternizar-se. O raciocínio jurídico se opõe, também nesse ponto, ao raciocínio puramente formal, pois, levando em conta as conseqüências, o juiz, especialmente a Corte Suprema, serve-se do poder de interpretação que lhe foi concedido para reinterpretar o texto da lei que é encarregado de aplicar. Assim é que o raciocínio do juiz é dialético e oposto ao raciocínio analítico dos matemáticos que sempre procede num único sentido, das premissas para as conclusões.

A autoridade indispensável para legislar, para governar e para julgar é supérflua quando se trata de demonstrar um teorema de aritmética ou de geometria. Com efeito, todos aqueles que têm alguma noção dessas matérias são capazes, pelo menos, de controlar a correção de uma demonstração e, uma vez administrada a prova, têm de inclinar-se diante da conclusão. Se um sistema formal é coerente, a negação de uma tese demonstrada é necessariamente falsa; não se pode pensar, num sistema formal, em demonstrar a tese e a antítese. Pode-se, muito pelo contrário, pleitear o pró e o contra, e duas decisões incompatíveis podem ser igualmente razoáveis. Mas, para que essa afirmação seja teoricamente defensável, não se deve vincular a idéia de razão à idéia de verdade[12]. A dissociação dessas duas noções é, aliás, indispensável para que a idéia de uma decisão razoável tenha um sentido. Pois, quando se trata de decisão, não se pode tratar de verdade. Diante da verdade, temos de inclinar-nos, não temos de decidir. Não decido que dois mais dois são quatro nem que Paris é a capital da França. Uma decisão razoável não é, portanto, simplesmente uma decisão conforme à verdade, mas aquela que pode ser justificada pelas melhores razões, pelo menos na medida em que ela necessita de justificação.

Se houvesse um critério objetivo, expressável se possível em termos quantitativos, por exemplo, em termos de probabilidade, daquilo que é a melhor razão em cada caso, uma única atitude seria razoável, a de pautar por ela o comportamento. Mas, se as melhores razões não podem ser determinadas fora de uma visão do mundo que, elaborada, dá origem a uma filosofia, a existência de uma pluralidade de filosofias irredutíveis impede admitir que, em todas circunstâncias, uma única decisão mereceria o qualificativo de razoável.

É quando as matérias escapam à qualificação de "verdadeiro" ou de "falso", porque não se reportam a uma ciência unitária, mas ao pluralismo filosófico, que se justifica uma atitude de tolerância e que um diálogo, permitindo ampliar as perspectivas, é não só útil, mas até indispensável. Assim como o juiz, antes de tomar uma decisão, tem de ouvir as duas partes – *audiatur et altera pars* – um posicionamento filosófico, sob pena de carecer de racionalidade, tem de levar em conta pontos de vista opostos na matéria.

Quando se trata de decisão, várias teses são igualmente defensáveis, e nenhuma se impõe com evidência; por conseguinte, é indispensável uma autoridade para proferir, se necessário for, certas decisões obrigatórias. É porque a elaboração e a aplicação das normas suscitam normalmente divergências que é indispensável saber quem tem o poder de legislar e quem tem competência para julgar e terminar os conflitos. Mas a obrigação, que o direito nos ensinou, de estabelecer autoridades nessas matérias é reveladora do fato de que não estamos em face de verdades que se impõem a todo ser racional.

Um sistema formal não tolera nenhuma intervenção exterior: porque é fechado, porque os elementos que o constituem são dados de uma vez por todas, porque seus princípios iniciais e suas regras de inferência estão fora de discussão, a intervenção de um terceiro nada de novo lhe pode trazer, a não ser que vise a substituir o sistema por outro. As coisas são totalmente diferentes em direito, e concebe-se que possam ser diferentes em filosofia.

O filósofo, da mesma forma que o juiz, tem interesse em ouvir os pontos de vista opostos antes de decidir-se. Com efeito, seu papel não é simplesmente descrever e explicar o real; à maneira do cientista que visa à objetividade, ele deve posicionar-se em relação ao real. Sua ontologia não é mera descrição do real, mas hierarquização de seus aspectos[13].

Todavia, para o filósofo, a racionalidade é vinculada a valores que ele quereria não só comuns, mas também universalizáveis, almejando que pudessem obter a adesão do auditório universal[14], ou seja, composto de todos os homens a um só tempo razoáveis e competentes. Mas, jamais estando seguro da universalidade de suas normas e de seus valores, o filósofo deve estar sempre pronto para ouvir as objeções, que se lhe poderiam opor, e para levá-las em conta, se não tem condições de refutá-las. O diálogo deve ser aberto, pois as teses que ele avança nunca pode considerá-las definitivas. Se, em direito, a necessidade de estabelecer uma ordem exige que certas autoridades tenham o poder de decisão, o mesmo não se dá em filosofia. Não existe, em filosofia, autoridade que possa conceder a certas teses o estatuto da coisa julgada[15].

Após ter, durante séculos, procurado modelar a filosofia pelas ciências e considerado como sinal de inferioridade cada uma de suas particularidades, chegou o momento de constatar que a filosofia tem muitos traços em comum com o direito. Uma confrontação com este permitiria compreender melhor a especificidade da filosofia, disciplina que se elabora sob a égide da razão, mas de uma razão essencialmente prática, voltada para a decisão e para a ação razoáveis.

§ 26. Direito positivo e direito natural[1]

A antítese "Direito positivo-direito natural" opõe o respeito à lei ao respeito à justiça, concebida de outro modo que a de conformidade à lei.

Essa antítese data apenas do século XIX, pois, anteriormente, não se havia cogitado em que os fatos de dizer o direito e de administrar a justiça não fossem sinônimos. É verdade que a aplicação pura e simples da lei podia ter consequências iníquas, ou inaceitáveis, mas cada uma das tradições de que se formou a civilização do Ocidente soubera encontrar um modo de sair do embaraço.

Assim é que, para Aristóteles[2], se "a lei estabelece uma regra universal e se sobrevém em seguida um caso particular que escapa a essa regra universal, é então legítimo – na medida em que a disposição adotada pelo legislador é insuficiente e errônea por causa de seu caráter absoluto – trazer um corretivo para sanar essa omissão, editando o que o próprio legislador editaria se lá estivesse e o que teria prescrito na lei se tivesse tido conhecimento do caso em questão".

Vemos assim que, quando, numa situação fora do comum, a lei se mostra inaplicável, cabe preencher a lacuna presumida mediante o recurso à eqüidade, pondo-se no lugar do legislador razoável.

Quando o texto da lei romana não permitia decidir de uma forma eqüitativa, porque não se aplicava aos estrangeiros, por exemplo, o pretor assimilava, por meio de uma ficção, o estrangeiro ao cidadão romano e fornecia um preceito conveniente que permitia paliar a insuficiência da lei.

Em direito talmúdico, a situação era mais delicada, pois se supunha que a lei aplicável, sendo de origem divina, era perfeita.

Ora, segundo essa legislação, o juiz deveria inclinar-se diante do depoimento de duas testemunhas cujas afirmações fossem concordantes, apesar do interrogatório ao qual as submetia. Quando, não obstante, ele tinha a convicção de que estava enganado e para não pronunciar uma sentença iníqua, era aconselhado ao juiz desqualificar-se, fundamentando-se nas palavras da Escritura: "Das palavras enganadoras tu te afastarás" (*Êxodo*, XXIII, 7). Como, em tais circunstâncias, nenhum outro rabino aceitaria retomar o processo, evitava-se a iniqüidade, mas cometendo uma denegação de justiça generalizada.

Na tradição cristã, tal como é atestada por Santo Agostinho e Santo Tomás, em caso de conflito entre o direito positivo e o direito natural, era o direito positivo que a doutrina descartava.

Para Santo Agostinho, na ausência de justiça, não pode haver direito (*A cidade de Deus*, XIX, 21) e o que não é justo parece não ser, de modo algum, uma lei (*Do livre arbítrio*, I, 5). Para Santo Tomás, na medida em que uma lei humana se opõe ao direito natural, já não se trata de uma lei, mas de uma corrupção da lei (*Suma teológica*, I secundae, Q. 95, art. 2º).

É verdade que, para Hobbes, a lei civil e a lei natural não podem contradizer-se. Pois, embora ele admita um princípio de justiça que consiste em dar a cada qual o que lhe é devido, apenas a lei civil determina o que é devido a cada qual; de sorte que nada pode ser considerado injusto senão o que viola uma ou outra lei (*Leviatã*, II, cap. 26). Essa concepção firmou-se apenas no século XIX. O ponto de vista que se impôs durante os séculos que viram o triunfo do racionalismo foi o de Montesquieu, tal como expresso no início de sua grande obra, *O espírito das leis*: "Dizer que não há nada de justo ou de injusto senão o que ordenam ou proíbem as leis positivas é dizer que, antes que se houvesse traçado o círculo, nem todos os raios eram iguais. Cumpre, pois, reconhecer relações de eqüidade anteriores à lei positiva que as estabelece". Em virtude da doutrina da separação dos poderes, que proíbe aos juízes qualquer papel na formulação das leis, estes serão "apenas a boca que pronuncia as palavras da lei" (*O espírito das leis,* 1ª parte, L. XI, cap. 6). Os juízes não têm de opor ao legislador a concepção de justiça deles: suas sentenças serão "um texto preciso da lei".

A ideologia de Rousseau confirmou a primazia do legislador. Como o direito não é mais do que a expressão da vontade do Soberano, ou seja, da vontade geral, esta é "sempre reta (*O contrato social*, L. II, cap. VI), pelo menos enquanto não se refere a interesses particulares" e a lei só pode ser justa.

Foi nesse espírito que o Código de Napoleão pôde substituir-se ao direito natural, pois era considerado um direito eminentemente justo. Não obstante, seu principal autor, Portalis, admitia que o legislador não podia prover a tudo, e, embora seja preciso seguir a lei quando é clara, e aprofundar-lhe as disposições quando é obscura, é preciso consultar o uso ou a eqüidade se nos falta a lei. "A eqüidade é a volta ao direito natural, no silêncio, na oposição ou na obscuridade das leis positivas" (cf. Locré, *Discours préliminaire du projet de Code civil*, t. I, pp. 156-159). Segundo Portalis, o juiz não tem de manifestar sua opinião pessoal em questão de justiça: ele se pautará pela lei positiva cada vez que esta fornecer uma solução ao problema; deverá voltar à lei natural quando, por uma ou outra razão, a lei positiva se mostrar insuficiente. Mas nunca ele cogitou na hipótese de que ela pudesse ser injusta.

Foi o positivismo jurídico, durante o século que separa Austin de Kelsen, que não só descartou qualquer possibilidade de direito natural, mas mesmo que a lei possa ser confrontada com o problema da justiça. Os juristas têm como única preocupação a legalidade, dizem o que é ou não é conforme ao direito. Quanto à justiça, por certo ela é uma categoria importante, mas não se relaciona com o direito positivo: diz respeito à moral e à religião.

O positivismo descarta o direito natural como uma incursão indevida da idéia de justiça no funcionamento do direito, com o intuito de limitar o poder do legislador. Para o positivismo jurídico, a justiça conforme ao direito é a justiça tal como foi precisada pelo legislador. Mas que fazer quando a lei se mostra insuficiente por uma ou outra razão?

A primeira solução, que fortalece a primazia do legislador, consistia na instauração, em 1790, do recurso legislativo. Mas, ante os inconvenientes deste, adotou-se o art. 4º do Código Civil que instaura a obrigação de julgar: "O juiz que recusar julgar a pretexto do silêncio, da obscuridade ou da insuficiência da lei, poderá ser processado como culpado de denegação de justiça". Não podendo, nos casos em pauta, decidir de uma forma arbitrária, o juiz deverá, como aconselha Portalis, voltar-se para o direito natural, considerado um direito subsidiário.

Ao examinar "os critérios para resolver as antinomias", o positivista kelseniano que é o professor Norberto Bobbio é, porém, levado a concluir que, "apesar do sistema de regras que protege a obra do jurista do perigo da avaliação direta do que é justo e do que é injusto", quando nos falta um critério para resolver o conflito dos critérios, "o critério dos critérios é o princípio supremo da justiça"[3]. Mas, se se quer evitar que o recurso "ao princípio supremo da justiça" não seja um recurso à arbitrariedade, cumprirá recusar admitir a inteira subjetividade do sentimento de justiça ou de eqüidade. Uma pesquisa interessante consistiria em examinar, na jurisprudência continental, todas as decisões que foram, assim, expressivamente motivadas pela invocação de "direitos naturais" ou pela remissão ao "direito natural". Num extraordinário artigo, o reitor P. Foriers, insistindo nesse papel que, de fato, o direito natural desempenha no raciocínio do juiz, qualificou essa parte do direito de "direito natural positivo"[4]. Indicou ele vários acórdãos em que a Corte de Cassação da Bélgica limitou o alcance do art. 11 do Código Civil, que concede ao estrangeiro, na França e na Bélgica, os mesmos direitos civis "que aqueles que são ou serão concedidos aos franceses (aos belgas) por tratados da nação à qual pertencer esse estrangeiro", referindo-se a direitos naturais que ele usufruiria independentemente de qualquer reciprocidade (12 de março de 1840, *Pas.*, 1839-1840, I, 316; 3 de abril de 1848, *Pas.*, 1848, I, 358; 1º de outubro de 1880, *Pas.*, 1880, I, 292).

Estes exemplos mostram não só que se recorre ao direito natural para preencher as lacunas da lei, mas também para limitar o alcance de uma lei; considera-se que o direito positivo não se aplica ao que já é regulamentado em virtude do direito natural. Limitar-se-á, da mesma forma, o alcance de uma lei, mesmo de uma lei importante, mediante o que o procurador geral Terlinden considerou como "axiomas do direito público", tal como aquele da continuidade do Estado. Daí resultará "a inevitável necessidade, para o Rei, de legislar sozinho quando os dois outros ramos do poder legislativo estão impedidos de cumprir sua função"[5] e isto apesar do art. 26 da Constituição.

Com esse acórdão, a Corte de Cassação preenche uma lacuna da Constituição, que não previu estado de exceção ou, ao contrário, cria "uma falsa lacuna" para justificar uma decisão contrária ao art. 130 da Constituição, que afirma expressamente que "a Constituição não pode ser suspensa no todo nem em parte"? Se há conflito a esse respeito, é porque nenhuma das duas interpretações pode ser excluída de antemão como "desarrazoada".

Assim como, ao invocar princípios que transcendem ao direito positivo, podem-se criar lacunas, assim também se pode, "pelo recurso a princípios da mesma ordem, chegar a falsas antinomias", entendendo-se com isso não uma antinomia entre duas regras de direito positivo, mas entre uma regra de direito positivo e uma regra de direito natural. Vários acórdãos, da Corte de Apelação de Gand (2 de maio de 1901, *Pas.*, 1901, II, 330), da Corte de Cassação (21 de março de 1935, *Pas.*, 1935, I, 194), da Corte de Apelação de Liège (24 de maio de 1961, *J. T.*, 1961, p. 571) fazem, assim, o direito à integridade da pessoa ou o do pátrio poder prevalecerem sobre uma legislação positiva[6].

Os tribunais considerarão que é um dever para eles escolher, entre as diversas interpretações da lei, aquela que fornecerá a solução mais conforme à eqüidade (cf. Tribunal de Gand, acórdão de 8 de março de 1903, *J. T.*, 1903, p. 758).

Se o recurso ao direito natural foi relativamente raro na jurisprudência européia antes da última guerra, a reação provocada pelos excessos do nacional-socialismo generalizou o recurso "aos princípios gerais do direito, comuns a todos os povos civilizados".

Em vez de apelar para um direito fundamentado na natureza do homem, prefere-se fazer referência à natureza das coisas, ora a princípios fundamentais de nossa civilização, tais como puderam ser formulados nos adágios dos juristas romanos e foram veiculados pelos direitos nacionais. Invocar-se-ão igualmente os tópicos jurídicos, ou seja, considerações de toda espécie que fornecem boas razões para redigir e interpretar os textos legais de modo que sejam levados em conta. Assim é que G. Struck, em sua recente obra *Topische Jurisprudenz*[7], pôde extrair, da análise da legislação e da jurisprudência alemãs, 64 lugares utilizados em direito: não se trata de regras elaboradas de uma vez por todas, mas de elementos, de valores e de regras, que a prática do direito não pode deixar de lado.

Nesta última perspectiva, a oposição irredutível entre direito positivo e direito natural perde sua nitidez. Com efeito, se o direito positivo pode ser definido do modo mais claro como expressão unicamente da vontade do legislador, se o direito natural é melhor concebido como uma criação puramente racional, independente das contingências, de ordem social ou política, uma visão do direito fundamentada no consenso, seja da opinião geral, seja da opinião especializada, tirará seus elementos, em proporção variável, tanto da vontade expressa do legislador quanto das considerações de eqüidade e de oportunidade, que vêm executá-la. Quando o valor dominante num ramo do direito for a segurança jurídica, não se hesitará em citar a letra ou, pelo menos, o espírito da lei. Em contrapartida, quando a grande variedade das situações, tal como a encontramos em direito internacional privado, levar o juiz a deixar-se guiar pela doutrina e pela jurisprudência, ele dará muita importância à teoria, levando em conta a natureza das coisas e considerações pragmáticas. Quando, diante das conturbações sociais acarretadas por uma modificação rápida das relações entre o capital e o trabalho dentro da empresa, o juiz tiver de desempenhar um papel de árbitro e de pacificador, em vez de aplicar os textos de uma forma rígida ou formalista, ele efetuará uma arbitragem entre os valores em conflito, buscando soluções que têm mais possibilidades de realizar um consenso e de servir de precedente[8].

O crescente papel atribuído ao juiz na elaboração de um direito concreto e eficaz torna cada vez mais ultrapassada a oposição entre o direito positivo e o direito natural, apresentando-se o direito efetivo, cada vez mais, como o resultado de uma síntese em que se mesclam, de modo variável, elementos emanantes da vontade do legislador, da construção dos juristas, e considerações pragmáticas, de natureza social e política, moral e econômica.

§ 27. É possível fundamentar os direitos do homem?[1]

Toda busca de um fundamento supõe a necessidade de fundamentar e, se essa necessidade devesse manifestar-se a propósito de qualquer coisa, o problema do fundamento jamais receberia solução satisfatória, pois conduziria a uma regressão infindável. Para que a busca de um fundamento seja uma empreitada sensata, cumpre, portanto, que se admita a existência de realidades ou de princípios que servem de fundamento para outra coisa, e que sejam por sua vez incontestáveis ou, pelo menos, incontestados. Em contrapartida, aquilo que nos propomos fundamentar deveria ser, quer contestável, de direito, quer contestado, de fato.

Insisto na distinção entre o incontestável e o incontestado, o contestável e o contestado, pois seu desconhecimento dá origem a confusões que fazem a filosofia oscilar do absolutismo ao cepticismo, duas posições que me parecem, por seu exagero, igualmente contrárias aos procedimentos efetivos de nosso pensamento, que se situa normalmente no meio-termo.

A busca de um fundamento (ou de uma prova que o garantiria) supõe uma dúvida, um desacordo, uma contestação, ora quanto à existência, à verdade ou ao caráter obrigatório de uma realidade, de uma proposição ou de uma norma, ora quanto à natureza daquilo que existe, ao sentido da proposição, ao alcance da norma. Que possam surgir dúvidas, desacordos, contestações sobre um ou outro desses pontos, e que convenha então dissipá-las ou descartá-las, disso ninguém discorda: ao refutar uma objeção, ao justificar uma regra, ao precisar-lhe o alcance, pode-se descartar uma dúvida, reduzir um desacordo, evitar uma contestação, que se apresentaram efetivamente, e esse procedimento pode fornecer um fundamento *suficiente* em determinada situação; mas sempre é possível que uma contestação, provisoriamente descartada, surja mais tarde, por outras razões que anteriormente. O que constituiu um fundamento suficiente, em dado momento, pode não apresentar as características de um fundamento absoluto, que descartaria para sempre qualquer contestação a esse respeito. Compreende-se que a ambição de evitar para sempre qualquer contestação tenha incentivado a maioria dos filósofos a buscar um fundamento para suas afirmações que fosse incontestável, ou seja, absoluto[2]. Ao dogmatismo filosófico, que se pretende capaz de fornecer tal fundamento absoluto, cognoscível graças a uma ou outra forma de evidência, se oporá o cepticismo filosófico, que nega essa possibilidade e recusa essas evidências. Mas ambos negligenciam o interesse de um fundamento suficiente, que descarta uma dúvida ou um desacordo atual, mas que não garantiria, de uma vez por todas, a eliminação de todas as incertezas e de todas as controvérsias futuras. A história do pensamento, em todas as áreas, ensina-nos, porém, a importância efetiva dos fundamentos não absolutos, que puderam parecer suficientes a certas mentes, em certas épocas, em certas disciplinas, e que manifestam o aspecto pessoal, histórica e metodologicamente situado, de nosso conhecimento e de nossa cultura. A busca de fundamentos suficientes, mas relativos a um espírito, a uma sociedade ou a uma disciplina determinadas, se torna filosoficamente essencial para todos que, embora recusando à evidência o valor de critério absoluto, não podem, porém, contentar-se com um cepticismo negativo e estéril.

Nas filosofias clássicas de toda espécie, que qualifiquei noutro estudo de filosofias primeiras[3], o critério da evidência, refira-se ela às intuições racionais ou sensíveis, deve possibilitar distinguir, numa ontologia ou numa epistemologia, as realidades e os princípios que se impõem, e que não cabe, portanto, fundamentar noutra coisa, realidades, verdades, normas e valores, que devem encontrar seu fundamento naqueles. O que existe em si e se concebe por si deve fundamentar o que existe noutra coisa e se concebe graças a outra coisa: assim é que, para alguns filósofos, os modos encontrarão seu fundamento na substância, os seres contingentes no Ser necessário, as verdades derivadas em princípios evidentes, as normas e os valores num real incontestável.

Correspondendo à concepção clássica da prova[4], na qual tudo quanto é duvidoso deve ser demonstrado, pois o que é evidente não tem nenhuma necessidade de prova, a idéia clássica do fundamento é aquela de um fundamento evidente e absoluto. Na concepção empirista do conhecimento, apenas a sensação nos fornece esse fundamento indubitável. Daí resulta que as normas e os valores, que não são dados pela sensação, deveriam poder ser fundamentados em alguma realidade empírica. Mas, como não se pode deduzir do ser o dever-ser, as normas e os valores, privados de fundamento válido, não seriam mais do que a expressão de emoções subjetivas ou de mandamentos que tiram seu prestígio da fonte que os impõe e os sanciona.

Numa visão teocrática da sociedade, quando se supõe que o mandamento emana de uma fonte perfeita, a norma por ele estabelecida não pode ser contestada. Se o mandamento emana da vontade geral, constituída mercê de um contrato social, a norma por ele estabelecida é considerada obrigatória em virtude do princípio *pacta sunt servanda*: a vontade nitidamente expressa do soberano fornecerá a essas normas um fundamento indiscutível. Vê-se como, ao transferir para a vontade geral as funções cumpridas anteriormente pela vontade divina (*Vox populi vox Dei*), o positivismo jurídico veio a fundamentar toda regra jurídica positiva no poder legislativo do Estado e na sanção, que garante a obediência à lei. Recusando qualquer outro fundamento ao direito, o positivismo jurídico negou a existência de um direito que não fosse a expressão da vontade do soberano.

Mas essa concepção do positivismo jurídico soçobra ante os abusos do hitlerismo, como toda teoria científica inconciliável com os fatos. Pois a reação universal diante dos crimes nazistas obrigou os chefes de Estado aliados a instruir o processo de Nuremberg e a interpretar o adágio *nullum crimen sine lege* não num sentido positivista, pois a lei violada na ocorrência não dependia de um sistema de direito positivo, mas da consciência de todos os homens civilizados. A convicção de que era impossível deixar impunes aqueles crimes horríveis, mas que escapavam a um sistema de direito positivo, prevaleceu sobre a concepção positivista do fundamento do direito.

O renascimento das teorias do direito natural na filosofia do direito contemporâneo é certamente, em grande parte, a conseqüência do fracasso do positivismo. Mas será indispensável, para sanar esse fracasso, recorrer a construções ideológicas que pareciam definitivamente arruinadas pela crítica positivista? Cada vez mais, juristas vindos de todos os cantos do horizonte recorreram aos *princípios gerais do direito*, que poderíamos aproximar do antigo *jus gentium* e que encontrariam no consenso da humanidade civilizada seu fundamento efetivo e suficiente. O próprio fato de esses princípios serem reconhecidos, explícita ou implicitamente, pelos tribunais de diversos países, mesmo que não tenham sido proclamados obrigatórios pelo poder legislativo, prova a natureza insuficiente da construção kelseniana que faz a validade de toda regra de direito depender de sua integração num sistema hierarquizado e dinâmico, cujos elementos tirariam, todos, sua validade de uma norma suprema pressuposta. Esse formalismo jurídico, sejam quais forem suas vantagens e seduções para um teórico de mente sistemática, não permite levar em conta o elemento aberrante constituído pelos princípios gerais do direito. Mas nada obriga procurar, à míngua do fundamento legislativo, um fundamento para tais princípios num direito natural, elaborado de uma vez por todas, que nenhuma reação posterior da consciência poderia modificar nem precisar. Enquanto as ciências naturais desde há muito deixaram de conceder a suas teorias e a seus princípios o estatuto de verdades definitivas, ao abrigo de qualquer desmentido da experiência, seria então preciso, por espírito sistemático, colocar nossos valores ao abrigo de um desmentido que poderia ser infligido à aplicação deles pela reação indignada de nossa consciência? Dizer que esta deve limitar-se à área da moral, sem que a revolta da consciência tenha quaisquer conseqüências na área jurídica, significa sacrificar ao amor pela ordem e por uma construção metodologicamente satisfatória mais do que é necessário. Pois é reconhecer à ideologia, sejam quais forem seus motivos e seus móbeis, um caráter intangível e imperfectível, é reconhecer as instituições, elaboradas com vistas à proteção do indivíduo e à promoção do bem comum, um caráter infalível que nenhum desmentido não-conforme às modalidades previstas por essas mesmas instituições deveria alterar. Esse absolutismo ideológico, ao qual deve conduzir a busca de um fundamento absoluto e imutável, mesmo quando esse fundamento é positivista, parece-me inaceitável. Mas isto não significa que toda busca de um fundamento não-absoluto seja desprovida de sentido e de alcance.

Toda vez que surgem controvérsias quanto à existência ou ao alcance de certos direitos, é normal que se procure vincular esses direitos controversos a um fundamento ideológico, ou seja, a princípios ontológicos, antropológicos ou axiológicos que, uma vez admitidos, forneceriam razões suficientes em favor de tal direito ou de tal limitação ou hierarquização dos direitos. Uma concepção do real, uma visão do homem contêm, de fato, implicitamente, avaliações, hierarquizações, estruturações, que permitem delas extrair uma axiologia e lhes vincular normas morais e jurídicas. Ao estruturar o real mediante uma ontologia, privilegia-se, pelo próprio fato, alguns de seus aspectos: com toda a naturalidade se reconhecerá a primazia da essência sobre o acidente, do ato sobre o possível ou do espiritual sobre o material; ao conceber o indivíduo consoante a sociedade, ou ao fazer a realidade social depender de vontades individuais, ao privilegiar o que é único ou o que pode ser repetido, valorizar-se-á, ao menos implicitamente, em sua ontologia ou sua antropologia, um ou outro aspecto do real. É essa visão global e hierarquizante do real que distingue o ponto de vista ontológico do ponto de vista puramente científico, puramente metodológico. O positivismo, sob suas diversas manifestações, ao conceder seus favores a uma epistemologia que favorece, em todas as circunstâncias, os métodos científicos e despreza todo o resto, acaba chegando, por essa razão, a uma ontologia que retém unicamente os aspectos do real que os métodos das ciências positivas permitem reconhecer. Assim é que seu caso confirma, paradoxalmente, que não existe ontologia alheia a todo juízo de valor, pelo menos implícito.

Daí resulta que a tentativa de fundamentar normas a partir de uma ontologia não consiste em absoluto numa dedução de um dever-ser a partir de um ser, de um *sollen* a partir de um *sein*, mas na estruturação dessas normas a partir de uma visão do real indissociável de um realce, portanto de uma valorização, seja de certos seres, seja de certos aspectos do ser.

A busca de um fundamento, quando se trata de normas, se inspirou com muita freqüência num modelo matemático, como se fosse possível demonstrá-las, tais como os teoremas de um sistema de geometria, a partir de axiomas a um só tempo evidentes e não-ambíguos. Mas, na realidade, a busca de um fundamento, na área moral ou jurídica, é de natureza totalmente diferente.

No interessante volume, publicado pela UNESCO por ocasião da Declaração Universal dos Direitos do Homem[5], vários autores constatam que, se foi possível estabelecer o acordo sobre uma lista dos direitos do homem entre representantes de ideologias diferentes, e mesmo opostas, foi porque o sentido, o alcance e a hierarquização deles não foram especificados[6]. Encontramo-nos confrontados, no que diz respeito aos direitos humanos, com situação igual àquela assinalada numa discussão anterior sobre os princípios primordiais da moral[7]. É fácil, com efeito, obter um acordo sobre princípios gerais, tais como "é imoral infligir sofrimentos sem necessidade", "deve-se agir de modo que a máxima de nossa vontade possa tornar-se ao mesmo tempo lei de uma legislação universal", "é moral o que é mais útil ao maior número". Enquanto tais princípios permanecem suficientemente indeterminados, ninguém tem vontade de contestá-los; mas nascem as discussões assim que se trata de passar dessas regras gerais para casos específicos. Escrevi a esse respeito: "De fato, os diferentes princípios de moral não são contestados por homens que pertencem a meios de cultura diferentes, mas são interpretados de formas diversas, jamais sendo definitivas essas tentativas de interpretação. A discussão, no que toca à moral, difere completamente da demonstração formal, pois ela é constante correlação de experiências particulares com conceitos de conteúdo parcialmente indeterminado, em constante interação. [...] A filosofia moral não se elabora por meio de axiomas e de deduções, mas graças a um aprimoramento contínuo das regras que nos podem guiar na ação"[8].

Nessa perspectiva, a busca de um fundamento absoluto deve ceder a prioridade a uma dialética, na qual os princípios que se elaboram para sistematizar e hierarquizar os direitos humanos, tal como são concebidos, são constantemente cotejadas com a experiência moral, com as reações de nossa consciência. A solução dos problemas suscitados por esse cotejo não será nem evidente nem arbitrária: será dada graças a um posicionamento do teórico, que resultará de uma decisão pessoal, apresentada, porém, como válida para todas as mentes razoáveis. Essa decisão, não sendo mera conformidade à evidência e não se apresentando como infalível, não se arrisca a fornecer um fundamento a um despotismo esclarecido, que escapa a qualquer controle e a qualquer crítica. Ao contrário: as soluções contingentes e manifestamente perfectíveis apresentadas pelos filósofos só poderiam pretender-se razoáveis na medida em que são submetidas à aprovação do auditório universal, constituído pelo conjunto dos homens normais e competentes para julgá-las[9]. Com efeito, o *razoável* não remete a uma razão definida como reflexo ou iluminação de uma razão divina, invariável e perfeita, mas a uma situação puramente humana, à adesão presumida de todos aqueles que consideramos interlocutores válidos no que tange às questões debatidas. A presunção permite a elaboração de uma regra, de uma norma, mas que nem por isso escapa ao controle dos fatos: a *norma*, o *normativo* é intimamente associado ao *normal*, ao que é. Mas vê-se imediatamente que o recurso aos membros do auditório universal, para concretizar a idéia do razoável, não pode deixar de nos remeter a uma antropologia, a uma teoria do homem, assim como o *dever do diálogo*, que constitui a norma fundamental no pensamento de Guido Calogero[10], suscita imediatamente a questão: "Para com quem temos essa obrigação de dialogar?" Se tentarmos responder a tais questões, e a tudo quanto implicam, conseguiremos, de um modo indireto, justificar certos direitos humanos.

Tomemos a idéia do razoável, que condiciona, em meu pensamento, o ideal secular da filosofia[11]. Enquanto critério da conduta e das normas práticas, o razoável é, pelo próprio fato, valorizado. Mas o razoável se elabora mercê do concurso de todos os seres humanos suscetíveis de se integrarem no auditório universal e necessita do confronto de suas idéias, do conhecimento de suas reações efetivas. O desenvolvimento frutuoso de uma filosofia do razoável exige a valorização de todos os direitos que lhes permitiriam contribuir eficazmente para o progresso do pensamento.

O recurso ao razoável para fundamentar os direitos humanos, permitindo precisar e hierarquizar esses direitos consoante a contribuição deles para o progresso de uma racionalidade concreta, fornece uma ilustração de minha tese geral. Pois ele mostra que apenas aqueles que conferem algum valor ao progresso do pensamento teórico, em especial da filosofia, que concebem esse progresso sob forma da elaboração, na história, de concepções cada vez mais razoáveis, poderiam vincular-lhe uma teoria dos direitos humanos, associada a uma dialética do razoável. Mas vê-se que o fundamento assim elaborado não seria um fundamento absoluto, nem o único fundamento concebível, e que os direitos que ele permitiria justificar não seriam definidos de um modo desprovido de toda ambigüidade e de toda indeterminação. Mas esse exemplo mostra em que sentido o empreendimento é possível, e que a teoria dos direitos humanos, assim fundamentada, não seria a expressão de uma arbitrariedade irracional.

§ 28. A salvaguarda e o fundamento dos direitos humanos[1]

1. A noção de direitos humanos implica que se trata de direitos atribuíveis a cada ser humano enquanto tal, que esses direitos são vinculados à qualidade de ser humano, não fazendo distinção entre eles e não se estendendo a mais além. Reconheça-se ou não a origem religiosa do lugar especial reservado aos seres humanos nessa doutrina, proclama ela que a pessoa possui uma dignidade que lhe é própria e merece respeito enquanto sujeito moral livre, autônomo e responsável. Daí a situação ímpar que lhe é reconhecida e que o direito tem de proteger.

Com efeito, se é o respeito pela dignidade humana a condição para uma concepção jurídica dos direitos humanos, se se trata de *garantir* esse respeito de modo que se ultrapasse o campo do que é efetivamente protegido, cumpre admitir, como corolário, a existência de um sistema de direito com um poder de coação. Nesse sistema, o respeito pelos direitos humanos imporá, a um só tempo, a cada ser humano – tanto no que concerne a si próprio quanto no que concerne aos outros homens – e ao poder incumbido de proteger tais direitos a obrigação de respeitar a dignidade da pessoa. Com efeito, corre-se o risco, se não se impuser esse respeito ao próprio poder, de este, a pretexto de proteger os direitos humanos, tornar-se tirânico e arbitrário. Para evitar esse arbítrio, é, portanto, indispensável limitar os poderes de toda autoridade incumbida de proteger o respeito pela dignidade das pessoas, o que supõe um Estado de direito e a independência do poder judiciário. Uma doutrina dos direitos humanos, que ultrapasse o estádio moral ou religioso é, pois, correlativa de um Estado de direito.

2. Se é o respeito pela dignidade da pessoa que fundamenta uma doutrina jurídica dos direitos humanos, esta pode, da mesma maneira, ser considerada uma doutrina das obrigações humanas, pois cada um deles tem a obrigação de respeitar o indivíduo humano, em sua própria pessoa bem como na das outras. Assim também o Estado, incumbido de proteger esses direitos e de fazer que se respeitem as obrigações correlativas, não só é por sua vez obrigado a abster-se de ofender esses direitos, mas tem também a obrigação positiva da manutenção da ordem. Ele tem também a obrigação de criar as condições favoráveis ao respeito à pessoa por parte de todos os que dependem de sua soberania.

Como a obrigação de abster-se e a de intervir positivamente apresentam, em sua oposição, possibilidades de conflito, portanto de abuso, a doutrina dos direitos humanos, em sua formulação mais simples, exige, para evitar a arbitrariedade do poder, a instauração de todo um conjunto de procedimentos que precisem as situações e os métodos que legitimariam a intervenção positiva dos representantes da autoridade.

3. O respeito pela dignidade humana é considerado hoje um princípio geral de direito comum a todos os povos civilizados. Mas esse acordo geral só diz respeito a noções abstratas, cujo caráter vago, e mesmo confuso, aparecerá imediatamente quando se tratar de passar do acordo sobre o princípio para as aplicações particulares. Com efeito, como os diferentes direitos humanos não estão hierarquizados nas declarações que os

enumeram, os textos não oferecem nenhuma solução para os inumeráveis conflitos que podem apresentar-se, tanto entre os diversos direitos humanos como entre estes e os direitos do Estado, das comunidades naturais e dos mais diversos agrupamentos.

4. É de notoriedade pública que a precisão ou a vagueza de textos legais distribui de forma variável os poderes do legislativo e do judiciário. Cada vez que aumentam as possibilidades de interpretação, quando os próprios textos são vagos e se deixa ao juiz o direito de resolver conflitos que se apresentam, os poderes daqueles que devem encontrar a solução jurídica do caso particular aumentam o mesmo tanto. Conhece-se a importância dos poderes da Corte Suprema dos Estados Unidos, conseqüência do caráter vago dos textos constitucionais. Ora, os textos que enunciam os direitos humanos não são muito mais precisos e não podem ser aplicados sem exigir dos tribunais um considerável esforço de interpretação, como atestam as decisões da Corte Constitucional alemã[2]. Dá-se o mesmo com os poderes da Corte Européia dos Direitos do Homem.

Compreende-se, nesse contexto, que a aplicação de textos atinentes aos direitos humanos só possa ser confiada a um tribunal que goza da confiança dos jurisdicionados. Daí o caráter essencial, ao lado de diversas declarações universais que só podem ter uma importância programática, de pactos regionais que não só proclamam os direitos que devem ser respeitados mas estabelecem, ademais, cortes de justiça cujos juízes, disso se terá certeza, aplicam uma ideologia relativamente uniforme, comum aos Estados signatários de tal pacto. Ora, é notório que os diversos Estados que assinaram a Declaração Universal dos Direitos do Homem representavam as mais opostas concepções religiosas e ideológicas, de sorte que, como escrevia Jacques Maritain, em sua introdução, esses textos formulavam "princípios de ação analogicamente comuns"[3]. Pode-se dizer que seu conteúdo preciso era deixado à interpretação do poder judiciário. Foi ao assinar, em 4 de novembro de 1950, a Convenção Européia de Salvaguarda dos Direitos do Homem e das Liberdades Fundamentais que instituía, ao mesmo tempo, uma Comissão e uma Corte dos Direitos do Homem, que o Conselho da Europa inovou de um modo essencial.

Com efeito, não se contentou ele em apresentar um programa; integrou-o no direito positivo dos Estados signatários. Isso fornece um argumento suplementar em favor da tese de que não há direito senão quando há juízes para o dizer[4].

Ante as divergências sobre a própria idéia da pessoa humana e sobre as obrigações impostas pelo respeito à sua dignidade, é não somente utópico, mas mesmo perigoso, crer que existe uma verdade nessa questão, pois essa tese autorizaria os detentores do poder a impor suas visões e a suprimir toda opinião contrária, que supostamente expressam um erro intolerável. Mas, se, no plano filosófico puramente teórico, divergências são normais e inevitáveis, impõe-se, para a salvaguarda prática dos direitos humanos, que não somente textos os proclamem, mas que instituições, regras de procedimento e homens, animados pelas mesmas tradições e pelas mesmas culturas, sejam incumbidos de aplicá-los e de protegê-los.

5. Não existe, em matéria de direitos humanos, critério objetivo que permita traçar a fronteira de equilíbrio entre os direitos de uns e de outros. A clássica distinção entre as concepções liberal e socialista dos direitos humanos, correlativa de uma obrigação passiva, a de abster-se, e de obrigações ativas, as de propiciar meios efetivos de favorecer o desenvolvimento da pessoa, não é uma distinção de natureza, e sim de grau.

Com efeito, o mais elementar dos direitos humanos, o direito à vida, já implica a constituição de um exército e de uma polícia, protetores da ordem pública, e, portanto, a obrigação, para o Estado, de se dotar dos meios que lhe permitiriam cumprir seu papel de guardião. É óbvio que toda nova obrigação imposta ao Estado em nome do respeito pela pessoa só pode aumentar-lhe os encargos e, portanto, as obrigações impostas pelo Estado a todos os que dependem de sua soberania. Aumentando dessa forma o papel e o poder do Estado, aumenta-se consideravelmente o risco de abuso e se favorece a proliferação de uma burocracia, tanto menos controlável por invadir mais setores.

O único remédio contra o perigo que disso resulta para a liberdade é uma descentralização crescente. Se a doutrina da separação ou do equilíbrio dos poderes apresentou uma primeira tentativa de luta contra o absolutismo monárquico, muito mais limitado do que o poder do Estado moderno, apenas técnicas variadas de descentralização do poder permitirão evitar os abusos de um Estado tentacular.

6. Nessa perspectiva, é indispensável, para evitar a arbitrariedade, dar preeminência a um poder judiciário independente. Este, zelando por impedir os abusos e os descaminhos de poder, dará uma interpretação extensiva ao princípio da igualdade perante a lei, que impede qualquer discriminação injustificada, qualquer uso arbitrário do poder[5]. O respeito a esse princípio de igualdade, por todos os detentores do poder, teria como efeito impedir uma limitação arbitrária da liberdade de uns em proveito dos outros. Aplicando o princípio de justiça formal que exige o tratamento igual de situações essencialmente semelhantes, os tribunais superiores, na medida em que controlam a constitucionalidade das leis, zelarão por que as distinções estabelecidas na lei não sejam nem arbitrárias nem desarrazoadas, mas sejam justificadas pelos objetivos perseguidos, em conformidade com a natureza das coisas. Embora seja verdade que não existe critério objetivo e impessoal que permitiria determinar com precisão o limite que separa o razoável do desarrazoado[6], este limite não é, contudo, puramente subjetivo, pois depende das concepções e das reações do meio. Apenas numa comunidade suficientemente homogênea, em que existe um consenso suficiente sobre o que é razoável ou desarrazoado, é que pode funcionar de modo satisfatório um sistema de direito democrático. Na falta de tal consenso sobre as questões essenciais que se colocam à comunidade, o sistema de direito e os órgãos encarregados de aplicá-lo carecerão da autoridade necessária para impor-se de outro modo que não seja a força. Aliás, é por isso que a existência de uma ordem jurídica internacional pertence à utopia quando não há comunidade internacional suficientemente homogênea do ponto de vista cultural e moral. É por essa razão que um sistema de

direito positivo, que protege os direitos do homem no plano internacional, se imporá primeiramente no plano regional entre parceiros que estão de acordo sobre o essencial nessa área.

Essa visão das coisas conduz, na melhor das hipóteses, a uma descentralização entre unidades de maior ou menor homogeneidade, acompanhada, num âmbito federal, de um pluralismo e de uma tolerância mútua entre sistemas políticos com ideologia diferente. É essa a conclusão que se impõe na construção de um sistema de direito internacional legítimo, ou seja, que fundamentaria sua autoridade em algo diferente da força.

7. A determinação e a salvaguarda dos direitos do homem supõe um sistema de direito positivo, com suas regras e seus juízes. A proliferação de regras suscitará, inevitavelmente, crescentes ocasiões de conflitos. Para evitar estes, na medida do possível, para dirimi-los quando se apresentam, cumpriria uma legislação complexa, que precisasse e hierarquizasse os diversos direitos. Isso requer uma intervenção crescente do Estado nos negócios particulares e a instauração de uma burocracia que desempenhe o papel de guia, de guardião e de árbitro. Vê-se imediatamente os numerosos abusos que podem daí resultar e a necessidade de submeter o legislativo, o executivo e o administrativo ao controle do poder judiciário. Este teria de zelar por que os diversos poderes se exerçam no âmbito de um conjunto de valores e de princípios que desfrute um consenso suficiente da comunidade.

Um consenso assim será o resultado de um longo processo educativo, tal como se realiza numa comunidade com um passado comum, aspirações e valores comuns, arraigados numa mesma tradição religiosa ou ideológica. Na medida em que a salvaguarda dos direitos humanos se realiza melhor no seio de uma comunidade nacional, com o poder de autodeterminação, capaz de defender sua autonomia e sua independência, há uma passagem natural da doutrina dos direitos do homem para a doutrina dos direitos das comunidades. O respeito pela dignidade do homem conduz ao respeito pelas entidades nacionais de que ele faz parte. Em que medida a defesa dessas entidades, a defesa da pátria, justificará a limitação dos direitos do indivíduo? Nova fonte de conflitos possíveis, tanto mais graves porque é impossível fixar, de uma vez por todas, os direitos de uns e de outros.

8. Nas sociedades primitivas, nas quais a comunidade se limita a uma tribo com um passado comum que se reporta a um mesmo ancestral real ou imaginário, com uma religião e tradições comuns, sendo os direitos e as obrigações de cada qual delimitados pelo costume, não se concebe doutrina dos direitos humanos em geral. As coisas mudam com a coexistência, no seio de Estados mais amplos, de comunidades variadas, com tradições e religiões diferentes. Então é que surgem o problema dos direitos do homem, independentemente e fora de sua comunidade, o problema da tolerância, a proteção das minorias nacionais ou religiosas, que dissociam a dignidade do indivíduo de sua integração numa família, numa tribo, numa nação, numa religião ou num agrupamento ideológico. Essa passagem de uma teoria do homem integrado à comunidade para uma teoria do homem que tem uma dignidade e merece o respeito, pela sua simples qualidade de homem, foi longa e penosa. Traçar todas as peripécias da emancipação do indivíduo seria descrever uma história apaixonante, com suas vitórias e suas derrotas. Mas não é esse o nosso propósito.

9. O individualismo, e a doutrina dos direitos humanos que é sua expressão mais contundente, é uma concepção burguesa que, ganhando forma no Renascimento, impôs-se à consciência ocidental no século XVII e sobretudo no século XVIII.

Anteriormente, e durante séculos, as autoridades religiosas e políticas, em geral confundidas, quase não toleravam oposição. Apenas os detentores do poder conheciam a verdade e nem se podia pensar em conceder ao indivíduo um direito à autonomia, à liberdade de pensamento e de expressão.

Para que o desacordo tivesse alguma audiência, não podia aparecer como expressão de uma opinião individual, mas sim a de uma autoridade inconteste. Assim é que, numa comunidade baseada na obediência aos mandamentos divinos, pôde nascer o fenômeno da profecia em que o homem, porta-voz de Deus, podia opor-se ao poder institucionalizado, o do rei e dos sacerdotes.

É óbvio que a profecia só pode prevalecer-se da autoridade divina no seio da comunidade religiosa que admite a autoridade da divindade invocada. A superação do ponto de vista comunitário só pode dar-se em nome de valores universalmente aceitos, tal como o valor da verdade, que prevalece contra toda opinião contrária. A objetividade da verdade, mesmo que seja pregada por uma só pessoa, deveria impor-se a todos, e isto em virtude da razão, faculdade comum a todos os homens que permite à verdade triunfar sobre a opinião comum. O grande mérito da filosofia, no Ocidente, foi o de ter feito da verdade e da razão instrumentos de emancipação do pensamento. A essa emancipação do indivíduo está associado o nome de Sócrates, cuja atitude revolucionária foi salientada por sua condenação à morte, "porque corrompia a juventude e abalava a autoridade dos pais".

Essa luta pelo direito à verdade, tal como o indivíduo a concebe, conheceu outras vítimas célebres, tais como Giordano Bruno, Galileu e Spinoza. Sabe-se que essa luta contra a autoridade levou, no Ocidente, a uma inversão de valores, ao individualismo liberal, temperado pela idéia de uma ordem universal, e até mesmo às doutrinas anarquistas, que negam a legitimidade de qualquer autoridade.

10. Mas, conquanto a noção de verdade tenha desempenhado um papel emancipador, pois permitiu que as pessoas se opusessem às tradições e às autoridades, posta a serviço do poder, essa noção pode legitimar o despotismo esclarecido que não hesita em impor pela força uma verdade fundamentada na razão, indo de encontro aos preconceitos comunitários. Assim é que o recurso à verdade, emancipador quando quem a invoca só dispõe da força dos argumentos, fica dominador e mesmo terrorista quando se trata de impor concepções políticas pela força das armas.

Não há mais do que uma geração entre Platão e Sócrates. Mas ela bastou para que ao ideal do filósofo emancipador, que se impõe pela dialética e pela ironia, se opusesse o ideal do filósofo-rei, que espera governar a cidade e impõe a verdade mediante a lavagem cerebral e os campos de concentração. Como conciliar a salvaguarda dos direitos humanos e o pluralismo que essa doutrina pressupõe com as pretensões da verdade à universalidade? Impedindo que possa ser considerada verdadeira, ou seja, excluindo qualquer contradição, uma tese que teria necessidade da força para impor-se. O título de glória do filósofo é evitar, por princípio, para obter a adesão, recorrer à violência, e sim apelar para a razão e para a força dos argumentos. A proteção dos direitos humanos iniciou-se com a proteção e o respeito da atividade filosófica. Do direito do indivíduo à verdade, à sua autonomia, ao respeito pela sua dignidade e pela sua liberdade e a todos os outros direitos que tal respeito condiciona, há um longo caminho que é o dos progressos da consciência no Ocidente.

§ 29. Ciência do direito e jurisprudência[1]

Um dos lugares-comuns que todo estudante de direito ouve muitas vezes durante seus estudos afirma que o direito não é uma ciência, mas que há uma ciência do direito. A elaboração e a aplicação do direito necessitam, com efeito, recorrer a juízos de valor, a escolhas e a decisões que, característicos da legislação e mesmo da jurisprudência, são alheios a qualquer ciência que se pretende, por natureza, descritiva e objetiva. Essa diferença de atitude é que justificaria a distinção entre a ciência do direito e a jurisprudência.

Note-se que essa oposição é bastante recente, data da concepção positivista da ciência. Assim é que, por ocasião da discussão sobre o art. 4º do Código de Napoleão ("O juiz que recusar julgar a pretexto do silêncio, da obscuridade ou da insuficiência da lei, poderá ser processado como culpado de denegação de justiça"), o célebre Portalis se expressa da seguinte maneira:

"Poucas causas são suscetíveis de ser decididas de acordo com uma lei, de acordo com um texto preciso; é pelos princípios gerais, pela doutrina, pela ciência do direito, que sempre se pronunciou sobre as contestações."[2]

Segundo essa concepção, a doutrina e a ciência do direito esclarecem e guiam os juízes nos processos delicados. É em conformidade com tal visão das coisas que, nos países anglo-saxões, a *jurisprudência* engloba a doutrina, que é considerada a *prudentia juris*. É esse também o papel, na Alemanha, da dogmática jurídica, que apresenta o conteúdo das normas de um sistema jurídico, as regras e as interpretações que os juízes deveriam seguir em suas decisões e arestos.

Conhece-se a reação positivista de Kelsen em relação à dogmática, considerada como uma mescla pouco científica de juízos descritivos e de juízos de valor. O papel do cientista, segundo ele, é o de elaborar uma ciência das normas jurídicas, das quais seriam eliminados os juízos de valor, essencialmente contestáveis. O direito, objeto de ciência, se apresenta, nessa perspectiva, como um sistema dinâmico de normas hierarquizadas, pois as normas de nível superior habilitam os órgãos que terão por tarefa formular normas de um nível inferior e indicam, ao mesmo tempo, as modalidades e os limites dessa habilitação. Enquanto não se infringem esses limites, quem é habilitado a formular as normas de um nível inferior tem completa liberdade de decisão. Na lógica do sistema, a norma fundamental, de natureza constitucional, não pode, de direito, ser fundamentada: ela é pressuposta, supõe-se que se lhe adira, sem o que o sistema não seria eficaz, não seria um sistema de direito real, mas simplesmente um sistema possível.

Nesse sistema, tudo quanto não é regulado pelo direito, por exemplo, a maneira pela qual o legislador ou o juiz exercerá seu mandato, é indeterminado e não pode, portanto, ser precisado pela ciência do direito: o exercício do poder deles depende dos juízos de valor que pertencem ao domínio da política ou da moral e que, não tendo caráter objetivo, devem ser nitidamente separados da ciência do direito. O teórico pode, eventualmente, enumerar as escolhas possíveis autorizadas pela norma superior: não pode, sem sair de seu papel de cientista, indicar como tais escolhas deveriam ser exercidas, pois isto depende da vontade do homem de ação e não do conhecimento do teórico.

Para outros teóricos positivistas do direito, tais como Hart ou Ross, a tarefa do cientista é um tanto diferente. Para Hart, que segue, na teoria do direito, a filosofia analítica de Oxford, o papel do teórico é analisar as estruturas jurídicas e aclarar as noções jurídicas[3]. Para Ross, o papel do teórico é mais empírico, é o de estudar e de prever os comportamentos dos juízes. Mas em nenhum caso convém encarregar o cientista de guiar o juiz na solução de problemas concretos, o que não poderia ser feito sem recorrer a juízos de valor que, aliás, segundo Ross, não são do domínio do conhecimento.

Não obstante as concepções metódicas do positivismo jurídico ou as teorias que seguem a filosofia analítica, o que se pode exigir de qualquer ciência digna desse nome é que ela não deforme seu objeto, a pretexto de estudá-lo de uma forma científica. Por outro lado, se o estudo do direito positivo, tal como se apresenta efetivamente, mostra que sua prática é indissociável de juízos de valor, existe um papel que alguém deve cumprir, independentemente do modo como seja qualificado, e que é o de aconselhar ou de guiar os legisladores e os juízes no exercício de suas funções.

Assinalo a esse respeito a recente tese, ainda inédita, de meu colaborador J. Miedzianogora, intitulada: "Philosophies positivistes du droit et droit positif" que, para analisar a realidade jurídica, partiu do direito vivo, tal como se manifesta nas decisões judiciárias e, de modo mais geral, no funcionamento concreto de um Estado de direito. Uma ciência positiva do direito tem de examinar atentamente os fenômenos que são objeto de seu estudo. Procederei, com esse intuito, a algumas análises de decisões ocorridas no direito belga e tentarei delas extrair, de forma a um só tempo empírica e analítica, certo número de princípios ativos, senão no direito positivista, pelo menos no direito positivo.

Comecemos pelo exame de uma célebre decisão no direito belga, que A. Vanwelkenhuyzen analisou perfeitamente em seu estudo: "De quelques lacunes du droit constitutionnel belge"[4]. Eis o essencial dele.

Segundo o art. 26 da Constituição, "o poder legislativo se exerce coletivamente pelo Rei, pela Câmara dos Representantes e pelo Senado". O texto é claro. Entretanto, durante a guerra de 1914-1918, o poder legislativo foi exercido pelo Rei *sozinho*, sob forma de decretos-leis. A impossibilidade de reunir as Câmaras, conseqüência da guerra, impedia, incontestavelmente, que se respeitasse o art. 26 da Constituição. Mas nenhuma disposição da Constituição permitia derrogá-lo, mesmo em circunstâncias tão excepcionais. O art. 25 enuncia o princípio de que os poderes "são exercidos da maneira estabelecida pela Constituição", e o art. 130 diz expressamente que "a Constituição não pode ser suspensa nem em todo nem em parte".

Falta à Carta fundamental belga uma disposição prevendo "o estado de exceção". Foi proposto introduzi-la. Entrementes, a jurisprudência decidiu que os decretos-leis adotados pelo Rei Alberto I eram conformes à Constituição. Ela encontrou um meio de preencher a lacuna do texto de 1831 e de demonstrar que, se bem que o art. 130 diga *expressis verbis* o contrário, a Constituição nem sempre deve ser integralmente aplicada.

A Corte de Cassação, num célebre acórdão de 11 de fevereiro de 1919 (*Pas.*, 1919, I, p. 9), afirmou que "foi por aplicação dos princípios constitucionais que o Rei, tendo permanecido durante a guerra o único órgão do poder legislativo a conservar sua liberdade de ação, tomou as disposições com força de lei que a defesa do território e os interesses vitais da nação comandavam imperiosamente".

Nas conclusões que pronunciou antes desse acórdão, o procurador-geral Terlinden declara notadamente:

"... Uma lei – Constituição ou lei comum – sempre estatui, portanto, apenas para períodos normais – para aqueles que ela pode prever.

"Obra do homem, é ela sujeita, como todas as coisas humanas, à força das coisas, à força maior, à necessidade.

"Ora, fatos há que a sabedoria humana não pode prever, situações que não pode presumir e nas quais, tendo se tornado inaplicável a norma, é preciso, como se puder, afastando-se o menos possível das prescrições legais, fazer frente às brutais necessidades da hora e opor meios provisórios à força invencível dos acontecimentos..."

A argumentação do procurador-geral Terlinden, para demonstrar a constitucionalidade dos decretos-leis da guerra de 1914-1918, se baseava, assim como ele próprio indicava, em três princípios por ele considerados "axiomas de direito público":

I. A soberania da Bélgica jamais esteve suspensa.
II. Uma nação não pode dispensar um governo.
III. Não há governo sem lei, ou seja, sem poder legislativo.

Vê-se imediatamente que, desses axiomas, vai decorrer a necessidade inevitável, para o Rei, de legislar sozinho quando os dois outros ramos do poder legislativo estão impedidos de cumprir sua função.

Mas a natureza desses axiomas não é precisada. Tampouco é precisado de que fonte foram eles extraídos. Para nós, trata-se – pelo menos no caso do segundo e do terceiro axiomas – de "princípios gerais de direito", noção que parece ter aparecido somente mais tarde na terminologia da Corte de Cassação da Bélgica[5].

Reconhecendo que o princípio da continuidade do Estado cria um caso de força maior que impede a aplicação de certos artigos da Constituição – princípio que lembra o adágio romano *salus patriae suprema lex* –, constatamos a existência de regras de direito que não só não são fundamentadas na norma fundamental, no sentido de Kelsen, mas também conduzem à violação de alguns de seus artigos.

Ao ignorar o papel político do direito, a teoria pura do direito não só peca por abstração, mas ainda falseia a realidade jurídica. O exemplo preciso que acabamos de assinalar contradiz redondamente a afirmação de Kelsen de que "uma lei só pode ser válida em virtude da Constituição"[6].

A existência de "princípios gerais de direito" se opõe igualmente à afirmação de Hart segundo a qual normas secundárias determinam os critérios que permitem identificar as regras primárias de obrigação⁷. Quais são os critérios que permitem à Corte de Cassação reconhecer os princípios gerais do direito? De fato, embora as leis regularmente votadas e promulgadas possam ser reconhecidas graças a critérios puramente formais, que lembram os uniformes e insígnias dos oficiais e soldados do exército regular, cumpre mesmo reconhecer a existência, como regras de um sistema de direito positivo, de princípios que lembram guerrilheiros ou combatentes sem uniforme.

Embora, segundo Ross, meça-se a validade de uma lei por sua eficácia ou pela probabilidade de sua aplicação em decisões judiciárias, ele é obrigado a ignorar o papel de guia ou de consciência jurídica reservado à doutrina e que permite, só ele, explicar certos desacordos persistentes que às vezes opõem a doutrina unânime à jurisprudência igualmente unânime, o que seria totalmente aberrante se o papel da doutrina se limitasse à previsão das decisões judiciárias.

Passemos para outro caso, tirado da análise da jurisprudência relativa ao direito constitucional. Como na Bélgica, e na maioria dos Estados europeus unitários, os tribunais se entrincheiram na doutrina da separação dos poderes e se declaram incompetentes quando se trata de decidir da constitucionalidade das leis, as decisões de justiça referentes à interpretação deste ou daquele artigo da Constituição só podem concernir a órgãos subordinados. Encontramos na tese de Miedzianogora uma análise exaustiva do art. 97 da Constituição belga que diz: "Todo julgado é motivado. É pronunciado em audiência pública." Este texto parece, à primeira vista, suficientemente claro. Poder-se-ia perguntar qual é a instância que profere julgados: é óbvio que as sentenças dos tribunais ordinários constituem julgados. Mas haverá órgãos habilitados para isso? Seja como for, parece que, em conformidade com o art. 97, assim que se lida com um julgado, cumpre a um só tempo motivá-lo e pronunciá-lo em sessão pública. Ora, a realidade, tal como se mostra através dos arestos da Corte de Cassação, se apresenta de um modo muito diferente.

Enquanto alguns arestos da Corte de Cassação, de 16 de março de 1868 (*Pas.*, 1868, I, 266) e de 22 de julho de 1872

(*Pas.*, 1872, I, 451), consideram que as decisões das Deputações permanentes no tocante a patentes constituem julgados e devem ser proferidos em conformidade com o art. 97 da Constituição, um aresto de 2 de janeiro de 1880 (*Pas.*, 1880, I, 45) estatui num sentido diferente para o Tribunal de Contas:

"Considerando que a disposição constitucional que prescreve pronunciar todo julgado em audiência pública só concerne aos tribunais investidos do exercício do poder judiciário; ... nenhum texto declara obrigatório para as sessões do Tribunal o princípio da publicidade..."

Que é que permite tratar diferentemente as duas partes de um mesmo artigo da Constituição que, em sua letra, devem ter o mesmo sujeito (todo julgado)?

Cumprirá esperar um acórdão da Corte de Cassação de 9 de outubro de 1959 (*Pas.*, 1960, I, 170) para obter a resposta. Vide a argumentação, a esse respeito, do procurador-geral Hayoit de Thermicourt:

"... a primeira disposição do art. 97 da Constituição (a obrigação de motivar) é apenas uma aplicação de um princípio geral do direito, princípio cujo respeito se impõe, portanto, a todas as jurisdições contenciosas, ao passo que, em sua segunda disposição (a publicidade da decisão), o próprio art. 97, bem como o art. 96, estabelece uma obrigação e é, portanto, a única base desta. Ora, uma vez admitido que esta última disposição não é a mera expressão de um princípio geral de direito, mas estabelece uma regra especial, daí decorre que ela é, de pleno direito, aplicável apenas aos "tribunais", no sentido deste termo nos arts. 92 e 93, ou tribunais que fazem parte da Ordem judiciária".

E a Corte, que segue o procurador-geral, declara:

"Considerando que o art. 97 da Constituição, ao dispor que todo julgado é motivado, enuncia uma regra que constitui para as partes uma garantia essencial contra a arbitrariedade do juiz e é, portanto, inseparável da missão de julgar uma contestação, que essa regra é, por conseguinte, aplicável a toda jurisdição contenciosa;

"Considerando que, na medida em que dispõe que o julgado é pronunciado em audiência pública, o artigo já citado tem como objetivo permitir um controle público da decisão prolatada, que, não sendo esse controle inseparável da missão de julgar, a referida disposição, como a do art. 96 que prescreve a publicidade das audiências, só é aplicável de direito aos tribunais no sentido deste termo nos arts. 92 e 93 da Constituição, ou seja, aos tribunais da ordem judiciária."

Em conseqüência desse acórdão, a situação se aclara, mas apresenta divergências que se justificam por outras considerações que não o texto do art. 97, a saber: a motivação dos julgados, por constituir uma garantia essencial contra a arbitrariedade do juiz, é inseparável da missão de julgar uma contestação, ao passo que a prolação dos julgados, por visar apenas ao controle das decisões, poderia ser separada. Assim é que o art. 97, que trata expressamente dos tribunais, obriga estes a motivar *todas* as suas decisões, mesmo as proferidas pela jurisdição graciosa, que supõe o acordo dos interessados, ao passo que a obrigação de motivar, para outras jurisdições, só concerne à jurisdição contenciosa. Quanto à prolação dos julgados em audiência pública, ela é obrigatória para os tribunais em jurisdição contenciosa, assim como para as deputações permanentes, ao passo que o Tribunal de Contas escapa isso em virtude de uma antiga tradição.

Como é a Corte de Cassação da Bélgica, e não um teórico, ainda que tão renomado quanto o professor Kelsen, que fornece a interpretação autorizada das prescrições constitucionais, ainda que suas soluções ultrapassem o âmbito das interpretações possíveis para um partidário da teoria pura do direito, cumpre mesmo inclinar-se e, em conseqüência, modificar a teoria.

Passemos para outro problema, o da admissibilidade das mulheres nas profissões de advogado e, depois, de *avoué**, que eu mesmo analisei num estudo recente[8].

Foi em 1899 que, pela primeira vez na Bélgica, uma mulher belga, titular do diploma de doutora em direito, quis inscrever-se na Ordem dos Advogados. Por oposição do procurador-geral, o processo veio até a Corte de Cassação que, apesar

---

* Advogados que atuaram nos tribunais superiores. (N. do E.)

do art. 6º da Constituição, que estipula que os belgas são iguais perante a lei, impediu a referida inscrição. No acórdão de 11 de novembro de 1889 (*Pas.*, 1890, I, 10), a Corte de Cassação afirma que "se o legislador não excluíra por uma disposição formal as mulheres da Ordem dos Advogados, era por considerar um axioma por demais evidente para que seja preciso enunciá-lo que o serviço da justiça era reservado aos homens". Foi preciso esperar a lei de 7 de abril de 1922 para que as mulheres fossem autorizadas a inscrever-se no quadro da ordem; não obstante, um aresto da Corte de Cassação de 29 de abril de 1945 (*Pas.*, 1946, I, 156) ainda as afastou da profissão de *avoué*, até uma nova interpretação legislativa que, desta vez, não tardou muito.

O aresto de 11 de novembro de 1889 nos ensina, assim, que certas regras de direito são "axiomas por demais evidentes para que seja preciso enunciá-los", como, por exemplo, que esposos, ou candidatos ao casamento, devem ser de sexo diferente. Note-se, a propósito desse aresto, que se trata de uma evidência que, em trinta anos, pode transformar-se em evidência do contrário, e que, portanto, nada tèm em comum com a evidência racional e intemporal de Descartes. Que é que nos permite reconhecer a existência de uma regra não escrita, mas que prevalece contra um texto constitucional proclamando a igualdade dos belgas perante a lei? A ausência de uma regra formal de reconhecimento, exigida por Hart, se manifesta nesse caso, assim como naquele dos princípios gerais, das máximas e dos brocardos.

Passemos agora ao exame de dois casos em que o juiz diz o direito, mas recorrendo à ficção, ora a propósito de questões de fato, ora a propósito de questões de direito.

Até o início do século XIX, na Grã-Bretanha, a lei previa a pena de morte para todo *grand larceny*, para todo roubo que atingisse o valor de quarenta xelins ou duas libras inglesas. Revoltados contra essa punição demasiado severa, os juízes avaliavam regularmente todo roubo considerável em trinta e nove xelins para evitar ter de aplicar a pena de morte; o caso mais flagrante ocorreu em 1808, quando um roubo de 10 libras em dinheiro foi qualificado de roubo de um valor de 39 xelins[9]. Em que medida a análise do raciocínio jurídico deve ou não deve dar importância ao papel da ficção em direito? Para uma concepção puramente analítica do direito, só pode tratar-se de uma violação pura e simples da lei, não se cogitando na ficção.

Um recurso à ficção, mas desta vez pela manipulação dos textos, encontra-se na penosa jurisprudência que procurou, na Bélgica, distinguir os princípios que regulam o problema dos distúrbios de vizinhança; o problema foi bem resumido por L. Silance, em seu estudo "Un moyen de combler les lacunes en droit: l'induction amplifiante"[10].

Aquele que, praticando um ato lícito, e mesmo autorizado, ocasiona um grave distúrbio de fruição para a pessoa do proprietário vizinho, estará ou não em seu direito, deverá ou não indenizar o vizinho de danos excepcionais assim causados? A eqüidade exigiria uma reparação, mas como fundamentar essa obrigação no direito? Desde 1845 colocou-se a questão, várias vezes, perante a Corte de Cassação da Bélgica, que sempre julgou que cabia prever a reparação do dano, motivando seus arestos pelo recurso ao art. 1.382 do Código Civil. ("Todo fato qualquer do homem, que cause a outrem um dano, obriga aquele, por cuja falta ele ocorreu, a repará-lo". Vários acórdãos (4 de julho de 1850, *Pas.*, 1851, I, 169; 5 de agosto de 1858, *Pas.*, 1858, I, 314; 2 de janeiro de 1896, *Pas.*, 1896, I, 67) consideram que é constitutivo de culpa o simples fato de causar ao vizinho inconvenientes anormais ou excessivos. Mas, quando há culpa, dever-se-ia condenar à demolição do imóvel que causa o dano; nunca era essa, porém, a decisão tomada: contentava-se com uma condenação a reparar o dano causado. Todos estavam de acordo sobre a solução por adotar, mas, como não se via fundamento jurídico no princípio de indenização, recorria-se, graças à ficção, ao art. 1.382.

A coisa apareceu claramente quando, em 1960, a Corte de Cassação, seguindo as conclusões do advogado-geral Paul Mahaux, encontrou a solução jurídica do problema.

Eis o que ela declara, de fato, em seu aresto de 6 de abril de 1960 (*Pas.*, 1960, I, 937):

"Tendo os proprietários vizinhos um direito igual à fruição de sua propriedade, o resultado é que, uma vez fixadas as relações entre suas propriedades, tendo em conta encargos normais resultantes da vizinhança, o equilíbrio, assim estabelecido, deve ser mantido entre os respectivos direitos dos proprietários;

"Considerando que o proprietário de um imóvel que, por um fato não culposo, rompe tal equilíbrio, impondo a um proprietário vizinho um distúrbio que excede a medida dos inconvenientes comuns da vizinhança, deve-lhe uma justa e adequada compensação que restabeleça a igualdade rompida;

"Que, com efeito, causando com isso um prejuízo ao direito de propriedade do vizinho, deve ele indenizá-lo, *em conformidade com a tradição e com o princípio geral consagrado pelo art. 11 da Constituição* (Ninguém pode ser privado de sua propriedade senão por causa de utilidade pública, 'no caso e da maneira estabelecida pela lei, e mediante uma justa e prévia indenização')".

O art. 544 do C. C., que garante a todo proprietário a fruição de sua propriedade, combinado com o art. 11 da Constituição, que estipula que não se pode ser privado dessa fruição senão mediante uma justa e prévia indenização, permite resolver, para a satisfação geral, o problema levantado pelos distúrbios extraordinários da vizinhança, ao passo que, anteriormente, a solução eqüitativa encontrava sua justificação jurídica apenas numa ficção.

Para terminar, vamos retomar um exemplo de Hart, que nos permitirá julgar tanto os critérios elaborados por ele quanto por Kelsen no tocante à interpretação jurídica.

Sabemos que, para Kelsen, se um texto é claro é porque só permite uma interpretação, senão permite um leque de interpretações possíveis entre as quais o juiz pode escolher livremente. Para Hart, o problema da interpretação só surge para os casos limites (situados na penumbra do conceito): é somente então que é possível uma escolha entre interpretações.

Assim é que, se um regulamento proíbe a circulação de veículos dentro de um parque[11], não haverá discussão no que diz respeito a um veículo automóvel, um ônibus ou uma motocicleta, mas podemos perguntar-nos como aplicar a regra no caso de um brinquedo de crianças.

Mas, de fato, a aplicação da lei não pode limitar-se a definir o sentido de cada palavra: ela necessita do recurso aos valores que o regulamento procura proteger e ao confronto com outros valores que parecem incompatíveis no caso.

O guarda, incumbido de zelar pela aplicação do regulamento referente à circulação de veículos dentro do parque, irá proibir a entrada de uma ambulância chamada para uma criança ferida ou para um velho, vítima de uma crise cardíaca[12]? E se se tratar, não de uma ambulância, mas de um táxi? Se se tratar de transportar alguém que torceu o pé? Ou de um convalescente que anda com dificuldade? Em que momento irá intervir o guarda? Vê-se de imediato que não se pode tratar de explicitar os termos do regulamento. Cumpre compreender a finalidade deles e admitir a existência de exceções quando está em jogo um valor mais importante. Uma interpretação da lei, uma dogmática jurídica não pode fazer abstração da *ratio legis* e deve recorrer aos juízos de valor que a aplicação da lei necessita. Se, nessa ocasião, parecem inevitáveis as controvérsias quanto à aplicação da lei, é porque elas fazem parte da própria vida do direito. É por causa desse fato que, contrariamente ao que sucede em matemática, por exemplo, em que podem ser encontradas as soluções uniformes, é indispensável, em direito, recorrer a juízes para pôr fim aos conflitos.

Não basta dizer que a ciência do direito só deve ocupar-se com o que não é controverso: ela ficaria, então, na superfície formal do direito e não cumpriria o papel essencial de guia dos juízes em busca de soluções conformes ao direito e à eqüidade. Ela não pode cumprir esse papel sem a busca de justificações, que deixariam as decisões conformes à eqüidade e à segurança, ou seja, à justiça formal que exige que se trate da mesma forma situações essencialmente semelhantes. Mas, para alcançar esses fins, ela não pode dispensar argumentações que justificariam as soluções preconizadas. É o recurso a estas, à lógica jurídica por ela empregada, que explica as características próprias da deliberação, da motivação e do litígio em direito. Se se quisesse limitar a lógica jurídica à lógica formal, deformar-se-ia a própria realidade do raciocínio dos juízes e dos advogados.

A lógica jurídica se apresenta como uma argumentação regulamentada, cujos aspectos podem variar conforme as épocas, os sistemas de direito e as áreas de aplicação. Suas características não podem ser distinguidas inteiramente *a priori*. Para formulá-las com precisão, indicando-lhes as condições de aplicação, mostram-se indispensáveis estudos empíricos e analíticos.

§ 30. A propósito da idéia de um sistema de direito

A idéia de um sistema de direito, análogo a um sistema de lógica ou de matemática, é tão oposta à idéia de um direito consuetudinário ou de um direito emanante de uma autoridade soberana que só pode ser concebida como uma idéia tardia, pressupondo um longo trabalho teórico prévio.

A história nos ensina que nas sociedades primitivas, regidas pelo costume e pela religião, é bem difícil distinguir o direito da moral e da religião. Quando as regras e as instituições estabelecidas não impedem o nascimento de controvérsias e de conflitos, quando se quer impedir que estes não se resolvam pela violência, recorre-se a uma autoridade reconhecida – seja essa autoridade de origem política ou religiosa –, a fim de dirimir os litígios e de restabelecer a paz social. Nesta primeira etapa, o que caracteriza o direito é a existência de uma autoridade judiciária, que sana as insuficiências das regras consuetudinárias e trata de impor uma solução aceitável aos conflitos que se arriscam a degenerar. Para prevenir que nasçam novos conflitos a propósito de caso da mesma espécie e para evitar a arbitrariedade, é importante que a decisão do juiz forme um precedente ao qual todos se amoldarão no futuro, e que se torne conhecida a regra mediante a qual ele decidiu. Daí nasce uma certa concepção da justiça, como regularidade, como uniformidade, como o tratamento igual de casos essencialmente semelhantes. É essa igualdade perante a lei que garante a imparcialidade dos juízes e assegura a manutenção da ordem social. É óbvio que, para impor-se, a regra de decisão deverá ter uma força de convicção suficiente, que não seja considerada nem iníqua nem desarrazoada pelo meio ao qual ela deve aplicar-se. A pressão social, acompanhada de eventuais sanções, imporá a regra de direito aos membros do grupo. Assim é que, pouco a pouco, em conseqüência das decisões que se impõem e constituem precedentes, se elaborará, em cada comunidade, um direito distinto das usanças, dos costumes e das práticas religiosas.

Cada vez que uma situação imprevista der origem a um novo problema, que apresentar o risco de suscitar um novo conflito, recorrer-se-á a autoridades administrativas ou judiciárias para resolver o novo litígio. Na medida do possível, a regra de decisão se reportará a uma regra existente, que será ampliada por meio de analogia e cujo alcance será limitado pela introdução de uma ou outra distinção.

Quando o número de decisões autorizadas e de regras subjacentes constituir um conjunto considerável, formar-se-á pouco a pouco uma classe de especialistas, cujo papel será reunir essas regras, adaptá-las às situações novas e completá-las em caso de necessidade. Apenas mais tarde é que se pensará em instituir uma autoridade legislativa especializada, essencialmente de natureza política, mas que poderá intervir, se for o caso, nas matérias civis e penais.

Nessa concepção de um direito, que nasce e se desenvolve gradualmente, por ocasião de conflitos que advêm espontaneamente, ainda não se pode pensar no direito como num sistema. A idéia de um sistema de direito, capaz de responder de antemão a todas as questões que poderiam surgir, só pode nascer após uma longa evolução histórica, durante a qual se resolveu grande número de problemas e se elaboraram procedimentos e técnicas de solução. A tradição jurídica se desenvolveu no Ocidente graças à contribuição do direito romano e do direito canônico, que puderam inspirar e completar soluções regionais e nacionais. Quanto à própria idéia de um sistema de direito positivo, foi ela precedida pela publicação de obras teóricas, que desenvolviam sistemas de direito natural ou racional, concebidos, sob a influência do racionalismo, a partir do modelo de sistemas de geometria. É apenas depois da elaboração, nos séculos XVII e XVIII, dos tratados de Domat, de Pufendorf e de Wolff, depois que as grandes codificações continentais do final do século XVII e do início do XIX haviam fornecido os materiais necessários para uma visão sistemática do direito, que a escola da exegese procurará desenvolver, já em meados do século XIX, um sistema completo de direito civil positivo. Essa escola concebeu a tarefa dos juristas como a elaboração de um sistema de direito civil que responderia de antemão a todas as dificuldades, dissiparia as ambigüidades da lei, resolveria as antinomias e preencheria as eventuais lacunas. É o positivismo jurídico que insiste no fato de que a finalidade própria do direito, contrariamente à moral e à política, não é a realização da justiça nem a busca do bem comum, e sim a segurança jurídica, garantida por uma ordem conhecida por todos.

Sabe-se que esse ideal de elaboração sistemática de um direito estático, análogo a um sistema lógico ou matemático, ficou abalado já na segunda metade do século XIX, graças à concepção teleológica do direito, tal como a encontramos em von Jhering e Gény, e mormente graças à concepção sociológica do direito que se impõe já no primeiro quarto do século XX (Ehrlich, Roscoë Pound e Duguit).

Por que um sistema de direito não pode ser assimilado a um sistema estático, tal como um sistema formalizado de lógica ou de matemática?

Para compreender isso, cumpre dar-se conta de que um sistema formalizado é elaborado de modo que se lhe elimine toda ambigüidade e toda controvérsia. Com esse intuito, constrói-se uma língua artificial de que se enumerará, de modo exaustivo, todos os signos primitivos. Indicar-se-á, igualmente, a maneira de combiná-los para formar expressões corretas. Cada um desses signos, e cada expressão correta formada a partir deles, será unívoco. Apenas com essa condição é que se poderá afirmar a validade universal do princípio de identidade; se x é igual a x (em álgebra), e p é igual a p (em lógica), é porque se decidiu de antemão que a mesma variável, que se apresenta duas vezes numa mesma expressão, sempre deve ser substituída pelo mesmo valor.

Dentre as expressões corretamente formadas, trataremos algumas como axiomas, ou seja, proposições primitivas, que consideramos verdadeiras sem as demonstrar. Formularemos igualmente regras de dedução que permitirão demonstrar, a partir dos axiomas, teoremas, assim como novos teoremas a partir dos axiomas e dos teoremas já demonstrados.

A condição indispensável ao funcionamento de tal sistema é a coerência, o fato de não se afirmar, dentro do sistema, uma proposição e sua negação. Com efeito, sem o respeito ao princípio de não-contradição, é impossível construir um sistema formal utilizável: se, entre os axiomas ou os teoremas do sistema se encontrassem uma proposição e sua negação, nada garantiria a verdade dos axiomas ou dos teoremas demonstrados, pois uma das proposições demonstradas, ou afirmadas verdadeiras, se mostraria falsa.

Em contrapartida, o sistema construído poderia não ser completo: poderia conter proposições irresolúveis, das quais não se poderia demonstrar, dentro do sistema, nem a verdade nem a falsidade. Uma proposição assim é considerada independente do sistema; pode-se acrescentá-la ao sistema ou acrescentar sua negação, sem que o sistema fique incoerente (cf. as geometrias não-euclidianas).

Um sistema formalizado, construído de uma forma tão rígida que impõe a univocidade dos signos, que limita as capacidades de expressão e de demonstração do sistema, é isolado do resto do universo, e não está em interação com elementos que lhe são exteriores. Veremos que é a ausência dessas condições que distingue nitidamente um sistema jurídico de um sistema formal.

Se é verdade que o direito visa ao estabelecimento de uma ordem estável, que garantiria a segurança jurídica, a uniformidade (a igualdade perante a lei) e a previsibilidade, ele nunca pode ser isolado do contexto social no qual se supõe que atue. Com efeito, mesmo que se reconheça o papel específico do direito, a busca da segurança jurídica, a busca de um consenso social não lhe permite desprezar os valores que ele compartilha com a moral e a política, a saber: a justiça e o bem comum ou o interesse geral. Por outro lado, e na medida em que é aplicável a pessoas que também são regidas por outros sistemas, tais como um direito estrangeiro ou um direito religioso, ele não poderá desprezar-lhes a incidência. Enfim, o caráter rígido, portanto estático, do sistema não poderia resistir indefinidamente às mudanças, de ordem técnica e cultural, ocorridas na sociedade. Com efeito, se o direito é encarado sob seu aspecto teleológico, ou seja, como um meio visando a um fim que deve ser realizado no seio de uma sociedade em mutação, ele não pode ser indiferente às conseqüências de sua aplicação. Para adaptar-se a seu papel de meio, o direito deverá flexibilizar-se, introduzir em sua estrutura e em sua formulação elementos de indeterminação.

Estes resultarão, acima de tudo, do fato de as regras de direito serem formuladas numa língua natural, capaz de exprimir tudo e na qual a busca da univocidade, a eliminação de toda ambigüidade, não constitui, como num sistema formal, uma exigência fundamental. Logo, deve-se esperar que esses elementos de indeterminação ensejem interpretações divergentes que, na medida em que favorecem interesses opostos, darão origem a conflitos para os quais não existe solução objetiva e impessoal. A não ser que se permita que esses conflitos se eternizem e se exacerbem, que redundem em violência, cumprirá instituir, em cada sistema de direito, seja ele qual for, órgãos competentes para dirimir os litígios e restabelecer a paz social. Conceder-se-á, a certas pessoas ou a colégios designados por suas funções, a competência de tomar decisões autorizadas, tanto para a interpretação e a aplicação das regras existentes como para a instauração de regras novas. O poder de decisão, conferido a certos órgãos, poderá ser limitado e guiado por regras do sistema. Para evitar a arbitrariedade, os órgãos, tanto administrativos quanto judiciários, poderão ser hierarquizados; em geral os poderes políticos (o legislativo e o executivo) serão submetidos ao controle de um poder independente, tal como o poder judiciário, e isto a fim de evitar o abuso e o desvio de poderes.

Ante a impossibilidade de considerar um sistema de direito como uma estrutura rígida, estática, cujas teses se deduzem umas das outras, como num sistema formal, de um modo demonstrativo e impessoal, Hans Kelsen elaborou sua teoria pura do direito que concebe cada sistema de direito como um sistema dinâmico.

O que caracteriza um sistema assim é que nele toda decisão jurídica, trate-se de promulgar uma regra ou de tomar uma decisão judiciária ou administrativa, emana de um poder habilitado para tomar essa decisão. Por essa habilitação, um órgão é considerado competente para tomar a decisão.

Remontando pouco a pouco, o conjunto do sistema dependerá, no final das contas, de uma norma fundamental que converte, em fonte originária do sistema, decisões emanantes de autoridades políticas ou religiosas, tais como os pais fundadores da Cidade, que estarão na origem da primeira constituição. O caráter dinâmico do sistema se manifesta pelo poder, de maior ou menor amplitude, conferido aos órgãos habilitados a tomar decisões jurídicas. Esse poder é mais amplo no chefe de um Parlamento soberano que não é controlado por nenhuma instância superior. Mas ainda continua considerável, para Kelsen, no chefe de instâncias judiciárias que não se limitam a ser apenas "a boca que pronuncia as palavras da lei".

Kelsen admite, de fato, que o juiz possui um poder de que usa às vezes, quando as regras aplicáveis lhe parecem mal adaptadas ao caso concreto, *pretextando* uma lacuna na lei ou uma antinomia jurídica para substituir essas regras por outras que lhe parecem corresponder melhor à sua idéia do que é justo ou oportuno[1].

Mas, recusando-se o recurso aos juízos de valor, Kelsen é incapaz de dizer algo quanto ao conteúdo das decisões tanto legislativas quanto judiciárias. É por isso que Th. Viehweg tem razão de dizer que a teoria pura de Kelsen deve ser completada por uma teoria retórica do direito, que permite instaurar um diálogo referente à legitimidade das decisões tomadas pela autoridade competente[2]. Apenas a concepção retórica permite compreender o papel da ficção no direito. Assim é que, para chegar a uma solução que lhe parece mais eqüitativa, o juiz, porém o mais das vezes o júri, recorrerá à ficção, graças à qual, sem modificar a regra e sem a substituir por outra, chegará ao resultado desejado no caso particular submetido à sua apreciação[3].

Ainda que o juiz seja obrigado a aplicar a lei, ele dispõe, não obstante, de um conjunto de técnicas próprias do raciocínio jurídico que lhe permitem, o mais das vezes, adaptar as regras ao resultado buscado. A intervenção do juiz possibilita introduzir no sistema jurídico considerações relativas à oportunidade, à justiça e ao interesse geral que parecem, numa perspectiva positivista, alheias ao direito. O recurso a noções vagas, tais como *a força maior, o estado de necessidade, a ordem pública nacional ou internacional*, permitirão aos juízes limitar o alcance das regras reconhecidas a fim de chegar a uma solução mais satisfatória.

Note-se que essas técnicas de flexibilização e de adaptação do sistema jurídico aos valores dominantes na sociedade se encontram, sob outras formas, em sistemas diferentes daquele do direito europeu continental. No sistema da *common law* inglesa, o poder monárquico é que introduzirá, por intermédio da *chancery, cortes de eqüidade* para paliar a rigidez de um sistema de direito fundamentado no respeito aos precedentes judiciários (*stare decisis*).

Num sistema muito diferente, o do direito hebraico, em que a legislação foi dada por Deus, de uma vez por todas, e não se podia mais modificá-la, a sutileza dos talmudistas soube adaptar, mercê da interpretação, um direito imutável às circunstâncias instáveis da vida em sociedade.

Na prática, um direito só é eficaz se usufrui um consenso suficiente do meio a que é aplicável. Aqueles que são encarregados de dizer o direito em cada caso particular terão de estender ou de restringir o alcance das regras de modo que se evitem soluções desarrazoadas, chocantes para os usuários, seja porque injustas demais, seja porque mal adaptadas à situação. Para obviar às conseqüências indesejáveis, cumprirá encontrar soluções que parecem opostas à letra da lei e introduzem um fator de insegurança jurídica. É por essa razão que normalmente só se lançará mão disso no caso e nos ramos do direito em que a preocupação com a segurança jurídica perde a prioridade para considerações de outra natureza. Todos os recursos do raciocínio jurídico servirão de amparo para justificar tais desvios.

Não esqueçamos que, à míngua de um consenso suficiente, não só as regras jurídicas, mas também as autoridades que as estabelecem ou as modificam, as interpretam e as aplicam, correm o risco de ser contestadas. As técnicas de flexibilização das regras, inventadas pelos juristas, visam a tornar suportáveis as disposições jurídicas que, sem elas, se arriscam a provocar reações violentas contra as autoridades responsáveis. Aliás, é para atender a preocupações de mesma espécie que, em muitos sistemas jurídicos modernos, em caso de violação das regras de direito penal, os promotores são juízes da oportunidade das instaurações de processo. Assim é que, em vários países da Europa ocidental, onde a opinião pública estava muito dividida quanto à instauração de processo por aborto em meio hospitalar, enquanto a legislação que punia severamente o aborto não era ab-rogada, alguns promotores muitas vezes julgaram oportuno não abrir ou suspender processos.

Vê-se, por essas observações, que as preocupações acerca da aceitabilidade das conseqüências diferenciam nitidamente um sistema jurídico de um sistema formal. Daí resulta que, apesar do parecer de certos positivistas, preocupações ideológicas, de ordem moral religiosa ou política, não podem ser alheias ao direito, pois exercem grande influência sobre a efetividade do sistema e sobre a maneira pela qual as regras de direito são interpretadas e aplicadas.

§ 31. O razoável e o desarrazoado em direito[1]

A idéia de razão sempre teve, em direito, um papel relevante. Ela está, como se sabe, na base da afirmação de um direito natural, eterno e imutável, expressão da razão, oposto às leis positivas, expressão da vontade arbitrária da autoridade legislativa. Assim é que Domat, em seu Tratado (*Les lois civiles dans leur ordre naturel*, 1680-1694), define as regras do direito natural como "aquelas que o próprio Deus estabeleceu, e que ele ensina aos homens pela luz da razão". São as leis que têm uma justiça imutável, que é a mesma sempre e em toda parte: estejam elas escritas, ou não, nenhuma autoridade humana as pode abolir, nem mudá-las em nada (livro preliminar, t. I, seção III).

Domat atém-se a resumir, à sua moda, a célebre passagem do *De republica* de Cícero:

"Há uma lei verdadeira, reta razão, conforme à natureza, presente em todos, imutável, eterna; ela chama o homem ao bem com seus mandamentos e o desvia do mal com suas proibições. Quer ordene, quer proíba, ela não se dirige em vão aos homens de bem, mas não exerce ação alguma sobre o maldoso. Não é permitido infirmá-la por outras leis, nem derrogar-lhe os preceitos; é impossível ab-rogá-la por inteiro, nem o Senado, nem o povo podem liberar-nos dela. Ela não será diferente nem em Roma nem em Atenas, e não será, no futuro, diferente do que é hoje, mas uma única lei, eterna e inalterável, regerá a um só tempo todos os povos em todos os tempos; como um único senhor é o chefe, é ele que é o autor da lei, que a promulgou e a sanciona, aquele que não lhe obedece se pune a si próprio renegando sua natureza humana e se reserva o maior castigo" (LIII, cap. XXII).

A esse direito natural, de origem divina, mas comum a cada homem, enquanto ser dotado de razão, os teóricos modernos opuseram uma concepção mais modesta da razão, a que é subjacente à hipótese da racionalidade do legislador. Essa hipótese metodológica, que serve de fundamento para a interpretação da lei, pressupõe que o legislador conheça a língua que utiliza, assim como o sistema em que se insere sua obra, cuja coerência ele procura salvaguardar, que nada faz de inútil, que adapte os meios aos fins visados, que raciocine num âmbito de preferências admitidas, o que permite aplicar ao texto da lei os argumentos *a pari*, *a fortiori* e *a contrario*. Mas não se pressupõe que ele subscreva a certo número de regras de direito universais e imutáveis.

As noções de "razoável" e de "desarrazoado", em contrapartida, não foram muito utilizadas nas teorias do direito, à parte na obra do jurista espanhol, estabelecido no México, Luis Recaséns Siches, que desenvolveu, faz vinte anos, uma lógica do razoável[2]. Parece-me, contudo, que, na prática do direito, no raciocínio jurídico, essas noções intervêm com muito maior freqüência do que as de "racional" e de "irracional", que fornecem um âmbito no qual se exerce toda atividade jurídica, que o desarrazoado não pode ser admitido em direito, o que torna fútil qualquer tentativa de reduzir o direito a um formalismo e a um positivismo jurídico.

Toda vez que um direito ou um poder qualquer, mesmo discricionário, é concedido a uma autoridade ou a uma pessoa de direito privado, esse direito ou esse poder será censurado se for exercido de uma forma desarrazoada. Esse uso inadmissível do direito será qualificado tecnicamente de formas variadas, como abuso de direito, como excesso ou desvio de poderes, como iniqüidade ou má fé, como aplicação ridícula ou inadequada de disposições legais, como contrário aos princípios gerais do direito comum a todos os povos civilizados. Pouco importam as categorias jurídicas invocadas. O que é essencial é que, num Estado de direito, quando um poder legítimo ou um direito qualquer é submetido ao controle judiciário, ele poderá ser censurado se for exercido de forma desarrazoada, portanto inaceitável.

Passemos em revista as mais diversas situações em que esse controle é efetivamente exercido em nossos países, tanto em direito privado, civil ou comercial, como em direito público, com relação aos poderes executivo, judiciário e mesmo legislativo.

Comecemos por examinar alguns exemplos extraídos do estudo do professor J. Ronse sobre o controle marginal[3].

O art. 1.854, alínea 1, do Código Civil diz: "Se os sócios convieram confiar num deles ou num terceiro para o acerto das partes, esse acerto não pode ser atacado se não for evidentemente contrário à eqüidade." Este artigo aplica a um caso particular aquilo que Domat formula de modo mais geral, a propósito das convenções:

"Nas convenções em que é preciso fazer alguma estimativa, como a do preço de uma venda, do valor de um aluguel, da qualidade de uma obra, das partes de ganho ou de perda que devem ter os sócios, e outros assemelhados, se os contratantes confiam no que for arbitrado por uma terceira pessoa, quer que a nomeiem quer não; ou *mesmo na arbitragem da parte*, dá-se o mesmo que se tivessem se reportado ao que seria acertado por pessoas probas e que são competentes no assunto. E o que for arbitrado contra essa regra não será oportuno; porque a intenção daqueles que se louvam, nessas espécies de coisas, em outras pessoas abrange a condição de que o que for acertado *será razoável*; e seu desígnio não é obrigar-se ao que poderia estar *além dos limites da razão e da eqüidade*" (Domat, *Les Lois civiles*, livro I, título I, seção III, § 11)[4].

O desarrazoado aparece aqui sob a forma de um abuso de confiança, de um abuso de poder, sujeito ao controle judiciário.

Assim também, se o conselho administrativo de uma sociedade, ou a maioria numa assembléia geral, age de forma tão contrária ao interesse evidente da sociedade e ao da minoria dos acionistas que nenhum conselho ou nenhuma assembléia poderia ter tomado tal decisão, esta será anulada pelo tribunal[5].

Este último não deve substituir-se aos órgãos de uma sociedade comercial enquanto estes exercem seu poder de uma maneira razoável. As coisas mudam quando há abuso, quando uma decisão parece contrária à eqüidade ou à boa-fé.

O controle será mais severo quando uma das partes abusar de seu poder econômico ou de sua posição dominante em relação à outra: será esse o caso quando se tratar de um contrato de adesão ou por ocasião da fixação dos honorários de um advogado que, em conformidade ao decreto de 14 de dezembro de 1810, "não podem ultrapassar os limites de uma justa moderação".

Quando o poder executivo é incumbido da execução de uma lei, ele é juiz da oportunidade de suas decisões, mas o Conselho de Estado dirá que elas são ilegais, que comportam um excesso ou um desvio de poderes, se parecer que o exercício do poder é desarrazoado. Assim é que, se o legislador dá à administração pública o poder de agir visando ao interesse geral, ou permite-lhe omitir certas formalidades em caso de urgência, dá-lhe ao mesmo tempo o poder de invocar o interesse geral ou a urgência. Mas não se trata de uma mera cláusula de estilo.

Como observa Dumont, em conclusão de seu notável estudo sobre "Le Conseil de État, juge de l'intérêt général"[6]: "Seja qual for a matéria em que se exerça, o controle do poder de apreciação da administração é a missão que exige do juiz mais sagacidade, porque põe em causa, em cada caso, o difícil equilíbrio que importa manter entre as necessidades de funcionamento dos serviços públicos e as garantias devidas aos cidadãos. Mas é dado um passo enorme rumo à paz judiciária quando estes estão seguros de que a ação da autoridade, cujas conseqüências eles têm de sofrer, é indene de arbitrariedade". Não é porque a noção de interesse geral é vaga e porque a administração dispõe de um largo poder de apreciação, que pode abusar dele de forma desarrazoada.

A lei belga de 15 de maio de 1846 dispõe que "todas as transações feitas em nome do Estado são feitas com concorrência, publicidade e ajuste prévio, salvo exceções, tal como o caso de *urgência evidente*" (arts. 22 e 90). Como a administração pública deixou passar seis meses entre a abertura das licitações e a notificação da transação, o Conselho de Estado constatou, no acórdão Cobesma, de 10 de agosto de 1951 (*Recueil Dumont-Baeyens*, 1951, p. 375), que a urgência invocada pelo ministro, da qual ele se pretendia o único juiz, não existia: sua motivação, contrária aos fatos, ocultava uma decisão arbitrária, portanto ilegal[7].

A cada vez que o juiz deve decidir se houve falta, negligência, imprudência, quando cabe precisar um padrão (agir como bom pai de família), determinar as consequências prejudiciais de um ato faltoso, encontra-se regularmente nos acórdãos o recurso à idéia daquilo que é ou não é razoável. Assim também, os fatos estão estabelecidos quando não se pode ter, a esse respeito, nenhuma dúvida razoável. Um texto de lei é claro quando, aplicadas a uma dada situação, todas as interpretações razoáveis que dele se poderiam dar não ensejam nenhuma controvérsia. Assim também, "o art. 5º, § 3, da convenção de salvaguarda dos direitos humanos e das liberdades fundamentais dispõe que toda pessoa detida tem o direito de ser julgada dentro de um prazo razoável"⁸.

Cumpre observar, a esse respeito, que o razoável não remete a uma solução única, e sim implica uma pluralidade de soluções possíveis; porém, há um limite para essa tolerância, e é o desarrazoado que não é aceitável. A vaguidão de certos termos, que figuram num texto legal ou regulamentar, dá latitude ao intérprete, mas, a não ser que se considerem certas expressões, tais como "interesse comum", "urgência" ou "eqüidade" como expressões vazias, há limites para o poder de apreciação.

O art. 6º da Constituição belga, que afirma a igualdade de todos os belgas perante a lei, veda qualquer discriminação, a não ser que a desigualdade de tratamento possa ser justificada por motivos objetivos e razoáveis.

Observe-se, a propósito disso, que, tendo uma mulher belga, doutora em direito, solicitado, em 1888, sua inscrição na Ordem dos Advogados e tendo o caso sido avocado à Corte de Cassação da Bélgica, esta julgou, num aresto de 11 de novembro de 1889, que "se o legislador não havia excluído por uma disposição formal as mulheres da ordem dos advogados, era porque tinha como axioma, por demais evidente para que cumprisse enunciá-lo, que o serviço da justiça era reservado aos homens"⁹.

Mas lei de 7 de abril de 1922, que autoriza as mulheres belgas com diploma de doutor em direito a prestar o juramento de advogado, mostra claramente que o que era evidente em 1889 se tornou desarrazoado trinta anos mais tarde. É desarrazoado o que é inadmissível numa comunidade em dado momento.

Tirar-se-ão conseqüências disso na aplicação da lei. Quando a aplicação estrita da letra da lei dá azo a conseqüências inaceitáveis, porque iníquas, ridículas ou opostas ao bom funcionamento do Estado, tentar-se-á, por todos os meios, chegando até a ficção jurídica, evitar essas conseqüências desarrazoadas.

Assim é que a Corte de Cassação da França, em seu acórdão de 15 de julho de 1901 (S., 1902.I.217), recusou aplicar à letra os arts. 552 e seguintes do Código Civil. Quando um proprietário ergue na beira de seu terreno uma construção que invade ligeiramente a propriedade do vizinho, este poderia, em virtude do art. 555, reivindicar a integralidade de seu terreno e obter a destruição do imóvel. Mas, se a construção é grande e a invasão pequena, a aplicação estrita do art. 555 pareceria chocante e pouco eqüitativa. A Corte se contentará em conceder ao proprietário uma indenização pela perda da parcela de seu terreno. Como escreve Fr. Gorphe: "Todas as vezes que as conseqüências de regras estritas parecem ir além da medida [tornar-se desarrazoadas], tenta-se descartá-las apelando para princípios mais justos[10]."

Casos há em que o respeito estrito da letra redunda não numa solução iníqua, mas em conseqüências ridículas. Assim é que o art. 191 do Código Civil permite ao ministério público intentar uma ação contra todo casamento "que não foi celebrado pelo oficial público competente". Eis os fatos tais como foram descritos de modo pitoresco por Casamayor: "Por volta de 1900, na prefeitura de Montrouge, o oficial de registro civil que, na ausência do prefeito, havia casado uma série de jovens, era de fato um adjunto mas, infelizmente, não era o adjunto mais próximo na ordem do quadro dos adjuntos presentes. Ora, a lei municipal de 1884 precisa que, se o prefeito pode *delegar* expressamente seus poderes a um adjunto ou a um conselheiro municipal de sua escolha, sem levar em conta o famoso quadro, ao contrário, à míngua de delegação especial, é a ordem do quadro que define a competência. "Impedido" o prefeito, é o primeiro adjunto que faz o casamento, impedido o primeiro adjunto, é o segundo adjunto, etc. Os esposos haviam sido unidos pelo terceiro adjunto, por exemplo, em vez de sê-lo pelo segundo. Que drama! O promotor propôs ação de nulidade dos casamentos. Passa o tempo, os esposos se tornam concubinos, os filhos se tornaram bastardos, mas, impávido e sereno, o andamento do processo continuou a rolar até a Corte de Cassação, que, bem inspirada, declarou a instância idiota, achou que as coisas deviam ficar como estavam. E, pela operação do Espírito Santo jurídico, os bastardos voltaram a ser legítimos, os cônjuges voltaram a ser esposos. A realidade voltou a prevalecer sobre a ficção[11]."

Para obter essa volta à realidade, a Corte de Cassação teve de recorrer a uma ficção jurídica, criando a noção de "funcionário de fato". Eis o que diz Rivero sobre isso:

"Um indivíduo, por causa de circunstâncias que podem ser muito diversas, foi levado durante certo lapso de tempo a exercer uma função pública. Todos aqueles que tiveram trato com ele acreditaram, de boa-fé, na regularidade de sua investidura. No entanto, ele não era funcionário e nenhum de seus atos apresentava, no direito, o menor valor. Essa qualidade que ele não tinha realmente, o juiz lhe atribui ficticiamente, e trata como se emanassem de um verdadeiro funcionário algumas de suas decisões que interessam administrados de boa fé[12]."

O derradeiro exemplo se refere à aplicação dos arts. 25, 26 e 130 da Constituição belga em circunstâncias que fora do comum.

O art. 26 enuncia o princípio de que os poderes "são exercidos da maneira estabelecida pela Constituição". O art. 26 precisa que "o poder legislativo se exerce coletivamente pelo Rei, pela Câmara dos Representantes e pelo Senado". O art. 130 reza expressamente que "a Constituição não pode ser suspensa em seu todo nem em parte".

Ora, durante a Primeira Guerra Mundial, a Bélgica fora quase inteiramente ocupada pelos exércitos alemães; como o Rei e o governo belga estavam no Havre, o poder legislativo era exercido pelo Rei sozinho, sob forma de decretos-leis. Foram esses decretos-leis que tiveram a constitucionalidade contestada depois da guerra, porque violavam o art. 26 da Constituição.

A Corte de Cassação da Bélgica prolatou, em 11 de fevereiro de 1919 (*Pas.*, 1919, I, p. 8), um famoso aresto declarando os decretos-leis conformes à Constituição, por causa da primazia concedida aos "axiomas de direito público" que devem permitir à Bélgica exercer sua soberania. Não tendo esta nunca sido suspensa, devendo a Bélgica ser governada, implicando o governo um poder legislativo, estando a Câmara dos Representantes e o Senado impossibilitados de reunir-se, cumpria que o Rei pudesse legislar sozinho[13].

Encontrando-se num caso de força maior, em que a aplicação estrita da Constituição – que não prevê, contudo, exceção – teria conduzido a conseqüências politicamente inaceitáveis, foi preciso admitir um procedimento especial, contrariamente à proibição expressa do art. 130.

Quando a aplicação estrita dos artigos da Constituição, em decorrência de circunstâncias imprevistas, parece desarrazoada, os juízes são levados a suprir a insuficiência da lei, recorrendo ao procedimento preconizado por Aristóteles no livro V da *Ética a Nicômaco*:

"Quando, portanto, uma lei estabelece uma regra universal e sobrevém em seguida um caso que escapa a essa regra universal, é então legítimo – na medida em que a disposição tomada pelo legislador é insuficiente e errônea por causa de seu caráter absoluto – trazer um corretivo para suprir essa insuficiência editando o que o próprio legislador editaria se lá estivesse e o que teria prescrito na lei se tivesse tido conhecimento do caso em questão" (1137 *b*, 19-24).

Essa regra vale em todos os casos em que a aplicação estrita da lei parece desarrazoada. É verdade que, o mais das vezes, restringir-se-á o alcance da lei quando esta parecer contrária à eqüidade. É por essa razão, sem dúvida, que se chamou de *Courts of Equity* os tribunais organizados na Inglaterra pelo poder monárquico no século XIV, cujo objetivo era remediar as situações desarrazoadas, resultado da aplicação rígida da técnica do precedente. Sabe-se que a função legislativa do Parlamento desenvolveu-se no século XVII, continuando a missão da *Curia regis*, órgão judiciário supremo encarregado de fazer o direito progredir.

Mas que fazer se o próprio poder legislativo legisla de modo iníquo, se um Estado soberano se porta de modo criminoso? Seria razoável, nesse caso, continuar, apesar de tudo, a sustentar a doutrina do positivismo jurídico segundo a qual "a lei é a lei", seja qual for seu conteúdo?

Sabemos que essa hipótese apresentou-se tanto ao juiz internacional, nos processos de Nuremberg, como aos juízes alemães que deveriam ter aplicado uma legislação iníqua, enquanto ela não houvesse sido formalmente ab-rogada.

Contrariamente às doutrinas do positivismo jurídico que proscreve a retroatividade das leis, especialmente em direito penal (*nulla poena sine lege*), admitiu-se que os princípios gerais do direito, comuns a todos os povos civilizados, constituem regras de direito que, num Estado de direito, não se podem ignorar nem violar. Assim é que as leis nacional-socialistas, na medida em que eram iníquas, foram consideradas contrárias ao direito.

Vemos assim que, em toda matéria, o inaceitável, o desarrazoado constitui um limite para qualquer formalismo em matéria de direito. É por essa razão que a teoria pura do direito de H. Kelsen não dá explicação suficiente do funcionamento efetivo do direito, na medida em que se empenha em separar o direito do meio em que ele funciona e das reações sociais desse meio. Com efeito, a idéia do desarrazoado, vaga mas indispensável, não pode ser precisada independentemente do meio e do que este considera inaceitável.

Enquanto, em direito, as idéias de razão e de racionalidade foram vinculadas, de um lado, a um modelo divino, do outro à lógica e à técnica eficaz, as do razoável e de seu oposto, o desarrazoado, são ligadas às reações do meio social e à evolução destas. Enquanto as noções de "razão" e de "racionalidade" se reportam a critérios bem conhecidos da tradição filosófica, tais como as idéias de verdade, de coerência e de eficácia, o razoável e o desarrazoado são ligados a uma margem de apreciação admissível e ao que, indo além dos limites permitidos, parece socialmente inaceitável.

Todo direito, todo poder legalmente protegido é concedido com vistas a certa finalidade: o detentor desse direito tem um poder de apreciação quanto ao modo como o exerce. Mas nenhum direito pode ser exercido de uma forma desarrazoada, pois o que é desarrazoado não é de direito. O limite assim traçado parece-me especificar melhor o funcionamento das instituições jurídicas do que a idéia de justiça ou de eqüidade ligada a certa igualdade ou a certa proporcionalidade, pois, vimo-lo por vários exemplos, o desarrazoado pode resultar do ridículo ou do inadequado, e não somente do iníquo ou do ineqüitativo.

Introduzindo a categoria do razoável numa reflexão filosófica sobre o direito, julgamos esclarecer utilmente toda a filosofia prática, por tanto tempo dominada pelas idéias de razão e de racionalidade[14].

§ 32. Ontologia jurídica e fontes do direito[1]

O problema das fontes do direito apresenta uma dupla dificuldade: cumpre chegar a um acordo sobre a própria noção de direito e, em seguida, refletir no caráter adequado da metáfora "fonte do direito".

Pode-se evitar a primeira dificuldade pondo-se logo de saída no interior de um sistema de direito particular, tal como o direito francês ou belga, em certo momento de sua evolução. Com efeito, existe sobre esse objeto de estudo um consenso suficiente para dispensar uma definição. Mas corre-se então o risco de não tratar o assunto de uma forma filosófica, ou seja, em toda a sua generalidade. É por essa razão que, embora descartando o recurso a uma definição do direito, inevitavelmente controversa, proponho-me a examinar sumariamente não apenas um, mas três sistemas de direito: o direito judaico, o direito anglo-americano e o direito continental, que são suficientemente diferentes para que as conclusões que deles se venha a tirar tenham um alcance assaz geral.

Quanto à metáfora "fonte do direito", ela levanta problemas de método. Cumprirá limitar-se ao exame das fontes formais do direito, tais como a lei, o costume e a jurisprudência, ou seja, dos textos que fornecem, como as fontes do historiador, os documentos que servem de ponto de apoio para a sua pesquisa, ou cumprirá que a fonte forneça um fundamento normativo, que ela permita responder à questão: por que se deve obedecer à regra de direito e em que se fundamenta sua autoridade?

Assinale-se, a esse respeito, a notável comunicação que Alexandre Giuliani, professor da Universidade de Perúgia, apresentou ao Colóquio de Bruxelas sobre "O raciocínio jurídico e a lógica deôntica" (1969), intitulada "Nouvelle rhétorique et logique du langage normatif"[2]. Aí ele desenvolve de modo convincente a tese de que a linguagem normativa se expressa, no direito, de um modo metafórico e que, por esse motivo, é intermediária entre as metáforas explicativas, próprias da ciência, e as metáforas expressivas, próprias da poesia.

Sem entrar nos detalhes de sua demonstração, basta-me ilustrar sua tese com um exemplo extraído da Constituição belga. O art. 25 da Constituição proclama: "Todos os poderes emanam da nação. Eles são exercidos da maneira estabelecida pela Constituição." Observe-se que essa emanação metafórica é compatível com os mais variados sistemas eleitorais, resultantes tanto de reformas constitucionais como daquelas do Código Eleitoral. Assim é que a nação, da qual emanava o poder legislativo, foi representada sucessivamente pelo sufrágio censitário, depois pelo voto plural, depois pelo sufrágio universal igualitário reservado aos homens, estendido às mulheres em 1948, contanto que os eleitores sejam maiores, primeiro com 21, depois com 18 anos completos. O enunciado metafórico é mantido em todos os sistemas jurídicos influenciados pela Revolução Francesa, mas é acompanhado de variações essenciais de sua execução constitucional, pretendendo cada reforma representar cada vez melhor a vontade da nação.

Numa perspectiva que concebe as fontes do direito como determinantes da autoridade do direito em questão a partir de sua natureza, o que qualifico de ontologia jurídica, examinemos sucessivamente o direito judaico tradicional, o direito anglo-americano dominado pela *common law* e, enfim, o sistema de direito francês.

Segundo o direito judaico, tal como é conhecido pelo Pentateuco e pelo Talmude, foi Deus, encarnação da justiça e da misericórdia, que revelou a Tora, a lei, a Moisés no monte Sinai. Deus aparece como a única fonte do direito e Moisés é o único profeta legislador, se tomarmos ao pé da letra os dois primeiros versículos do capítulo IV do *Deuteronômio*: "E agora, Israel, ouvi os preceitos e as sentenças que eu vos ensino, para pô-los em prática, a fim de que vivais e entrais, para possuí-lo, no país que vos dá Javé, o Deus de vossos pais. Nada acrescentareis às palavras que eu vos digo e nada delas tirareis, observando os mandamentos de Javé, vosso Deus, que eu vos ordeno". Daí resulta que os profetas e os sábios, segundo Moisés, podem apenas comentar os textos, exortar à obediência, mas não podem modificar a legislação divina revelada a Moisés.

A ontologia que fundamenta a *common law* no direito anglo-americano é muito diferente. Segundo ela, os juízes não fazem a lei, mas a descobrem[3]. Como disse Blackstone em seus comentários (I, 69), "os juízes prestaram o juramento de proferir decisões conformes ao direito do país; suas sentenças fornecem o testemunho principal e mais autorizado da existência de um determinado costume que constitui uma parte da *common law*". Existe, pois, uma lei prévia, espécie de direito natural, reconhecido no país, na qual os juízes se fundamentam para administrar a justiça.

O direito francês pós-revolucionário se fundamenta na ideologia do contrato social desenvolvida por Rousseau. Segundo ele, a vontade da nação soberana se identifica com a vontade geral; que é sempre reta (J.-J. Rousseau, *Du contrat social*, L. II, cap. VI, in *Œuvres complètes*, Bibl. de la Pléiade, t. 3, pp. 373 e 380). Daí a idolatria da lei, expressão da vontade geral: essa fonte do direito justifica a obediência às leis do país.

Três sistemas, três ontologias jurídicas, três concepções diferentes das fontes do direito. Embora, de cada uma dessas ontologias, fique evidente uma visão do direito diferente, ainda assim esses sistemas terão em comum o fato de que cada qual se empenhará em obviar aos inconvenientes resultantes, na prática, da ontologia admitida, mediante um conjunto de técnicas de raciocínio que caracterizam a lógica jurídica. Esta comporta os métodos utilizados para adaptar toda vez a ontologia jurídica às necessidades de uma aplicação aceitável do direito.

O inconveniente apresentado pelo direito judaico e por sua ontologia é que a lei de Moisés impõe ao povo hebreu uma legislação divina *ne varietur* à qual ele deve obedecer durante milênios, através das mais variadas condições de sua história. Como conciliar a proibição de nada mudar na letra da lei com as necessidades da vida?

Flávio Josefo conta, em suas *Antiguidades judaicas* (L. XIII, cap. X, § 6), que um conflito opôs, a esse respeito, os fariseus aos saduceus:

"Os fariseus fizeram muitos regulamentos para o povo, que herdaram de seus pais, que não estão escritos na lei de Moisés, sendo por essa razão que os saduceus os rejeitam, dizendo que devemos considerar obrigatórias as prescrições que estão na lei escrita, e não observar aquelas que derivam da tradição de nossos ancestrais."

Nesse conflito quanto ao caráter obrigatório do costume, foi a corrente farisaica que prevaleceu, mas, para ficar fiel à concepção segundo a qual Deus, tal como se manifestou na lei de Moisés, é a única fonte do direito, fizeram que se admitisse a distinção, tornada tradicional no judaísmo, entre a lei escrita e a lei oral.

Por um rasgo de gênio, o maior intérprete da Bíblia, o rabino Akiba, que viveu no século I da era cristã, soube encontrar uma réplica aos saduceus. Segundo ele, a lei oral, que não passa de uma interpretação, de uma repetição (*Michna*), da lei escrita, foi recebida por Moisés, no monte Sinai, ao mesmo tempo que a lei escrita e foi transmitida oralmente, de modo ininterrupto, por gerações de intérpretes (Pirké Avoth, I, 1). A *Michna*, que contém o comentário oral da Bíblia, foi redigida no século II, e os dois Talmudes, de Jerusalém e da Babilônia, redigidos respectivamente nos séculos V e VI, contêm as discussões dos sábios rabinos a propósito do texto da *Michna*.

Que fazer quando os intérpretes não estão de acordo, qual deles exprime a vontade divina? Não se trata de uma questão teórica, pois já a *Michna* relata as divergências que opunham à escola de Chammai, mais conservadora, a escola de Hillel, mais liberal em sua interpretação dos textos sacros. À questão do rabino Samuel, que queria saber qual interpretação era a adequada, o Talmude babilônico relata "que uma voz lá de cima respondeu que as duas teses exprimiam a palavra do Deus vivo" (*Erubin*, 13b). Mas, então, qual é a lei?

O Talmude babilônico, num texto célebre, (*Baba Mezia*, 59 b) relata a seguinte história. Por ocasião de uma controvérsia acerca da pureza de um forno ritual, o rabino Eliezer, que tinha um parecer oposto ao dos outros sábios, tomava Deus por testemunha, numa espécie de um *référé législatif**. Deus se manifesta por vários milagres, mas a maioria os recusa dizendo que não é por milagres que se interpreta a lei. Então, a pedido do rabino Eliezer, uma voz lá de cima se faz ouvir e dá razão ao rabino Eliezer. Nisto, o rabino Josué, porta-voz da maioria, afirma que a "Tora não se situa nos céus" e comenta essa afirmação, baseando-se no rabino Jeremias: "isso significa que a Tora já foi dada no Sinai, e que não nos fiamos numa voz celeste, pois a Tora já prescreveu no monte Sinai (*Êxodo*, XXIII, 2): é de acordo com a maioria que se modifica a orientação da lei."[4]

Embora interpretações variadas façam parte da lei oral e tenham, como tais, uma origem divina, ainda assim a escolha entre elas não compete a Deus, mas aos homens.

Os critérios que permitem escolher a interpretação autorizada são numerosos e variados[5]. Ao lado da regra da maioria, num tribunal, conhecem-se seis outras regras. Quando duas autoridades do passado se opõem, seguir-se-á o erudito cuja autoridade é maior: a opinião de Hillel prevalece sobre a de Chamai, a do rabino Akiba sobre a de todos os seus adversários. Uma regra comentada suplanta a que é sem razão, a não ser que esta última se fundamente numa tradição que remonte a Moi-

---

* Ver p. 446. (N. do T.)

sés e aos profetas. Conceder-se-á a preeminência à autoridade que é a derradeira em data. Segundo a quinta regra, cumpre pautar-se pela prática e pelo uso reconhecido. A sexta recomenda, para as regras inspiradas pela lei escrita, adotar a interpretação mais estrita e, para as regras de origem rabínica, a interpretação mais liberal. Por fim, a última regra, fundamento de toda autoridade pós-talmúdica, fundamenta-se numa passagem do *Deuteronômio* (XVII, 8-11) que prescreve que, nos casos difíceis, "encaminhar-te-ás aos sacerdotes, aos levitas, aos juízes que houver nesse tempo... segundo a lei que eles te ensinarem e segundo o juízo que te disserem, tu agirás, tu não te desviarás da palavra que eles te houverem explicado nem para a direita, nem para a esquerda".

Ao lado da lei de Moisés, que é imutável, o direito judaico recomenda a obediência às prescrições do poder, assim como à lei dos países onde os judeus viviam em exílio. Em questão de interpretação, uma modificação só será admitida se emanar de uma autoridade moral que prevalecer "em sabedoria e em número". É por isso que, diante dos problemas difíceis, o juiz consultava as maiores autoridades de sua época e de seu meio. As respostas das autoridades talmúdicas, que se espalham por vários séculos, correspondem ao que chamamos de doutrina. O Instituto do Direito Judaico da Universidade Hebraica de Jerusalém reuniu 300.000 dessas respostas.

Ao lado das técnicas de interpretação habituais, os rabinos puderam flexibilizar os textos recorrendo a princípios gerais e mesmo a ficções.

Assim é que, a partir do texto do *Deuteronômio* (IV, 1) que diz que as prescrições foram fornecidas por Deus " a fim de que vós vivais", tirar-se-á a regra geral de que se podem infringir as regras mais imperativas quando se trata de salvar uma vida humana. Fundamentando-se na passagem dos *Provérbios* (XXII, 28) "não passes além dos antigos limites, aqueles que teus pais puseram", tirar-se-á a regra geral do respeito aos costumes. Para contornar a regra formalista, no que tange à prova, segundo a qual é preciso admitir os fatos atestados por duas testemunhas cujos depoimentos concordem, o juiz que fareja um conluio poderá recusar-se a julgar, referindo-se ao preceito do *Levítico* (XIX, 15) "com Justiça tu julgarás teu próximo"[6]. Essa recusa de julgar do primeiro juiz equivale a uma perempção, pois nenhum outro rabino aceitará julgar o caso, uma vez conhecidas as razões dessa recusa.

Quando as regras prescritas pela lei não eram suscetíveis de uma interpretação aceitável, certos sábios recorreram à ficção. As mais conhecidas são as de Hillel. Para contornar a prescrição do *Deuteronômio* (XV, 1-2) quanto à remissão das dívidas por ocasião do ano sabático, portanto a cada sete anos, Hillel inventa a ficção segundo a qual os tribunais se tornavam credores fictícios e os verdadeiros credores se tornavam os agentes do tribunal, de modo que deixava de haver obrigação de remissão (*Makkot*, 3 a). Outras ficções permitiram contornar a proibição do empréstimo a juros, de estabelecer a sucessão testamentária desconhecida na Bíblia, etc.

A lei judaica autoriza, ademais, regulamentos de estatuto subordinado, limitados no espaço e no tempo, que correspondiam às necessidades do momento. Assim é que o rabino Gershom de Mogúncia decretou, no final do século X, a excomunhão de todo judeu que, vivendo entre os cristãos, praticasse a bigamia. Essa proibição, cujo alcance é limitado a 1000 anos, não dizia respeito aos judeus dos países muçulmanos.

Vimos que, segundo a ideologia da *common law*, a lei preexiste. Ela é atestada pelas decisões de justiça, das quais cabe destacar a regra de decisão, a *ratio decidendi*. Esta fornece a regra de direito a que se deve obedecer em casos análogos. Mas, como essa regra pode ter sido mal formulada pelo primeiro juiz, o juiz posterior poderá ou restringir-lhe o alcance, graças a uma distinção que o primeiro juiz ignorou, ou, ao contrário, poderá estender-lhe o alcance por analogia. Essas técnicas bastarão, a maior parte do tempo, para administrar uma justiça satisfatória, seguindo ao mesmo tempo os precedentes judiciários. Apenas excepcionalmente um tribunal reformará uma decisão anterior, afirmando que é errônea. Com efeito, uma reforma de jurisprudência é criadora de insegurança, pois se supõe que a regra de direito formulada pelo juiz anterior nunca existiu. Essa forma de anular as decisões anteriores é reservada aos tribunais hierarquicamente superiores. Entre 1894 e 1966 a Câmara dos Lordes se considerou como que amarrada por suas próprias decisões, pois apenas o Parlamento podia modificá-las. É a regra *stare decisis*, que afirma a natureza obrigatória dos precedentes.

Às vezes a conformidade estrita a precedentes redundava numa decisão iníqua. Haverá meios de sanar esse inconveniente? O poder monárquico remediou-o com a criação dos tribunais de eqüidade (*Equity Courts*) que podiam impedir a execução de uma decisão considerada iníqua. Mais tarde, com a predominância do Parlamento, este pôde, por via legislativa, modificar uma regra jurisprudencial ou introduzir novas leis (*statutes*).

Mas os juízes ingleses desconfiavam de qualquer intervenção legislativa que, em princípio, derrogava a regra de direito, supostamente justa, formulada pela jurisprudência, e aplicaram os *statutes* de um modo restritivo.

Os inconvenientes da ontologia jurídica própria da *common law* se manifestaram mormente nos Estados Unidos. Com efeito, cada um dos Estados, tendo sua própria organização judiciária, podia aplicar a *common law* a seu modo. Isso podia conduzir a certa diversidade, prejudicial aos negócios. Há mais, porém. Segundo a Constituição dos Estados Unidos, as cortes federais são competentes não só quando se trata de interpretar a Constituição e as leis federais, mas também para todos os litígios que opõem cidadãos de Estados diferentes. Para o mesmo gênero de casos, o juiz federal podia interpretar a *common law* de uma forma e o juiz local de outra forma. Cumpriria que, na ausência de legislação federal, os efeitos comerciais fossem regidos por regras que variavam de Estado para Estado, ou cumpriria unificar a jurisprudência nessa matéria? Não esqueçamos que, de fato, cada Estado pode legislar em qualquer matéria que não é regida nem pela Constituição nem pelas leis federais. Não cumprirá dar aos tribunais de cada Estado o direito de interpretar a *common law* à sua maneira?

Assim é que, à concepção inglesa da *common law*, o juiz Holmes, numa decisão de 1928 (*Black and White Taxicab Co. v.*

Brown and Yellow Taxicab Co., 276, United State Reports, 1928, pp. 533-584) opôs uma teoria mais prática:

"Law is a word used with differente meanings, but law in the sense in which courts speak of it today does not exist without some definite authority behind it. The *common law* so far as it is enforced in a State, whether called *common law* or not, is not the *common law* generally but the law of that State existing by the authority of that State without regard to what it may have been in England or anywhere else."

De acordo com essa tese, as regras de direito de origem jurisprudencial serão tratadas de uma forma análoga às regras de origem legislativa, o que está expresso claramente numa decisão do juiz Brandeis de 1938 (*Erie Railroad Co. v. Tompkins, United States Reports* 64, 1938, p. 78):

"Except in matters governed by the Federal Constitution or by Acts of Congress, the law to be applied in any case is the law of the State. And whether the law of the State shall be declared by its Legislature in a statute or by its highest court in a decision is not a matter of federal concern. There is no federal *common law*."

A partir do momento em que se admite a possibilidade de uma pluralidade de interpretações da *common law*, tendo cada uma sua área de validade no espaço, nada se opõe a uma pluralidade de interpretações no tempo: deixa de ser necessário admitir o caráter retroativo de toda inovação jurisprudencial. Assim é que a Corte Suprema dos Estados Unidos, por influência do grande juiz que foi Benjamin Cardozo, pôde decidir que uma regra de direito, baseada em precedentes judiciários, cuja validade se admite para o passado, já não seria seguida no futuro. Desde então as concepções que regem o estatuto da *common law* terão igualmente a conseqüência de que os juízes americanos já não terão, para com o *statute*, ou seja, para com a regra de direito de origem legislativa, a atitude tradicional de desconfiança que era a dos juízes ingleses. Para levar em conta exigências de um pluralismo institucional, renunciar-se-á à idéia de que a *common law* é a mesma em toda parte e sempre, admitir-se-á que todo direito pressupõe uma autoridade que o torna obrigatório e que, nessa matéria, possam não coincidir as decisões de várias autoridades.

A ontologia positiva que fundamenta o direito continental, estadístico e legalista, resulta da combinação das idéias de Montesquieu e de Rousseau. A doutrina da separação dos poderes confere ao poder legislativo a exclusividade da elaboração das regras de direito, que são identificadas às leis, não passando os juízes, como o escreve Montesquieu, "da boca que pronuncia as palavras da lei, seres inanimados que não lhe podem moderar a força nem o rigor" (*O espírito das leis*, L. XI, cap. VI). Essas leis, que devem respeitar as relações de eqüidade anteriores à lei positiva que as estabelece (*op. cit.*, L. I, cap. I) são a expressão antes da razão do que de uma vontade soberana. Em *O contrato social* (L. II, cap. VI), Rousseau vê nas leis a expressão da vontade do soberano, ou seja, da nação. A legislação assim estabelecida será justa quando for movida pelo interesse geral. Os constituintes de 1790 cumularam a idolatria da lei com uma grande desconfiança contra os juízes. É por isso que o art. 12 do decreto de 16-26 de agosto de 1790 previu o *référé législatif*: "eles (os tribunais) se dirigirão ao corpo legislativo todas as vezes que acharem necessário seja interpretar uma lei, seja fazer uma nova." Os tribunais deviam motivar suas sentenças com referência à lei, e a Constituinte instituía um Tribunal de Cassação "incumbido de zelar por que os juízes não violem a lei que devem aplicar". O Tribunal de Cassação era considerado o policial, designado pelo poder legislativo para vigiar o judiciário. O Tribunal de Cassação devia prestar contas periodicamente ao poder legislativo da maneira pela qual cumpria sua missão[7].

A concepção segundo a qual todo o direito está na lei levava certos professores da primeira metade do século XIX a proclamar que ensinavam não o direito civil, mas o Código de Napoleão. Conhece-se o relatório do reitor Aubry, que dizia em 1857: "A missão dos professores, chamados a ministrar, em nome do Estado, o ensino jurídico, é de protestar, com comedimento por certo, mas também com firmeza, contra toda inovação que tenderia a substituir a vontade do legislador por uma vontade alheia."[8]

Em 1846, Mourlon publicava *Répétitions écrites sur le Code civil*, onde se empenhava em inculcar aos estudantes o respeito sagrado pela lei: "Um bom magistrado humilha sua razão perante a razão da lei; pois ele é instituído para julgar segundo ela e não para julgá-la. Nada está acima da lei e é prevaricar eludir-lhe as disposições a pretexto de que a eqüidade natural lhe resiste. Em jurisprudência, não há, não pode haver razão mais razoável, eqüidade mais eqüitativa, do que a razão ou a eqüidade da lei."[9]

Sabe-se que os inconvenientes, logo percebidos, do *référé législatif* obrigaram os redatores do Código de Napoleão a introduzir o célebre art. 4 que considera como culpado de denegação de justiça o juiz que recusar julgar, a pretexto do silêncio, da obscuridade ou da insuficiência da lei. Esse artigo obriga o juiz a intervir ativamente cada vez que a lei apresenta a seus olhos uma lacuna, uma antinomia ou uma ambigüidade. Era preciso, nesse caso, que o juiz obviasse às insuficiências da lei: sua decisão, não podendo seguir a letra da lei, devia, interpretando a vontade do legislador, tratar de amoldar-se ao seu espírito. Mas decidir significa escolher. Assim é que, progressivamente, servindo-se da técnica da flexibilização dos textos, preconizada em 1904 pelo presidente Ballot-Beaupré, em seu discurso que celebrava o centenário do Código Civil, os magistrados ampliaram seu poder de interpretação. Depois, por influência da escola histórica e da corrente sociológica, deram cada vez mais preferência à interpretação teleológica. Enfim, mais recentemente, recorreram, cada vez mais, aos tópicos jurídicos e aos princípios gerais do direito.

Todo esse esforço se insere na concepção moderna do papel de juiz, que visa a conciliar o respeito pela lei com as exigências da eqüidade, de forma que as decisões judiciárias, integrando-se no sistema de direito vigente, sejam ao mesmo tempo aceitáveis pela opinião pública esclarecida. Por conseguinte, se o poder judiciário emana da nação, como qualquer outro poder, cumpre que esta tenha condições de controlar, por intermédio do poder legislativo, o modo como ele é exercido. Daí resulta que é pela vontade do legislador em exercício que o juiz deve pautar-se.

O modo como funciona de fato cada um dos sistemas, que examinamos muito brevemente, mostra claramente que, ao lado das fontes do direito, fornecidas pela ontologia, cabe igualmente interrogar-se sobre a fonte da autoridade encarregada de dizer o direito, ou seja, normalmente do poder judiciário.

Quando é a vontade de Deus ou da nação que é a fonte do dirceito, essa mesma vontade será igualmente a fonte de toda autoridade. Não se dá o mesmo no sistema da *common law* em que não é evidentemente a lei que pode designar os juízes: é indispensável apelar para o soberano, igualmente fonte do poder legislativo e executivo. Daí, nesse sistema, uma dualidade das fontes, o que cria um problema das relações que elas mantêm entre si.

A análise da prática do direito nos prova que a teoria das fontes do direito não basta para explicar seu funcionamento porque os textos, por si sós, não fornecem senão raramente a resposta unívoca quanto à maneira de aplicá-los. A solução encontrada deverá igualmente levar em conta conseqüências que resultam de sua aplicação: cumpre que a solução seja eqüitativa, conforme ao interesse geral, razoável, numa palavra, aceitável.

A lógica jurídica se apresenta, assim, como o conjunto das técnicas de raciocínio que permitem ao juiz conciliar, em cada caso específico, o respeito pelo direito com a aceitabilidade da solução encontrada. A fonte do direito, tal como é reconhecida em cada sistema, servirá de ponto de partida para o raciocínio dos juristas, que se esforçarão por adaptar os textos jurídicos às necessidades e às aspirações de uma sociedade viva.

§ 33. A lei e o direito[1]

As noções coordenadas da filosofia do direito, tais como o direito e a lei, a razão e a vontade, a justiça e o poder, são confusas, pois, mudando de sentido e de alcance todas as vezes que se modificam suas relações recíprocas, elas permanecem confusas enquanto que essas relações não são precisadas no seio de um sistema de direito ou de filosofia do direito. Cada sistema, por definir a seu modo essas diversas noções, assim como as suas relações, será levado a posicionar-se nas controvérsias seculares e a enunciar ou a pressupor juízos de valor, explícitos ou implícitos.

Vamos ilustrar essa tese com alguns exemplos extraídos de juristas e de filósofos bem conhecidos.

De modo inverso ao direito medieval, em que a monarquia cristã dependia da Igreja e do papado, Jean Bodin, em sua *République*, introduz a noção de soberania (*summa potestas*) política. No 8º capítulo do primeiro livro, ele define a soberania como um poder permanente e absoluto, capaz de impor leis aos súditos sem o consentimento deles, não estando ele próprio sujeito a lei alguma (*legibus solutus*). À primeira vista, o soberano disporia de um poder ilimitado. Mas, na verdade, não é nada disso. Pois, precisa Bodin, o soberano é sujeito ao direito divino e ao direito natural, deve cumprir seus compromissos e respeitar a propriedade de seus súditos: estes não serão taxados sem o próprio consentimento. Ele deve, ademais, observar as prescrições da lei fundamental da qual recebe seu poder.

Vemos, por essas precisões, que Bodin opõe à lei, concebida como mando do soberano, e que só depende de sua vontade, o direito, expressão de uma justiça divina ou natural, ao qual o soberano é sujeito, tanto quanto os seus súditos. Esse direito justo, representado ora pelo direito romano, ora pelo canônico, é que era ensinado nas faculdades de direito, de onde se saía *doctor utriusque juris*.

A partir do século XVII, foram-lhes acrescentados cursos de direito natural e de jurisprudência universal, pois as faculdades de direito não davam muita importância aos costumes e leis locais, que o mais das vezes variavam de uma região para a outra. Nada mais revelador a esse respeito do que a célebre biblioteca da Faculdade de Direito de Salamanca, conservada ainda hoje no estado em que estava em 1750: das 51 rubricas dessa biblioteca acadêmica, apenas uma era reservada aos costumes e leis da Espanha.

As concepções de Jean Bodin parecem, pois, apesar das fórmulas, estar na linha do pensamento medieval, pois o soberano só escapa às leis que ele próprio pode estabelecer e não ao direito a ele impõe. Mas a grande novidade resultante da noção de soberania é que, à parte Deus, nenhum juiz é competente para julgar o soberano, se este viesse a violar o direito divino ou natural. O limite imposto ao poder do soberano é, logo, puramente moral, eventualmente político, se sua ação viesse a provocar a revolta de seus súditos, mas não pode ser jurídico.

Nos escritos de Hobbes, a oposição entre a lei e o direito, nítida em J. Bodin, é suprimida. Todo o direito depende da vontade do soberano, o *Leviatã*, e a justiça é definida como a conformidade à lei. Isto não quer dizer que o modo como o soberano exerce seu poder seja arbitrário, pois se supõe que ele age de uma forma razoável, ou seja, visando ao interesse geral.

As teorias de Hobbes não se impuseram muito na Inglaterra, pois as revoluções de 1648 e de 1688 constituíram, ambas, derrotas retumbantes do poder monárquico, obrigado a transigir com o Parlamento. Mas elas triunfaram na França, com a revolução de 1789, por influência de J.-J. Rousseau, que identificou a soberania não com a pessoa de um monarca, mas com o povo soberano, com a sociedade política organizada, ou seja, com o Estado. A vontade do povo, na medida em que tende ao bem comum, se torna vontade geral, sempre reta (*O contrato social*, L. II, cap. VI): esta se manifesta por leis justas, sendo os legisladores homens quase divinos. É importante, para aumentar o respeito pelas leis, reconhecer-lhes uma origem divina, tais como as leis de Moisés. Aliás, dentre o pequeno número de dogmas positivos de sua religião civil (*O contrato social*, L. IV, cap. VIII), Rousseau menciona a santidade do Contrato Social e das Leis. Segundo Rousseau, nada limita o soberano quando ele manifesta a vontade geral mediante leis: o direito nada mais é que o conjunto das leis, às quais a Revolução Francesa votou um culto quase religioso.

Esse respeito devido às leis foi fortalecido pelo grande esforço de codificação empreendido na Europa, na Baviera (1756), na Prússia (1794), na França (1804) e na Áustria (1811), esforço que se inspirou muito mais em Montesquieu e no espírito racionalista do século XVIII do que em Rousseau e em sua teoria da vontade geral. Lembramo-nos dos célebres preceitos pelos quais Montesquieu expressava, em *O espírito das leis* (1ª parte, L. I, cap. I), sua concepção das relações entre a lei e a justiça: "Dizer que não há nada de justo ou de injusto senão o que ordenam ou proíbem as leis positivas, equivale a dizer que, antes que se houvesse traçado o círculo, nem todos os raios eram iguais. Cumpre, pois, admitir relações de eqüidade anteriores à lei positiva que as estabelece." Para Montesquieu, o papel do legislador é tornar positivas, formulando-as e promulgando-as, as relações de justiça que a razão de cada qual não poderia deixar de perceber, admitindo ao mesmo tempo variações devidas à "relação que as leis devem ter com a constituição de cada governo, com os costumes, o clima, a religião, o comércio, etc.". Assim é que cada um dos códigos, elaborados no final do século XVIII e no início do século XIX, pretendia expor um direito justo, que adotava concepções de direito romano e de direito natural, completadas, quando necessário, pelos costumes e usos do reino. O código, que fornecia um estatuto positivo ao direito natural, ou seja, ao direito justo, se substituía a este, salvo no tocante a alguns casos, como os previstos pelo art. 4º do Código de Napoleão, a saber: "de silêncio, de obscuridade ou de insuficiência da lei". Portalis, que foi o principal redator desse Código, explica-se assim acerca desse artigo no *Discours préliminaire du projet de Code civil*: É impossível ao legislador a tudo prover. Uma profusão de coisas é necessariamente largada ao império do uso, à discussão dos homens instruídos, à arbitrariedade dos juízes; à míngua de textos precisos sobre cada matéria, um uso constante e bem-estabelecido, uma seqüência ininterrupta de decisões semelhantes, uma opinião ou uma máxima acatadas são sucedâneos de lei... Quando não se é dirigido por nada do que é estabelecido ou conhecido, quando se trata de um fato absolutamente novo, remonta-se aos princípios do direito natural. Quando a lei é clara, urge segui-la; quando é obscura, urge aprofundar-lhe as disposições. Se falta-nos lei, urge consultar o uso ou a eqüidade. A eqüidade é a volta à lei natural, no silêncio, na oposição ou na obscuridade das leis positivas" (Locré, *Discours*, t. I, pp. 156-159).

Depois da promulgação desses códigos, as faculdades de direito foram convidadas, em seus respectivos países, a ensinar o direito nacional, tornado preponderante. O direito romano e o direito natural, que haviam fornecido durante séculos a matéria essencial do ensino universitário, se tornaram quer um curso de introdução ao direito nacional, quer um complemento, com conteúdo cada vez mais indeterminado. Essa tendência a identificar o direito com a lei nacional teve seu apogeu na França, em meados do século XIX, quando os teóricos da escola da exegese reduziram o ensino do direito civil ao ensino do Código de Napoleão, como se todo o direito estivesse na lei. Enquanto, em Jean Bodin, não é o direito, mas unicamente a lei que é a expressão da vontade do soberano que a estabelece, a identificação do direito com a lei conduziu, três séculos mais tarde, ao positivismo jurídico.

A breve rememoração das relações entre o direito e a lei nos indica claramente que a definição do direito, fornecida pelo positivismo jurídico, não é em absoluto neutra, *wertfrei*, pois resulta de um juízo de valor, explícito ou implícito, que, longe de descrever o fenômeno jurídico tal como se manifestou na história, despreza todo direito que não emana do Estado e de seus órgãos.

Tal fato parece-me confirmar a tese geral de que as definições, as classificações e as teorias jurídicas não são puramente descritivas, mas se inserem nas ideologias destinadas a guiar os praticantes do direito. A tendência do positivismo jurídico a elaborar uma ciência do direito objetiva, isenta de qualquer juízo de valor, foi a inspiração profunda da notável obra de Hans Kelsen. Segundo a *Reine Rechtslehre*, cada sistema de direito é um conjunto hierarquizado e dinâmico de normas que desenvolvem suas conseqüências independentemente do meio social a que se aplicam, quase à maneira de um sistema formal. Cada vez que uma autoridade, competente para dizer o direito, se inspira num juízo de valor, o jurista deve contentar-se em examinar se a autoridade ficou dentro dos limites de sua competência, escapando tudo o mais à teoria do direito puro. Mas essa concepção formalista do direito, indiferente à interação entre o direito e o meio a que ele se aplica, não permite explicar o direito efetivo, ou seja, o direito em ação. A prática do direito, seja ele qual for, exige que se leve em consideração interações entre o texto escrito e as reações resultantes de sua aplicação em dado meio. Desprezando essa interação, não se compreende nada da vida do direito, ou seja, da maneira pela qual sua interpretação evolui sob o efeito das mais variadas técnicas jurídicas.

Os textos jurídicos, trate-se de leis ou de precedentes judiciários, são habitualmente suscetíveis de interpretações variadas, seja extensivas, por via de analogia, por exemplo, seja restritivas, mercê das distinções que o intérprete poderia neles introduzir. As diversas interpretações favorecem um ou outro interesse, um ou outro valor, que estão em conflito em cada caso específico. A interpretação escolhida, ao restringir ou ampliar o campo de aplicação da norma, se pronunciará em favor de um dos valores contrapostos. O juiz, com sua interpretação, se adapta aos valores do meio. Esse esforço de adaptação será facilitado graças ao recurso freqüente do legislador (e do juiz na *common law*) a noções de conteúdo variável, tais como "os bons costumes", "a ordem pública", "o interesse geral", "o razoável", que se definem, em cada caso específico, com relação a valores, a aspirações, a usos e crenças que dominam em dado meio. As diferentes teorias jurídicas contribuem para esse esforço de adaptação.

Eu gostaria, para ilustrar meu propósito, de resumir em algumas frases a tese sobre o estado de necessidade em direito penal desenvolvida, faz trinta anos, por meu saudoso colega e amigo Paul Foriers, tese que o levou, no final das contas, a defender a noção paradoxal de "direito natural positivo"[2].

A noção de necessidade foi definida pelo eminente jurista belga Charles de Visscher num parecer redigido em 1942, e que Paul Foriers publica em anexo de sua tese (pp. 343-346). Em contraste com a coerção moral, causa de justificação prevista pelo art. 71 do Código Penal belga, Charles de Visscher escreve: "O estado de necessidade é a situação em que se encontra uma pessoa que, para salvaguardar um interesse superior, não tem outro recurso senão efetuar um ato proibido pela lei penal". E essa definição é acompanhada por um comentário do qual extraio a seguinte passagem: "A melhor justificação da isenção de pena deve ser buscada na própria vontade do legislador...; este entendeu proteger certos interesses sociais com a ameaça de uma pena; mas há situações extremas em que um interesse social não considerado pela lei só pode ser salvaguardado por um desconhecimento da lei. Em semelhante caso, é razoável admitir que o legislador não entendeu cominar pena. A lei é obra de razão; justifica-se ela por fins sociais; é fundamentada numa hierarquia de valores. Quem só contraveio a lei para salvaguardar um interesse social manifestamente superior, mormente quando agiu sem nenhum móbil pessoal, deve escapar à penalidade."

Assim é que, para empregar um exemplo clássico, não se condenará aquele que, para salvar uma vida humana em perigo, penetra sem autorização numa propriedade alheia quebrando os vidros ou arrombando uma porta. Uma obrigação moral de solidariedade prevalece sobre a obrigação legal de respeitar a propriedade de outrem.

O caso é mais delicado quando se trata de um industrial que, para proteger, sob a ocupação, seus operários da deportação, não hesita em trabalhar para o inimigo, violando assim o art. 115 do Código Penal belga que pune com pena de morte "aquele que lhes (aos inimigos) tiver fornecido auxílios em soldados, homens, dinheiro, víveres, armas ou munições". Qual é o interesse manifestamente superior? A coisa é discutível, mas o que é certo é que, em grande número de casos, o estado de necessidade fornece uma causa de justificação em direito penal. Uma preferência é então concedida a um valor que não é explicitamente protegido pela lei, em comparação com um valor legalmente sancionado. Portanto, todo o direito não está nos textos legais. O juiz efetivamente leva em conta valores e regras, mesmo que estas não tenham sido votadas e promulgadas formalmente. Existe, dirá Paul Foriers, um *direito natural positivo*, ou seja, um conjunto de regras e de princípios que, mesmo não sendo do direito escrito, "desempenham um papel considerável não ao lado do direito positivo, mas dentro dos limites do direito, se havemos por bem entender por essa expressão... as regras de direito em vigor em dado Estado, em dado período". A experiência permite distinguir "uma concepção do direito natural que tem sua especificidade, em todo caso aquela que o jurista aceita, que o juiz sanciona, que a sociedade aprova. Esse direito natural não é uma súmula moralizadora *a priori*, mas o resultado de uma prova sociológica, utilizando a feliz expressão de Robert Legros [atual presidente da Corte de Cassação da Bélgica] ("Droit naturel et droit pénal", *Journal des Tribunaux*, 1958, p. 38). É, em outras palavras, um exemplo de regras que formam, para a elite jurídica, o ideal da vida individual e social ou, melhor ainda e talvez com mais exatidão, a *parte irredutível* do ideal da vida intelectual e social, tal como ele se evidencia na experiência vivida". (P. Foriers, "Le juriste et le droit naturel. Essai de définition d'un droit naturel positif, *Revue internationale de philosophie*", 1963, 65, pp. 349-350.) É seguindo esse espírito que, como a maior parte das cortes de cassação européias, a Corte de Cassação da Bélgica, impulsionada por seu eminente procurador-geral Ganshof van der Meersch, admitiu a existência de princípios gerais de direito cuja violação pode ocasionar a cassação, interpretando de modo lato o art. 1.080 do Código de Processo belga que só concedia um recurso para violação da lei (cf. seu discurso da sessão de abertura de 1º de setembro de 1970: *Propos sur le texte de la loi et les principes généraux du droit*, Bruxelas, Bruylant, 1970).

Ao integrar no direito positivo regras e valores diferentes daqueles reconhecidos pela lei, o juiz procura conciliar a lei com a justiça, ou seja, aplicar a lei de forma que suas decisões possam ser socialmente aceitáveis. É seguindo o mesmo espírito que, após a Segunda Guerra, várias constituições européias introduziram em seu texto artigos que protegem os valores fundamentais de uma sociedade democrática e, de modo mais especial, dos direitos humanos.

A ficção em direito se encontra em todos os sistemas jurídicos. Para um positivista, trata-se de uma clara violação da lei ou, pelo menos, de uma recusa de aplicá-la. Mas a ficção se encontra em todos os sistemas, em todas as épocas, quando o juiz não vê nenhum outro meio de administrar o direito socialmente aceitável.

Assim também, quando uma legislação penal ainda está em vigor, mas é contestada por grande parte da opinião pública, o ministro da Justiça ou o procurador-geral podem usar de seu poder e bloquear a abertura de processos. Assim é que a legislação sobre o aborto, mesmo não estando abolida, está praticamente suspensa na Bélgica para os abortos realizados em meio hospitalar.

Eu gostaria de estender as conclusões a que cheguei a mais além de um sistema, tal como o sistema continental, que concede a preeminência à lei, ou seja, ao poder legislativo. Poder-se-ia crer à primeira vista que, a nosso ver, o juiz representa o direito e a justiça em contraste com a lei, que seria a expressão do poder. Mas, de fato, fenômenos de adaptação são encontrados em todos os sistemas, seja qual for seu fundamento ideológico.

Enquanto a *common law* se apresenta como a encarnação do direito justo, enquanto é praticamente elaborada por juízes, nela se recorre ainda mais amiúde à ficção para tornar o direito aceitável, e o recurso às *Equity Courts* foi, às vezes, o único meio legal de prevenir as conseqüências inaceitáveis de um direito fundamentado nos precedentes judiciários. É para remediar os inconvenientes de um sistema fundamentado nos precedentes que se é igualmente obrigado a recorrer ao legislador, para substituir regras de direito tradicionais, mas tornadas socialmente inaceitáveis.

E que dizer de um direito de origem divina, tal como o que é tirado dos textos bíblicos? Supõe-se que ele emana de uma fonte não só onipotente, mas também soberanamente justa. No entanto, ao passo que, segundo o *Deuteronômio* (IV, 1), trata-se de uma legislação de origem divina da qual nada se deve subtrair e à qual nada se deve acrescentar, não só os cristãos lhe suprimiram todos os mandamentos importunos, afirmando que só concerniam ao povo de Israel, mas também os mais ortodoxos rabinos judaicos não hesitaram em recorrer a todas as espécies de interpretações e mesmo a ficções para adaptar os textos às necessidades de uma comunidade tornada urbana e mercantil. Assim é que são bem conhecidas as técnicas engenhosas inventadas por Hillel e sua escola para tornar inofensivas as regras que impunham a abolição das dívidas a cada ano sabático (ou seja, a cada 7º ano), assim como todas as técnicas de interpretação que fazem da lei judaica, tal como é fixada pelo Talmude, um conjunto diferente das prescrições literais do Pentateuco. Conhece-se, a esse respeito, a regra sempre seguida pelos rabinos que deviam aplicar a lei judaica, toda vez que sua aplicação tradicional parecia difícil de admitir porque as conseqüências que dela resultavam pareciam iníquas, desarrazoadas ou socialmente inaceitáveis. Dirigiam-se eles às maiores autoridades talmúdicas da época e lhes submetiam os casos difíceis. Estas respondiam, e tais *responsa* forneciam habitualmente uma solução engenhosa, e considerada ortodoxa, da dificuldade jurídica levantada. Assim é que o Instituto de Direito Hebraico de Jerusalém contém 300.000 dessas *responsa* de todos os países e de todas as épocas pós-talmúdicas, que mostram como o sábio em direito judaico procura conciliar o respeito ao texto com um resultado socialmente aceitável pela comunidade[3].

Se o direito natural forneceu uma técnica secular no Ocidente medieval para limitar o exercício do poder de forma que ele seja digno de um monarca cristão, se a idéia de um direito racional pôde cumprir a mesma função nos séculos XVII e XVIII, esse mesmo papel é cumprido, nas sociedades democráticas contemporâneas, por juízes que compreendem seu papel, que é o de conciliar o respeito pelo direito com o respeito pela eqüidade e pela justiça, de eliminar-lhe as conseqüências desarrazoadas, portanto inaceitáveis.

§ 34. A reforma do ensino do direito e a "nova retórica"[1]

Raros são os juristas militantes que se tenham preocupado em definir o direito. A falta de interesse por essa questão parece justificada pela exigência de um *consenso* sobre o que depende ou não do direito, e o ensino de direito parece fundamentado nessa evidência.

Assim é que há cinqüenta, ou mesmo há quarenta anos, o direito se identificava com o direito positivo de uma maneira indiscutível, e isto mesmo no parecer de um tomista como Jean Dabin. Esse direito, devia-se buscá-lo nos textos, textos legislativos primeiro, os dos comentadores depois, incumbidos de esclarecer a vontade do legislador, e enfim nas decisões de jurisprudência. O estudo do direito se limitava, pois, essencialmente, ao estudo de textos publicados. A ordem jurídica era reconstruída a partir de textos autorizados. Mas quase não se interrogavam sobre a *prática* jurídica, que permite opor à *validade* de um texto a sua *eficácia*.

Hoje somos muito sensíveis a essa questão. Aprendemos que textos, sobretudo textos constitucionais, podem servir de biombo para uma prática diametralmente oposta. O direito, tal como se apresenta nos textos, pode diferir da prática, como um direito natural, ideal, difere do direito positivo. Pois o direito positivo não é o direito no papel, mas aquele que se manifesta na realidade social.

Constatamos essa mesma oposição no direito dos Estados considerados democráticos. Darei alguns exemplos característicos disso.

A primeira alínea do art. 305 do Código Penal belga estipula que "aqueles que houverem mantido uma casa de jogos de azar, e nela houverem admitido o público, seja livremente, seja mediante apresentação dos interessados ou associados, dos banqueiros, dos administradores, dos prepostos ou agentes dessa casa, serão punidos com uma detenção de oito dias a seis meses e com uma multa de cem francos a cinco mil francos". O texto primitivo acrescentava depois de "aqueles que" as palavras "sem autorização legal", mas estas foram suprimidas pelo art. 8º da lei de 24 de outubro de 1902. E, no entanto, é notório que na Bélgica ainda funcionam atualmente sem empecilhos oito cassinos autorizados, nos quais são arrecadadas regularmente taxas fiscais por delegados do Ministério da Fazenda. Como será isso possível num país respeitoso da lei? É que a lei belga concede aos procuradores-gerais a faculdade de não abrir processo relativamente a atos delituosos, e usou-se dessa faculdade para encontrar uma solução para o conflito que opunha, no início deste século, os partidários de uma proibição total dos jogos de azar aos dirigentes dos centros balneários e das cidades termais que não queriam privar sua localidade de uma atração turística certa. Depois do voto de uma lei muito estrita sobre os jogos de azar, o governo obteve de certos procuradores-gerais que eles não instaurassem processo, em sua jurisdição, contra os donos dos cassinos onde a exploração dos jogos de azar foi autorizada. A uns dá-se satisfação votando um texto severo, aos outros, concedendo uma espécie de imunidade contra as ações judiciais legalmente previstas.

Na Europa ocidental a opinião pública é muito dividida, há alguns anos, quanto à oportunidade de manter ou de modificar a legislação atual que pune com penas muito severas o aborto voluntário. Certos países, como os Países-Baixos, por excelentes razões políticas e a fim de não opor violentamente os católicos aos protestantes, resolveram o problema temporariamente não modificando os textos legais, mas não intentando processos quando o aborto é feito em meio hospitalar.

Assim é que, mesmo que se fique preso à idéia de que o direito se identifica com o direito positivo, a concepção deste se transforma e necessita correlativamente de uma reforma no ensino do direito.

Embora não se possa negar a concordância dos juristas sobre a natureza do direito, quando se limitam as investigações a esse respeito no tempo e no espaço, essa bela unanimidade desaparece quando se procede a investigações de natureza histórica ou quando se sai da área cultural que nos é própria. Isso é ainda mais verdadeiro quando a pesquisa sobre a *essência* do direito incide, simultaneamente e de um modo equívoco, sobre o que o direito *é*, um fato, e sobre o que ele *deveria* ser (aspecto de que o professor de direito não pode desinteressar-se), sobre a sua conformidade com a idéia do direito.

Quem sabe que, ainda no século XVIII, o ensino do direito, na Europa ocidental, versava sobre um direito ideal, expressão de uma "justiça universal"?

Do direito positivo, os repositórios das leis, dos costumes e dos usos só forneciam uma parca aproximação, que só tinha interesse para os militantes. Na célebre biblioteca da Faculdade de Salamanca, as estantes dedicadas ao direito espanhol constituem uma única seção, enquanto o essencial se refere à teologia, à filosofia moral e ao direito natural. A teoria do direito justo não se preocupava nem com o direito positivo nem com o direito comparado, e as fontes em que se inspirava o direito ideal eram constituídas, em proporções variáveis conforme os autores, pelo direito romano, *ars aequi et boni*, pelos escritos dos juristas teólogos e dos juristas filósofos que elaboram um direito natural ou racional. Tratava-se, o mais das vezes, de uma dedução a partir dos princípios de justiça, de origem racional ou teológica, histórica ou filosófica.

A idéia de que o direito é a expressão da vontade do soberano só se impõe lentamente. A oposição entre os dois pontos de vista se manifesta claramente no diálogo inacabado "between a philosopher and a student of the Common Laws of England" redigido por Hobbes e publicado após sua morte em 1681. Encontraremos uma reedição dele, precedida de uma excelente introdução de Tulio Ascarelli e acompanhada de notas de Giorgio Bernini, no primeiro volume dos textos para a história do pensamento jurídico (Giuffrè, 1960). Essa idéia que, como se sabe, foi desenvolvida com mais brilho por Jean-Jacques Rousseau, caminhou lentamente na filosofia política do século XVIII, mas não se impôs inteiramente senão no século XIX. Embora seja verdade que, para Montesquieu, as leis positivas são estabelecidas, em cada Estado, pelo legislador, não é ele que decide, com toda soberania, do justo e do injusto: atém-se ele a sancionar um direito racional prévio: "dizer que não há nada de justo ou de injusto senão o que ordenam ou proíbem as leis positivas equivale a dizer que, antes que se houvesse traçado o círculo, nem todos os raios eram iguais. Cumpre, pois, admitir relações de eqüidade anteriores à lei positiva que as estabelece" (*O espírito das leis*, L. I, cap. I).

Com Rousseau, que identifica o soberano com a nação, e sua vontade com a vontade geral, atenua-se a idéia de um direito natural limitando a arbitrariedade do Poder, pois poderá a vontade geral enganar-se em sua busca do justo, tanto em questão de direito como de moral? O positivismo jurídico, tal como se manifesta nos escritos de um Austin, mesmo mantendo que o direito é a expressão da vontade do soberano, não pretende que o direito será necessariamente justo. Ele sai do apuro considerando que a justiça é uma categoria que não se prende ao direito, mas à moral, interessando-se o direito unicamente pela legalidade. É esse também o ponto de vista defendido por Kelsen, para quem o positivismo jurídico é alheio aos juízos de valor, pois a técnica jurídica só é capaz de determinar a legalidade de uma norma, ou seja, sua validade no interior de uma ordem jurídica elaborada a partir de uma norma fundamental, mas jamais sua justiça, tarefa que se arriscaria a criar uma confusão entre o direito positivo e o direito natural. Observe-se, de passagem, que, se a elaboração do Código de Napoleão favoreceu a propagação do positivismo jurídico, ainda assim, para seus autores, em especial para Portalis, o Código deve ser completado "pela volta à lei natural, no silêncio, na oposição ou na obscuridade das leis positivas".

O século XIX viu a diminuição progressiva da importância conferida ao direito natural. Por influência de J.-J. Rousseau, do romantismo, da escola histórica e de Hegel, o direito será considerado cada vez mais como a expressão de um povo (*Volksgeist*), de uma época (*Zeitgeist*). Exalta-se o papel do costume, contraposto ao Código, emanação de um legislador soberano.

Enquanto na primeira concepção, a que propõe um ideal de justiça universal, o papel do legislador como fonte de direito é secundário, pois ele sempre elaborará apenas uma aproximação imperfeita de um direito ideal, na segunda, aquela em que o direito é apenas a expressão da vontade do legislador, a doutrina deve fornecer, mercê da exegese e da dogmática jurídica, uma interpretação autêntica dessa vontade; a jurisprudência, cujas variações serão vigiadas pela Corte de Cassação, guardiã da lei, desempenhará apenas um papel secundário. A lei é um dado, que a doutrina examina com lupa, para permitir ao juiz deduzir a solução correta em todos os casos concretos. O instrumento do juiz é a lógica dedutiva, e toda controvérsia em matéria de direito constitui um escândalo devido à imperfeição do legislador ou à parcialidade dos advogados, e mesmo dos juízes. Enquanto na perspectiva racionalista de uma justiça universal todo homem reto e de bom senso vê imediatamente a solução que se impõe, na perspectiva positivista apenas os códigos e os regulamentos garantem a segurança jurídica, devendo as controvérsias serem afastadas do ensino universitário. Trata-se de dar a impressão de que o direito forma um sistema coerente e claro, e que as controvérsias suscitadas pelos litigantes de má-fé constituem apenas acidentes sem importância.

Na terceira concepção, que considera o direito, tanto como a religião, a moral e a língua, a expressão de uma sociedade, de seus costumes, de suas usanças e de suas instituições, o legislador é menos apto do que o juiz para definir as realidades sociais. A jurisprudência, que se molda pelos casos particulares, dirá melhor o direito do que o legislador obrigado a elaborar normas arbitrárias. O direito deixa de ser formalista, corresponde a certa finalidade, que visa à realização dos valores socialmente admitidos. Essa teoria sociológica, ao mesmo tempo que funcional, do direito encontrará seus porta-vozes mais abalizados em Ihering, Gény e Roscoe Pound.

Cumpre observar que cada uma dessas três visões do direito parece corresponder melhor a ramos diferentes deste. O direito das obrigações seria mais racionalista, o direito fiscal mais voluntarista, o direito das pessoas estaria mais próximo das realidades sociais.

A visão contemporânea do direito se caracterizaria mais por uma síntese, que deixa espaço para cada uma das concepções anteriores. Sem negar a autoridade do legislador, admitir-se-á que sua vontade não pode ser arbitrária, que os textos que adota devem cumprir uma função reconhecida, promover valores socialmente aceitos. Sem ser a expressão de uma razão abstrata, supor-se-á que, para ser aceito e aplicado, o direito positivo deve ser razoável, noção vaga que expressa uma síntese que combina a preocupação da segurança jurídica com a da eqüidade, a busca do bem comum com a eficácia na realização dos fins admitidos. Será no juiz, bem mais do que no legislador, que se confiará para a realização dessa síntese, aceita porque razoável (*vernünftig*). É impossível fornecer, de uma vez por todas, o critério do razoável. Como todas as idéias vagas, esta será mais facilmente reconhecida de uma forma negativa: o acordo sobre o desarrazoado permite, por exclusão, aproximar-se do razoável.

Isto não é em absoluto uma tentativa de voltar a um direito natural universalmente válido. Ao contrário, o razoável é sempre relativo a uma dada sociedade, em que se supõe um consenso suficiente sobre um conjunto de valores comumente admitidos. Quando semelhante consenso não existe, nenhuma solução razoável se destacará e se deverá buscar, mediante compromissos aceitos na prática, uma solução provisória para os problemas surgidos, até que a prática aceita possibilite elaborar soluções legislativas.

Concebendo o direito, nem como a expressão da justiça e da razão, nem como a expressão da vontade do legislador, e sim como a expressão de um *consenso* político e social sobre uma solução razoável numa sociedade em rápida evolução, afirmamos que essa solução resulta, o mais das vezes, de um compromisso difícil entre valores incompatíveis e cuja coexistência importa organizar. O direito, assim concebido, só ganha forma através dos conflitos e das controvérsias em todos os níveis, e já não pode fornecer a imagem tranqüilizadora de uma ordem estável, garantida por um poder imparcial.

Ao contrário, não hesitamos em dizer, com Josef Esser, que a normatividade do direito se insere numa realidade que lhe fornece um embasamento de valores admitidos: "Die Funktionsfähigkeit des Rechts gerade als System ist voll abhängig von der kontrollierten Einschliessung vorrechtlicher oder jedenfalls vorpositiver Werturteile. Keine einzige, wie immer elementare, juristische Denkoperation kann bei genauem Hinsehen ohne ein solches Werturteil im weiteren Sinne verstanden werden. Einen eigenen konstruktiven Beitrag kann das Denken in Werten freilich nicht leisten – aber es steuert die dogmatische Arbeit vom Vorverständnis her wie auch von der Kontrolle am Konsens über die Vernünftigkeit der Entscheidung: Akte, welche keineswegs nur soziologische Bedeutung für die Justizpolitik haben. Die "– policy of the courts" ist notwendig am Bezugsrahmen von Wertkonsensen augsgerichtet und beansprucht nicht jene Autonomie juristischer Selbstrolle, die das Reden in Wertungen dem Laien überläszt."[2]

De fato, o conflito dos juízos de valor está no centro de todos os problemas metodológicos criados pela interpretação e pela aplicação do direito. É por isso que a lógica jurídica é uma lógica da controvérsia[3]. Num processo, se houver acordo sobre a descrição dos fatos, os adversários, para fazerem prevalecer a concepção do direito que lhes é favorável, colocarão em evidência este ou aquele valor: se um defender a segurança jurídica e a conformidade à letra do texto, o outro lhe oporá o espírito da lei, ou seja, sua finalidade, ou o espírito do direito, ou seja, a predominância de outro valor, considerado mais importante, que será sacrificado se o alcance da regra discutida não tiver sido limitado. Na medida em que problemas de qualificação podem conduzir a ampliar (por analogia) ou a restringir (por causa de força maior), o alcance de uma regra, essa ampliação ou essa restrição será admitida ou rejeitada consoante os valores que a justificam. Quando se estabelece o *consenso* sobre uma prática ou sobre um tipo de solução, num conflito judiciário, a justificação da decisão, sua vinculação ao sistema, mesmo sendo desejável, será considerada secundária. Apenas nos casos duvidosos do ponto de vista da solução a ser adotada é que razões puramente metodológicas poderiam impor uma dada solução. É porque a única boa solução de um conflito de valores só se impõe raramente – se assim fosse, o caso se resolveria o mais das vezes fora dos tribunais – que o papel do juiz é central e determinante. Pois ele é que deve decidir da solução jurídica, ele é que dirimirá o conflito em favor deste ou daquele valor. Os princípios jurídicos e as teorias jurídicas aos quais ele recorrerá em sua motivação não são nem verdadeiros nem falsos, mas têm como função proteger o valor prioritário. Compreende-se que, numa visão do direito cuja função seria fornecer soluções não somente coercivas, mas também socialmente aceitáveis, de conflitos de valores, o papel do juiz seja primordial, fornecendo a legislação e a doutrina indicações, mais ou menos imperativas, para a determinação da solução razoável em cada caso litigioso.

Essa tese não resulta de uma filosofia do direito teórico, mas da análise minuciosa do raciocínio jurídico, tal como foi empreendida pelo Centro Nacional Belga de Pesquisas de Lógica, ensejando, até agora, cinco volumes intitulados: *Le fait et le droit*[4], *Les antinomies en droit*[5], *Le problème des lacunes en droit*[6], *La règle de droit*[7] e *Les présomptions et les fictions en droit*[8].

Os casos concretos que poderiam ilustrar essa tese são inumeráveis.

Se é proibido desfilar em 1º de maio atrás de uma bandeira vermelha, e se a bandeira apreendida pela polícia e apresentada na audiência é efetivamente "lilás", cumpre que o juiz que julga o recurso de revisão anule a decisão "pelo motivo de que erroneamente o primeiro juiz considerou que a bandeira era "vermelha" ao passo que ela não o é no sentido da lei"?[9] A assimilação, na interpretação, do lilás ao vermelho, ou a recusa dessa assimilação, dependerá, em última instância, não de uma questão de fato, mas de um juízo de valor.

A propósito das lacunas em direito, verifica-se que estas podem surgir em decorrência da interpretação restritiva, por vezes contrária ao texto explícito, de uma disposição legal.

Eis um exemplo significativo disso. Segundo o art. 26 da Constituição belga, "o poder legislativo é exercido coletivamente pelo Rei, pela Câmara dos Representantes e pelo Senado". O art. 25 enuncia o princípio de que os poderes "são exercidos da maneira estabelecida pela Constituição" e o art. 130 diz expressamente que "a Constituição não pode ser suspensa em todo nem em parte."

Ora, durante a guerra de 1914-1918, estando na impossibilidade de reunir as Câmaras, o Rei exerceu *sozinho* o poder legislativo, sob forma de decretos-leis: como a validade desses decretos-leis foi contestada depois da guerra, a Corte de Cassação da Bélgica, num célebre acórdão de 11 de fevereiro de 1919 (*Pas*., 1919, I, p. 9), afirmou que "foi por aplicação dos princípios constitucionais que o Rei, tendo ficado durante a guerra o único órgão do poder legislativo que conservou sua liberdade de ação, tomou disposições com força de lei que comandavam imperiosamente a defesa do território e os interesses vitais da nação". Ela seguiu as conclusões do procurador-geral Terlinden que declara, notadamente: "Uma lei sempre é feita apenas para um período ou para um determinado regime. Ela se adapta às circunstâncias que a motivaram e não pode ir mais além. Ela só se concebe em função de sua necessidade ou de sua utilidade; assim, uma boa lei não deve ser intangível, pois só vale para o tempo que quis regular. A teoria pode considerar abstrações. A lei, obra essencialmente prática, só se aplica a situações essencialmente concretas. É isso que explica que, se a jurisprudência pode ampliar a aplicação de um texto, há limites para essa ampliação, e estes são atingidos toda vez que, à situação que o autor da lei havia considerado, vêm substituir-se outras, fora de suas previsões.

"Uma lei – Constituição ou lei ordinária – sempre estatui apenas para períodos normais – para aqueles que pode prever. Obra do homem, ela está sujeita, como todas as coisas humanas, à força das coisas, à força maior, à necessidade.

"Ora, existem fatos que a sabedoria humana não pode prever, situações que ela não pode imaginar e nas quais, tendo a norma se tornado inaplicável, é preciso, como se puder, afastando-se o menos possível das prescrições legais, fazer frente às brutais necessidades da hora e opor meios provisórios à força invencível dos acontecimentos."

A limitação da aplicação da lei às situações normais cria uma lacuna quando se está numa situação anormal. O caso de força maior que daí resulta obriga a preencher da melhor forma a lacuna da Constituição criada por esse fato. Vê-se imediatamente que a primazia concedida ao princípio da continuidade do Estado, que implica a do poder legislativo, prevalece sobre o respeito aos mais imperativos textos constitucionais[10].

As diversas teorias jurídicas elaboradas no século XX, seja aquela do abuso do direito, seja aquela que elabora a noção de ordem pública internacional, seja a teoria monista ou dualista das relações entre o direito internacional público e a lei interna, visam todas elas a conseqüências práticas e à primazia deste ou daquele valor em caso de conflito. Essas teorias são úteis para estabelecer princípios que guiarão os juízes na busca de uma solução razoável. Mas, quando a solução razoável se impuser, não se hesitará em adotá-la, mesmo que se seja incapaz de justificá-la em direito. Assim é que, a propósito dos inconvenientes extraordinários da vizinhança, quando um grande prédio, construído em conformidade com as prescrições legais, suprime a tiragem da chaminé de uma pequena casa vizinha, condenar-se-á o proprietário do prédio a sanar essa conseqüência desastrosa, conquanto ele não seja culpado, e se invoque erroneamente, a esse respeito, o art. 1.382 do Código Civil. Foi apenas por volta de 1960 que pôde ser encontrada uma justificação juridicamente satisfatória para decisões tomadas unanimemente pelos juízes durante cerca de um século[11].

Assim também práticas, longamente seguidas por algumas instituições, mesmo que, à primeira vista, não tenham elas fundamento jurídico, se imporão aos juízes que se esforçaram, com enorme sutileza, por encontrar-lhe uma justificação no direito[12].

Se a solução dos conflitos de valores é essencial no direito, como se poderão motivar, justificar em direito, as decisões tomadas? Que espécie de raciocínio o juiz vai utilizar nesses casos, uma vez que o recurso ao raciocínio dedutivo e indutivo é nitidamente insuficiente? Desde 1953, data da publicação, por Th. Viehweg, do volume *Topik und Jurisprudenz*, os tópicos jurídicos se tornaram de atualidade entre os juristas alemães. Uma recente obra de Gerhard Struck, *Topische Jurisprudenz*, analisa o papel dos tópicos no raciocínio judiciário e enumera mesmo um catálogo de 64 "lugares utilizados em direito"[13].

O conhecimento e a utilização desses lugares poderão bastar ao jurista? Certamente o catálogo dos lugares pode ajudar um advogado a encontrar argumentos para defender sua tese, mas o papel das faculdades de direito deve limitar-se a formar pleiteantes? Não terá a mesma importância formar legisladores, administradores e sobretudo juízes? Ora, para estes sobretudo, trata-se de encontrar a melhor solução jurídica do caso, a solução mais razoável levando em conta o direito em vigor. Um simples catálogo dos lugares, os tópicos jurídicos, não permite julgar da força dos argumentos, dirimir, em favor deste ou daquele valor, um conflito axiológico. Para consegui-lo, é necessária uma teoria da argumentação, "uma nova retórica".

Como a argumentação é essencialmente adaptação ao auditório, mostra-se indispensável um conhecimento deste. Na medida em que o juiz busca uma solução aceitável para os pleiteantes, para seus superiores e para a opinião pública esclarecida, ele deve conhecer os valores dominantes na sociedade, suas tradições, sua história, a metodologia jurídica, as teorias que nela são reconhecidas, as conseqüências sociais e econômicas deste ou daquele posicionamento, os méritos respectivos da segurança jurídica e da eqüidade na situação dada. A extrema sensibilidade aos valores, tais como eles estão vivos em determinada sociedade, condiciona o bom funcionamento da justiça, ao menos o de uma justiça que vise ao *consenso*, condição da paz judiciária. Ora, a melhor, ou uma das melhores, forma de adquirir isso é pelo ensino, tanto teórico quanto prático, da argumentação. Assim é que a concepção do direito que parece ganhar um número crescente de juristas europeus – e que se une nesse ponto às tradições americanas – impõe a inclusão, no ensino do direito, de cursos teóricos e práticos consagrados à argumentação.

Capítulo II
O raciocínio jurídico:
uma lógica da argumentação

§ 35. Lógica formal, lógica jurídica[1]

Haverá outra lógica além da formal e, mais particularmente, será lícito falar de lógica jurídica? Essa questão já foi objeto de uma troca de opiniões nos números anteriores desta revista[2], mas a discussão deveria, ao que me parece, ser retomada e continuada, pois levanta problemas de natureza fundamental.

É uma opinião geralmente admitida, entre os lógicos contemporâneos, a de que cabe identificar a lógica com a lógica formal. Compreende-se muito bem isso se se considera a evolução da lógica desde meados do século XIX. Essa ramo da filosofia recobrou vida e vigor por estímulo de matemáticos tais como Boole, Morgan, Schröder, Frege, Peano, e se identificou, cada vez mais, com uma álgebra generalizada, o que lhe valeu, aliás, em vários autores, o nome de lógica matemática[3].

Trata-se de uma lógica tal como é efetivamente manejada pelos matemáticos e que, aliás, foi elaborada, mais particularmente, por G. Frege, depois de uma análise do raciocínio matemático. As leis lógicas, assim evidenciadas, são formais, no sentido de que não dependem da matéria do raciocínio[4], o que lhes confere uma generalidade que possibilita sua aplicação nas mais variadas áreas. Segundo esses autores, não haveria lógicas especiais, mas unicamente aplicações de leis ou regras lógicas, e nada mais, em matemática, em filosofia, em dogmática jurídica, etc.[5]

Para alguns desses autores, tal como Kalinowski, a lógica é uma ciência formal por definição⁶. Mas que é que permite impor a outrem uma definição que pessoalmente se aceita? R. Feys e M.-Th. Motte se contentam em replicar a Kalinowski que "a escolha de uma terminologia é uma questão deixada às preferências pessoais"⁷. Será realmente assim? Não haverá razões pelas quais é preferível adotar esta ou aquela outra definição e, em conseqüência disso, limitar ou ampliar o alcance de uma disciplina duas vezes milenar? Bochenski e Church invocam, a propósito disso, a tradição. Bochenski deseja reportar-se aos problemas estudados no *Organon* de Aristóteles, porém, mais especialmente, nas *Primeiros analíticos*⁸. O objeto desse estudo, ele o chama lógica formal, que é o título oficial de sua obra, mas, várias vezes, o autor se expressa como se não houvesse outra lógica, no sentido próprio do termo: assim é que a capa da obra traz na parte de trás o título *Formale Logik* e na da frente o de *Logik*. A. Church é ainda mais discreto em suas tentativas de identificação. É apenas por um advérbio posto entre parênteses (*unfortunately*) que ele manifesta seu sentimento quanto ao uso da palavra "lógica" para qualificar outras matérias além da lógica formal. Invoca ele igualmente a tradição quando especifica: "Traditionally, (formal) logic is concerned with the analysis of sentences or of propositions and of proof with attention to the *form* in abstraction from the *matter*"⁹. Pondo a palavra "formal" entre parênteses, expressa ele, manifestamente, seu desejo de ver a lógica identificar-se com a lógica formal, ao mesmo tempo que trata com cuidado a verdade histórica.

Mas, efetivamente, há razões muito respeitáveis para essa identificação, conquanto não sejam coercivas e não se relacionem com a lógica formal. Ao limitar a lógica aos problemas que interessam aos matemáticos, à análise do raciocínio demonstrativo, cuja correção formal poderia, no limite, ser controlada mecanicamente, elabora-se uma ciência que se confunde com o ramo mais geral das matemáticas. A lógica se torna uma disciplina que deixa de ser filosófica e adquire o respeitável estatuto de uma ciência rigorosa, que estuda a estrutura de sistemas logísticos ou de cálculos não interpretados¹⁰.

O inconveniente dessa concepção é que ela tem como conseqüência levar o lógico a negligenciar o estudo de formas de raciocínio que têm grande importância em certas disciplinas não-matemáticas e, mais especialmente, em direito. Este utiliza tradicionalmente argumentos *a fortiori*, *a pari*, *a contrario* e o argumento por analogia. Kalinowski teria desejado introduzir o estudo desses argumentos numa lógica geral, tal como a concebe[11], seguindo o exemplo dos lógicos medievais[12]. Mas essa novidade, que vai além dos âmbitos da lógica matemática, quebraria ao mesmo tempo a unidade desta. Esses argumentos não podem, de fato, servir para uma demonstração rigorosa e não se conhece máquina capaz de manejá-los, pois o uso deles necessita, todas as vezes, de um posicionamento que lhes justificaria a aplicação em determinadas circunstâncias. De fato, o uso desses argumentos jamais se apresenta sob a forma de uma demonstração formalmente correta ou incorreta. Um argumento não é correto e coercivo ou incorreto e sem valor, mas é relevante ou irrelevante, forte ou fraco, consoante razões que lhe justificam o emprego no caso. É por isso que o estudo dos argumentos, que nem o direito nem as ciências humanas nem a filosofia podem dispensar, não se prende a uma teoria da demonstração rigorosa, concebida a exemplo de um cálculo mecanizável, mas a uma teoria da argumentação[13].

Esta deverá ser considerada alheia à lógica, porque nada tem em comum com a lógica formal, tal como ela foi elaborada, faz mais de um século, por matemáticos e lógicos seduzidos pela clareza e pelo rigor do cálculo matemático? De todo modo, ela não foi ignorada por Aristóteles, que é qualificado por todos de pai da lógica formal. Pois, não se deve esquecê-lo, a obra de lógico empreendida por Aristóteles não se limita aos *Primeiros analíticos*, e o *Organon* comporta, além das obras consagradas às provas analíticas, aquelas que examinam longamente as provas dialéticas e que pertencem a uma teoria da argumentação. Grande número de historiadores da lógica, um tanto incomodados com esse fato, saem-se airosamente considerando os *Tópicos* uma obra de juventude, superada pelos trabalhos posteriores de Aristóteles. Mas esta última afirmação nunca foi a do próprio Aristóteles, que concedia às provas dialéticas um papel específico que é impossível cumprir por meio das provas analíticas.

Por que o jurista deve recorrer a raciocínios alheios à demonstração matemática? É, acima de tudo, porque deve tratar de questões de fato, que não podem resultar de raciocínios puramente formais. Mas, mesmo quando se trata de raciocinar em direito, as técnicas do raciocínio demonstrativo não podem ser suficientes. Basta refletir, um instante, no papel da controvérsia em direito, no modo como é organizado o procedimento que permite conhecer o pró e o contra, e se admitirá que estamos diante de técnicas de raciocínio alheias matemática. É que, em direito, a pessoa não se contenta em deduzir, mas *argumenta*, e todo estudo do raciocínio e da prova em direito que descurasse dessa situação ignoraria o que constitui a especificidade da lógica jurídica.

O juiz, em todas as legislações modernas, é obrigado a julgar e a motivar suas sentenças. "O juiz que recusa julgar, a pretexto do silêncio, da obscuridade ou da insuficiência da lei, poderá ser processado como culpado de denegação de justiça" (art. 4º do Código de Napoleão). Toda sentença deve ser motivada (art. 97 da Constituição belga, pois, na falta de motivação suficiente, ela corre o risco de ser cassada pela Corte de Cassação. Obrigado a julgar e a motivar, o juiz deve tratar o direito que é incumbido de aplicar como um sistema a um só tempo coerente e completo[14]. Deve interpretar o direito de modo que, de um lado, remova as incompatibilidades e mesmo as contradições que poderiam, à primeira vista, ocorrer e, de outro lado, complete as lacunas que o legislador poderia, à primeira vista, ter deixado. E esse modo de proceder, ele deve motivá-lo relacionando suas conclusões com textos legais. Essa motivação não é coerciva, pois não resulta de um raciocínio puramente demonstrativo, mas de uma argumentação. É porque essa argumentação não é mero cálculo, e sim apreciação da força deste ou daquele raciocínio, que a liberdade e a independência do juiz constituem um elemento essencial na administração da justiça. Não se trata de corromper, nem de apiedar, nem de intimidar uma máquina de calcular, mas o juiz, por sua vez, tem um poder de decidir e, portanto, uma responsabilidade correlativa, que pode exercer com ou sem discernimento.

Ao querer reduzir a lógica à lógica formal, tal como ela se apresenta nos raciocínios demonstrativos dos matemáticos, elabora-se uma disciplina de uma beleza e de uma unidade inegáveis, mas se descura inteiramente do modo como os homens raciocinam para chegar a uma decisão individual ou coletiva. É porque, de fato, a razão prática, aquela que deve guiar-nos na ação, é muito mais próxima daquela do juiz do que daquela do matemático, que o lógico que se veda examinar a estrutura dos raciocínios alheios às matemáticas, que recusa reconhecer a especificidade do raciocínio jurídico e do raciocínio prático em geral, presta um mau serviço à filosofia e à humanidade. À filosofia, obrigada a renunciar, por causa da ausência de um fundamento teórico, ao seu tradicional papel de educadora do gênero humano. À humanidade, que à míngua de encontrar um guia nas filosofias de inspiração racional, tem de abandonar-se à irracionalidade, às paixões, aos instintos e à violência.

§ 36. A teoria pura do direito e a argumentação[1]

O notável esforço de Hans Kelsen de constituir uma ciência do direito, isenta de qualquer ideologia, de qualquer intervenção de considerações não-jurídicas, que se concretizou com a elaboração de sua teoria pura do direito (*Reine Rechtslehre*), talvez tenha sido aquele que suscitou mais controvérsias entre os teóricos do direito do último meio século. As teses apresentadas por esse mestre incontestede do pensamento jurídico, com a clareza e a força convincente que lhe caracterizam todos os escritos, questionavam tantas idéias comumente aceitas, resultavam em tantas conseqüências paradoxais – sendo a mais escandalosa delas a referente à concepção tradicional da interpretação jurídica, bem como a do papel do juiz na aplicação do direito – que nenhum teórico do direito as podia ignorar nem se abster de posicionar-se a respeito delas.

A ciência do direito, como conhecimento de um sistema de normas jurídicas, só pode constituir-se, segundo o nosso autor, excluindo tudo quanto é alheio ao direito propriamente dito. Sendo o direito um sistema de normas de coerção válida num determinado Estado, cabe diferenciá-lo nitidamente, de um lado, das ciências que estudam os fatos de todo tipo, o que é e não o que deve ser (o *Sein* oposto ao *Sollen*), e, do outro, de qualquer outro sistema de normas – de moral ou de direito natural – com o qual se quereria confundi-lo ou ao qual se quereria subordiná-lo. Uma ciência do direito só é possível, segundo Hans Kelsen, se seu objeto é fixado sem interferências alheias ao direito positivo. É por isso que a teoria pura do direito se apresenta como "a teoria do positivismo jurídico".

Nessa perspectiva, um ato ilícito é um ato que é "a condição da reação específica do direito, do ato de coerção". A sanção é pronunciada pelos juízes, aqueles que têm a competência para aplicar as regras de direito em situações determinadas pela lei. Esta é válida se foi elaborada e promulgada em conformidade a regras de um nível superior que determinam as condições de funcionamento dos poderes legislativo e executivo. Tais condições são normalmente fixadas numa constituição que fornecerá a lei fundamental do sistema jurídico ou que remeterá a outra lei que garante a validade da constituição atual.

Todo sistema de normas e de atos jurídicos é, a um só tempo, hierarquizado e dinâmico. É hierarquizado porque os atos jurídicos tiram sua validade de sua conformidade a normas jurídicas, que dependem, por sua vez, de outras normas, e assim por diante, até que se chegue à lei fundamental, que não tem justificação jurídica, mas é pressuposta por todas as normas e por todos os atos jurídicos do sistema. Um sistema de direito difere de um sistema formal, segundo Hans Kelsen, porque não é estático, e sim dinâmico. Com efeito, as normas inferiores e os atos jurídicos não podem ser deduzidos das normas que lhes condicionam a validade, pois estas fornecem unicamente o âmbito em que as normas inferiores, assim como os atos jurídicos que as aplicam, podem inserir-se validamente. O legislador, o juiz, o administrador público (pelo menos no caso da administração indireta) recebem, numa proporção variável, a autoridade necessária, seja para criar leis novas no âmbito da lei constitucional, seja para concretizar, para individualizar, uma norma geral em casos particulares de aplicação. Em todos esses casos, a ação deles é criadora do direito. Assim como o legislador não interpreta a constituição, mas decide votar certas leis, em virtude do poder legislativo que a constituição lhe atribui, assim também o juiz, ao aplicar a lei, não tem como missão dizer qual é seu sentido correto (*richtig*), mas decidir de fato, prolatando seu aresto, qual é, dentre as interpretações possíveis da lei, aquela que ele quer favorecer na ocorrência: sua decisão, assim como a do legislador, não é, segundo Kelsen, a expressão de um conhecimento, mas um ato de vontade. A motivação de uma decisão judiciária, bem como o preâmbulo que justifica um projeto de lei, pertence não à teoria do direito, mas à política jurídica, sendo mister dissociar nitidamente uma da outra. Se é incontestável que o direito é um meio visando à realização de fins sociais de toda espécie, a ciência do direito, como conhecimento de um sistema de normas, só tem como objeto o estudo dessas normas e do significado delas, independentemente das conseqüências que resultariam de sua aplicação. Todo recurso a uma interpretação teleológica das normas jurídicas sai, segundo o nosso autor, dos âmbitos da ciência do direito e pertence à política jurídica.

A teoria pura do direito se caracteriza, como acabamos de mostrar mui brevemente, por um intransigente dualismo que opõe, de um lado, o ser ao dever-ser, a realidade ao valor, o conhecimento à vontade (e, conjuntamente, as ciências da natureza às ciências do espírito, a natureza à sociedade, assim como a causalidade à imputabilidade) e, de outro, o direito à moral, e o direito positivo ao direito natural. A ciência do direito, por ser o conhecimento do direito positivo, tem de eliminar implacavelmente todas as considerações que são, por essência, alheias ao seu objeto e introduzem sub-repticiamente, por intermédio de ideologias de toda espécie, posicionamentos vinculados à política jurídica, fazendo-os passar por resultados cognitivos, pertencentes à ciência do direito. Foi tirando as conseqüências lógicas das teses que acabamos de expor que Hans Kelsen concebeu a teoria pura do direito, na qual o ponto inicial (a norma fundamental), assim como todos os pontos de passagem (de uma norma geral para uma norma mais particular, ou de uma norma para um caso de aplicação desta) dependem de decisões, de atos de vontade, que não são fundamentados no direito, mas justificados por considerações de ordem política ou moral.

Mas poderá o conhecimento guiar a vontade em moral e em política? Se adotamos o dualismo kelseniano, que é também o de Hägerström, devemos renunciar à ilusão da razão prática em todas as áreas, e não só em direito. É esse o resultado estabelecido por Alf Ross em sua *Kritik der sogenannten praktischen Erkenntnis* (Leipzig, 1933). Mas então se poderá falar seriamente de uma decisão razoável, de um juízo bem motivado, de uma escolha justificada, de uma pretensão fundamentada? E se semelhantes asserções não passarem de racionalizações destinadas a enganar os ingênuos, toda vida social expressará outra coisa além de relações de força, e a filosofia prática servirá para outra coisa além de cobrir com um manto de respeitabilidade o que os interesses e as paixões impõem pela coerção?

Parece-me que todos os paradoxos da teoria pura do direito, assim como todas as suas implicações filosóficas, derivam de uma teoria do conhecimento que só dá valor a um saber não controverso, inteiramente fundamentado nos dados da experiência e da prova demonstrativa, desprezando totalmente o papel da argumentação. Com efeito, nem a experiência nem a demonstração lógica permitem a passagem do ser para o dever-ser, da realidade para o valor, de comportamentos para normas. Por conseguinte, como toda justificação racional das normas parece excluída na perspectiva kelseniana, estes dependem efetivamente de imperativos religiosos, de revelações sobrenaturais. As metafísicas racionalistas que buscaram um fundamento puramente humano para nossas normas e para nossos valores não são, de fato, senão ideologias, que se esforçam em vão para substituir-se ao fundamento religioso não-racional. E, sobre esse ponto, é difícil não seguir o nosso autor: se nos recusamos a considerar como probatórias intuições controversas, não existe, no campo das normas e dos valores que nos regem a ação, provas demonstrativas e coercivas. Mas cumprirá, à míngua de prova demonstrativa, renunciar a justificar mediante uma argumentação, tão convincente quanto o possível, nossas escolhas e nossas decisões, nossos valores e nossas normas? E cumprirá, com a ambição de constituir uma ciência e uma teoria pura do direito, considerar como juridicamente arbitrário tudo quanto não pode ser justificado senão por meio de uma argumentação assim?

Para constituir uma ciência do direito tal como ele é, e não tal como deveria ser, é preciso, ao que me parece, renunciar ao positivismo jurídico, tal como é concebido por Kelsen, para se consagrar a uma análise detalhada do direito positivo, tal como se manifesta efetivamente na vida individual e social e, mais particularmente, nas cortes e tribunais. Esta revela, de fato, que o dualismo kelseniano não corresponde nem à metodologia jurídica nem à prática judiciária.

Observe-se, para começar, que um sistema de direito não se apresenta de modo tão formal e impessoal quanto um sistema axiomático, lógico ou matemático. Estando constituído um sistema formal, suas propriedades podem ser objeto de um estudo objetivo, inteiramente independente da vontade do lógico ou do matemático. Trate-se de provar que o sistema é coerente, que nele não se podem demonstrar uma proposição e sua negação, ou que é completo, que nele se pode demonstrar qualquer proposição bem-formada ou sua negação, as propriedades do sistema dependem apenas de sua estrutura. Mas não se dá o mesmo em direito. Nos sistemas jurídicos modernos, o juiz é obrigado, sob pena de sanções penais, a julgar e a motivar suas decisões. Com efeito, "o juiz que recusar julgar, a pretexto do silêncio, da obscuridade ou da insuficiência da lei, poderá ser processado como culpado de denegação de justiça" (art. 4º do

Código de Napoleão). Ele deve dizer o direito em todos os casos que dependem de sua competência. Com isso, é ele obrigado a julgar e a argumentar como se o sistema de direito que ele aplica não tivesse lacunas e não comportasse antinomias. Para evitar a denegação de justiça, o juiz deve, obrigatoriamente, considerar as lacunas e as antinomias como aparentes, sem que resulte do sistema, de uma forma não-ambígua, o modo como ele deve proceder para chegar ao resultado, ou seja, à decisão motivada que dele se espera. Se o sistema de direito supostamente não tem lacunas nem antinomias, ele deve isso ao poder de decisão concedido ao juiz.

Mas, esse poder, que não é limitado por um âmbito legal claramente definido de uma vez por todas – pois os termos de uma lei, claros e desprovidos de ambigüidade, no que tange a certos casos de aplicação, podem deixar de sê-lo noutras situações –, tampouco é um poder arbitrário que o juiz pode usar como bem entender: ele tem, com efeito, a obrigação de motivar suas decisões. As decisões, a motivação delas, contribuem para a elaboração da ordem jurídica, pois fornecem precedentes para decisões futuras. O sistema jurídico se constitui, de fato, progressivamente, porque os precedentes permitem a aplicação da regra de justiça, que requer que se trate da mesma forma situações essencialmente semelhantes. É verdade que essa regra não é unívoca nem coerciva, pois o juiz está autorizado a mostrar que a nova situação não é essencialmente semelhante ao precedente; mas não lhe basta pretendê-lo, ele deve ainda justificar seu ponto de vista. É por causa da inegável importância dos precedentes e da regra de justiça que a jurisprudência fornece materiais para a doutrina; esta delimitará num âmbito conceitual as decisões judiciárias que justificam as construções teóricas que fornecem, por seu turno, argumentos que motivarão as decisões futuras. Não se pode explicar a vida real do direito sem reconhecer essa interação da jurisprudência e da doutrina, em que o conhecimento e a vontade colaboram intimamente para satisfazer, na medida do possível, a um só tempo, as nossas necessidades de segurança e de eqüidade.

Estando admitido que o juiz possui um poder de decisão, tanto maior quanto mais vagos são os termos da lei, é normal que dele se sirva considerando o direito como o que é efetivamente, um meio para a realização de certos fins políticos e sociais. Se se concede ao juiz um poder de interpretação que a Corte Suprema do país pode limitar em certas matérias – como em direito penal, por exemplo – é dela, no final das contas, do modo como ela compreende seu papel no sistema jurídico, que depende a extensão desse poder. É inegável que, em cento e cinqüenta anos, a concepção desse papel, na Bélgica e na França, evoluiu muito, e que as cortes de cassação adquirem, com o texto do Código de Napoleão, liberdades inimagináveis no início do século XIX. Enquanto a não-aplicação constante de certos textos os faz cair em desuso, a aplicação regular de certas teorias pode modificar completamente o sentido e o alcance dos textos legais, e introduzir-lhes disposições alheias à lei. Dever-se-á negar que, nesses casos, trata-se de direito positivo? Seria opor ao direito real e efetivamente aplicado uma concepção do direito tal como ele deveria ser. Mas qual é a ciência em que as teorias podem prevalecer contra os fatos, ainda que os fatos nos mostrem, contrariamente à teoria, uma interação constante do normal e do normativo? É também um fato, contrariamente às teses positivistas, que nas decisões judiciárias são introduzidas noções pertencentes à moral; algumas que foram fundamentadas, no passado, no direito natural, são hoje consideradas, mais modestamente, conformes aos princípios gerais do direito. A partir de alguns raros textos do Código Civil, interpretados, aliás, de encontro ao seu sentido literal, o direito internacional privado construiu um edifício imponente para a solução dos conflitos das leis, em que a noção de ordem pública internacional foi elaborada levando em conta considerações de ordem moral e política. Poder-se-á negar que essa noção faça parte do direito positivo e pertença unicamente à política jurídica?

A teoria pura do direito viu-se confrontada com dificuldades em decorrência da inegável oposição que existe entre a idéia de um sistema de direito identificado com a soberania do Estado – que considera uma norma estatal como a lei fundamental – e as exigências da construção de um direito público internacional – em que a lei fundamental seria uma norma de natureza supra-estatal. As duas construções serão igualmente arbitrárias, ou haverá razões, vinculadas à argumentação, para dar preferência a uma concepção nacional ou internacional da lei fundamental? Cada teórico do direito deve posicionar-se a esse respeito, se não se contenta em desenvolver hipóteses referentes a sistemas jurídicos possíveis, mas se quer descrever um sistema de direito tal como funciona efetivamente. Se podemos, empregando uma comparação do próprio Kelsen, comparar os dois pontos de vista opostos aos sistemas geocêntrico de Ptolomeu e heliocêntrico de Copérnico, qual astrônomo não fez sua escolha, por razões que acha suficientemente válidas? E por que cumprirá proibir em direito o que parece normal em astronomia, conquanto a ideologia se tenha imiscuído nessas matérias, como no caso de Galileu?

Se uma ciência do direito pressupõe posicionamentos, tais posicionamentos não serão considerados irracionais, quando puderem ser justificados de uma forma razoável, graças a uma argumentação cujas força e pertinência reconhecemos. É verdade que as conclusões de tal argumentação nunca são evidentes, e que não podem, como a evidência, coagir a vontade de todo ser razoável. Elas só podem inclina-la para a decisão mais bem-justificada, aquela que se apóia na argumentação mais convincente, embora não se possa afirmar que ela exclui absolutamente qualquer possibilidade de escolha. Assim é que a argumentação apela para a liberdade espiritual, embora seu exercício não seja arbitrário. Graças a ela é que podemos conceber um uso razoável da liberdade, ideal que a razão prática se propõe em moral, em política, mas também em direito.

§ 37. O raciocínio jurídico[1]

Para precisar a noção de *raciocínio jurídico*, entendemos por essa expressão o raciocínio do juiz, tal como se manifesta numa sentença ou aresto que motiva uma decisão. As análises doutrinais de um jurista, os arrazoados dos advogados, as peças de acusação do Ministério Público fornecem razões que podem exercer uma influência sobre a decisão do juiz: apenas a sentença motivada nos fornece o conjunto dos elementos que nos permitem pôr em evidência as características do raciocínio jurídico.

O dispositivo da sentença, a parte que contém a decisão do juiz, é precedido pelo enunciado dos considerandos, ou seja, das razões que motivaram essa decisão. O raciocínio judiciário se apresenta, assim, como o próprio padrão do raciocínio prático, que visa a justificar uma decisão, uma escolha, uma pretensão, a mostrar que elas não são arbitrárias ou injustas. A sentença será justificada se resultar dos considerandos que ela é conforme ao direito.

Assimilar o raciocínio judiciário a um silogismo, cuja conclusão seria verdadeira, porque pode ser demonstrada formalmente a partir de premissas verdadeiras, é mascarar a própria natureza do raciocínio prático, é transformá-lo num raciocínio impessoal, do qual se terá eliminado todo fator de decisão, que é, contudo, essencial. O que há de especificamente jurídico no raciocínio do juiz não é de modo algum a dedução formalmente correta de uma conclusão a partir de premissas – nisso a dedução em direito nada tem de particular – mas são os raciocínios que conduzem ao estabelecimento dessas premissas no âmbito de um sistema de direito em vigor.

O apelo ao juiz é indispensável se se quer, sem administrar justiça pessoalmente, modificar, mediante uma coerção legal, um estado de coisas existente ou, pelo menos, consolidá-lo, transformando, mediante uma decisão de justiça, um estado de fato em estado de direito.

Em nosso sistema, o juiz não tem de tomar a iniciativa: ele é encarregado de resolver um caso. Regras estritas de competência visam a eliminar qualquer designação de juiz que especulasse sobre a atitude que ele poderia adotar quando do desenrolar de um processo. Uma garantia essencial da imparcialidade da decisão é fornecida pelo fato de que ninguém pode ser forçado a comparecer a uma jurisdição incompetente. Esse temor muito compreensível de tribunais especiais explica o art. 94 da Constituição belga, que reza expressamente: "Não podem ser criados comissões nem tribunais especiais, sob qualquer denominação que seja." Não podemos esquecer, de fato, que todo o desenrolar de um processo visa a convencer o juiz, que decide finalmente se, em sua opinião, os fatos estão bem estabelecidos e que conseqüências jurídicas deve tirar deles. Compreende-se que as técnicas de prova e de demonstração, utilizadas pelas partes, deverão, para ser bem-sucedidas, adaptar-se às convicções e à formação daqueles de quem depende a decisão. Cabe, às vezes, precaver-se contra a inexperiência deles. Assim é que o direito americano, em que mais processos do que entre nós são pleiteados perante um júri, é mais exigente quando à admissibilidade das provas do que o direito belga ou francês, no qual se pleiteia esses mesmos casos perante um magistrado tagado, mais crítico e menos impressionável.

Em todo processo, o demandante ou o acusador deve fundamentar sua pretensão ou sua acusação, estabelecendo "o fato que lhe dá origem e as conseqüências jurídicas que dele decorrem relativamente ao sistema de direito em vigor"[2]. É o juiz, em sua sentença, que deverá dizer se acolhe ou rejeita o pedido ou a acusação, e indicar as razões que lhe motivam a decisão. Essas razões podem referir-se a elementos de fato e a elementos de direito.

No que tange ao estabelecimento dos fatos, cada sistema jurídico elaborou uma teoria da prova, cujas características é importante conhecer.

Que se poderá provar, quem tem o ônus da prova, que será preciso provar, como se deverá provar? Todas essas questões receberão respostas diferentes conforme o juiz seja considerado neutro, devendo unicamente apreciar o valor das provas trazidas pelas partes – sem infringir, aliás, o que a lei prevê quanto à matéria –, ou conforme o juiz seja encarregado de investigar ativamente a materialidade dos fatos, o que é chamado igualmente a *verdade objetiva*.

Essas duas concepções que, teoricamente, parecem dominar, a primeira o direito civil liberal, a segunda o direito dos

Estados socialistas, têm cada uma delas seu limite nos valores fundamentais que a concepção oposta deseja salvaguardar. O juiz neutro de um processo civil, na Bélgica ou na França, pode proceder a interrogatórios, a inquéritos, designar peritos para esclarecê-lo; o desejo de estabelecer a materialidade dos fatos pode obrigá-lo a sair de sua passividade, ainda que esta seja uma certa garantia de sua neutralidade. Em contrapartida, o juiz de um Estado socialista não pode sacrificar, à busca da verdade objetiva, as preocupações legítimas que visam à proteção das situações existentes e da ordem estabelecida. Não se imagina um sistema de direito em que nos possamos opor, a qualquer pretexto que seja, à autoridade da coisa julgada, em que possamos produzir provas, mediante testemunhas, de contratos cujo próprio caráter impõe uma prova escrita pré-constituída.

O juiz tem o direito de declarar que a prova de certos fatos é inadmissível. Pode recusar-se a admitir a prova de fatos irrelevantes, cuja materialidade em nada influencia o desfecho do processo, assim como de fatos cuja prova não é permitida, por exemplo, daqueles em que se aventa uma difamação, e isto com o intuito de proteger a reputação das pessoas privadas. É inadmissível, igualmente, a prova de fatos aos quais se opõe uma presunção legal, irrefragável, tal como a autoridade da coisa julgada. Assim também, o marido, pai presumido da criança concebida durante o casamento, é o único que pode contestar-lhe a legitimidade, e isto unicamente provando que estava na "impossibilidade física de coabitar com a mulher entre o $10^{\underline{o}}$ e o $6^{\underline{a}}$ mês que precederam o nascimento"; ele dispõe, aliás, para a sua ação, de um prazo muito curto, de um ou dois meses. O juiz tampouco admitirá a prova de fatos cobertos pela prescrição. Estes poucos exemplos mostram como a consideração de um interesse social superior pode opor-se ao estabelecimento da "verdade objetiva".

Por outro lado, a vida social teria sido impossível se o demandante e o demandado, o acusador e o acusado, tivessem sido tratados da mesma forma no que concerne ao ônus da prova. Em nosso direito, o réu é presumido inocente até prova do contrário: ninguém deve provar sua inocência; o acusador é que deve produzir a prova da culpabilidade do réu. Assim também, cabe ao demandante, que deseja obter do tribunal uma decisão que modificaria, em seu favor, um estado de fato, provar que esse estado é contrário ao direito. O demandado pode contentar-se em negar. Apenas se alega algo para a sua defesa é que tem o ônus de provar o que afirma.

Essa distribuição do ônus da prova, que parece normal e eqüitativa quando se trata de relações civis entre particulares, supostamente mais ou menos iguais, já não o é quando se trata de relações entre um particular e uma administração pública que em geral é a única detentora dos documentos probatórios. É por isso que, em direito administrativo, o juiz pode ordenar à administração que apresente toda a documentação referente a uma ação, ainda que ela deva, assim, trazer ela própria as provas que se voltarão contra ela. Concebe-se que a tendência que se impõe em direito administrativo seja aquela que prevalece num Estado socialista, onde a maioria dos contratos, tais como o contrato de trabalho e de emprego, de compra e de venda, supõem a intervenção de um organismo oficial. É para estabelecer a igualdade das partes, desiguais no início, que se pede ao juiz que intervenha ativamente a fim de facilitar o estabelecimento da materialidade dos fatos.

Que será preciso provar? Todos os fatos pertinentes, cuja prova é admissível, e que não são nem notórios, nem incontestes, nem presumidos.

Dentre os fatos que podem ter alguma influência sobre o desfecho do processo, não cabe provar os fatos notórios, ou seja, aqueles de que, em nossa sociedade, todo homem normal tem conhecimento. Tampouco cumpre provar os fatos sobre os quais as partes estão de acordo, salvo nos processos em que o interesse público está em jogo. Tampouco cumpre provar os fatos presumidos.

As presunções, diz o art. 1.349 do Código de Napoleão, são conseqüências que a lei ou o magistrado tiram de um fato conhecido para um fato desconhecido. Daí resulta que a presunção determina o deslocamento da prova, toda vez que o fato de que se tira a presunção deve, por sua vez, ser provado.

Quando se trata de presunções legais, em geral nenhuma prova contrária é admitida; mas, em certos casos, a presunção não tem outro efeito senão deslocar o ônus da prova. É isso, de qualquer modo, que se passa com todas as presunções que são próprias do magistrado.

Quando o magistrado pode apreciar livremente o valor probatório dos fatos alegados, consoante sua convicção íntima, diz-se que a prova é livre. Em contrapartida, quando a prova é legal, ou seja, regulamentada pela lei, o magistrado só tem liberdade de apreciar o valor das provas quando a lei autoriza a prova testemunhal, isto é, quando se trata de provar *fatos*; em contrapartida, a prova por escrito é quase sempre exigida quando se trata de provar a existência de *atos* jurídicos.

No que tange ao estabelecimento dos fatos, o raciocínio do juiz só é explícito para o que é especificamente jurídico, a saber: a admissibilidade das provas, o jogo das presunções e o ônus da prova daí resultante. Com efeito, tendo mostrado que se amolda às prescrições legais na matéria, o juiz já não tem de indicar como chegou a fundamentar sua convicção, de declarar que fatos estão ou não estão suficientemente estabelecidos.

Cumpre assinalar, para terminar este exame do raciocínio judiciário referente à prova dos fatos, que acontece com o juiz, sobretudo com o que julga em última instância, recorrer à ficção, decidindo, de uma forma contrária à evidência, que tais fatos ocorreram ou não, e isto a fim de chegar à decisão judiciária desejada sem, todavia, violar a lei. Assim é que um júri belga, que tinha de julgar o caso de uma mãe, acusada de ter provocado a morte do filho, monstruoso de nascimento, e desejando a absolvição da ré, da qual tinha mais piedade do que horror, respondeu negativamente ao quesito relativo à materialidade dos fatos. Uma latitude assim mostra a utilidade do júri que pode, mediante uma decisão relativa aos fatos, impedir a aplicação rigorosa da lei em todos os casos em que esta chocaria a opinião pública.

O magistrado só se interessa pelo estabelecimento dos fatos na medida em que estes podem ter conseqüências legais no processo que lhe é submetido. Ora, para que seja assim, os fatos devem ser *qualificados*, ou seja, subsumidos sob os termos da lei.

A estrutura desta pode ser normalmente analisada de modo que se distingam duas partes, das quais a primeira enuncia as condições legais e a segunda as conseqüências que o juiz pode ou deve delas tirar. Essas condições precisarão, por exemplo, que um roubo cometido *à noite* deve ser punido de uma forma particularmente rigorosa; que o fato de seguir, em passeata, uma bandeira *vermelha* no dia 1º de maio é punível; que se dá o mesmo com o fato de dirigir um veículo em *estado de embriaguez*, que, nos casos de *urgência*, o Estado, dispensado de recorrer a uma licitação pública, pode tratar amigavelmente.

Poder-se-á dizer que o roubo cometido, à meia-noite, num cassino feericamente iluminado, constitui um roubo cometido à noite, segundo os termos da lei? Será que pode ser assimilada a uma bandeira vermelha, nos termos da lei, uma bandeira cor-de-rosa ou lilás apresentada na audiência? A partir de que momento um motorista de veículo poderá ser declarado em estado de embriaguez? Qual é o prazo disponível que não permite à administração pública invocar a urgência? Não basta descrever com precisão os fatos para que se imponha uma resposta uniforme a todas essas questões. Esta depende, de fato, da apreciação do juiz, do modo como este qualifica os fatos e interpreta a lei em conseqüência[3].

Quando as condições de aplicação de uma lei estão definidas mais vagamente, aumenta-se o poder de apreciação do juiz; em contrapartida, se se quer diminuir esse poder de apreciação, devem-se precisar os termos da lei, substituindo, por exemplo, um critério qualificativo por um critério quantitativo: assim é que a lei belga de 15 de abril de 1958, em vez de referir-se ao estado de embriaguez, sanciona com penas correcionais o fato de haver dirigido um veículo em um local público, após haver consumido bebidas alcóolicas em quantidades tais que a alcoolemia (a quantidade de álcool no sangue) do detido, no momento do fato, seja de pelo menos 1,5%. Como a alcoolemia resulta de uma peritagem, o juiz não pode contestar esse fato, a menos que uma contraperitagem, contestando o primeiro resultado, devolva ao juiz sua liberdade de apreciação.

Note-se que uma definição jurisprudencial, elaborada por uma instância superior, pode, na falta de definição legal, vir limitar a liberdade de apreciação do juiz, cujo poder permanece, não obstante, considerável no que concerne à qualificação dos fatos e à sua subsunção sob uma norma legal.

Estando os fatos estabelecidos, e qualificados em conformidade com a lei, a conseqüência jurídica pode impor-se ao juiz sem lhe deixar nenhum poder de apreciação (será punido de morte...), ela pode deixar-lhe uma margem de apreciação limitada (será punido com trabalhos forçados de quinze a vinte anos), ou mesmo conceder-lhe um poder discricionário ou de libre apreciação (o juiz pode ou poderá punir com..., o juiz decidirá em eqüidade). Se é verdade que a lei deixa ao juiz o direito de apreciar o montante das reparações, depois de um dano ocasionado pela falta de outrem (art. 1.382), para evitar muita arbitrariedade nessa matéria, os juízes são levados rapidamente a estabelecer tarifas jurisprudenciais, das quais só se afastarão excepcionalmente.

O poder de apreciação do juiz, ao qual cumpre inevitavelmente recorrer quando são vagos os termos da lei, desempenha um papel essencial quando se trata de evitar as conseqüências iníquas ou socialmente indesejáveis da lei, em sua aplicação a certos casos particulares. Eis um exemplo. Segundo o art. 11 do Código de Napoleão: "O estrangeiro usufruirá na França direitos civis iguais a que são reconhecidos ou serão concedidos aos franceses pelos tratados da nação à qual pertencer esse estrangeiro." Supondo-se que se trate de um apátrida, ou de um estrangeiro cuja nação não assinou nenhum tratado de reciprocidade com a França, vai-se privá-lo dos direitos mais elementares, tais como o direito de casar-se, de ser proprietário ou de litigar em justiça? Por um aresto de 13 de outubro de 1880, a Corte de Cassação da Bélgica, tendo de interpretar esse mesmo texto, também utilizado no direito belga, decidiu que, independentemente de todas condições de reciprocidade, o estrangeiro usufruirá na Bélgica os direitos naturais, ou seja, aqueles que não se podem recusar decentemente a nenhum ser humano. Os direitos civis aos quais alude o art. 11 se limitariam àqueles que não podem ser considerados direitos naturais (por exemplo, o direito à assistência em caso de necessidade). Assim também, como a proibição de estipular para outrem trazia empecilho ao desenvolvimento do seguro de vida em proveito dos membros da família, a jurisprudência do final do século passado reinterpretou os arts. 1.119 e 1.121 do Código Civil de modo que ficassem compatíveis com essa instituição julgada socialmente útil.

O juiz deve dizer o direito: não podendo recusar-se a julgar, sem se tornar culpado de denegação de justiça "a pretexto do silêncio, da obscuridade ou da insuficiência da lei" (art. 4º do Código de Napoleão), incumbe-lhe, mesmo que o direito lhe pareça conter lacunas ou antinomias, pronunciar sua sentença e motivá-la, enumerando os considerandos que lhe justificam decisão. É a análise desses considerandos e de suas relações com o dispositivo que comporta a decisão judiciária que nos poderá esclarecer sobre a especificidade do raciocínio jurídico. Poderão objetar-nos que é importante conhecer "os motivos dos motivos", ou as razões que fizeram estas considerações prevalecerem sobre aquelas outras. Sem dúvida, mas estas, além de haver o risco de nos escaparem numa imensa medida, não dependem da lógica jurídica. O lógico, interessado pela lógica jurídica, deve analisar *o texto* da sentença que o juiz entrega à apreciação crítica da opinião pública, de seus colegas e das instâncias superiores.

Normalmente, a motivação da sentença comportará elementos de fato e de direito.

No que diz respeito ao estabelecimento dos fatos, o juiz muitas vezes pode ater-se a declarar que os fatos estão ou não estão estabelecidos, mas tem de indicar as razões por que descarta as objeções do demandante ou do demandado, quando estas se referem a questões de direito relativas à prova.

A demonstração relativa às conseqüências jurídicas que ele tira dos fatos estabelecidos pode limitar-se à indicação dos textos a que sua decisão se refere. Mas se esses textos são descartados, ou interpretados de um modo que não é habitual, o juiz deve explicar seu modo de proceder. Assim é que o essencial da motivação consiste numa justificação, que será sobretudo a refutação das objeções descartadas. As razões fornecidas pelo juiz serão argumentos, que não são coercivos, como numa demonstração matemática, mas que têm uma força convincente variável. A aplicação de um texto legal, de preferência a outro, a interpretação desses textos, o recurso a princípios gerais, a apreciação das conseqüências que resultariam da aplicação da lei, todos esses elementos serão normalmente desenvolvidos consoante as conclusões das partes. Assim é que, contrariamente ao que se passa num sistema dedutivo formal em que, estando aceitas as premissas, as conclusões que delas se tiram se impõem e não podem ser descartadas, em direito algumas teorias que levam essencialmente em conta conseqüências sociais da aplicação de textos legais podem vir a limitar o alcance destes. Assim é que a teoria do abuso do direito vem limitar o art. 544 do Código de Napoleão e veda ao proprietário usar de sua propriedade com o intuito de prejudicar maldosamente a outrem. Assim também, e contrariamente à interpretação habitual do art. 3º do Código de Napoleão, a jurisprudência pôde limitar a aplicação aceita da lei estrangeira, quando se trata do estado e da capacidade dos estrangeiros, quando essa aplicação se opõe ao que se chamou "de ordem pública internacional".

O raciocínio jurídico, mesmo sendo sujeito a regras e a prescrições que limitam o poder de apreciação do juiz na busca da verdade e na determinação do que é justo – pois o juiz deve amoldar-se à lei –, não é uma mera dedução que se ateria a aplicar regras gerais a casos particulares. O poder concedido ao juiz de interpretar e, eventualmente, de completar a lei, de qualificar os fatos, de apreciar, em geral livremente, o valor das presunções e das provas que tendem a estabelecê-los, o mais das vezes basta para permitir-lhe motivar, de forma juridicamente satisfatória, as decisões que seu senso de eqüidade lhe recomenda como sendo, social e moralmente, as mais desejáveis.

Se acaso uma legislação francamente iníqua não lhe permitir, por uma ou outra razão, exercer seu ofício em conformidade com sua consciência, o juiz é moralmente obrigado a renunciar a suas funções. Pois ele não é uma simples máquina de calcular. Contribuindo, com seu concurso, para o funcionamento de uma ordem iníqua, ele não pode esperar isentar sua responsabilidade.

A análise do raciocínio jurídico, do modo como o formalismo, ou seja, o respeito à letra da lei e aos precedentes judiciários, nele se combina com o pragmatismo, ou seja, a apreciação das conseqüências da aplicação da lei, é útil tanto ao lógico, interessado pela estrutura de um raciocínio não formal, quanto ao moralista, que pode apreender ao vivo as relações dialéticas que as regras gerais e os casos particulares mantêm entre si. Com demasiada freqüência, de fato, os lógicos se ativeram a estudar as técnicas do raciocínio e os meios de prova das ciências dedutivas e indutivas; com demasiada freqüência, foi inspirando-se no modelo fornecido por estas que se procurou elaborar a metodologia das ciências humanas, do direito, da filosofia e, em especial, da filosofia moral. Seria útil que se reconhecesse, afinal, a especificidade dos raciocínios que, tal como o raciocínio jurídico, conduzem a conclusões de ordem prática, que visam a justificar decisões, escolhas e pretensões, que buscam estabelecer a racionalidade de uma conduta[4].

§ 38. Raciocínio jurídico e lógica jurídica[1]

Se entendemos por raciocínio jurídico todo raciocínio que, direta ou indiretamente, se refere à aplicação da lei, concebida no sentido mais lato, são as sentenças e os arestos das Cortes e Tribunais que nos fornecem seus espécimes mais autorizados. As publicações doutrinais e os arrazoados das partes, por ocasião de um processo, devem ser concebidos, nessa perspectiva, apenas como auxiliares da justiça, sendo seu papel o de esclarecer e de influenciar o juiz em sua busca da decisão mais conforme ao direito. Eles devem, de fato, fornecer ao juiz elementos de fato e de direito, que lhe permitirão, a um só tempo, formar uma convicção e motivar sua decisão.

É óbvio que a doutrina pode dirigir-se não só ao juiz, mas também ao legislador, para sugerir-lhe uma nova legislação ou uma emenda às leis existentes. Mas, nesse caso, o raciocínio *de lege ferenda* irá necessariamente além do âmbito jurídico e deverá apelar para argumentos de natureza política. Note-se, aliás, que o recurso a tais argumentos não está excluído, do raciocínio jurídico, quando se apreciam as conseqüências para justificar a escolha de uma interpretação da lei.

A existência de um raciocínio especificamente jurídico não é contestado por nenhum daqueles que estudam o direito, mas muitos lógicos contestam a existência de uma lógica jurídica. Com efeito, pretendem eles, se a lógica se identifica com a lógica formal, que elabora e analisa as regras de uma dedução formalizada – e cuja matéria pode ser fornecida por qualquer disciplina que seja –, não há mais razão para falar de lógica jurídica (quando os termos de um silogismo, por exemplo, são extraídos do direito) do que se falaria de lógica química ou biológica, quando os termos são extraídos da química ou da biologia.

É verdade que os enunciados jurídicos contêm amiúde noções tais como: "é permitido", "é proibido", "é obrigatório", que foram formalizadas e analisadas por um novo ramo da lógica formal, chamado "lógica deôntica", recentemente elaborado por incentivo do lógico e filósofo finlandês G. H. Von Wright[2]. Cumpre constatar, a esse respeito, que a lógica deôntica nada tem de especificamente jurídico, pois as análises e formalizações que nos apresenta, e que nos esclarecem sobre certos usos possíveis dos operadores deônticos, se aplicam a todos os enunciados que comportam elementos prescritivos, e não somente aos enunciados jurídicos.

A noção de lógica jurídica não me parece poder ser utilizada num sentido específico inegável, a não ser que se reconheça, ao lado de uma lógica formal, que elabora a teoria da prova demonstrativa, a existência de uma lógica não-formal, dedicada ao estudo da argumentação, ou seja, do conjunto dos raciocínios que vêm apoiar ou combater uma tese, que permitem criticar e justificar uma decisão. A lógica jurídica examinaria as argumentações específicas ao direito, tais como foram aliás ensinadas, durante séculos, com o nome de "Tópico jurídico"[3].

Os desenvolvimentos da lógica formal moderna, que se situam numa tradição cientificista, primeiro cartesiana (que confere uma importância essencial às intuições evidentes), depois leibniziana (que se vincula sobretudo ao estudo de cálculos formalizados), fizeram afastar da lógica todos os meios de prova alheios à prova demonstrativa, ou seja, coerciva. A lógica moderna se limita, assim, ao estudo das provas que ele qualificava de *analíticas*, omitindo todas aquelas que ele qualificava de *dialéticas*, e que são as que vêm apoiar uma opinião ou que se opõem a ela. Estas últimas, que se relacionam com a argumentação, são, de fato, fortes ou fracas, mas jamais coercivas e, por isso mesmo, jamais impessoais. Com efeito, perante uma prova formalmente correta, conforme às regras de inferência, se a verdade das premissas não é contestada, tem-se de se inclinar diante da conclusão. Em contrapartida, a prova argumentativa nunca exclui a argumentação em sentido oposto. Uma prova, que parece convincente a um, pode não persuadir um outro. Diante dessas divergências, é, portanto, indispensável designar juízes competentes para conhecer e dirimir os litígios e cujas decisões terão autoridade.

Se se trata de resolver um problema de aritmética, ninguém pensaria em designar o matemático qualificado para fornecer a resposta autorizada, pois quase não se imagina desacordo a propósito disso. Foi inspirando-se no modelo matemático que Descartes pôde escrever em suas *Regulae*[4]: "Todas as vezes que dois homens enunciam sobre a mesma coisa um juízo contrário, é certo que um dos dois se engana. Há mais, nenhum deles possui a verdade; pois se ele tivesse uma visão clara e nítida dela, poderia expô-la ao adversário de tal modo que acabaria por forçar-lhe a convicção". Mas nenhum jurista está seguro, da mesma forma, da evidência de suas teses e, muito amiúde, em matéria jurídica, as posições ficam irredutivelmente opostas. É que as teses jurídicas são fundamentadas não em provas demonstrativas, mas em argumentos cuja força e pertinência podem ser diversamente apreciadas. Para dirimir os conflitos, o recurso a uma autoridade competente se mostra, pois, indispensável.

Não se compreenderia de modo algum essa situação se o raciocínio jurídico pudesse ser reduzido inteiramente a um raciocínio do tipo demonstrativo. De fato, aquilo a que se chama uma *demonstração*, em direito, não é mais do que uma *argumentação*, e a lógica jurídica comporta o estudo de esquemas argumentativos não-formais, próprios do contexto jurídico. Enquanto a demonstração é impessoal e poderia mesmo ser controlável mecanicamente, toda argumentação se dirige a um auditório que ela se empenha em persuadir ou em convencer, cuja adesão, às teses defendidas pelo orador, ela deve ganhar. É essencial conhecer esse auditório, saber quais são as teses que, se supõe, ele aceitaria, e que poderiam servir de premissas para a argumentação que a pessoa se propõe desenvolver. Cumpre, aliás, que tais teses sejam aceitas com uma intensidade suficiente e que suportem, sem desgaste, o peso da argumentação. Se não for esse o caso, elas correm o risco de ser abandonadas pelo ouvinte e toda a argumentação que lhes é vinculada desabaria como um quadro preso a um prego mal fincado na parede.

Quando se trata de um auditório livre para aderir às teses de sua escolha, o orador deve, quer se informar das convicções desse auditório, quer as presumir. Mas, como se supõe que todos aqueles que participam de um raciocínio jurídico raciocinam no seio de um determinado sistema de direito, eles estão ligados, por assim dizer, pelas teses aceitas nesse sistema. Os oradores que se dirigem ao juiz podem basear-se em todas as regras de fundo e de processo tiradas do sistema, e que o juiz não pode recusar sem se tornar culpado de uma violação da lei. Aliás, é consoante essas regras que o próprio juiz deverá motivar sua sentença, de forma a obter o assentimento de seus pares, de seus superiores e da opinião dos juristas, sobre o fato de que prolatou uma sentença conforme ao direito. Mas sabemos que, ao lado de regras de direito que ninguém cogita em contestar, nem em interpretar à sua maneira, todo sistema de direito comporta bastantes elementos de incerteza, dá ao juiz bastante liberdade e depende tanto da convicção íntima do juiz, no que tange ao estabelecimento dos fatos, que a personalidade do juiz sempre cumpre um papel, às vezes limitado, mas às vezes decisivo, no desenrolar do processo e em seu desfecho. Como é, no final das contas, ao juiz que o raciocínio jurídico deverá convencer, como esse raciocínio não é uma demonstração impessoal, mas sua eficácia depende do efeito que produz no auditório, é importante precaver-se contra a parcialidade dos magistrados. Não convém que estes sejam escolhidos consoante a atitude presumida para com as partes envolvidas ou para com o problema em discussão. É por essa razão que se zela por que se saiba de antemão qual juiz terá de dirimir os processos de um determinado gênero, e que se procura proibir, num regime democrático, o recurso a jurisdições de exceção. Quando os juízes são designados posteriormente, como num júri criminal, cada parte tem o direito de recusar as pessoas que lhe pareceriam mal dispostas para com a causa que defende.

Em todo litígio de ordem jurídica, cabe considerar, no que diz respeito ao raciocínio, e independentemente das questões de procedimento, três aspectos, que são: a prova dos fatos, a sua qualificação e as conseqüências legais daí decorrentes, levando-se em conta o sistema de direito em vigor.

A prova dos fatos é às vezes livre, às vezes regulamentada. Mas cumpre evitar, a esse respeito, uma grave confusão. Quando dizemos que a prova dos fatos é livre, isto quer dizer simplesmente que o *juiz* pode formar livremente uma convicção a propósito deles, e ainda assim lhe é defeso fazer caso de informações que poderia ter obtido fora da audiência e que não teriam sido submetidas a um exame contraditório. Mas a prova nunca é inteiramente livre para as partes.

Assim é que a prova de certos fatos é inadmissível. O juiz "pode recusar-se a admitir a prova dos fatos irrelevantes, cuja materialidade em nada influencia o desfecho do processo, assim como dos fatos cuja prova não é permitida, por exemplo daqueles que uma difamação aventa, e isto com o intuito de proteger a reputação das pessoas privadas. É inadmissível, igualmente, a prova dos fatos aos quais se opõe uma presunção legal irrefragável, tal como a autoridade da coisa julgada... O juiz tampouco admitirá a prova de certos fatos cobertos pela prescrição. Estes poucos exemplos mostram como a consideração de um interesse social superior pode opor-se ao estabelecimento da "verdade objetiva"[5].

Cabe provar apenas os fatos relevantes, cuja prova é admissível e que não são notórios, nem incontestes, nem presumidos.

Toda a técnica judiciária da prova dos fatos só é compreendida a partir da noção de presunção. Os fatos presumidos não têm de ser provados. Assim é que, em nosso direito, o réu é presumido inocente até prova do contrário, e é ao acusador que compete o ônus dessa prova. Assim também, cabe ao demandante, que deseja modificar um estado de coisas existente, provar que esse estado é contrário ao direito. O demandado pode contentar-se em negar. Apenas quando ele alega algo em sua defesa é que têm o ônus de provar o que avança.

Observe-se que "essa distribuição do ônus da prova, que parece normal e eqüitativa quando se trata de relações civis entre particulares, supostamente mais ou menos iguais, não o é quando se trata de relações entre um particular e uma administração pública, que em geral é a única detentora dos documentos probatórios. É por isso que, em direito administrativo, o juiz pode ordenar à administração que apresente toda a documentação referente ao processo, ainda que esta deva, assim, trazer ela própria as provas que se voltarão contra ela"[6].

Quando a prova dos fatos é dita livre, e tende unicamente a estabelecer a convicção do juiz, o raciocínio, que deve amoldar-se às condições que acabamos de assinalar, nada terá de especificamente jurídico. Mas, quando se tratar de qualificar os fatos assim estabelecidos, ou seja, quando for preciso subsumi-los sob uma categoria legal, para poder tirar deles as conseqüências previstas pela lei, o juiz terá um poder de apreciação, pois a qualificação muito raramente é determinada apenas pelas propriedades objetivas daquilo que se quer qualificar:

com freqüência, o juiz, para justificar sua qualificação, se inspira na intenção do legislador e na apreciação das conseqüências legais que decorreriam de sua decisão. Se um regulamento prevê que a venda de drogas é proibida sem prescrição médica, a decisão judiciária só qualificará de droga um produto farmacêutico em consideração de uma apreciação das conseqüências da venda livre desse produto. Às vezes, mesmo, para obter um resultado desejado, o juiz será obrigado a recorrer a uma *ficção*, ou seja, a uma qualificação contrária aos fatos, mas que é a única técnica de que dispõe para chegar ao resultado sem modificar os termos da lei. Foi de uma ficção assim que se serviu, em Roma, o pretor peregrino, para estender aos estrangeiros a aplicação da lei civil, primitivamente limitada aos cidadãos romanos. Assim é que pode ocorrer, nos processos criminais, que o júri, desejando a absolvição do réu, responda negativamente, e contrariamente à evidência, ao quesito: "o réu é culpado de haver causado voluntariamente a morte de tal pessoa?". É por ocasião de problemas de qualificação que se manifesta, com mais clareza, a interferência do fato e do direito, tão característica do raciocínio jurídico[7]. Se o fato de seguir, em passeata, uma bandeira vermelha, no dia 1º de maio, é punível aos olhos da lei, as condições do delito estarão preenchidas se o cortejo seguiu, naquele dia, uma bandeira cor-de-rosa ou lilás apresentada na audiência? Vê-se imediatamente que a qualificação dependerá não só de uma descrição não-controversa dos fatos, mas também do modo como o juiz interpretará a lei.

Vale repetir, a esse respeito, que os problemas específicos de lógica *jurídica* não surgem quando se trata de deduzir as conseqüências que resultam logicamente de um conjunto de premissas, mas quando se trata de estabelecer essas próprias premissas, dando às normas jurídicas seu alcance exato. Tais problemas são tradicionalmente considerados como relativos à interpretação da lei. Poder-se-ia, evidentemente, pretender que os problemas de interpretação são alheios à lógica, e ter-se-á certamente razão se se identificar a lógica com a lógica formal. Mas, se a lógica jurídica deve estudar o que há de específico no raciocínio jurídico, não pode ela ater-se ao estudo dos aspectos formais do raciocínio, pois seu papel essencial é analisar a argumentação tal como se desenvolve num contexto jurídico.

Tomemos as argumentações clássicas da lógica jurídica, tais como os argumentos *a pari*, *a fortiori*, *ab absurdo*, *ab inutili sensu*, *a maiori ad minus*[8], etc. Todos dizem respeito à interpretação da lei, e é em virtude de um ou outro desses argumentos que o juiz poderá justificar sua interpretação. Observe-se que, como esses argumentos nunca são a tal ponto coercivos que não lhes possa ser oposta uma argumentação em sentido contrário, a decisão do juiz é indispensável para terminar o debate. Essa decisão será motivada, por meio de um raciocínio que deverá mostrar mediante quais procedimentos, vinculados à lógica jurídica, a sentença se reporta ao sistema de direito pelo qual o juiz deve pautar-se. Essa motivação fornecerá a um só tempo as razões que pareceram prevalecer, assim como a refutação das objeções opostas à tese defendida pelo juiz.

Observe-se, outrossim, que o exame dos problemas levantados pelas antinomias jurídicas[9] e pelas lacunas da lei mostra que um sistema jurídico moderno não é um sistema fechado, que o juiz pode recorrer, para motivar suas decisões, a princípios gerais que não estão explicitamente enunciados em nenhum texto legal, que pode recorrer também a raciocínios teleológicos, a raciocínios por analogia, mesmo dando muita importância aos precedentes judiciários e mesmo sabendo que sua própria sentença pode constituir um precedente para todos os casos futuros de mesma espécie.

É esse conjunto de particularidades, e o fato de que as decisões de justiça são publicadas e se integram num sistema, que permite considerá-las um modelo de raciocínio prático, que será analisado com proveito por todos aqueles que procuram compreender a racionalidade de uma decisão no âmbito de um sistema. O raciocínio judiciário e a lógica jurídica que o analisa fornecem também preciosos modelos para uma melhor compreensão do papel da razão na ação[10].

§ 39. Que é a lógica jurídica?[1]

Parece paradoxal que se deva formular, ainda hoje, a questão de saber o que é a lógica jurídica, quando o direito é uma das mais antigas disciplinas humanas e a lógica se tornou, no século XX, uma das disciplinas mais desenvolvidas da filosofia contemporânea. Mas basta comparar entre si algumas obras recentes que tratam da questão e tiveram todas elas sucesso, não sem méritos, para constatar que o problema existe e é mesmo muito controverso.

Dessas quatro obras[2], duas, as de E. Levi e de K. Engisch, não contêm a palavra "lógica" em seu título, mas falam de raciocínio jurídico e de pensamento jurídico; as duas outras, ao contrário, pretendem tratar de lógica jurídica. Mas o curioso, nesse caso, é que os autores, cujas obras se intitulam "lógica jurídica", *negam* expressamente a especificidade de semelhante disciplina, enquanto Levi e Engisch não hesitam em frisar a especificidade do raciocínio jurídico e a existência de uma lógica particular, a lógica jurídica.

Assim é que Klug, no primeiro parágrafo de seu livro, onde tenta definir o conceito de lógica jurídica, diz que esta consiste no estudo das regras da lógica formal utilizadas na aplicação judiciária das regras de direito (1966, p. 6); que a lógica jurídica é, portanto, uma lógica pura ou teórica, que é uma lógica geral (p. 7).

Daí resulta, aliás, que a argumentação jurídica, para ajustar-se a essa concepção, deve apresentar-se como uma dedução conforme a leis lógicas: "Stets wird argumentiert, d.h. es wird gefolgert. Dabei wurden allerdings die in Betracht kommenden logischen Gesetze bisher nur unbewuszt oder zumindest unreflektiert benutzt" (p. 7). Assim também, Kalinowski, que começou, em seus primeiros trabalhos, sob a influência das concepções tradicionais entre os lógicos contemporâneos, por negar a existência de uma lógica jurídica específica[3], conquanto admita que, desde há séculos, se qualificasse de "lógica jurídica" as técnicas de *interpretação* jurídica – por metonímia ou por analogia, sugere ele[4] –, reserva o nome de lógica jurídica à "parte da lógica que examina do ponto de vista formal as operações intelectuais do jurista assim como os produtos mentais delas"[5]. Como para Klug, para Kalinowski esta seria apenas a lógica *formal* aplicada aos "conceitos, divisões, definições, juízos e raciocínios jurídicos".

É decerto por causa do uso, hoje generalizado, que identifica a lógica com a lógica formal[6], que Levi e Engisch preferiram, ao falar do que é *tradicionalmente* qualificado de lógica jurídica, evitar a palavra "lógica" no título de seus livros. Assim é que Levi conclui seu estudo dizendo: "legal reasoning has a logic of its own. Its structure fits it to give meaning to ambiguity and to test constantly whether the society has come to see new differences or similarities"[7]. Segundo ele, o raciocínio jurídico é, essencialmente, um raciocínio por meio de exemplos, que tenta evidenciar regras a partir do tratamento de casos particulares e aplicá-las a casos novos, dos quais se mostrará a similitude ou a diferença em relação a casos anteriormente julgados[8].

Assim também, para K. Engisch, "Die juristische Logik ist eine materiale Logik, die Besinnung wecken soll auf das, was zu tun ist, wenn man – in den Grenzen in denen das überhaupt möglich ist – zu wahren oder wenigstens 'richtigen' juristischen Urteilen gelangen will"[9]. Para ele, a lógica jurídica é uma lógica material, específica, mas, para não se opor ao uso atual que, há mais de um século, identifica a lógica com a lógica formal, prefere falar de "o pensamento jurídico".

Mas então deveremos evitar a expressão "lógica jurídica" ou, quando a utilizamos, dar-lhe o sentido de "lógica formal aplicada ao raciocínio jurídico"?

Comecemos por salientar quão insólita seria a utilização, neste último sentido, da expressão "lógica jurídica". Será que alguém teve a idéia de falar de lógica química ou biológica quando se utiliza a lógica em química ou em biologia? Por que falar de lógica jurídica a propósito do uso da lógica formal em direito? Será que a estrutura do silogismo ou do princípio de transposição varia porque os termos ou as proposições que substituem as variáveis são extraídos do direito, da química ou da biologia?

Na realidade, efetuou-se um passe de mágica. Conhecem-se, faz séculos, modos de raciocínio, específicos ao direito, que foram desenvolvidos em obras intituladas "Tópicos jurídicos" ou "Lógica jurídica"[10]. Como a redução atual da lógica à teoria da demonstração formal não reconhece outra lógica além da formal, foi mesmo preciso, para utilizar a expressão "lógica jurídica", dar-lhe um sentido compatível com essa concepção da lógica, mas que, é preciso dizê-lo, nada tem em comum com o sentido usual. Contudo, para fazer que se admita essa novidade, foi preciso esforçar-se para mostrar que os modos de raciocínio, que se referem não à estrutura das premissas e das conclusões, mas à sua *matéria*, tais como os raciocínios *por analogia*, *a pari*, *a fortiori*, *a contrario*, *a maiore ad minus*, *a minori ad maius*, *ad absurdum*, podem ser utilmente analisados graças à lógica formal[11]. Kalinowski é mais prudente a esse respeito e se contenta em apresentar como argumentos puramente lógicos os argumentos *a fortiori*, *a minori ad maius*, *per analogiam* e *a contrario*[12]. No entanto, todas essas análises fazem desaparecer a especificidade da lógica jurídica e as razões por que essa disciplina foi ensinada aos futuros juristas.

De fato, o que há de específico na lógica jurídica é que ela não é uma lógica da demonstração formal, mas uma lógica da *argumentação*, que utiliza não provas analíticas, que são coercivas, mas provas dialéticas – no sentido aristotélico dessa distinção – que visam a convencer ou, pelo menos, a persuadir o auditório (o juiz nessa ocorrência), de modo que o leve a dirimir com sua decisão uma controvérsia jurídica[13].

As decisões de justiça, com seus motivos e seu dispositivo, fornecem, por excelência, os textos cuja análise permitirá evidenciar as argumentações próprias da lógica jurídica. Basta um instante de atenção para constatar que não se trata de um raciocínio teórico, em que, a partir de premissas verdadeiras, se chega, por meio de leis lógicas, a uma conclusão igualmente verdadeira, mas de uma *decisão* que o juiz justifica, pelos motivos indicados, sem desprezar as razões que lhe permitem descartar as objeções que as partes opõem ao seu dispositivo.

Para pôr em evidência os elementos próprios da lógica jurídica, não nos demoraremos muito nos elementos de prova que determinarão a convicção do juiz no que tange ao estabelecimento dos fatos. Em princípio, o juiz procede como toda pessoa que se esforça para estabelecer uma verdade histórica; o que o distingue do historiador é que regras precisas podem impor a uma das partes o ônus da prova, bem como limitar, de diversas maneiras, a admissibilidade da prova.

Assim é que o juiz pode proibir a prova de fatos cobertos pela prescrição, que certos fatos, tais como a filiação adulterina, só podem ser provados por determinadas pessoas, e num lapso de tempo limitado, que provas documentais são as únicas admissíveis para estabelecer quer a existência de obrigações jurídicas particulares, quer a liberação.

Normalmente o fato presume o direito. Às vezes, como no caso da prescrição, essa presunção é irrefragável. Senão, será àquele que quer derrubar a presunção que incumbirá o ônus da prova. Observe-se, de passagem, que, contrariamente à tese, bem conhecida em axiologia, que não permite deduzir de um *ser* um *dever-ser*, a prescrição transforma um estado de fato em estado de direito.

Falaremos de lógica jurídica a propósito das técnicas que possibilitam qualificar os fatos, subsumi-los sob normas jurídicas, tirar deles as conseqüências jurídicas. O juiz recorre à lógica jurídica quando se trata de escolher a lei aplicável, sobretudo quando a escolha da regra levanta um problema de direito, porque várias regras competem entre si ou porque cabe preencher as lacunas da lei, quando cabe interpretá-la, precisar-lhe o campo de aplicação.

O mais antigo dos lugares específicos da lógica jurídica opõe a letra ao espírito da lei. Vê-se imediatamente que não se trata, em absoluto, nesse caso, de lógica formal, pois que esse lugar se refere ao sentido que se deve conferir a uma das premissas do raciocínio jurídico. Aliás, à questão "deve-se interpretar a lei segundo a letra ou segundo o espírito?" não pode ser fornecida nenhuma resposta universalmente válida.

Tomemos alguns exemplos[14]. Se o roubo cometido *à noite* é passível de uma pena com circunstância agravante, deve-se admitir que cabe aplicar essa circunstância agravante a um roubo cometido à meia-noite num cassino feericamente iluminado? Responder-se-á sim ou não conforme se aplicar a letra ou o espírito da lei. Se o fato de seguir, em passeata, uma bandeira vermelha no dia 1º de maio é punível; em virtude de um artigo do Código Penal, cumprirá punir quem desfilou, em 1º de maio, atrás de uma bandeira cor-de-rosa ou lilás? Todos os problemas de qualificação, trate-se de direito continental ou de direito anglo-saxão, implicam o recurso à *regra de justiça*, que ordena tratar da mesma forma casos essencialmente semelhantes. Mas, quando casos são essencialmente semelhantes? Para emitir um juízo nessa matéria, recorrer-se-á aos tópicos jurídicos que permitem justificar as decisões judiciárias. Raciocinarse-á *a pari*, *a fortiori*, *a contrario*, invocando os termos da lei, sua finalidade, a intenção do legislador, o bem comum, serão introduzidas noções tais como a eqüidade, a ordem pública interna ou internacional; serão elaboradas teorias tais como as do abuso do direito, da fraude da lei, para justificar a decisão tomada.

Se é admitido que o estado e a capacidade das pessoas são regidos por seu direito nacional, que fazer quando certas prescrições da legislação estrangeira se opõem à ordem pública interna? Em que medida cabe descartar a lei estrangeira?

Um marroquino poderá se casar, na Bélgica, com uma segunda mulher, quando não se divorciou da primeira e sua legislação autoriza a poligamia? É certo que não, porque a bigamia é um delito e um oficial belga do registro civil não pode participar do seu estabelecimento. Mas, se um marroquino chega à Bélgica acompanhado de suas duas esposas, deve-se processá-lo por bigamia? A mais antiga de suas esposas poderá exigir a anulação do segundo casamento por motivo de bigamia? É certo que não, embora a bigamia constitua normalmente um delito punível. Suponhamos que o marroquino fique desempregado e tenha direito à indenização de desemprego. Poderá reclamar uma indenização para suas duas esposas e para todos os filhos oriundos desses dois casamentos? É para responder a questões dessa espécie que se recorrerá à lógica jurídica, a todos os argumentos que ela nos permitir elaborar, que terão maior ou menor força, mas jamais fornecerão um raciocínio formalmente correto, cuja conclusão se imporia de um modo coercivo a partir de premissas incontestes.

A lógica jurídica nos fornece argumentos de ordem geral ou particular, utilizáveis nas controvérsias jurídicas. A tradição retórica e a dos Tópicos os qualifica de *lugares-comuns* e de *lugares específicos*, conforme seu alcance e seu campo de aplicação. Vários princípios gerais do direito enunciam tais lugares, cuja aplicação às vezes é limitada a certos ramos do direito, mas que às vezes têm aplicação em grande número de sistemas jurídicos. Assim é que o argumento por analogia será admitido com mais facilidade em direito civil do que em direito penal, e, em direito penal, encontrará menos oposição quando intervir em favor do réu do que contra ele. O papel e a aplicabilidade de certos tipos de raciocínios podem depender da tradição ou do meio, que admitem ou descartam certos tipos de raciocínios, restringem ou ampliam seu campo de aplicação.

É mormente por ocasião de antinomias e de lacunas, de conflitos entre regras jurídicas e de incompatibilidades entre regras de solução de antinomias, que se recorrerá à lógica jurídica. Por vezes a solução que prevalecerá resultará da apreciação das conseqüências, em termos de justiça ou de bem comum, da escolha de uma ou de outra técnica de raciocínio. Assim, poderá acontecer que a decisão não resulte da primazia conferida a esta regra sobre aquela, mas que a apreciação das conseqüências incite a conceder a preferência a tal regra sobre tal outra. Observe-se, aliás, que várias teorias e construções jurídicas só foram elaboradas com o intuito de descartar a aplicação das regras jurídicas nos casos em que esta resultaria em conseqüências inadmissíveis.

As "falsas antinomias" resultam da criação jurisprudencial de uma antinomia, quando a apreciação de uma regra redunda em conseqüências que colidem com um princípio de eqüidade. As "falsas lacunas" provêm da interpretação limitativa de uma regra quando sua interpretação literal levaria a uma decisão cujas conseqüências são julgadas social ou moralmente inadmissíveis. Foi pensando em tais situações que se pôde defender a tese do existencialismo jurídico, segundo o qual as decisões não são tomadas em função de regras gerais, sendo o exame de cada caso concreto, com todas as suas particularidades, o que permite evidenciar as regras aplicáveis[15].

Mas há, por certo, algum exagero nesta última posição, pois é essencial, para qualquer ordem jurídica, que nela situações essencialmente semelhantes sejam tratadas da mesma forma. Quando se tratar de determinar em que medida uma situação é essencialmente semelhante a precedentes reconhecidos é que se deverá recorrer aos tópicos jurídicos, ou seja, a todas as considerações que se levam em conta habitualmente na interpretação e na aplicação do direito. Trata-se de razões, cujas pertinência e importância não foram desprezadas por juízes anteriores para determinar a escolha e o campo de aplicação das regras jurídicas, e que não se podem descartar sem fornecer razões, que parecem mais importantes, para justificar uma reforma da jurisprudência.

Encontramos, em todos esses raciocínios, os traços característicos não da demonstração formal, impessoal, e cujo desenvolvimento é independente da matéria tratada, mas da argumentação que se desenvolve consoante o auditório, seus posicionamentos e suas reações. A argumentação das partes tem como efeito fornecer ao juiz as razões que lhe motivarão a decisão, razões que ele considerará as melhores tanto para ele como para os juízes de apelação e de cassação que eventualmente teriam de apreciar sua decisão, e às quais terão de submeter-se as partes e a opinião pública, que poderia exigir, eventualmente, uma modificação da legislação.

A lógica jurídica é uma lógica que permite levar a seu termo uma controvérsia, em que os argumentos são confrontados, em que, em cada etapa, o pró e o contra não são postos em pé de igualdade, pois as presunções intervêm em favor da tese ou da antítese, incumbindo o ônus da prova a quem se propõe derrubar essa presunção. Esse vaivém de argumentos e de contra-argumentos terminará com a decisão do juiz, que decidirá quais argumentos devem prevalecer. A sentença assim emitida, com sua *ratio decidendi*, fará jurisprudência e se inserirá na ordem jurídica que contribui para elaborar. Bastará, no futuro, para justificar uma decisão, referir-se aos precedentes, devendo aqueles que lutam por uma reforma de jurisprudência fornecer as razões que deveriam, em sua opinião, prevalecer sobre aquelas que foram admitidas anteriormente.

É esse vaivém de argumentos, que implicam posicionamentos, juízos de valor, o que estes têm de relevante ou de irrelevante em dada situação, o alcance de sua generalização e de sua inserção num sistema jurídico, que caracteriza o raciocínio jurídico. A lógica jurídica se apartará da análise dos debates judiciários, da classificação, da explicação, da esquematização deles. O resultado desse esforço não será uma teoria da demonstração formal, da qual só se teria de seguir as regras operatórias para chegar a uma conclusão corretamente deduzida, mas uma teoria da argumentação e da controvérsia em que a força e a relevância dos motivos serão apreciadas por um juiz, formado por uma determinada tradição, e para cuja elaboração ele contribui com suas sentenças e a motivação delas.

§ 40. **Direito, lógica e argumentação**[1]

A formação de jovens juristas exige que o curso de lógica seja completado por um curso de retórica, que não é a arte de falar bem, num estilo florido e empolado: é a arte de persuadir e de convencer, que pode manifestar-se por um discurso ou por um texto escrito e que, para os juristas, consiste essencialmente no uso da argumentação. É por essa razão que me parece importante, para a formação dos estudantes de direito, completar o ensino tradicional de lógica, dedicado à *prova demonstrativa*, com um ensino daquilo que Aristóteles qualificara de *provas dialéticas*, que são argumentos utilizados tanto num discurso como numa discussão.

A introdução desse novo ensino é uma manifestação da profunda transformação que se realizou, progressivamente, na concepção do direito e, mais especialmente, da atividade do juiz incumbido de aplicá-lo.

Qual é o papel do juiz? Em que consiste o raciocínio jurídico de quem deve examinar um processo que lhe é submetido e redigir, como conclusão, uma sentença motivada?

Se nos referimos aos símbolos que evocam a justiça em quase toda parte do mundo, – penso, em particular, na estátua que orna a praça da Justiça em Berna – vemos que a justiça é representada por uma mulher de olhos cingidos por uma venda, com uma balança na mão esquerda e uma espada na mão direita. A espada indica a sua determinação de executar a sentença, mas são a balança e a venda que simbolizam a maneira pela qual a justiça deve ser administrada. A balança em equilíbrio indica com precisão o que é devido a cada qual, a venda significa que a justiça deve ser imparcial, que não deve ver os jurisdicionados, não deve preocupar-se nem com o poder nem com a fraqueza deles, nem com a riqueza nem com a pobreza deles, que não deve conhecer nem amigos nem inimigos: a única coisa que importa é a pesagem e o fato de lhe amoldar a sentença. O juiz deve comportar-se como um instrumento de medição, e sua personalidade própria, com seus sentimentos, seus interesses e suas paixões – trate-se de piedade ou de temor, de simpatia ou de antipatia –, não deve perturbar a operação de justiça.

Esse ideal de justiça impessoal, a mesma para todos, estrita aplicação da lei, constitui uma reação compreensível diante do que se teme acima de tudo, uma justiça arbitrária e corrompida, que favorece os poderosos em detrimento dos fracos e faz pender a balança do lado em que vê seu interesse.

A Revolução Francesa quis que o papel do juiz se tornasse puramente passivo, que se limitasse a aplicar a lei, expressão clara da vontade nacional, que fosse como que um instrumento que executa de uma forma impessoal e uniforme a vontade do legislador. A Corte de Cassação, quando foi instituída, deveria desempenhar simplesmente o papel do policial encarregado pelo legislador de zelar por que os juízes não se afastassem de sua missão, violando a lei que são incumbidos de aplicar. Esperava-se que as decisões de justiça fossem tão impessoais e tão uniformes quanto um cálculo ou uma pesagem, pois dois mais dois são quatro para todos, e o resultado de uma pesagem não pode diferir de uma balança para outra. A intervenção do juiz devia ser proscrita, pois só poderia falsear o funcionamento da justiça.

Essa concepção do direito, que dominou por cerca de cem anos e só começou a modificar-se por volta do final do século passado, não podia, teoricamente, dar nenhum lugar à teoria da argumentação, à arte de persuadir e de convencer, porquanto a personalidade do juiz não deveria desempenhar nenhum papel na administração da justiça.

Tomemos um exemplo, o art. 393 de nosso Código Penal, em que se lê: "O homicídio com intenção de dar a morte é qualificado de homicídio doloso. Será punido com trabalhos forçados perpétuos."

O papel do juiz consiste em aplicar a lei aos casos particulares. Analisava-se seu raciocínio como um silogismo (o que é, aliás, inexato tecnicamente), cuja maior era fornecida pela regra de direito, a menor pela constatação de que, na ocorrência, as condições de fato se acham ou não realizadas, fornecendo a conclusão a sentença e, se fosse o caso, a condenação do réu. Em lógica formal, poderíamos apresentar esse raciocínio da seguinte forma: para todo x, se fx, então gx. Ora, A está em condições que permitem pô-lo no lugar de x, logo, fA; daí resulta gA: isso quer dizer que, como a sentença deve amoldar-se à lei, A deve ser punido com trabalhos forçados perpétuos.

Cumpre observar, de passagem, que a frase "será punido com trabalhos forçados", embora enunciada na forma de um indicativo futuro, é na realidade uma prescrição dirigida ao juiz, ordenando-lhe punir o homicídio doloso com trabalhos forçados perpétuos.

O juiz, ao condenar o acusado, aplicou simplesmente as leis da lógica? É evidente que não, pois ele fez mais: deve constatar que tal regra é aplicável, que os fatos estão estabelecidos e que devem ser qualificados em conformidade com a lei; é então somente que pode aplicar o esquema de raciocínio da lógica formal. Existe, pois, um conjunto de condições, referentes tanto ao estabelecimento dos fatos quanto à regra aplicável, que vão além dos âmbitos da lógica formal.

Para que a sentença seja justa, é preciso, antes de mais nada, que os fatos sejam estabelecidos. Não basta uma acusação para condenar o réu; cumpre ainda provar os fatos que lhe são imputados: cumprirá fornecer ao juiz todos os elementos que lhe possibilitarão adquirir a íntima convicção de que os fatos alegados sucederam efetivamente, o que é essencialmente um problema de prova.

Constatamos, a esse respeito, que há uma diferença técnica entre o direito e uma ciência teórica. Quando se trata de ciência, em história por exemplo, toda asserção deve ser provada, pois tanto a afirmação quanto a negação de um fato não-estabelecido são postas em pé de igualdade. Não se dá o mesmo em direito, no qual as presunções intervêm constantemente para favorecer aqueles a quem elas aproveitam. Em nosso direito, como todo homem é presumido inocente até prova do contrário, ele não tem de provar sua inocência. É ao acusador, e em geral a quem quer modificar um estado de coisas existente, que incumbe o ônus da prova.

Por outro lado, as provas em direito podem diferir das provas científicas, que se aceitariam da parte de um historiador, por exemplo.

Há provas que o juiz não pode admitir, tal como a dos fatos prescritos por lei e aqueles relativos ao conteúdo de uma difamação. Em grande número de casos, a prova é regulamentada, sendo certos gêneros de prova considerados inadmissíveis; com efeito, a estabilidade da ordem social pode ser, em certos casos, considerada mais importante do que o estabelecimento da verdade.

Há casos em que o que mais importa ao juiz é que sua sentença seja justa, mesmo que esta só possa realizar-se à custa de uma afirmação contrária à verdade. Por ocasião de um processo de grande repercussão, em que uma mãe era acusada de ter, com a cumplicidade de seu médico, matado seu filho recém-nascido monstruoso, o júri, conhecedor dos fatos, que eram incontestáveis, recusou ainda assim qualificar como homicídio doloso a morte em questão, quando havia certamente premeditação e se poderia mesmo dizer que se tratava de um assassinato. Deveremos dizer que o júri se enganou ou quis induzir a justiça em erro? É certo que não. Ele qualificou os fatos de modo que se seguisse a absolvição, tendo sobretudo piedade da mãe que viveu a horrorosa tragédia. Ele recorreu à ficção, para obter a absolvição da mãe, negando cientemente a existência das condições que deveriam ter acarretado a aplicação da sanção prevista pela lei. Assim é que os tribunais ingleses, no século XVIII, quando o roubo de objetos valendo mais de 40 xelins era punível com a pena de morte, estimavam regularmente em 39 xelins a importância de um roubo, mesmo que o valor real ultrapassasse tal montante. Não podendo modificar a lei, julgada injusta no caso, o juiz recorre à ficção para negar a existência de condições que deveriam ter acarretado a pena capital. Em outros casos, poderá ele, ao contrário, estender as condições previstas pela lei a casos novos. Assim é que, na Alemanha de antes de 1914, era passível de punição o fato de seguir em passeata uma bandeira vermelha no dia 1º de maio. Tendo a polícia anotado a identidade dos manifestantes e lhes confiscado a bandeira, que devia servir de prova material da acusação, patenteou-se, no dia do processo, que a bandeira era cor-de-rosa, e não vermelha. Caberia absolver os manifestantes ou declarar, ao contrário, que o que a lei queria punir era a manifestação de uma intenção subversiva, ao seguir em passeata, no dia 1º de maio, uma bandeira vermelha ou de cor assimilável ao vermelho? Esta interpretação não respeita a letra da lei a fim de estender suas condições de aplicação.

    Tomemos outro exemplo, o de um regulamento municipal que veda a circulação dos veículos automóveis dentro de um parque público. Baseando-se nesse regulamento, o policial de serviço deverá impedir a entrada no parque de uma ambulância chamada para socorrer um passeante fulminado por uma crise cardíaca? Seria esse o caso, se devesse ater-se à letra do regulamento. Mas ele pode também estimar que este último não deve aplicar-se a casos de urgência, como o que acabamos de mencionar.

Esses diversos exemplos mostram que, muito amiúde, não basta constatar que as condições de fato previstas pela lei estão realizadas para disso tirar, por mera dedução, que devem advir as conseqüências jurídicas.

Por outro lado, é inegável que o juiz se contentará, para dizer que os fatos estão estabelecidos, com provas bem menores quando se trata de estacionamento ilegal de um veículo do que quando se trata de um indiciamento por homicídio: é óbvio que ele será tanto mais exigente acerca da prova dos fatos, quanto mais graves forem as conseqüências jurídicas que deles decorrerem.

Todos os exemplos que acabamos de dar concernem a textos que parecem suficientemente claros e precisos para que sua interpretação não dê muito azo à contestação, salvo em casos excepcionais. Mas com muita freqüência os textos legais contêm expressões cuja natureza vaga e imprecisa é muito clara para todos, tais como *ordem pública, eqüidade, falta, estado de embriaguez*. Toda vez que dever aplicar semelhante lei a um caso particular, o juiz deverá dizer se os fatos são, sim ou não, conformes à ordem pública ou à eqüidade, constituem uma falta, permitem afirmar que o réu estava em estado de embriaguez. Quanto mais vagos e imprecisos são os termos da lei, maior é o poder de interpretação deixado ao juiz. Se o legislador, ao contrário, quiser restringir esse poder, precisará os termos da lei, substituindo, por exemplo, a expressão vaga "estado de embriaguez" por uma indicação mais precisa, de preferência quantitativa, tal como a taxa de álcool que se pode encontrar no sangue, e isto com a ajuda de testes técnicos que, a não ser que sejam contestados, quase não deixam ao juiz poder de apreciação quanto à qualificação dos fatos.

Observe-se, a esse respeito, que o uso, em direito, de noções vagas não é necessariamente um defeito. A metodologia das ciências nos ensinou a dar um grande valor à clareza e à precisão. E essas são, efetivamente, qualidades indispensáveis à linguagem científica, mas podem apresentar inconvenientes quando se trata de prescrições legais.

Um exemplo típico nos é fornecido pela noção de urgência, tal como aparece no art. 22 da lei de 15 de maio de

1846[2]. Essa lei dispõe que "todos os contratos em nome do Estado são feitos com concorrência, publicidade e ajuste prévio", mas seu art. 22 prevê "que ele pode ser tratado de comum acordo" em nove hipóteses e, notadamente, "para os fornecimentos, transportes e obras que, nos casos de urgência evidente, levados por circunstâncias imprevistas, não podem esperar os prazos das concorrências públicas". Tendo a administração pública fechado certo contrato, violando as regras da concorrência pública, alguns concorrentes excluídos interpuseram um recurso ao Conselho de Estado. Note-se que a lei poderia ter definido a noção de urgência de uma forma quantitativa, precisando que a administração pública pode concluir um contrato de comum acordo quando o prazo de que dispõe não ultrapassa três dias, ou três semanas ou três meses. Mas o legislador preferiu utilizar uma expressão não quantitativa, mais vaga, a de urgência evidente, o que deixa à administração pública uma certa latitude nessa matéria, pois é óbvio que é ela, em primeiro lugar, que deve apreciar a urgência que lhe permite passar por cima das precauções habituais. Mas terá ela toda a latitude a esse respeito? Não, pois o Conselho de Estado deve ter condições de controlar se, a pretexto de urgência, a administração não procura pura e simplesmente livrar-se das prescrições da lei. Vê-se como, graças a noções como a de *urgência*, conceder-se-á à administração pública um poder de apreciação, mas o Conselho de Estado poderá decidir que a administração abusou ou não desse poder.

Mas esses são ainda casos simples. Mais complexos e mais difíceis são os que apresentam as antinomias em direito e as lacunas da lei, que foram longamente analisados pelo Centro Nacional Belga de Pesquisas de Lógica[3]. Fala-se de antinomias, em direito, se conseqüências jurídicas incompatíveis podem ser tiradas de textos de uma mesma ordem jurídica numa situação particular. Semelhantes dificuldades são raras, mas podem, não obstante, apresentar-se com mais freqüência do que se pensa. Tomemos o exemplo que foi analisado por nosso colega, o professor P. Foriers, em sua bela exposição sobre as antinomias[4]. Tratava-se de um curandeiro processado por exercício ilegal da medicina. Ele reconhecia os fatos, mas pleiteava, em sua defesa, que tratara e curara, em todo caso, doentes em perigo de vida para os quais os médicos nada mais podiam fazer; e resultava, de fato, dos debates, que ele preservara de um desfecho fatal crianças pequenas acometidas de poliomielite e de meningite. O julgamento reconheceu, aliás, que não se lhe podia censurar nenhum fato de charlatanice, nem nenhum fato contrário à probidade e à honestidade, que em geral ele agira sem espírito de lucro e com generosidade e mesmo que "obtivera grande número de curas espantosas". Um curandeiro dotado de qualidades tão extraordinárias, chamado à cabeceira de doentes graves, deverá recusar assistência a uma pessoa em perigo de vida, o que é punível em virtude do art. 63 do Código Penal, ou deverá expor-se a ser processado por exercício ilegal da medicina, em virtude do decreto de 24 de setembro de 1945? À perplexidade do réu corresponde a do juiz, que se vê defrontado com uma verdadeira antinomia.

As antinomias são relativamente raras. Mas não se dá o mesmo no que concerne às lacunas da lei, que são inumeráveis. Sem entrar nas controvérsias referentes a essa noção tão sutil, basta dizer que a noção de lacuna corresponde ao que o art. 4º do Código Civil qualifica de "silêncio da lei" no texto que permite processar o juiz, como culpado de denegação de justiça, se ele se recusar a julgar, "a pretexto do silêncio, da obscuridade ou da insuficiência da lei". Mas, se ele tem de julgar, sua decisão, nesses casos que parecem à primeira vista semelhantes, poderá, não obstante, e por fortíssimas razões, ser diametralmente oposta. Sabe-se que as convenções constituem a lei das partes. Ora, se uma convenção prevê juros de mora, sem fixar a taxa desse juro, o juiz decidirá essa taxa, preenchendo a lacuna. Mas, se é instituída uma taxa sobre os espetáculos proporcional ao preço da entrada, sem que se mencione no texto o valor dessa taxa, o juiz dirá que a lei fiscal incompleta deve ser considerada inexistente.

Vê-se que, ante uma lacuna da lei, são possíveis duas atitudes: pode-se suprir a omissão da lei, pode-se também declarar que, no silêncio da lei, o pedido é inaceitável.

Com efeito, o juiz não é um autômato: concede-se-lhe um poder de apreciação, condição de seu poder de decisão. A qualidade que se exige dele é ter discernimento, ou seja, ser capaz de apreciar os diferentes aspectos de um problema, de pesar o pró e o contra.

Se a justiça pudesse dispensar o julgamento, se se pudesse mecanizá-la, as máquinas poderiam dizer o direito de uma forma muito mais rápida e muito menos onerosa do que o homem. Mas as máquinas não têm discernimento, sendo por isso que, em todas as situações delicadas, o recurso ao juiz é indispensável.

Observe-se que não basta ao juiz fiar em seu senso de eqüidade: ele deve, na medida do possível, amoldar-se à legislação e levar em conta os precedentes judiciários. Isso porque a administração da justiça exige que o juiz seja guiado por regras suficientemente precisas, sem o que suas decisões seriam influenciadas por suas concepções políticas, e a insegurança que resultaria disso daria à ordem jurídica todas as aparências da arbitrariedade. Com efeito, ao lado do cuidado de *eqüidade*, inseparável da administração da justiça, o direito apresenta outra exigência, que é a da *segurança jurídica*.

É mister que cada qual possa conhecer seus direitos e as obrigações que a lei lhe impõe. Mas essa condição só pode realizar-se se os termos da lei são suficientemente precisos. Que se diria de uma lei que punisse com cinco a dez anos de trabalhos forçados aquele que agisse de uma forma contrária aos interesses do Estado ou da nação? O juiz deveria, cada vez que tivesse de julgar, arcar com a responsabilidade de decidir se a ação visada era ou não contrária aos interesses do Estado ou da nação. Ele já não praticaria obra de juiz, mas de legislador: compete a este, de fato, precisar quais são as atividades puníveis pela lei.

Vê-se que, se uma justiça sem juiz, puramente mecânica, é uma justiça sem eqüidade, uma justiça sem legislador é por demais arbitrária e priva o jurisdicionado da segurança jurídica. Ora, de fato, toda a administração da justiça é um vaivém constante, um ajuste incessante entre a segurança e a eqüidade, entre a letra e o espírito da lei. O juiz deverá levar em conta, todas as vezes, o elemento que, em casos específicos, lhe parece predominante. Pois, em sua decisão, ele deve levar em conta não só o caso particular que lhe é submetido, mas todos os casos da mesma espécie; isso porque sua decisão pode tornar-se um precedente no qual se inspirarão outros juízes em seu desejo de observar a *regra de justiça*, que lhes prescreve tratar da mesma forma casos essencialmente semelhantes[5].

Numa concepção assim, em que a intervenção do juiz não é mecânica nem arbitrária, o papel e a personalidade deste são essenciais. Não se pode pensar em eliminar o juiz, pois ele é que está no centro do debate judiciário.

É nessa perspectiva que a teoria da argumentação adquire a importância que lhe concedemos. Pois é uma argumentação que, o mais das vezes, será determinante para estabelecer a convicção do juiz, é ela que lhe permitirá motivar sua decisão.

Com efeito, se a lógica é vinculada à verdade e à maneira pela qual esta pode ser corretamente deduzida das premissas para a conclusão, a argumentação diz respeito à prática, às decisões e à maneira de justificá-las. É óbvio que a atividade prática, a de decidir em matéria de justiça, não pode fazer pouco da realidade dos fatos nem da correção dos raciocínios, mas esses fatos devem ser *apreciados* para constituir razões, competindo ao juiz decidir o que é essencial ou acessório, o que é pertinente ou irrelevante num caso que lhe é submetido; numa palavra, ele deve julgar.

Ora, a teoria da argumentação se caracteriza pelo fato de ser elaborada em função do auditório que se tem de persuadir e de convencer, nesse caso, o juiz que se tem de ganhar para a sua causa. É nessa perspectiva que cabe situar a atividade dos advogados das duas partes assim como a da doutrina, sendo a ambição dos autores influenciar a jurisprudência e medindo-se o êxito deles pela autoridade que tiverem adquirido perante as Cortes e os Tribunais.

É verdade que existem, em direito, técnicas de argumentação específicas, isso a que se chama a lógica jurídica, que permitem ao juiz fundamentar suas decisões em direito, pois não basta aos juízes possuírem uma sabedoria prática, uma prudência, que lhes permitiria bem julgar, em conformidade com o senso comum, mas devem prolatar sua sentença em direito, em conformidade com a jurisprudência ou com a sabedoria prática dos juristas. A *jurisprudentia* necessita de um conhecimento prévio dos diferentes ramos do direito, e é por essa razão que o ensino da filosofia do direito e da lógica jurídica, do qual é encarregado meu colega e amigo Paul Foriers, se situa no final dos estudos.

Mas a lógica jurídica, para ser bem compreendida, deve situar-se num âmbito mais geral, que é o da teoria da argumentação. A argumentação intervém, de fato, em todos os casos em que os homens devem tomar decisões, fazer escolhas refletidas, cada vez que devem deliberar ou discutir, criticar ou justificar. É por isso que o ensino que me cabe não se limitará à exposição dos elementos de lógica formal, mas os completará com aulas dedicadas à argumentação.

Não é sem razão que a obra mais antiga consagrada à formação dos juristas é o tratado do jurista Quintiliano, chamada *Instituição oratória*. É esse, de fato, um dos objetivos que se propõe essa Retórica, a mais célebre, depois da de Aristóteles.

Mas, por influência do crescente prestígio das ciências matemáticas e naturais, faz mais de três séculos o modelo dedutivo e experimental se impusera até ao pensamento dos juristas, que haviam perdido de vista a especificidade de sua disciplina. A idéia de um direito natural que forneceria a solução objetiva de todos os problemas de justiça, tão clara e tão segura como a dos problemas de matemática, se difundira já no século XVII. A idéia de que Deus conhece a resposta exata para todos os problemas, inclusive os de direito, incitou os melhores homens a investigar o que é justo aos olhos de Deus e que devia impor-se como justo a todos os seres de razão, do mesmo modo que o fato de que dois mais dois são quatro.

Mas, se assim fosse, se houvesse, em questão de justiça, para cada problema uma solução a um só tempo necessária e única que pareceria tão evidente a todo ser dotado de razão quanto a solução de um problema de aritmética, chegando cada qual necessariamente à mesma resposta, não seria de modo algum necessário designar juízes para dizer o direito.

Mas sabemos quão utópicas são essas visões. A personalidade dos juízes desempenha um papel essencial na administração da justiça, e são necessários, num Estado bem-governado, juízes competentes e imparciais. É porque seu papel é tão importante que os Estados democráticos tomaram precauções contra a instauração de tribunais de exceção, cujos juízes poderiam ser designados por sua devoção ao Poder. Os artigos do capítulo III da Constituição belga, que organizam o Poder Judiciário, têm como objetivo designar de antemão os juízes competentes para julgar as contestações de toda espécie, e o art. 94, que proíbe a criação de tribunais extraordinários, deve impedir que o jurisdicionado seja subtraído a seu juiz natural.

Essa precaução, cuja sabedoria todos apreciam, só salienta a importância da personalidade do juiz na administração da justiça.

Cada vez que o recurso à lógica basta para conhecer a resposta de uma questão, esta poderia ser fornecida por uma máquina programada para tanto, e o recurso ao juiz poderia ser evitado. Mas cada vez que uma decisão de justiça deve ser capaz de apreciar a importância dos valores em jogo, que deve poder pesar o pró e o contra, para chegar a uma decisão bem-motivada, que leve em conta, de uma forma equilibrada, as exigências da eqüidade e da segurança jurídica, o juiz não poderá limitar-se ao cálculo de um autômato, mas deverá recorrer a todos os recursos da argumentação, tanto em sua deliberação íntima, em sua tomada de decisão, quanto na redação de uma sentença que comprometerá sua responsabilidade pessoal.

§ 41. Direito, lógica e epistemologia[1]

Os senhores terão reparado que, durante as sessões dedicadas às relações que existem ou deveriam existir entre o direito e outras disciplinas, a idéia de direito não foi suficientemente examinada. Ora, conforme a concepção que se faz do direito, pode-se ver de modo totalmente diferente essas mesmas relações. Dá-se o mesmo com as relações entre o direito e a lógica. É por essa razão que eu gostaria de começar lembrando a idéia do raciocínio jurídico, mostrando aos senhores como essa idéia é vinculada a uma certa concepção ideológica do direito e como, mudando essa concepção do direito, chega-se também a uma concepção totalmente diferente de suas relações com a lógica, e, aliás, também a uma concepção totalmente diferente da lógica. A dificuldade do assunto é que lidamos com o estudo das relações entre conceitos, mutáveis, o que conduz a uma maneira antes dialética do que analítica de estudar o problema.

A idéia do direito que prevaleceu no continente desde a Revolução Francesa é vinculada, a um só tempo, à doutrina da separação dos poderes e a uma psicologia das faculdades. Explico-me: a separação dos poderes significa que há um poder, o poder legislativo, que por sua vontade fixa o direito que deve reger certa sociedade; o direito é a expressão da vontade do povo, tal como se manifesta por decisões do poder legislativo. Por outro lado, o poder judiciário diz o direito, mas não o elabora. Segundo essa concepção, o juiz aplica, pura e simplesmente, o direito que lhe é dado.

Essa doutrina da separação dos poderes vai de par com a doutrina que distingue a vontade do conhecimento: o direito é a expressão da vontade do poder legislativo e esse direito, conhecido dos usuários, deve ser aplicado pelos juízes, sem que estes em nada possam modificá-lo.

Essa concepção conduz a uma visão legalista do direito: o direito expressa unicamente a vontade do poder legislativo; a passividade do juiz satisfaz a nossa necessidade de segurança jurídica. O direito é um dado, que deve poder ser conhecido por todos da mesma forma. Essa visão do direito conduz a uma aproximação do direito com as ciências. Quer o consideremos um sistema dedutivo, quer assimilemos o fato de administrar a justiça a uma pesagem, o juiz parece participar de uma operação de natureza impessoal, que lhe permitirá pesar as pretensões das partes, a gravidade dos delitos, etc. Mas, para que essa pesagem se faça de uma forma imparcial, isenta de paixão – o que quer dizer sem temor, sem ódio e também sem piedade – é preciso que a justiça tenha os olhos vendados, que não veja as conseqüências do que faz: *dura lex, sed lex*. Vemos aqui uma tentativa de aproximar o direito, seja de um cálculo, seja de certa pesagem, em todo caso de algo cuja exatidão tranqüilizadora deveria poder proteger-nos contra os abusos de uma justiça corrompida do tipo do Antigo Regime, o que nos dará a idéia de que não estamos à mercê dos homens, mas abrigados por instituições relativamente impessoais.

Tradicionalmente, e é ainda o que acontece com aqueles que só conhecem o direito de muito longe, a decisão do juiz era esquematizada por aquilo a que chamamos silogismo judiciário, do qual nos diziam que a maior era constituída pela regra de direito, a menor pelos fatos estabelecidos durante o processo, e a conclusão pelas conseqüências que delas decorrem, levando-se em conta o sistema de direito em vigor. Na realidade, um lógico não gostaria muito de falar, a esse respeito, de silogismo: com efeito, não se trata de silogismo, mas, antes, da aplicação do *modus ponens*. Eis o esquema do raciocínio: cada vez que A – ou seja, que certas condições estão reunidas – então, B – certas conseqüências legais delas decorrem –; ora, A ocorreu, portanto B deve ser aplicado: a maior é dada ao juiz, é a regra de direito que deve reger os fatos em questão, a menor são os fatos que ele mesmo deve estabelecer, e a conseqüência disso resulta por simples dedução.

Nessa concepção, qual é o papel da doutrina? É o de transformar o conjunto das leis e dos regulamentos, das normas aceitas de um modo positivo, em um sistema: o papel da doutrina é sistematizar o direito, converter o conjunto de leis e de regulamentos em um sistema de direito; seu papel é o de elaborar a dogmática jurídica, que fornecerá ao juiz o conjunto das premissas, das maiores, de que ele necessita para dizer o direito, pôr à disposição do juiz e dos jurisdicionados um instrumento o mais perfeito possível.

Para desempenhar esse papel de instrumento perfeito, o sistema de direito deveria ser tão próximo quanto possível de um sistema formal, de sorte que ouvesse, para cada situação, uma regra de direito, que houvesse apenas uma só e que tal regra fosse isenta de qualquer ambigüidade. Num sistema axiomático formalizado, essas três exigências correspondem, antes de mais nada, à eliminação de qualquer ambigüidade, tanto quanto à significação dos signos quanto às regras de seu manejo; em segundo lugar, o sistema será coerente, ou seja, não permitirá afirmar, dentro do sistema, uma proposição e ao mesmo tempo sua negação; e, em terceiro lugar, o sistema será completo, ou seja, para cada proposição que se tem condições de formular nesse sistema, cumpre que se tenha condições de provar sua verdade ou sua falsidade, ou seja, que o sistema forneça uma resposta determinada: é preciso que não haja problemas que se possam formular no sistema e que se mostrem insolúveis. Em lógica formal, a primeira condição, ou seja, a eliminação da ambigüidade, é por assim dizer sempre realizada, mas é realizada a custa de quê? À custa da elaboração de uma linguagem artificial semelhante à linguagem matemática e da apresentação de regras de demonstração, de prova, que sejam tais que sua aplicação não dê azo a nenhuma dúvida e a nenhuma contestação. É isso que se realiza, efetivamente, em matemática, em lógica, concebidas como sistemas dedutivos formalizados. A segunda exigência, a da coerência, é também quase sempre realizada, pela boa e simples razão de que, se encontramos uma incoerência, somos obrigados a abandonar o sistema e a substituí-lo por outro que seja tal que dele a incoerência esteja eliminada. Isso não garante o fato de que não haverá outra que poderia manifestar-se eventualmente. Aqueles que conhecem a história da lógica sabem que muitos sistemas foram assim elaborados, abandonados, melhorados, etc. Quanto à terceira exigência, a exigência de completitude, ela só pôde ser realizada em lógica em sistemas bastante pobres. Assim, por exemplo, pôde-se mostrar que um sistema equivalente à álgebra elementar não é completo e que nele não se pode, portanto, resolver todo problema que ele permitiria formular. Há mesmo uma tendência geral em dizer que todo sistema que comporta certa riqueza de expressão é necessariamente um sistema incompleto. Isso quer dizer que se pode mostrar que assim que são suficientemente ricos, os sistemas contêm proposições irresolúveis, das quais não se pode demonstrar nem a afirmação nem a negação.

Voltando ao sistema de direito, que se deve fazer se o sistema utilizado pelo juiz, ou posto à disposição do juiz, não é um sistema perfeito no sentido de não atender às três exigências, de não-ambigüidade, de coerência e de completitude? Ora, é esse o caso de todo sistema de direito, por mais perfeito que seja. A Revolução Francesa procurou uma solução para esse problema e, pelo decreto de 24 de agosto de 1790, sobre a organização judiciária, ela instituiu o procedimento a que se chamou *référé législatif*, querendo com isso dizer que cada vez que o juiz tem dúvidas quanto à interpretação da lei, ou à aplicação da lei, deve recorrer ao legislador para que este interprete ou complete o texto que levanta dúvidas, de forma que se permita ao juiz tomar uma decisão. Aqueles que elaboraram esse texto acreditaram, evidentemente, serem muito raras as ocasiões em que o juiz lançará mão do *référé législatif*. Porque se tivessem pensado que, em todos os casos em que o processo se julga em direito, ou seja, o que está em causa não são questões de fato, mas a interpretação da lei, se pediria o parecer do legislativo, teriam compreendido que seria melhor suprimir os cursos jurídicos e substituí-los por dez mil legisladores que se reuniriam para responder a todas as questões. E, efetivamente, basta que o juiz seja um tanto timorato, que creia que suas dúvidas são reais, para que recorra ao legislativo. Queria-se, graças a esse sistema, impedir que o juiz interviesse como legislador: mesmo para melhorar o direito, o juiz não deve completar a lei nem interpretá-la. Mas então, muito depressa, por causa do atravancamento, essa solução mostrou-se impossível e teve-se de abandonar a idéia do *référé législatif* e substituí-lo por outra solução. O *référé législatif*, além dos inconvenientes práticos, recriava outra confusão dos poderes, porquanto, interpretando a lei e interpretando-a necessariamente de uma forma retroativa – porque todas as leis interpretativas são leis retroativas – devia-se ao mesmo tempo dirimir um litígio, uma vez que se ia dar a regra de decisão de um processo. Os legisladores se tornavam por conseguinte juízes, o que é contrário ao princípio da separação dos poderes. Disseram-se: uma vez que de um modo ou de outro é inevitável certa confusão dos poderes e que o procedimento do *référé législatif* conduz ao total atravancamento, cumpre achar uma solução diferente: esta ia fornecer ao juiz certos poderes legislativos, permitindo-lhe completar, aclarar, explicar e, talvez, também modificar a lei. Adotou-se o célebre art. 4º do Código de Napoleão, cuja leitura forneço: "O juiz que recusar julgar a pretexto do silêncio, da obscuridade ou da insuficiência da lei, poderá ser processado por denegação de justiça." Noutros termos, esse art. 4º institui a obrigação de julgar. E, ao instituir a obrigação de julgar, transforma-se completamente o sistema de direito que quiseram assimilar a um sistema dedutivo, a um sistema formal. Por quê? Porque o juiz é obrigado a julgar, e também obrigado a motivar sua decisão, pois não pode sentenciar arbitrariamente, deve tirar do direito que aplica os meios de justificar sua decisão; foi necessário, por conseguinte, dar-lhe os meios, os instrumentos intelectuais indispensáveis para o cumprimento de sua tarefa. Se há uma ambigüidade, ele deve decidir. Ora, suas decisões não são indiferentes, em virtude da regra de justiça formal, que vale em qualquer sistema de direito, a saber: para ser justo, é preciso tratar da mesma forma casos essencialmente semelhantes. Para que os juízes que aplicam o direito tratem da mesma forma casos essencialmente semelhantes, cumpre que saibam como os outros juízes decidiram em casos de mesma espécie, cumpre, pois, reunir e publicar um repositório de jurisprudência para conhecer os precedentes. Na medida em que os juízes colaboram para o direito, deve-se fazer caso dos precedentes judiciários, porquanto é razoável, se não há razão válida de afastar-se deles, que os juízes posteriores apliquem os mesmos critérios que os juízes anteriores. Com efeito, mesmo que a isso não sejam obrigados, esse modo de proceder constitui uma garantia de segurança jurídica, essencial em direito. Qual será o papel do juiz? Deverá ele eliminar as ambigüidades: se há diferentes leis aplicáveis, ele deve, para evitar as antinomias, ou hierarquizá-las, encontrando regras gerais de solução de antinomias, ou, se não pode encontrar regras gerais, porque se trata de leis que têm igual alcance, que emanam das mesmas autoridades, deverá delimitar o campo de aplicação de cada uma das leis, de modo que se saiba, também no futuro, como proceder. De outro lado, se não há regras aplicáveis, se não há regra que se possa tirar do conjunto do sistema, então são possíveis duas soluções: ele pode aplicar a regra que diz que, se o demandante não encontra regra para fundamentar sua demanda, esta deve ser indeferida, em virtude da regra de liberdade segundo a qual se é livre para fazer tudo quanto uma lei não proíbe. Mas essa solução não é possível nem eqüitativa em todos os casos. Por exemplo, combinou-se numa convenção o pagamento de juros de mora, sem prever a taxa de juros; uma vez que a convenção é a lei das partes e essa convenção está incompleta, contém lacunas, o juiz deve completá-la, e deve encontrar o meio de determinar uma taxa justificável, encontrar regras que lhe permitam motivar sua decisão. Em cada um desses casos, a lógica formal não o pode ajudar. No primeiro caso, o da ambigüidade de uma noção, a lógica formal não nos pode guiar quando se trata de precisar não a forma, mas a matéria do raciocínio. Se se trata, por exemplo, de precisar a noção de urgência, a lógica formal não nos poderá ajudar. Tampouco nos poderá ajudar a eliminar uma antinomia ou a completar uma lacuna: a lógica formal poderia, eventualmente, contribuir para estabelecer a existência de uma antinomia ou de uma lacuna, mas não pode eliminar a antinomia nem preencher a lacuna. Para isso, deve-se recorrer a outras técnicas, tais como as técnicas de lógica jurídica. Daí resulta que a própria idéia de lógica jurídica não é, em absoluto, como alguns teóricos puderam crer, a aplicação da lógica formal ao direito. Trata-se de instrumentos – metodológicos –, de técnicas intelectuais postas à disposição do jurista, em especial do juiz, para cumprir sua tarefa. São raciocínios por analogia, argumentos *a ratione legis* ou pela finalidade do direito, ou *a pari* ou *a contrario*, etc., que, tradicionalmente, há séculos, são conhecidos como fazendo parte das obras intituladas *Os tópicos jurídicos*, que, justamente, expõem essa metodologia do jurista.

Até agora, limitei-me a mostrar como, mesmo quando se é muito exigente quanto ao aspecto sistemático do direito, por causa da latitude que o art. 4º do Código Civil confere ao juiz, foi-se obrigado a fornecer ao juiz instrumentos intelectuais que já não podem simplesmente justificar-se sendo condicionados à verdade ou à lógica formal. O juiz vai cumprir sua tarefa condicionado por outros valores, que são os do razoável, do eqüitativo, do socialmente eficaz, da segurança jurídica garantida pela justiça formal, mas também da justiça material, da eqüidade em outros termos. Isso faz que vejamos de imediato que alguns valores, que não são puramente valores de conhecimento teóricos, intervêm para guiar a decisão do juiz.

Para mostrar bem o que há de característico no raciocínio do juiz, vamos partir de um caso tão simples quanto possível. Tomemos uma regra que parece não oferecer a menor possibilidade de contestação, a menor ambigüidade, uma regra que seja a mais clara, a mais inequívoca possível. Ei-la. Suponhamos um regulamento de polícia cujo texto prescreve numa placa à entrada de um parque público: "é proibida a entrada de veículos neste parque". A última vez que utilizei este exemplo, falei de "circulação" dentro do parque. Mas simplifiquemos: suponhamos que um guarda postado na frente dos gradis do parque seja o primeiro juiz. Esse guarda vê alguém entrar com um carrinho de bebê. Pergunta-se: será que é um veículo? Não, diz com seus botões, não é um veículo, deixemos passar. Depois entra uma criança pequena com um automóvel elétrico: bem, vamos deixá-la entrar. Diz ele consigo mesmo: um veículo é um automóvel, ou uma motocicleta, tudo que faz barulho, que polui o ar, é isso que se quer eliminar. Há, aí, uma primeira interpretação da palavra veículo, que se interpreta consoante certa finalidade do regulamento, pergunta-se o porquê dessa prescrição. E, depois, eis que vem uma ambulância, alguém teve uma crise cardíaca: deve-se deixar entrar a ambulância dentro do parque? Que irá dizer o juiz, a lei é clara e sem ambigüidade? Mas, dirá ele: caso de força maior. E, depois, uma criança caiu e quebrou a perna e chamam um táxi para conduzi-la ao hospital, e, depois, uma mulher grávida foi pega de supresa no parque, e queriam levá-la de carro à maternidade. Quais são os problemas que o guarda deverá resolver? Trata-se de interpretação da palavra veículo? Trata-se de muito mais. O juiz não julga o sentido de uma linha de texto. Pergunta-se qual é o valor que se quer proteger e qual é o valor em competição com ele. O que é mais importante? E de repente vemos que, em vez de ser um mero calculador, o juiz, que será o primeiro juiz, ou um seguinte, pouco importa, é levado a confrontar valores. E então lembramo-nos, de repente, a esse respeito, de que o papel do juiz não é simplesmente inclinar-se diante de uma conclusão: o juiz deve julgar, e julgar quer dizer tomar uma decisão. Essa decisão deve ser motivada, e motivada em direito. Os exemplos mais interessantes do raciocínio jurídico, da confrontação do direito com a lógica, são justamente os fornecidos pelas decisões judiciárias. Não digo que não há outros, como as decisões da administração pública, mas o que é interessante nos casos das decisões judiciárias é que elas são publicadas, é que podem ser comparadas, fornecem precedentes, fazem parte do sistema de direito, trate-se das sentenças de primeira instância, dos arestos do Conselho de Estado ou da Corte de Cassação. O que é interessante é que temos uma decisão que é precedida de considerandos, que é publicada e é conhecida e fornece o material mais significativo para o estudo do raciocínio jurídico. Vemos de imediato que essas decisões concernem a valores que, às vezes, são o respeito à verdade (a verdade está na base dessas decisões de justiça), mas nem sempre: se o direito conhece a ficção – que não é uma invenção de uma civilização ou de uma cultura, pois a ficção é encontrada em todos os sistemas de direito – é porque a ficção é uma decisão em que se qualificam os fatos contrariamente à realidade para obter o resultado desejável e que seja mais conforme à eqüidade, à justiça ou à eficácia social. Quero dar alguns exemplos dela. O exemplo mais conhecido de ficção, que foi ensinado a todos os estudantes de direito, é a ficção do pretor romano que, para lhes poder aplicar o direito civil, assimilou os estrangeiros aos cidadãos romanos aos quais esse direito era normalmente reservado. Mas, como julgar os estrangeiros? Cumpria encontrar regras para julgá-los, e a ficção permitiu assimilar o estrangeiro ao cidadão romano. Outra ficção. Há alguns anos, perante um tribunal do júri, em Liège, julgou-se um processo de uma mãe católica que, com a ajuda de seu médico igualmente católico, havia decidido matar – não se pode dizer de outra maneira – seu último filho, o quinto, monstruosamente deformado por causa dos efeitos do softenon (talidomida) que ela tomara. Ela pensara que, deixando viver aquela criança monstruosa, causaria a infelicidade dos outros filhos, de toda a família. Mulher conhecida pela grande dignidade, de que toda a Bélgica tinha pena, ela cometera um ato criminoso.

Ora, o nosso código não prevê nenhuma outra qualificação, num caso assim, além de homicídio ou assassinato. O júri decidiu que a mulher não cometeu homicídio. Essa decisão acarretou sua absolvição, mas pode-se dizer que foi graças a uma ficção; qualificou-se o ato contrariamente ao fato comprovado. Terceiro exemplo. O direito inglês do final do século XVIII conhecia um crime qualificado de *grand larceny*, de delito importante e que era punível com a pena de morte. Ora, na enumeração do que constituía um *grand larceny* figurava todo roubo de um valor de 40 xelins ou mais. Muito depressa, os juízes ingleses se revoltaram contra essa prescrição; e, regularmente, talvez durante vinte anos, cada vez que havia um roubo considerável, avaliavam-no em 30 xelins. Um dia, em 1808, um roubo de 10 libras, ou seja, 200 xelins, foi avaliado em 39 xelins. Se há ficção, é bem esse o caso... O que se seguiu deu razão aos juízes: o legislador inglês decidiu abolir essa regra e não mais incluir os roubos na categoria de *grand larceny*. Aí temos um exemplo do modo como o juiz, não podendo mudar a lei e achando que ela conduz a conseqüências iníquas ou ineficazes, introduz uma ficção para poder ainda assim decidir de um modo que lhe parece eqüitativo.

Vemos por esses exemplos que o juiz pode, em certos casos, servir-se de outras técnicas, e não se contentar em suprir a falta de clareza da lei, porquanto, nesse caso, a lei era muito clara.

Tomemos outro exemplo: havia, na Alemanha imperial de antes de 1914, uma lei que punia com pena de prisão aqueles que, em 1º de maio, desfilassem em passeata atrás de uma bandeira vermelha. Em 1º de maio a polícia interveio, prendeu certo número de pessoas, confiscou-lhes a bandeira. O processo efetuou-se algumas semanas mais tarde, a bandeira estava colocada sobre a mesa do tribunal: não era vermelha, mas lilás... Cumprirá ou não condenar? Cumprirá dizer que as condições de fato foram ou não foram preenchidas? Será que desfilaram atrás de uma bandeira vermelha? Cumprirá dizer que, pelas necessidades da causa, se assimila o lilás ao vermelho? Mas, então, amplia-se o alcance da lei. A interpretação, em direito penal, não é restritiva? Na realidade, os juízes não se contentam simplesmente em aplicar a lei; muito amiúde, ampliam-na pela analogia, mas às vezes também a restringem. E é essa a razão das teorias jurídicas. Diante de uma grande construção jurídica, é mister perguntar-se para que ela serve. Serve para modificar o campo de aplicação da lei. Quando criaram a teoria do abuso do direito, quando pretenderam que o proprietário já não estará protegido no exercício de seu direito de propriedade, se quiser amparar-se nele com o intuito de prejudicar a outrem, substituíram o direito de propriedade, concebido como direito absoluto, reduziram-no à sua função social, e o direito só deve ser protegido quando cumpre sua função. Essa teoria visa, pois, a eliminar a proteção concedida ao proprietário em todos os casos em que ele quiser amparar-se em seu direito de propriedade de uma forma que não seja conforme à sua função social. Elaboraram toda uma teoria para dizer que o proprietário não está protegido em certos casos; restringiram o alcance do art. 544 do Código Civil. Outro exemplo. O direito internacional privado nos diz que as condições referentes ao estado das pessoas dependem da legislação nacional dos interessados. Suponhamos que um marroquino venha à Bélgica; ele já tem duas mulheres e gostaria de se casar com uma terceira. Seu direito lhe permite casar-se com quatro mulheres. Será que, na Bélgica ou na França, lhe concederiam o direito de fazer valer seu direito nacional, se a bigamia é punível pelo Código Penal? Elaboraram outra noção, isso a que se chama ordem pública internacional, noção que cria empecilho à aplicação da lei estrangeira quando ela se opõe, de uma forma que acham por demais flagrante, à ordem pública nacional. Mas, se se trata, por exemplo, de um marroquino que tem duas esposas e que é morto num acidente de automóvel, será que apenas a primeira tem direito a uma indenização e a segunda não? Os tribunais belgas acabam de decidir recentemente que a segunda também tem direito à indenização, conquanto haja bigamia, porque isso não se opõe à ordem pública internacional. Vê-se que todas essas teorias servem para opor um valor a outro valor, a restringir ou a ampliar o alcance da lei, e não somente para aclará-la. O juiz tem como missão dizer o direito, mas de um modo conforme à consciência da sociedade. Por quê? Porque seu papel é estabelecer a paz judiciária, e a paz judiciária só será estabelecida quando ele houver convencido as partes, o público, seus colegas, seus superiores, de que julgou de forma eqüitativa. Não se pode esquecer que a justiça é a *ars aequi et boni*, segundo a velha tradição e definição romanas. Mas – e é aqui que intervém outro elemento –, na medida em que ele aplica essas técnicas de lógica jurídica, pelas quais confronta valores para chegar a uma decisão, constata-se que elas não têm o rigor e a falta de ambigüidade da lógica formal. Introduzindo-as, introduz-se certa insegurança no direito, em nome de outros valores, tais como a eqüidade, a eficácia, etc. Constatamos que essa lógica jurídica é uma lógica que deve fornecer boas razões para tomar uma decisão. Razões *boas em direito*. O que é uma razão boa em direito pode mudar, evidentemente, conforme o sistema e conforme as épocas, etc. Mas pode-se também não estar de acordo sobre a força dos argumentos, o pró e o contra podem não levar uns e outros à mesma decisão. E, aqui, introduz-se um elemento pessoal: o juiz não é um autômato, o valor das razões depende do que se é. O juiz decide depois de ter ouvido as partes, escutado os pontos de vista opostos tais como se manifestam na controvérsia jurídica, em que cada uma das partes não busca somente esclarecê-lo mas também convencê-lo, mediante certa argumentação. É por causa do caráter não-coercivo desta que o papel do juiz é indispensável. Não temos necessidade de juiz para saber quanto somam dois mais dois, nem para resolver problemas em que o cálculo ou a pesagem fornecem a solução. Quando as regras utilizadas conduzem todos às mesmas conclusões, se não se comete um erro, quando existem regras de raciocínio corretas a partir de premissas indiscutíveis, não há necessidade de juiz. Necessita-se de um juiz quando essas regras não são unívocas, quando o raciocínio não redunda numa conclusão, mas justifica uma decisão. Ora, pode-se chegar a decisões opostas conforme a importância que se dá a esta ou aquela espécie de argumentos. É por essa razão que se deverá recorrer a um juiz que terá o poder de dirimir a lide. E, quando os juízes não estão de acordo, é preciso um critério, como a maioria por exemplo, para dizer qual será a decisão que, no final das contas, *pro veritate habetur*, presumir-se-á fornecer a verdade. Aqui não há verdade: há recurso a um poder para fazer que se reconheça a decisão. Nessa perspectiva, compreende-se a importância do poder e também o fato de que esse poder seja reconhecido, que se lhe admita a autoridade. Dá-se o mesmo com o poder legislativo. O legislador também exerce um poder, porque se podem conceber leis de diferentes formas, e cumpre que haja homens que tenham o poder de dizer qual é a lei aplicável, qual é a lei em vigor. Tanto no que tange ao legislador quanto aos juízes, justamente na medida em que nem as leis nem as decisões judiciárias se impõem com evidência, o recurso ao poder, e de preferência à autoridade, ou seja, ao poder reconhecido, deve vir suprir a ausência de unanimidade. Sem isso caminhamos para a anarquia; se apenas as questões que são suscetíveis de conhecimento, sobre as quais há um acordo unânime, devem ser levadas em consideração numa sociedade, cada vez que cabe escolher, decidir, posicionar-se por uma regra geral e num caso de aplicação, estamos perante o nada. A aplicação do cálculo das probabilidades não pode fornecer-nos a resposta, pois as questões de direito são questões de decisão, como, aliás, bem mostrou Carbonnier. O advogado, por sua vez, procura influenciar o juiz, convencê-lo de que a tese por ele defendida é a melhor, fornece-lhe argumentos para julgar. O triunfo do advogado é a situação em que o juiz adota inteiramente toda a argumentação da defesa para incluí-la na decisão; o advogado colabora, assim, para o exercício da justiça. Mas casos há em que um advogado, consultado por um cliente, que lhe pergunta qual é a probabilidade de ganhar um processo, responde-lhe: "o senhor não tem a menor chance". Aqui, ele já não intervém enquanto militante, faz previsão, isso a que se poderia chamar sociologia jurídica; noutros termos, considera a situação de fora e vê quais são – dados os precedentes, a jurisprudência em vigor – as chances de uma decisão ser favorável ao cliente. Nesse momento, o advogado responde a uma consulta a que podemos chamar teórica, já que ele próprio não intervém para influenciar a decisão. Vê-se que o militante do direito tem papéis diferentes para desempenhar; às vezes participa de uma decisão, direta ou indiretamente; às vezes, ao contrário, olha o caso de fora e diz qual é a situação tal como a vê. O papel da doutrina será dizer a verdade? No passado, a doutrina se propunha dizer qual é o verdadeiro direito, tal como o legislador o quisera, e a dogmática jurídica – o nome o indica bem – devia dizer a verdade em matéria de direito. Na concepção que apresento aos senhores, os teóricos do direito, aqueles que elaboram a doutrina, devem ser considerados mais como conselheiros, cujo papel é esclarecer os juízes e aqueles que têm o poder de tomar decisões. Estão lá para lhes mostrar qual seria a decisão mais razoável, mais eqüitativa, e lhes fornecer todos os argumentos em favor de uma dada solução; preparam o trabalho do juiz, mas, como o juiz não deve unicamente dizer o verdadeiro, mas também o justo, o eqüitativo, o razoável, o papel deles é preparar, no mesmo espírito, as decisões da justiça. E, desse ponto de vista, vou na contracorrente da teoria pura do direito de Kelsen, para quem o papel da doutrina é unicamente científico: pode-se concebê-lo assim quando se trata de um teórico que estuda o sistema de direito de fora, quando toma o direito como objeto da ciência, elaborando um metadireito. Mas, na realidade, e tradicionalmente, a doutrina se conferia um papel diferente, o de preparar com suas reflexões, com suas análises, com suas considerações, com suas motivações, as decisões judiciárias, em todos os casos que poderiam apresentar-se perante os juízes.

Gostaria de terminar com algumas considerações muito gerais. Se esqueceram que as técnicas do jurista e, em especial, do juiz são técnicas argumentativas, que consistem em fornecer boas razões, em responder às objeções, para terminar as controvérsias de modo que se obtenha a paz judiciária, ou seja, o consentimento dos interessados e do público, dos superiores, etc., se esqueceram isso, foi porque durante séculos o direito inspirou-se nas ciências. Não se levou em conta o fato de que ele é uma atividade prática, e não uma reflexão puramente teórica. Mas, se os senhores me perguntarem: será possível transformar a prática em teoria? Sim, é muito fácil. Publiquei um artigo sobre o raciocínio prático[2] mostrando que, introduzindo uma premissa suplementar, pode-se transformar uma controvérsia prática numa dedução lógica puramente formal. Mas, de fato, o debate será relativo à premissa que se acaba de introduzir: caberá ou não caberá introduzir essa premissa? Foi essa a objeção que apresentei a Kalinowski por ocasião de um recente debate sobre o raciocínio jurídico, no qual ele procurara mostrar que, para resolver o problema das lacunas em direito, bastava simplesmente introduzir novas premissas, Disse-lhe eu que, justamente, a questão era saber se cabe ou não introduzir novas premissas[3]. Sempre se pode transformar o raciocínio prático em raciocínio teórico, introduzindo, sem razão, uma premissa controversa. Mas então, evidentemente, suspende-se a controvérsia.

Essa concepção aproxima o direito continental do direito anglo-saxão, porque, se vemos o fundo das coisas, se vemos efetivamente como o direito constitui um debate sobre valores, todo o resto se torna técnica. É a propósito dessas técnicas que se podem comparar o direito francês, o direito inglês ou americano, o direito romano, o direito talmúdico, etc. Mas tudo isso são técnicas variáveis, que se exercem no interior de uma função geral do direito.

Se o direito sofreu muito por ter-se deixado influenciar em demasia pelas ciências, creio que se pode dirigir a mesma crítica à filosofia. Esta também quis apresentar-se como ciência dedutiva ou como ciência indutiva: pensemos em Hume, que nos propôs uma filosofia indutiva, pensemos em Spinoza, que nos propôs um sistema dedutivo. Na realidade, trata-se de um engodo. A filosofia também lida com valores. A ontologia, em filosofia, não é somente um estudo descritivo do real, mas o valoriza de certa forma. Se a nova concepção do direito – que no fundo é uma concepção muito antiga, mas que foi esquecida durante alguns séculos – se generalizasse, os filósofos teriam muito que aprender inspirando-se em técnicas dos juristas para ver como se raciocina, efetivamente, sobre valores, como se realiza o equilíbrio, a síntese dos valores. Ver-se-á então que, em filosofia, as razões, no plural, são ao menos tão importantes quanto a razão, no singular. As razões, no plural, estão inseridas na história, variam, dependem da estrutura social, da estrutura essencial do indivíduo: todos os elementos históricos e existenciais se introduzem nessa visão da filosofia. Não sei o que Gueroult pensará dessa nova abordagem, ele que estudou a idéia de razão e das razões – mas creio que há aí um elemento que poderia modificar inteiramente a perspectiva do raciocínio em geral.

Gostaria de terminar dizendo que, se a lógica formal conquistou quase todas as universidades do mundo, exceto, talvez, algumas universidades francesas e italianas, o ensino da argumentação foi inteiramente negligenciado há séculos. A argumentação é a antiga dialética, a de Sócrates, de Platão, de Aristóteles, não é a dialética de Kant e de Hegel – e há um tema de tese muito interessante, a saber: como se pôde passar de uma para a outra. Mas eu gostaria de assinalar que a Faculdade de Direito da Universidade de Bruxelas, há três anos, completou seu programa, e sendo eu incumbido do ensino da lógica nessa faculdade, pediu-me ela que desse um curso novo, que ela intitulou "Lógica e argumentação" para frisar a importância da argumentação na formação dos juristas.

§ 42. Considerações sobre a lógica jurídica[1]

Agradeço a meus confrades da Academia por me terem dado a oportunidade de apresentar minhas considerações sobre a lógica jurídica nesta sessão pública que coincide com o lançamento de meu livro consagrado ao mesmo tema[2].

Vamos começar com uma breve rememoração das origens de minhas pesquisas.

Por ocasião do XI Congresso Internacional de Filosofia, que se realizou em Bruxelas em 1953, o Centro Nacional de Pesquisas de Lógica havia organizado um simpósio internacional, muito concorrido, dedicado em parte à teoria da prova[3]. Ficou muito claro, durante os debates, que o raciocínio jurídico, que fora objeto de duas exposições, era muito pouco conhecido dos lógicos e filósofos, que haviam analisado sobretudo os meios de prova das ciências exatas e naturais, mas não se interessaram muito pelo direito. Este tinha muito pouco prestígio aos seus olhos para servir de fonte de inspiração às suas próprias reflexões.

Com o saudoso cônego Robert Feys, professor da Universidade de Louvain, decidimos, no mesmo ano, criar, dentro do Centro, uma seção jurídica e associamos a essa iniciativa alguns juristas: o professor Henri Buch, Conselheiro de Estado, recentemente falecido, o professor René Dekkers, das universidades de Bruxelas e de Gand, e sobretudo Paul Foriers, Reitor da Universidade de Bruxelas.

Nossos primeiros trabalhos ensejaram um artigo coletivo publicado, em 1956, no *Journal des Tribunaux* (nº 4.104) com o título "Essais de logique juridique". Depois dessa data, decidimos concentrar nossa atenção numa série de assuntos particularmente interessantes do ponto de vista do raciocínio jurídico. Isso resultou em publicações bem conhecidas no mundo dos juristas: *Le fait et le droit*[4], *Les antinomies en droit*[5], *Le problème des lacunes en droit*[6], *La règle de droit*[7], *Les présomptions et les fictions en droit*[8]. Estamos examinando, há dois anos, a motivação em direito. O Centro publicou, também, seis volumes intitulados *Études de logique juridique*.

Nenhum de nós hesitou em servir-se da expressão "lógica jurídica" para designar o objeto de nossos trabalhos. Trata-se, de fato, de uma expressão tradicional para designar os estudos consagrados ao raciocínio específico dos juristas.

Contudo, esse uso vai de encontro a uma concepção da lógica, extremamente difundida entre os lógicos do século XX, que identifica a lógica com a lógica formal. Referindo-se a esta, Georges Kalinowski, lógico polonês que trabalha em Paris, caracteriza a lógica como um "instrumento de toda atividade de saber, que encontra sua aplicação tanto na área da vida cotidiana quanto em qualquer ciência que seja". Esta última citação provém de um artigo, publicado em 1959, na revista *Logique et Analyse*, publicada por nosso Centro, e intitulado "Y a-t-il une logique juridique?"[9] Kalinowski concluía de uma forma peremptória: "só há, em nossa opinião, uma lógica: a lógica e nada mais (tomada tanto no sentido teórico quanto no normativo). Por outro lado, entre as diferentes aplicações das leis ou regras lógicas universais, algumas há que são feitas por juristas dentro do campo de um saber jurídico qualquer. É muito interessante e excessivamente útil analisar as diferentes aplicações, nos diversos campos dos saberes jurídicos, das leis e das regras lógicas universais. É curioso e enriquecedor examinar os hábitos jurídicos aos quais elas se devem. Mas é vão estudar uma lógica jurídica no sentido próprio da palavra, pois esta não existe"[10].

Não obstante essa conclusão, Kalinowski publicou, alguns anos mais tarde, um livro apreciado, intitulado *Introduction à la logique juridique*[11], seguindo o exemplo de um jurista alemão, Ulrich Klug, cuja *Juristische Logik*, publicada em 1950, foi traduzida em várias línguas e várias vezes reeditada.

Como esses autores puderam publicar obras consagradas à lógica jurídica, quando negavam expressamente a existência de tal disciplina? É que consideraram esta apenas como a lógica formal aplicada ao direito, limitando-se a examinar, "do ponto de vista formal, as operações intelectuais do jurista"[12].

Mas, se o raciocínio jurídico nada tinha de específico, por que publicar, ao lado da lógica matemática, uma lógica jurídica, e não uma lógica zoológica ou bioquímica?

É que, efetivamente, desde a Antiguidade, conhecem-se raciocínios utilizados na interpretação e na aplicação dos textos jurídicos, tais como os argumentos *a simili, a contrario, a fortiori*, decompondo-se estes últimos em argumentos *a maiori ad minus* e *a minori ad maius*. Por conseguinte, se nos propomos não ver na lógica jurídica senão uma lógica formal aplicada ao direito, impõe-se pôr em evidência a estrutura formal desses argumentos tradicionais do pensamento jurídico. Foi a isso, aliás, que Klug e Kalinowski se aplicaram em suas respectivas obras: Klug lhe consagra a terceira parte de seu livro[13] e Kalinowski o § 3 do seu 4º capítulo[14].

É fácil, porém, mostrar que esses argumentos não constituem modos de raciocínio puramente formais pois, se o fossem, deveriam ser sempre válidos e universalmente aplicáveis. Mas, como, aplicados a um mesmo texto, os argumentos *a simili* e *a contrario* conduzem a conclusões diametralmente opostas, cumpre escolher entre eles, se não se quiser chegar a uma contradição.

Se uma legislação submete todos os moços de uma certa idade ao serviço militar obrigatório, poder-se-ia concluir, pelo argumento *a simili*, que as moças lhe são igualmente submetidas, e, pelo argumento *a contrario*, que dele estão dispensadas.

Se quisermos reduzir esses argumentos a esquemas puramente formais, é indispensável fazer que cada vez sua aplicação seja precedida de uma argumentação relativa à intenção do legislador: este quis excluir as moças do serviço militar ou, ao contrário, no texto legal, a expressão "moços" abrange igualmente "as moças"? As técnicas que reduzem esse tipo de argumentos a esquemas puramente formais escamoteiam essa escolha prévia, que só pode ser justificada através de uma argumentação totalmente alheia à lógica formal.

Esta última observação nos remete a um problema mais vasto, de inegável alcance filosófico: deve a lógica limitar-se ao estudo dos raciocínios demonstrativos, como os que caracterizam a prova em matemática, ou deve igualmente analisar os raciocínios mais variados que apresentam argumentos em favor desta ou daquela escolha, desta ou daquela decisão? Raciocinar será unicamente inferir, calcular e demonstrar, ou será também fornecer razões pró ou contra uma dada tese? Note-se, a esse respeito, que os numerosos estudos publicados sob o título "Les machines pensent-elles?" respondem geralmente pela negativa, sendo os cálculos e as demonstrações considerados mais afastados do pensamento do que as argumentações em sentidos diferentes que caracterizam os raciocínios críticos e sua refutação, seja na deliberação íntima, seja numa discussão de dois ou mais indivíduos.

Dever-se-á excluir da lógica o estudo dos argumentos, em especial daqueles que não se deixam reduzir a esquemas puramente formais? A conseqüência que daí resultaria imediatamente é que não se compreenderia nada da lógica da controvérsia, pois é nas discussões e nas controvérsias que encontramos as argumentações em sentidos diferentes, necessariamente alheias à lógica formal, pois esta estuda as leis lógicas, os raciocínios corretos, válidos e coercivos, que não ensejam nenhum desacordo.

Parece-me ridículo ignorar, a pretexto de que são alheios à lógica formal, os mais variados argumentos que encontramos não só em direito, mas também em filosofia, na metodologia de todas as ciências e em todas as áreas em que intervêm a crítica, a refutação, a justificação, procedimentos que me parecem caracterizar, por excelência, a atividade refletida de um ser razoável.

Foi indevidamente, ao que me parece, que se quis reduzir a lógica à lógica formal. Aliás, Aristóteles, considerado o pai da lógica formal, por causa de seus *Analíticos,* onde estuda as deduções formalmente corretas, consagrou sua *Retórica* e seus *Tópicos,* e as *Refutações sofísticas,* ao exame dos raciocínios dialéticos, que versam sobre o opinável, das argumentações que visam a persuadir e a convencer, das razões prós e contras que servem para a crítica, a refutação e a justificação, e que são indispensáveis para estabelecer as premissas de um raciocínio[15].

Ora, e aqui voltamos ao nosso propósito, é exatamente esse o papel da lógica jurídica. Esta não concorre com a lógica formal, pois nenhum homem sensato duvida da validade do silogismo nem de algum modo de raciocínio formalmente correto. Mas, como a verdade da conclusão não pode ser garantida apenas pela dedução correta, pois esta se atém a transferir para a conclusão a verdade das premissas, cumpre ainda assegurar-se desta última. Quando as premissas podem ser demonstradas por sua vez, o problema é apenas recuado para outras premissas. Afinal das contas, cumprirá recuar até os axiomas: se estes são evidentes, ou admitidos por hipótese, pode-se dispensar a argumentação. Mas, quando o debate diz respeito às premissas, que não são evidentes nem indiferentes, cumprirá decidir-se a escolher uma ou outra das teses confrontadas. Se essa escolha é refletida, é porque se apóia em argumentos que constituem as razões, que fornecem os motivos da decisão ocorrida. Tais argumentos não serão corretos ou incorretos, ou seja, conformes ou não às regras de uma dedução válida, porém de maior ou menor pertinência, de maior ou menor eficácia, para ganhar a adesão do auditório a que se dirigem.

Um argumento que persuade um auditório pode exercer apenas um pequeno efeito sobre um outro. Para apreciar o valor, e não somente a eficácia dos argumentos, é normal, à míngua de critérios objetivos, referir-se à qualidade do auditório que é persuadido pelo discurso. Poderíamos conceber o apelo à razão, tal como é praticado tradicionalmente pelos filósofos, como o apelo a um auditório ideal, tão informado e tão exigente quanto possível. Platão, sonhando com uma retórica digna do filósofo, queria que os discursos deste pudessem convencer os próprios deuses (*Fedro*, 273e). Para nós, o apelo à razão se dirigiria ao auditório universal. Uma argumentação racional seria, como a ação moral em Kant, conforme ao imperativo categórico: o melhor argumento seria aquele que, na mente do orador, deveria convencer todos os homens suficientemente informados. Mas, como a argumentação, mesmo racional, não é coerciva, só pode tratar-se de uma intenção de racionalidade na cabeça do orador. De fato, é bem raro que se obtenha uma adesão unânime a uma das teses debatidas. É realmente preciso, sobretudo se o debate não pode prolongar-se indefinidamente, se se deseja chegar a uma decisão, que sejam previstos procedimentos para tanto.

Os diversos ramos do direito conhecem institutos, previram procedimentos e competências, que precisam como, e por quem, em cada área, as regras de direito são elaboradas, interpretadas e aplicadas. O Código de Processo indica segundo quais procedimentos, em quais condições, os litígios são dirimidos. Para evitar que os processos não sejam recomeçados indefinidamente, as decisões, em certas condições, se beneficiam da autoridade da coisa julgada.

Todas essas questões, nas quais considerações teóricas são indissociáveis de suas conseqüências práticas, a lógica jurídica não pode desprezá-las, pois o raciocínio específico dos juristas deve adaptar-se ao contexto constituído pelos institutos, pelos procedimentos e sobretudo pela ideologia dominante. Esta deve responder à questão: que é o direito? Quais são as suas relações com a moral e com a religião? Em que medida o juiz deve preocupar-se com justiça e eqüidade? O juiz encarregado de dizer o direito, em cada caso específico, deverá estribar-se, nos considerandos de sua decisão, unicamente em disposições legais, ou poderá completá-las, e às vezes limitar-lhes a aplicação, invocando outras fontes do direito, tais como os princípios gerais do direito? Constatar-se-á, acerca de todas essas questões, uma evolução desde a Antigüidade até os nossos dias. A ideologia da Revolução Francesa desempenhou um papel determinante na evolução do direito continental, mas, desde o Código de Napoleão até a nossa época, distinguem-se igualmente mudanças de perspectiva: discernem-se, primeiro, o positivismo jurídico da escola da exegese, depois, a concepção funcional e teleológica do direito, por fim, uma visão mais sociológica e mais democrática do papel do juiz, visando este ao estabelecimento da paz judiciária graças ao consenso da opinião pública esclarecida.

É óbvio que, todas as vezes, os argumentos jurídicos aceitos serão de natureza diferente, pois o que constitui um argumento forte num contexto pode não ser levado em consideração noutro. O juiz deverá ou não levar em conta conseqüências sociais, econômicas ou políticas de sua decisão? Deverá ficar fiel à máxima *pereat mundus, fiat justitia*? Quais são as considerações que devem prevalecer aos seus olhos? Será a segurança jurídica, a fidelidade à lei, será um cuidado de eqüidade, deverá ele conciliar essas duas exigências quando elas parecem conduzir a decisões divergentes?

Enquanto a segurança jurídica e a imparcialidade exigem o respeito à justiça formal, ou seja, o tratamento igual de situações essencialmente semelhantes, é possível que o progresso técnico ou a evolução dos costumes requeiram uma nova legislação ou uma mudança de jurisprudência. Como evitar a arbitrariedade nessa matéria? A colegialidade dos tribunais fornece uma primeira garantia para isso. Outra reside na possibilidade da apelação. A Constituinte, com o decreto de 16-24 de agosto de 1790, forneceu mais outras ao instituir a obrigação de motivar as sentenças e ao instaurar um tribunal de cassação.

Sabemos que, segundo o art. 4º do Código de Napoleão, "o juiz que recusar julgar, a pretexto do silêncio, da obscuridade ou da insuficiência da lei, poderá ser processado por denegação de justiça." Portanto, ele não pode, como o cientista, refugiar-se na abstenção, alegando sua ignorância; deve prolatar uma sentença. A lógica jurídica estudará as técnicas e os raciocínios que lhe permitem decidir-se e motivar sua decisão.

A prova dos fatos, quando é livre, depende da convicção íntima dos juízes. Ela pode fundamentar-se em presunções precisas e concordantes. Presunções legais dispensam de qualquer prova aqueles a quem elas aproveitam. Quando não são irrefragáveis, elas podem ser derrubadas pela parte contrária, que terá o ônus da prova. Quando são indispensáveis depoimentos para o estabelecimento da prova dos fatos, o juiz pode ordenar o comparecimento das testemunhas e lhes mandar depor sob juramento. Mas não é permitido ouvir os descendentes nas causas em que seus ascendentes têm interesses opostos (art. 931 do Código de Processo), isto para não criar dissensões no seio da família. Aquele que é obrigado ao sigilo profissional pode recusar-se a testemunhar. A busca da verdade fica então subordinada às relações de confiança que se favorecem, entre o advogado e seu cliente, entre o médico e o paciente, entre o confessor e aqueles que se confessam a ele. Outros limites são estabelecidos, na busca dos fatos, pelo respeito à dignidade da pessoa, sendo dele que deriva, notadamente, a proibição da tortura.

O papel do juiz é central na administração da justiça, pois ele é que se encontra no centro do debate judiciário. Ele é que as partes devem convencer da realidade dos fatos, da escolha e da interpretação da regra de direito aplicável ao caso litigioso. Como assegurar-se de sua imparcialidade e de sua independência? Observe-se, a esse respeito, que, ao analisar um raciocínio matemático, ninguém se interessa pela honestidade e pela independência do matemático, pois a demonstração é impessoal e sua validade se impõe a todos os que são capazes de seguir-lhe o andamento. Mas a imparcialidade e a independência dos juízes são essenciais para o bom funcionamento da justiça. É indispensável protegê-los contra todas as pressões a que estão expostos da parte daqueles que exercem o poder. Vê-se imediatamente o perigo dos tribunais especiais que subtraem os jurisdicionados ao seu juiz natural. Por outro lado, o juiz pode ser recusado pelos motivos indicados no art. 828 do Código de Processo, e o art. 831 estipula que ele é obrigado a abster-se quando "se considerar por suspeito".

Vê-se, por esses exemplos, que a lógica jurídica não pode desinteressar-se do contexto social e político em que ela se exerce. Assim como o professor Lon Fuller, da Universidade de Harvard, enumerou as regras que todo sistema de direito tem de observar para que o direito funcione eficazmente numa sociedade organizada[16], assim também algumas condições devem ser cumpridas para assegurar uma administração imparcial da justiça, o *due process of law*.

Toda argumentação, seja ela qual for, que vise obter ou aumentar a adesão de um auditório às teses que se apresentam ao seu assentimento, funciona num contexto psicossocial, pois implica a existência de um contato das mentes, a utilização de uma linguagem comum, a observação de certo número de costumes, de práticas e de hábitos que regem o uso do discurso. Mas o que fica vago e indeterminado, quando se trata de práticas socialmente aceitas, é muito mais regulamentado quando se trata de práticas jurídicas, em especial judiciárias.

Os códigos de processo visam a assegurar o desenvolvimento normal dos debates judiciários, garantindo ao mesmo tempo os direitos da defesa. É importante que as teses confrontadas se manifestem com toda a sua força, com os melhores argumentos em favor de cada uma delas, mas também com tudo quanto se lhes pode opor, de modo que o juiz possa tomar sua decisão com conhecimento de causa. Conforme o modo como concebe sua missão, ele concederá a primazia à segurança jurídica, a considerações de coerência, às conseqüências sociais de sua decisão, à eqüidade.

A lógica jurídica não se limitará à análise dos esquemas argumentativos utilizáveis. Trata-se, com efeito, de uma argumentação que se desenvolve num contexto, o mais das vezes judiciário, em que o respeito às regras de direito, atinentes tanto ao mérito quanto ao procedimento, é essencial. Numa sociedade democrática, a segurança jurídica, o respeito às regras, a busca da verdade devem conciliar-se com o respeito à pessoa humana, com a proteção dos inocentes, com a salvaguarda das relações de confiança indispensáveis à vida social. Todas essas preocupações, totalmente alheias à lógica formal, fazem que a lógica jurídica, lógica da controvérsia, vise a estabelecer, em cada caso específico, a preeminência de um ou de outro valor.

É por essa razão, aliás, que o raciocínio jurídico não pode isentar-se de recorrer a ficções jurídicas, que são, entretanto, muito atacadas por teóricos racionalistas do direito, tais como Jeremy Bentham.

Contrariamente ao cientista ou ao filósofo, o jurista deve lançar mão das ficções. Pode acontecer, de fato, que o juiz, que deve aplicar a lei, sem ter a autoridade de modificá-la, se veja forçado a recorrer à ficção se não quiser que a decisão que seria levado a tomar seja, de uma forma patente para todos os membros da comunidade, contrária à eqüidade. A ficção jurídica se define como uma qualificação dos fatos ou uma motivação contrária à realidade jurídica.

Eis alguns exemplos de ficções jurisprudenciais extraídos de diversas áreas do direito.

O direito penal inglês fornece um exemplo característico de um recurso à ficção em decorrência da revolta de júris populares contra certas leis, julgadas excessivamente severas, que haviam sido promulgadas na Inglaterra nos anos que se seguiram à Revolução Francesa. Todos os delitos qualificados de *grand larceny* eram, no início do século XIX, puníveis com pena de morte, e a lei qualificava assim todo roubo de objetos cujo valor ultrapassasse 40 xelins. Como os juízes se recusavam a mandar para a forca homens culpados de roubo, e como não podiam modificar a lei, estimavam regularmente em 39 xelins todo roubo de qualquer importância. Não hesitaram, no caso R. V. Macallister de 1808[17], em avaliar em 39 xelins o roubo de uma nota de 10 libras, ou seja, 200 xelins.

Tamanha revolta contra um texto legal é dificilmente imaginável da parte de juízes togados. Mas conhecem-se numerosos casos em que, mormente no que tange à motivação, a Corte de Cassação recorreu ora a ficções, ora a uma reinterpretação da lei.

A Corte de Cassação da Bélgica não pode cassar uma sentença senão por violação da lei belga. O Código de Processo de 1967, em seu art. 1.080, indica ainda que o recurso de cassação conterá "a indicação de disposições legais cuja violação é invocada". Ora, quando o aresto atacado violava, não uma disposição legal, mas um princípio geral do direito, os advogados que redigiam o recurso, e a Corte, na medida em que lhes dava razão, invocavam textos legais que não tinham, como disse em seu admirável discurso da sessão de abertura do tribunal, em 1970, o procurador-geral Ganshof van der Meersch, senão uma relação "distante e aproximativa" com a regra de direito efetivamente violada[18]. Esse recurso a uma motivação mais ou menos fictícia pareceu indispensável à Corte para cassar um aresto que lhe parecia contrário ao direito, até o dia em que, por proposição de seu procurador-geral, ela admitiu que o "demandante, *na medida em que invoca um princípio geral do direito*, satisfaz suas obrigações indicando este em seu recurso"[19]. Fica supérfluo recorrer à ficção desde que a Corte aceita interpretar os termos "disposições legais" num sentido lato, que abrange igualmente outras regras de direito.

O terceiro exemplo é extraído do direito administrativo francês, que teve de recorrer a uma ficção para sair de uma situação ridícula, que parecia juridicamente inextricável[20].

Estes poucos exemplos apresentam casos em que a busca de uma solução aceitável justifica recorrer à ficção jurisprudencial. Mas vê-se muito bem em que o recurso à ficção é perigoso, pois uma justiça que não passasse de um instrumento a serviço de um poder despótico poderia utilizá-lo para condenar inocentes, de que este quisesse desembaraçar-se. É por isso que o recurso à ficção é malvisto por muitas pessoas sensatas, pois se arrisca a arruinar a segurança jurídica, por considerações alheias à missão do juiz.

Concluindo, na medida em que o direito é concebido como uma técnica que visa a proteger simultaneamente vários valores, às vezes incompatíveis, a lógica jurídica se apresenta essencialmente como uma argumentação destinada a motivar decisões judiciárias, para fazê-las beneficiar-se de um *consenso*, o das partes, das instâncias judiciárias superiores e, enfim, da opinião pública esclarecida. Se a solução do tribunal, que hierarquiza ou ordena os valores que se opõem, não parecer aceitável, a sentença será, conforme os casos, reformada ou cassada, e, se se tratar de um aresto da Corte de Cassação, poderá suscitar uma modificação da lei. Assim é que a administração da justiça, num país democrático, resulta de uma constante confrontação de valores, que implica um diálogo entre o poder judiciário, o poder legislativo e a opinião pública.

§ 43. Juízo, regras e lógica jurídica[1]

Dizer de alguém que é capaz de juízo é afirmar sua capacidade de escolher ou de decidir de uma forma não-arbitrária, ou seja, de uma forma arrazoada, de preferência razoável, que não se oponha sem razão ao senso comum, que manifeste "bom senso". Uma máquina, que reage a um estímulo de uma forma perfeitamente determinada ou de uma forma totalmente aleatória, não tem juízo.

Assim é que não se dirá de uma instalação elétrica que ela tem juízo porque conseguimos acender uma lâmpada girando o comutador. Mas se, à ordem de "fogo", pronunciado pelo oficial que comanda o pelotão de execução, os soldados do pelotão puxam o gatilho, poder-se-á dizer que eles têm juízo ou foram condicionados para reagir ao comando de uma forma automática? Raros são, de fato, os soldados que têm consciência do fato de que têm uma opção, de que poderiam recusar atirar ou atirar em outro alvo, mas que têm, não obstante, boas razões para conformar-se com a ordem recebida. Enquanto a recusa de obedecer, sustentada por boas ou más razões, manifesta uma capacidade de juízo pessoal, o fato de conformar-se com a ordem é ambíguo, pois, embora possa ser consciente e deliberado, o mais das vezes resulta de um hábito, de um condicionamento, de uma disciplina que é sentida como irrecusável.

Máquinas de calcular, e mesmo máquina capazes de jogar xadrez, seguindo instruções precisas, por mais complicadas que sejam, são, não obstante, incapazes de juízo. Mas, quando se trata de aplicar a situações concretas, sejam elas quais forem, regras de direito, redigidas numa língua natural, é quase inevitável o recurso ao juízo, na medida em que essas regras guiam aqueles a quem elas se dirigem sem, entretanto, lhes determinar inteiramente a ação.

Em que condições uma máquina, desprovida de juízo mas programada de uma forma adequada, seria capaz de aplicar tais regras? Vamos enumerá-las inspirando-nos nas progressões intelectuais do juiz que deve dizer o direito num caso específico. Seria preciso:

a) que todos os elementos da situação, aqueles que condicionam a aplicação da regra, fossem incontestes;

b) que existisse uma regra de direito, e uma só, aplicável à situação;

c) que a regra fosse clara em sua aplicação ao caso específico;

d) que não houvesse fato real, ou alegado por uma das partes, suficientemente importante, mas que a regra não menciona de modo explícito, que acarretasse uma hesitação quanto à aplicação da regra (caso de força maior, estado de necessidade, circunstâncias anormais ou imprevisíveis);

e) que as conseqüências resultantes da aplicação estrita da regra não fossem consideradas iníquas, inoportunas, prejudiciais, desarrazoadas, ou seja, inaceitáveis por uma ou outra razão.

Antes de comentar cada uma dessas cinco condições, impõem-se duas observações de ordem geral. A que é evidente ao primeiro olhar é a de que as duas primeiras condições são tão ligadas que, na prática, não podem ser tratadas separadamente. Para saber quais são os elementos da situação de que decorrem certas conseqüências jurídicas, cumpre conhecer a regra aplicável, e, para saber qual regra é aplicável, cumpre já conhecer os elementos da situação. De fato, a mente do jurista funciona num movimento de vaivém, da situação para a regra e da regra para a situação, e podemos perguntar-nos se essa dialética poderia ser realizada sem uma mente capaz de juízo, que faria à máquina as perguntas pertinentes.

A segunda observação é que a quinta condição, que se oporia à aplicação automática da lei, sejam quais forem suas conseqüências, implica certa concepção do papel do juiz, que a escola da exegese, que prezava acima de tudo a segurança jurídica e a soberania da lei, condenou claramente. Basta, para convencer-se disso, ler a passagem do manual de Mourlon (*Répétitions écrites sur le Code civil*, 1846) que inculca aos estudantes de direito o respeito sagrado à lei: "um bom magistrado humilha sua razão diante daquela da lei; pois ele é instituído para julgar segundo ela e não para a julgar. Nada está acima da lei e é prevaricar eludir-lhe as disposições a pretexto de que a eqüidade natural lhe resiste. Em jurisprudência, não há, não pode haver, razão mais razoável, eqüidade mais eqüitativa, do que a razão ou a eqüidade da lei"[2].

Com efeito, veremos que, se, por uma ou outra razão, as conseqüências da aplicação da lei a um caso específico lhe parecerem inaceitáveis, o juiz introduzirá a quarta condição ou tratará de interpretar a regra, o que tornará impossível uma jurisprudência "mecânica".

Se há processo, e a não ser que a lide seja provocada apenas para ganhar tempo, é porque a regra ou a sua interpretação, ou os fatos discutidos, ou as conseqüências que deles devem ser tiradas, são contestados, e o juiz é obrigado a resolver; quer sua decisão seja longamente motivada quer resulte de uma apreciação soberana dos fatos, presume-se que resulte de um juízo.

Examinemos, um por um, os cinco pontos enumerados acima, que poderiam, numa situação jurídica qualquer, estar na origem de uma contestação. Esse exame nos permitirá, de passagem, posicionar-nos nas controvérsias tradicionais que opõem os teóricos ou os filósofos do direito.

1. Quais são os fatos sobre os quais é exigido o acordo?

Já lembramos que a escolha dos fatos pertinentes, que se trata de estabelecer, a não ser que sejam presumidos, depende da regra aplicável. Esta é que precisa que o conjunto de fatos condiciona a aplicação das conseqüências jurídicas. Uma vez estabelecido o acordo sobre o gênero de fatos que hão de ser levados em consideração, surgirão problemas relativos à prova, às presunções, ao ônus da prova, ao depoimento, à apreciação dos indícios, que necessitarão do recurso ao juízo.

Há mais, porém. O direito não é assimilável a um mero jogo. As regras do jogo podem ser exaustivas e enumerar todos os fatos que o árbitro deve levar em conta no desenrolar do jogo. Outros fatos podem intervir para perturbar o jogo, interrompê-lo ou terminá-lo, mas não para influenciar o seu desenrolar. Com efeito, o jogo não tem finalidade fora de si próprio. Se o jogo é considerado um meio para favorecer o turismo ou o entendimento entre os povos, por exemplo, esse elemento extrínseco pode determinar a escolha do local ou do momento em que se desenrolará o evento, mas não pode modificar as regras do jogo.

Se, em direito, podemos imaginar regras, tais como as regras processuais que apresentam um aspecto análogo ao das regras do jogo, não se dá o mesmo com regras de fundo, que dificilmente são separáveis da vida da comunidade, de suas crenças, de suas aspirações e de seus valores. É por essa razão que caberá levar em conta, como veremos, fatos de que não fala a regra aplicável, e que poderiam, ainda assim, influenciar a decisão do juiz. Teremos a oportunidade de voltar a isso no ponto 4 de nossa análise.

2. *O segundo ponto se refere à regra de direito aplicável*; trata-se de um princípio constitucional, de uma lei, de um costume ou de um precedente judiciário.

Em cada sistema de direito os problemas levantados pela determinação da regra aplicável serão diferentes. Assim é que, em direito continental, a existência de uma única regra aplicável supõe que não se apresentam problemas relativos às lacunas e às antinomias. A validade da regra pode levantar dúvidas se as leis são submetidas a um controle de constitucionalidade por uma Corte Constitucional. Seu alcance pode ser limitado se há disposição para reconhecer como regras prioritárias princípios gerais de direito, comuns a todos os povos civilizados. Isso porque tais princípios não são necessariamente identificáveis por meio de critérios formais, tais como o voto e a promulgação de uma lei pelo poder legislativo.

Num sistema como o da *common law*, em que a regra de direito é tirada de precedentes judiciários, o problema que se coloca é o da formulação dessa regra, da *ratio decidendi*, a partir de um caso anterior. Com efeito, o juiz posterior se reserva o direito de reformular a regra, tal como ela resulta do precedente, ampliando-lhe o alcance, graças a um raciocínio por analogia, ou limitando-a, introduzindo uma distinção que parece pertinente. Por essa razão, e contrariamente ao caso em que a regra aplicável está formulada num texto de lei, o juiz da *common law* se vê impor a obrigação de formular a regra de direito a partir do precedente judiciário.

Como já ressaltamos, somente o acordo sobre a regra permite determinar quais fatos são pertinentes na aplicação desta.

3. *Quando se dirá que a regra aplicável é clara?*

A concepção tradicional afirma *clara non sunt interpretanda*, o que é claro não deve ser interpretado, como se tal clareza pudesse impor-se *antes* de qualquer interpretação, o que é uma concepção inspirada em Descartes. A esta se opõe a reflexão de Locke, segundo a qual, em direito, essa pretensa clareza resulta mais de uma falta de imaginação, do fato de não se ter pensado em todas as situações que permitiriam revelar a ambigüidade ou a obscuridade da regra[3]. É por isso que, em vez de dizer que a regra é clara em si própria, ou seja, sejam quais forem as situações às quais é aplicável, o que supõe que as examinamos todas, é mais prudente e mais justo dizer que ela é clara neste ou naquele caso de aplicação, pois as diversas interpretações razoáveis que dela se poderiam fornecer não dão azo a nenhuma divergência.

Assim é que o art. 471 do Código Penal belga considera uma circunstância agravante o fato de um roubo ter sido cometido durante a noite, e define, no art. 478, o roubo cometido durante a noite como o roubo cometido mais de uma hora antes do nascer do sol e mais de uma hora depois do pôr-do-sol. Cumprirá aplicar o art. 471 se o roubo foi cometido à meia-noite num cassino feericamente iluminado, em meio à uma multidão de pessoas? A propósito disso, poder-se-ia opor à letra o espírito da lei, a intenção do legislador. Assim também, se uma lei alemã datada da época imperial considerava um delito o fato de desfilar em 1º de maio atrás de uma bandeira vermelha, cumprirá absolver aqueles que festejaram o 1º de maio desfilando atrás de uma bandeira lilás? Poder-se-á dizer que o que conta é o fato de manifestar, desfilando em 1º de maio, sentimentos revolucionários e que, no sentido da lei, se pode assimilar ao vermelho qualquer outra cor que exprima simbolicamente os mesmos sentimentos revolucionários[4]?

Em Israel, o fato de brandir uma bandeira palestina é punível, porque exprime em público sentimentos hostis ao Estado judaico. Mas se poderá considerar uma transgressão da lei o fato de ostentar um botão no qual figuram as bandeiras cruzadas de Israel e da Palestina, ou mesmo de desfilar com as duas bandeiras desfraldadas lado a lado?

Conhecem-se as divergências de interpretação que ocorreram por ocasião do roubo de eletricidade. Enquanto o art.

461 do Código Penal belga diz que "quem quer que subtraia fraudulosamente uma coisa que não lhe pertence é culpado de roubo", pode-se dizer que, desviando em seu proveito corrente elétrica, cometeu-se um roubo tal como foi definido pela lei? Sabe-se que, a propósito de textos muito semelhantes, o Tribunal alemão do Império não quis estender por analogia o alcance da lei, enquanto a Alta Corte dos Países-Baixos não hesitou em subsumir um roubo de eletricidade sob o art. 310 do Código Penal holandês, que fala de subtração de um bem. É certo, porém, que o legislador que havia votado esse artigo não havia pensado nesse gênero de roubo[5].

É óbvio que a aplicação de um texto que contém noções vagas e, *a fortiori*, noções com conteúdo variável, cuja aplicação varia com as reações do meio, tais como *razoável, contrário aos bons costumes, pornografia*, necessita de um juízo, de uma apreciação, variável conforme o contexto social, e que uma máquina é incapaz de fornecer. Mesmo que a máquina possa guiar-nos fornecendo-nos todos os precedentes relativos ao caso específico, nada nos garante que, tendo entrementes evoluído o estado da opinião pública, o que pôde parecer condenável, dez anos atrás, o seria ainda atualmente.

4. Poder-se-á dizer de uma regra, por mais clara que seja à primeira vista, que ela deve ser aplicada de forma automática?

Uma lei americana exige que todos que imigram para os Estados Unidos obtenham um visto de imigração no consulado americano de seu país de origem. Essa regra é clara e o texto não prevê exceção alguma. Mas que fazer se um casal de imigrantes chineses, que obtiveram seus vistos de imigração, embarca em Cantão num navio inglês com destino a São Francisco e se a mulher dá à luz uma criança durante a travessia? Cumprirá que o oficial que se ocupa da admissão dos imigrantes deixe os pais entrarem e mande a criança de volta à China porque não tem visto de imigrante?

É proibido penetrar mediante arrombamento na casa de outrem, mas se irá condenar alguém que o faz para salvar uma criança dentro da casa em chamas? Hoje, é verdade, criaram-se delitos de omissão, instituindo a obrigação legal de socorrer uma pessoa em perigo de vida. Mas, antes do voto dessa lei, relativamente recente, podemos imaginar um juiz que puniria aquele que, arriscando a própria vida, salva uma criança das chamas? O estado de necessidade justificaria amplamente essa violação da lei[6].

Terminemos com um derradeiro exemplo, o célebre acórdão da Corte de Cassação da Bélgica de 11 de fevereiro de 1919 (*Pas. belge*, 1919), que declarava conformes à Constituição decretos-leis expedidos durante a Primeira Guerra Mundial pelo rei e pelo governo belga sediados no Havre, e isto em violação da letra dos arts. 25, 26 e 130 da Constituição. O art. 25 enuncia o princípio de que os poderes são exercidos da maneira estabelecida pela Constituição, o art. 26 declara que o poder legislativo se exerce coletivamente pelo Rei, pela Câmara dos Representantes e pelo Senado. O art. 130 diz, expressamente, que a Constituição não pode ser suspensa nem em todo nem em parte[7].

Ora, a Corte de Cassação da Bélgica, estatuindo em conformidade com as conclusões do procurador-geral Terlinden concluiu pela constitucionalidade desses decretos-leis, apoiando-se notadamente na seguinte argumentação:

"A lei, obra essencialmente prática, só se aplica a situações essencialmente concretas. É isso que explica que, embora a jurisprudência possa ampliar a aplicação de um texto, há para essa ampliação limites e estes se acham atingidos cada vez que, à situação em que o autor da lei havia pensado, vêm substituir-se outras, fora de suas previsões.

"Uma lei – constituição ou lei ordinária – jamais estatui, portanto, senão para períodos normais, para aqueles que ela pode prever. Obra do homem, ela é sujeita, como todas as coisas humanas, à força das coisas, à força maior, à necessidade. Ora, fatos há que a sabedoria humana não pode prever, situações em que não pôde pensar e nas quais, por a norma ter-se tornado inaplicável, é preciso, como se puder, afastando-se o menos possível das prescrições legais, fazer frente às brutais necessidades da hora e opor meios provisórios à força invencível dos acontecimentos."

Para saber quais acontecimentos são imprevisíveis, representam um caso de força maior ou de necessidade, cumpre estribar-se num juízo, de que é incapaz uma máquina, na própria medida em que se trata de acontecimentos imprevisíveis.

5. *Um sistema de direito difere de um sistema formal pelo fato de que o juiz, que deve dizer o direito em cada caso específico, não pode contentar-se em deduzir corretamente as conseqüências de um conjunto de textos legais, mas deve ver se estas são aceitáveis.*

Se for o caso, as conclusões que resultarem da aplicação mecânica da lei não serão contestadas. Mas se não for o caso, o juiz recorrerá a uma interpretação, será levado a modificar uma ou outra premissa para descartar essa conseqüência.

Pode-se, evidentemente, retirar do juiz esse poder de apreciação e exigir-lhe uma submissão absoluta à letra da lei. Essa atitude, conforme à escola da exegese, tal como é expressa por Mourlon, foi condenada já na segunda metade do século XIX, pois redunda no que Roscoë Pound desqualificou denominando *mechanical jurisprudence*. Mas, se aceitamos que o juiz descarte conseqüências que lhe parecem desarrazoadas, cumprirá que ele justifique sua decisão em direito. Ele deverá mostrar que um dos elementos, que pareciam incontestáveis, dá azo a uma interpretação que modifica uma das premissas do silogismo judiciário.

A primeira solução consiste em limitar o alcance do texto legal, opondo o espírito à letra, alegando uma lacuna na lei, ou criando uma antinomia entre a regra de direito positivo e um princípio geral de direito. No primeiro caso, a lei deixa de ser clara porque opomos a uma interpretação literal da regra uma interpretação teleológica, pela finalidade da lei, e porque essa última interpretação redunda numa solução diferente da primeira.

Quando se alega uma lacuna na lei é porque se nega que a regra possa ser aplicada ao caso em questão, porque ele era imprevisível, porque a situação é anormal, porque se está num caso de força maior. Destarte, nega-se a existência de uma regra indiscutida aplicável ao caso em pauta e se terá de substituir a regra que se descarta por outra regra.

Quando se alega uma antinomia é porque se opõe, à única regra cogitada anteriormente, uma outra regra, trate-se de um princípio geral de direito ou de um princípio de direito natural (*natural justice*), e porque se descarta a aplicação da primeira regra quando ela se opõe a um princípio considerado preeminente.

Uma limitação da regra pode ainda resultar de uma teoria jurídica tal como a teoria do abuso do direito ou aquela que alega a existência de uma ordem pública internacional para limitar o alcance de uma regra de direito positivo. Foi assim que se pôde limitar o uso do direito de propriedade, quando é utilizado principalmente para prejudicar um terceiro, que se pôde descartar a aplicação de uma regra estrangeira, ainda que, em virtude do direito internacional privado, ela fosse aplicável (caso de bigamia).

O caso extremo é aquele em que se recorre à ficção, ou seja, a uma qualificação fictícia dos fatos. Assim é que, para evitar condenar à morte culpados de roubo de mais de 39 xelins, em virtude de uma legislação muito severa adotada na Inglaterra por volta do final do século XVIII, o júri, que devia condenar alguém que havia roubado 10 libras esterlinas, ou seja, 200 xelins, estimou em 39 xelins a importância do roubo. Conhecemos também um júri que, devendo julgar um caso de eutanásia especialmente lamentável, respondeu que não era culpada de homicídio uma mãe acusada de haver matado seu bebê horrivelmente deformado por influência do softenon.

Em outros casos, tal como o da interrupção voluntária da gravidez, o Ministro da Justiça, na Bélgica e dos Países-Baixos, havia solicitado aos procuradores-gerais que não instaurassem processos judiciários quando o aborto era realizado em meio hospitalar.

É óbvio que essa situação anormal, em que o poder executivo limita a aplicação da lei penal, só ocorre em circunstâncias que saem do normal, quando a lei já não corresponde ao estado da opinião pública e quando há obstáculos de ordem política para uma modificação da lei por via legislativa.

Todas essas técnicas se prendem à lógica jurídica. São invocadas quando a aplicação da lógica formal, de uma forma mecânica, conduz a um impasse, ou seja, a uma conseqüência inaceitável. O exercício do poder judiciário em nosso sistema de direito exige, do juiz, juízo, para impedir que a aplicação do direito leve a conseqüências desarrazoadas, assim como o recurso a técnicas de lógica jurídica, de modo que a solução não pareça arbitrária, mas conforme ao sistema previamente enriquecido e flexibilizado[8].

§ 44. Direito e retórica[1]

Quando a retórica é entendida, seguindo-se Aristóteles, como a disciplina que tem como objetivo o estudo do discurso persuasivo e de suas modalidades, podem-se discernir dois limites para a aplicação desta. Quando a tese que se quer que admitam é evidente e quando essa evidência se impõe a toda mente atenta, não cabe argumentar: assim que a verdade se impõe de uma maneira coerciva, quando a evidência não deixa liberdade alguma à vontade, é supérflua qualquer retórica. O segundo limite é aquele em que a tese, apresentando-se como arbitrária e não invocando razão alguma em seu favor, reclama a submissão a um poder coercivo, que se impõe pela força brutal, sem buscar a adesão das mentes. Esses dois casos extremos são bastante raros, e o campo da retórica é imenso.

No primeiro caso, todo homem normal, que se inclina diante da evidência, chegará necessariamente à mesma conclusão: quando se trata de estabelecer o resultado de uma adição, não são cabíveis as questões de competência. Para chegar à conclusão de que dois mais dois são quatro, não cabe recorrer a um juiz. Este só é indispensável quando é necessário tomar uma decisão e não quando a resposta poderia ser fornecida por uma máquina de calcular.

Assim também, se o juiz fosse apenas um instrumento dócil do poder, apenas, como afirma Montesquieu[2], "a boca que pronuncia as palavras da lei, seres inanimados que não lhe podem moderar a força nem o vigor", o raciocínio judiciário, pelo menos quando se trata de questões de direito, seria alheio a qualquer retórica.

Se a argumentação não intervém quando não cabe nem apreciar, nem interpretar, nem julgar, e sim inclinar-se diante da evidência ou diante da força, vê-se claramente que o papel e a importância da retórica em direito aumentam com o crescimento e a independência do poder judiciário, pelo menos na medida em que este procura motivar suas decisões, e não as impor por via autoritária. Dá-se o mesmo, aliás, com o poder legislativo, quando este reconhece que as normas que promulga não são evidentes e, não querendo impô-las arbitrariamente, fornece as razões que as fariam ser admitidas pelo público interessado. Os debates parlamentares, o mais das vezes precedidos por trocas de opiniões na imprensa especializada e na imprensa de opinião, esclarecerão o público sobre as razões que militam pró ou contra um projeto de lei, os males que este procura combater, as vantagens que resultariam de sua adoção. O papel da argumentação e da retórica crescem toda vez que, por ocasião de uma controvérsia, delibera-se sozinho, ou com outros, para chegar a uma decisão que se quer razoável.

Sabe-se que a retórica, como disciplina, nasceu por ocasião de litígios referentes a propriedades, confiscadas quando de uma mudança de regime político e cuja restituição, vários anos mais tarde, os antigos proprietários reclamavam, por ocasião de uma volta ao poder do regime anterior. Concebe-se que essas sucessivas mudanças, com todas as operações jurídicas intervindas no intervalo, tenham ocasionado dificuldades que nenhuma legislação pudera prever e que a simples aplicação de textos dificilmente podia resolver de forma eqüitativa. Sabe-se quão central é o papel desempenhado pelo direito e pelo gênero judiciário, na Grécia e em Roma, entre os principais teóricos da retórica, Aristóteles e Hermágoras, Cícero e Quintiliano. Durante a Antiguidade greco-romana, na Idade Média e na época moderna, a formação jurídica ia de par com a formação retórica; vários princípios gerais de direito, bem como numerosas regras de processo civil e penal, trazem clara a marca de sua origem retórica[3]. Foi graças à retórica e à introdução no direito de noções tais como "a boa-fé" ou "a eqüidade", que o antigo direito romano, por demais formalista, foi transformado, para tornar-se um instrumento melhor a serviço da justiça.

O papel da retórica se torna indispensável numa concepção do direito menos autoritária e mais democrática, quando os juristas insistem sobre a importância da paz judiciária, sobre a idéia de que o direito não deve somente ser obedecido, mas também reconhecido, que ele será, aliás, tanto mais bem observado quanto mais largamente for aceito.

A aceitação de um sistema de direito implica que se reconheça a legitimidade das autoridades que têm o poder de legislar, de governar e de julgar; essa legitimidade é fundamentada na tradição, e também na religião, nas mais variadas ideologias e filosofias políticas. Mas, se há abuso de poder, se as decisões tomadas pelo poder parecem desarrazoadas, contrárias ao bem comum, se não são aceitas, mas impostas pela coerção, o poder se arrisca a perder sua autoridade: far-se-á ainda temer, mas já não será respeitado.

Nessa perspectiva, o papel do juiz, como servidor de um Estado de direito, é contribuir para a aceitação do sistema, mostrando que as decisões que é levado a tomar são não somente legais, mas também aceitáveis, porque razoáveis. Toda vez que deve arbitrar conflitos de opiniões, de interpretações, de interesses e de valores, o juiz procura soluções que sejam, a um só tempo, conformes ao direito e aceitáveis.

A lei não rege tudo, não previu tudo. Em situações que saem do comum, perante casos de força maior, sua aplicação estrita poderia atritar-se com a razão e a eqüidade. O juiz tem de flexibilizar a lei para que o direito que diz seja aceito[4].

Num processo, é normal que as partes apresentem todos os elementos, de fato e de direito, considerações de toda espécie, textos legais, acórdãos de jurisprudência, pareceres doutrinais, argumentos de ordem geral – tópicos jurídicos – que mostrarão quais valores e quais interesses merecem triunfar e por quais razões. O juiz deverá pôr fim ao litígio, indicando quais considerações e quais valores prevalecem em direito e em eqüidade. Após ter escutado os adversários, ouvido o pró e o contra, ele deverá indicar as razões que lhe determinaram a decisão: sua exposição de motivos procurará fazer que o dispositivo seja admitido pelas partes litigantes, pelas instâncias judiciárias superiores e pela opinião pública.

Nessa perspectiva, a melhor argumentação de um advogado será aquela que for adotada pelo juiz em seus considerandos: a melhor exposição de motivos de uma decisão será aquela que não for contestada ou, pelo menos, que for confirmada em apelação ou em cassação.

Se, cada vez que se submete uma questão à deliberação e à discussão, faz-se indispensável o recurso à argumentação, é muito comum que o discurso não vise a chegar a uma decisão, e sim a criar um estado de espírito, uma disposição para reagir desta ou daquela maneira. É esse o caso das discussões teóricas, tanto políticas como filosóficas. As obras de doutrina, de teoria, mesmo quando se trata de doutrina jurídica, visam a influenciar a opinião, mas não necessariamente a tomar uma decisão.

Em contrapartida, quando uma questão é submetida diretamente a um órgão qualificado para elaborar um texto de lei ou para decidir de sua aplicação, a argumentação deverá adaptar-se de uma forma mais rigorosa ao seu auditório que é, dessa vez, perfeitamente determinado: são os legisladores ou os juízes competentes que cabe convencer. Com efeito, uma das caraterísticas do direito é que ele prevê procedimentos aos quais é preciso amoldar-se para chegar a uma decisão válida em matéria legislativa, administrativa ou judiciária, e, acima de tudo, pela designação do órgão qualificado para tomar uma decisão em cada caso. Disposições jurídicas, o mais das vezes constitucionais, regularão da mesma forma os problemas relativos às relações entre os poderes, à hierarquia ou à independência relativa deles. Cumpre que os órgãos qualificados para tomar uma decisão autorizada, em cada situação, não sejam contestados, ou, pelo menos, se o são, que haja uma instância incumbida, em último caso, de resolver os conflitos de competência. Na ausência de semelhantes disposições, a resolução dos litígios escapa ao direito e se torna uma questão política, cuja solução será imposta pela força.

Será necessário que toda decisão legalmente válida seja efetivamente seguida de um efeito prático e, se couber, sancionada e imposta pela força? Constatamos que, geralmente, é isso que sucede, sendo desejável que as decisões sejam efetivamente aplicadas para que as instituições jurídicas conservem sua autoridade. Mas não creio que uma decisão formalmente válida, tomada por autoridades competentes, perca seu caráter de ato jurídico pelo fato de ficar sem efeito. Assim é que o aresto do Conselho de Estado da Bélgica, que anula uma concorrência pública, nada perde de seu valor jurídico, porque interveio tarde demais para modificar o desenrolar das operações de compra já efetuadas em conseqüência dessa concorrência[5]. O que é essencial, em contrapartida, é a existência de autoridades competentes para dizer o direito, seja por via de disposições gerais (o poder legislativo e regulamentar) ou seja em cada caso específico (o poder executivo ou judiciário).

É o poder judiciário inteiramente subordinado ao poder legislativo? Se o fosse, isso implicaria que todo o direito coincide com a lei. O papel do juiz se limitaria a estabelecer os fatos, a subsumi-los sob um texto legal e a tirar a conclusão disso por via de silogismo judiciário. Pois a argumentação em nada intervém na determinação da regra de direito aplicável.

As concepções a esse respeito evoluíram muito desde que, em 1790, os ideólogos da Revolução Francesa tentaram submeter inteiramente o poder judiciário à vontade nacional, tal como se exprimia por meio da lei. Depois da tentativa, rapidamente abandonada, do recurso legislativo, em que o juiz era obrigado a consultar o poder legislativo cada vez que tinha dúvidas sobre interpretação da lei, os autores do Código de Napoleão foram forçados a reconhecer ao juiz um poder complementar na formação do direito, mercê do célebre art. 4º do Código de Napoleão que instaura a obrigação de julgar: "O juiz que recusar julgar a pretexto do silêncio, da obscuridade ou da insuficiência da lei, poderá ser processado por denegação de justiça."

A obrigação de julgar tem como corolário a outorga ao juiz de um poder de decisão, o de preencher as lacunas da lei, de resolver as antinomias que poderiam apresentar-se, de escolher uma ou outra interpretação do texto legal[6].

O poder de interpretação do juiz, indispensável nos casos mencionados no art. 4º do Código de Napoleão, será aumentado em virtude do recurso à vontade do legislador, e isto com vistas a ampliar ou restringir o alcance do texto. O juiz aplicará a lei, ora à letra, ora segundo seu espírito, mas sem se autorizar a fazer intervir, ao menos abertamente, considerações de eqüidade.

Parece, no entanto, sobretudo depois da última guerra, que se tenham menos escrúpulos a esse respeito. Cada vez mais, os princípios gerais do direito são considerados regras de direito que o juiz deve levar em conta, mesmo independentemente de um texto legal que os consagre. Notou-se, igualmente, o papel crescente dos tópicos jurídicos, ou seja, de argumentos considerados pertinentes na elaboração e na aplicação do direito, de valores aceitos numa sociedade que um direito, que se pretende razoável, não pode desprezar[7].

Numa visão democrática do direito, que não considera este como o ato de uma autoridade competente, mas que quereria, ademais, que as decisões judiciárias fossem não só legais, mas também aceitáveis, porque não se opõem categoricamente a valores socialmente reconhecidos, o papel do juiz continental cresce singularmente, e se aproxima do papel do juiz anglo-saxão. Mas, ao mesmo tempo, cresce o papel da argumentação e da retórica na aplicação e na evolução do direito. E essa observação diz menos respeito ao advogado do que ao juiz, forçado, cada vez mais, a uma motivação das sentenças que já não se contenta em mostrar a correção formal, mas se esforça em torná-las convincentes. A exposição de motivos será diferente quando couber convencer a opinião pública do caráter razoável da decisão e quando bastar indicar à Corte de Cassação que a sentença não violou a lei. Ao positivismo jurídico sucede, assim, uma visão menos formalista do direito, que insiste na aceitação das decisões judiciárias no meio social ao qual é aplicável o sistema de direito.

É à luz das transformações ocorridas desde a Segunda Guerra que se compreenderá e se apreciará melhor a importância da obra do professor Th. Viehweg na evolução das idéias jurídicas do mundo ocidental.

Capítulo III
Os lugares da argumentação jurídica

§ 45. A motivação das decisões judiciais[1]

Seria útil começar com uma precisão acerca da noção de motivação, pois esta pode ser compreendida ora como a indicação das razões que motivam o julgamento, como ocorre na terminologia jurídica francesa, ora como a indicação dos móbeis psicológicos de uma decisão. Foi neste último sentido que a compreendeu o professor Esser que, em sua interessante exposição, a contrapôs à noção de *Begründung*, como fundamento, legitimação ou justificação de uma decisão[2]. Alguns autores passam com demasiada facilidade de um desses sentidos para o outro. Num artigo, aliás excelente, M. T. Sauvel, que afirma, para começar, que motivar uma decisão é expressar-lhe as razões, que a sentença motivada constitui uma "tentativa de persuasão"[3], termina, não obstante, sua exposição com as seguintes frases: "Os motivos bem-redigidos devem fazer-nos conhecer com fidelidade todas as operações da mente que conduziram o juiz ao dispositivo adotado por ele. Eles são a melhor, a mais alta das garantias, uma vez que protegem o juiz tanto contra todo raciocínio que pudesse oferecer-se à sua mente quanto contra toda pressão que quisesse agir sobre ele."[4]

Essa passagem do subjetivo, daquilo que persuade um sujeito, ao objetivo, ao que deveria convencer todos os outros, está bem na linha de pensamento cartesiano, tal como se manifestou mais claramente no "Prefácio do autor ao leitor" que está no início da edição em latim das *Meditações*: "Exporei primeiramente", escreve Descartes, "nestas *Meditações*, os mesmos pensamentos pelos quais me persuado de haver chegado a um certo e evidente conhecimento da verdade, a fim de ver se, pelas mesmas razões que me persuadiram, poderei também persuadir outros..."[5].

Mas, na verdade, várias razões se opõem à transposição, para o plano jurídico, do projeto cartesiano e à identificação da motivação com a indicação "de todas as operações da mente que conduziram o juiz ao dispositivo adotado por ele".

Se se trata de uma decisão coletiva, resultado de uma deliberação prévia, não se pode pensar em quebrar o sigilo das deliberações. Muito amiúde as operações da mente de cada um dos juízes estão longe de coincidir, e nada garante que cada juiz esteja perfeitamente consciente de todos os móbeis que o inclinam para certa solução. Bastará descrever fielmente as operações da mente do juiz para motivar bem uma decisão jurídica? Por que os membros de um júri não deveriam, igualmente, "motivar" seu veredicto, ao passo que são, ao contrário, prevenidos solenemente de que "a lei não pede conta aos jurados dos meios pelos quais se convenceram"? Uma simples descrição das operações da mente do juiz não fornece, necessariamente, uma boa motivação, ou seja, uma legitimação ou uma justificação que persuadiria as partes, as instâncias superiores e a opinião pública da legitimidade da decisão.

Observe-se que a obrigação de motivar é relativamente recente, como bem o mostrou o professor Godding em sua exposição histórica[6]. Um apanhado sucinto da história da sentença motivada permite compreender o sentido e o alcance da motivação.

O caso mais extremo de ausência de motivação é fornecido pelos ordálios, nos quais se recorre ao juízo de Deus para dirimir as contestações. "Os juízes", escreve Gilissen, "só recorrem a ele, ao que parece, em caso quer de dificuldade da prova dos fatos, quer de dificuldade da prova do direito, ou seja, quando não sabem qual regra jurídica aplicar."[7] Nesse caso, não só a motivação não é expressamente formulada, mas também não é conhecida pelos próprios juízes que se entregam a Deus para administrar a justiça. Trata-se de um caso-limite, que talvez se prenda mais à religião, e à inteira confiança na justiça divina, do que ao direito, que é uma justiça humana, que se empenha em estabelecer os fatos contestados e em aplicar-lhes a regra de direito apropriada.

O conhecimento da regra de direito é uma condição *sine qua non* da administração de uma justiça imparcial: consiste esta na observação da justiça formal, que exige o tratamento igual de situações essencialmente semelhantes, o que explica a importância dos precedentes. Mas não é porque o juiz conhece a regra que lhe motiva a decisão que deve dá-la a conhecer formalmente nos autos. Essa ausência de motivação teve como conseqüência que, no ensino do direito, um lugar todo especial tenha sido reservado ao direito romano e ao direito canônico, mais conhecidos e mais respeitados do que o direito local. Foi pouco a pouco que regras costumeiras e repositórios de sentenças foram sendo redigidos e levados ao conhecimento dos estudantes de direito.

Em caso de recurso perante uma instância superior, era normal que os autos do processo, inclusive as razões que motivaram a sentença, fossem transmitidos ao juiz de apelação: presta-se contas ao superior do modo como se administrou a justiça. Quanto mais se avança na hierarquia, menos necessária parecia essa motivação, mesmo que se viesse a dar a conhecer, independentemente das leis, decretos e regulamentos, as regras que a autoridade impunha aos súditos e cujo respeito ela exigia.

Constata-se, de todo modo, já no século XVI, na França, que os estados-gerais exigem a supressão dos arestos não-motivados, mas nenhuma seqüência é dada a essa exigência; pois não se pensava em limitar o poder e a autoridade dos tribunais. Mesmo Montesquieu não acha nada que criticar nessa situação.

Foi preciso esperar o decreto da Constituinte de 16-24 de agosto de 1790 (título V, art. 15) para ser enunciada a obrigação de motivar: "os motivos que tiverem determinado a sentença serão expressos". A Constituição de 5 frutidor do ano III estabelece, em seu art. 208, uma prescrição mais precisa: "as sentenças são motivadas, e nelas se enunciam os termos da lei aplicada". A lei de 20 de abril de 1810 disporá, em seu art. 7º, "que os arestos que não contêm os motivos são declarados nulos"[8].

Mas qual é o alcance dessa obrigação, imposta pela Revolução Francesa? Ela visa, essencialmente, a submeter os juízes, por demais independentes, à vontade da nação, ou seja, à vontade do legislador que a encarna. O Tribunal de Cassação foi instaurado, ao mesmo tempo, para zelar por que as cortes e tribunais, incumbidos de aplicar a lei, expressão da vontade nacional, não usem de seu poder violando a lei. A motivação, tal como foi concebida pela Constituinte, deveria garantir ao poder legislativo a obediência incondicional dos juízes à lei.

Essa concepção implica que a lei fornece a solução de cada caso contencioso, que ela não comporta nem lacunas nem antinomias e que não dá azo à interpretação. O juiz, ao aplicar a lei, não tinha de perguntar-se se a solução era eqüitativa ou socialmente admitida, pois apenas o legislador tinha de decidir do justo e do injusto, do que era ou não era conforme ao interesse geral. Em caso de dúvida, supunha-se que o juiz recorreria ao legislador.

A supressão do *référé législatif* – que marcava com mais nitidez a subordinação do juiz ao legislador – e sua substituição pelo art. 4º do Código de Napoleão, incitava o juiz, obrigado a julgar, a eliminar as antinomias eventuais, a preencher as lacunas da lei e a precisar-lhe o sentido através da interpretação. Mas ficava entendido que sua intervenção deveria ser excepcional e não era permitida quando uma única lei clara regia o caso contencioso. Nesse caso, se os fatos da causa estavam estabelecidos, a única solução, aplicável à lide, deveria impor-se. O espírito revolucionário queria impedir que se formasse uma jurisprudência independente. O papel da jurisprudência – e portanto o problema criado por sua unificação – só apareceu, nessa perspectiva, mais tarde, quando se aperceberam do fato de que os processos, sobretudo em direito civil, versavam tanto sobre questões de direito quanto sobre questões de fato, referindo-se as divergências essenciais à qualificação, à maneira de subsumir os fatos sob categorias jurídicas.

Como o art. 4º do Código de Napoleão justificava uma intervenção do juiz, em caso de silêncio, de obscuridade ou de insuficiência da lei, era normal que o juiz invocasse um desses três motivos para justificar sua iniciativa.

Mostramos como o juiz pôde alegar o silêncio da lei, restringido o alcance dela[9], como pôde criar antinomias entre um texto legal e um princípio geral de direito ou a eqüidade[10]. É possível, de outro lado, que um texto que, à leitura, pareça eminentemente claro, deixe de sê-lo no momento em que parece inaplicável a uma situação incomum. Nada mais claro do que os arts. 25, 26 e 130 da Constituição belga que afirmam, respectivamente, que os poderes "são exercidos da maneira estabelecida pela Constituição", que "O poder legislativo é exercido coletivamente pelo Rei, pela Câmara dos Representantes e pelo Senado", que "A Constituição não pode ser suspensa notodo nem em parte". Ora, a Corte de Cassação da Bélgica, em seu célebre acórdão de 11 de fevereiro de 1919 (*Pas.*, 1919, I, p. 9), não hesitou em julgar que, tendo a lei estatuído para os períodos normais, e não tendo previsto casos de força maior, tal como o criado pela guerra e pela ocupação do território, disso resultava "uma necessidade inevitável para o rei de legislar sozinho quando os dois outros ramos do poder legislativo estão impedidos de cumprir sua função"[11].

O texto será obscuro porque parece ter um alcance geral, ao passo que, na realidade, só se aplicaria às situações comuns? Haverá uma lacuna na lei constitucional que o juiz é obrigado a preencher, ou o juiz criará a lacuna para poder preenchê-la? Pouco importa. O que importa é sair de uma situação inextricável e encontrar para a solução uma motivação satisfatória. A motivação avançada, a saber, "foi pela aplicação dos princípios constitucionais que o rei, tendo ficado durante a guerra o único órgão do poder legislativo que conservou sua liberdade de ação, tomou as disposições com força de lei que comandavam imperiosamente a defesa do território e os interesses vitais da nação", invoca, de fato, não textos constitucionais, mas o que o procurador-geral Terlinden considera como "axiomas de direito público", a saber: o exercício do poder, em nome de uma Bélgica soberana, implicava o exercício do poder legislativo. Era essencial justificar o direito, para o rei e para o governo do Havre, expedir decretos-leis; era indispensável, pois, restringir o alcance dos artigos da Constituição.

Mas terão de intervir circunstâncias tão dramáticas para permitir ao juiz, levando em conta as conseqüências, restringir ou ampliar o alcance da lei? Constatamos, ao contrário, que assim que, seguindo a letra da lei, chega-se a conseqüências inaceitáveis, o juiz procura, de uma forma ou de outra, obviar-lhes.

A solução mais simples consiste em opor o espírito à letra da lei; indo mais longe, opor-se-á, à vontade do legislador real, a vontade do legislador razoável, que não pode querer o que é socialmente inaceitável. Elaborar-se-ão teorias que permitirão limitar o alcance de certos textos (teorias do abuso do direito, da ordem pública internacional, p. ex.) ou alargá-los (interpretar a expressão "violação da lei" como "violação de uma regra de direito", o que permite à Corte de Cassação cassar um aresto que viola uma lei estrangeira ou um princípio geral do direito). Em certos sistemas jurídicos, tal como o da República Federal da Alemanha, o controle do tribunal constitucional será exercido para ver se uma lei não viola a idéia do direito, o que parece uma volta à idéia do direito natural, ou pelo menos ideal. Em certos casos, como mostrou P. Foriers[12], o juiz se verá na impossibilidade de seguir o legislador, de interpretar e de limitar o alcance dos textos, por causa da natureza das coisas, ou seja, por causa de uma situação cujas conseqüências se impõem objetivamente. Em outros casos, o juiz invocará não o espírito da lei, mas o espírito do direito, para encontrar o valor que, em caso de conflito, deve ser preferido, inspirando-se em indicações que o legislador pôde fornecer noutros textos que não a lei considerada. Assim é que, entre as duas guerras, enquanto o aborto era punível em direito alemão, certas exceções o autorizavam, mas se havia omitido assinalar que era autorizado quando a vida da mãe estava em perigo. Não obstante, os juízes alemães haviam admitido essa exceção, alegando o fato de que, para o legislador, a vida de uma pessoa adulta era mais preciosa do que a de um feto, porquanto o homicídio era punido com mais severidade do que o aborto.

Levando em conta a coerência do direito, o respeito aos juízos de valor que o legislador exprimiu noutros contextos, poder-se-á explicar e mesmo prever as reviravoltas de jurisprudência. Quando torna obrigatório o seguro de automóvel para danos causados a terceiros, o legislador encara os acidentes mais sob seu aspecto de risco do que sob o de culpa. Isso permite explicar a reviravolta de jurisprudência, ocorrida na França em 1968, que põe a cargo do motorista particular, isto é, de seu segurador, os danos causados, em caso de acidente, mesmo em ausência de qualquer culpa, a seus acompanhantes, ao passo que antes o motorista de um carro particular, na ausência de culpa de sua parte, não era considerado responsável[13]. Assim também, se a Corte de Cassação da Bélgica julgou que uma lei posterior não podia infringir as obrigações de um tratado em vigor assinado pela Bélgica e reconheceu, com isso, que ela tinha competência para tomar posição acerca de um texto da lei, apesar da teoria da separação dos poderes, poder-se-á ainda recusar-lhe, alegando essa teoria, competência para julgar da inconstitucionalidade de uma lei?

Em todos esses casos, a própria idéia de motivação, de justificação de uma decisão judiciária, muda de sentido ao mudar de auditório.

Enquanto, pela motivação, o juiz só tinha de justificar-se perante o legislador, mostrando que não violava a lei, bastava-lhe indicar os textos que aplicava em sua sentença. Mas, se a motivação se dirigir à opinião pública, esta quererá, além disso, que a interpretação da lei pelo juiz seja o mais conforme possível tanto à eqüidade quanto ao interesse geral.

O mais das vezes, o juiz exercerá seu poder menos por uma reinterpretação explícita da lei do que por sua maneira de qualificar os fatos. Ele possui, a esse respeito, uma margem de apreciação, mas não pode exercer seu poder de uma forma arbitrária.

Em direito, nenhum poder – seja o poder discricionário da administração pública, juíza da oportunidade e do interesse geral, seja o do juiz da causa, sejam os poderes de decisão da maioria de uma assembléia geral, ou de um conselho de administração ou o de um particular a quem, por convenção, é confiada uma tarefa de apreciação ou de distribuição – pode exercer-se de uma forma arbitrária, ou seja, desarrazoada[14].

O exercício de um poder, em direito, sempre supõe a possibilidade de uma escolha razoável entre várias soluções. É normal que toda instância, que dispõe de certos poderes, exerça-os segundo seu melhor juízo, mas com a condição de não o exercer de uma forma desarrazoada, portanto inaceitável. Há limites que não devem ser ultrapassados; caso fossem, haveria abuso ou desvio de poderes, que o juiz tem de punir.

O caráter desarrazoado de uma decisão apela para critérios que são menos jurídicos do que sociológicos: é desarrazoado o que a opinião pública não pode aceitar, o que ela sente como manifestamente inadaptado à situação ou contrário à eqüidade.

O juiz é considerado, em nossos dias, como detentor de um poder, e não como "a boca que pronuncia as palavras da lei", pois, mesmo sendo obrigado a seguir as prescrições da lei, possui uma margem de apreciação: opera escolhas, ditadas não somente pelas regras de direito aplicáveis, mas também pela busca da solução mais adequada à situação. É inevitável que suas escolhas dependam de juízos de valor; é por isso, aliás, que, para evitar demasiada subjetividade na matéria, prevê-se, para os casos mais importantes, a colegialidade dos tribunais, que contribui para eliminar modos de ver por demais afastados da opinião comum. Note-se, a esse respeito, que se tem tendência a qualificar de *político* todo juízo que se afasta demais da opinião média, mas não esqueçamos que esta exprime igualmente juízos de valor, que não chocam na medida em que são largamente compartilhados.

Detentor de um poder, num regime democrático, o juiz deve prestar contas do modo como o usa mediante a motivação. Esta se diversifica conforme os ouvintes a que se dirige e conforme o papel que cada jurisdição deve cumprir.

Os tribunais inferiores deverão justificar-se, mediante a motivação, perante as partes, perante a opinião pública esclarecida, mas sobretudo perante as instâncias superiores, que poderiam exercer seu controle em caso de apelação ou de recurso de cassação. As jurisdições superiores, por terem o cuidado de unificar a jurisprudência e de estabelecer a paz judiciária, se esforçam em convencer as cortes e tribunais de que a solução por elas apresentadas é, todas as vezes, a mais conforme ao direito em vigor e a mais adequada aos problemas que se procura resolver. Essa dupla perspectiva, que visa a conciliar a segurança jurídica com a eqüidade e o interesse geral, tem como conseqüência que a maioria dos problemas jurídicos é resolvido não pelo enunciado da única resposta evidente, e sim por um arranjo que resulta, em geral, de um esforço de preservar os diversos valores que se devem salvaguardar. Aliás, em geral é a busca dessa solução de equilíbrio – que deve poder ser mantida no futuro e servir de precedente – que guiará os juízes na redação tanto do dispositivo quanto dos motivos, na formulação dos princípios jurídicos que estearão a sentença. É óbvio que, no estabelecimento da jurisprudência, pode ser capital o papel da doutrina e o dos advogados.

Quando a Corte de Cassação crê que, no estado atual da legislação, ela não pode cumprir sua missão de modo satisfatório, acontece-lhe até dirigir um apelo indireto ao legislador.

O problema da motivação se apresenta de modo assaz diferente para as cortes internacionais, tal como a Corte de Justiça das Comunidades Européias e a Corte Internacional de Justiça de Haia.

Como o mostra claramente a exposição da Sra. Bauer-Bernet[15], a Corte de Justiça das Comunidades Européias tem por missão dirimir os conflitos ocasionados pela aplicação dos Tratados de Paris e de Roma. Sua perspectiva é, a um só tempo, teleológica e dinâmica. Sua missão é velar por um equilíbrio tríplice, a saber:

"Proteger os diversos sujeitos de direito contra os procedimentos ilegais ou prejudiciais dos órgãos comunitários;
"velar pelo respeito do equilíbrio desejado pelos tratados entre as Comunidades e os Estados-membros, ou seja, delimi-

tar e defender as respectivas competências dos Estados-membros e das Comunidades;

"e, enfim, preservar o equilíbrio dos poderes no interior das Comunidades, ou seja, entre as diferentes instituições comunitárias."[16]

O método seguido é sempre teleológico. Como o disse Wijckerheld-Bisdom: tratando-se "de tratados de integração internacional destinados à realização de certos objetivos bem definidos, por um desenvolvimento dinâmico que deve estender-se por um período quase ilimitado", uma interpretação literal, com tudo quanto tem de estático, de conservador e de formal, não era conveniente[17].

Por suas funções, a Corte acumula, em grande parte, o papel do juiz e do legislador, ao elaborar, por ocasião dos casos específicos, regras que favoreçam o mais possível a meta visada, a saber: a integração progressiva das economias européias. Os juízes europeus quase não podem ser guiados por trabalhos preparatórios, mas unicamente pela vontade expressa, das partes contratantes, de realizar o objetivo desejado, tendo como princípios diretores a busca "da igualdade ou da não-discriminação, da liberdade, da solidariedade e da unidade como expressão de uma mesma concepção coerente da Comunidade Européia"[18].

A Corte não tem, atualmente, de prestar contas a ninguém. Mas, se devesse agir de uma forma imprudente ou desarrazoada, ela poderia esperar por uma reação dos Estados que levaria, eventualmente, a uma revisão dos tratados, ou ao aumento dos poderes do Parlamento Europeu.

O problema da motivação se coloca de forma diferente para a Corte Internacional de Justiça. Ele foi estudado de um modo detalhado e muito convincente pela Sra. Lyndell V. Prott em seu livro *Der Internationale Richter im Spannungsfeld der Rechtskulturen* (Tübingen, 1975). Ficamos muito felizes de receber sua contribuição para o nosso volume sobre a motivação, intitulada "The justification of Decisions in the International Court of Justice"[19]. Nele ela insiste longamente no fato de que essa motivação é destinada ao auditório da Corte, constituído essencialmente dos Estados ou das instâncias internacionais, tal como a Organização das Nações Unidas. Com efeito, se a Corte deixa de ter a confiança dos Estados ou das instâncias internacionais, eles não lhe submeterão seus litígios. Ora, desde que a Corte existe, deu-se uma extraordinária evolução na ONU: ao passo que, por ocasião de sua constituição, ela era inteiramente dominada por Estados de cultura européia ou ocidental, cada vez mais a Assembléia Geral é influenciada pelos Estados do Terceiro Mundo, cujas preocupações e valores são quase inversos à concepção ocidental, tratada como colonialista e imperialista.

Nessas condições, como a Corte irá proceder para interpretar tratados antigos, concluídos pouco depois da Primeira Guerra Mundial? Cumprirá interpretá-los dentro do espírito daqueles que os redigiram ou dentro do espírito que domina atualmente nas instituições internacionais? J. J. A. Salmon, em sua comunicação intitulada "Quelques observations sur la qualification en droit international public"[20], insiste justamente no papel político da Corte, que adaptou sua motivação a seu novo auditório. Essa evolução foi muito marcante no parecer sobre a Namíbia. Ao rejeitar o argumento da África do Sul, segundo o qual os termos do mandato de 1919 devem ser interpretados segundo o significado que tinham na época, ela afirma expressamente que os conceitos do direito internacional público não são estáticos, mas evoluem.

Eis uma passagem do parecer da Corte: "Viewing the institutions of 1919, the Court must take into account the changes which have occurred in the supervening half century and its interpretation cannot remain unaffected by the subsequent development of the law. Moreover, an international instrument has to be interpreted and applied within the framework of the entire legal system prevailing at the time of the interpretation. In this domain, as elsewhere, the *corpus iuris gentium* has been considerably enriched, and this the Court, if it is faithfully to discharge its functions, may not ignore."[21]

Concluindo, motivar uma sentença é justificá-la, não é fundamentá-la de um modo impessoal e, por assim dizer, demonstrativo. É persuadir um auditório, que se deve conhecer, de que a decisão é conforme às suas exigências. Mas estas podem variar com o auditório: ora são puramente formais e legalistas, ora são atinentes às conseqüências; trata-se de mostrar que estas são oportunas, eqüitativas, razoáveis, aceitáveis. O mais das vezes, elas concernem aos dois aspectos, conciliam as exigências da lei, o espírito do sistema, com a apreciação das conseqüências.

A motivação se adaptará ao auditório que se propõe persuadir, a suas exigências em matéria de direito e de justiça, à idéia que ele se forma do papel e dos poderes do juiz no conjunto das instituições nacionais e internacionais. Como essa concepção varia conforme as épocas, os países, a ideologia dominante, não há verdade objetiva a tal respeito, mas unicamente uma tentativa de adaptação a uma dada situação.

O direito é, simultaneamente, ato de autoridade e obra de razão e de persuasão.

O direito autoritário, aquele que se impõe pelo respeito e pela majestade, não precisa motivar. Aquele que se quer democrático, obra de persuasão e de razão, deve procurar, pela motivação, obter uma adesão arrazoada.

A história do direito atesta a evolução das mentalidades e dos procedimentos que lhes são adaptados. Em certos países, onde a independência dos juízes está ameaçada, estes se abrigam em textos interpretados de uma forma tão literal quanto possível. Quando a independência dos juízes está assegurada, eles têm mais liberdade, mais poderes, mas esse poder corre o risco de ser contestado se não se exerce na linha da opinião comum.

No Ocidente, vimos desenvolver-se, no século XIX, dois sistemas, um dominado pela ideologia rousseauniana que limita ao máximo os poderes do juiz, a outra, de inspiração anglo-saxã, que faz do juiz o criador da *common law*. No século XX, constatamos uma aproximação entre os dois sistemas, o crescimento do papel do legislador nos países anglo-saxãos e o crescimento do papel do juiz na Europa ocidental. É impossível fixar, de uma vez por todas, os limites precisos que o juiz não deveria ultrapassar no exercício de seus poderes. Não se pode negar que eles existam, mas só podem ser indicados por meio de categorias vagas, porém expressivas, como as de "razoável" e "desarrazoado", categorias relativas à época, ao meio, à situação concreta. É a única resposta que, após um longo exame, parece ser possível dar às questões levantadas pelos dois altos magistrados que introduziram nossa pesquisa[22].

§ 46. A distinção do fato e do direito.
O ponto de vista do lógico[1]

Estas reflexões finais acerca da distinção, estabelecida pelos juristas, entre as questões de fato e as questões de direito, não serão de ordem jurídica, nem sequer se relacionam com o direito comparado. Elas visam, a partir de um problema cujos aspectos jurídicos foram apresentados com suficiente nitidez nos estudos precedentes – e que eu gostaria, de minha parte, de completar com a obra bem-pensada e bem-estruturada de Henri Deschenaux relativa ao direito suíço[2] – a destacar conclusões de ordem lógica. Parece-me, de fato, que os filósofos contemporâneos, mais especialmente os lógicos, se inspiraram com excessiva exclusividade, em sua concepção do raciocínio e da prova, nas ciências exatas e, mais particularmente, na matemática[3]. Será presunçoso supor que uma colaboração entre juristas e lógicos alargaria o horizonte deles todos, de uma forma vantajosa para suas respectivas disciplinas? As reflexões que se seguem se prenderão sobretudo a dois aspectos do raciocínio jurídico, um referente à estrutura do raciocínio judiciário, o outro referente à elaboração do sentido das noções em conseqüência da sua aplicação a situações concretas.

Será verdade, como pretendem vários juristas, que o raciocínio do juiz pode, de um modo esquemático, ser reduzido a um silogismo, no qual a maior enunciaria a regra de direito, a menor forneceria os elementos fáticos, e a conclusão constituiria a decisão judiciária? Mesmo apresentada como uma simplificação, essa análise é inadmissível, pois teria como efeito suprimir, como que com um toque de varinha de condão, todas as dificuldades levantadas pela distinção do fato e do direito. Ora, uma análise instrutiva não deve escamotear as dificuldades, mas sim pôr em foco o ponto em que ocorrem. Como se sabe, a distinção do fato e do direito fica confusa quando se trata de correlacionar os fatos com o direito, quando é preciso *qualificá*-los, positiva ou negativamente, para poder concluir que tal texto legal lhes é ou não aplicável. Ora, essa qualificação é sempre operada na menor que, portanto, não pode, sem tirar nem pôr, ser considerada como a singela descrição dos fatos da causa.

Qual é o papel do juiz perante uma pretensão ou uma acusação? Ele deve estabelecer os fatos que justificam o pedido e determinar as conseqüências jurídicas que deles resultam com relação ao sistema de direito em vigor. O raciocínio do juiz pode, portanto, ser teoricamente reduzido aos seguintes elementos:

a) A norma aplicável afirma que, na hipótese de um fato qualificado de tal forma estar estabelecido, seguir-se-á tal conseqüência jurídica.

[Essa conseqüência pode impor-se ao juiz de um modo unívoco, sem lhe deixar nenhum poder de apreciação (será punido de morte...), pode deixar-lhe certa margem de apreciação (será punido com trabalhos forçados de quinze a vinte anos...), ou mesmo conceder-lhe um poder discricionário ou livre apreciação (o juiz pode e poderá...)]

b) Ora, tal fato, que cabe qualificar em conformidade com a hipótese da norma aplicável, foi estabelecido.

c) Seguir-se-á tal conseqüência jurídica.

A decisão do juiz jamais será, portanto, hipotética, contrariamente à fórmula do pretor romano, ao passo que toda norma, bem como toda definição, pode ser assimilada a um juízo hipotético. Esse aspecto do raciocínio judiciário, que é essencial, não é posto em evidência em sua redução a um silogismo, pois os silogismos, conforme a menor seja hipotética ou categórica, podem dar azo a uma conclusão de uma ou da outra espécie.

No primeiro caso, o raciocínio, tendo como objetivo precisar o sentido dos termos da norma, fica no plano da doutrina jurídica. Terá a seguinte forma:

Para todo X, se ele for P, seguir-se-á tal conseqüência.

Ora, (fazendo intervir uma definição, por exemplo) para todo X, se for A, será P.

Logo, para todo X, se for A, seguir-se-á tal conseqüência.

No caso de uma decisão judiciária, em contrapartida, que sempre supõe que certos fatos estão ou não estabelecidos, o raciocínio terá a seguinte forma:

Para todo X, se for P, seguir-se-á tal conseqüência.

Ora, (no caso afirmativo) tal fato é P.

Logo, seguir-se-á tal conseqüência.

Daí resulta que, na realidade, a menor que se apresenta sob a forma, que parece unitária: tal fato é (ou não é) P, deve decompor-se em duas partes inteiramente distintas:

1. Tal fato está (ou não está) estabelecido.
2. O fato assim estabelecido (supondo-se que o esteja) é P.

O estabelecimento dos fatos é submetido às regras processuais e da prova que o juiz não pode transgredir. Do fato de o direito aplicável estabelecer uma série de presunções, algumas das quais irrefragáveis (e que lembram a ficção do direito romano), do fato de ele impor a uma ou outra parte o ônus da prova, resulta que os fatos estabelecidos não são, em absoluto, "fatos puros"[4]. Por outro lado, o estabelecimento desses fatos nos afasta, com muita freqüência, do dado concreto, pois, em grande número de casos, apenas um perito é capaz de esclarecer o juiz sobre o significado e sobre o alcance de certos indícios; com efeito, às vezes será indispensável recorrer a teorias e a técnicas muito especializadas para estabelecer as conclusões pertinentes. Tal mancha de sangue provém de um homem ou de um animal? Essas duas pessoas pertencem ao mesmo grupo sangüíneo? As conclusões do perito estarão, em todos esses casos, muito distantes dos elementos concretos que tinha de examinar e amiúde ele empregará, para descrever os fatos que estabelecer, uma terminologia muito abstrata. Mas os quesitos a que deve responder lhe foram formulados pelo juiz de modo que permita a este operar a subsunção, responder positiva ou negativamente à questão de qualificação que, nos termos da lei, acarreta determinadas conseqüências. A descrição dos fatos pelo perito é, pois, orientada pelos quesitos a que deve responder. Mas, sejam quais forem os termos dessa descrição e mesmo que ela utilize os mesmos termos da qualificação jurídica, esta última operação continua a ser da alçada do juiz.

Normalmente, salvo definição legal ou jurisprudencial que vá num sentido oposto, os termos da linguagem não-jurídica são adotados no direito com seu sentido usual. Mas, muito amiúde, este é precisado. Todavia, enquanto a semântica das ciências formais tem como primeira regra evitar qualquer ambigüidade, jamais utilizar um mesmo signo em sentidos diferentes, regra de método que se procura seguir em ciências naturais, os juristas em geral precisam o sentido dos termos que utilizam com relação a determinados contextos jurídicos. Um estudo, como o de Boland, sobre a noção de urgência, mostra claramente que, em matérias vizinhas, o prazo em que devem efetuar-se as transações urgentes pode variar de um modo apreciável e que uma tentativa de precisar, de uma vez por todas, mediante um lapso de tempo fixado, o prazo durante o qual as transações urgentes deveriam ser resolvidas, esbarraria na oposição irredutível dos juristas; nessa área, uma precisão e um rigor extremos acarretariam mais inconvenientes do que vantagens. Dá-se o mesmo com certas tentativas de unificar a terminologia jurídica, transpondo uma definição legal de uma área para outra.

O art. 478 do Código Penal belga define o roubo cometido durante a noite como o roubo cometido mais de uma hora antes do nascer do sol e mais de uma hora depois do pôr-do-sol. Mas uma decisão da Corte de Cassação da Bélgica, de 9 de novembro de 1898, precisa que "essa definição não se aplica à circunstância agravante de noite senão nos casos em que ela é assinalada no presente capítulo" (que concerne aos crimes e delitos contra as propriedades).

A evolução da jurisprudência manifestou-se muitas vezes pelo estreitamento ou pelo alargamento do campo de aplicação de um termo que figura num texto legal. O estudo de M.-Th. Motte, acerca da evolução da noção de estado de embriaguez, é significativo a esse respeito. A Corte de Cassação, ao situar o estado de embriaguez no volante entre a inconsciência e a simples incapacidade de dirigir, definiu a pessoa em estado de embriaguez como aquela que já não tem o controle permanente de seus atos ou de seus gestos; assim, o estado de uma pessoa é qualificado pelos efeitos que ele exerce sobre o comportamento desta, o que deixa ao juiz uma larga margem de apreciação. Em conseqüência dessa definição jurisprudencial, o legislador belga reagiu, na lei de 15 de abril de 1958, sobre a repressão das infrações de trânsito, substituindo a noção "estado de embriaguez" por uma determinação quantitativa, *0,015 de alcoolemia*, que pode ser detectada mediante uma análise do sangue. No que toca à determinação da taxa de alcoolemia, o juiz não dispõe do menor poder de apreciação jurídica, exceto se devesse encontrar-se diante de uma contraperitagem que apresentasse, para o mesmo caso, uma dosagem diferente da primeira. Uma vez que a lei quis que a qualificação jurídica se deduzisse, por assim dizer automaticamente, do relatório do perito, do qual resultaria que o mínimo exigido para a aplicação da lei foi atingido ou ultrapassado, não se concebe que o controle da Corte de Cassação possa exercer-se, nessa ocorrência, sobre o modo como o juiz qualificou os fatos: sua sentença será considerada como assente em fato e não em direito.

Em todos os sistemas jurídicos a que se referem os nossos estudos, salvo exceções, a Corte Suprema (seja a Corte de Cassação ou o Tribunal Federal) não constitui uma última instância, pois sua competência não se estende ao exame do mérito das causas; ela deve unicamente, por ocasião dos recursos de cassação, controlar se a lei não foi violada pelo juiz da causa. Daí resulta que este é soberano, por todo o tempo em que, sem violar as regras processuais, atém-se a estabelecer os fatos dos quais resultarão as conseqüências jurídicas. Mas, em que medida a qualificação jurídica desses mesmos fatos é sujeita ao controle da Corte Suprema e em que medida escapa a esse controle, sendo igualmente considerada uma questão de fato? Esse ponto é de interesse capital para o lógico, pois, a propósito da aplicação da lei, ele levanta o problema, bem mais geral, das relações entre a extensão e a compreensão das noções. A qualificação jurídica, positiva ou negativa, de um ser ou de uma situação, que implica certa interpretação dos termos da lei, poderá constituir uma violação desta última e, se assim for, até onde se estende, nesse caso, o controle da qualificação pela Corte Suprema? Esse problema merece, da parte do lógico, um exame tanto mais atento porque a história do direito e o direito comparado nos ensinam que, diante de textos legais, que fixam de uma maneira muito semelhante a competência da Corte de Cassação e do Tribunal Federal, a aplicação desses textos variou muito, mas quase sempre no sentido da ampliação do controle da Corte Suprema.

Se houvessem concedido ao juiz da causa um direito de qualificação jurídica, sem nenhum controle, ter-lhe-iam permitido, por esse próprio fato, modificar a lei autorizando-o a modificar, com bem entendesse, seu campo de aplicação. Seu poder teria sido comparável ao do pretor romano que dele se serviu para estender aos estrangeiros, graças à ficção, leis que só eram aplicáveis aos cidadãos romanos. Ora, a Corte de Cassação foi instituída justamente para impedir ao juiz de violar a lei e, *a fortiori*, de modificá-la, por ocasião de sua aplicação. Mas, como é a Corte Suprema que decide soberanamente se a lei foi ou não foi violada, ela é que decide se o juiz aplicou ou não a lei em conformidade com a interpretação que ela lhe dá. Daí resulta que, teoricamente, o controle da Corte de Cassação se estende a todos os casos em que o juiz teve, para aplicar a lei, de interpretá-la, usando de seu poder de apreciação jurídica.

À primeira vista, parece que não cabe recorrer à interpretação quando a lei é clara, e sua aplicação só constitui um juízo sobre matéria de fato que escapa ao controle da Corte Suprema. Mas que se deverá entender pela afirmação de que a lei é clara? Unicamente que sua aplicação não deu azo, até agora, a divergências de interpretação entre juristas. Todavia, nada garante a continuação indefinida desse estado de coisas, pois pode surgir uma divergência de interpretação por ocasião de um caso de aplicação novo e imprevisto. Nada mais claro do que o art. 617 do Código Civil belga, que afirma que o usufruto se extingue com a morte natural do usufrutuário. Mas suponhamos que se descubra um processo que permita conservar indefinidamente a vida humana em estado de hibernação. É provável que esse progresso em biologia criasse divergências entre juristas quanto à interpretação das palavras "morte natural". O mesmo texto, considerado claro em relação a determinados casos de aplicação, pode deixar de sê-lo numa nova situação.

Verifica-se, por outro lado, que muito amiúde a Corte Suprema, mesmo tendo o direito de controlar o modo como a lei foi interpretada pelo juiz da causa que a aplicou, renuncia, por uma ou outra razão, a exercer tal controle, confiando no juiz da causa para todos os casos de uma espécie. Ela tem o hábito, para justificar sua maneira de proceder, de qualificar estes juízos de juízos sobre matéria de fato. Mas a fidelidade aos precedentes, que convida a Corte a julgar da mesma forma as espécies semelhantes, não é a tal ponto coerciva que, diante de uma aplicação que lhe pareça chocante, ela não possa cassar a sentença por violação da lei, o que implicaria que houve juízo sobre matéria de direito. Para compreender a possibilidade de semelhante mudança de jurisprudência, convém examinar as relações que existem entre a definição de um conceito e a qualificação por meio desse mesmo conceito.

Uma definição que não é ostensiva determina a compreensão de um conceito: ela consiste numa relação entre conceitos. Uma qualificação, em contrapartida, seja ela positiva ou negativa, estabelece uma relação entre um conceito e um elemento do qual se afirma que faz ou não faz parte da extensão desse conceito. Ao qualificar, o juiz é portanto levado, com muita freqüência, a precisar o sentido dos termos da lei, e isto mesmo no caso de uma qualificação negativa; assim é que, ao afirmar que tal situação constitui ou não um caso de urgência, ele precisa um pouco essa noção. Na medida em que as decisões judiciárias estabelecem precedentes, elas contribuem para a elaboração de uma ordem jurídica, graças à regra de justiça, segundo a qual casos essencialmente semelhantes devem ser tratados (nesse caso: qualificados e julgados) da mesma forma[5]. Portanto, compreende-se que uma longa série de decisões forneça elementos a uma elaboração doutrinal ou a uma definição jurisprudencial[6]. Uma reflexão sobre certo número de casos particulares pode, de fato, através de um procedimento de raciocínio indutivo, ensejar uma regra. É nesse sentido que a passagem de qualificações particulares para uma definição jurisprudencial constitui um caso de aplicação da máxima: *Ex facto oritur jus*.

Podemos perguntar-nos, da mesma forma, em que medida, dadas as circunstâncias, a determinação de uma pena, relativa a um delito para o qual o Código Penal prevê um mínimo e um máximo, pelo fato mesmo de constituir um precedente, não tende, por causa da aplicação da regra de justiça, a restringir o poder de apreciação do juiz no futuro. Assim também, os montantes concedidos pelo juiz a título de reparação do dano moral, na medida em que tendem para a elaboração de tarifas jurisprudenciais, não contribuem para a objetivação daquilo que, à primeira vista, se apresenta como uma pura questão de fato, deixada à discrição do juiz da causa? Este violará a lei ao atribuir uma reparação ridiculamente pequena ou muito exagerada em relação às tarifas em questão? Poderá ele, sem risco de cassação, condenar sistematicamente ao máximo ou ao mínimo da pena, sejam quais forem as circunstâncias, alegando que não pode haver violação da lei enquanto se respeitam os limites legais?

Verificam-se, a esse respeito, divergências entre as reações das Cortes Supremas, que em geral se explicam por considerações políticas e históricas, e que dependem, em definitivo, da maior ou menor confiança que podem ter nos juízes da causa. Essa confiança, ou sua ausência, pode também manifestar-se pela maior ou menor exigência quanto à exposição dos motivos das sentenças. Quando esta é suficiente? Quando permite o controle da decisão contestada. Daí resulta que, com a severidade desse controle, aumentarão igualmente as exigências referentes à indicação dos elementos que devem permitir seu exercício pela Corte. O limite, nessa matéria, é fixado pela Corte Suprema, levando em conta conseqüências de sua atitude e, mais particularmente, riscos de abuso que devem ser prevenidos. Essa autolimitação da competência, da Corte de Cassação, no que tange ao controle, lembra o limite fixado para o exercício do poder executivo pelo Conselho de Estado da França, graças à distinção que ele estabelece entre a oportunidade de certas decisões, das quais o executivo é o único juiz, e a legalidade delas, que é controlada pelo Conselho de Estado.

O único limite que a Corte de Cassação não poderia ultrapassar em sua investigação dos elementos fáticos lhe é imposto pelas particularidades de seu procedimento. Quanto ao mais, ao afirmar que o juiz da causa julgou sobre matéria de fato, ela assinala unicamente aos interessados que deixa a este a responsabilidade da qualificação, enquanto esta não lhe parecer aberrante. Não se poderia, como foi dito com todas as letras pelo Tribunal Federal suíço, compreender sua atitude como significando que "a Corte não tem razões de substituir a apreciação da jurisdição cantonal pela sua, pois a primeira tem melhores condições de apreciar *in loco* o conjunto das circunstâncias da causa"[7]? Isso reserva, aliás, a possibilidade de voltar atrás nessa forma de ver, no dia em que razões suficientes justificarem a intervenção da Corte.

Ao lado dessa dialética, que rege as relações entre o juiz da causa e a Corte Suprema, existe uma outra, tão importante quanto essa, entre a jurisprudência estabelecida por esta última e as reações do legislador. Quando a Corte Suprema interpreta a lei de uma forma que não satisfaz o legislador, este tem a possibilidade de precisar ou de modificar um texto legal, ou mesmo de introduzir uma nova terminologia que evitaria os inconvenientes da jurisprudência em vigor. Assim é que, como o expôs com muita clareza M.-Th. Motte e como já havíamos notado, o legislador belga preferiu, numa lei recente atinente às infrações de trânsito, substituir a noção de estado de embriaguez (no volante) pela indicação de uma taxa crítica de alcoolemia.

Assim é que a interpretação da lei, que se atém, para começar, ao sentido habitual dos termos, precisa este, ou mesmo o substitui, se for cabível, pelo sentido técnico, fornecido por uma definição legal ou jurisprudencial, levando em consideração as conseqüências jurídicas de uma ou de outra interpretação. A operação intelectual consistente na determinação do sentido e do alcance dos termos da lei se fundamenta, a um só tempo, nos elementos teóricos e nas considerações práticas que justificam a decisão do juiz de interpretar a lei de uma ou de outra forma[8]. É levando em conta sobretudo considerações desta última espécie que a Corte de Cassação ou o Tribunal Federal limitam sua própria competência pela distinção do fato e do direito, qualificando de juízos sobre matéria de fato as decisões do juiz da causa que aquela Corte não deseja submeter ao seu controle e aquelas em que não vê razões para substituir a apreciação do juiz da causa pela sua.

Se o exame da distinção entre o fato e o direito apresenta um interesse particular para o filósofo é porque permite analisar construções intelectuais em que o pensamento e a ação estão intimamente mesclados. Uma reflexão a respeito deles talvez incite os teóricos do conhecimento a apresentar de uma forma mais fecunda a distinção atual, que levou a um impasse, entre juízos de realidade e juízos de valor.

§ 47. A especificidade da prova jurídica[1]

Se fui sondado para apresentar um relatório no simpósio da décima terceira sessão da Sociedade Jean Bodin consagrado à prova, foi decerto porque quiseram confrontar os historiadores do direito e os juristas profissionais com o ponto de vista de um lógico que se dedica ao estudo do raciocínio nas suas diversas formas. Os organizadores que tiveram a amabilidade de convidar-me esperavam, sem dúvida, que minhas reflexões provocarão um desarraigamento intelectual propício à discussão. Para provocar esse desarraigamento, bastar-me-á evocar, em algumas frases, a concepção da prova formulada pelos lógicos e pelos matemáticos. Para estes, a prova é normalmente constituída por uma demonstração que permite deduzir uma proposição de premissas, que são axiomas ou proposições já provadas anteriormente. Na concepção clássica do método dedutivo, tal como se expressa, por exemplo, no opúsculo de Pascal "De l'esprit géométrique et de l'art de persuader", os axiomas devem ser proposições perfeitamente evidentes por si sós. Pascal acrescenta, é verdade, que, quanto a esses princípios, por mais claros e evidentes que possam ser, cumpre perguntar se há concordância sobre eles. Ele volta atrás, porém, algumas linhas mais adiante, afirmando que, este último preceito, podemos desprezá-lo sem erro.

O recurso à evidência, de um lado, à concordância do interlocutor, do outro, parecem reportar-se a duas tradições diferentes, que se opõem como o direito e o fato. O que é evidente deveria ser objeto de acordo, mas que fazer se o que se qualifica de evidente é contestado? De outro lado, o que é objeto de acordo poderia não ser evidente, nem sequer verdadeiro, a rigor. De modo análogo, cumprirá ter, em direito, como comprovados e como não exigindo nenhuma prova os fatos notórios ou os que são explícita ou implicitamente reconhecidos e admitidos pelas partes?

Na concepção moderna do método dedutivo, em sua forma axiomática, o matemático despreza esse problema da verdade dos princípios. Dirá ele que seu papel é unicamente o de demonstrar quais conseqüências se podem tirar de um conjunto de axiomas que fornecem o ponto inicial, hipotético, se se quiser, de seu sistema. Quanto à verdade desses axiomas, deveria estabelecê-la aquele que quer aplicar esse sistema axiomático ou, eventualmente, o filósofo das ciências.

Assim também, poder-se-ia exigir, das regras de dedução que permitem reportar os teoremas aos axiomas, que sejam incontestáveis (ou incontestados?) e que forneçam uma prova que se impõe de modo coercivo a toda mente normalmente constituída. Mas os lógicos modernos se contentam em exigir que essas regras sejam, a um só tempo, explícitas e isentas de ambigüidade, de sorte que o controle das operações possa ser feito, a rigor, por meio de máquinas. Mas isto só é realizável se as regras de dedução não apelam para nenhuma intuição fundamentada no sentido das proposições e só se referem a signos e a operações efetuadas a partir de signos. Quando estiverem preenchidas essas condições, dir-se-á que o sistema axiomático e as provas por ele fornecidas são formalizados. Um teorema será uma proposição provada, a partir dos axiomas, pela aplicação correta das regras de dedução do sistema.

É essencial que um sistema axiomático seja *coerente*, isto é, que nele não se possam demonstrar uma proposição *e* sua negação. Não é indispensável, em contrapartida, que um sistema axiomático seja *completo*, isto é, que nele se possa demonstrar toda proposição que o sistema permite formular *ou* sua negação.

Estas breves considerações bastam para compreender por que a prova demonstrativa é impessoal: impondo-se a toda mente normalmente constituída, podendo mesmo ser fornecida por máquinas, sua correção não poderia depender da adesão desta ou daquela pessoa. Aliás, num sistema assim, não se podem provar o pró e contra, ou seja, uma proposição e sua negação, a não ser que o sistema seja incoerente, logo, inutilizável. Por outro lado, em todo sistema incompleto – e esse é o caso normal – existem problemas insolúveis, proposições das quais não se pode provar nem a verdade nem a falsidade.

Cotejemos o que acabamos de dizer dos sistemas axiomáticos com as características de um sistema jurídico moderno. Este impõe ao juiz tanto a obrigação de julgar, sob pena de denegação de justiça (cf. o art. 4º do Código Civil, o art. 258 do Código Penal belga), como a de motivar suas sentenças. Dadas essas obrigações, o sistema jurídico é tratado como um sistema completo, no qual toda pretensão das partes deveria poder ser julgada conforme ou contrária ao direito. Que o sistema seja considerado completo em si mesmo ou que só o fique, como no Código Civil suíço, por obra da intervenção autorizada do juiz, importa notar que a obrigação de julgar prevalece sobre a fidelidade a estas ou aquelas regras de prova, de dedução ou de interpretação. Para que o juiz possa julgar, em qualquer circunstância, é mister deixar-lhe certa liberdade nessa área, havendo a possibilidade de controlar o uso que ele fará dela.

O papel dos autores que interpretam um direito vivo, que continua a ser aplicado, é facilitar ao juiz sua tarefa e fornecer soluções para todos os casos que parecem prestar-se à contestação. A obrigação de encontrar uma solução viável se impõe igualmente, pois, aos autores que desejam guiar o juiz. Esta é, a bem dizer, menos absoluta, pois o intérprete pode, ante uma situação jurídica que lhe parece inextricável, ater-se a dirigir um apelo ao legislador para que modifique a lei. O historiador do direito tem, *a fortiori*, a liberdade de frisar as dificuldades apresentadas por um sistema jurídico antigo, sem procurar os meios para resolvê-las. No entanto, a verdade é que, na maior parte dos casos, a doutrina admitirá igualmente que seu primeiro dever é fornecer soluções para os casos de aplicação da lei, imaginando para tanto, se preciso for, novas técnicas de interpretação. A maneira de justificar, de fundamentar semelhante interpretação, não consistirá numa *demonstração* coerciva, que aplica regras enumeradas previamente, mas numa *argumentação* de maior ou menor eficácia. Os argumentos utilizados não serão qualificados de corretos ou de incorretos, mas de fortes ou de fracos. Toda argumentação se dirige a um auditório, de maior ou menor amplitude, de maior ou menor competência, que o orador procura persuadir. Ela nunca é coerciva; através dela, o orador procura ganhar a adesão de um ser livre, por meio de razões que este deve achar melhores do que as fornecidas em favor da tese concorrente. Compreende-se então que, perante um tribunal, seja possível pleitear o pró e o contra. O juiz que estatui, após ter ouvido as duas partes, não se comporta como uma máquina, mas como uma pessoa cujo poder de apreciação, livre mas não arbitrário, é o mais das vezes decisivo para o desfecho do debate[2].

Essas considerações explicam as particularidades do raciocínio jurídico, na medida em que ele consiste numa *interpretação* da lei, dignas de nota sobretudo quando as comparamos com o raciocínio matemático; elas nos esclarecem sobre o mecanismo da prova que, enquanto fundamento de uma asserção, consiste numa demonstração dentro de um sistema matemático e numa argumentação dentro de um sistema jurídico.

As observações precedentes explicam por que minha exposição não se refere à especificidade da prova judiciária, mas da prova jurídica. Sei que, em nosso direito, a prova judiciária só concerne ao fato, sendo a lei supostamente conhecida, em especial do juiz. Os problemas concernentes à prova do direito são essencialmente aqueles apresentados pela prova de um direito estrangeiro, eventualmente a de um costume local. Mas trata-se sempre de provar a existência de um direito, não seu alcance; as razões que se podem fornecer em favor desta ou daquela interpretação da lei não dependem das técnicas da prova, mas das técnicas de interpretação, consideradas alheias ao domínio da prova[3]. Esse modo de ver, perfeitamente justificado em nossa organização judiciária, que implica a um só tempo a separação dos poderes e a distinção do fato e do direito, essencial para a determinação dos limites do controle da Corte de Cassação, deve ser situado, por sua vez, em seu contexto institucional.

Se provar, perante um tribunal, significa fundamentar uma pretensão, estabelecendo "o fato que lhe dá origem e as conseqüências judiciárias que dele decorrem levando-se em consideração o direito em vigor"[4], é importante salientar que, tecnicamente, a prova judiciária só diz respeito ao fato. Cumprirá ver, nessa tradição, a influência do direito romano clássico e da divisão do processo em duas fases, primeiro diante do magistrado, em seguida diante do juiz, a qual, pela própria força das coisas, limitava os debates diante do juiz a questões de fato? Não sou qualificado para responder a essa pergunta.

Entretanto, faço questão de assinalar que, em sua *Retórica* (Livro 1º, 1375a, 24), Aristóteles, ao tratar das provas extratécnicas, ou seja, daquelas que não dependem da arte do orador, enumera cinco espécies delas, a saber: as leis, as testemunhas, os contratos, as torturas e o juramento. Observe-se, a esse respeito, que seu exame das leis diz respeito tanto às leis particulares, "aquelas que são escritas e regem a cidade" quanto às leis comuns, "todas aquelas que, sem serem escritas, parecem ser reconhecidas pelo consentimento universal" (*Retórica*, L. 1º, 1368*b*, 7-8). No tempo de Aristóteles, a prova judiciária não se limitava, portanto, em Atenas, ao estabelecimento dos fatos, mas se propunha igualmente justificar "as conseqüências jurídicas que deles decorrem". A possibilidade, indicada por Aristóteles, de pleitear contra a lei escrita, fundamentando-se em leis comuns e na eqüidade (*Retórica*, L. 1º, 1375) revela, ao que parece aliás, que a separação dos poderes não era tão rígida em seu tempo quanto o é entre nós. Por outro lado, poder-se-á pretender que a prova constituída, no procedimento medieval, pelo ordálio ou duelo judiciário, é uma prova do fato, quando tem como efeito decidir globalmente o desfecho da lide? Embora seja verdade que, entre nós, a prova do fato seja nitidamente separada do debate em matéria de direito, pareceu-nos útil insistir, acima de tudo, nas particularidades desse debate, mais especialmente no fato de a interpretação jurídica ser fundamentada numa argumentação que deve convencer o juiz, e não numa demonstração impessoal e coerciva.

Em que consiste a prova judiciária do fato? Em que se distingue ela da prova histórica? Que é que lhe determina a especificidade?

O historiador tem liberdade, em princípio, de estudar os fatos que o interessam, de escolher seu tema levando em conta a existência efetiva ou presumida de meios de provas julgados, por ele, suficientes. Muitas vezes, aliás, esse tema será limitado em virtude da presença de documentos pertinentes ou da possibilidade de lhe aplicar um método de investigação fecundo. Quanto aos fatos já reconhecidos, o historiador poderá considerá-los comprovados, contentando-se em remeter aos documentos que os atestam ou aos estudos pelos quais foram estabelecidos. Normalmente, salvo por razões pedagógicas, ele só os questionará se puder trazer algo novo no que lhes concerne, com o aporte de novos elementos ou de uma nova interpretação de elementos antigos.

É deveras excepcional que intervenha formalmente, em matéria científica, uma decisão com a autoridade da coisa julgada. Quem teria a competência, o direito e o poder, nessa questão, de proibir o exame de certas questões? Não se concebe um posicionamento assim senão da parte de um corpo de cientistas, de um instituto ou de uma academia, e isto em circunstâncias fora do comum. Assim é que a Academia de Ciências de Paris decidiu, um dia, não mais examinar trabalhos que se propunham demonstrar a quadratura do círculo. Mas, normalmente, a maneira pela qual um cientista independente utiliza o tempo de que dispõe para pesquisas julgadas interessantes e fecundas é uma questão deixada inteiramente à sua livre apreciação.

O juiz não possui essa mesma liberdade. Não escolhe os processos que terá de apreciar: é encarregado de julgar uma lide e, ao estatuir, realiza um ato de soberania, cuja meta é estabelecer a paz judiciária, dizendo o que é conforme ao direito. Ele deve julgar dentro de um prazo razoável, e suas decisões terão a autoridade da coisa julgada, após a expiração dos prazos previstos para interpor apelação e recurso de cassação. A coisa julgada é tida como verdadeira, e as partes devem submeter-se às conclusões do tribunal. Aliás, são essas conclusões que o mais das vezes lhes importam, bem mais do que a realidade dos fatos, que constituem apenas um meio de fundamentar as conseqüências jurídicas que deles decorrem.

O papel do juiz não é o de um conciliador, pois o procedimento não é estabelecido por um comum acordo das partes. É o demandante ou o ministério público que toma a iniciativa: o demandado ou o réu é atraído à justiça, e tudo foi previsto para que ele não possa impedir o desenrolar do processo. Nessa situação, trata-se, para o juiz, de aplicar a lei, completada, se for o caso, pelo comum acordo das partes, e de estatuir pautando-se pelas presunções legais.

As presunções protegem o estado de coisas existente, que não pode ser legalmente modificado, quando a prova contrária é aceita, sem uma decisão judiciária. Compete àquele que emite uma pretensão tendente a modificar o estado de coisas existente estabelecer-lhe a legitimidade. A atitude do demandado, daquele em cujo detrimento a demanda é introduzida, será essencial em todos os processos em que a ordem pública não estiver em jogo. Quando se trata de fatos alegados pelo demandante, que parecem concludentes ou simplesmente relevantes, a prova deles só deverá ser fornecida se forem negados pelo demandado. A confissão deste último, mesmo constituindo uma prova da realidade dos fatos reconhecidos – e é por essa razão que ela não é admitida ou, pelo menos, não é suficiente quando a ordem pública é interessada – é prova concludente contra seu autor, quando seus interesses privados são os únicos em jogo. Por causa dessas conseqüências, exigir-se-á, daquele que confessa, a capacidade de dispor dos direitos que sua confissão pode fazê-lo perder.

Quais são os fatos admissíveis que cabe provar? A resposta a essa pergunta depende essencialmente, em matéria civil, da atitude das partes, tendo o juiz, porém, a faculdade de ordenar de ofício a prova dos fatos que lhe parecerem concludentes (art. 254 do Código de Processo Civil). Mas "ele não é autorizado a declarar um fato constante, apenas porque ele teria adquirido pessoalmente, fora do processo, conhecimento positivo desse fato"[5]. Com efeito, cabe às partes, e não ao juiz, fornecer, de uma forma contraditória, a prova dos fatos litigiosos, tais como resultam do contrato judiciário. Deixando de ser passivo, o juiz se arrisca a ver reprovarem-lhe a falta de neutralidade.

A prova judiciária é livre quando as partes podem recorrer a todos os meios suscetíveis de formar a convicção do juiz. Contudo, o mais das vezes, a prova é regulamentada: os meios de prova admitidos são limitados e legalmente hierarquizados. Pode mesmo acontecer que o valor probante deles seja fixado com precisão, autorizando cada grau este ou aquele ato de procedimento. Nesse caso, o juiz não aprecia soberanamente o valor das provas admitidas senão no âmbito das prescrições legais.

As presunções legais, que impedem a prova contrária, ou que impõem seu ônus àquele que pretende combatê-las, não põem o pró ou o contra em pé de igualdade, pois elas dispensam de qualquer prova aquele em cujo proveito existem (art. 1.352 do Código Civil).

As presunções *juris et de jure*, que impedem a prova contrária, visam a garantir contra a contestação de certas situações que o legislador não deseja ver perturbadas. Elas formam um dique que as protegerá contra os ataques de litigantes impenitentes. A maior parte do tempo, os direitos, que tais presunções protegem, serão fundamentados em fatos incontestes, mas é essencial que possam ser protegidos contra qualquer contestação possível. A segurança que resulta dessa proteção foi julgada mais importante para a ordem social do que a não-conformidade, a bem dizer excepcional, dessas presunções com a realidade objetiva, aliás quase sempre difícil de conhecer de uma forma indubitável. Se se pudesse contestar ilimitadamente uma decisão judiciária, porque não conforme à justiça ou à vontade do legislador, os processos poderiam continuar infindavelmente, com os distúrbios, o cansaço e as despesas que daí resultam. Se a prescrição não pudesse proteger situações existentes, o exercício tranqüilo da propriedade imobiliária dependeria de uma "prova diabólica" impossível de fornecer. No final das contas, toda ordem supõe a existência de fatos incontestes: estes podem ser garantidos pela evidência ou pela notoriedade; podem sê-lo igualmente pelo poder que impede contestá-los.

As presunções *juris tantum*, que admitem a prova contrária, regem todo o campo do procedimento judiciário. Elas limitam-se, comumente, a presumir o que, efetivamente, ocorre o mais das vezes na sociedade regida pelo direito que as impõe, mas podem igualmente visar a proteger, conquanto de forma menos radical, as situações estabelecidas, encarregando do ônus da prova – que sempre é uma prova contrária à presunção – aquele que pretende subvertê-las. O desenrolar do processo pode, à medida de sua progressão, fazer intervir presunções alternadamente em proveito de uma ou outra parte. A prova contrária incumbirá sempre àquele que não se beneficia da presunção, num determinado momento do processo judiciário, e "que pretende retirar da outra as vantagens de sua posição atual"⁶. O processo só pode ter seu desfecho numa decisão vazada em força de coisa julgada, e a cujo respeito não será mais admitida nenhuma prova contrária.

Nada mais oposto a semelhante concepção da prova do que o método preconizado por Descartes para dar segurança ao nosso saber. Pois, como a primeira regra desse método é a regra da evidência, segundo a qual não se deve admitir como verdadeiro senão o que se apresenta ao entendimento de uma forma evidente e indubitável, ele implica que se deve rejeitar igualmente, sem lhes conceder o menor crédito, as coisas que não são inteiramente certas e indubitáveis, bem como as que parecem manifestamente falsas (1ª *Meditação*). Afastando-se de tudo aquilo em que poderia imaginar a menor dúvida, Descartes é obrigado, portanto, a descartar tudo que é apenas opinião, conjetura, presunção, pois todas as coisas contestáveis são igualmente incertas.

Essa exigência de evidência tornaria impossível não só as decisões judiciárias, mas também toda atividade que depende de uma deliberação. Aliás, Descartes se apercebe perfeitamente disso e não deixa de reconhecer que "como as ações da vida não toleram nenhuma demora, é uma verdade muito certa que, quando não está em nosso poder discernir as opiniões mais verdadeiras, devemos seguir as mais prováveis" (*Discurso do método*, 3ª parte). Seu método só deveria aplicar-se ao conhecimento científico. Mas será ele realmente aplicado em ciências? Desde que os paradoxos da lógica e da teoria dos conjuntos abalaram os fundamentos da matemática, assistimos, nas ciências dedutivas, ao triunfo do formalismo que, sem afirmar a evidência dos axiomas e das regras de demonstração, contenta-se em insistir em nossa capacidade de distinguir os signos e de efetuar com eles operações desprovidas de ambigüidade. Enquanto, para Descartes, o método geométrico, com a evidência de seus axiomas e de suas deduções, deveria servir de modelo universal para todas as ciências, o alcance dessa evidência foi reduzido, hoje, nas próprias ciências formais. Quanto às ciências naturais, o uso maciço do cálculo das probabilidades modificou-lhes profundamente a metodologia. Menos do que nunca elas podem dispensar presunções e hipóteses e, como no direito, quando a prova não for um mero exercício didático, mas visar a estabelecer a verdade de uma proposição duvidosa, será uma prova contrária a certas presunções admitidas.

O que caracteriza a prova científica é o fato de ignorar a separação dos poderes e, mais particularmente, dos poderes legislativo e judiciário. Nela todas as presunções são presunções do homem, e só se conhecem, portanto, aquelas a cujo respeito a prova contrária não é admitida. Os fatos estabelecidos pelo cientista terão repercussões sobre o sistema das leis e das presunções, se eles parecerem opor-se às previsões que deles se podiam tirar. As modificações que o pesquisador propuser, para restabelecer a coerência, serão submetidas aos especialistas da disciplina que os apreciarão de acordo com critérios elaborados no seio dessa disciplina e próprios desta.

Em direito, em contrapartida, a maneira de combater as presunções legais, mediante a administração da prova contrária, raramente é deixada inteiramente à apreciação do juiz. A hierarquia das provas estabelecida pela lei fornece presunções que o juiz deve levar em conta, qualquer que seja sua convicção íntima. Essa hierarquia é fundada normalmente naquilo que, em dados meio e época, parece fornecer mais garantias de justiça. Concebe-se que, num século de analfabetismo, admite-se a regra "provas testemunhais prevalecem sobre provas documentais*" e que, noutro, em que a instrução é difundida, aplique-se a regra oposta "provas documentais prevalecem sobre provas testemunhais**". Numa época em que a sociedade é muito hierarquizada, concebe-se que a credibilidade, e mesmo a admissibilidade, das testemunhas, seja regulada por presunções que, talvez, se inspirem mais no cuidado de favorecer os privilegiados do que no de estabelecer a verdade objetiva. Mas pode-se admitir que, aos olhos do legislador medieval, essas duas preocupações possam ter parecido concordantes.

---

* Em fracês, *témoins passent lettres,* antigo brocardo francês, segundo o qual depoimentos orais sérios prodiam prevalecer sobre peças escritas. (N. do T.)
** Em francês, *lettres passent témoins,* o contrário do brocardo anterior. (N. do T.)

Por que, em direito comum, a tortura é admitida em certos casos e contra certas pessoas, e não em outros casos e contra outras pessoas? Por que, em certas legislações, presume-se a inocência do réu e a prova sempre compete ao demandante e, noutras, a mera acusação basta para criar uma presunção de culpabilidade da qual o acusado deve livrar-se? Por que, em certos sistemas, a prova é relativamente livre e, noutros, fortemente regulamentada? Tratar-se-á da maior ou menor confiança concedida ao discernimento e à integridade dos juízes?

Todas essas questões, em que preocupações teóricas, tal como a busca da verdade objetiva, se mesclam com preocupações práticas, tal como a proteção de determinada ordem social, têm um grande interesse, não somente histórico e sociológico, mas também epistemológico. Pois o problema da prova judiciária, bem como o da prova jurídica, constitui apenas um aspecto do problema geral da prova. É importante compreender que esta, que visa, no final das contas, a fundamentar convicções, não se apresenta de modo uniforme, mas varia conforme as áreas e os casos de aplicação. Um exame aprofundado da prova em direito, de suas variações e de sua evolução, pode informar-nos, mais do que qualquer outro estudo, sobre as relações existentes entre o pensamento e a ação.

§ 48. A prova em direito[1]

Retomemos a definição clássica da prova, tal como a encontramos em Colin e Capitant: "Provar é fazer que se conheça em justiça a verdade de uma alegação pela qual se afirma um fato do qual decorrem conseqüências jurídicas."[2]

À primeira vista, as técnicas de prova em direito nada teriam de especificamente jurídico: dependeriam de critérios científicos, das regras de lógica, da experiência comum, do bom senso. Mas, efetivamente, não é isso que ocorre; veremos que as técnicas de prova variam não só conforme os sistemas jurídicos, mas até conforme as finalidades próprias de cada ramo do direito; os meios de prova aceitos variam também no tempo, segundo a preeminência concedida a este ou àquele valor[3].

Não esqueçamos que, de fato, a segurança jurídica é um dos valores centrais do direito que o distinguem da moral e dos costumes. Para garanti-la, os técnicos do direito procuraram prevenir os litígios relativos ao fato, e, quando estes se apresentam, facilitar-lhes a solução pelo juiz, tornando, na medida do possível, mais leve o fardo que é imposto, a uma das partes, pelo ônus da prova.

Não se deve provar senão o que é contestado[4]. O jurista se empenhará em tornar certos elementos incontestáveis.

O progresso jurídico visou a eliminar as incertezas concernentes ao direito: daí as codificações nas mais diversas áreas, inclusive na área do procedimento[5], a promulgação oficial das leis, a publicação das decisões judiciárias. Contrariamente ao direito medieval, em que a prova freqüentemente era atinente ao direito[6], hoje, a prova do direito só diz respeito à lei estrangeira, ao direito internacional, na medida em que se refere ao costume e aos precedentes judiciários[7], assim como a direitos particulares, tais como as regulamentações das federações esportivas[8].

Para simplificar a administração da prova, o legislador muitas vezes substituiu, mediante uma espécie de presunção legal, um fato difícil de estabelecer por outro cuja prova é fácil. Assim é que, para dar alguns exemplos, em vez de exigir de um adolescente uma certa maturidade, ele fixará a idade da maturidade a partir da qual uma pessoa pode exercer seus direitos civis e políticos. Fixará uma idade mínima para contrair um casamento válido. Presumirá, mas desta vez a presunção poderá ser derrubada, que o marido é o pai das crianças oriundas do casamento. Assim também, o juiz presumirá que o vendedor profissional conhece os defeitos ocultos da mercadoria que vende. É certo que, em decorrência dessas presunções, se sacrificará, em certos casos, a verdade à segurança jurídica, mas não se hesita em pagar esse preço para diminuir o número dos litígios[9].

Por muito tempo, a confissão era considerada a prova por excelência, mas conhecem-se os abusos a que a simplificação do procedimento daí resultante pôde ocasionar em matéria criminal. Através da tortura e de outros procedimentos inconfessáveis, que ofendem a dignidade da pessoa humana, puderam, arrancando confissões, dispensar-se de qualquer outro modo de prova. É por isso que a evolução do processo penal fez prevalecer a presunção de inocência e o direito do réu ao silêncio. Por outro lado, contentando-se com a confissão, oferece-se ao réu a possibilidade de encobrir o verdadeiro culpado. É por isso que em nosso direito a confissão só basta em direito privado, desde que a pessoa que confessa tenha o direito de transigir. Distinguir-se-á ainda a confissão extrajudiciária, da qual se desconfia, da confissão judiciária, feita no tribunal.

Em direito inglês, o processo penal exige que o acusado sustente ser culpado ou inocente. Essa escolha deixada ao acusado levou, mormente no direito dos Estados Unidos da América, à técnica do *pleabargaining*, em que a acusação e a defesa fazem um acordo para permitir ao acusado sustentar ser culpado de um delito menor, de modo que se suprimam os inconvenientes e as demoras da prova judiciária. Mas é preciso notar que o juiz não é responsável por esse acordo, ao qual pode não subscrever.

Em nossos sistemas, empenharam-se em diminuir o número de litígios relativos à prova em virtude das provas préconstituídas: certidões de registro civil, cadastro, escritura, certidões solenes, atestados cartoriais, instrumentos particulares. Mas pode acontecer, como bem o mostrou E. Causin[10], que, além do ato formal, e com vistas à eqüidade, o juiz deva investigar, em conformidade com o art. 1.156 do Código Civil, a intenção comum das partes.

Quando um processo é iniciado, é importante restabelecer, assim que possível, a paz judiciária, observando os procedimentos que garantem um processo eqüitativo ("due process law") e um desfecho tão justo quanto possível. Uma condição prévia é que a decisão tenha um fundamento fático, que os fatos pertinentes sejam estabelecidos pela intervenção daqueles que têm o ônus da prova, ou seja, daqueles que terão seus pedidos indeferidos se a prova for insuficiente.

Para a prova dos fatos, opõem-se duas tendências: aquela que impõe a obrigação de provar a quem alega um fato que não é notório nem presumido, e aquela que exige de todos, ou seja, da parte adversa, dos terceiros e mesmo do juiz, que colaborem para o estabelecimento dos fatos, pelo menos num processo civil. Isso porque a presunção de inocência proíbe exigir a colaboração do réu no processo penal.

A evolução do processo civil impõe atualmente ao juiz, que se quer neutro, não ficar passivo e ordenar medidas necessárias ao estabelecimento da verdade. A excelente exposição de G. Goubeaux[11] forneceu, a propósito disso, as precisões necessárias. Ele assinala, notadamente, que o juiz encarregado de medidas cautelares pode ordenar aos proprietários de imóveis, que correm o risco de ser afetados por grandes obras que serão realizadas na vizinhança, que permitam o estabelecimento de um atestado das condições do imóvel antes do início das obras, portanto sem que haja nenhum litígio.

Na ausência de prova pré-constituída, o modo clássico de prova é o depoimento. Este é o modo de prova essencial não só num direito antigo como o direito talmúdico[12], mas mesmo na *common law*[13].

As testemunhas deverão prestar juramento e isto para fazer o perjuro temer a punição divina, temor sentido profundamente numa cultura essencialmente religiosa como o é a cultura hebraica. Em direito inglês a testemunha, que depõe sob juramento, não pode recusar-se a depor sob pena de sanção legal, de multa e mesmo de detenção.

Foi a Bíblia que introduziu a regra de dois depoimentos concordantes que não deixavam, na época, nenhuma liberdade de apreciação ao juiz: ele devia ter os fatos por comprovados. O episódio da vinha de Nabot (1*Reis* X, XXI, 10-13) mostra como se podia abusar de tal formalismo. Foi na época talmúdica que se instaurou o contra-interrogatório. Mais tarde, diante de depoimentos concordantes, porém suspeitos, o juiz desconfiado podia não só renunciar à causa, mas também entregar ao demandado um certificado que prevenia qualquer outro rabino e o impedia de retomar o mesmo litígio. Constata-se também uma evolução que vai de um formalismo estrito ao outro extremo, que deixa uma grande liberdade de apreciação ao juiz e faz tudo depender de sua inteligência e de sua integridade. Maimônides, que foi um grande talmudista medieval, preconizou uma via mediana, ao formular regras de exclusão. Enumerou dez categorias de pessoas em cujo depoimento não se podia confiar: as mulheres, os escravos, os menores, os alienados, os surdos, os cegos, os maldosos, os seres desprezíveis, os parentes e as partes interessadas. Essas categorias eram tão vastas que as pessoas que queriam evitar ter de testemunhar podiam pretender que entravam numa das categorias suspeitas. Para desqualificar uma testemunha, cumpria produzir duas testemunhas qualificadas. Tudo isso às vezes deixava a prova testemunhal tão difícil que, nas causas cíveis, acontecia às partes estipular que o depoimento das pessoas aprovadas devia ser aceito pelo tribunal, fosse qual fosse a qualificação legal delas.

Ao inverso, diversos sistemas jurídicos conheceram testemunhas privilegiadas, aquelas às quais se devia conceder maior credibilidade. Devia-se preferir, sob o Antigo Regime, a palavra de um nobre. O Código de Napoleão admitia que se fiasse no depoimento do patrão em todas as lides concernentes ao contrato de trabalho. Durante muito tempo, em caso de contestação, o depoimento de um policial era preponderante.

Em direito inglês, em que a *cross-examination* é usual, todos são admitidos a testemunhar, mesmo que alguns (o réu, seus parentes próximos, os menores) não estejam sujeitos ao juramento. As regras de exclusão se referem, desta vez, essencialmente às matérias sobre as quais é admitido o depoimento. Com efeito, ele só pode testemunhar sobre os fatos de que tem conhecimento pessoal; de outro modo, trata-se apenas de ouvir dizer (*hear-say*), o que é legalmente inaceitável, a fim de não influenciar de um modo dúbio os jurados ignorantes e facilmente impressionáveis. Da mesma forma, serão excluídos os depoimentos relativos aos antecedentes do acusado. Em contrapartida, no contra-interrogatório, o advogado pode atacar o passado da testemunha, para mostrar que esta não merece credibilidade. O depoimento de um só pode constituir uma prova suficiente, mas cumpre então atrair a essa circunstância a atenção do júri.

Que vale o depoimento em comparação com o escrito? Trata-se de uma discussão secular: ao antigo adágio "provas testemunhais prevalecem sobre provas documentais" se impõe no continente, em direito civil, desde a ordenação de Moulins de fevereiro de 1566, adotado pelo art. 1.341 do Código Civil, a regra "provas documentais prevalecem sobre provas testemunhais".

Por que essa primazia do escrito em direito civil no continente, ao passo que não se impôs nem em direito comercial nem em direito inglês, que sempre concede a primazia à prova oral?

Em seu último texto[14], o saudoso P. Foriers notou que a primazia do escrito é determinada essencialmente por razões de segurança jurídica e para evitar as demoras e as manobras dilatórias a que podia dar azo a prova por testemunhas. E, efetivamente, são mesmo essas razões que parecem ter motivado a ordenação de Moulins. Mas por que essas razões não prevalecem em direito inglês nem em direito comercial? Sabemos que, em certos casos, por razões morais, não se hesita em passar por cima dessa obrigação do escrito, mesmo quando se trata de montantes consideráveis. Um estudo mais aprofundado, em direito comparado, seria bem-vindo para analisar melhor as variações na matéria.

O direito científico dos tempos modernos havia escolhido, em direito penal, um sistema de provas plenas e de frações de prova que, adicionadas, podiam fornecer uma prova completa. O abuso desse sistema, ilustrado pelo caso Calas, levou ao outro extremo, o sistema da convicção íntima tal como funciona perante o júri. Para os jurados, a afirmação fundada na convicção íntima substitui a prova. Como esses julgamentos não têm apelação, pode-se ver neles uma forma de ordálio, em que o julgamento de Deus é substituído pelo do júri que é tido como representante da voz do povo (*vox populi, vox Dei*). Essa instituição, tal como funciona entre nós, sem motivação e sem apelação, exprime a um só tempo a confiança na integridade dos jurados e uma desconfiança extrema acerca do procedimento judiciário dos magistrados e do poder em geral. Entre nós, a competência do júri se limita aos processos criminais, aos delitos políticos e aos delitos de imprensa. No direito anglosaxão, sua competência se estende a todo tipo de matérias, mas essas decisões são sujeitas à apelação.

Pelo fato de seus julgamentos não terem apelação, o júri pode recorrer à ficção com mais facilidade, ou seja, a uma falsa qualificação dos fatos, tendo em vista obter a absolvição, enquanto o Código Penal prevê uma punição se os fatos estão estabelecidos, como nos casos de eutanásia. A ficção permite ao júri chegar, a despeito das leis, a um julgamento que lhe parece eqüitativo. Nos casos que saem do comum, tais como Aristóteles os previra no livro V da *Ética a Nicômaco* (1137), o júri, mercê da ficção, faz prevalecer uma decisão, que ele considera conforme à eqüidade, sobre uma justiça concebida como conformidade à lei.

Em seu excelente estudo sobre a prova legal em direito penal[15], o presidente Robert Legros insistiu nos dois usos da expressão "convicção íntima". Ao passo que, no caso do júri, a convicção íntima, por não estar submetida ao controle de uma instância superior, substitui a prova e põe o júri acima da lei humana; para um magistrado que julga em vara penal a convicção íntima é sinônimo de livre apreciação das provas, que no entanto é submetida ao controle marginal das instâncias superiores. O juiz da causa dispõe, de fato, de um poder discricionário para apreciar as provas fornecidas, mas unicamente dentro de certos limites: seu poder de apreciação não pode ser arbitrário e conduzir a uma decisão desarrazoada. Se o conjunto das provas nas quais ele se fundamenta não pode estabelecer racionalmente a convicção do juiz, sua decisão será cassada.

Observe-se, a esse respeito, seguindo a agudíssima exposição do professor Batiffol[16], que a apreciação dos fatos pode variar, quanto a um mesmo fato e a um mesmo conjunto de provas, conforme as conseqüências jurídicas que deles resultarão. Se alguns caçadores, que atiram ao mesmo tempo, ferem ou matam inadvertidamente uma pessoa, e se se é incapaz de determinar qual deles disparou a bala que feriu ou matou, o juiz decidirá que os caçadores são solidariamente responsáveis para indenizar a vítima ou seus sucessores, mas que as provas são insuficientes para processá-los penalmente. De modo análogo, as mesmas provas insuficientes, por causa da *exceptio plurium*, para obter o reconhecimento de paternidade para um filho natural, podem bastar para lhe obter o pagamento de uma pensão alimentar. Observe-se, a esse respeito, que se, no passado, e visando a proteger a família, a lei vedava a investigação do pai adulterino ou incestuoso, o sentimento que favorece hoje os filhos naturais em detrimento da família permite a investigação de paternidade, recorrendo inclusive a métodos de exame sangüíneo.

É normal que, numa lide cível, confie-se na prova preponderante, na tese mais provável, ao passo que, em direito penal, só se pode condenar quando os fatos estão estabelecidos de uma forma praticamente certa, *beyond reasonable doubt*.

Quando se trata de punir, é mister que haja na cabeça do réu uma intenção delituosa, uma vontade certa; nosso direito penal é, em princípio, oposto à punição sem culpa. Mas, como mostrou o professor Levasseur[17], essa exigência se atenua quando se trata apenas de uma simples contravenção. Assim também, quando se trata de um estacionamento ilegal, a presunção de inocência será substituída pela presunção de que o proprietário do veículo é culpado, a não ser que ele possa indicar a identidade de quem deixou o automóvel em infração. De novo, a exigência de prova é proporcional à gravidade do delito.

A administração da prova encontra obstáculos nos valores julgados mais importantes, tais como o respeito à integridade ou à intimidade da pessoa. Sem falar da tortura, proibida num Estado de direito, a lei protege o domicílio, o sigilo das cartas, o sigilo profissional, o segredo de Estado ou o sigilo no interesse do serviço[18]. Ela proíbe normalmente as escutas telefônicas e, às vezes, a administração do soro de verdade. Exceções podem ser concedidas pelo juiz de instrução. Tudo depende das circunstâncias, da gravidade do caso, do perigo a que está exposto o Estado ou a sociedade. Quando um estado revolucionário ou pré-revolucionário se instala, todas as proteções organizadas pelas instituições e pelos procedimentos legais tendem a desaparecer.

Gostaria de terminar com algumas observações atinentes ao recurso ao juramento, seja ele complementar, purgatório ou decisório. Dever-se-á ver nele uma derradeira forma de ordálio, uma prova irracional, último vestígio de uma sombria Idade Média? Não o creio. Não se pode qualificar um procedimento de irracional porque nele se invoca o nome de Deus. Para um homem religioso, ou simplesmente moral, o perjúrio não é um pecado venial. Por que exigir o juramento da testemunha e não admitir o juramento decisório na ausência de prova suficiente? Trata-se de um último recurso a uma sanção divina, quando o procedimento comum não surtiu resultado satisfatório.

Nos tempos bíblicos, era possível, à míngua de meios de prova suficientes perante um juiz ordinário, recorrer ao sumo sacerdote que, consultando os *urim* e *thumin*, podia dar a conhecer a sentença de um Deus onisciente[19]. A Bíblia nos ensina, muitas vezes seguidas, que Deus, antes de punir um crime, se assegura *de visu* de sua realidade. Mas, quando os homens são incapazes de fornecer provas suficientes de um fato, é insensato recorrer, por intermédio do sumo sacerdote, até à profecia para impedir uma iniqüidade? Há formas razoáveis de recorrer a provas qualificadas de irracionais.

Concluindo, podemos endossar a definição clássica, citada no início desta exposição, que provar é fazer conhecer, em justiça, a verdade de uma alegação pela qual se afirma um fato do qual decorrem conseqüências jurídicas? Sim, mas com a condição de acrescentar que as técnicas da prova e a verdade que elas devem fazer que se admita sejam conciliáveis com outros valores considerados, às vezes, mais importantes, de forma que, no final das contas, as conseqüências jurídicas que daí resultam sejam consideradas justas. A prova e a verdade não passam de meios para realizar a justiça, tal como é concebida numa dada sociedade.

§ 49. Presunções e ficções em direito[1]

Vindo depois de tantas exposições aprofundadas que estudaram as presunções e as ficções na teoria geral do direito, nos diferentes ramos do direito e a propósito de problemas particulares, minha palestra consistirá, essencialmente, numa reflexão metodológica e filosófica apoiada em tudo quanto nos propiciaram as comunicações e as discussões que as seguiram. Com efeito, conquanto as noções de presunção e de ficção sejam extraídas do senso comum, a elaboração específica por que passaram em direito nos levantará problemas fundamentais referentes ao lugar da verdade em direito, ao papel da prova e da qualificação, à distinção entre a ficção e a ficção jurídica, que remete à distinção correlativa entre a realidade e a realidade jurídica, e, daí, às relações entre a ciência jurídica, a doutrina e a ideologia.

Note-se, para começar, que a maior parte das comunicações adotou as definições clássicas das presunções e da ficção. Apenas o professor Wróblewski tentou uma reconstrução lógica da noção de presunção legal *juris tantum*, definida como uma norma de comportamento condicionada pelo estabelecimento de um fato e pela ausência de uma prova contrária, quando se trata de uma presunção material (por exemplo, a presunção de paternidade) e unicamente pela ausência de prova contrária, quando se trata de uma presunção formal (por exemplo, a presunção de inocência)[2]. Essa análise, muito interessante, desprezará tanto as presunções do homem como as presunções *juris et de jure*.

Com efeito, as presunções do homem, quaisquer que forem as precisões trazidas pelo art. 1.353 do Código Civil, têm de adotar a noção de presunção do senso comum: estando abandonadas "às luzes e à prudência do magistrado" e dependendo inteiramente de sua convicção íntima, elas são fundamentadas em elementos de prova, aos quais se poderá recorrer toda vez que a prova testemunhal for admissível. Praticamente, elas em nada diferem das presunções do historiador ou do detetive, que procura estabelecer um fato desconhecido a partir de simples indícios. Quem tem o ônus da prova pode desincumbir-se de sua missão apresentando um leque de presunções que serão "sérias, precisas e concordantes". No entanto, como assinalou P. Foriers, em sua excelente introdução, fundamentando-se nas decisões da Corte de Cassação da Bélgica[3], "o art. 1.353 não exige a pluralidade das presunções; mas, prevendo o caso em que vários fatos ou indícios sejam alegados, ele exige então a concordância deles, sem pôr empecilhos à invocação de uma presunção única, quando ela tem as características de gravidade e de precisão necessárias". Cumpre observar que as presunções do homem tendem a fazer admitir certos *fatos não-qualificados*: é por essa razão que elas não ficam sob o controle da Corte de Cassação. Serão apresentadas por quem tem o ônus da prova e tendem a estabelecer a convicção íntima do juiz da causa.

As presunções legais, em contrapartida, não fornecem elementos de prova, mas dispensam da prova aquele a quem elas aproveitam. Na ausência de prova contrária, as presunções *juris tantum* determinam os efeitos jurídicos de uma dada situação: sempre dirão respeito aos *fatos qualificados*. A presunção de paternidade considera pai *legal* o marido da mãe da criança. O papel dessas presunções é facilitar a tarefa do juiz ou do administrador público, daquele que se acha na obrigação de julgar, daquele que deve tomar uma decisão, quando a prova do fato é difícil de fornecer. Vê-se que a instituição da presunção legal *juris tantum* se justifica por preocupações de segurança jurídica. Mas, criando uma desigualdade entre as partes, ela favorece necessariamente uma delas em nome de outras considerações e de outros valores diferentes da verdade ou da segurança jurídica. A presunção de inocência protege o indivíduo contra a calúnia e contra os abusos do poder, a presunção de paternidade protege a ordem das famílias e, mais particularmente, a criança concebida no casamento, a presunção de legalidade da coisa decidida pela administração pública facilita o exercício da função pública[4].

A presunção legal *juris tantum*, ao admitir a prova contrária, permite o surgimento da verdade, mas levando igualmente em conta outros valores que não se podem desprezar. Estando intimamente ligada ao problema do ônus da prova, e à possibilidade de inverter esse ônus, a presunção *juris tantum* diferencia profundamente o raciocínio jurídico do raciocínio do historiador, por exemplo.

Quando se trata, não de direito, mas de moral, boatos incontroláveis podem causar danos à reputação de alguém. Como em moral todos parecem igualmente competentes para julgar, não existe procedimento que permita absolver ou condenar moralmente, e nada vem regulamentar o ônus da prova; vê-se, por antítese, a utilidade das presunções legais *juris tantum*, complemento indispensável da função judiciária e da obrigação de julgar.

O papel das presunções *juris et de jure* é muito diferente: elas não se referem ao ônus da prova de um fato passado; elas se esforçam, ao contrário, para exercer uma influência sobre os acontecimentos futuros, de maneira que se amoldem o mais possível à presunção estabelecida.

O papel da presunção *juris et de jure* é bem ilustrado pelo exemplo citado pelo professor Rivero em sua comunicação sobre as ficções e as presunções em direito público francês[5]. A ausência de resposta da administração pública, dentro de um prazo de quatro meses, a um requerimento do administrado, é considerada pela legislação francesa como uma presunção *juris et de jure* da rejeição do pedido, o que abre o caminho para uma apelação dessa decisão. Se, antes da instauração dessa presunção legislativa, a ausência de resposta podia ser devida a uma negligência da administração, a presunção teve o efeito de obrigar esta a se lhe amoldar. Ela desempenha, assim, um papel educativo. Assim também, as diferentes presunções de direito fiscal, que não se atêm a inverter o ônus da prova em proveito da administração, mas são irrefragáveis, têm igualmente o efeito de aproximar a realidade da regra por elas estabelecida. Em conformidade com o art. 188 do Código (belga) dos Direitos de Registro "deve ser considerado como tendo comprado por sua própria conta e não pode excepcionar a qualidade de mandatário ou de comissário do vendedor, toda pessoa que negocia a venda de um imóvel, quando está estabelecido que, já antes da realização dessa venda, ela pagou ou se comprometeu a pagar ao proprietário o preço ou toda soma que provirá da venda." Há grandes possibilidades de que o corretor imobiliário, conhecedor dessa presunção, não se ponha nas condições que tornariam as disposições desse artigo aplicáveis ao seu caso e obrigariam a pagar duas vezes as taxas de registro: limitará, realmente, seu papel ao de mero intermediário[6].

A regra "ninguém pode alegar o desconhecimento da lei" estabelecerá uma presunção irrefragável ou uma ficção contrária à realidade? É a uma ficção que ela é assimilada pela Sra. Bayart, que sugere traduzi-la pela seguinte regra: "Salvo o caso de ignorância invencível, a lei se aplica mesmo àqueles que a ignoram"[7]. Mas há duas razões para tratá-la mais como presunção *juris et de jure*. A primeira é que ela tem como efeito convidar os jurisdicionados a informar-se sobre o conteúdo da lei. A segunda é que ela *não se caracteriza* por uma falsa qualificação dos fatos: ao contrário, quando a lei não podia ser conhecida por falta de publicação ou de difusão (caso de ignorância invencível), poderiam ser admitidas exceções a essa regra, o que não se concebe se se tratasse de uma ficção[8]. Assim também, se o brocardo *res judicata pro veritate habetur* tivesse sido uma ficção, não se poderiam ter admitido vias de recursos extraordinários para oporem-se à autoridade da coisa julgada. Não basta que a presunção *juris et de jure* afirme o que é falso para que se trate de uma ficção. Esta, para adotar a definição de Henri Capitant, citada por P. Foriers, "é um procedimento de técnica jurídica que consiste em supor um fato ou uma situação diferente da realidade para disso deduzir conseqüências jurídicas"[9].

Aquele que diz que o direito inteiro é uma ficção, ou que o direito internacional público não passa de ficção, utiliza essa noção num sentido não-jurídico, como quando se trata um romance de aventuras de obra de ficção, pois quais conseqüências jurídicas resultariam de semelhante asserção?

Quando o professor Rivero considera que o art. 6º da Declaração Francesa de 1789 ("Todos os cidadãos têm o direito de concorrer para a formação da lei, seja pessoalmente, seja por meio de seus representantes") afirma uma ficção[10], esta só constitui uma ficção *jurídica* se enunciamos como regra de direito que toda lei deve ser a expressão da vontade, não dos representantes eleitos do povo, mas do próprio povo. Se o sistema jurídico não adota para si o princípio fundamental da ideologia rousseauniana, o recurso à ficção fica supérfluo. O art. 25 da Constituição belga ("Todos os poderes emanam da nação. São exercidos da maneira estabelecida pela Constituição") dispensa-nos de recorrer a uma ficção para estabelecer o vínculo que une a nação aos que exercem o poder em seu nome.

Essa observação permite-nos precisar a idéia de ficção oposta à idéia de realidade. Aqueles que falam de números imaginários opõem-nos aos números reais, mas para outros, para quem todos os números são criações da mente desprovidas de realidade, todos os números são entidades imaginadas. A ficção jurídica se oporá, da mesma forma, não à realidade, como tal, mas à realidade jurídica, embora para o observador externo a própria ficção jurídica, enquanto procedimento de técnica jurídica, possa fazer parte do direito e, portanto, de uma realidade jurídica diversamente definida.

Quando se deverá recorrer à ficção em direito? Quando, por uma ou outra razão, as categorias e as técnicas jurídicas reconhecidas, aquelas que fazem parte da realidade jurídica aceita, não fornecerem solução aceitável ao problema de direito que se deve resolver. Mas basta modificar, neste ou naquele ponto, a realidade jurídica admitida para que o recurso à ficção se torne supérfluo para resolver tal problema particular. Se, segundo o direito em vigor, e em conformidade com a doutrina da separação dos poderes, os juízes aplicam o direito, mas não concorrem para a sua elaboração, se se proclama que a lei é a única fonte do direito e que um aresto pode ser cassado apenas por violação da lei, a Corte de Cassação será, de tempos em tempos, obrigada a motivar suas decisões alegando ficticiamente que a sentença cassada violou um artigo da lei com o qual só tem uma relação muito distante. Bastaria à Corte de Cassação afirmar que ela pode cassar uma sentença que viola uma regra de direito para que já não deva recorrer à ficção na motivação de seus arestos[11]. Assim também, o recurso à ficção que assimila o estrangeiro a um cidadão romano, para poder aplicar-lhe o *jus civile*, o direito romano, deixa de ser útil se, em conformidade com a realidade jurídica, a lei romana se aplica de pleno direito aos estrangeiros. A ficção em direito lembra as hipóteses auxiliares que se devem inventar quando as teorias físicas não dão conta, suficientemente, da realidade, podendo ser dispensadas quando as substituímos por teorias mais adequadas à experiência. Assim também, mudando de doutrina, apresentando de modo diferente a realidade jurídica, o recurso à ficção se torna supérfluo. Foi isso que Jean J. A. Salmon indicou bem, mostrando como a teoria da extraterritorialidade, aplicada aos agentes diplomáticos ou aos navios, obriga a recorrer a ficções, que podem ser dispensadas em virtude das teorias da imunidade diplomática e do pavilhão dos navios[12].

Mas casos há em que o recurso à ficção resulta não de uma teoria inadequada, mas do fato de a aplicação simultânea de duas regras a uma mesma situação conduzir a uma antinomia que não se pode resolver de outra maneira. Suponhamos que, pelo recurso ilegal à força, o agressor logre anexar a si um Estado soberano; duas soluções são então possíveis: ou um Estado, recusando inclinar-se diante do uso ilegal da força, mantém a ficção da independência do Estado anexado, continuando a reconhecer seus representantes diplomáticos (cf. a situação dos Estados bálticos no Ocidente até os anos 1960) ou então se negará ficticiamente a ilegalidade da anexação (atitude dos países do Leste da Europa para com os mesmos Estados bálticos). Cada Estado escolherá a ficção que convém à sua política, negando até que se trate de uma ficção, ou alegando uma obrigação jurídica de não reconhecer uma situação ilegal, ou negando que se trata de uma situação ilegal. O mesmo problema surge quando se trata de reconhecer ou não um governo no exílio. A esse respeito é possível perguntar-se qual é o papel da prescrição em direito internacional público: se é normal que se continue a reconhecer um governo, no exílio há uma semana, dever-se-á continuar esse reconhecimento mesmo que esse governo já não exerça poder efetivo há mais de trinta anos? Como a própria realidade jurídica, em relação à qual se descreve a ficção jurídica, resulta de um posicionamento ideológico, é normal que, na ausência de um legislador internacional reconhecido, possam subsistir desacordos a esse respeito.

É possível que o que constitui uma ficção em relação à realidade política não o seja em relação à realidade jurídica. Para o professor Salmon, "todas as noções de direito internacional clássico fundadas nas noções de liberdade e de igualdade" são construídas sobre ficções. Por exemplo, a liberdade de contratar: "Qual é a liberdade de contratar", pergunta ele, "de um Estado fraco dominado econômica ou militarmente por um Estado poderoso?"[13] Se devêssemos admitir que, à míngua de igualdade e de liberdade assim compreendidas, os tratados são afetados por um vício de consentimento que suprime, na cabeça do contratante mais fraco, a obrigação de respeitá-lo – o que suprimiria, conseqüentemente, a obrigação na cabeça do Estado mais forte – seria suprimida, na mesma ocasião, a validade da maioria dos tratados bilaterais e, também, de grande número de princípios do direito internacional público, impostos ao conjunto da comunidade internacional pelos Estados mais poderosos. Uma guerra vitoriosa jamais poderia ser terminada por um tratado em forma, pois todo acordo concluído em tais condições deveria ser considerado, de antemão, uma ficção.

Talvez o consentimento do vencido seja contrário à realidade política, mas constituirá ele uma ficção em direito, cujas conseqüências jurídicas poderiam ser precisadas? Não se pode, nesse caso, falar de ficção jurídica, a não ser que se indique a realidade jurídica que determina os princípios válidos em direito internacional público. Tais princípios seriam a expressão de uma ordem idealmente justa, totalmente independente do poderio econômico e militar dos Estados que a elaboram? Estaríamos diante de uma concepção tradicionalmente defendida pelos protagonistas do direito natural. Apenas confrontando-o com a realidade jurídica constituída por uma ordem ideal, conforme ao direito natural, é que o direito internacional clássico se torna uma ficção dificilmente defensável. Mas, apresentar a realidade jurídica da ordem pública internacional como inteiramente independente das relações de poder não será uma utopia, baseada numa ficção que identificaria o direito positivo com o direito natural?

Todo o debate, longamente desenvolvido pelos senhores Silance e van Compernolle, referente ao caráter real ou fictício das pessoas morais[14], depende essencialmente da idéia que se faz da pessoa como realidade jurídica. Se todo ser humano possui personalidade jurídica, é mediante uma ficção que se assimilará o escravo a uma coisa, sem direitos nem obrigações. Se, na realidade jurídica romana o escravo é uma coisa, será em virtude de uma ficção que se lhe concederá o direito de litigar em juízo, quando sua liberdade estiver em causa, ou que se lhe permitirá dispor de um pecúlio. A personalidade jurídica estará ligada à concepção ou ao nascimento da criança? O direito civil introduz uma ficção que assimila a criança concebida a uma criança já nascida, quando se trata de seu interesse[15]. Mas essa ficção não é admitida em direito penal, em que, normalmente, não se assimila o aborto a um infanticídio.

Cumprirá conceder o direito de litigar em juízo a associações profissionais sem personalidade jurídica? O fato de a sociologia reconhecer certa realidade a agrupamentos de toda espécie será uma razão determinante para que se lhes reconheça uma personalidade jurídica, ainda que eles se recusem a isso? Agrupamentos profissionais poderiam reivindicá-la quando isso lhes é útil e recusá-la quando isso lhes é prejudicial? Essa personalidade internitente, análoga à do feto, teria todas as características de uma ficção jurídica. Cumprirá seguir, sobre esse ponto, a jurisprudência belga, que concede apenas ao legislador o direito de impor ficções jurídicas? Cumprirá, ao contrário, seguir a jurisprudência francesa, que atribui aos tribunais o direito de reconhecer a personalidade jurídica a certos agrupamentos bem-constituídos? Parece difícil fornecer, a essa questão, uma resposta científica. Pois as ciências têm como objeto o estudo de uma realidade e não a sua constituição. A doutrina pode preconizar soluções jurídicas, mas não tem autoridade alguma para impô-las; ela não determina a realidade jurídica, mas pode orientar a legislação ou a jurisprudência para a aceitação de suas teses, o que pode ter o efeito de transformar a realidade jurídica e as ficções jurídicas correlativas.

O Sr. Krings mostrou, de um modo excelente, como o recurso a certas teorias, como a da *transparência* – que permite taxar apenas uma vez dividendos recebidos pelos fundos comuns de investimento e que estes distribuem, por sua vez, aos portadores de certificados –, permite discernir melhor a realidade econômica, o que não impede que a solução encontrada recorra a uma inegável ficção jurídica[16].

Cumprirá considerar como ficções todas as disposições jurídicas que tratam de modo uniforme, às vezes contrário à realidade, certos objetos, tal como a regra, analisada pela Sra. Weser, que submete a sucessão mobiliária à lei do domicílio do *de cujus*[17]? Para que haja ficção, é preciso que a disposição deforme cientemente a realidade jurídica. Se é estabelecida uma regra que não deforma explicitamente o estado de coisas efetivo, não há em absoluto ficção; será, a rigor, uma presunção *juris et de jure*, porém, o mais das vezes, uma simples assimilação de certas situações a outras análogas[18].

É justamente à diferença entre a ficção e o raciocínio por analogia que é consagrada, em grande parte, a exposição do professor Delgado Ocando[19], segundo o qual, contrariamente à analogia, a ficção implica uma diferença de *natureza* entre os casos assimilados um ao outro. Eu diria, pessoalmente, que a ficção nega a diferença, enquanto o raciocínio por analogia insiste na identidade, não da natureza dos objetos, mas da *ratio legis*, que seria a mesma nas duas situações, enquanto os objetos aos quais ela é aplicada seriam, por natureza, diferentes.

Terminemos, finalmente, com certos exemplos de ficção jurisprudencial, e, para começar, com o curioso problema levantado pela presunção de constitucionalidade da lei e do decreto em direito belga[20].

O objetivo dessa presunção, que seria, no estado atual da jurisprudência, *juris et de jure*, é permitir uma interpretação da lei ou do decreto, de modo a torná-los compatíveis com as disposições da Constituição, à qual se presume que se amoldam. A exceção de incompetência basta para impedir o controle judiciário da constitucionalidade das leis, mas a presunção de conformidade foi imaginada para autorizar uma interpretação da lei contrária à letra. Isto permite ao Sr. Vanwelkenhuyzen pretender que a presunção de constitucionalidade não passa de uma ficção, pois só é invocada no caso em que a letra da lei parece violar uma disposição constitucional. Diante da impossibilidade em que ela se acha, em conformidade com a doutrina da separação dos poderes, de cassar uma lei inconstitucional, a Corte se dá, graças à ficção, o direito de reinterpretar o texto da lei, para tornar esta compatível com a lei suprema do país. É um mal menor que desapareceria de seu arsenal argumentativo no dia, talvez não muito distante, em que a presunção de constitucionalidade das leis fosse *juris tantum* e admitisse a prova contrária.

As ficções jurisprudenciais, que não são erro nem embuste, mas procedimentos de técnica judiciária, são por vezes utilizadas por juízes que se recusam a aplicar uma disposição legislativa, porque a acham iníqua ou desarrazoada, e que não têm o poder legal de modificar o texto da lei.

O exemplo mais flagrante de uma ficção assim foi a atitude dos juízes ingleses diante de uma lei penal do final do século XVIII, que condenava obrigatoriamente à pena de morte todos os culpados de *grand larceny*. Essa lei qualificava de *grand larceny*, entre outros, todo roubo de um valor de pelo menos duas libras. Regularmente, e durante anos, os juízes ingleses avaliaram em 39 xelins qualquer roubo, fosse qual fosse sua importância verdadeira. O auge da ficção foi realizado no dia em que um tribunal, em 1808, avaliou em 39 xelins um roubo de 10 libras inglesas[21]. Não podendo modificar, explicitamente, o texto de uma lei inadmissível, o juiz lhe modifica o alcance por uma qualificação fictícia.

O problema da ficção jurídica remete, para sua compreensão, ao da realidade jurídica, do qual é diametralmente oposto. Quem determina essa realidade? O legislador, a jurisprudência, a doutrina, o direito natural? Conforme a resposta que se der a essa questão, atribuir-se-á um papel diferente à ficção e se apreciará diferentemente o recurso a esta. Aquele que pudesse modificar, quando achasse útil, a realidade jurídica, não teria, em princípio, a menor necessidade da ficção. Mas é quando essa modificação não é possível, ou não muito desejável, ou não pode ser feita de modo retroativo, que o recurso à ficção se torna o último meio do juiz, que não pode aceitar a lei por razões intelectuais ou morais.

§ 50. A propósito da regra de direito.
Reflexões sobre método[1]

Depois da exposição introdutiva, toda variegada, de nosso colega e amigo Paul Foriers, e de umas vinte comunicações, consagradas à regra de direito, de excelentes juristas, especializados nas mais diversas áreas, do direito internacional, público e privado, até o direito esportivo e disciplinar, passando pelo direito penal, administrativo e judiciário, o que um lógico pode trazer de novo a não ser uma reflexão sobre os métodos adotados pelo nosso Centro? A originalidades deles é não querer ensinar aos juristas como devem empregar as noções que constituem os instrumentos específicos de sua disciplina, mas, inspirando-se nos próprios procedimentos deles, procurar destacar-lhes o alcance teórico.

Daí resulta que não somos qualificados para dizer que uma regra de direito se caracteriza pela existência de uma sanção, ao passo que o Conselho de Estado condena uma administração pública[2] ou o juiz civil condena um Estado estrangeiro[3], mesmo sabendo firmemente que a decisão deles não será sancionada na prática e que, não obstante, eles estão certos de ter tomado uma decisão em direito. Por outro lado, não nos é permitido dizer que apenas a regra de direito provoca em nós um sentimento de obrigação, como se as regras morais e religiosas não fossem sentidas como obrigatórias por aqueles que se consideram como que atados por elas.

O que me parece opor-se a qualquer tentativa de fornecer uma definição objetiva e científica da regra de direito é o fato de que um indivíduo qualquer, não sendo qualificado para dizer o direito, tampouco é qualificado para dizer quando nos encontramos diante de uma regra de direito. Em princípio, nos Estados modernos, os tribunais e, mais particularmente, a Corte Suprema, é que são incumbidos de dizer o direito. Portanto, examinando suas decisões é que saberemos o que eles consideram uma regra de direito. É a existência de um órgão competente, qualificado para dizer o direito, que parece ser, assim, o elemento distintivo que diferencia o direito da moral, pertencendo a determinação das regras morais à autonomia da consciência. Com efeito, ao inverso do que sucede em direito, cada pessoa pode formular as regras que considera obrigatórias e os ideais que se propõe realizar.

Por anos e anos, a Corte de Cassação da Bélgica não tratou a lei estrangeira como uma regra de direito; recentemente, acabou de mudar de opinião a esse respeito[4].

Ela às vezes considerará que tal texto legal (o art. 1.156 do Código Civil) só contém conselhos metodológicos e que, transgredindo-o, não se viola uma regra de direito (acórdão de 24 de outubro de 1912, *Pas.*, I, 430)[5]. Em contrapartida, desde há alguns anos, a violação de um princípio geral de direito é uma violação de uma regra de direito[6]. Em sua explanação muito interessante, nosso colega Robert Legros pôs em evidência, a partir das decisões da Corte de Cassação da Bélgica, as regras de direito que decorrem da economia do sistema de direito penal[7], e nosso colega Henri Buch mostrou que o Conselho de Estado da Bélgica pôs em evidência um princípio próprio do direito administrativo: *patere legem quam ipse fecisti*[8]. Quando a nossa Corte de Cassação decide que não tem de conhecer da inconstitucionalidade das leis, mas sim da dos regulamentos e portarias dos poderes subordinados, ela transforma, para o legislador, os textos constitucionais em simples regras de deontologia, mantendo ao mesmo tempo, no que tange a esses textos, o caráter de regras de direito em relação aos poderes sujeitos ao seu controle. Uma vez que é preciso ser habilitado para dizer quando se está diante de uma regra de direito e uma vez que um indivíduo qualquer, seja qual for seu saber, não tem essa qualidade, a determinação da regra de direito não é uma questão de verdade, e sim de decisão. Portanto, é para o foro encarregado de dizer o direito que existem as regras de direito. Estas variam conforme o órgão competente e conforme o momento em que ele toma uma decisão: relativas ao juiz e variáveis no tempo, elas já não se prestam a uma distinção rígida entre o direito positivo e o direito natural.

Em nossos estudos anteriores sobre o fato e o direito[9], chegamos a uma conclusão análoga: é pelo exame das decisões da Corte de Cassação – escapando as questões de fato ao controle dela – que a distinção pôde ser precisada, pois é por intermédio da qualificação judiciária que o alcance de uma regra de direito poderá ser restringido ou ampliado.

A essa forma de ver as coisas, fundamentada na prática, poderiam ser opostas duas objeções.

A primeira é a acusação de círculo vicioso. Não são necessárias, de fato, certas regras de direito para poder afirmar que tal órgão é habilitado para dizer o direito? Efetivamente, estamos num círculo, mas este não é vicioso: só se pode definir a regra de direito partindo, já, de uma perspectiva jurídica, só se pode precisar a noção de regra de direito com referência a um órgão habilitado para dizer o direito. Se a competência desse órgão fosse contestada num litígio particular, cumpriria que se pudesse dirigir-se a outro órgão, que dirimisse o problema de competência. Mas cumpre que se esteja, no final das contas, de acordo sobre uma instância cuja competência não será questionada. Para um contestatário, que não reconhece a autoridade de nenhum tribunal, a própria idéia de direito desaparece para dar lugar a uma relação de forças, em que, normalmente, o mais forte forçará à submissão o recalcitrante que se opuser à ordem jurídica da sociedade organizada.

É possível, sendo esta a segunda objeção, que funcionários, tais como os guarda-civis ou policiais, os procuradores ou substitutos, ou, enfim, particulares, sejam ou não juristas, tenham de posicionar-se acerca da violação daquilo que consideram uma regra de direito. O funcionários públicos, se tiverem alguma qualificação para tomar uma decisão de direito, podem ser assimilados a uma primeira instância, cujas decisões são presumidamente aprovadas até prova do contrário. Assim também, em nosso sistema jurídico, as decisões da Corte de Cassação são presumidamente conformes à vontade do legislador *atual*, até que este não tenha assinalado seu desacordo mediante uma legislação apropriada. Em contrapartida, as opiniões das pessoas, que legalmente não têm nenhum poder para dizer o direito, devem ser tratadas seja como presunções sobre a maneira pela qual o órgão qualificado reagirá a uma dada situação, seja como tentativas de convencer os detentores do poder administrativo ou judiciário.

Se, numa sociedade, o poder judiciário não é especializado, cumpre ainda assim, para poder afirmar que nela o direito pode ser distinguido da moral e da religião, que existam procedimentos reconhecidos, instituições judiciárias, que não concedam a cada qual o poder de julgar.

No que toca à regra de direito, como se apresenta em nossas sociedades, cabe distinguir duas propriedades diferentes, a saber: sua validade formal e sua efetividade, ou seja, sua aplicabilidade em situações particulares. É em virtude da combinação desses dois aspectos da regra de direito que se evitarão os exageros, tanto os da teoria pura do direito de Kelsen quanto os do realismo americano.

A validade formal de uma regra de direito resulta do fato de um texto, que presumidamente a enuncia, ter sido adotado e promulgado nas formas convenientes, pelos órgãos competentes nessa matéria. A validade formal lembra os uniformes dos soldados do exército regular, que podem, não obstante, ser menos eficazes no combate do que os guerrilheiros sem uniforme. O século XIX marca o triunfo do legalismo e do formalismo jurídico, contra os quais se constata uma reação crescente da sociologia jurídica. Enquanto ninguém contesta a validade formal da Constituição belga, a recusa de controlar a constitucionalidade das leis, privando-as da efetividade judiciária, reduz, para o legislador, os artigos que lhe limitam o poder ao nível de regras de moral legislativa. Ao inverso, a Declaração Universal dos Direitos do Homem de 1948, que atualmente não é mais do que uma expressão de boa vontade por parte dos Estados que a votaram, formularia regras de direito para o tribunal que, um dia, seria encarregado de aplicá-la.

Quando um comportamento depende da boa vontade das partes, tal como a manutenção de relações diplomáticas entre Estados, ele pode ocasionar práticas que juízes, em caso de contestação, poderiam, com suas decisões, transformar em regras de direito. A ruptura das relações diplomáticas faz pensar na decisão de um indivíduo de não mais dirigir a palavra a outro: na medida em que as partes são livres para tomar a decisão que lhes apraz nessa questão, trata-se de regras de civilidade que não se transformam em regras de direito pelo simples fato de dizerem respeito a pessoas jurídicas.

Ao passo que às questões de validade formal se pode responder com um *sim* ou um *não*, as questões de efetividade reclamam respostas mais variadas. Com efeito, entre o momento em que uma lei é promulgada e aquele em que cai em desuso, a validade formal continua a mesma, ao passo que a sua efetividade pode apresentar graus variáveis, o que nos mostra muito bem a comunicação de Silance consagrada à regra de direito no tempo[10].

Enquanto a validade formal se refere a um texto, a efetividade, a aplicação de uma regra de direito a uma situação particular necessita de uma interpretação. No procedimento judiciário belga, o único caso em que um tribunal deve inclinar-se, sem poder de interpretação, é aquele da apresentação a uma Corte de Apelação após a segunda cassação, ocorrida a propósito de uma mesma lide, com todas as câmaras reunidas[11].

É possível que as interpretações tencionadas do texto aplicável não levantem, na prática, nenhum problema, pois todas elas redundam, no caso litigioso, na mesma decisão. Muito amiúde, em contrapartida, o desfecho do processo dependerá da interpretação escolhida. A determinação da regra de direito, através de suas aplicações em casos concretos, pressupõe uma colaboração de fato entre os poderes legislativo e judiciário, sendo a importância de seus respectivos papéis variável conforme os casos. Às vezes a efetividade de uma regra dependerá da atitude do poder executivo que, solicitando ao Ministério Público que não instaure processos contra aqueles que cometem certas infrações (por exemplo, as cometidas contra a lei sobre os jogos de azar pelos diretores de cassinos concedidos pelo Estado), modifica profundamente o alcance de certos textos legais: priva algumas regras de direito, cuja ab-rogação formal ele se recusa a propor, de grande parte de sua efetividade. A lei continua formalmente válida, mas com uma efetividade limitada, por causa de uma *prática* que, afinal das contas, determina a situação jurídica real.

Os teóricos do direito não insistiram o bastante, em minha opinião, no papel da prática, sobretudo se ela é pública e duradoura, para a determinação e a interpretação das regras de direito. Os juízes despendem, se preciso for, tesouros de engenhosidade para elaborar uma justificação aceitável de uma situação existente, quando esta é incompatível com um texto legal. Eles interpretarão e limitarão o alcance do texto legal, de modo que a regra de direito dele resultante salvaguarde a prática aceita.

Eis três exemplos desse modo de agir, extraídos do direito belga.

O art. 97 da Constituição belga enuncia: "Toda sentença é motivada. É pronunciada em sessão pública." Ora, quando, depois de uma prática em sentido oposto de cerca de setenta anos, o Tribunal de Contas é acusado de não se amoldar à Constituição porque seus arestos não são pronunciados em sessão pública, a Corte de Cassação, desde 1880 até 1959 (*Pas.*, 1880, I, 45 e *Pas.*, 1960, I, 170) recusa cassá-los, embora seja preciso esperar o aresto de 1959 para que o procurador-geral Hayoit de Termicourt forneça a essa prática uma justificação satisfatória[12]. Assim também, a propósito dos inconvenientes extraordinários de vizinhança, a prática judiciária condenava o vizinho, mesmo na ausência de qualquer falta de sua parte, a indenizar aquele que sofreu um dano extraordinário. Essa prática, considerada eqüitativa, era objeto, desde 1850, de justificações claudicantes: foi preciso esperar 1960 para que o advogado-geral Mahaux lhe encontrasse um fundamento jurídico satisfatório[13].

Como uma prática secular afastou as mulheres do exercício da advocacia, apesar do art. 6º da nossa Constituição que proclama a igualdade de todos os belgas perante a lei, a Corte de Cassação, em seu acórdão de 11 de novembro de 1889 (*Pas.*, 1890, I, 110) invocou, para justificar essa prática, "um axioma, por demais evidente para que seja preciso enunciá-lo, que o serviço da justiça era reservado aos homens"[14].

Esses diversos exemplos mostram que as pessoas se enganam sobre a natureza das regras de direito ao compará-las com as regras de um jogo, tal como o jogo de xadrez. Com efeito, os textos legais não serão observados pelos juízes ao pé da letra, aconteça o que acontecer. Eles possuem uma finalidade, à qual é subordinada sua aplicação. O juiz levará em conta conseqüências da aplicação deles, para lhes ampliar ou restringir o alcance, e isto por razões extremamente variadas.

Num excelente artigo intitulado "The Logic of the Reasonable as Differentiated from the Logic of the Rational"[15], o jurista mexicano de origem espanhola L. Recaséns-Siches descreve uma controvérsia surgida na Polônia no início deste século. Um letreiro colocado à entrada da estação de trem proibia o acesso às escadas externas às pessoas acompanhadas de um cachorro. Em virtude desse regulamento, um camponês, segurando um urso na trela, foi, apesar de seus protestos, impedido de chegar à escadaria. É difícil não dar razão ao chefe de estação que recusava seguir a letra do regulamento.

Em sentido oposto, se um letreiro, colocado na entrada de um parque público, proíbe a entrada de veículos, o guarda de plantão deverá opor-se à entrada de uma ambulância que vem buscar a vítima de um enfarto, de um veículo do serviço de limpeza municipal, de um táxi chamado para transportar uma criança que quebrou a perna ou para levar à maternidade uma mulher grávida, surpreendida inopinadamente pelas dores do parto?

Vê-se por esse exemplos, por mais singelos que sejam, que quem deve aplicar uma regra de direito terá, muito amiúde, de perguntar-se quais são os valores que ela protege e com quais outros valores ela eventualmente entra em conflito, de modo que lhe amplie ou lhe restrinja o alcance. Às vezes nos oporemos à letra do texto em razão do espírito da lei, a *ratio legis*; às vezes nós lhe oporemos a *ratio juris*, o espírito do sistema de direito, para lhe tirar a hierarquia dos valores que nele se encontra afirmada explícita ou implicitamente. Assim é que, assinala-nos C. W. Canaris, conquanto o direito alemão não contenha nenhuma disposição permitindo uma interrupção de gravidez por motivos de ordem médica, o Tribunal do Império a declarou porém não-punível, quando constitui o único meio de salvar a vida da mãe. "Ele deduziu essa solução do princípio da comparação dos pesos respectivos dos bens jurídicos: a vida de um ser humano tem maior peso no direito penal alemão do que a vida de um feto."[16] Por estimar que o princípio da continuidade do Estado é mais importante do que prescrições constitucionais, mesmo explícitas, a Corte de Cassação da Bélgica, pelo acórdão de 14 de fevereiro de 1919 (*Pas.*, 1919, I, p. 9), considerou válidos os decretos-leis expedidos pelo rei Alberto I, por ocasião da ocupação da Bélgica durante a guerra de 1914-1918, julgando que a Constituição estatuía para períodos normais e não para circunstâncias excepcionais que impediam a reunião das Câmaras legislativas[17].

Foi a inadaptação de um texto legal, à situação que ele deve reger, que permitiu opor à interpretação estática da lei, que é busca da vontade do legislador no momento da votação da lei, a interpretação dinâmica que quer adaptar o sentido da lei às mudanças ocorridas desde a sua promulgação[18].

Mas, na verdade, como essa adaptação não é deixada livremente à apreciação do juiz, eu direi que, em todos os casos, sua interpretação é presumida conforme à vontade do legislador *atual*, o único que pode assinalar seu desacordo legislando de encontro à presunção inexata da Corte: como ele é o único habilitado para derrubar a presunção da Corte, é a ele que concerne essa presunção, e não ao legislador anterior que já não tem voz ativa. O texto é interpretado em conformidade com a finalidade da lei, tal como é concebida atualmente. Aliás, é consoante essa finalidade que a Câmara de Legislação do Conselho de Estado examina e, eventualmente, emenda o texto dos projetos de lei que lhe são submetidos[19]. O mais das vezes, presume-se que o legislador atual aceita a finalidade da lei tal como ela foi afirmada pelo legislador que votou a lei, mas é possível, especialmente depois de uma mudança revolucionária, que não seja assim. Assinale-se, a esse respeito, o curioso caso do regime socialista da República Popular da Polônia que, não podendo substituir prontamente toda a legislação da Polônia capitalista à qual sucedeu, prescreveu aos juízes interpretar os textos legais "em conformidade com os princípios do sistema social e com as metas da República Popular da Polônia"[20]. A obrigação de amoldar-se à vontade do legislador atual está nitidamente afirmada aí, mas, na medida em que esta rompe com os valores do antigo legislador, o poder assim concedido aos juízes será de natureza política, e não essencialmente diferente do poder legislativo, embora lhe sendo subordinado.

Pode acontecer que os juízes recorram à ficção para ampliar a lei ou restringi-la, por razões práticas ou de eqüidade. Graças à ficção ou a um raciocínio por analogia, estender-se-á a lei a casos que ela não havia previsto. Por vezes, recusar-se-á sua aplicação: sabe-se que alguns júris recusaram considerar culpados de assassinato os autores de um homicídio que lhes parecia escusável. Mais curioso é o exemplo dos tribunais ingleses que, no início do século XIX, se viram confrontados com uma lei que qualificava de "grand larceny" e condenava à pena capital todo roubo de um valor igual a 40 xelins, ou maior. Por anos e anos, os roubos, qualquer que fosse sua importância, eram avaliados em 39 xelins, até o dia em que, em 1808, um roubo de 10 libras, ou seja, 200 xelins, foi qualificado de roubo de 39 xelins[21]. Diante dessa ficção flagrante, o Parlamento foi obrigado a modificar a legislação sobre a matéria.

Vemos aqui atuante a dialética permanente, o diálogo constante entre o judiciário e o legislativo, modificando este a lei para torná-la conforme à opinião pública, às vezes para deixar supérfluo o recurso à ficção, porém o mais das vezes para patentear seu desacordo com as decisões da Corte Suprema.

Cumpre observar que, quando é defeso aos juízes estatuir por via regulamentar (art. 5º do Código Civil), as decisões dos juízes não dizem o direito, em princípio, senão para o caso particular do litígio que lhes é submetido: o que importa é a relação entre a situação que devem julgar e a decisão de direito que dirime o litígio.

Uma má motivação de uma boa decisão não acarreta cassação do aresto. Dá-se o mesmo em direito anglo-saxão no qual, levando em conta uma decisão judiciária que forma precedente, o juiz posterior pode reinterpretar a *ratio decidendi* do juiz anterior[22].

O fato de que, nas sentenças e arestos, o que importa é a decisão ocorrida, e não a motivação que lhe é dada, é provada pelo exemplo das lides referentes a distúrbios extraordinários da vizinhança, dirimidos regularmente de um modo uniforme e julgado eqüitativo, ao passo que a justificação jurídica satisfatória escapou aos juízes durante cerca de um século.

Na maioria dos sistemas de direito inspirados pelo princípio da separação dos poderes e que contêm uma disposição análoga ao art. 5º do Código Civil, que proíbe os arestos de regulamentação, as decisões judiciárias não constituem precedentes obrigatórios: não obstante, está na natureza das coisas que sobretudo as decisões das Cortes superiores façam jurisprudência e que delas nenhum juiz se afaste sem razão válida; por isso, determinando o sentido e o alcance dos textos legislativos, elas se integram no sistema de direito por elas aplicado.

A flexibilidade real de um sistema de direito, comparado com um sistema formal, é melhor explicada se não vemos nas regras de direito as premissas de um silogismo que resulta numa conclusão necessária, e sim considerandos que, como numa deliberação ou num raciocínio dialético, após ter apresentado as razões em favor de uma ou outra tese em presença, justificam uma decisão que vai no sentido dos motivos predominantes. É a escolha e a força dos motivos, tais como são apreciados pelo juiz, que manifestam a racionalidade de sua decisão, e não o fato de moldá-los a um formalismo qualquer, indiferente ao conteúdo das premissas. Nessa perspectiva, uma sentença ou um aresto motivado parece ser a configuração dos valores aos quais é concedida a primazia dentre aqueles que estão em competição (a segurança, a regularidade e a previsibilidade, a eqüidade, o bem comum e muitos outros valores mais particulares).

A análise das decisões judiciárias fornece, assim, um excelente material para a constituição de uma lógica dos juízos de valor, integrados numa teoria geral da argumentação.

No entanto, esse material terá sua especificidade, pois estará inserido num âmbito social estruturado, no qual os diferentes poderes e os diferentes graus de jurisdição estarão hierarquizados de uma forma variável e no qual as relações entre o direito, a moral, a religião, o poder político e a opinião pública condicionam todo o processo de justificação. O raciocínio jurídico se mostra, assim, indissociável de seu contexto social, político e ideológico.

A dialética que rege todas essas relações é a das boas razões, das razões pró e das razões contra, das razões de aceitar ou de desprezar um ponto de vista, um lugar, um *topos*. Daí o interesse dos tópicos jurídicos[23], variáveis conforme os sistemas e os ramos do direito.

Como a regra de direito não tem existência independente do órgão que tem competência para dizer o direito, o papel da doutrina é convencer os juízes da legitimidade de uma tese, e o dos advogados, fazer valer que ela deveria triunfar no caso específico. Os juízes, em suas sentenças e arestos, procurarão convencer as partes, seus colegas e superiores, e mesmo a opinião pública esclarecida, de que suas decisões são bem fundamentadas, que se inserem, sem atritar-se com ela, na ordem jurídica em vigor, que são conformes à regra de justiça e seguem precedentes reconhecidos ou indicam boas razões de nesse caso afastarem-se deles.

Se o século XIX foi, em direito, o século do formalismo, que ia de par com uma concepção estatal e legalista do direito e das regras de direito, o século XX, por influência de considerações sociológicas e metodológicas, conduz ao realismo, ao pluralismo jurídico, à aceitação do papel crescente dos princípios gerais do direito, a uma concepção mais tópica do que formalista do raciocínio jurídico. Isso acarreta o reconhecimento do papel crescente do juiz na elaboração do direito, a preeminência da eficácia da regra de direito sobre a sua validade formal, continuando a primazia do legislativo a ser reconhecida, na medida em que este sempre pode derrubar a presunção segundo a qual as interpretações da lei, assim com as regras de direito reconhecidas e elaboradas pelo poder judiciário, são conformes à vontade do legislador atual.

§ 51. A interpretação jurídica[1]

A teoria geral do direito é descritiva ou normativa, revela ciência ou filosofia do direito? É difícil responder a essa pergunta, pois, empenhando-se em transcender o estudo de um sistema de direito particular, o teórico fica, ao mesmo tempo, obrigado a extrapolar, a generalizar, a posicionar-se, o que o obrigará, em todos os casos, a ir além das tarefas de explicação, de sistematização e de previsão que são as tarefas do cientista de laboratório. Com efeito, hoje sabemos que o direito está imerso numa atmosfera ideológica e a teoria geral do direito, empenhando-se em abstrair esse aspecto do direito, só pode falsear as perspectivas e, com isso, fica, por sua vez, sujeita à acusação de ser mais ideologia do que ciência.

Para dar-nos conta disso, tomemos a obra que foi considerada, na Bélgica, durante cinquenta anos, um clássico, a tese de admissão ao ensino superior (que corresponde ao doutorado de Estado francês), publicada na Bélgica em 1906, e consagrada por Paul Vander Eycken à "Méthode positive de l'interprétation juridique".

O autor, que se inspira em von Jhering e sobretudo em Gény, começa seu estudo com a seguinte frase: "A interpretação jurídica se propõe descobrir, com a ajuda de prescrições escritas, a solução de espécies dadas". Esta definição basta para situar a obra. Ele já não se atém à exegese, para definir a interpretação, pois não escreve "a partir das prescrições escritas". Os textos legais constituem um elemento, mas não o único ponto de partida, da interpretação jurídica. O autor insiste, contudo, no fato de que "o método positivo" lhe veda invocar outras regras de direito além das consignadas nas prescrições escritas. Ele descarta, pelo próprio fato, para o partidário do positivismo jurídico, não só o recurso ao direito natural, mas também a qualquer princípio geral do direito.

Ele teria ficado muito surpreso em saber que, nesse ponto, ele é mais positivista do que o direito positivo, tal como é precisado pela Corte de Cassação da Bélgica, em seus acórdãos de 26 de setembro de 1961 (*Pas.*, 1970, I, p. 96) e de 13 de junho de 1970 (*Pas.*, 1970, I, p. 399), jurisprudência cuja doutrina foi longa e magistralmente desenvolvida pelo procurador-geral junto à Corte de Cassação, Ganshof van der Meersch, em seu discurso da sessão de abertura de 1º de setembro de 1970[2].

Para sermos mais fiel à concepção da interpretação jurídica em vigor atualmente na Bélgica e em outros países que seguiram a mesma evolução antiformalista, deveríamos apresentar como tarefa da interpretação jurídica a descoberta da solução de espécies dadas, *em conformidade com o direito em vigor*.

Disseram e repetiram muitas vezes que a interpretação cessa quando o texto é claro: *interpretatio cessat in claris*. Mas quando se poderá dizer que um texto é claro? Quando é claro o sentido que o legislador antigo lhe deu? Quando o sentido que se lhe dá atualmente é claro para o juiz? Quando os dois sentidos claros coincidem? De fato, isto não basta de modo algum, pois uma regra de direito é necessariamente interpretada dentro do contexto de um sistema jurídico, e este pode obrigar-nos a introduzir na leitura do texto cláusulas gerais que lhe restringem o alcance, mas que não estão explicitadas.

Suponhamos que um regulamento municipal proíba a entrada de veículos num parque público. Essa regra irá forçar o policial de guarda a impedir a entrada de uma ambulância que veio buscar um passeante vítima de um enfarto? Se não, isso significa que a regra que não contém, em seu enunciado, nenhuma restrição, subentende uma cláusula limitativa, tal como "salvo circunstâncias graves ou excepcionais, salvo caso de força maior", cujo alcance compete, cada vez, ao intérprete precisar.

Daí resulta que um texto é claro enquanto todas as interpretações razoáveis que dele se poderiam tirar conduzem à mesma solução. Mas vê-se, de imediato, que um texto claro em grande número de situações pode deixar de sê-lo em circunstâncias que saem do comum. Nada mais claro do que o art. 130 da Constituição belga que afirma que "a Constituição não pode ser suspensa nem em todo nem em parte". Mas, quando a Corte de Cassação teve de decidir da validade dos decretos-leis expedidos pelo Rei durante a guerra de 1914-1918, sem o concurso nem a autorização das câmaras legislativas, ela julgou que tais decretos-leis eram conformes à Constituição, pois esta estatui apenas para períodos normais[3]. Mas é óbvio que, em grande número de situações, a cláusula subentendida pode dar azo a interpretações divergentes.

Toda vez que o sentido claro de um texto contradiz a finalidade da instituição, à qual se supõe que ele serve, ou colide com a eqüidade, ou conduz a conseqüências socialmente inadmissíveis, procurar-se-á interpretá-lo; o texto deixará de ser claro, pois que, conforme o valor privilegiado (a segurança, a eqüidade ou o bem comum), esta ou aquela interpretação prevalecerá definitivamente.

Um texto claro proíbe subir com um cachorro na parte aberta de um ônibus. Ir-se-á permitir que suba um viajante acompanhado de um coelho ou de um urso na trela? Aqui, já não se trata de limitar o alcance de um texto, mas de, ao contrário, ampliá-lo invocando a *ratio legis*. Supondo-se que o texto seja claro quando se trata do cachorro, ele ainda o será com relação a outras espécies animais?

Quem decide da importância de um texto? Aquele que é competente para dizer o direito na espécie que lhe é submetida. Será o juiz de primeira instância e, se for o caso, o juiz de apelação ou de cassação.

Mas, em muitas situações, será, antes dos tribunais, um funcionário público, um policial, um substituto, que deverá interpretar a lei no caso submetido à sua apreciação, presumindo que ele seria aprovado pelos tribunais se estes tivessem de conhecê-lo.

Aliás, é possível que, em casos particulares, a promotoria se abstenha de instaurar processo, apesar de um texto penal que a obriga a tanto. Os cassinos autorizados parecem escapar à lei belga de 24 de outubro de 1902 sobre os jogos de azar, conquanto nenhuma disposição legal pareça prever essa exceção. Como a promotoria não instaura processos, o alcance da lei é limitado pela força das coisas.

Tradicionalmente, duas interpretações se opõem uma à outra: a interpretação *estática* e a interpretação *dinâmica*. A interpretação estática é a que se esforça por descobrir a vontade do legislador que votou o texto da lei. A interpretação dinâmica é a que interpreta o texto consoante o bem comum ou a eqüidade, tais como o juiz os concebe na espécie que lhe é submetida. Essas duas concepções da interpretação parecem, ambas, pouco satisfatórias. Com efeito, na concepção estática não é o parecer do juiz, mas o do melhor historiador que deveria prevalecer. Se é ao juiz que se concede o direito e a competência de decidir, é porque não se trata, nessa matéria, de história, de verdade, de ciência, mas de decisão que se quereria tão justa quanto possível. Aliás, o recurso à vontade do legislador, normalmente sem poder no momento em que a lei é aplicada, muito amiúde é apenas uma ficção cômoda, pois o legislador que é invocado já não pode manifestar-se.

Em contrapartida, a concepção dinâmica da interpretação se arrisca a substituir a vontade do legislador pela do juiz e a suprimir a diferença entre a regra que foi promulgada e aquela que se queria ver instaurar. A interpretação de *lege lata* seria substituída pela de *lege ferenda*, que não teria nenhuma consideração pela vontade do legislador.

Observe-se, de passagem, que o fato de manter um antigo texto de lei não significa em absoluto que o legislador atual deseje que seja interpretado em conformidade com o espírito daquele que o adotou. O mais das vezes o legislador atual consagra, com seu silêncio, a interpretação nova que a jurisprudência fornece, de tempos em tempos, de um texto antigo. Conhecem-se situações, mais raras é verdade, em que o legislador atual manifesta seu desejo de ver os antigos textos serem interpretados dentro de um novo espírito. Assim é que o art. 4º do Código Civil polonês, de 23 de abril de 1964, declara que "as disposições do direito civil devem ser interpretadas e aplicadas em conformidade com os princípios do sistema social e com as metas da República Popular da Polônia"[4], diretriz que se aplica sobretudo aos antigos textos (burgueses) que não teriam sido ab-rogados.

Normalmente, é aos tribunais e, mais particularmente, à Corte de Cassação, que incumbe a interpretação dos textos. Concedendo o estatuto de uma regra de direito, seja aos princípios gerais do direito, seja à lei estrangeira, a Corte de Cassação pode ser levada a limitar a aplicação de um texto de direito interno. O professor Legros assinalou um caso muito interessante em que um belga, processado na Bélgica por atentado ao pudor cometido na França contra uma francesa de 13 anos, fato não punível na época na França, mas que incorria em infração da lei penal belga, não foi condenado, tendo a Corte de Cassação julgado "que a lei belga não poderia ter como efeito conceder aos estrangeiros, no próprio território deles, uma proteção que eles não encontram em sua lei nacional"[5].

A experiência do regime social-nacionalista certamente diminuiu o respeito pela onipotência do legislador, tão característica da Europa do século XIX. A Constituição atual da Alemanha Federal aumentou o poder dos juízes ao permitir à Corte Constitucional (art. 20 da Constituição Federal) controlar a conformidade das leis, e mesmo das leis constitucionais, com a *idéia de direito*, reencarnação moderna do direito natural[6].

Qualquer que seja o lugar concedido a este nos diferentes sistemas ocidentais, uma coisa é certa: ninguém pretende mais, hoje, que o direito se identifique com a lei, e a maior parte das cortes de cassação amplia sua missão e cassa as decisões dos tribunais inferiores normalmente por violação da lei, mas também por violação de uma regra de direito, ampliando esta última noção a muito mais além do que ela significava há apenas meio século[7].

Contudo, a emancipação dos juízes não é completa: continua quase sempre subordinada à vontade do legislador, à qual, exceto quando se trata dos princípios de direito natural concebidos como revelados por Deus, se presume que ela se amolde. Mas, para precisar esta última presunção, que pode ser derrubada pela prova contrária, é mister supor que se trata da conformidade à vontade do legislador *atual*. Pois interpretar essa presunção como visando ao legislador que votou a lei apresenta um duplo inconveniente; ela impede, acima de tudo, numa concepção estática da interpretação, adaptar o direito às necessidades atuais e, por outro lado, impede o controle dessa presunção pelo poder legislativo desaparecido de há muito. Com efeito, apenas o legislador atual pode manifestar seu desacordo com as decisões judiciárias (normalmente da corte de cassação) que se opõem às suas visões, sejam estas concernentes a uma nova interpretação dos textos legais ou à adaptação de uma construção doutrinal qualquer. Assim é que, tendo a Corte de Cassação da Bélgica declarado inadmissível o divórcio de uma mulher belga, esposa de um italiano, porque a lei italiana não permitia o divórcio em nenhuma circunstância[8], o legislador belga votou, em 27 de junho de 1960, uma lei declarando que "no caso de casamento de esposos de nacionalidade diferente, mas do qual um dos esposos é belga, a admissibilidade do divórcio é regida pela lei belga"[9]. Parece que, em Israel, essa dialética "Corte Suprema – Parlamento" ocorre regularmente, com o Parlamento não legislando quando não se opõe às decisões da Corte e tomando medidas de ordem legislativa quando não quer que uma decisão da Corte estabeleça um precedente.

Mas que fazer se o sistema de direito aplicável não prevê a existência de uma nova legislação, ou mesmo a veda expressamente? Essa hipótese, que parece puramente imaginária numa concepção laicizada do direito, é contudo expressamente prevista no direito mosaico, de origem divina. Eis, de fato, o que lemos no *Deuteronômio*, IV, 1-2: "E agora, ó Israel, ouvi as leis e os mandamentos que vos ensino para pô-los em prática, a fim de que viveis e entreis, para possuí-la, na terra que vos dá Javé, o Deus de vossos pais. Nada acrescentareis à coisa que vos ordeno e nada dela tirareis, observando os mandamentos de Javé, vosso Deus, que eu vos ordeno" (trad. Dhorme, Bibliothèque de la Pléiade).

Com essa prescrição, Moisés se tornou o único profeta legislador e, sendo defesa qualquer legislação nova, tanto no sentido da ab-rogação quanto no de um complemento, todo o trabalho jurídico é, pela força das coisas, deixado aos intérpretes da lei, cujas discussões, que às vezes podem parecer estranhamente fundamentadas, são compreendidas se se sabe que eles devem, necessariamente, reportar toda decisão, por mais revolucionária que seja, a um texto bíblico. Aliás, eles não se iludem sobre o papel que lhes é assim reservado, pois distinguem claramente, no método hermenêutico, a interpretação fiel ao texto (o *pchat*), da interpretação com vistas à aplicação da lei para que ela fique suportável (o *drach*).

Mas como fica, num caso particular, a vontade do legislador divino? Poderá ela manifestar-se ainda aos rabinos? Encontramos, a esse respeito, um significativo relato no Talmude que merece ser transcrito *in extenso*[10]:

"Se cortamos um forno em pedaços e se colocamos entre as talhadas desse forno uma camada de areia, o R. Eliezer acha que tal forno continua ritualmente puro, ao passo que a maioria dos Sábios tinha a opinião de que ele podia ficar impuro.

"O R. Judá, em nome do R. Samuel, declarou: trata-se de um forno que é qualificado de 'serpentino' e por que razão o denominam 'serpentino'? Porque os Sábios o envolveram de problemas, tal como uma serpente que se enrola ao redor de um objeto.

"Os Sábios o declararam impuro. O R. Eliezer tenta objetar todos os argumentos do mundo, mas não logra convencê-los.

"É então que lhes diz: se a decisão final é conforme à minha opinião, que essa alfarrobeira dê milagrosamente a prova. E a alfarrobeira se movimentou cem côvados (outros dizem quatrocentos). Não se traz prova de uma alfarrobeira, disseram os Sábios.

"O R. Eliezer voltou à carga e declarou: se a decisão é conforme à minha opinião, que esse canal o comprove. O canal recuou. Os Sábios objetaram que não se traz prova de um canal.

"Ele insiste ainda e diz: se a decisão é conforme à minha opinião, que as paredes da sala o provem. As paredes se inclinaram, prestes a desabar.

"O R. Josué os invectivou: se os Sábios estão discutindo a respeito de uma decisão de direito, em que está em vossa natureza imiscuir-se nessa discussão? As paredes não desabaram em consideração do R. Josué, mas tampouco voltaram a erguer-se por respeito ao R. Eliezer. As paredes ficaram pensas.

"O R. Eliezer insiste ainda: se a lei é conforme à minha opinião, que o decidam do alto dos Céus. Fez-se ouvir uma voz celeste que proclamou: 'Que quereis do R. Eliezer, pois em todos os pontos a lei é conforme à sua opinião'.

"Foi então que o R. Josué se levantou e citou o versículo do *Deuteronômio*, XXX, 12: 'a Tora não se situa no Céu'. Que quer isso dizer? O R. Jeremias respondeu: isso significa que a Tora já foi dada no Sinai e que não confiamos numa voz celeste, pois a Tora já prescreveu no Monte Sinai (*Êxodo*, XXIII, 2): 'É de acordo com a maioria que se modifica a Lei'.

"O R. Natan reencontrou o profeta Elias e lhe perguntou: 'que fez o Santo (bendito seja ele) nesse instante?'. Elias respondeu: 'Ele sorriu' e disse: 'meus filhos me venceram, meus filhos me venceram'.

"Conta-se que naquele dia queimaram todos os utensílios que o R. Eliezer havia declarado puros."

Essa narrativa extraordinária que afasta o autor de um texto legal, ainda que divino, do debate que opõe os intérpretes, é suficientemente clara. Mas, para julgar a audácia dos talmudistas, parece-me útil acrescentar que a referência a *Êxodo*, XXIII, 2, é inteiramente fictícia, constitui o que Julius Stone qualifica de *illusory reference*[11]. Basta ler para dar-se conta imediatamente de que seu sentido é diametralmente oposto ao que se quer fazer-lhe dizer: "Não seguirás a multidão para fazeres mal; nem deporás, numa demanda, inclinando-te para a maioria, para torcer o direito".

Uma característica da interpretação judiciária consiste, de um lado, em seu respeito às instituições e ao funcionamento habitual delas, do outro, na busca da eqüidade, mesmo que este ou aquela seja contrário a uma interpretação plausível dos textos. Os magistrados procurarão mil subterfúgios e forçarão, se preciso for, as interpretações tradicionais, se se tratar de salvaguardar o funcionamento habitual de uma instituição ou de acatar uma solução judiciária considerada eqüitativa, mesmo que sejam incapazes de lhe encontrar uma justificação aceitável em direito.

Extraio os dois exemplos a seguir da tese de J. Miedzianagora, *Philosophies positivistes du droit et du droit positif*[12].

O primeiro se refere à aplicação do art. 97 da Constituição belga aos arestos do Tribunal de Contas. Lê-se nesse artigo: "Toda sentença é motivada. É pronunciada em audiência pública". Ora, o Tribunal de Contas não pronunciava suas decisões em audiência pública, desde a sua instituição no início do século XIX, e persistira em seus hábitos, apesar da lei fundamental de 1815 e da Constituição belga de 1831. A Corte de Cassação só foi solicitada para conhecer essa questão em 1879 e declarou em seu aresto de 2 de janeiro de 1880 (*Pas.*, 1880, I, 45), apesar do caráter geral do art. 97: "Considerando que a disposição constitucional que prescreve pronunciar toda sentença em audiência pública só concerne aos tribunais que são investidos do exercício do poder judiciário..." Recusou, conseqüentemente, cassar o aresto do Tribunal de Contas. Essa mesma jurisprudência foi confirmada em 1893 e em 1900, mas foi preciso esperar um aresto de 9 de outubro de 1959 (*Pas.*, 1960, I, 170) para encontrar uma justificação juridicamente satisfatória da distinção assim estabelecida entre as decisões do Tribunal de Contas e as sentenças dos tribunais ordinários.[13]

O outro caso diz respeito aos inconvenientes extraordinários da vizinhança. Esse problema se apresentou à Corte de Cassação da Bélgica desde 1850: que fazer se, em decorrência de um fato que não viola nenhuma disposição legal, um proprietário causa ao vizinho inconvenientes que saem do comum? Se, em decorrência da construção autorizada de um imóvel muito mais alto do que o do vizinho, este vir sua chaminé incapaz de prestar os serviços que prestara anteriormente, o proprietário do novo imóvel deverá reparar o dano que causou e por que razão? A solução eqüitativa requeria uma indenização adequada, mas como justificá-la?

Aplicava-se o art. 1.382: "Todo fato qualquer do homem que causa a outrem um dano obriga este, por cuja falta ele ocorreu, a repará-lo" e se considerava uma falta o simples fato de haver causado a outrem um dano sem tirar disso, aliás, todas as conseqüências que poderiam ser tiradas em direito, por exemplo, a obrigação de destruir o imóvel cuja construção causou o dano. Foi apenas em 6 de abril de 1960 (*Pas.*, 1960, I, 915), depois de haver tateado durante 90 anos, que a Corte de Cassação encontrou uma justificação satisfatória da solução eqüitativa, datada do século precedente:

"Considerando que o art. 544 do Código Civil reconhece a todo proprietário o direito de usufruir normalmente sua coisa;

"Que, tendo assim os proprietários vizinhos igual direito à fruição de sua propriedade, levados em conta os ônus normais resultantes da vizinhança, o equilíbrio assim estabelecido deve ser mantido entre os respectivos direitos dos proprietários;

"Considerando que o proprietário de um imóvel que, por um fato *não faltoso*, rompe esse equilíbrio, impondo a um proprietário vizinho um distúrbio que ultrapassa a medida dos inconvenientes comuns da vizinhança, deve-lhe uma justa e adequada compensação, que restabeleça a igualdade rompida;

"Que, de fato, lesando com isso o direito de propriedade do vizinho, ele deve indenizá-lo, em conformidade com a tradição e com o princípio geral consagrado notadamente pelo art. 11 da Constituição" (referente à expropriação por causa de utilidade pública, mediante uma justa e prévia indenização)[14].

É dentro desse mesmo espírito que se interpreta, em direito anglo-saxão, a *ratio decidendi* de uma espécie julgada[15] e que corresponde ao brocardo do *Digesto* (L. XVII, 1): *Non ex regula jus sumatur sed ex jure quod est regula fiat*; a interpretação e mesmo a concepção da regra se faz de acordo com a solução julgada eqüitativa.

Mas não basta conhecer as regras de direito. Uma das principais tarefas da interpretação jurídica é encontrar soluções para os conflitos entre as regras, hierarquizando os valores que essas regras devem proteger. Como se sabe, essa sutil hierarquização dos direitos constitucionais foi e continua a ser uma das principais tarefas da Corte Suprema dos Estados Unidos. A vida do direito apresenta, de fato, constantemente, conflitos entre liberdades constitucionalmente protegidas, sendo o papel do juiz fixar os limites de cada uma delas.

O papel da doutrina é ser um precioso auxiliar da justiça. As teorias jurídicas, a do abuso do poder ou a que precisa noções difíceis tais como "a ordem pública internacional", não se impõem porque são verdadeiras ou porque permitem, como em ciência, prever melhor fenômenos desconhecidos, mas porque fornecem justificações que permitem restringir ou ampliar o alcance das regras de direito de uma forma aceitável pelas Cortes e Tribunais. É na medida em que elas fornecem as razões de uma solução *aceitável* que serão adotadas pela jurisprudência. Elas se empenham, através de sua argumentação, em convencer os legisladores, os juízes e a opinião pública de que, sobre esses dois pontos, o caráter aceitável das soluções e o valor das justificações são preferíveis às concepções concorrentes.

É a dialética entre o legislativo e o poder judiciário, entre a doutrina e a autoridade, entre o poder e a opinião pública, que faz a vida do direito e lhe permite conciliar a estabilidade e a mudança.

É assim que se compreende o papel dos advogados, enquanto auxiliares da justiça. Se eles se opõem é porque procuram fazer prevalecer, no interesse do cliente, um dos valores em conflito: a segurança ou a eqüidade, os direitos do indivíduo ou o interesse geral, a proteção da ordem das famílias ou a busca da verdade, etc.

O papel do juiz é tomar uma decisão, resolver, escolher, em nome do que considera o direito e a justiça, sabendo que suas decisões vão integrar-se no sistema de direito de que ele constitui um elemento central.

É dentro desse espírito que as técnicas de interpretação, justificadas pelo recurso à lógica jurídica, que não é uma lógica formal, mas uma lógica do razoável, ser-lhe-ão um auxílio essencial na medida em que lhe permitem conceituar, por uma argumentação apropriada, o que lhe dita seu senso de eqüidade e seu senso do direito.

§ 52. As antinomias em direito[1]

Que é uma antinomia? Haverá antinomias em direito? Se admitirmos sua existência, será possível resolvê-las? Ouvimos, a esse respeito, no decorrer de nossos trabalhos, diversas comunicações das quais o menos que se pode dizer é que, em todos os pontos, elas não eram concordantes. Aliás, é por causa dessa divergência previsível dos pontos de vista que nos pareceu útil submeter a nossas investigações comuns o problema das antinomias em direito, esperando que, a propósito dele, ser-nos-ia possível aclarar concepções fundamentais da metodologia jurídica.

Minha síntese tenderá menos a apresentar conclusões definitivas e taxativas, no que concerne às antinomias, do que a pôr em evidência quanto, por agir como um revelador de nossas dificuldades, esse problema permitiu compreender melhor a especificidade do sistema jurídico, o papel do juiz na elaboração desse sistema, a própria noção de regra e, por fim, a relação existente, em direito, entre as antinomias e as lacunas.

Na medida em que nossas pesquisas estão mais centradas no raciocínio jurídico do que numa filosofia geral do direito, temos interesse em restringir o alcance das antinomias em direito de forma que seu estudo não englobe a análise dos conflitos entre as tendências, as aspirações e as finalidades que uma sociedade organizada persegue simultaneamente, tais como a segurança, a legalidade, a racionalidade, a eqüidade ou a eficácia. A perseguição de finalidades tão variadas, e amiúde incompatíveis, necessita da realização de compromissos, da busca de um equilíbrio, que é um dos objetivos do direito, mais especialmente do direito público e administrativo, como o mostraram as comunicações dos senhores Buch e Hoeffler. A realização desse equilíbrio se exprime através de normas. É nesse plano que empreendemos nossa análise.

As normas que o direito é levado a elaborar não são asserções, das quais se possa dizer que são verdadeiras ou falsas, e sim diretrizes, prescrições atinentes ao que se deve ou não fazer, ao que é permitido ou proibido, e nas quais as definições, as regras de competência e de procedimento são subordinadas, afinal das contas, a essas normas jurídicas. Daí resulta que as antinomias, na medida em que concernem ao direito, não consistem na constatação de uma contradição, resultado da afirmação simultânea da verdade de uma proposição e de sua negação, e sim na *existência de uma incompatibilidade entre as diretrizes relativas a um mesmo objeto.* Como as dificuldades, nessa matéria, são de ordem prática e não teórica, também cumprirá conceber diferentemente o papel da lógica a seu respeito, sem o que nos arriscamos a chegar a conclusões não conformes ao direito positivo.

Eis um exemplo significativo disso.

Em seu estudo de alguns exemplos de antinomias, o Sr. Silance assinala que o acórdão da Corte de Cassação da Bélgica de 16 de maio de 1952, no caso Rossi, recusa admitir o divórcio entre esposos cujas nacionalidades são, de um belga, do outro italiana, pois, admitindo o divórcio, aplicar-se-ia unicamente a lei belga, excluindo a lei italiana, o que parece inadmissível por razões lógicas: "considerando, de fato, que o vínculo matrimonial não pode (logicamente) ser, a um só tempo, rompido no tocante a um dos esposos e subsistir no tocante ao outro"[2]. No acórdão de 1955, a Corte adota o mesmo raciocínio em termos ainda mais rigorosos: "considerando que ele (o tribunal) não concebe que o vínculo matrimonial seja rompido no tocante a um dos esposos e subsista no tocante ao outro"[3]. Ora, isto não impediu o legislador belga, na lei de 27 de junho de 1960, de declarar que, "no caso de casamento de esposos de nacionalidades diferentes, mas dos quais um é belga, a admissibilidade do divórcio é regida pela lei belga". Assim é que, o que pareceu à Corte de Cassação da Bélgica impossível e inconcebível se torna efetivamente a lei em virtude de uma disposição do legislador belga. Ora, o legislador não pode mudar os fatos nem transformar as leis da lógica. Se ele pode opor-se à "lógica das instituições", é porque esta não coincide com a lógica formal, e, na medida em que essa lógica das instituições não constitui um obstáculo insuperável para o legislador, podemos perguntar-nos se ela constitui um obstáculo intransponível para o juiz. Mas, para compreender o que se passa, nada como, ao que parece, cotejar um sistema formalizado, de lógica ou de matemática, com um sistema jurídico: esse cotejo permitirá, talvez, compreender melhor a especificidade da lógica jurídica (e o que ela tem em comum com todo raciocínio não-coercivo).

A constituição de um sistema axiomático formalizado, tal como é concebido pela lógica contemporânea, necessita da indicação de signos e de combinações de signos considerados expressões bem-formadas do sistema, bem como a enumeração dos axiomas e das regras operatórias que permitem deduzir, desses axiomas, os teoremas ou as proposições demonstradas do sistema. A propósito de qualquer um desses elementos, não se tolerará dúvida nem ambigüidade: cumpre eliminar do sistema tudo quanto pode prestar-se a mal-entendido, sendo indispensável que as operações de dedução não possam ser objeto de nenhuma contestação e sejam, se possível, controláveis mecanicamente. Qualquer que seja o resultado dessas operações, mesmo que elas conduzam a contradições formais, não podemos deixar de inclinar-nos constatando a incoerência do sistema. Por outro lado, nada garante a completitude do sistema; não se tem, de antemão, a menor garantia de que o sistema permitirá demonstrar toda proposição que ele possibilita formular ou sua negação. Se um sistema formalizado apresenta um ou outro inconveniente, quem o utiliza deve reconhecer a existência dele, admitindo a possibilidade de formular outro sistema, na esperança de que poderia eliminar-lhe esse inconveniente. O lógico ou o matemático se comporta, com o sistema formalizado, como um legislador, mas que é limitado na escolha de seus meios pela obrigação de elaborar um sistema unívoco e rígido, cujos elementos constitutivos e cujas operações não podem suscitar discussão nem desacordo. Um sistema formalizado se caracteriza, assim, pela rigidez de sua estrutura, condição da natureza coerciva de suas operações e de suas demonstrações.

Em contrapartida, o juiz, em todo sistema jurídico em que existe a separação dos poderes, não é um legislador. Assim é que o art. 5º do Código Civil veda ao juiz belga ou francês julgar, por via de disposição geral ou regulamentar, nas causas que lhe são submetidas, mas isto não implica a negação do papel e da importância dos precedentes em matéria judiciária: é normal, embora não obrigatório, em nosso sistema, que os juízes se refiram às decisões anteriores em casos essencialmente semelhantes aos casos anteriormente julgados. Por outro lado, o art. 4º do Código Civil obriga, sob pena de sanção, o juiz a julgar: o juiz será culpado de denegação de justiça se recusar julgar a pretexto do silêncio, da obscuridade ou da insuficiência da lei. É obrigado a dizer o direito, todas as vezes que é incumbido de uma lide; deve prolatar uma sentença conforme ao direito, sejam quais forem as dificuldades na matéria. Em direito belga, o juiz deve tratar o conjunto das regras que é encarregado de aplicar como formando um sistema a um só tempo completo e coerente, sistema que permite, em cada caso, sendo constantes os fatos, motivar a decisão tomada e descartar, por razões decorrentes do sistema, toda decisão oposta. Mesmo que o caso que deva dirimir seja perplexo ou duvidoso, mesmo que se veja diante de uma antinomia (quando o sistema em vigor parece prescrever duas soluções incompatíveis) ou diante de uma lacuna (quando o sistema não parece justificar nenhuma solução determinada) o juiz deve, ainda assim, comportar-se como se o direito belga fosse coerente e completo, sem antinomias nem lacunas, e permitisse, em cada caso, encontrar um solução, e uma só, conforme ao direito. Essa obrigação de julgar, imposta ao juiz, concede-lhe um papel criador, pois, sejam quais forem as insuficiências aparentes do sistema, o juiz deve eliminá-las, precisando o que poderia parecer pouco claro, resolvendo as antinomias, paliando as lacunas, de sorte que, depois de sua intervenção, uma vez tomada e motivada a decisão, as dificuldades anteriores desapareçam completamente.

Observe-se que a solução fornecida pelo art. 4º do Código Civil não é a única teoricamente possível. Poder-se-iam imaginar outras soluções em face das dificuldades apresentadas pela aplicação da lei. O direito francês conheceu, durante certo tempo, o *référé législatif*, que obrigava o juiz a recorrer ao poder legislativo cada vez que a aplicação da lei lhe parecia carecer de sua elucidação. Poder-se-ia também imaginar outro sistema, a apresentação da questão prejudicial numa corte especial encarregada de resolver as dificuldades jurídicas que fossem suscitadas por litígios particulares. Mas, em ambos os casos, a interpretação da lei estaria ligada ao solucionamento de um conflito de interesses em litígio, e podemos perguntar-nos se o poder judiciário indireto concedido dessa forma ao legislador, ou à Corte encarregada de interpretar a lei, não apresenta maiores perigos para a ordem social do que o poder, concedido aos juízes, de interpretar e de sistematizar a lei por ocasião do exercício de seu poder judiciário. É essa a solução admitida atualmente por todos os sistemas de direito contemporâneos, na medida em que proscrevem a denegação de justiça. Com efeito, ao submeter o juiz à obrigação de julgar, deve-se autorizá-lo a utilizar todas as técnicas de interpretação que lhe permitiriam motivar suas decisões. Às vezes o juiz se contentará com técnicas de exegese literal, às vezes fará intervir a idéia que se faz da finalidade da lei, o que lhe permitirá justificar uma decisão contrária à letra da lei, mas conforme ao seu espírito. Vê-se imediatamente, porém, que este último modo de encarar o direito não é compatível com a idéia de que ele constitui um sistema isolado de seu contexto social e ideológico, e que sua aplicação só exige o recurso à lógica, estando as premissas da dedução claramente expostas pela própria lei. Devendo assegurar o bom funcionamento das instituições políticas e sociais, compatível com uma determinada visão do lugar e do papel do indivíduo na sociedade, o direito tem como finalidade não só a segurança jurídica que implica a previsibilidade dos direitos e das obrigações de cada um, não só a justiça concebida como o tratamento igual de situações essencialmente semelhantes, mas também uma eficácia eqüitativa, sendo a eqüidade compreendida desta vez como uma conformidade às aspirações do meio. É por essa razão que o raciocínio do juiz não é unicamente analítico, descendo das premissas para as conseqüências, mas também dialético. Com efeito, as conseqüências que se acabam de tirar por um raciocínio dedutivo poderão ser apreciadas consoante a finalidade das instituições jurídicas, e se elas parecerem inadmissíveis deste último ponto de vista, o juiz poderá remontar das conseqüências às premissas para lhes modificar, se for o caso, o sentido e o alcance. Mas o desenvolvimento de todo esse processo de interpretação, em nosso direito, é condicionado pela submissão do poder judiciário ao poder legislativo, o que quer dizer que, ao modificar a interpretação de um texto legal, o juiz pode *presumir* que esta é conforme à vontade do legislador, mas jamais passará de uma presunção *juris tantum*, que o legislador atual poderá reformar votando uma lei interpretativa ou substituindo as disposições anteriores por uma nova legislação sobre a matéria.

Encarregado de dizer o direito, e isto em todos os casos que dependem de sua competência, como o juiz vai desincumbir-se dessa tarefa complexa? O juiz deve dizer o direito, mas sem violar as leis que é encarregado de aplicar. Quais são as regras de direito que ele deve levar em conta para isso?

O direito comporta normas constitucionais, legais e regulamentares, que emanam de autoridades constituídas, habilitadas para esse papel legislativo. As regras por elas promulgadas são comparáveis a militares de uniforme, reconhecíveis pelo traje e pelas insígnias. Note-se que algumas dessas regras nem sempre são aplicadas, tal como o art. 305 do Código Penal belga, completado pelo art. 8º da lei de 24 de outubro de 1902 atinente ao jogo. O art. 305 considera punível de uma detenção de oito dias a cinco meses e de uma multa de cem francos a cinco mil francos "aqueles que, sem autorização legal, houverem mantido uma casa de jogos de azar e nela houverem admitido o público, seja livremente, seja mediante apresentação dos interessados ou sócios". Ora, a lei de 24 de outubro de 1902 suprimiu do art. 305 as palavras "sem autorização legal", o que estende a aplicação do art. 305 a todas as casas de jogo, sejam elas quais forem. Mas nunca tal emenda teve efeito, pois nunca se instaurou processo contra administradores ou agentes de cassinos autorizados. Há, portanto, leis que jamais são aplicadas e caem em desuso; por outro lado, algumas disposições constitucionais poderiam ser violadas pelo poder legislativo, pois os tribunais se declaram incompetentes para julgar da constitucionalidade das leis.

Mas, ao lado dessas normas "de uniforme", disposições obrigatórias, reconhecíveis pelo modo como foram votadas e promulgadas, há regras que não têm esse estatuto formalmente inconteste e que desempenham, não obstante, um papel efetivo na aplicação do direito. Trate-se de costumes ou de disposições jurisprudenciais, de brocardos ou de princípios gerais do direito, essas regras são comparáveis a combatentes sem uniforme, que eram fuzilados há não muito tempo sob o nome de franco-atiradores, mas que receberam recentemente a denominação honorífica de guerrilheiros. Quais são, dentre as regras desta última espécie, as que o juiz deve levar em conta e as que pode desprezar? Existe, a esse respeito, alguma incerteza, que se refere sobretudo ao sentido exato, ao alcance dessas regras e ao lugar que se lhes deve conceder no conjunto do sistema.

Essas considerações preliminares são essenciais para a compreensão do problema das antinomias em direito, pois permitem compreender melhor sua especificidade.

Num sistema formal, as contradições também são formalmente reconhecíveis: se se afirma ou se demonstra, num sistema, a equivalência de uma proposição, seja ela qual for, com sua negação, este se mostra incoerente e, por isso mesmo, fica inutilizável. Mas, em direito, uma contradição puramente formal, ou seja, literal, não basta para ocasionar uma antinomia, pois o juiz, ao interpretar os textos, pode dar aos mesmos signos um sentido diferente ou outro campo de aplicação, de modo que se evite o conflito das normas; ele pode também descartar a aplicação de uma das normas, seja porque ela se opõe a uma lei superior, seja porque ele a considera tacitamente abrogada por uma lei posterior.

Se o ideal do direito consistisse em sua redução a um sistema formal, perfeitamente unívoco, deveríamos reconhecer a imperfeição do sistema jurídico, na medida em que sua aplicação necessita do recurso ao poder de interpretação concedido aos juízes. Poder-se-ia imaginar um sistema de direito que permitiria ao juiz recusar pronunciar uma sentença, toda vez que o direito aplicável não lhe parecesse ditar uma solução inequívoca da lide (*non liquet*). Mas, visto que o juiz tem a obrigação de julgar, seu papel é fazer que desapareçam as insuficiências e as lacunas da lei, inclusive aquelas resultantes de antinomias cuja solução não é fornecida pelas regras gerais. Assim é que, após a decisão judiciária, supõe-se que o sistema jurídico não comporta lacunas nem antinomias. Mas que acontece ao sistema tal como é fornecido ao juiz? Poder-se-á dizer que o sistema comporta antinomias antes da intervenção do juiz?

Para responder a essa pergunta, procuremos, em nossos trabalhos, uma definição de antinomia bastante precisa para poder guiar-nos em nossa investigação. Ela nos é fornecida pela comunicação do Sr. Boland (*Les Antinomies*, p. 201). Segundo ele, a antinomia consiste na "impossibilidade de aplicar simultaneamente, tais como são enunciadas, duas normas de direito positivo que sejam bastante precisas para serem aplicáveis por si sós e que não sejam subordinadas uma à outra por uma disposição jurídica imperativa".

Esta definição nos permitirá examinar quatro pontos do problema.

O primeiro ponto é que, contrariamente ao que tal definição parece implicar, não é indispensável, para que haja antinomia, que *duas* normas de direito positivo sejam simultaneamente inaplicáveis. É preciso, evidentemente, para que nasça a antinomia, que duas diretrizes incompatíveis sejam prescritas simultaneamente, e de forma igualmente válida, para resolver uma mesma situação, mas um único e mesmo texto pode estar na origem dessas duas diretrizes.

Veja-se o art. 3º, alínea 3, do Código Civil: "As leis atinentes ao estado e à capacidade das pessoas regem os franceses, mesmo residentes em país estrangeiro." As Cortes de Cassação belga e francesa (Cassação belga de 19 de janeiro de 1882, Cassação francesa de 12 de fevereiro de 1895) interpretaram esse texto para aplicá-lo aos estrangeiros, graças à teoria dos estatutos[4], e decidiram que "as leis (estrangeiras) atinentes ao estado e à capacidade das pessoas regem o estrangeiro na Bélgica (ou na França), a não ser que sejam contrárias à ordem pública internacional". Mas, enquanto o texto do Código Civil não leva à nenhuma antinomia, sua extensão jurisprudencial leva diretamente a ela quando se trata de relações jurídicas bilaterais – tais como o casamento ou a adoção –, quando as pessoas implicadas têm uma nacionalidade diferente e quando as legislações estrangeiras às quais se é remetido contêm disposições divergentes nessas matérias. A antinomia se apresentará inevitavelmente quando a norma jurisprudencial, que estende o alcance do art. 3º do Código Civil, der a um juiz duas diretrizes incompatíveis, relativas à mesma situação. Cumpre notar que a antinomia é acompanhada de uma lacuna quando nenhuma regra de solução de antinomia foi prevista para tirar o juiz do apuro em que o mergulha a existência de duas diretrizes incompatíveis. É nesse caso, aliás, que a antinomia parece mais perturbadora, quando, na falta de texto legal, a doutrina e a jurisprudência devem suprir a insuficiência da lei. Se o legislador se decidir a preencher a lacuna com uma disposição legal e fornecer ao juiz a solução da incompatibilidade, muitos juízes pretenderão que ele, ao mesmo tempo, fez desaparecer a antinomia.

O segundo ponto encontra uma primeira ilustração na referência da Corte de Cassação à ordem pública internacional:

a lei estrangeira só é aplicável se não viola a ordem pública internacional, constituída por um conjunto de disposições imperativas consideradas superiores à lei estrangeira. Mas quais são essas disposições e onde podem ser encontradas? Elas não são enunciadas explicitamente, e é difícil imaginar uma enumeração clara e precisa de todas as regras que os legisladores estrangeiros poderiam violar, e que o juiz belga ou francês deveria respeitar em toda e qualquer circunstância. É por ocasião de sua violação que essas regras são, o mais das vezes, e posteriormente, enunciadas pelo juiz.

Ora, a restrição imposta pela Corte de Cassação à aplicação da lei estrangeira será, *mutatis mutandis*, invocada muitas vezes quando se trata da aplicação da lei nacional. Quando as conseqüências da aplicação normal da lei nacional lhe parecerem inaceitáveis, em geral o juiz invocará noções e regras, análogas à idéia de ordem pública internacional, que justificarão a limitação da aplicação normal das regras de direito positivo. As regras invocadas dessa forma são os princípios gerais do direito, os adágios do direito romano, as prescrições do direito natural. Como o juiz não pode descartar a aplicação da lei em nome de sua consciência, pois dessa forma se poria acima do legislador, ele é obrigado a invocar regras pretensamente admitidas pelo próprio legislador, o que lhe permite presumir que o legislador não quis estender o campo de aplicação da lei de modo que essa aplicação levasse a violações de regras morais ou jurídicas geralmente aceitas. O juiz é obrigado a enunciar essas regras, que limitam o campo de aplicação das regras de direito positivo, presumindo que o legislador aceitará essa limitação jurisprudencial como conforme a suas intenções, o que só é razoável esperar se o legislador não descartou expressamente tal possibilidade.

Agindo dessa forma, o juiz não resolve uma antinomia entre duas diretrizes incompatíveis do direito positivo, mas uma incompatibilidade estabelecida por ele mesmo entre a letra da lei e sua finalidade, análoga às concepções desenvolvidas pela teoria do abuso do direito. O que distingue esse tipo de antinomias é o fato de a solução sempre ser conhecida de antemão, pois ela sempre é feita em proveito da norma introduzida pelo juiz, que limitará o alcance da lei positiva toda vez que esta se opuser às regras superiores por ele invocadas.

Convém, em minha opinião, distinguir estes casos daqueles em que o juiz, defrontado com uma antinomia resultante de duas diretrizes incompatíveis do direito positivo e não dispondo de regra metodológica para descartar ou limitar uma delas em proveito da outra, vê-se diante de uma verdadeira lacuna quanto à solução da antinomia. Resta-lhe apenas a possibilidade de referir-se ao interesse preponderante para decidir da lei aplicável.

É da mesma forma, ou seja, como lacunas da lei, e não como antinomias, que se deve analisar o caso muito curioso assinalado pelo Sr. Morgenthal. Trata-se da ab-rogação explícita, pelo legislador, dos arts. 31 e 32 da lei de 10 de março de 1900 sobre o contrato de trabalho, aos quais remete o art. 69 das leis coordenadas pelo decreto régio de 19 de dezembro de 1939 relativas aos abonos familiares para trabalhadores assalariados. O Sr. Morgenthal se pergunta se um artigo, ab-rogado explicitamente num texto, pode ser mantido implicitamente em vigor para permitir a aplicação de outro texto. Enquanto, comumente, o problema por resolver é o da ab-rogação implícita de um texto por uma disposição posterior, trata-se aqui da manutenção implícita de um texto explicitamente ab-rogado. Tratar-se-á, nesse caso, de antinomia? Não me parece, pois, em vez de ficarmos diante de duas diretrizes incompatíveis relativas a uma mesma situação, ficamos diante de uma lacuna, que pode ser preenchida graças a várias soluções, igualmente possíveis, sem que nenhuma delas seja imperativa. Há também lacuna, e não antinomia, cada vez que o juiz pode escolher entre uma interpretação *a pari* e *a contrario*, como nos casos assinalados pelo Sr. Huberlant, assim como naqueles assinalados pelo Sr. Bobbio, em sua exposição relativa aos critérios de solução de antinomias.

O terceiro ponto diz respeito ao caráter pouco implícito da afirmação do Sr. Boland, segundo o qual estamos diante de uma antinomia quando é impossível aplicar simultaneamente duas normas tais como são enunciadas. Já insisti no fato de que as regras de direito não são aplicadas, tais como são enunciadas, de uma forma por assim dizer automática, mas tais como são interpretadas. Se cumpre distinguir duas etapas no pensamento do juiz, cumpre opor à interpretação normal, que conduz à antinomia ou a conseqüências inadmissíveis, a interpretação posterior adotada para resolver a antinomia ou para evitar essas deploráveis conseqüências.

O fato de as antinomias sempre suporem uma incompatibilidade entre textos *interpretados* explica que possa manifestar-se um desacordo quanto à própria existência de uma antinomia num determinado caso, pois esta pode dissipar-se quando se adota outra interpretação de um mesmo texto.

Vamos ilustrar isso com o acórdão da Corte de Cassação belga de 1º de outubro de 1880, que interpreta de modo liberal o art. 11 do Código Civil, segundo o qual: "O estrangeiro usufruirá na França os mesmos direitos civis que são ou serão concedidos aos franceses pelos tratados da nação à qual pertencer esse estrangeiro." Por seu célebre aresto a Corte decide que "independentemente de quaisquer condições de reciprocidade, o estrangeiro usufrui na Bélgica os direitos naturais", interpretando a noção "direitos civis" como designando direitos civis que não são direitos naturais. Convirá dizer que a Corte resolveu uma antinomia entre um texto de direito positivo e o respeito aos direitos naturais do estrangeiro, ou que interpretou um texto do Código Civil em conformidade com as exigências do direito natural? As técnicas de interpretação permitem, como se vê, evitar formular o problema jurídico em termos de antinomia. Esse fato foi ilustrado, entre outras, pela exposição do Sr. Miedzianagora referente às relações entre textos legais e adágios do direito romano. Mas há limites para o poder de interpretação dos juízes, conquanto esses limites não possam ser traçados de antemão, limites resultantes da supremacia do poder legislativo que sempre pode, mediante disposições legislativas, aniquilar as construções jurisprudenciais.

Enfim, quarto e derradeiro ponto, nem sempre é evidente quando há antinomia e quando há violação da lei por uma autoridade hierarquicamente subordinada. O contexto institucional pode determinar a escolha de uma ou da outra possibilidade. Quando se veda aos juízes pronunciar-se sobre a constitucionalidade das leis ou dos tratados, a lei ordinária se torna a norma efetiva, ainda que seja incompatível com uma disposição constitucional. Mas que fazer quando tribunais independentes são habilitados para julgar as mesmas questões em perspectivas diametralmente opostas? Não há a menor dúvida de que o Tribunal de Justiça Europeu considerará nula, porque violando o Tratado de Roma, qualquer disposição de uma lei nacional incompatível com um artigo desse tratado. Mas, para os juízes nacionais, na mesma situação, só haverá uma antinomia, que terão de resolver da melhor maneira possível, pois as normas, que são hierarquizadas para os juízes do Tribunal Europeu, não o são para os juízes nacionais incompetentes para descartar normas elaboradas pelo poder legislativo nacional[5].

Como conclusão dos nossos trabalhos, cumpre ressaltar que as antinomias em direito, ao inverso das contradições, não dizem respeito ao verdadeiro e ao falso, e sim ao caráter incompatível, em dada situação, das diretrizes que a regem. A antinomia jamais é puramente formal, pois toda compreensão de uma regra jurídica implica sua interpretação. Daí resulta que, na medida em que são possíveis várias interpretações de uma mesma regra, é mister admitir que, enquanto uma interpretação conduz a uma antinomia, outra possa fazê-la desaparecer. Poder-se-á dizer de uma interpretação que ela se impõe a todos? A própria idéia de uma interpretação única não é contrária à missão do juiz em nosso sistema jurídico?

O que percebemos, de fato, é uma evolução das interpretações e das situações em que o juiz é obrigado a tomar partido sem que, muito amiúde, uma regra geral lhe forneça a técnica de solução. Quando o sistema o põe diante de uma antinomia, fornecendo-lhe duas diretrizes que parecem igualmente imperativas, sem que uma disposição de ordem geral lhe permita escolher, o juiz se acha diante de uma lacuna que ele tem a obrigação de preencher. Logo, é normal que o exame das antinomias e dos problemas levantados por sua contestação e por sua solução nos leve diretamente a examinar um problema conexo, o das lacunas em direito.

§ 53. O problema das lacunas em direito

Os estudos, reunidos neste volume[1] e consagrados ao problema das lacunas em direito, à definição dessa noção, à maneira de constatar a existência das lacunas e às técnicas utilizadas para preenchê-las, em diversos sistemas jurídicos e em diversos ramos do direito, já não permitirão, no futuro, simplificar esse problema e apresentá-lo de uma forma por demais abstrata, sem levar em conta condições particulares em que ele se colocou e situações concretas em que as lacunas apareciam para ser imediatamente preenchidas. Eles constituem uma inegável contribuição para a lógica jurídica, tal como a entendemos, pondo em evidência a especificidade desta, e as deformações que somos obrigados a infringir-lhe se nos propomos reduzir a lógica jurídica à lógica formal aplicada ao direito, mais particularmente se queremos reduzir a lacuna a uma noção formalmente definível.

À lacuna em direito corresponde, num sistema formal, a noção de *incompletude*. Dir-se-á que um sistema formal é incompleto quando, a partir dos axiomas e das regras de inferência do sistema, for impossível demonstrar uma proposição que se possa formular nesse sistema e cujas verdade e falsidade não podem ser provadas. Uma proposição assim, considerada independente do sistema, pode ser acrescentada aos outros axiomas do sistema sem deixar este incoerente ou contraditório. Mas pode-se também, pela mesma razão, completar o sistema acrescentando-lhe como novo axioma, não a proposição em questão, e sim sua negação. Com efeito, pelo próprio fato de a proposição independente de um sistema formal, este não contém nenhuma indicação que permita considerá-la verdadeira ou falsa, preferir antes uma do que outra das duas possibilidades.

Ora, em direito, o problema é fundamentalmente diferente. De fato, sabemos que, em quase todos os sistemas jurídicos modernos[2], existe, para o juiz, a obrigação de julgar, à qual ele não pode furtar-se sem cometer uma denegação de justiça. Essa obrigação está formulada assim no art. 4º do Código de Napoleão: "O juiz que recusar julgar, a pretexto do silêncio, da obscuridade ou da insuficiência da lei, poderá ser processado como culpado de denegação de justiça." Como, de outro lado, a decisão do juiz deve ser motivada, ainda que, à primeira vista, a lei não regulamente o caso, ou o regulamente de uma forma obscura e insuficiente – pois o juiz deve dizer o direito e não pode tomar decisão arbitrária, injustificada –, cumprirá autorizá-lo a recorrer a técnicas de lógica jurídica que lhe permitirão relacionar, de um modo ou de outro, sua decisão com o direito em vigor. A lógica jurídica deverá fornecer ao juiz o instrumento intelectual para motivar sua decisão, quando a lógica formal é incapaz de ajudá-lo. Ora, a especificidade da teoria das lacunas da lei, como disse tão bem Ch. Huberlant, "é que ela devora a si mesma"[3]. Tão logo o juiz se dá conta da existência de uma lacuna, é obrigado a preenchê-la. Ora, por definição, num sistema incompleto, não existe técnica vinculada à lógica formal que permita relacionar com esse sistema uma proposição que lhe é independente. É por essa razão que uma tentativa de definir as lacunas em termos puramente formais está de antemão condenada ao fracasso, pois, cristalizando a lacuna, de uma vez por todas, ela impediria o juiz de cumprir sua tarefa.

Mas, por outro lado, em nosso sistema, no qual a missão de elaborar um direito novo compete expressamente ao legislador, há limites para o poder do juiz, pois este pode dizer o direito, mas não pode ir de encontro à vontade expressa ou presumida do legislador. Se há "vazios" no direito positivo, como nos mostrou de um modo magistral o Sr. Savatier[4], o papel do juiz não é supri-los; mostrar-se-á indispensável um apelo para o legislador.

É óbvio, e todos se apercebem bem disso, que as noções de "lacuna" e de "vazio" não passam de metáforas, cujo uso técnico, em direito, pode suscitar alguma dificuldade, e mesmo controvérsias. Mas seu princípio é simples: o juiz pode preencher as lacunas, mas não os vazios, que exigem uma ação do legislador.

Vamos esclarecer nosso pensamento com um exemplo concreto, que constitui um caso indiscutido e "vazio" de uma legislação. Sabe-se que em Israel, atualmente, continuando uma situação anterior à criação do Estado, todas as questões relativas ao estado das pessoas são da alçada de tribunais religiosos, competentes em virtude da religião dos interessados. Não existe registro civil, e os funcionários e tribunais civis são incompetentes na matéria, salvo para as questões que podem ser evocadas à Corte Suprema.

Daí resulta não existir nenhuma autoridade civil que seja qualificada para solucionar as questões relativas ao casamento e ao divórcio das pessoas, das quais nenhum tribunal religioso deseja ocupar-se, por exemplo, casamento ou divórcio dos incréus, casamentos entre pessoas de religião diferentes que não são tolerados por nenhuma das religiões reconhecidas, etc. Trata-se, nitidamente, de um "vazio" do direito israelense, que nenhum juiz israelense poderia preencher, pois não poderia modificar o próprio espírito de uma legislação, que se exprime pela inexistência de certas instituições, tal como o registro civil.

Pergunto-me se o caso de *non liquet*, apresentado pelo professor Stone[5], não poderia ser assimilado a um "vazio", mas que resultaria de uma incompetência da qual um Estado seria o único juiz: ele não reconheceria a competência de um tribunal internacional, se não acreditasse que este dispõe de uma regra para dirimir o caso litigioso. Em contrapartida, ao reconhecer a competência do tribunal, as partes litigantes lhe reconheceriam, na mesma feita, o direito de preencher as lacunas da lei internacional. É assim que se poderia explicar o paradoxo resultante de que, ao passo que em teoria, como tão bem mostrou o professor Stone, um *non liquet* é concebível, jamais ele ocorre na prática⁶. A distinção entre "vazio" e "lacuna" resultaria da atitude das partes quanto à capacidade do tribunal de julgar em direito.

Essa distinção entre "vazio" e "lacuna" pode, evidentemente, dar azo a controvérsias, que se referem não só aos limites do poder do juiz, mas também aos de um poder regulamentar. Assim é que, em sua interessante comunicação⁷, Duchatelet nos mostrou como, segundo ele, o poder regulamentar se viu na obrigação de preencher uma lacuna instituindo jurisdições contenciosas, competentes em matéria de seguro-desemprego e de seguro doença-invalidez, e que as criou em virtude do art. 7º do decreto-lei de 28 de dezembro de 1944. Sabe-se que essa interpretação, aprovada pelo Conselho de Estado da Bélgica, foi criticada pela Corte de Cassação da Bélgica que estatuiu que, nesse caso, houve violação do art. 94 da Constituição, segundo o qual apenas uma lei pode estabelecer jurisdições contenciosas⁸. Vê-se claramente, por esse exemplo, que a distinção entre "vazio" e "lacuna", que fixa os limites dos poderes de uma autoridade que deve aplicar uma lei, pode ser objeto de contestações, mesmo entre órgãos jurídicos eminentemente qualificados.

Portanto, reconhecendo que, em princípio, há limites para a ação do poder judiciário, voltemos ao nosso problema, que é o dos recursos que a lógica jurídica oferece ao juiz para preencher as lacunas da lei, ou seja, para motivar juridicamente a aplicação de regras que não foram explicitamente formuladas pelo legislador.

A excelente exposição⁹ de nosso colega e amigo J. Gilissen nos indicou com muita clareza como surgiu esse problema.

No direito anterior à Revolução Francesa de 1789, o problema fundamental, na ausência da doutrina da separação dos poderes, era o das diretrizes dadas ao juiz para lhe permitir cumprir sua missão. À míngua de regra aplicável, ou na ignorância de tal regra, deviam eles interrogar Deus (pois o juízo de Deus podia esclarecê-los não só sobre os fatos da causa, na ausência de provas suficientes, mas também sobre as regras que se deviam seguir), os chefes de censo, os peritos locais (no caso de uma investigação dos costumes) ou, enfim, decidir em seu foro íntimo. Mais tarde, poderão recorrer ao direito romano, à *ratio scripta*, ou evocar o processo diante do rei, fonte de todo direito. Os juízes podiam, em seus arestos, fazer obra de legislador, tendo esse direito sido, de todo modo, reconhecido ao rei e às Cortes soberanas, que podiam proceder por arestos de regulamentação.

Nos diferentes textos inventariados de direito antigo, a única coisa que importava era a indicação de diversas fontes de direito supletivo e da ordem em que os juízes deviam levá-las em conta; sua iniciativa nessa área não podia ser limitada por nada, pois, na pessoa do juiz supremo, ou seja, do rei, estavam reunidos todos os poderes.

O problema das lacunas, tal como o conhecemos hoje, nasce com a limitação do poder judiciário, em decorrência da admissão da doutrina da separação dos poderes, principal garantia contra o absolutismo monárquico e os abusos do Antigo Regime. Em decorrência dessa doutrina, desde a Revolução Francesa é afirmada a preponderância da lei e do poder legislativo, emanação da Nação. Reduz-se o papel do juiz ao de um mero instrumento de aplicação da lei, é-lhe defeso prolatar sentença por via de disposição geral e regulamentar, e a lei de 16-24 de agosto de 1790, sobre a organização judiciária, institui inclusive *référé législatif*, que convida os juízes a se dirigirem ao Corpo legislativo todas as vezes que tiverem dúvidas quanto à interpretação da lei.

Sabemos que o grande jurista Portalis era um ferrenho adversário do *référé législatif* e que havia indicado claramente sua atitude em seu discurso preliminar: "Se falta lei, deve-se consultar o uso ou a eqüidade. A eqüidade é a volta à lei natural, no silêncio, na oposição ou na obscuridade das leis positivas."[10] Sabe-se que o *référé législatif* revelou-se rapidamente a pior solução do problema das lacunas, pois tal solução cria uma nova confusão dos poderes, em proveito, desta vez, do poder legislativo, mas tem ainda mais inconvenientes, pois obriga, todas as vezes, a legislar com efeito retroativo, devendo a regra adotada dirimir também a lide já submetida à apreciação da justiça. Destarte, os conflitos não são julgados por seu juiz natural, e basta que os juízes sejam um tanto timoratos – pois quando eles não interpretam a lei? – para que o poder legislativo fique irremediavelmente atulhado de um número tão grande de recursos que o andamento da justiça ficará lento a ponto de ver-se entravado[11].

Tendo-se tornado patentes os inconvenientes do *référé législatif*, os autores do Código Civil de 1804 encontraram outra solução para o problema das lacunas, que é a do art. 4º, que impõe ao juiz estatuir mesmo em caso de silêncio da lei. A objeção a essa solução foi formulada por Roederer[12], que constata que, dando ao juiz o poder de preencher as lacunas da lei, permitem-lhe invadir as atribuições do poder legislativo. Como diminuir esse inconveniente? Instituindo a obrigação de motivar, que impõe ao juiz tirar do sistema em vigor, mediante todas as técnicas da lógica jurídica, regras de direito que não estão formuladas explicitamente pela lei.

Note-se imediatamente, o que foi bem observado tanto pelo Sr. Huberlant como pelo professor Foriers[13], que a obrigação de estatuir não implica necessariamente, ante o silêncio da lei, a necessidade de criar uma regra nova; ela pode também significar o recurso a um princípio geral de liberdade (raramente formulado de modo explícito), que permite indeferir o pedido de quem não invoca um texto de lei suficientemente explícito.

O que os estudos pormenorizados consagrados ao problema das lacunas nos ensinam é que a legislação, o uso e a jurisprudência não fornecem diretriz única ao juiz que se vê numa situação prevista pelo art. 4º. Existe, a esse respeito, uma nítida diferença entre o direito fiscal e o direito comercial, entre o direito penal e o direito civil. Se uma disposição constitucional prevê que apenas uma lei pode estabelecer um imposto ou instituir uma infração penal, o juiz não poderá substituir-se a um esquecimento do legislador, que omitiu fixar a taxa do imposto ou prever a sanção de um delito punível; caber-lhe-á indeferir o pedido do fisco e absolver o réu. Em contrapartida, se uma convenção entre partes prevê juros de mora, sem indicação de taxa, o juiz deverá, com eqüidade, fornecer a regra supletiva que possibilitará preencher a lacuna da lei das partes.

Cumprirá falar de lacuna não só no caso do silêncio, mas também no de obscuridade da lei? Noutros termos, cumprirá dizer que há lacuna quando se deve recorrer à interpretação, em conformidade com a regra do direito canônico *lex dubia lex nulla*[14]?

À primeira vista, deve ser mantida uma diferença entre o silêncio e a obscuridade da lei, pois no primeiro caso o juiz pode, quer indeferir o pedido, invocando a ausência de regra, quer fornecer a regra segundo a qual ele estatuirá, ao passo que, no segundo caso, deve interpretar a lei obscura de um modo ou de outro. Há mais, porém. Certas legislações nos impõem distinguir claramente entre os casos de silêncio e de obscuridade da lei. Assim é que a lei israelense prevê que, em caso de lacuna, o juiz deve completar a lei referindo-se "à *common law* e às doutrinas de eqüidade em vigor na Inglaterra". Mas resulta claramente da interessantíssima exposição do professor G. Tedeschi[15] que o juiz não deve recorrer à lei supletiva *senão depois* que os esforços de interpretação (da *Mejelle* muçulmana, por exemplo) se revelaram infrutuosos. Para interpretar uma dada legislação, deve-se referir a tudo quanto pode esclarecê-la do interior; unicamente em caso de silêncio da lei é que se deverá buscar uma solução na lei supletiva estrangeira.

Isto não impede que, noutros sistemas jurídicos, subsista certa variação e que o que um sistema considera interpretação possa ser qualificado, noutro, como o fato de preencher uma lacuna da lei. Assim é que, como nos indica o Sr. Canaris[16], para os juristas suíços o raciocínio por analogia e o recurso à *ratio legis* se prendem à interpretação, enquanto o recurso a princípios gerais se prende à técnica do preenchimento de lacunas, sendo o inverso admitido pelos juristas alemães. Nos sistemas que não prevêem a remissão a outro sistema jurídico para preencher as lacunas, essa indeterminação da noção de lacuna não tem grandes conseqüências, mas mostra-nos claramente o que teria de artificial e de inaceitável uma regra geral de liberdade, segundo a qual é permitido tudo quanto não é obrigatório (ou proibido). Uma regra assim, que faz o cuidado da segurança prevalecer sobre o de eqüidade ou de bem comum, deve ser explicitamente formulada para impor-se ao juiz; quando se trata de interpretar a lei, uma regra assim é inconcebível; ela também o é em caso de antinomia e de lacuna, resultante de uma ausência de regra de solução destas. Por outro lado, e isto nos foi utilmente assinalado pelo Conselheiro Buch[17], em direito administrativo, a existência de uma lacuna não significa liberdade de agir, mas, ao contrário, marca o limite da ação do poder administrativo.

Observe-se, por outro lado, que, se a lacuna resulta do silêncio da lei, esse silêncio é constatado *depois* da interpretação da lei, e isto no contexto tanto das outras regras jurídicas como da situação de fato. Muito amiúde a lacuna (que podemos qualificar de "falsa lacuna") resulta da interpretação restritiva da lei. Basta pensar no interessante exemplo, assinalado pelo conselheiro R. Legros[18], em que a Corte decidiu não aplicar a lei penal belga a um ato cometido por um belga na França, pois essa lei oferecia ao estrangeiro, e para fatos que haviam sucedido em seu próprio país, uma proteção maior do que sua lei nacional lhe concedia. Assim também, uma lacuna pode resultar do fato de, contrariamente à lei, certos delitos nem sempre serem reprimidos: sabemos que, apesar do art. 305 do Código Penal belga, que prevê a punição dos proprietários de casas de jogo, a promotoria nem sempre instaura processos penais. Quando é preciso, não obstante, velar pela aplicação desse artigo? Nenhum texto expresso o diz: há, aí, uma lacuna certa, resultante da não-concordância da prática com as prescrições legais.

É na medida em que há desacordo quanto à interpretação da lei que haverá também, com muita freqüência, desacordo sobre o fato de a lacuna contestada ser *praeter* ou *contra legem*, de se tratar de lacuna da lei ou de erro do legislador, de a lacuna ser imanente ou transcendente: a maioria dessas distinções, clara na teoria, é muito controvertida na prática, na medida em que resulta de uma ou de outra interpretação dos textos legais (ou de seu silêncio). O único caso em que é difícil negar a existência de uma lacuna é aquele em que se trata de uma lacuna *intra legem*, de lacuna que é preciso preencher para que uma decisão, seja ela qual for, se torne possível.

Vamos examinar alguns casos concretos que nos mostrarão, melhor do que classificações teóricas, como se apresenta o problema das lacunas.

Estudamos, em 1954, no Centro Nacional de Pesquisas de Lógica, a questão de saber se o usufrutuário de um crédito tem o direito de receber o capital ao vencimento do empréstimo, sem a concordância do nu-proprietário[19]. A teoria, denominada clássica, sustentada por Aubry e Rau, Baudry-Lacantinerie, Colin e Capitant, sustenta que o usufrutuário, tendo o direito de administrar, pode receber sozinho os capitais quando do vencimento do crédito, transformando-se o usufruto em quase-usufruto. Em contrapartida, Huc, em seu comentário teórico e prático do Código Civil (tomo IV, sob o art. 589, nº 185), afirma que o pagamento acarreta a extinção do crédito, o que acarreta a extinção do usufruto, cabendo a soma paga ao nu-proprietário, que é o único que tem o direito de receber o capital. Nem a doutrina clássica nem Huc falam de lacuna da lei.

Em contrapartida, a existência de uma lacuna é nitidamente afirmada por Labbé e pela posição assumida por De Page e Dekkers em seu *Traité*: segundo eles, como a lei não prevê a transformação do usufruto em quase-usufruto, existe uma lacuna que eles vão preencher elaborando a noção de sub-rogação real[20]. É graças a essa sub-rogação que, como um bem novo fica no lugar de um bem que acabou de desaparecer, cabe aplicar ao caso do usufruto a situação que prevalece em casos análogos, ou seja, o concurso de dois interessados, nessa ocorrência o usufrutuário e o nu-proprietário.

A construção jurídica permite, a um só tempo, descobrir a lacuna e preenchê-la. Muito amiúde, teorias como a do abuso de poder, da fraude à lei[21], de ordem pública internacional[22], limitam a aplicação de textos legais; daí resulta o que alguns autores qualificam de *falsa lacuna* e que corresponde à *falsa antinomia* resultante de uma incompatibilidade entre um texto legal e as conseqüências inadmissíveis, porque contrárias à eqüidade, de sua aplicação em casos de certa espécie[23]. Antinomia e lacuna implicam, então, um juízo de apreciação que subordina uma disposição legal, ou sua interpretação, a uma regra julgada mais importante. Os defensores dessas teorias falarão, nesses casos, de lacunas *praeter legem*, ao passo que seus adversários dirão que não se trata de lacuna, e sim de uma interpretação *contra legem*.

Conhecem-se as dificuldades que a jurisprudência belga teve de superar no problema dos distúrbios de vizinhança[24]. Havia-se começado por motivar as decisões recorrendo aos arts. 1.382 e 1.384 do Código Civil, que falam de reparação do dano causado por uma falta, e isto na ausência de qualquer falta detectável. Foi apenas em 1960 que se encontrou uma motivação mais satisfatória, recorrendo à idéia de que, ao conceder aos proprietários vizinhos igual proteção da lei, resulta do art. 544 do Código Civil um direito à indenização em favor de quem foi lesado pela ruptura dessa igualdade. O princípio da igualdade perante a lei, estudado na interessante comunicação do Sr. Silance, por ir além das relações de direito público entre o Estado e os cidadãos e por aplicar-se igualmente às relações de direito privado entre indivíduos particulares, vem preencher uma lacuna do art. 544, que não prevê solução expressa no caso em que, usando de um direito que lhe é reconhecido, um proprietário causa um grave prejuízo ao direito igualmente protegido de outro proprietário; a comunicação do professor Wolf nos mostrou quão extenso foi o uso, feito pelos tribunais suíços, do princípio geral da igualdade perante a lei, para preencher as lacunas da lei[25].

Passemos a outro caso em que, ante o silêncio da lei, um princípio não escrito foi reconhecido várias vezes, pela Corte de Cassação da Bélgica, como uma regra por demais evidente para ser enunciada. Trata-se dos debates sobre a admissão, na Bélgica, das mulheres à profissão de advogado e ao cargo de *avoué*.

No acórdão de 11 de novembro de 1899, adotado pelo procurador-geral L. Cornil, em 29 de abril de 1946[26], a Corte de

Cassação afirma que "se o legislador não excluíra mediante uma disposição formal as mulheres do exercício da advocacia, foi porque tinha como axioma por demais evidente para que se devesse enunciá-lo que o serviço da justiça era reservado aos homens". Desta vez o silêncio não é o sinal de uma lacuna, nem o indício de que se trata de uma matéria que escapa ao direito (o "não-direito")[27], mas a expressão de uma regra de direito por demais evidente para dever ser enunciada. Como a lei de 7 de abril de 1922 permitiu às mulheres, munidas do diploma de doutor de direito, prestar o juramento e exercer a profissão de advogado, o procurador-geral daí induziu que a legislação belga reserva, em princípio, aos homens o serviço da justiça. Na lei de 7 de abril de 1922, que permitiu às mulheres exercer a profissão de advogado, limitando essa inovação aos tribunais inferiores teria mostrado (*a contrario*) que se queria manter o *status quo* em relação aos *avoués*.

Não obstante, deve-se mesmo constatar que a assembléia geral da Corte de Apelação de Bruxelas havia apresentado, em 12 de novembro de 1945, uma senhora na lista dos candidatos a um lugar vago de *avoué*, e isto sem acreditar violar a lei, mas aplicando um raciocínio *a pari*: como o legislador, pelo voto da lei de 7 de abril de 1922, descartou as razões invocadas pela Corte de Cassação em 1899 para recusar às mulheres o direito de exercer a profissão de advogado, podia-se concluir, por analogia, que nada se opunha a que elas exercessem as funções de *avoué*.

O procurador-geral, cujo parecer fora seguido pela Corte de Cassação, tinha, no fundo, a mesma opinião que a Corte de Apelação; achava, contudo, que competia não ao juiz, e sim ao legislador modificar a regra de direito (não-escrita).

Os dois acórdãos da Corte de Cassação da Bélgica, tanto o de 11 de novembro de 1889 como o de 29 de abril de 1946, são notáveis, do ponto de vista que nos ocupa, o das lacunas em direito. No primeiro caso, a Corte nega a existência de uma lacuna, quando nenhum texto legal afasta as mulheres de advogar nos tribunais inferiores: algumas evidências não precisariam ser enunciadas para serem reconhecidas. Observe-se, a esse respeito, que nenhum texto legal estipula expressamente que o casamento deve ser contraído entre pessoas de sexos diferentes; trata-se, ainda assim, de uma regra de direito inegável, que nenhum jurista imaginaria contestar.

Por ocasião do acórdão de 1946, a situação havia evoluído muito, e todas as razões dadas pela Corte de Cassação em 1889 pareciam tão contrárias à opinião pública que se tornavam ridículas. Não obstante, a Corte de Cassação se acreditava fiel à lei ao utilizar um raciocínio *a contrario*, ao passo que o uso do raciocínio *a pari* parecia-lhe violar a lei. Como explicar sua atitude, quando *no fundo* ela dava razão à Corte de Apelação? Na verdade, a única razão perceptível, que lhe podia justificar a convicção de que era ela que respeitava a vontade do legislador, e não a Corte de Apelação, que raciocinava *a pari*, era que sua decisão respeitava e deixava conforme ao direito um estado de coisas existente de fato.

Até 1889, como nenhuma mulher da Bélgica se vira nas condições exigidas para poder prestar o juramento de advogado, nem sequer se colocara a questão da existência de uma regra de direito proibindo às mulheres o acesso à advocacia. Assim também, até 1945, como nenhuma mulher preenchia as condições, nenhuma postulava as funções de *avoué*. A manutenção do *status quo*, ou melhor, sua transformação de estado de fato em estado de direito, parecia mais conforme à idéia que a Corte de Cassação fazia de seu papel. Mas a Corte de Cassação deve, em seus arestos, zelar pela observância da vontade presumida do legislador que votou uma lei ou pela vontade presumida do legislador atual? Em cada caso, o legislador tem condições de legislar, se se opõe à jurisprudência da Corte. Cumprirá que a Corte, por seus arestos, confirme sempre o *status quo* de fato, num sentido estático, sem levar em conta a evolução, contudo reconhecida, dos costumes, obrigando com isso o Parlamento a tomar a iniciativa de uma modificação da regra ou, ao contrário, deverá ela estatuir de uma forma que lhe pareça mais conforme à vontade presumida do legislador atual, o que evitaria a este as fadigas e as demoras de um procedimento parlamentar? A resposta a essa questão depende, evidentemente, da idéia que a Corte de Cassação faz de seu papel: ela é um poder passivo, sem nenhuma iniciativa, ou é, ao contrário, um auxiliar ativo, embora subordinado, do poder legislativo?

O papel da Corte de Cassação, como o de todos os tribunais, é utilizar da melhor maneira a regra de justiça, que exige que tratemos da mesma forma situações essencialmente semelhantes[28]. A questão importante é, evidentemente, a de decidir quando duas situações são ou não essencialmente semelhantes.

Assim é que um acórdão da Corte de Cassação, de 1º de junho de 1966[29], referente à citação direta às jurisdições militares, lembra que o demandante fundava a admissibilidade de sua citação, de um lado, no art. 182 do Código de Instrução Criminal, que prevê a citação direta à jurisdição ordinária e, do outro, no silêncio do Código de Processo Penal Militar sobre essa matéria, alegando que, ante o silêncio da lei especial, que é secundária, a lei geral, que é principal, deve ser aplicada, e isto em conformidade com uma jurisprudência constante. Ora, o Tribunal Militar havia descartado esse pedido, fundamentado na similitude de dois procedimentos: "seria", dissera o relator da lei de 1889 relativa ao Código de Processo Penal Militar, "absolutamente destrutivo de toda disciplina e inadmissível que qualquer soldado pudesse citar diretamente ao Tribunal dos Conselhos de Guerra ou do Tribunal Militar seus companheiros, seus superiores e seus chefes". A Corte de Cassação confirma essa sentença. A regra geral referente à citação direta deve, pois, ser descartada, por causa da especificidade dos tribunais militares.

O problema das lacunas surge em geral por ocasião de um conflito entre a letra e o espírito da lei. A finalidade da lei prevalecerá, por exemplo, em direito público, no qual se reconhecerá que as prescrições constitucionais, que devem ser observadas em circunstâncias normais, não podem prevalecer sobre o princípio da continuidade do Estado, que deve poder funcionar nas mais difíceis circunstâncias, mesmo em tempo de guerra, quando o território nacional está ocupado pelo inimigo[30].

Essa forma de raciocinar permitirá ao juiz completar a lei, concedendo a primazia aos valores que o próprio legislador considera mais importantes. Assim é que, embora o direito alemão não tenha previsto exceção para o caráter punível do aborto, mesmo que ele seja indispensável para salvar a mãe, o juiz tirará partido do fato de que outras disposições indicam claramente que, para o legislador, a vida da mãe é mais preciosa do que a do feto, para admitir como causa de justificação a obrigação de salvar a vida da mãe[31]: nesse caso, não é o espírito da lei particular, mas o do sistema legal em seu todo que prevalecerá sobre a letra da lei[32].

O juiz poderá presumir uma lacuna da lei quando uma disposição é contrária ao seu espírito. Assim é que a lei belga de 16 de março de 1954 fixa o estatuto do pessoal dos órgãos paraestatais em direito público; que classifica estes em quatro categorias, com maior ou menor autonomia. Se medidas de garantia são previstas em favor do pessoal de órgãos mais independentes, pode-se, raciocinando *a pari* ou mesmo *a fortiori*, completar a lei tornando-as obrigatórias para órgãos menos independentes[33]. Extraindo regras gerais de legislações particulares, seguindo o espírito da lei, a coerência do sistema ou a idéia do direito, decidindo quais são, nessa perspectiva, os casos comparáveis e os casos diferentes, quais são os valores preponderantes, poder-se-ão preencher as lacunas da lei ou limitar-lhes o campo de aplicação.

Essa técnica, que permite ao juiz, sem deixar de respeitar o espírito da lei ou o espírito do sistema, ir além da letra da lei ou mesmo opor-se a ela, não pode ser utilizada pelo juiz de um modo uniforme em todos os casos. Pois os poderes do juiz em face da lei podem ser variáveis. Em direito polonês, o juiz terá mais latitude em face das leis anteriores à criação da República Democrática do que perante as leis novas[34]. Ele pode interpretar com mais liberdade um regulamento do que uma lei, preencher com mais facilidade uma lacuna em direito civil do que em direito fiscal ou penal e, neste último caso, interpretará mais facilmente a lei em favor do réu do que contra ele. Observe-se, de passagem, que nossa Corte de Cassação é mais formalista do que as Cortes de Apelação, mais sensíveis às conseqüências sociais de seus arestos: tornamos a encontrar aqui a eterna dialética entre o formalismo e o pragmatismo jurídicos.

Nossos estudos indicaram claramente a evolução que ocorreu na posição do juiz em face da lei desde o início do século XIX. Enquanto a escola da exegese considerava a lei como a única fonte do direito, a evolução da jurisprudência mostrou o que essa concepção tinha, muito amiúde, de ilusório, e mesmo de fictício. O papel ativo do juiz se assinala mormente por ocasião das antinomias e das lacunas em direito. Mas o juiz não pode estatuir de um modo arbitrário, pois deve motivar suas sentenças e arestos: a lógica jurídica deve permitir-lhe fecundar a lei, em conformidade com o espírito do direito, extrair novas premissas a partir dos textos existentes.

Quais são, nessa perspectiva, que não resulta de uma visão teórica, e sim de uma análise efetiva da jurisprudência, as regras de direito que se impõem ao juiz, em que medida ele contribui para a elaboração delas e pode criar novas regras, e isto no exercício de suas funções puramente judiciárias – eis o que nos empenharemos em pôr em evidência num novo ciclo de pesquisas consagrado à *regra de direito*[35].

§ 54. As noções com conteúdo variável em direito[1]

Mais do que o moralista ou o político, o jurista se preocupa, e com toda a razão, com a segurança jurídica. Numa ordem social caracterizada pela segurança jurídica, em que se supõe que cada qual conheça seus direitos e suas obrigações, da qual estão eliminados as controvérsias e os conflitos resultantes da ambigüidade e da indeterminação da lei, manifestam-se valores que, na mente de muitos juristas, se identificam à justiça: a previsibilidade, a imparcialidade, a igualdade perante a lei, a ausência de arbitrariedade dos administradores públicos e dos juízes. No limite, um sistema de direito concebido unicamente em função do ideal de segurança jurídica eliminaria a intervenção de qualquer julgamento, substituindo os juízes por computadores na administração da justiça.

Assim é que, quando se tratou de reprimir a embriaguez ao volante, e não querendo que os juízes pudessem apreciar livremente o estado de embriaguez do motorista, o legislador substituiu a noção qualitativa e mal definida de estado de embriaguez por uma noção quantitativa, a taxa de alcoolemia, ou seja, a presença de certa porcentagem de álcool no sangue que é detectada por técnicas objetivas, o que elimina qualquer apreciação subjetiva do juiz. Com efeito, se a taxa de alcoolemia é verificada de uma forma que não deixe lugar a nenhuma discussão, ao juiz só cabe aplicar, de um modo por assim dizer automático, a regra geral ao caso particular. O papel do juiz se atém a tirar as conseqüências legais, fixadas pelo legislador, de um fato estabelecido objetivamente.

Assim também, para garantir a segurança das transações, nos sistemas de direito moderno, a noção vaga de maturidade de um adolescente foi substituída pela de maioridade legal. Tendo atingido certa idade, atestada pelos registros civis, o indivíduo poderá exercer plenamente seus direitos civis e políticos, poderá casar-se com ou sem o consentimento dos pais, será penalmente responsável por seus atos. Nada impede fixar idades diferentes para cada uma das situações consideradas e mesmo, se necessário, fixar idades de maioridade diferentes de acordo com o sexo. Se o legislador faz depender o que concerne ao estado e à capacidade das pessoas de sua nacionalidade ou de sua religião, a idade da maioridade pode variar de sistema a sistema e mesmo de época a época. Daí, como bem notou o professor Fr. Rigaux, um certo pluralismo e um certo relativismo, tão característicos do direito internacional privado[2].

É óbvio que a substituição de uma noção subjetiva (a maturidade) por uma noção objetiva (a maioridade) só pode ser feita nos Estados onde existem registros civis nos quais se pode confiar. Nas tribos primitivas a maioridade não é atestada por documentos, mas por cerimônias públicas de iniciação, que em geral deixam uma marca visível na pessoa do iniciado.

Para escapar à idade legal de maioridade, a pessoa será obrigada a recorrer a um instituto legal, tal como a emancipação; para escapar à idade mínima fixada para o casamento, o indivíduo deverá obter uma dispensa oficial do imperador ou do rei, e isto por motivos graves. Fixar-se-ão, da mesma forma, os prazos que determinam as diversas prescrições, em matéria penal, fiscal ou civil. Em todas essas circunstâncias, o poder de apreciação dos juízes é, por assim dizer, inexistente.

Em decorrência dos distúrbios que se seguiram à Revolução Francesa de 1789, o Parlamento inglês havia adotado uma legislação penal muito severa, que punia *obrigatoriamente* com pena de morte toda pessoa culpada de *grand larceny*. Ora, era qualificado de *grand larceny* qualquer roubo cuja importância ultrapassasse 39 xelins. No início do século XIX, quando o grande medo do contágio revolucionário se atenuara, os juízes, recusando-se a condenar à morte por roubo, estimavam regularmente em 39 xelins a importância do roubo, fosse ele qual fosse. A ficção tornou-se flagrante quando, em 1808, o roubo de dez libras esterlinas foi avaliado em 39 xelins[3]. Pouco depois a lei era modificada.

O recurso à ficção que encontramos em cada sistema jurídico manifesta a revolta dos juízes, e mormente dos júris, diante de uma regra de direito que acham iníqua ou inadaptada em dada situação. Quando o texto que deve aplicar não lhe deixa nenhum poder de apreciação, o júri não hesita em recorrer a uma ficção, ou seja, a uma falsa qualificação dos fatos, para escapar às conseqüências da regra jurídica por ele julgadas inaceitáveis. Em circunstâncias análogas, o juiz togado criará de preferência falsas lacunas ou falsas antinomias, alegando o fato de que o legislador não havia previsto os casos específicos ou que sua disposição colide com outra regra que prevalece no caso[4]. Essas diversas técnicas, próprias do raciocínio jurídico, fazem que prevaleçam, sobre a segurança jurídica, resultante da estrita aplicação de uma regra rígida, outros valores, tais como a eqüidade ou o interesse geral, cuja violação parece desarrazoada no caso específico[5].

Levando em conta a infinita variedade das circunstâncias, o fato de que não é capaz de prever tudo e regulamentar tudo com precisão, admitindo que regras rígidas se aplicam penosamente a situações variáveis, o legislador pode introduzir deliberadamente, no texto da lei, noções com conteúdo variável, vago, indeterminado, tais como *a eqüidade, o razoável, a ordem pública, a falta grave*, deixando ao juiz o cuidado de precisá-las em cada caso específico. O reitor J. Carbonnier mostrou como a nova legislação francesa sobre o direito de família introduziu no texto noções com conteúdo variável, tais como *o interesse da criança, o interessa da família, a dureza*, para deixar ao juiz maior liberdade de apreciação[6]. Com efeito, quanto mais vagas e indeterminadas são as noções jurídicas aplicáveis, maior é o poder de apreciação deixado ao juiz. Nada mais característico a esse respeito do que os tratados da CECA e da CEE, nos quais a acumulação de noções com conteúdo indeterminado forneceu poderes quase exorbitantes ao Tribunal de Justiça das Comunidades Européias[7].

Observe-se, de passagem, que uma outra forma de introduzir certa maleabilidade e certa flexibilidade na aplicação do direito penal resulta do poder concedido ao Ministério Público de julgar da oportunidade da instauração de processos, levando em conta a evolução da opinião pública. Viu-se claramente isso em vários países da Europa continental onde, não tendo sido modificada a legislação que punia severamente o aborto, os procuradores-gerais acharam que não deviam instaurar processo contra abortos realizados em meio hospitalar.

Outra forma de variabilidade foi descrita com pormenores por J. Gilissen, historiador e auditor militar geral, a da noção de *colaboração com o inimigo*, em que não só textos idênticos eram aplicados diferentemente em diversos países, mas também em que os mesmos crimes de colaboração eram punidos de forma extremamente variada, que iam da pena de morte à pena de prisão de um ano[8]. Constatou-se, de fato, que a emoção suscitada pela colaboração com o inimigo, muito intensa durante os primeiros meses que se seguiram ao fim da última guerra, se apaziguara com o correr do tempo, e a gravidade das penas se ressentiu inevitavelmente disso.

Em seu relatório introdutivo, o professor J. Verhaegen enumerou as diversas expressões que designam, todas elas, noções com conteúdo variável e cuja interpretação corre o risco de não ser uniforme: noções confusas, vagas, equívocas, ambíguas, indefinidas ou mesmo indefiníveis, imprecisas, indeterminadas, que necessitam de apelar para juízos de valor, para a apreciação dos administradores públicos ou dos juízes[9]. Numa exposição muito sugestiva, consagrada às noções com conteúdo variável em direito penal – em que, mais do que em nenhum outro ramo do direito, a segurança jurídica se impõe aos juristas – o presidente R. Legros forneceu numerosos exemplos em que é a própria jurisprudência que maleabiliza noções que o legislador, por sua vez, quisera mais rígidas[10]. Dentro do mesmo espírito, o professor J. Perrin mostrou como os juízes suíços maleabilizaram a noção de esposo inocente – que condicionava a atribuição da guarda dos filhos e a de uma pensão alimentar –, a fim de chegar a soluções humanamente mais aceitáveis[11].

Vê-se, por esses exemplos, que preocupações de humanidade e de eqüidade às vezes prevalecem sobre a segurança jurídica no direito positivo moderno. Mas é isso que, com ainda bem maior freqüência, ocorre em direito canônico, que não conhece a separação dos poderes, em que a caridade prevalece sobre a justiça e cuja finalidade é mais a salvação das almas do que o funcionamento regular das instituições[12]. É por essa razão que certos canonistas se perguntaram se é possível transpor para o direito canônico princípios extraídos do direito estatal. Com efeito, os juristas profissionais são obcecados pelo temor da arbitrariedade, que muitos dentre eles não hesitam em identificar à injustiça. É esse o grande perigo que vêem na aplicação das noções com conteúdo variável, cuja determinação parece abandonada ao poder discricionário dos magistrados. Esse perigo é ainda maior quando valores, com conteúdo indefinido, protegidos por disposições constitucionais, ensejam conflitos, quando o respeito a um desses valores acarreta a violação de outro. Sabe-se que a primeira vez que a Corte Suprema dos Estados Unidos aplicou a vaga noção de *due process of law* foi no célebre caso Dred Scott, no qual ela considerou inconstitucional o compromisso de Missouri, que concedia a liberdade aos escravos dos territórios recém-adquiridos na Lousiana[13]. Isso porque a libertação dos escravos ofendia incontestavelmente o direito de propriedade de seus senhores.

Tais conflitos entre valores constitucionalmente protegidos se arriscam a suceder com tanto maior freqüência quanto mais numerosos são esses valores. Ora, sabemos que, após a Segunda Guerra Mundial, várias constituições incluíram numerosos artigos protegendo os direitos humanos, que já não são concebidos como eternos e imutáveis, mas cujo conteúdo varia com as circunstâncias históricas[14]. Daí inumeráveis conflitos. Como dirimi-los sem cair na arbitrariedade? Como motivar as decisões tomadas de um modo coerente? Um estudo sistemático e exaustivo, empreendido por W. Schreckenberger, mostrou como a Corte Constitucional da República Federal da Alemanha pôde resolver esse delicado problema elaborando uma visão "holística", ou seja, integrando o conjunto dos valores que deviam ser protegidos numa visão global que permitia limitá-los e hierarquizá-los[15].

Em direito civil e em direito penal, os problemas por resolver, quando se trata de aplicar noções com conteúdo variável, implicam habitualmente, em cada caso específico, apenas uma solução. A solução apelará o mais das vezes a *padrões*, ou seja, critérios fundamentados no que parece normal e aceitável na sociedade no momento em que os fatos devem ser apreciados[16]. É verdade que a noção do que é normal pode igualmente ser objeto de uma apreciação subjetiva do juiz, mas esta não pode ser totalmente arbitrária. Aliás, muito amiúde o juiz será guiado por uma jurisprudência anterior.

Quando se trata de normas técnicas, por exemplo, de regras que devem ser observadas na construção de grandes obras de engenharia civil, institutos de normalização em geral indicam normas de um modo quantitativo, podendo mesmo essas normas serem unificadas por convenções internacionais[17]. Essas normas podem ser revistas periodicamente em decorrência dos progressos técnicos ou da introdução de materiais novos.

Mas como evitar a arbitrariedade quando se trata de apreciar valores de ordem social ou moral?

De certas noções jurídicas, tais como "a separação dos poderes" ou "o sigilo profissional", os tribunais tiraram conseqüências diametralmente opostas em diferentes períodos da evolução do direito[18]. Cumprirá falar, a esse respeito, de noções com conteúdo variável? Nesse caso, parece que poucas noções jurídicas escapariam a essa qualificação.

Poucos juristas hesitariam em qualificar assim noções, cujo uso é freqüente nos diversos ramos do direito, tais como *a ordem pública, o razoável, a proporcionalidade*. Cumprirá, para precisá-las, introduzir o que o professor R. Zippelius[19] qualificou de método experimental em direito, análogo ao que K. Popper preconizou nas ciências?

De todo modo, as três noções que mencionamos foram examinadas pelos Srs. Ghestin e McCormick e pela Sra. Bauer-Bernet. Cada uma delas foi objeto de decisões, a partir das quais a doutrina ou a jurisprudência poderia tentar elaborar definições que serviriam de diretrizes para juízes posteriores. Em geral essas diretrizes distinguem categorias de casos que devem ser tratados diferentemente.

A exposição do professor J. Ghestin, consagrada à noção de ordem pública, distinguirá a ordem pública internacional, que limita o recurso à lei estrangeira normalmente aplicável (como no caso de bigamia), da ordem pública interna, que limita a liberdade das convenções. E, neste último caso, far-se-á uma nítida diferença entre as regras estabelecidas no interesse geral, que são absolutas e devem ser invocadas pelas autoridades judiciárias, mesmo quando as partes delas não se prevalecem, e aquelas que visam a proteger uma das partes, que são relativas e só podem ser invocadas por aqueles que elas pretensamente protegem[20].

A noção de *reasonable*, tão freqüentemente utilizada nas motivações dos tribunais anglo-americanos, aparece, em direito continental, sobretudo sob sua forma negativa, a do desarrazoado. Assim é que o Conselho de Estado da Bélgica decidirá que é desarrazoado invocar a urgência para escapar aos constrangimentos impostos à administração pública quando, legalmente, ela deveria proceder a uma concorrência pública, se o prazo que há entre a concorrência e a execução parece longo demais para que o fato de invocar a urgência não seja mais que um pretexto[21].

No direito anglo-americano, quando o exercício de um direito for subordinado à existência de um motivo razoável, apreciar-se-á diferentemente o que é razoável conforme os diversos tipos de situação. Buscar-se-ão os critérios objetivos do razoável quando se tratar de relações comerciais, ao passo que o elemento subjetivo prevalecerá para apreciar um motivo de divórcio. Assim é que, quando, num contrato de locação, o proprietário não puder opor-se à sublocação senão fornecendo um motivo razoável de sua recusa, o juiz descartará o motivo que resulta da ideologia do proprietário: não será considerada razoável a recusa de sublocar emanante de uma instituição judaica ortodoxa porque o sublocatário é uma associação que distribui literatura anticoncepcional. Em contrapartida, admitir-se-á, como motivo razoável de divórcio, que os fatos alegados não permitem, no parecer subjetivo da parte lesada, o recomeço da vida em comum[22].

O juiz evita aplicar uma regra geral quando, num caso específico, essa aplicação lhe parece desarrazoada. Mas a noção de desarrazoado é, por sua vez, suscetível de interpretações opostas. Que fazer quando duas regras, igualmente importantes, conduzem, no caso, a conseqüências diametralmente opostas e quando pode parecer desarrazoado violar qualquer uma dessas regras? Foi essa a situação que perdurou, na Bélgica, por mais de dez anos e que Paul Foriers descreveu num excelente artigo[23].

Nesse artigo, P. Foriers descreve o conflito que ocorreu entre duas regras, uma impondo a cotação forçada do franco (um franco continua a valer um franco) e a outra não admitindo uma expropriação forçada por causa de utilidade pública senão "mediante uma justa e prévia indenização", sendo o montante da indenização fixado no julgamento de expropriação. Ora, certo número de expropriados, antes da guerra de 1914, só haviam sido pagos vários anos depois do julgamento, quando o franco belga havia perdido seis sétimos de seu valor. Daí numerosos processos intentados pelos expropriados que se sentiam injusta e ilegalmente lesados. Cumpriria fazer uma exceção em favor deles ou manter, custasse o que custasse, o princípio de que um franco continuava a valer um franco, que lesava a todos os credores cujos créditos haviam perdido o essencial de seu valor? Os tribunais belgas se recusaram a reavaliar a indenização de expropriação até o momento em que o governo belga desvalorizou oficialmente o franco por um decreto de 25 de outubro de 1926.

A noção de proporcionalidade, freqüentemente utilizada em *direito comunitário*, foi examinada detalhadamente pela Sra. Bauer-Bernet[24].

A importância dessa noção é que ela limita a arbitrariedade dos Estados no tocante às violações do direito comum europeu: "Nenhuma violação pode ofender o direito comum além da medida necessária."[25] Sua indeterminação resulta essencialmente do número de variáveis que se devem levar em consideração e da importância relativa delas que deve ser apreciada pelo juiz. Mas como limitar a arbitrariedade que poderia resultar desse poder de apreciação?

Um princípio juridicamente eficaz para lutar contra a arbitrariedade é o da *igualdade perante a lei*, tal como é garantida em diversas constituições desde a Revolução Francesa de 1789. Tal como foi compreendido durante mais de um século, ele só concerne à aplicação igual da lei pelo juiz ou pelo administrador público, mas essa expressão deixa inteiro o problema da *igualdade perante a lei*, ou seja, aquele da criação, pelo legislador, de desigualdades arbitrárias e injustificadas.

O jurista alemão Gerhard Leibholz, que depois da última guerra se tornou juiz da Corte Constitucional de Karlsruhe, lutou vários anos para que o princípio da igualdade inscrito na Constituição de Weimar fosse interpretado como proibição das desigualdades arbitrárias em *todos* os níveis. Só obteve satisfação depois da Constituição de Bonn, de 1951, que concebeu o princípio de igualdade como a proibição de desigualdades arbitrárias não só na aplicação da lei, mas também na formulação desta: será declarada inconstitucional toda lei que distinguir entre os cidadãos de uma forma arbitrária, ou seja, que estabelecer discriminações que não são justificadas pelo objetivo perseguido pelo legislador[26]. Mas, para não se substituir ao legislador que, num Estado democrático, representa a vontade da nação, a Corte só exercerá um controle marginal da constitucionalidade: bastar-lhe-á indicar a existência de um motivo razoável para admitir que a distinção estabelecida pela lei é justificada pelo interesse comum[27].

Em contrapartida, a Corte Suprema dos Estados Unidos foi muito mais longe no controle da constitucionalidade das leis. Embora a existência de motivos razoáveis lhe baste para admitir distinções estabelecidas pela lei quando se trata de categorias não suspeitas, embora, nesses casos, a presunção de constitucionalidade intervenha em favor do legislador, a Corte será muito mais exigente quando a legislação for atinente a categorias suspeitas. Quando a legislação contestada concernir a discriminações fundamentadas na raça (proibição fundada na 14ª emenda) ou nos direitos fundamentais protegidos pela Constituição, as distinções estabelecidas serão submetidas a um controle estrito (*strict scrutiny*): os poderes públicos é que devem então estabelecer que a legislação persegue um objetivo *essencial* e que as distinções que introduz são *indispensáveis* para a realização desse objetivo. No que tange às distinções fundamentadas no sexo, a Corte Suprema ficou cada vez mais exigente durante os últimos vinte anos sem, contudo, chegar ao controle estrito. Ela se deteve num nível de controle intermediário (*intermediate scrutiny*), exigindo que os objetivos perseguidos pelo legislador sejam *importantes* e que as distinções introduzidas sejam pertinentes (*substantially related*) com relação ao objetivo visado. Ela admitirá, ademais, exceções à legislação quando circunstâncias particulares as justificarem[28].

Insistimos, no início de nossa exposição, na importância da segurança jurídica para o direito. É por essa razão que os juristas que procuram opor-se à arbitrariedade dão tanto valor ao princípio de igualdade, garantia da uniformidade e da imparcialidade na aplicação da lei, que justifica o respeito concedido aos precedentes judiciários. Assim é que, mesmo quando se trata claramente de questões de fato, tais como a fixação de indenizações em caso de acidente que causou a morte ou uma invalidez permanente, em aplicação do art. 1.382 do Código Civil, os juízes se inspiram, para evitar a arbitrariedade, em tarifas jurisprudenciais, que, aliás, variam de um país para o outro. Mas casos há em que a uniformização da jurisprudência se mostra irrealizável.

O caso típico se refere à aplicação do art. 383 do Código Civil belga que pune a obscenidade e, mais particularmente, a difusão pública de imagens ou de filmes contrários aos bons costumes. É geralmente aceito que não serão julgadas contrárias ao art. 383 as imagens publicadas em obras científicas, com objetivo médico, por exemplo, assim como aquelas cuja natureza artística for indiscutível. A Sra. Lahaye sugeriu não considerar puníveis senão atos que ofendem a liberdade espiritual do espectador[29]. Mas, como interpretar o art. 383 do Código Penal ante a evolução rápida dos costumes, mormente quando tal evolução é muito desigual nas diversas regiões do país? Como reagir ante a projeção pública de filmes que mostram cenas sexuais muito ousadas? As mesmas cenas, que haviam parecido escandalosas antes de 1940, parecem muito inocentes hoje ao público de uma grande cidade, enquanto continuam a indignar os habitantes de uma cidadezinha cujos costumes quase não evoluíram.

O exemplo que suscitou nossas reflexões sobre as noções com conteúdo variável em direito foi a projeção, há alguns anos, de um filme japonês de grande qualidade, *O império dos sentidos*.

Esse filme foi projetado durante várias semanas, tanto em Bruxelas como em Paris, sem provocar a intervenção da polícia ou do Ministério Público. Este último usara de seu direito de apreciar a oportunidade de instaurar processo para não intervir. Mas o mesmo filme, projetado numa cidadezinha flamenga, foi apreendido logo no dia seguinte de sua projeção e os distribuidores do filme foram processados perante os tribunais e condenados em virtude do art. 383 do Código Penal, tendo seus advogados alegado em vão a violação do princípio da igualdade perante a lei.

Haverá meios de precisar de modo suficiente o que é contrário aos bons costumes para uniformizar a jurisprudência no conjunto do país? Poder-se-á formular uma regra uniforme, enquanto as reações do público variam muito de uma localidade para a outra? Parece que a busca da uniformidade colide com exigências de ordem social que são mais imperiosas. Essa falta de uniformidade tem como conseqüência a imprevisibilidade das reações dos Ministérios Públicos e dos tribunais e a violação do princípio da igualdade perante a lei. Ora, um recente acórdão (ainda inédito) da Corte de Apelação de Bruxelas (de 30 de junho de 1983) acaba de absolver uma dezena de médicos e enfermeiras, acusados de haver infringido a proibição do aborto inclusive em meio hospitalar, porque os mesmos fatos, repetidos durante cerca de dez anos, não foram objeto de instauração de processo; a Corte, fundamentando-se numa violação flagrante e inesperada do princípio da igualdade perante a lei, admitiu o *erro invencível* dos réus como causa de justificação.

É a propósito de situações que se caracterizam pela impossibilidade de estabelecer a uniformidade, a previsibilidade e a igualdade perante a lei que se pode falar, de uma forma pregnante, *de noções com conteúdo variável*. A impossibilidade, talvez provisória, de aplicar essas noções de um modo uniforme impede integrá-las num sistema de direito coerente e estável. A Corte de Cassação, vendo-se na impossibilidade de uniformizar a jurisprudência, as considera *juízos de fato* deixados à apreciação soberana dos juízes da causa. A propósito delas, a Corte se aterá a exercer um controle marginal quando a decisão do juiz da causa parecer claramente desarrazoada. Em situações análogas, a Corte Federal suíça abandona voluntariamente o poder de decisão às autoridades cantonais, "mais bem colocadas para julgá-las porque mais próximas dos jurisdicionados"[30]. A segurança jurídica e a uniformidade daí resultantes são sacrificadas ao cuidado de adaptar-se aos costumes e às aspirações das coletividades locais.

À míngua de não penalizar as situações dessa espécie, podemos perguntar-nos se não seria oportuno substituir a legislação nacional por regulamentações regionais ou locais, sem querer integrá-las num sistema de direito uniforme. Nesses casos-limites, em que a rapidez das mudanças e a variedade das reações do meio social, tanto no tempo como no espaço, fazem que a segurança jurídica, tão fundamental em direito, deva ser suplantada por preocupações de outra natureza, tem-se a predominância, que se desejaria transitória, do *fato* sobre o *direito*.

§ 55. O uso e o abuso das noções confusas[1]

O título desta exposição parece, a um ouvinte educado na tradição racionalista do Ocidente, não só paradoxal, mas até provocante. Poderá haver um uso defensável de noções confusas? O fato de utilizar uma noção confusa, sem se empenhar em precisá-la e em aclará-la, não constituirá um abuso sempre condenável?

Permitam-me ilustrar essa reação normal com uma história que os senhores me escusarão de extrair de meu próprio passado.

Em 1962, antes de receber das mãos do rei dos belgas o prêmio Francqui por meus trabalhos sobre a argumentação e a retórica, pronunciei uma breve alocução em que expressava minha gratidão para com aqueles que haviam contribuído para minha formação intelectual. Naquela ocasião, agradeci a meu mestre Eugène Dupréel por ter-me feito compreender a importância das noções confusas. Tal afirmação intrigou tanto o rei que, durante a recepção que se seguiu à cerimônia, a primeira coisa que ele me pediu foi explicar-lhe em que consistia a importância das noções confusas. Após ter ouvido as minhas explicações, ele me disse que ia recomendar a leitura de minha "nova retórica" a todos os seus ministros. Aquela reação do rei Balduíno me incitou a falar aos senhores do assunto que me proponho tratar agora.

A tradição filosófica do Ocidente, em todo caso desde o século XVII, foi profundamente influenciada pelo desenvolvimento da física matemática e das ciências naturais fundamentadas na experiência, na medição, na pesagem e no cálculo. Tudo quanto não era redutível a grandezas quantificáveis foi, por isso mesmo, considerado vago e confuso, alheio ao conhecimento claro e distinto.

Para os racionalistas do século XVII, Deus é um ser perfeito, portanto racional, e o mundo – criação ou emanação divina – só pode ser racional. A filosofia de Spinoza se inspirou nesse ideal de racionalidade universal e Leibniz é o autor da frase *Cum Deus calculat, fit mundus* (o mundo se realiza conforme os cálculos divinos). Se Deus é matemático, e o mundo se amolda a um projeto de feitio matemático, o papel dos homens de ciência é descobrir as equações divinas segundo as quais são formuladas as leis da natureza. O papel dos filósofos é salientar o caráter confuso e incerto de todas as nossas opiniões e idéias que não podem ser reduzidas a grandezas quantificáveis. Os desacordos entre os homens resultam de que, em vez de serem guiados pelas idéias claras e distintas de sua razão, faculdade comum a todos os homens, fraco reflexo da razão divina, eles se deixam levar por suas paixões e seus interesses, por seus preconceitos e sua imaginação.

Compreende-se que, nessa perspectiva, as idéias confusas sejam todas elas condenadas, que sempre convenha dissipar a confusão, substituí-las por idéias claras, as únicas utilizáveis em ciência e em filosofia racionalista.

O positivismo lógico do século XX adotou as exigências de clareza e de rigor do racionalismo, mas exprimindo-as não em termos de razão e de idéias claras e distintas, e sim em termos de linguagem; a filosofia científica deveria realizar o projeto de construção de uma língua ideal[2]. Esta, para constituir um instrumento de comunicação *efetiva*, não dando azo a nenhum mal-entendido, a nenhum desacordo, deveria amoldar-se às exigências apresentadas pela construção de uma língua formalizada, segundo as quais cabe enumerar todos os símbolos primitivos dessa língua, indicar a maneira de combinar esses símbolos primitivos para obter fórmulas bem-formadas, designar, dentre essas fórmulas, os axiomas do sistema (as expressões consideradas válidas no início) e indicar as regras de inferência que permitem, a partir dos axiomas, demonstrar teoremas[3].

O inconveniente dessa tentativa de reduzir a língua natural a uma língua perfeita é que ela supõe que a língua natural tem um uso único, o de ser um instrumento de comunicação perfeito, que não dá azo a nenhuma ambigüidade, a nenhuma controvérsia. Mas, poder-se-á dizer que o vidro constitui um material perfeito porque é transparente e indeformável? Quem quereria confeccionar com esse material camisas e calças? Não esqueçamos, de fato, que a língua natural serve para mais de um uso e que alguns deles nos obrigam a afastar-nos das condições impostas a uma língua artificial, como a da lógica formal, pelos lógicos e pelos matemáticos[4].

Para mostrá-lo, passaremos em revista certo número de situações concretas em que, para promover objetivos diversos, vamos ser obrigados, quer a introduzir ambigüidades e confusões, quer a utilizar noções confusas, quer a tentar precisar uma noção confusa num determinado contexto, o que lhe acrescentará um novo uso, que virá aumentar a confusão dessa noção examinada fora do contexto específico em que foi aclarada.

Vamos partir do exemplo da Sagrada Escritura, da Bíblia e dos Evangelhos. Para todos os crentes, esses textos, que nos fazem conhecer a palavra de Deus, não podem conter nenhum erro; para os judeus, a Bíblia contém, ademais, uma legislação cuja natureza justa não pode ser contestada. Mas aquele que quer salvaguardar um ou outro desses dois valores, a verdade e a justiça, às vezes será obrigado a reinterpretar os textos e a admitir, ao lado da interpretação literal ou habitual, uma outra interpretação, mais satisfatória.

Citemos, a esse respeito, um pensamento de Pascal: "Mesmo quando a palavra de Deus, que é veraz, é falsa literalmente, é verdadeira espiritualmente."[5]

A obrigação de recorrer a uma interpretação metafórica, para salvaguardar a verdade do texto, incita-nos a procurar um sentido novo, talvez controverso, o que só pode prejudicar a clareza e a univocidade do texto. Dentro de um espírito análogo, os talmudistas, para os quais o texto bíblico fornece a legislação imutável do povo hebreu, deviam reinterpretá-lo de forma que a regra jurídica que dele se tira fosse aceitável à época a que ela devia aplicar-se. Foram levados, assim, a distinguir da interpretação literal (o *pchat*) uma interpretação indispensável às suas construções jurídicas (o *drach*).

Passemos do exemplo particular, constituído pelos textos sacros, para exemplos em que se trata de uma comunicação humana. Quando nos encontramos diante da afirmação de uma pessoa, da qual supomos que não nos diz nada de evidentemente absurdo nem que seja desprovido de todo interesse, procuramos reinterpretar o texto que, à primeira vista, poderia parecer contraditório ou tautológico.

Ante o célebre fragmento de Heráclito "Entramos e não entramos duas vezes no mesmo rio", procuraremos compreender o texto de modo que se evite uma contradição, daremos dois sentidos diferentes à expressão "mesmo rio": entramos duas vezes no mesmo rio, se este é identificado por meio de suas margens; mas nunca entramos duas vezes no mesmo rio, se este é identificado pelas águas que nele correm.

Assim também, quando se diz "negócio é negócio", "guerra é guerra", "criança é criança", não se vê, nessas expressões, aplicações do princípio de identidade (A é A), mas se imagina o que é preciso para que tais afirmações se tornem significativas: dão-se às mesmas palavras, duas vezes repetidas, sentidos diferentes, o que deixa essas expressões ambíguas e controversas.

Vê-se, por esses exemplos, que, quando se trata de expressões formuladas numa língua natural, a exigência de univocidade pode desaparecer diante de exigências consideradas prioritárias.

Essa técnica é largamente empregada quando se trata de textos jurídicos: quem dever justificar, em direito, uma solução aceitável, às vezes será levado a afastar-se da letra da lei para fornecer outra interpretação, mais conforme ao seu espírito.

Uma regulamentação proibiu, na Bélgica, os entendimentos entre empresas visando a provocar a alta do preço de um produto. Esse texto será aplicável se as empresas se entenderem para evitar a baixa dos preços em decorrência da baixa dos preços das matérias-primas? Se o juiz tiver esse parecer, a expressão "alta de preços" adquirirá um sentido novo, que não tinha no uso comum, o que só a poderá deixar mais confusa.

O art. 4º do Código de Napoleão introduz, para o juiz, a obrigação de julgar: "O juiz que recusar julgar, a pretexto do silêncio, da obscuridade ou da insuficiência da lei, poderá ser processado como culpado de denegação de justiça."

O juiz que deve dizer o direito, toda vez que é competente para dirimir uma lide, não pode declarar, como o matemático, que um problema é irresolúvel; deve, a um só tempo, decidir e motivar sua decisão. Concedem-lhe, por esse fato mesmo, o poder de interpretar o texto de forma que se eliminem obscuridades, antinomias e lacunas da lei. Se, usando desse poder, acontece-lhe aclarar o texto, decidindo-se por uma das interpretações possíveis, ele também pode, para preencher uma lacuna ou eliminar uma antinomia, fornecer, de um texto, uma interpretação contrária ao uso habitual, o que aumentará a confusão de uma noção, acrescentando-lhe uma interpretação inesperada como a de "alta de preço".

Se a reinterpretação de um texto pode aumentar a confusão de um termo que nele figura, casos há em que o legislador, não logrando elaborar um texto preciso, introduz uma noção confusa, tal como "a eqüidade" ou "os bons costumes", encarregando o juiz de decidir, em cada caso concreto, o que é ou não é conforme à eqüidade ou aos bons costumes. O recurso a uma noção vaga ou confusa aumenta, por esse próprio fato, o poder de interpretação daquele que deve aplicá-la. Inversamente, ao precisar uma noção, de preferência através de indicações de natureza quantitativa, diminui-se o poder de apreciação do juiz. Assim é que, quando surgiu o delicado problema da "embriaguez no volante", principal causa dos acidentes de trânsito, começou-se tomando essa noção da lei referente à embriaguez pública, mas, muito depressa, deram-se conta de que era preciso diminuir o poder de apreciação dos juízes, indulgentes demais aos olhos do legislador, que substituiu a noção de embriaguez por uma taxa determinada de alcoolemia, a taxa de álcool no sangue, que pode ser detectada com precisão mediante técnicas de química.

O recurso a noções confusas, por vezes indispensáveis em direito interno, se mostra totalmente inevitável em direito internacional público, quando a confusão das noções é uma condição indispensável para realizar o acordo sobre um texto entre Estados que têm ideologias diferentes, se não incompatíveis. Como se pôde realizar, em 1948, o acordo sobre o texto da Declaração Universal dos Direitos do Homem? Jacques Maritain, em sua introdução ao texto da declaração publicado pela UNESCO, assinalou que foi possível formular regras que, "diversamente justificadas por cada qual, são para uns e outros princípios de ação analogicamente comuns"[6]. Noutros termos, os signatários puseram-se de acordo sobre textos concernentes a noções confusas, suscetíveis de interpretações variadas, cada qual se reservando o direito de interpretá-las à sua maneira. Mas o dia em que um tribunal, tal como o Tribunal Europeu dos Direitos do Homem, for incumbido de aplicar tais textos, as intenções individuais dos signatários deverão desaparecer diante da interpretação autorizada, que será emitida pelo Tribunal. As noções confusas permitem, assim, conciliar o acordo sobre as fórmulas com o desacordo sobre a interpretação delas. Efetivamente, para que a declaração se torne eficaz, seus signatários deveriam submeter-se às decisões de uma instância judiciária, que fornecerá uma interpretação autorizada do texto.

Esses exemplos extraídos do direito servem para ilustrar técnicas de raciocínio referentes às noções confusas, que poderiam ser transpostas para outras áreas, em especial para filosofia, cuja tarefa específica consiste, como afirmei há mais de trinta anos, no "estudo sistemático das noções confusas"[7].

Foi em 1944 que empreendi meu primeiro estudo de uma noção confusa, a noção de justiça. Naquela época, eu ainda estava imbuído da filosofia positivista. Eu pensara que o único método aceitável para o estudo dessa noção era o de aclará-la, eliminando-lhe o aspecto emotivo que se manifesta toda vez que dela tratamos, porque designa um valor universal, que todos respeitam, mas que cada qual concebe à sua maneira. Em minha análise positivista da noção de justiça, eu ressaltara uma estrutura comum a todos aqueles que enunciam uma regra de justiça, estrutura que qualifiquei de *justiça formal*, segundo a qual se *deve tratar da mesma forma as situações essencialmente semelhantes*[8]. Em direito, esse princípio é enunciado na frase latina *in paribus causis, paria juri*, que está na base do recurso ao precedente judiciário.

Mas esse princípio só pode ser aplicado em casos concretos, sem a intervenção de juízos de valor. Com efeito, é preciso, em cada caso, responder à pergunta: "as duas situações comparadas são ou não essencialmente semelhantes?". É preciso, para responder, apreciar as similitudes e as diferenças e, portanto, fazer juízos de valor ou de importância, sobre os quais, muito amiúde, não se chega a um acordo, à míngua de critérios unívocos que permitam chegar a um consenso por meio de técnicas reconhecidas.

Esse fato já havia sido notado por Platão num diálogo intitulado *Eutífron ou da piedade*. Por ocasião de uma discussão sobre a piedade, outra noção confusa, Sócrates observa que, quando o desacordo incide sobre o número (de ovos numa cesta), sobre o peso (de um objeto de ouro), sobre a medida (de uma peça de tecido), chega-se depressa ao entendimento graças ao cálculo, à pesagem ou à medição. Mas, assim que o desacordo incide sobre o justo ou o injusto, o belo e o feio, o bom e o mau, ou seja, sobre o que consideramos valores e que se expressam por meio de noções confusas, à míngua de critérios de decisão deve-se recorrer à dialética (*Eutífron*, 7-8). Aristóteles adotou, dentro do mesmo espírito, a distinção entre raciocínios analíticos e raciocínios dialéticos, partindo estes de opiniões aceitas e visando a justificar, quando de uma controvérsia, a melhor opinião, a mais razoável.

Aristóteles salientou que, quando se trata de raciocínios dialéticos, cumpre partir do que é aceito pelos ouvintes, do que constitui uma opinião aceita, um valor reconhecido. Na tradição retórica e filosófica, esse ponto de partida foi qualificado de *lugar-comum*. Os lugares-comuns, tais como "todos os homens procuram a felicidade", "a justiça é preferível à injustiça" e "a liberdade é melhor do que a escravidão" formam o ponto inicial de raciocínios dialéticos e retóricos que visam a obter a adesão do auditório a certas teses controversas. Com isso, os lugares-comuns desempenham um papel análogo ao dos axiomas dos sistemas dedutivos, mas, enquanto estes são estabelecidos e unívocos, os lugares-comuns devem ser admitidos pelos interlocutores. É raro, entretanto, que não se inicie uma controvérsia quando se trata de aplicá-los em situações concretas.

Esse ponto está bem ilustrado nesta passagem dos *Discursos* de Epicteto, filósofo estóico do século II de nossa era. Nele os lugares-comuns são qualificados de "prenoções", que estariam, segundo os estóicos, presentes na mente de todo homem a partir da idade de sete anos.

"As prenoções são comuns a todos os homens. Nenhuma prenoção está em contradição com outra. Quem dentre nós não admite que o bem é coisa útil, desejável, que deve ser buscado e perseguido em todas as circunstâncias? Quem não admite que o justo é belo e conveniente? Então, em que momento há contradição? Quando se aplica as prenoções às realidades particulares, quando um diz: 'Ele agiu honestamente, é um homem corajoso' e o outro 'Não, é um insensato'.

Há também conflito dos homens entre si. Tal é o conflito que opõe judeus, sírios, egípcios e romanos. Que se deva, acima de tudo, respeitar a santidade e buscá-la em tudo, isso não está em questão; mas perguntam-se se é ou não conforme à santidade comer carne de porco. Tal é o conflito que opõe Agamenon e Aquiles? Convoca-os perante ti. Que dirás a Agamenon? Não é preciso agir como se deve e com honestidade? É preciso. E tu, Aquiles, que dizes? Não és da opinião que é preciso agir honestamente? É essa realmente a minha opinião.

Aplicai agora essas prenoções: eis onde começa o conflito" (*Entretiens*, I, XXII).

A conduta justa e honesta é aprovada por todos os homens, mas cada qual concebe a justiça de um modo conforme às suas paixões e aos seus interesses. É aqui que intervém tradicionalmente o filósofo, como Sócrates. Na multiplicidade dos sentidos, ele procura distinguir o verdadeiro sentido, aquele que é conforme à idéia de justiça, de piedade, de coragem. Seu esforço visará, a um só tempo, à clareza e à verdade, o que lhe permitirá afastar-se do sentido habitual, do sentido confuso elaborado pela opinião comum, cujas insuficiências ele mostrará, para fazer que prevaleça um sentido bem definido e conforme à idéia adequada que o filósofo possui. É assim, de todo modo, que Spinoza concebe, em sua *Ética*, a empreitada filosófica a que se dedicou. Após nos ter fornecido, no 3º livro da *Ética*, a definição verdadeira de vinte sentimentos diferentes, ele acrescenta a seguinte explicação: "Sei que esses nomes (de sentimentos) têm, no uso comum, outro significado. Destarte, meu desígnio é explicar, não o significado das palavras, mas a natureza das coisas, e designar estas por termos cujo significado usual não se afaste em absoluto daquele com o qual quero empregá-las."

Spinoza não se sente muito preso ao uso habitual das noções confusas, pois procura compreendê-las e defini-las em termos claros, conformes à sua própria filosofia. Mas quem não partilha o racionalismo místico de Spinoza, quem não crê na existência de critérios objetivos que permitam descrever de modo adequado as realidades às quais se reportam as noções confusas, dirá, antes, que Spinoza abusa da noção de verdade quando qualifica de verdadeiras as definições que constituem o arcabouço de seu sistema. Ele utiliza uma técnica retórica bem conhecida desde o artigo de Ch. Stevenson, consagrado às definições persuasivas[9].

Essa técnica consiste em modificar o sentido conceitual de uma noção, mantendo, ao mesmo tempo, seu sentido emotivo. Se considerarmos a justiça, a liberdade e a democracia como valores positivos, bastar-nos-á fornecer nossa própria definição dessas noções e tentar obter a adesão do auditório ao conteúdo que damos a esses valores incontestes. Desqualificar-se-á o uso habitual dessas noções confusas, dizendo que ele designa uma justiça, uma liberdade e uma democracia aparentes. Em contrapartida, as definições que a própria pessoa propõe são conformes a uma justiça, a uma liberdade e a uma democracia verdadeiras. Uma oposição assim entre a aparência e a realidade manifesta o esforço específico dos filósofos e dos ideólogos para fazer prevalecer seu ponto de vista nessa matéria.

Mas, ao lado de noções que designam valores incontestes, outras há que são defendidas por uns e combatidas por outros, tais como as noções de razão e de direito natural.

Aquele que contesta o valor da razão, mostrando que ela só leva em consideração abstrações opostas à vida e ao concreto, procurará desvalorizá-la relacionando-a com uma visão esquemática e estática da realidade, que só corresponde a um saber aparente. O racionalista, em contrapartida, que se põe como defensor da razão, procurará deixar mais flexível a idéia que dela se forma, mostrando como ela se adapta às circunstâncias e às situações mais diversas, manifestando-se não só por intermédio do racional, lógico e sistemático, mas indiferente aos casos particulares, mas também por intermédio do razoável, que leva em conta elementos concretos, que procura para cada problema humano uma solução adequada, eqüitativa porque razoável. Tornando uma noção flexível, alargam-lhe o campo de aplicação, permitem-lhe escapar às críticas, mas, ao mesmo tempo, deixam-na mais vaga e mais confusa. Em contrapartida, precisando-a, aclaram-na, mas a tornam rígida e a deixam inaplicável em grande número de casos.

Assim é que a idéia de justiça pode ser precisada se a definimos pela conformidade com o direito em vigor: é injusto quem viola a lei. Essa concepção estática e conformista da noção de justiça nos deixa sem resposta para a questão: "A lei pela qual lhe pedem para pautar-se é, por sua vez, uma lei justa?" Qual será o critério para decidir isso? Aquele que reconhece o valor do direito natural, nele encontrará um critério, por mais vago que seja, ao qual é possível referir-se quando o contrapõe à arbitrariedade e à injustiça da lei positiva. Mas aquele que vê na idéia do direito natural apenas uma concepção ideológica muito contestável alegará a pluralidade bem conhecida das concepções do direito natural, para mostrar que este só pode prestar os serviços que dele se esperam, pois não há verdade nessa matéria.

A própria noção de verdade, que é clara em alguns de seus usos, é pretensamente única, a mesma para todos, devendo prevalecer sobre todas as opiniões. Em seu uso ideológico, ela se torna uma noção confusa, pois se aproveitam da idéia comum de que todos devem inclinar-se diante da verdade para tentar impor, qualificando-a de verdadeira, uma opinião que nada tem de coerciva.

A qualificação de "verdadeira", aplicada a uma opinião que não dispõe de critério reconhecido para fazer-se admitir, conduz do uso para o abuso de uma noção, da qual se cria ou se aumenta a confusão. Enquanto a verdade deve ser reconhecida graças às técnicas de demonstração e de verificação, eis que se prevalecem da unicidade indiscutida da verdade para impor pela força uma opinião que não pode prevalecer-se de provas coercivas. Uma qualificação assim é abusiva e constitui o que Jeremy Bentham qualificou, em seu *Tratado dos sofismas políticos*, de "petição de princípio oculta numa única palavra"[10].

A passagem do uso para o abuso, do uso permitido para o uso condenado de uma noção, como de qualquer coisa, supõe a existência de uma separação entre os dois, de um limite, de uma fronteira que não se pode transpor sem suscitar oposição. Se não se está de acordo sobre o traçado dessa fronteira, qualificar um uso de abusivo pode igualmente constituir uma petição de princípio oculta numa única palavra. Com efeito, o fato de reconhecer a existência de uma distinção aceita entre uso e abuso não significa que, em tal caso particular, nos encontremos diante de um abuso caracterizado.

Estas últimas reflexões talvez nos permitam ver mais claramente o que distingue o manejo das noções confusas daquele de noções que parecem claras e unívocas. Não podemos abusar das noções matemáticas, que foram formalmente definidas, enquanto nos amoldamos às regras que lhes determinam o manejo correto. Nesse caso, o abuso se define pela incorreção, ou seja, pela violação de uma regra reconhecida. Efetuando corretamente uma operação matemática, jamais há abuso, seja qual for o resultado da operação. Mas, quando se trata da aplicação de uma noção confusa, não existe procedimento unanimemente admitido referente ao seu manejo, o que não quer dizer que este seja inteiramente arbitrário. Mesmo então há um limite que não se deve transgredir, é o do uso *desarrazoado*.

Observe-se, a esse respeito, que, ainda que nem sempre se esteja de acordo sobre a maneira de agir em dada situação, pois várias soluções podem ser igualmente razoáveis, existe normalmente, numa comunidade humana, em dado momento, um amplo acordo sobre o que seria *desarrazoado* e, conseqüentemente, inaceitável ou intolerável. Essa aplicação não resulta da não-conformidade a regras, mas de uma apreciação do resultado, do fim buscado, ao qual a ação desarrazoada ou abusiva é manifestamente oposta.

Um exemplo singelo se refere ao uso ou ao abuso da alimentação: é bom alimentar-se, mas o uso da alimentação, ou o de medicamentos, a partir de quando prejudique a saúde, é qualificado de desarrazoado, portanto de abusivo.

É em direito (*law*) que a distinção entre o uso e o abuso, entre o uso razoável e desarrazoado de um direito (*right*), foi posto em evidência pela doutrina e pela jurisprudência. Foi por ocasião do abuso do direito de propriedade que a teoria do abuso do direito foi desenvolvida. Há abuso quando o exercício desse direito visa essencialmente a prejudicar outrem: o direito de propriedade, que antes era considerado absoluto, deixa, nesse caso, de ser protegido pelas cortes e tribunais. Assim é que o fato de erigir grandes postes, nas imediações de um aeródromo, com o único objetivo de criar um obstáculo artificial para a passagem dos aviões, foi considerado um abuso de direito.

Mas essa teoria do abuso de direito pode ser generalizada. Todo uso desarrazoado de um poder discricionário será censurado como abusivo, e isto em todos os ramos do direito.

Concedendo a uma autoridade qualquer um poder discricionário, deixam-na juíza da oportunidade das decisões por tomar, mas se tais decisões parecem arbitrárias, claramente contrárias ao interesse geral, o tribunal competente procurará anulá-las por abuso, excesso ou desvio de poderes.

A Corte de Cassação da Bélgica normalmente só intervém em casos de violação da lei. Ela se declara incompetente quando se trata de questões fáticas, que deixa à soberana apreciação dos juízes da causa; mas, se esta parece ser desarrazoada, porque claramente errônea, porque incompatível com os elementos em que se baseia, a Corte Suprema intervirá: sempre encontrará as boas razões que lhe permitirão cassar uma sentença desarrazoada.

Normalmente, na assembléia geral de uma sociedade, as decisões tomadas pela maioria são válidas em direito, salvo se há abuso, ou seja, quando só se explicam pela vontade de agir em detrimento da minoria.

O art. 1.854 do Código de Napoleão declara em sua primeira alínea: "Se os sócios convieram reportar-se a um deles ou a um terceiro para o acerto das partes, esse acerto só pode ser contestado se é evidentemente contrário à eqüidade."

Essa exceção pode ser generalizada: quando se confia uma missão a alguém, concede-se-lhe um direito, mas pode-se subentender a condição de que ele cumprirá sua missão de uma forma razoável. O comportamento desarrazoado não pode ser considerado válido em direito, seja qual for o motivo jurídico invocado para invalidá-lo em cada caso particular.

Em direito (*law*), há juízes para decidir, em cada caso, se houve ou não abuso de direito (*right*). Mas como se decidirá se há abuso quando o problema escapa ao direito? Se em moral, em filosofia ou nos debates políticos, é inevitável o recurso a noções confusas, quando o uso que delas se fizer será considerado abusivo?

A questão é difícil, pois não se dispõe de critérios objetivos na matéria. A única observação que se poderia fazer a propósito disso é que os usuários de uma língua comum, utilizada como instrumento de comunicação, não podem servir-se dela com o intuito de induzir seu interlocutor em erro, pois isso seria agir como aquele que põe em circulação moeda falsa, abusando da confiança que se concede à moeda legal.

Cumprirá, nesse caso, vedar a um filósofo conferir um sentido novo a uma noção confusa, tal como a liberdade ou a justiça, expressões de um valor indiscutido? Cumprirá acusar Spinoza de abuso de linguagem porque definiu a liberdade à sua maneira, afastando-se do uso comum? Não o creio. Com efeito, tendo-se distanciado claramente do uso comum, ele certamente não procurou enganar seus leitores. Ao contrário, explicou-se longamente sobre isso mostrando por que o uso habitual que define a liberdade como liberdade de escolha deve ser descartado e substituído pelo sentido por ele preconizado. Ele não cometeu, portanto, petição de princípio, porque se empenha em justificar o sentido novo em vez de empregá-lo, sem avisar, no lugar do sentido comum e habitual da noção. Há abuso assim que há embuste, voluntário ou involuntário, pois é possível que mesmo quem introduz o novo uso não se aperceba disso, por falta de espírito crítico.

Esse espírito crítico não é inato, e não poderia ser adquirido por uma educação que se limitasse a uma formação rigorosa de tipo matemático. As noções confusas constituem, na teoria e na prática da ação, sobretudo da ação pública, instrumentos de comunicação e de persuasão que não podem ser eliminados. Mas é preciso manejá-las com prudência. O papel da retórica, tal como a concebo – ou seja, de uma teoria da argumentação, que engloba, aliás, a dialética dos Antigos, a de Sócrates, de Platão e de Aristóteles –, é precaver-nos contra o uso abusivo das noções confusas. É pelo estudo dos procedimentos argumentativos, retóricos e dialéticos que aprendemos a distinguir os raciocínios aceitáveis dos raciocínios sofisticados, aqueles em que se procura persuadir e convencer daqueles em que se procura enganar, induzir em erro. É por essa razão, aliás, que considero o ensino da retórica, assim compreendida, um elemento central de toda educação liberal.

Notas

Apresentação

1. A esse respeito, consultar os dois primeiros volumes das obras de Perelman, publicadas pelas Éditions de l'Université de Bruxelles, com um prefácio de Michel Meyer: *Traité de l'argumentation. La nouvelle rhétorique*, em colaboração com Lucie Olbrechts-Tyteca, 1988 [*Tratado da argumentação*, trad. br. Ed. Martins Fontes, 1996] e *Rhétoriques*, 1989 [*Retóricas*, trad. br. Ed. Martins Fontes, no prelo].

2. Deu-nos um apanhado convincente in *Logique juridique. La nouvelle rhétorique*, Paris, Dalloz, 1979.

3. Com o intuito de apoiar suas teses, de aumentar-lhes a clareza e, portanto, facilitar-lhes o acesso, Perelman torna mais atrativos seus textos com ilustrações recorrentes tiradas da vida do direito continental, da *common law* ou do direito judaico. Esses *exempla* lembram que esses textos, em sua maioria de conferências, eram destinados a captar a atenção de um auditório específico, composto de juristas e/ou de filósofos. Sem dúvida ele não podia ser por demais abstrato, arriscava-se a indispor os juristas. Sem dúvida devia prender os filósofos pouco acostumados à realidade jurídica, fornecendo-lhes "provas" concretas.

Primeira Parte. A ÉTICA

Capítulo I – A justiça

§ 1. *Da justiça*

1. Publicado na coleção das Actualités Sociales, Nova série, Universidade Livre de Bruxelas, Institut de Sociologie Solvay, Bruxelas, Office de Publicité, 1945.

2. Cf. Ch. PERELMAN, "Une conception de la philosophie", *Revue de l'Institut de Sociologie*, 20º ano, t. XXVI, fasc. 1, Bruxelas, 1940.
3. E. DUPRÉEL, "La pensée confuse", extraído dos *Annales de l'École des Hautes Études de Gand*, Gand, 1939, t. III, pp. 17-27.
4. Cf. Ch. L. STEVENSON, "Persuasive definitions", *Mind*, julho de 1938.
5. E. DUPRÉEL, *Traité de morale*, Bruxelas, 1932, t. II, p. 483.
6. PROUDHON, *De la justice dans la révolution et dans l'église*. Nova edição, Bruxelas, 1868, p. 44.
7. *Traité de morale*, t. II, p. 484.
8. *Ibid.*, t. II, pp. 485-496.
9. *Ibid.*, t. II, p. 489.
10. P. DE TOURTOULON, *Les trois justices*, Paris, 1932.
11. *Ibid.*, p. 47.
12. *Ibid.*, pp. 48-49.
13. P. TISSET, "Les notions de Droit et de Justice", *Revue de Métaphysique et de Morale*, 1930, p. 66.
14. C. HEMPEL e P. OPPENHEIM, *Der Typusbegriff im Lichte der Neuen Logik*, Haia, 1937.
15. Percebemos isso, por exemplo, ao examinar os trabalhos da terceira sessão do Institut International de Philosophie du Droit et de Sociologie Juridique, consagrados ao *But du droit: Bien commun, Justice, Sécurité*, Paris, Sirey, 1938.
16. Atualmente costuma-se qualificar esse silogismo de "deôntico". [Nota acrescentada em 1963.]
17. *Traité de morale*, t. II, pp. 485-486.
18. PROUDHON, *De la justice*, t. III, p. 169.
19. *Traité de morale*, t. II, p. 491.
20. *Ibid.*, t. II, p. 492.
21. *Ibid.*, t. II, pp. 493-494.
22. *Ibid.*, t. II, p. 495.

§ 2. *Os três aspectos da justiça*

1. Publicado in *Revue Internationale de Philosophie*, nº 41, undécimo ano, 1957, fasc. 3.
2. Consultar, a esse respeito, as indicações bibliográficas do notável estudo do professor G. DEL VECCHIO, *La justice. La vérité*, trad. fr. A. Hennebicq, Paris, 1955.

3. ARISTÓTELES, *Ética a Nicômaco*, 1129.
4. V. mais acima, "Da justiça", § 2, pp. 14-15.
5. Cf. E. DUPRÉEL, *Traité de morale*, Bruxelas, 1932, t. II, pp. 485 a 496.
6. Cf. Ch. PERELMAN e L. OLBRECHTS-TYTECA, *Traité de l'argumentation*, Bruxelas, 1988[5], § 52, "A regra de justiça".
7. ARISTÓTELES, *Ética a Nicômaco*, 1137b.
8. SANTO TOMÁS, *Suma teológica*, IIa, IIae, 60, 5.
9. A propóstido da eqüidade, cf. M. RÜMELIN, *Die Billigkeit im Recht*, 1921.
10. Cf. B. CARDOZO, *The Paradoxes of Legal Science*, Nova York, 1928, p. 10, retomado e elaborado por E. N. GARLAN, *Legal Realism and Justice*, Nova York, 1941, pp. 75-97.
11. Sobre o papel da eqüidade em direito romano e a influência exercida nesse sentido pela retórica grega, v. J. STROUX, *Summum ius summa injuria*, Leipzig, 1926.
12. PLATÃO, *A república*, 331d, 331e, 332c, 333d, 334d, 338c, 339a, 433a.
13. *Ibid.*, 434a, cf. também 441d e e.
14. SANTO TOMÁS, *Suma teológica*, IIa, IIae, 57, 2.
15. MONTESQUIEU, *L'esprit des lois*, L. I, cap. I; cf. CÍCERO, *De legibus*, I, 6-10.
16. D. HUME, *Traité de la nature humaine*, trad. fr. Leroy, Paris, 1945, L. III, 2ª parte, seção I, p. 601.
17. *Ibid.*, p. 612.
18. DEL VECCHIO, *op. cit.*, pp. 90-91.
19. *Ibid.*, p. 119.
20. V. mais acima, "Da justiça", 5. "Da arbitrariedade na justiça".
21. ARISTÓTELES, *Ética a Nicômaco*, 1131.
22. Cf. PLATÃO, *Timée*, 41 ss.; *Les lois*, X, 903d ss.
23. MONTESQUIEU, *Lettres persanes*, carta 83.
24. Cf. W. NESTLÉ, *Vom Mythos zum Logos*, Stuttgart, 1940; D. LOENEN, *Dikê*, Amsterdam, 1948.
25. ARISTÓTELES, *Ética a Nicômaco*, 1130.
26. Cf. L. DIESTEL, *Die Idee der Gerechtigkeit, vorzüglich im Alten Testament* (*Jahrb. für deutsche Theologie*, t. V. Gotha 1860) e A. DESCAMPS, *Les justes et la justice dans les évangiles et le christianisme primitif*, Louvain, 1950.
27. SANTO ANSELMO, *De veritate*, cap. XII.
28. MALEBRANCHE, *Traité de l'amour de Dieu*, Ed. Roustan, 1922, p. 76, citado por G. GRUA, *Jurisprudence universelle et Théodicée selon Leibniz*, Paris, 1953, p. 194.

29. Cf. G. GRUA, *op. cit.*, p. 194.
30. Cf. BOSSUET, *Sermons*, Paris, Garnier, 1928, t. III, *Sermon sur la justice*, p. 7.
31. G. GRUA, *op. cit.*, p. 401.
32. *Ibid.*, p. 212.
33. *Ibid.*, p. 507.
34. KANT, *Critique de la raison pure*, trad. fr. Tremesaygues e Pacaud, Paris, 1927, p. 477.
35. KANT, *Die Metaphysik der Sitten, Einleitung in die Rechtslehre*, *in Werken*, ed. da Academia da Prússia, Berlim, 1914, v. VI, p. 236.
36. H. BERGSON, *Les deux sources de la morale et de la religion*, Paris, 1932, pp. 75-78.
37. Cf. Os trabalhos do Dr. BARUK, *Psychiatrie morale expérimentale*, 2ª ed., Paris, 1950, p. XIII, e (com o Dr. M. BACHET) *Le test "tsedek", le jugement moral et la délinquance,* Paris, 1950, pp. 79-82.
38. LEIBNIZ, *Textes inédits*, por G. GRUA, Paris, 1948, t. II, p. 607.
39. KANT, *Die metaphysik der Sitten*, pp. 236-237.

§ 3. *A regra de justiça*

1. Publicado *in Dialectica*, vol. 14, n 2/3, 15.6-15.9, 1960.
2. Cf. G. GRUA, *Jurisprudence universelle et théodicée selon Leibniz*, Paris, 1953, p. 212.
3. V. mais acima, "Da justiça".
4. E. DUPRÉEL, *Traité de morale*, Bruxelas, 1932, t. II, p. 485.
5. Cf. K. POPPER, *Logik der Forschung*, Viena, Springer, 1935, pp. 12-14, e P. GRÉCO, "L'apprentissage dans une situation à structure opératoire concrète", *in* P. GRÉCO e J. PIAGET, *Apprentissage et connaissance*, Paris, Presses Universitaire de France, 1959, p. 116.
6. Cf. H. KELSEN, *Society and Nature*, Chicago University Press, 1943, e o artigo "Causality and Retribution", *Philosophy of Science*, 1941, reproduzido *in What is Justice?*, University of California Press, 1957.
7. Cf. Ch. PERELMAN e L. OLBRECHTS-TYTECA, *Traité de l'argumentation. La nouvelle rhétorique*, Bruxelas, Éditions de l'Université de Bruxelles, 1988[5].

8. Cf. J. PIAGET, *Apprentissage et connaissance*, p. 42.
9. Cf. Ch. PERELMAN e L. OLBRECHTS-TYTECA, *op. cit.*, pp. 142-144.
10. Ch. PERELMAN e L. OLBRECHTS-TYTECA, *op. cit.*, § 7.

§ 4. *O ideal de racionalidade e a regra de justiça (seguido de uma discussão com Koyré, Guéroult, Ricoeur, Lacan, ...)*

1. Exposição feita na Sociedade Francesa de Filosofia, em 23 de abril de 1960, e publicado no *Bulletin* da sociedade, 1961, 55º ano, pp. 1-50.
2. Cf. Ch. PERELMAN, "Liberté et raisonnement", *Actes du IVe Congrès des Sociétés de Philosophie de Langue Française*, Neuchâtel, 1949, pp. 271-275, republicado *in Rhétoriques*, Éditions de l'Université de Bruxelles, 1989, pp. 295-299.
3. Cf. Ch. PERELMAN, "A regra de justiça", *supra*.
4. Cf. G. GRUA, *Jurisprudence universalle et Théodicée selon Leibniz*, Paris, Presses Universitaires de France, 1953, p. 212.
5. Ch. PERELMAN, "Da justiça", *supra*.
6. Cf. Do ponto de vista psicológico, o estudo de P. GRÉCO, "L apprentissage dans une situation à structure operatoire concrète", in P. GRÉCO e J. PIAGET *Apprentissage et connaissance*, Paris, Presses Universitaires de France, 1959, em especial, p. 116; do ponto de vista metodológico, remeto à obra de Karl POPPER, em especial à *Logic der Forschung*, Viena, Springer, 1935, § 6.
7. Cf. Ch. PERELMAN e L. OLBRECHTS-TYTECA, *Traité de l'argumentation. La nouvelle rhétorique*, Bruxelas, Éditions de l'Université de Bruxelles, 1988⁵, p. 616.
8. Cf. Ch. PERELMAN, "L'argument pragmatique", republicado in *Rhétoriques, op. cit.*, pp. 19-31.
9. Cf. Ch. PERELMAN e L. OLBRECHTS-TYTECA, *Traité de l'argumentation*, § 41.
10. Cf. *Fedro*, 273 e.
11. Cf. Ch. PERELMAN, "Le rôle de la décision dans la théorie de la connaissance", *Actes du IIe Congrès International de l'Union Internationale de Philosophie des Sciences*, Neuchâtel, Éd. du Griffon, 1955, v. I, pp. 150-159, republicado *in Rhétoriques, op. cit.*, pp. 411-423.
12. Cf. Ch. PERELMAN, "A especialidade da prova jurídica", *Journal des Tribunaux* (Bruxelas), nº 4255, de 29 de novembro de 1959, republicado *infra*, § 47.

13. Cf. as páginas que nos permitimos qualificar de admiráveis do *Traité de l'argumentation*, pp. 497-534.
14. Cf. "L'instance de la lettre dans l'inconscient", in *La psychanalyse*, vol. 3, p. 68.
15. *Traité de l'argumentation*, p. 537.
16. *Ibid.*, p. 535.
17. Cf. L'instance..., *op. cit.*, pp. 60-61.
19. Intervenção reescrita pelo autor em junho de 1961. Cf. Ch. PERELMAN, "Les cadres sociaux de l'argumentation", *Cahiers Internationaux de Socialogie*, vol. XXVI, 1959, pp. 123-135, republicado in *Rhétoriques*, *op. cit.*, pp. 359-381.
20. Cf. Ch. PERELMAN e L. OLBRECHTS-TYTECA, *Traité de l'argumentation*, §§ 7-9.
21. Cf. Ch. PERELMAN e L. OLBRECHTS-TYTECA, "Classisme et romantisme dans l'argumentation", *Revue Internationale de Philosophie*, 1958, 43, pp. 47-57, republicado in *Rhétoriques*, *op. cit.*, pp. 221-233.

§ 5. *Cinco aulas sobre a justiça*

1. Extraído de *Giornale di Metafisica*, 1966.
2. E. DUPRÉEL, *Traité de morale*, Bruxelas, 1932, vol. II, p. 484.
3. PASCAL, *Pensées*, 235 a 242, in Œuvres complètes, Ed. de la Pléiade, Paris, 1954.
4. ARISTÓTELES, *Éthique à Nicomaque*, traduzido por R.-A. GAUTHIER e J.-Y. JOLIF, Louvain, Publications Universitaires de Louvain, 1959, 1129a, 32-34.
5. *Ibid.*, 1129b, 13.
6. *Ibid.*, 1129b, 17.
7. *Ibid.*, 1130a, 8.
8. I. JENKINS, "Justice as Ideal and Ideology", *Nomos*, IV (*Justice*), Yearbook of the American Society for Political and Legal Philosophy, Nova York, Atherton Press, 1963, pp. 202-203.
9. *Ibid.*, p. 98.
10. Na coletânea *Social Justice*, publicada por BRANDT, Prentice Hall, Spectrum, 1962, p. 3.
11. Cf. o livro muito sugestivo de A. P. d'ENTRÈVES, *Natural Law*, Hutchinson's University Library, Londres, 1951, p. 21.
12. CÍCERO, *De republica*, III, XXII, 33.
13. *Décret de Gratien*, I, 1.

14. *Ibid.*, I, VIII, 2.
15. GROTIUS, *De jure belli ac pacis*, I, 1, X.
16. MONTESQUIEU, *L'esprit des lois*, I, 1.
17. MONTESQUIEU, *Les lettres persannes*, 83.
18. KANT, *Critique de la raison pure*, trad. fr. TREMESAYGUES e PACAUD, 1927, p. 477 (597 da edição original).
19. Para o início deste capítulo, ver "A regra de justiça", *supra*, § 3.
20. Cf. G. GRUA, *Jurisprudence universelle et Théodicée selon Leibniz*, Paris, 1953, p. 212.
21. *Ibid.*, p. 507.
22. Cf. G. FREGE, Über Sinn und Bedeutung, *in Zeitschrift für Phil. und phil. Kritik*, vol. 100 (1892), pp. 25-50.
23. Cf. "Da justiça", *supra*, § 1.
24. E. DUPRÉEL, *Traité de morale*, vol. II, p. 485.
25. Cf. "A regra de justiça", *supra*, § 3.
26. Cf. M. G. SINGER, *Generalization in Ehtics*, Nova York, Knopf, 1961, p. 5.
27. ARISTÓTELES, *Ética a Nicômaco* 1137b.
28. Cf. "Da justiça", *supra*, § 1.
29. Cf. Ed. H. LEVI, *An Introduction to Legal Reasoning*, The University of Chicago Press, 1948.
30. Cf. A obra de Ed. H. LEVI, *An Introduction to Legal Reasoning*, bem como R. CROSS, *Precedent in English Law*, Oxford University Press, 1961.
31. Cf. *Le fait et le droit*, publicação coletiva do Centre Belge de Recherches de Logique, Bruxelas, Bruylant, 1961.
32. PROUDHON, *De la justice dans la révolution et dans l'église*, nova edição, Bruxelas, 1868, t. III, p. 169.
33. Ver: "Two Concepts of Rules", *in Philosophical Review*, 1955, vol. LXIV, pp. 3-32; "Justice as Fairness", *in Journal of Philosophy*, 1957, vol. LIV, pp. 635-662; "Justice as Fairness", *in Philosophical Review*, 1958, vol. LXVII, pp. 164-194 (reproduzido *in Justice and Social Policy*, publicado por F. A. OLAFSON, Spectrum Book, Prentice Hall, 1961, pp. 80-107); "Constitutional Liberty and the Concept of Justice", *in Nomos*, VI, *Justice*, Nova York, Atherton Press, 1963, pp. 98-125.
34. *Nomos*, VI, *Justice*, p. 99.
35. *Ibid.*, p. 99.
36. *Ibid.*, p. 100.
37. *Ibid.*, pp. 103-104.
38. *Ibid.*, pp. 104-105.

39. Cf. J. W. CHAPMAN, "Justice and Fairness", in Nomos, VI, Justice, pp. 147-169.
40. Ibid., pp. 149-151.
41. Cf. O que uma reflexão sobre o direito pode trazer ao filósofo, infra.
42. "Da justiça " (1945), republicado supra.
43. Op. cit., pp. 69-70.
44. Milão, Giuffrè, 1961.
45. Cf. supra, p. 65.
46. Paris, Colin, 1927.
47. Cf., a esse respeito, Ch. PERELMAN, O ideal de racionalidade e a regra de justiça, supra.
48. Cf. ARISTÓTELES, Tópicos, L. I, cap. I, 100a.
49. Cf. Ch. PERELMAN e L. OLBRECHTS-TYTECA, Traité de l'argumentation, Bruxelas, Éditions de l'Université de Bruxelles, 1988[5].
50. Cf. meu artigo "Jugement de valeur, justification et argumentation", publicado na Revue Internationale de Philosophie, nº 58, 1961, republicado in Rhétoriques, Bruxelas, 1989, pp. 197-207.
51. Cf. H. FEIGL, "De principiis non disputandum...?", in Philosophical Analysis, publicado por M. BLACK, Nova York, 1950.
52. Cf. D. HUME, Traité de la nature humaine, L. III, primeira parte, seção I, trad. fr. LEROY, Paris, Aubier, 1946, p. 573.
53. O que uma reflexão sobre o direito pode trazer ao filósofo, infra.
54. Cf. H. L. A. HART, The Concept of Law, Oxford, Clarendon Press, 1961, cap. V.
55. Cf. Clarence MORRIS, "Law, Justice and the Public's Aspirations", in Nomos, VI, pp. 170-190.
56. Ibid., p. 189.
57. Cf. C. J. FRIEDRICH, "Justice: the Political Act", in Nomos, VI, p. 31; cf. seu livro Man and his Government, McGraw-Hill Book Comp., 1963, cap. XVII: Political Representation and Responsibility.
58. E. HUSSERL, "La crise ds sciences européennes et la phénoménologie transcendantale", Les études philosophiques, Paris, 1949, p. 142.
59. "Para a idéia do auditório universal", ver infra pp. 202-206, assim como o Traité de l'argumentation, §§ 7-9.
60. E. KANT, Critique de la raison pratique, trad. fr., J. GIBELIN, Paris, Vrin, 1944, p. 27.
61. Op. cit.

62. *Op. cit.*, p. 38.
63. Cf. "Minha comunicação Raison éternelle, raison historique", *in Justice et raison*, p. 103.
64. Cf. H. W. JOHNSTONE, *Philosophy and Argument*, The Pennsylvania State University Press, 1959.
65. LA BRUYÈRE, *Œuvres complètes*, Bibliothèque de la Pléiade, Paris, 1952, "Des esprits forts", 15, p. 473.
66. SANTO ANSELMO, *Proslogion*, cap. II.

§ 6. *Justiça e raciocínio*

1. Publicado *in Les études philosophiques*, Paris, 1970, pp. 203-208.
2. Quanto à regra de justiça, cf. *supra*, pp. 85-93 e 145-156.

§ 7. *Igualdade e justiça*

1. Comunicação apresentada em 5 de setembro de 1976 no Simpósio de Nice do Instituto Internacional de Filosofia Política. Publicado *in L'égalité* V, Bruxelas, Bruylant, 1977, pp. 324-330.
2. G. B. SHAW, *Road to Equality. Ten Unpublished Lectures and Essays. 1884-1914*, Bacon Press, 1971.
3. I. BERLIN, "Equality", *in Proceedings of the Aristotelian Society*, Londres, 1956, p. 305.
4. *Theory of Justice*, Harvard University Press, 1971, p. 62.
5. Cf. "Da justiça", *supra*, pp. 8 ss.
6. *Ibid.*, p. 18
7. Cf. Werner BÖCKENFÖRDE, *Der Allgemeine Gleichheitssatz und die Aufgabe des Richters*, Berlim, De Gruyter, 1957, pp. 62-63, citado em meu artigo: :Égalité et valeurs", *in L'égalité* I, Bruxelas, Bruylant, 1971, p. 323.

§ 8. *Liberdade, igualdade e interesse geral*

1. Comunicação apresentada, em inglês, em 26 de agosto de 1975, no Congresso de Saint Louis da Associação Internacional de Filosofia do Direito, de Filosofia Social e Política. Publicada em *L'égalité*, vol. V, Bruxelas, Bruylant, 1977, pp. 6-13.

2. Cf. E. VOGEL-POLSKY, "Considérations sur l'égalité en droit social", *in L'égalité*, vol. IV, Bruxelas, Bruylant, 1975, pp. 26-27.
3. P. OLLIER, *Le droit du travail*, Paris, Collin, 1972, p. 19.
4. Cf. Ch. PERELMAN, "Égalité et valeurs", *in L'égalité*, vol. I, Bruxelas, Bruylant, 1971, pp. 324-326.
5. Cf. J. MESSINE, "L'égalité et l'individualisation de la peine", *L'égalité*, vol. IV, pp. 14-17.
6. Cf. J. KIRKPATRICK, "L'égalité devant l'impôt en droit belge contemporain", *in L'égalité*, vol. III, Bruxelas, Bruylant, 1975, pp. 26-30.
7. Cf. E. DAVID, "Réflexions sur l'égalité économique des états", *in L'égalité*, vol. IV, pp. 157-258.

§ 9. *Igualdade e interesse geral*

1. Relatório apresentado em 28 de setembro de 1981 nos Encontros Internacionais de Genebra. Publicado *in L'égalité*, vol. VIII, Bruxelas, Bruylant, 1982, pp. 615-624.
2. Cf. "A regra de justiça e a eqüidade", *supra*, pp. 156 ss.
3. Paris, Maspéro, 1973, p. 361.
4. Cf., a esse respeito, a comunicação muito sugestiva de P. GOYARD, "Les diverses prérogatives juridiques et les notions d'égalité et de discrimination", *in L'égalité*, vol. V. Publicação do Centro de Filosofia do Direito da Universidade de Bruxelas, Bruxelas, Bruylant, 1977, pp. 151-162.
5. Cf. H. BEGUELIN, "Réflexions sur l'égalité devant la loi", *in L'égalité*, vol. IV, Bruxelas, Bruylant, 1975, p. 87.
6. Cf. G. LEIBHOLZ, *Die Gleichheit vor dem Gesetz*, Beck, Munique, 1959², mais especialmente o prefácio à segunda edição. Cf. também G. ROBBERS, *Gerechtigkeit als Rechtsprinzip*, Nomos, Baden Baden, 1980, cap. III, "Gerechtigkeit und Gleichheitssatz".
7. Cf. G. LEIBHOLZ, *op. cit.*, cap. V, "Die Gleichheit vor dem Gesetz und das Bonner Grundgesets".
8. BEGUELIN, *op. cit.*, p. 93.
9. *Ibid.*, p. 95.
10. Cf. o interessante artigo de Fr. RIGAUX, "L'insertion des inégalités objectives dans un sistème juridique d'égalité devant la loi", *in L'égalité*, vol. V, Bruxelas, Bruylant, 1977, pp. 140-150.
11. *Ibid.*, pp. 144-145.
12. Cf. J. MESSINNE, "L'égalité et l'individualisation de la peine", *in L'égalité*, vol. IV, Bruylant, Bruxelas, 1975, p. 19.

13. Cf. J. KIRKPATRICK, *in L'égalité*, vol. III, Bruxelas, Bruylant, 1975, p. 70.

§ 10. *As concepções concreta e abstrata da razão da justiça. A propósito de Theory of Justice de John Rawls*

1. Relatório apresentado em 13 de novembro de 1981 na Universidade Católica de Louvain.
2. SPINOZA, *Œuvres complètes*, ed. de la Pléiade, pp. 475-476.
3. Cf. FÉNELON, *Œuvres complètes*, ed. Lebel, Versailles, 1820, t. I, p. 183.
4. H. SIDGWICK, *The Methods of Ethics*, 7ª ed. P. V.
5. *Op. cit.*, capítulo VIII, §§ 3 e 4.
6. *Ibid.*, pp. 13-14.
7. *In The Journal of Philosophy*, setembro de 1980, vol. LXXVII, N9, pp. 515-572.
8. Oxford University Press, 1971.
9. Cf. "The rational and the reasonable", *in Rationality Today*, editado por Th. F. Geraets, Edições da Universidade de Ottawa, 1979, pp. 213-219, republicado *in The New Rhetoric and the Humanities*, Reidel, Dordrecht, pp. 117-123.
10. Cf. a esse respeito minha crítica de Rawls *in* "Cinco aulas sobre a justiça", *supra*, pp. 171-180
11. *Archiv für Rechts- und Sozialphilosophie*, vol. LXVII, I, 1981, pp. 38-60.

§ 11. *A justiça reexaminada*

1. Cf. "Da justiça", *supra*.
2. Norman C. GILLESPIE, "On Treating Like Cases Differently", *Phisophical Quarterly*, 1975, pp. 151-158.
3. "Da justiça".
4. Actes do XIIIᵉ Congrès International de Philosophie, Herder, Viena, 1970, vol. V, pp. 137-143.
5. *Op. cit.*, p. 139, segundo B. WOOTTON, *Social Formulations of Wage Policy*, Londres, 1958, p. 62.
6. I. BERLIN, "Equality", *in Proceedings of the Aristotelian Society*, Londres, 1956, p. 305.
7. Quanto a um exemplo extraído do direito belga, cf. *infra*, p 427.
8. Cf. *infra*, p. 427.

Capítulo 2 – **Considerações morais**

§ 12. *Relações teóricas entre o pensamento e a ação*

1. Extraído dos Entretiens Philosophiques de Varsovie, Varsóvia, Ossolineum, 1958.

§ 13. *Demonstração, verificação e justificação*

1. "Síntese das Palestras do Instituto Internacional de Filosofia" (Liège, setembro de 1967), publicada *in Actes des Entretiens de Liège*, Louvain, Nauwelaerts, 1968, pp. 335-349.
2. G. RYLE, "Proofs in philosophy", *in Revue Internationale de Philosophie*, nº 27-28, 1954, p. 150.

§ 14. *O raciocínio prático*

1. Publicado *in La philosophie contemporaine*, Florença, La Nuova Italia, 1968, vol. I, pp. 168-176.
2. As referências bibliográficas estão classificadas por ordem alfabética dos nomes dos autores.

§ 15. *Juízo moral e princípios morais*

1. Extraído da *Revue Internationale de Philosophie*, nº 70, 1964, fasc. 4, pp. 432-438.
2. *La morale et la science des mœurs*, Paris, Presses Universitaires de France, 15ª edição, 1953.
3. *Op. cit.*, p. XVIII.
4. *Op. cit.*, pp. 35-36.
5. *Op. cit.*, p. 37.
6. *Op. cit.*, p. 38.
7. *Op. cit.*, pp. 40-41.
8. Cf. M. POLANYI, *Personal Knowledge*, Londres, Routledge and Kegan Paul, 1958, e F. GONSETH, *Le problème du temps, essai sur la méthodologie de la recherche*, Neuchâtel, Éditions du Griffon, 1964.
9. "A regra de justiça", *supra*, § 3.

10. Cf. "O que uma reflexão sobre o direito pode trazer ao filósofo", *infra*, § 24.

§ 16. *Cepticismo moral e filosofia moral*

1. Extraído de *Morale et enseignement*, 1962, fasc. 4, pp. 12-21.
2. Extraído de *ibid.*, pp. 22-26.

§ 17. *Direito e moral*

1. Exposição apresentada no XIV Congresso Internacional de Filosofia, Viena, setembro de 1968.
2. Em Genebra, em setembro de 1966.

§ 18. *O direito e a moral ante a eutanásia*

1. Extraído de *Morale et Enseignement*, 1963, fasc. 3, pp. 36-41.

§ 19. *Direito, moral e religião*

1. Relatório apresentado no Congresso Internacional de Filosofia, Montreal, agosto de 1983.
2. Cf. "A salvaguarda e o fundamento dos direitos do homem", *infra*, pp. 400-408.

§ 20. *Moral e livre exame*

1. Aula inaugural do curso "Filosofia moral" de 5 de janeiro de 1966, consagrada às relações da moral com o livre exame. Extraído da *Revue de l'Université de Bruxelles*, maio-julho de 1966, pp. 320-331.
2. Ver o estudo de Robert E. FITCH no volume: *Religion, Morality and Law*, Southern Methodist University Press, 1956, p. 5.
3. Cf. "Juízo moral e princípios morais", *supra*, pp 288-293, e "Cepticismo moral e filosofia moral", *supra*, pp. 293-298.
4. D. HUME, *Traité de la nature humaine*, trad. fr. de A. Leroy, Paris, Aubier, 1946, p. 573.

5. *Op. cit.*, p. 525.
6. Moral Scepticism (*Philosophy and Phenomenological Research*, 1961, pp. 239-245), tradução francesa republicada, *supra*, pp. 293-298.
7. Cf. Ch. PERELMAN, "Jugements de valeur, justification et argumentation", *Rhétoriques*, Bruxelas, 1989, pp. 197-207 e "Cinco aulas sobre a justiça", *supra*, pp. 145-206.

§ 21. *Autoridade, ideologia e violência*

1. Publicado in *Annales de l'Institut de Philosophie de l'Université de Bruxelles*, 1969, pp. 9-19.
2. STUART MILL, *La liberté*, trad. fr. de M. Dupont-White, Paris, 1860, p. 2.
3. J. BUTLER, *Fifteen Sermons upon Human Nature*, Londres, 1726, citado segundo A. I. MELDEN, *Ethical Theories*, 2ª ed. Prentice Hall, 1967, pp. 252-253.
4. *Le pouvoir*, tomo II, Paris, Presses Universitaires de France, 1957, pp. 26-27.
5. Bertrand DE JOUVENEL, *De la Souveraineté*, Paris, 1955, p. 45.

§ 22. *Considerações sobre a razão prática*

1. Uma versão alemã foi publicada com o título: "Betrachtungen über die praktische Vernunft", *Zeitschrift für philosophische Forschung*, 1966, t. XX, fasc. 2, pp. 210-220.
2. Cf. G. GRUA, *Jurisprudence universelle et Théodicée selon Leibniz*, Paris, 1953, p. 507.
3. Cf. Richard H. POPKIN, "The sceptical Crisis and the Rise of Modern Philosophy", *The Review of Metaphysics*, 1953-1954, t. VII, pp. 132-151, 307-322, 499-510.
4. D. HUME, *Traité de la nature humaine*, L. III, seção I, trad. fr. Leroy, Paris, Aubier, 1946, p. 573.
5. *Ibid.*, p. 525.
6. *Ibid.*, p. 524.
7. E. KANT, *Critique de la raison pure*, tr. fr. Tremesaygues e Pacaud, p. 463 (p. 575 da edição original).
8. E. KANT, *Critique de la raison pratique*, tr. fr. Gibelin, p. 8, nº 1 (Vorrede [Prefácio], nº 1).
9. E. KANT, *ibid.*, pp. 21-23 (Von der Idee einer Kritik der praktischen Vernunft).

10. *Ibid.*, p. 27.
11. Cf. a esse respeito: Ch. PERELMAN, "Jugements de valeur, justification et argumentation", *Rhétoriques*, Bruxelas, 1989, pp. 197-207.
12. Cf. o debate sobre o cepticismo moral e a filosofia moral entre o professor L. G. MILLER e eu, *supra*, pp 293-298.
13. Cf. LEIBNIZ, "Nouveaux essais sur l'Entendement", *in Die philosophischen Schriften*, ed. Gerhardt, vol. V, p. 500.
14. Cf. "A regra de justiça", *supra*.

§ 23. *Desacordo e racionalidade das decisões*

1. Publicado *in Archivio di filosofia*, 1966, pp. 87-93.
2. J. ROLAND PENNOCK, "Reason in Legislative Decisions", *in Rational Decision (Nomos VII)*, Nova York, Atherton Press, 1964, p. 102.
3. DESCARTES, *Règles pour la direction de l'Esprit*, II, in *Œuvres*, vol. XI, pp. 205-206, trad. fr. V. Cousin, Paris, 1826.
4. D. HUME, *Traité de la nature humaine*, L. III, seção I, trad. fr. Leroy, Paris, Aubier, p. 573.
5. *Talmud babylonien*, Traité Erubin, 13 B.
6. *Ibid.*
7. *The methods of Ethics*, 7ª ed., Londres, p. 33.
8. *Ibid.*, p. 209.
9. *Ibid.*, p. 379.
10. "A regra de justiça", *supra*, pp. 85-93.
11. M. G. SINGER, *Generalization in Ethics*, Nova York, Knopf, 1961, p. 17.
12. *The Monist*, abril de 1965, vol. 49, pp. 198-214.
13. *In Four Short Novels*, Nova York, Bantam Books, 1959.
14. *Op. cit.*, p. 209.

Segunda Parte – O DIREITO

Capítulo I – **A racionalidade jurídica: para além do direito natural e do positivismo**

§ 24. *O que uma reflexão sobre o direito pode trazer ao filósofo*

1. Publicado *in Archives de Philosophie du Droit*, nº 7, dedicado a *Qu'est-ce que la philosophie du droit?*, Paris, Sirey, 1962.

2. P. FORIERS, "L'utopie et le droit", in *Actes du Colloque de l'Institut pour l'Étude de la Renaissance et de l'Humanisme*, Bruxelas, 1961, sobre "Les Utopies à la Renaissance".
3. V. Ch. PERELMAN, "Evidence et preuve", republicado in *Rhétoriques*, Bruxelas, 1989, pp. 179-195.
4. V. *supra*, § 3, "A regra de justiça".
5. LOCKE, *An Essay Concerning Human Understanding*, Londres, Routledge, p. 389. Cf. Ch. PERELMAN e L. OLBRECHTS-TYTECA, *Traité de l'argumentation*, Bruxelas, 1988⁵, p. 168.
6. Ch. PERELMAN, "A distinção do fato e do direito. O ponto de vista do lógico", republicado *infra*, § 46.

§ 25. *O que o filósofo pode aprender com o estudo do direito*

1. Este texto foi publicado em tradução inglesa em *Natural Law Forum*, 1966, e, em tradução alemã, em *Wissenschaft und Weltbild*, 1966. O mesmo tema, desenvolvido de modo diferente, foi tratado em meu artigo "O que uma reflexão sobre o direito pode trazer ao filósofo", republicado *supra*, pp. 361-372.
2. P. FORIERS, "Les utopies et le droit", in *Les utopies à la Rennaissance*, Bruxelas, Presses Universitaires de Bruxelles, 1963, pp. 233-261.
3. *Ibid.*, pp. 234-235.
4. *Ibid.*, p. 239.
5. Eméric CRUCÉ, *Le nouveau Cynée ou Discours d'État* représentant les occasions et moyens d'établir une paix générale, et la liberté du commerce par tout le monde, 1623, p. 167, citado por P. FORIERS, *op. cit.*, p. 240.
6. PASCAL, *Pensées*, in *Œuvre*, Bibliothéque de la Pléiade, Paris, Gallimard, 1950, 230 (69) (365 ed. Brunschvicg), p. 886.
7. Cf. *An Essay concerning human Understanding*, Londres, Routledge, 1894, p. 389.
8. *Talmud babylonien*, Traité Erubin 13 B; cf. "Desacordo e racionalidade das decisões", *infra*, p. 351.
9. Cf. *supra*, pp. 361-372.
10. Cf. "A regra de justiça", *supra*, pp. 85-93.
11. Cf. "O que uma reflezão sobre o direito pode trazer ao filósofo", *supra*, p. 361.
12. Cf. Ch. PERELMAN, "Desacordo e racionalidade das decisões", *supra*, pp. 351-358.

13. Cf. Ch. PERELMAN, "Cinco aulas sobre a justiça", *supra*, pp. 199-203.
14. Quanto à idéia do auditório universal, cf. Ch. PERELMAN e L. OLBRECHTS-TYTECA, *Traité de l'argumentation*, Bruxelas, 1988⁵, §§ 6-9.
15. "Justiça e razão", p. 82.

§ 26. *Direito positivo e direito natural*

1. Publicado *in Mélanges Jean Baugniet*, Bruxelas, 1976, pp. 607-616.
2. *Éthique à Nicomaque*, livro V, 1137b, 19-24, trad. A. GAUTHIER e J. Y. JOLIF, Louvain, 1958.
3. *In Les antinomies en droit*, Bruxelas, Bruylant, 1955, pp. 257-258.
4. "Le juriste et le droit naturel. Essai de définition d'un droit naturel positif", *in Revue Internationale de Philosophie*, 65, 1963, pp. 335-352.
5. Cf. A. VAN WELKENHUYZEN, citando as conclusões do procurador-geral TERLINDEN, antes do célebre aresto de 11 de fevereiro de 1919 (*Pas.*, 1919, I, p. 9, *in Le problème des lacunes en droit*, Bruxelas, Bruylant, 1968, pp. 348-349.
6. Cf. a esse respeito, L. SILANCE, "Exemples d'antinomies et essai de classement", *in Les antinomies en droit*, pp. 113-121.
7. Frankfurt, Athenäum, 1971.
8. Cf. Ch. PERELMAN, "Ordre juridique et consensus", *in Journal des Tribunaux*, Bruxelas, nº do centenário, 1982, pp. 131-133.

§ 27. *É possível fundamentar os direitos humanos?*

1. Relatório apresentado nos Seminários de Aquila (Itália), do Instituto Internacional de Filosofia, 15-19 de setembro de 1964 sobre *Le fondement des droits de l'homme*. Actes, Florença, La Nuova Italia, 1966, pp. 10-17.
2. Cf. meu artigo "Jugements de valeur, justification et argumentation", republicado *in Rhétoriques*, Bruxelas, 1989, pp. 197-207.
3. Cf. "Philosophies premières et philosophie régressive", republicado *in ibid.*, pp. 153-177, bem como Évidence et preuve, *ibid.*, pp. 179-195.

4. Cf. PASCAL, "De l'esprit de géométrie et de l'art de persuader", in L'œuvre de Pascal, ed. de la Pléiade, Paris, 1941, pp. 380-381.

5. Autour de la Déclaration universelle des Droits de l'Homme, textos reunidos pela UNESCO, Paris, Sagittaire, 1949, 236 pp.

6. Ibid., "Introdução", de J. MARITAIN; "Fondements philosophiques et conditions matérielles des droits de l'homme", de R. MCKEON; "Droits de l'homme ou relations homaines?", de Don Salvador DE MADARIAGA; "Conclusões da pesquisa realizada pela UNESCO sobre os fundamentos teóricos dos direitos do homem" (pp. 210-214).

7. Ch. PERELMAN, "Cepticismo e filosofia moral", supra, pp.293-298

8. Ibid., supra, pp. 296-298.

9. Quanto à idéia de auditório universal, cf. Ch. PERELMAN e L. OLBRECHTS-TYTECA, Traité de l'argumentation, Bruxelas, 1988⁵, § 6-9.

10. Cf. G. CALOGERO, Logo e dialogo, Milão, 1950; Filosofia del dialogo, Milão, 1962.

11. Cf. "O ideal de racionalidade e a regra de justiça", supra, pp. 93-145.

§ 28. A salvaguarda e o fundamento dos direitos humanos

1. Publicado in Europäisches Rechtsdenken in Geschichte und Gegenwart, Festschrift für Helmut Coing, Beck, Munique, 1982, BI, pp. 659-666.

2. Cf., a esse respeito, W. SCHRECKENBERGER, Rhetorische Semiotik. Analyse von Texten des Grundgesetzes und von rhetorischen Grundstrukturen der Argumentation des Bundesverfassungsgerichts, Freiburg, 1978.

3. J. MARITAIN, Introdução ao volume Autour de la Déclaration universelle des droits de l'homme, textos reunidos pela UNESCO, Paris, 1949, p. 12.

4. Ch. PERELMAN, "A propósito da regra de direito, reflexões de método", infra, § 50.

5. Cf. G. LEIBHOLZ, Die Gleichheit vor dem Gesetz, Munique, 1952, e G. ROBBERS, Gerechtigkeitsprinzip, Baden Baden, 1980.

6. Cf. P. FORIERS, "Le raisonnement pratique, le raisonnable et ses limites", Revue Internationale de Philosophie, 127-128, 1979, pp. 303-326.

§ 29. *Ciência do direito e jurisprudência*

1. Exposição feita na Faculdade de Direito de Paris, em 29 de abril de 1969.
2. Cf. LOCRÉ, *La législation civile, commerciale et criminelle de la France*, t. I, Bruxelas, 1836, p. 402.
3. Cf. H. L. A. HART, *The Concept of Law*, Oxford, 1961; Alf ROSS, *Law and Justice*, Londres, 1958.
4. No volume coletivo *Le problème des lacunes en droit*, publicado por Ch. PERELMAN, Bruxelas, Bruylant, 1968, pp. 329-361.
5. *Op. cit.*, pp. 347-350.
6. H. KELSEN, *Théorie pure du droit,* trad. de Ch. EISENMANN, Paris, 1962, p. 360.
7. H. L. A. HART, *op. cit.*, p. 97.
8. "O problema das lacunas em direito", *infra*, § 53.
9. Cf. G. GOTTLIEB, *The Logic of Choice*, Londres, 1958, p. 44.
10. *In* "O problema das lacunas em direito", pp. 411-416
11. Cf. HART, *op. cit.*, pp. 123-126.
12. Cf. G. GOTTLIEB, *op. cit.*, p. 45.

§ 30. *A propósito da idéia de um sistema de direito*

1. Cf. H. KELSEN, *Théorie pure du droit*, trad. Ch. EISENMANN, Dalloz, Paris, 1962, pp. 329-331.
2. Cf. Th. VIEHWEG, "Reine und Rhetorische Rechtslehre", *in Revue internationale de philosophie*, 138, pp. 547-551 (número dedicado a Kelsen).
3. Alguns exemplos de ficção jurídica são dados em: "Direito, lógica e epistemologia", *infra*, pp. 516-531

§ 31. *O razoável e o desarrazoado em direito*

1. Texto publicado *in Archives de philosophie du droit*, 1978, t. 23, pp. 35-42.
2. L. RECASÉNS SICHES, "La logique matérielle du raisonnement juridique", *in Le raisonnement juridique*, Actes du Congrès de Bruxelles, 1971, publicadas por H. Hubien, Bruxelas, Bruylant, 1971, pp. 129-136.
3. Beschouwingen over marginale toetsing, *Liber Amicorum Monseigneur Onclin*, Duculot, Gembloux, pp. 367-369, em francês

na obra coletiva *La motivation des décisions de justice*, Bruxelas, Bruylant, 1978.

4. *Ibid.*, pp. 373-374.

5. Cf. Y. SCHOENTJENS-MERCHIERS, "La nullité des décision des sociétés en particulier, la nullité pour violation d'un principe général de droit", *R. Crit. J. B.*, 1973, p. 281, citado *in ibid.*, p. 370.

6. *Le fait et le droit*, Bruxelas, Bruylant, 1961, pp. 219-220.

7. Cf. G. BOLAND, "La notion d'urgence dans la jurisprudence du Conseil d'État de Belgique", *ibid.*, pp. 175-177.

8. Para isso e outros exemplos: R. LEGROS, "L'invitation au raisonnable", *in Revue régionale de droit*, Namur-Luxemburgo, 1976, 1, pp. 5-13.

9. Cf. Ch. PERELMAN, "O problema das lacunas em direito", *infra*, § 53.

10. Fr. GORPHE, *Les décisions de justice*, Paris, 1952, p. 38. (Em sentido oposto, acórdãos posteriores: cf. *Traité de droit civil*, introdução geral de J. GHESTIN e G. GOUBEAUX, L.G.D.J.,1983, nº 725, notas 77-79).

11. CASAMAYOR, *Les juges*, Paris, Seuil, 1957, pp. 154-155.

12. J. RIVERO, "Fictions et présomptions en droit public français", *in Les présomptions et les fictions en droit*, Bruxelas, Bruylant, 1974, p. 106.

13. Cf. A. VANWELKENHUYZEN, "De quelques lacunes du droit constitutionnel belge", *in Le problème des lacunes en droit*, pp. 347-349.

14. Cf. Ch. PERELMAN, "The Rational and the Reasonable", *in The New Rhetoric and the Humanities*, Reidel, Dordrecht, 1979, pp. 117-123.

§ 32. *Ontologia jurídica e fontes do direito*

1. Publicado *in Archives de philosophie du droit*, t. 27, Sirey, 1982, pp. 23-32.

2. Publicado *in Études de logique juridique*, vol. IV (Actes du Colloque de Bruxelles, 1969), Bruxelas, Bruylant, 1970, pp. 65-90.

3. Cf., a esse respeito, o sugestivo artigo de L. CHAFEE Jr., professor na Harvard University Law School, "Do Judges Make or Discover Law?", *Proceedings of the American Philosophical Society*, 1947, vol. 91, pp. 405-420.

4. O texto é apresentado *in extenso* em "A interpretação jurídica", pp. 621-632.

5. Cf., a esse respeito, H. COHN, *Jewish Law in Ancient and Modern Israël*, Nova York, Ktav Publ., 1971.
6. Outra justificação é fornecida pelo *Êxodo*, XXIII, 7, *supra*, "Direito positivo e direito natural", pp. 386-392.
7. Cf. Ch. PERELMAN, *Logique juridique, nouvelle rhétorique*, 2ª ed., Paris, Dalloz, 1979, p. 16.
8. Citado por J. BONNECASE, *L'école de l'exégèse en droit civil*, 2ª ed., Paris, 1924, pp. 133-134.
9. Citado por *ibid*, pp. 150-151.

§ 33. *A lei e o direito*

1. Publicado in *Qu'est-ce que l'homme? Hommage à Alphonse De Waelhens*, Bruxelas, 1982, pp. 345-353.
2. P. FORIERS, *De l'état de nécessité en droit pénal*, Bruxelas, Bruylant, 1951.
3. Cf., a esse respeito, "Ontologia jurídica e fontes do direito", *supra*, p. 442, bem como "Legal Ontology and Legal reasoning", *in Legal Change*, Essays in Honour of Julius Stone, Butterworth, 1983, pp. 1-9.

§ 34. *A reforma do ensino do direito e a "nova retórica"*

1. Relatório apresentado em Perúgia, em 12 de outubro de 1973, no "Seminario sull'Educazione giuridica", publicado *in Archives de philosophie du droit*, 1975, tomo 20, pp. 165-173.
2. J. ESSER, *Vorverständnis und Methodenwahl in der Rechtsfindung*, Athenäum, Frankfurt a/M, 1970, p. 165. "A capacidade do direito de funcionar como um sistema é inteiramente dependente da inserção controlada de juízos de valor pré-jurídicos ou, pelo menos, pré-positivos. Nenhuma operação jurídica discursiva, por mais elementar que seja, pode, quando examinada de mais perto, ser compreendida sem um juízo de valor assim. O pensamento em termos de valor não pode fornecer contribuição construtiva independente, mas ele guia o esforço dogmático jurídico a partir de seus pressupostos e a partir do controle do consenso sobre a natureza razoável da decisão: atos cujo alcance não se limita de modo algum à importância sociológica deles para a política judiciária. A "policy of the courts" se elabora necessariamente no âmbito de um consenso sobre os valores e não pretende um controle autônomo do pensamento jurídico, que abandonaria a expressão em termos de juízos de valor apenas aos leigos."

3. A. GIULIANI, *La controversia, contributo alla logica giuridica*, Pávia, 6.
4. Bruylant, Bruxelas, 1961.
5. Bruylant, Bruxelas, 1965.
6. Bruylant, Bruxelas, 1968.
7. Bruylant, Bruxelas, 1971.
8. Bruylant, Bruxelas, 1974.
9. Cf. K. ENGISCH, "Le fait et le droit en droit allemand", *in Le fait et le droit*, Bruylant, Bruxelas, pp. 28-29.
10. Ver, no tocante a todo esse desenvolvimento: A. VANWELKENHUYZEN, "De quelques lacunes en droit constitutionnel belge", *in Le problème des lacunes en droit*, Bruylant, Bruxelas, 1968, pp. 347-350.
11. Cf. Luc SILANCE, "Un moyen de combler les lacunes en droit: l'induction amplifiante", *in Le problème des lacunes en droit*, pp. 489-496.
12. Cf. Ch. PERELMAN, "A propósito da regra de direito, reflexões de método", *infra*, § 50.
13. *Athenäum*, Frankfurt a/M, 1971, pp. 30-34.

Capítulo II – **O raciocínio jurídico: uma lógica da argumentação**

§ 35. *Lógica formal, lógica jurídica*

1. Extraído de *Logique et analyse*, 1961, nos 11-12.
2. Cf. G. KALINOWSKI, "Y a-t-il une logique juridique?", *Logique et analyse*, 5, pp. 48-53, e "Interprétation juridique et logique des propositions normatives", *Logique et analyse*, 6-7, pp. 128-142, bem como a resposta de R. FEYS e M.-Th. MOTTE, Logique juridique, systèmes juridiques, *Logique et analyse*, 6-7, pp. 143-147.
3. Ver, por exemplo, A. CHURCH, *Introduction to Mathematical Logic*, vol. I, Princeton, 1956 e a bibliografia *in* J.-M. BOCHENSKI, *Formale Logik*, Karl Albert, Friburgo-Munique, 1956, pp. 572 ss.
4. Cf. A. CHURCH, *op. cit.*, p. 1.
5. Cf. G. KALINOWSKI, *Logique et analyse*, 5, pp. 50, 53.
6. Cf. G. KALINOWSKI, *Logique et analyse*, 6-7, p. 131.
7. Cf. R. FEYS e M.-Th. MOTTE, *Logique et analyse*, 6-7, p. 143.

8. Cf. J.-M. BOCHENSKI, *op. cit.*, pp. 3-5.
9. Cf. A. CHURCH, *op. cit.*, p. 1.
10. Cf. *ibid.*, p. 48. Ver, a esse respeito, "Logique, langage et communication", republicado *in* Ch. PERELMAN, *Rhétoriques*, Bruxelas, 1989, pp. 109-122.
11. Cf. G. KALINOWSKI, *Logique et analyse*, 5, pp. 49-50.
12. Cf. G. KALINOWSKI, *Logique et analyse*, 6-7, p. 133.
13. Cf. Ch. PERELMAN e L. OLBRECHTS-TYTECA, *Traité de l'argumentation*, Bruxelas, 1988⁵, § 1.
14. V. *infra*, § 47, "A especificidade da prova jurídica".

§ 36. *A teoria pura do direito e a argumentação*

1. Extraído de *Law, State, and International Legal Order*, Essays in Honor of Hans Kelsen, The University of Tennessee Press, Knoxville, 1964.

§ 37. *O raciocínio jurídico*

1. Extraído de *Études philosophiques*, abril-junho de 1965, pp. 133-141.
2. H. de PAGE, *Traité élémentaire de droit civil belge*, 2ª ed., Bruxelas, 1942, t. III, p. 661.
3. Em geral é difícil dissociar o juízo, referente aos fatos, da qualificação destes. É por essa razão que a *ficção* poderia ser considerada ora relativa à materialidade dos fatos, ora relativa à qualificação destes.
4. Cf. Ch. PERELMAN, "A especificidade da prova jurídica," *infra*, pp. 580-591, e "O que uma reflexão sobre o direito pode trazer ao filósofo," *supra*, pp. 361-372.

§ 38. *Raciocínio jurídico e lógica jurídica*

1. Publicado *in Archives de philosophie du droit*, Paris, 1966, vol. XI, pp. 1-6.
2. Cf. G. H. VON WRIGHT, "Deontic Logic", *Mind*, n.s., v. 60, 1951, pp. 1-15, e *Norm and Action*, Routledge and Kegan Paul, Londres, 1963. Em francês, cf. G. KALINOWSKI, "Logique déonti-

que et logique juridique," *Les études philosophiques*, 1965, 2, pp. 157-167, bem como, do mesmo autor, *Introduction à la logique juridique*, Paris, Sirey, 1965.

3. No que tange ao renascimento dessa tradição, ver Th. VIEHWEG, *Topik und Jurisprudenz*, Munique, Beck, 3ª ed., 1965.

4. DESCARTES, *Règles pour la direction de l'esprit*, II, in *Œuvres*, XI, pp. 205-206, trad. V. COUSIN, Paris, 1826.

5. Ch. PERELMAN, "O raciocínio jurídico", *infra*, pp. 483-484.

6. Ch. PERELMAN, *ibid.*, p. 579.

7. *Le fait et le droit*, Travaux du Centre National de Recherches de Logique, Bruxelas, Bruylant, 1961.

8. Cf. GREGOROWICZ, "L'argument *a maiori ad minus* et le problème de la logique juridique", *Logique et analyse*, 1962, pp. 66-75.

9. *Les antinomies en droit*, Travaux du Centre National de Recherches de Logique, Bruxelas, Bruylant, 1965.

10. Cf. Ch. PERELMAN, "O que uma reflexão sobre o direito pode trazer ao filósofo", *supra*, pp. 361-372.

§ 39. *Que é a lógica jurídica?*

1. Relatório apresentado pelo autor no Simpósio Internacional sobre a Metodologia das Ciências Jurídicas, realizado em Belgrado, em outubro de 1967, publicado *in Journal des Tribunaux*, Bruxelas, 1968, nº 4608, 83º ano, pp. 161-163.

2. Edward H. LEVI, *An Introduction to Legal Reasoning*, The University of Chicago Press, 1948; Phoenix Book 84, 1961; Karl ENGISCH, *Einführung in das Juristische Denken*, Stuttgart, W. Kohlhammer, 1956, 3ª ed., 1964; Ulrich KLUG, *Juristische Logik*, Berlim, Springer, 1951, 3ª ed., 1966; Georges KALINOWSKI, *Introduction à la logique juridique*, Paris, Librairie générale de droit et de jurisprudence, 1965.

3. G. KALINOWSKI, "Y a-t-il une logique juridique?", *Logique et Analyse*, 1959, p. 53.

4. *Introdution à la logique juridique*, p. 3.

5. *Ibid.*, p. 7.

6. Cf. Ch. PERELMAN, "Lógica formal, lógica jurídica", *supra*, pp. 469-473.

7. E. LEVI, *op. cit.*, p. 104.

8. *Ibid.*, pp. 1-2.

9. K. ENGISCH, *op. cit.*, p. 5.
10. Cf. Theodor VIEHWEG, *Topik und Jurisprudenz*, Munique, Beck, 1954, 3ª ed., 1965.
11. Cf. U. KLUG, *op. cit.*, pp. 97-141.
12. G. KALINOWSKI, *op. cit.*, pp. 162-171.
13. A. GIULIANI, "La logique juridique comme théorie de la controverse", *Archives de philosophie du droit*, 1966, pp. 87-113., e *La controversia*, Pubblicazioni della Università di Pavia, 148, Pávia, 1966.
14. Para um estudo aprofundado da questão, cf. *Le fait et le droit*, Travaux du Centre National de Recherches de Logique, Bruxelas, Bruylant, 1961.
15. Cf. Georg KAHN, *Existentialism and Legal Science*, trad. de George H. KENDAL, Nova York, Oceania Publications, 1967, pp. 115-120.

§ 40. *Direito, lógica e argumentação*

1. Aula inaugural do curso "Lógica e argumentação" dada em 7 de fevereiro de 1968 e publicada *in Revue de l'Université*, Bruxelas, 1968, vol. XX, pp. 387-398.
2. Cf. a exposição de G. BOLAND, "La notion d'urgence dans la jurisprudence du Conseil d'État de Belgique", *in Le fait et le droit*, Bruxelas, Bruylant, 1961, pp. 175-186.
3. *Les antinomies en droit*, Bruxelas, Bruylant, 1965; *Le problème des lacunes en droit*, Bruxelas, Bruylant, 1968.
4. Cf. *Les antinomies en droit*, pp. 30-33.
5. Cf. Ch. PERELMAN, "A regra de justiça", *supra*, pp. 85-93.

§ 41. *Direito, lógica e epistemologia*

1. Comunicação apresentada na XXXIX Semana de Síntese e publicada no volume *Le droit, les sciences humaines et la philosophie*, Paris, Vrin, 1973, pp. 227-240.
2. "O raciocínio prático", *supra*, pp. 333-344.
3. Cf. *Études de logique juridique*, IV, Bruxelas, Bruylant, 1970, pp. 25-31.

§ 42. *Considerações sobre a lógica jurídica*

1. Publicado *in Bulletin de la classe des lettres et des sciences morales et politiques de l'Académie Royale de Belgique*, Bruxelas, 1976, 5ª série, t. LXII, pp. 155-167.
2. *Logique juridique*, Paris, Dalloz, 1976, 2ª ed., 1979, 193 pp.
3. As atas desse colóquio foram publicadas em 1954 na *Revue Internationale de Philosophie*, n.ᵒˢ 27-28.
4. Bruxelas, Bruylant, 1961.
5. Bruylant, 1965.
6. Bruylant, 1968.
7. Bruylant, 1971.
8. Bruylant, 1974.
9. *Logique et analyse*, n.º 5, pp. 48-53.
10. *Ibid.*, p. 53.
11. Paris, L.G.D.J., 1965.
12. KALINOWSKI, *op. cit.*, pp. 7.
13. KLUG, *Juristische Logik*, Berlim, Springer, 3ª ed., 1966, pp. 97 a 140.
14. KALINOWSKI, *op. cit.*, pp. 155 a 170.
15. ARISTÓTELES, *Tópicos*, 101b I-4.
16. L. FULLER, *The Morality of Law*, Yale University Press, New Haven, 1964.
17. Cf. G. GOTTLIEB, *The Logic of Choice*, Londres, 1968, p. 44, segundo KENNY, *Outlines of Criminal Law*, p. 208 (15ª ed., 1946).
18. Cf. *Propos sur le texte de la loi et les principes généraux du droit*, Bruxelas, Bruylant, 1970, p. 132.
19. *Ibid*, p. 133.
20. Este exemplo foi desenvolvido no artigo "O razoável e o desarrazoado em direito", *supra*, p. 433.

§ 43. *Juízo, regras e lógica jurídica*

1. Comunicação feita no Simpósio sobre o Juízo Jurídico, na Faculdade de Direito de Paris, em 18 de junho de 1982. Publicado *in Archives de philosophie du droit*, t. 28, 1983, pp. 315-322.
2. Citado por J. BONNECASE, *L'école de l'exégèse en droit civil*, 2ª ed., Paris, 1924, pp. 150-151.

3. Cf. Ch. PERELMAN, *Logique juridique*, Dalloz, 2ª ed., 1979, § 25.
4. Cf. *op. cit.*, § 32.
5. Cf. *op. cit.*, § 34.
6. Cf. P. FORIERS, *De l'état de nécessité en droit pénal*, Bruxelas, Bruylant, e Paris, Sirey, 1951, XXX, 364 pp.
7. Sobre todo esse desenvolvimento, v. Ch. PERELMAN, *Logique juridique*, § 41.
8. Cf. "O razoável e o desarrazoado em direito", *supra*, pp. 427-437.

§ 44. *Direito e retórica*

1. Publicado em alemão in *Rhetorische Rechtstheorie, Festschrift für Th. Viehweg*, Alber, Friburgo, 1982, pp. 237-245.
2. *De l'esprit des lois*, 1ª parte, L. XI, cap. VI.
3. Cf. I. STROUX, *Römische Rechtswissenschaft und Rhetorik*, Potsdam, 1949. A. GIULIANI, *Il concetto di prova, contributo alla logica giuridica*, Milão, Giuffrè, 1961.
4. Cf. Ch. PERELMAN, *Logique juridique*, Paris, Dalloz, 1979, pp. 167-169.
5. Cf. Ch. PERELMAN, "A propósito da regra de direito, reflexões sobre método", *infra*, § 50.
6. Cf. Ch. PERELMAN, *Logique juridique*, §§ 27-30.
7. Cf. esse respeito Th. VIEHWEG, *Topik und Jurisprudenz*, Munique, 1953, e G. STRUCK, *Topische Jurisprudenz*, Frankfurt, 1971.

Capítulo III – **Os lugares da argumentação jurídica**

§ 45. *A motivação das decisões judiciárias*

1. Exposição feita em 12 de maio de 1977 no CNRL (Centro Nacional de Pesquisa de Lógica), publicado no volume *La motivation des décisions de justice*, Bruxelas, Bruylant, 1978, pp. 415-426.
2. Motivation und Begründung höchstrichterlicher Entscheidungen, *ibid.*, pp. 137-159.
3. "Histoire du jugement motivé", *Revue du Droit Public*, 1955, pp. 5-6.

4. *Ibid.*, p. 48.
5. DESCARTES, *Œuvres philosophiques*, ed. F. Alquié, Paris, Garnier, 1967, t. II, p. 393.
6. Ph. GODDING, "Jurisprudence et motivation des sentences, du Moyen Âge à la fin du XVIIIᵉ siècle", *La motivation...*, pp. 65-67.
7. J. GILISSEN, "Le problème des lacunes du droit dans l'évolution du droit médiéval et moderne", *in Le problème des lacunes en droit*, org. Ch. Perelman, Bruxelas, Bruylant, 1968, p. 205.
8. No tocante a tudo que precede, ver a exposição de J. GODDING, *La motivation...*
9. Cf. Ch. PERELMAN, "O problema das lacunas em direito", *infra*, § 53.
10. Cf. Ch. PERELMAN, "As antinomias em direito", *infra*, § 52.
11. Cf. A. VANWELKENHUYZEN, "De quelques lacunes en droit constitutionnel belge", *in Le problème des lacunes en droit*, Bruxelas, Bruylant, 1968, pp. 347-348.
12. Cf. P. FORIERS, "La motivation par référence à la nature des choses", *La motivation...*
13. Cf. L. HUSSON, "Réflexions d'un philosophe sur un revirement de jurisprudence", *Archives de philosophie du droit*, 1971, t. 16, pp. 293-343.
14. Cf., no volume sobre *La motivation...*, as seguintes comunicações: A. MAST, La motivation comme instrument de contrôle par le Conseil d'État de l'exercice du pouvoir discrétionnaire de l'administration, pp. 367-376; J. VERHAEGHEN, Le contrôle conceptuel des motifs du jugement pénal et les appréciations souveraines du juge du fond, pp. 377-401; J. RONSE, Le contrôle marginal des décisions discrétionnaires en droit privé, pp. 402-414.
15. H. BAUER-BERNET, "Motivation et droit communautaire", *ibid.*, pp. 303-330.
16. *Ibid.*, p. 312.
17. *Ibid.*, p. 314.
18. *Ibid.*, p. 316.
19. *Ibid.*, pp. 331-343.
20. *Ibid.*, pp. 344-365.
21. Advisory Opinion on Namibia, 1971, *I.C.J. Reports*, 16, pp. 31-32. *Ibid.*, p. 336.
22. Cf. R. LEGROS, "La motivation des jugements", *La motivation...*, pp. 7-22 e M. SOMERHAUSEN, "La motivation et la mission normative du juge", *ibid.*, pp. 23-26.

§ 46. *A distinção do fato e do direito. O ponto de vista do lógico*

1. Extraído da coletânea *Le fait et le droit*, Bruxelas, Bruylant, 1961, pp. 269-278.
2. Henri DESCHENAUX, *La distinction du fait et du droit dans les procédures de recours au Tribunal fédéral*, Librairie de l'Université, Friburgo (Suíça), 1948, 94 páginas.
3. Cf. Ch. PERELMAN, "Logique formelle, logique juridique", in *Logique et analyse*, 11/12, 1960, pp. 226-230.
4. Cf. Ch. PERELMAN, "A especificidade da prova jurídica", *infra*, § 48.
5. Cf. Ch. PERELMAN, "A regra de justiça", *supra*, § 3.
6. Cf. Ch. PERELMAN e L. OLBRECHTS-TYTECA, *Traité de l'argumentation*, Bruxelas, 1988⁵, § 78.
7. Cf. H. DESCHENAUX, *op. cit.*, p. 60.
8. Cf. "Essais de logique juridique", de M.-Th. MOTTE, P. FORIERS, R. DEKKERS e Ch. PERELMAN, publicados in *Journal des Tribunaux*, Bruxelas, nº 4104, de 22 de abril de 1956, especialmente p. 274.

§ 47. *A especificidade da prova jurídica*

1. Este estudo, apresentado na 13ª sessão da Sociedade Jean Bodin, em 3 de outubro de 1959, foi reproduzido no *Journal des Tribunaux*, Bruxelas, nº 4.255 de 29 de novembro de 1959.
2. Cf. Ch. PERELMAN e L. OLBRECHTS-TYTECA, *Traité de l'argumentation*, Bruxelas, 1988⁵, p. 682.
3. Cf. H. DE PAGE, *Traité élémentaire de droit civil belge*, 2ª ed., Bruxelas, 1942, t. III, pp. 662-663.
4. *Ibid.*, p. 661.
5. AUBRY e RAU, *Cours de droit civil français*, 5ª ed., Paris, 1922, t. XII, pp. 73-74.
6. *Ibid.*, p. 83, nota 19.

§ 48. *A prova em direito*

1. Exposição feita em 19 de maio de 1980, no Centro Nacional de Pesquisa de Lógica (CNRL), publicada no volume *La preuve en droit*, Bruxelas, Bruylant, 1981, pp. 357-364.

2. A. COLIN e H. CAPITANT, *Cours élémentaire de droit civil français*, 10ª ed., por Julliot de la Morandière, n.º 718.

3. Para o estudo histórico da prova, ver J.-Ph. LÉVY, "Les classifications des preuves dans l'histoire du droit", *La preuve en droit*, pp. 27-57; R. HENRION, "La preuve en droit romain", *ibid.*, pp. 59-75, e H. COHN, "The Proof in Biblical and Talmudical Law", *ibid.*, pp. 77-97.

4. Cf. a propósito das modalidades da prova, a exposição analítica de J. WRÓBLEWSKI, "La preuve juridique: axiologie, logique et argumentation", *ibid.*, pp. 331-355.

5. Sobre esse aspecto, cf. a exposição de P. A. FORIERS, "La preuve du fait devant la Cour de Cassation", *ibid.*, pp. 123-147.

6. Cf. a propósito da *enquête par turbe*, *in* J. GILLISSEN, "Le problème des lacunes du droit dans l'évolution du droit médiéval et moderne", *Le problème des lacunes en droit*, Bruxelas, 1968, pp. 216-218.

7. Cf. M. LACHS, "La preuve et la Cour internationale de Justice", *La preuve en droit*, pp. 109-121.

8. Cf. L. SILANCE, "La preuve dans le domaine sportif", *ibid.*, pp. 237-255.

9. Para outros exemplos dessa técnica de simplificação, cf. a exposição de E. CAUSIN, "La preuve et l'interprétation en droit privé", *ibid.*, pp. 208-210.

10. Cf. sua comunicação, *ibid.*, p. 217.

11. Cf. G. GOUBEAUX, "Le droit à la preuve", *ibid.*, pp. 277-301.

12. Cf. H. COHN, "The Proof in the Biblical and Talmudical Law", *ibid.*, pp. 81-93.

13. Cf. S. GINOSSAR, "Éléments du système anglais de la preuve judiciaire", *ibid.*, pp. 101-107.

14. P. FORIERS, "Considérations sur la preuve judiciaire", *ibid.*, pp. 315-329.

15. Cf. Robert LEGROS, "La preuve légale en droit pénal", *ibid.*, pp. 149-173.

16. Cf. H. BATIFFOL, "Observations sur la preuve des faits", *ibid.*, pp. 303-313.

17. Cf. G. LEVASSEUR, "Le droit de la preuve en droit pénal français", *ibid.*, pp. 175-195.

18. Cf. A. VANWELKENHUYZEN, "Preuve et secret en droit public", *ibid.*, pp. 257-275.

19. Cf., a esse respeito, a exposição de H. COHN, *ibid.*, pp. 78-79.

§ 49. Presunções e ficções em direito

1. Extraído da coletânea *Les présomptions et les fictions en droit*, Bruxelas, Bruylant, 1974, pp. 339-348, designado aqui por *P. e F*.
2. Cf. sua comunicação, "Structure et fonctions des présomptions juridiques", *P. e F*., pp. 43-71.
3. P. FORIERS, "Présomptions et fictions", *P. e F*., p. 10.
4. Cf. J. RIVERO, "Fictions et présomptions en droit public français", *P. e F*., p. 108.
5. Vide *P. e F*., p. 107.
6. Cf. J. E. KRINGS, "Fictions et présomptions en droit fiscal", *P. e F*., p. 164.
7. A. BAYART, "Peut-on éliminer les fictions du discours juridique?", *P. e F*., p. 32.
8. Cf. Ch. HUBERLANT, "La présomptions de connaissance de la loi dans le raisonnement juridique", *P. e F*., pp. 187-228; G. BOLAND, "La publication des lois et arrêtés, condition du caractère obligatoire et du délai de recours en annulation: présomptions ou fictions?", *P. e F*., pp. 22-257.
9. P. FORIERS, *P. e F*., p. 16.
10. Cf. J. RIVERO, *P. e F*., p. 104.
11. Cf. P. FORIERS, *P. e F*., p. 25. Cf. também Ch. PERELMAN, "A propósito da regra de direito, reflexões sobre método", *infra*, § 50.
12. Cf. Jean J. A. SALMON, "Le procédé de la fiction en droit international", *P. e F*., p. 120.
13. Cf. Jean J. A. SALMON, *P. e F*., p. 142.
14. Cf. L. SILANCE, "La personnalité juridique, réalité ou fiction?", *P. e F*., p. 314, e J. VAN COMPERNOLLE, "La personnalité juridique, fiction ou réalité", *P. e F*., p. 334.
15. Cf. L. SILANCE, *P. e F*., p. 282.
16. Cf. J. E. KRINGS, *P. e F*., p. 117.
17. M. WESER, "Présomptions et fictions en droit international privé", *P. e F*., p. 146.
18. Cf., a esse respeito, as judiciosas observações de J. E. KRINGS, *P. e F*., p. 185.
19. Cf. J. M. DELGADO-OCANDO, "La fiction juridique dans le Code Civil vénézuélien avec quelques références à la législation comparée", *P. e F*., p. 81.
20. Cf. A. VANWELKENHUYZEN, "La présomption de constitutionnalité de la loi et du décret en droit belge", *P. e F*., p. 263.
21. Cf. G. GOTTLIEB, *The Logic of Choice*, Londres, 1968, p. 44.

§ 50. *A propósito da regra de direito. Reflexões sobre método*

1. Extraído da coletânea *La règle de droit*, Bruxelas, Bruylant, 1971, pp. 313-323.
2. Cf. Marcel VAUTHIER, "Analyse d'une construction juridique: les actes détachables en droit administratif", *Journal des Tribunaux* de 22 de junho de 1951.
3. V. Corte de Cassação, 11 de junho de 1903, *Pas.*, 1903, I, p. 294.
4. Cassação de 15 de dezembro de 1966, *Pas.*, 1967, I, p. 471, v. *Journal des Tribunaux*, 1967, p. 150.
5. V. P. FORIERS, "Règles de droit, essai d'une problématique", *La règle de droit*, pp. 10-12.
6. Cassação de 26 de set. de 1961, *Pas.*, 1962, I, p. 96; Cassação de 13 de janeiro de 1970, *Pas.*, 1970, I, p. 399. Cf. o discurso solene da sessão inaugural pronunciado pelo procurador-geral GANSHOF VAN DER MEERSCH, "Propos sur le texte de la loi et les principes généraux du droit", *Journal des Tribunaux*, 1970, pp. 557-573 e 587-596 e, especialmente, as pp. 572-573 e 595-596.
7. Cf. R. LEGROS, "La règle de droit pénal", *La règle de droit*, pp. 242-259.
8. Ver H. BUCH, "La règle de droit en droit administratif", *La règle de droit*, p. 276.
9. *Le fait et le droit*, Bruxelas, Bruylant, 1961.
10. Cf. L. SILANCE, "La règle de droit dans le temps", *La règle de droit*, pp. 50-67.
11. Art. 119 do Código de Processo.
12. Cf. J. MIEDZIANAGORA, *Philosophies positives du droit et droit positif*, Paris, L.G.D.J., pp. 5-12.
13. Cf. *op. cit.*, pp. 38-53.
14. Ver. Ch. PERELMAN, "O problema das lacunas em direito", *infra*, § 53.
15. No volume *Essays in Jurisprudence in Honor of Roscoë Pound*, Bobbs & Merill, Indianápolis, 1962, pp. 192-221 e, especialmente, p. 205.
16. Ver C. W. CANARIS, "De la manière de constater et de combler les lacunes de la loi en droit allemand", *Le problème des lacunes en droit*, p. 172.
17. Cf. A. VANWELKENHUYZEN, "De quelques lacunes du droit constitutionnel belge", *Le problème des lacunes en droit*, pp. 347-350.
18. Ver. J. WRÓBLEWSKI, "La règle de décision dans l'application judiciaire du droit", *La règle de droit*, pp. 71, 80.

19. Ver J. MASQUELIN, "La formation de la règle de droit", *La règle de droit*, pp. 29-32.
20. Ver Z. ZIEMBINSKI, "Les lacunes de la loi dans le système juridique polonais et les méthodes utilisées pour les combler", *Le problème des lacunes en droit*, pp. 140-141.
21. Cf. G. GOTTLIEB, *The Logic of Choice*, Allen and Unwin, Londres, 1968, p. 44.
22. Cf. ILMAR TAMMELO, "La *ratio decidendi* et la règle de droit", *La règle de droit*, pp. 123-130.
23. Th. VIEHWEG, *Topik und Jurisprudenz*, 3ª ed., Beck, Munique, 1965.

§ 51. *A interpretação jurídica*

1. Publicado in *Archives de Philosophie du droit*, T, XVII, 1972, pp. 29-37.
2. W. J. GANSHOF VAN DER MEERSCH, *Propos sur le texte de la loi et les principes généraux du droit*, Bruxelas, Bruylant, 135 pp.
3. Cf. cassação belga de 11 de fevereiro de 1919 (*Pas.*, 1919, I, p. 9). Ver estudo de A. VANWELKENHUYZEN, "De quelques lacunes du droit constitutionnel belge", *in Le problème des lacunes en droit*, Bruxelas, Bruylant, 1968, pp. 347-350.
4. Cf. Z. ZIEMBINSKI, "Les lacunes de la loi dans le système juridique polonais contemporain et les méthodes utilisées pour les combler", *in ibid.*, p. 140.
5. Acórdão de 15 de julho de 1907 (*Pas.*, 1907, I, 334). Ver R. LEGROS, "Considérations sur les lacunes et l'interprétation en droit pénal", *in ibid.*, pp. 388-389.
6. Cf. H. ROMMEN, "Natural Law in Decisions of the Federal Supreme Court and of the Constitutional Court in Germany", *in Natural Law Forum*, 1959, pp. 1-25.
7. Cf. Ch. PERELMAN, "A propósito da regra de direito, reflexões sobre método", *supra*, § 50.
8. Acórdãos de 16 de maio de 1952 e de 16 de fevereiro de 1955 (cf. a esse respeito: R. VANDER ELST, "Antinomies en droit international privé", *in Les antinomies en droit*, estudos publicados por Ch. PERELMAN, Bruxelas, Bruylant, 1965, pp. 172-173.
9. Cf. Ch. PERELMAN, "As antinomias em direito, tentativa de síntese", *infra*, § 52.

10. V. Baba Metzia 59 a-b. "Agradeço a Robert DREYFUS, grão-rabino da Bélgica, que teve a gentileza de, a pedido meu, traduzir o texto citado.
11. Cf. J. STONE, *Legal System and Lawyer's Reasonings*, Londres, Stevens, 1964, cap. XII.
12. Librairie Générale de Droit et de Jurisprudence, Paris, 1970.
13. V., quanto ao que precede, J. MIEDZIANAGORA, *op. cit.*, pp. 5-12.
14. *Ibid.*, pp. 38-53.
15. Cf. J. TAMMELO, "La *ratio decidendi* et la règle de droit", in *La règle de droit, op. cit.*, pp. 125-126.

§ 52. *As antinomias em direito*

1. Extraído da coletânea *Les antinomies en droit*, Bélgica, Bruylant, 1965, pp. 392-404, designado aqui por *Les antinomies*.
2. Cassação belga, 16 de maio de 1952, *Journal des Tribunaux*, 1953, p. 58.
3. Cassação belga, câmaras reunidas, 16 de fevereiro de 1955, *Journal des Tribunaux*, 1955, p. 249.
4. Cf. a comunicação de R. VANDER ELST, "Antinomies en droit international privé", in *Les antinomies*, pp. 138-176.
5. Cf. o estudo de P. FORIERS, "Les antinomies entre dispositions de droit communautaire et dispositions de droit interne", *Les antinomies*, pp. 320-326.

§ 53. *O problema das lacunas em direito*

1. Extraído da coletânea *Le problème des lacunes en droit*, Bruxelas, Bruylant, 1968, pp. 537-552, designado aqui por *Les lacunes*.
2. Teremos a oportunidade de voltar à possibilidade do "non liquet" defendida pelo professor Stone.
3. Ch. HUBERLANT, "Les mécanismes institués pour combler les lacunes de la loi", *Les lacunes*, p. 66.
4. R. SAVATIER, "Les creux du droit positif au rythme des métamorphoses d'une civilisation", *Les lacunes*, pp. 521-535.
5. J. STONE, "Non liquet and the international judicial function", *Les lacunes*, pp. 305-311.

6. Como ressalta nitidamente da exposição de J. J. A. SALMON, "Quelques observations sur les lacunes en droit international public", *Les lacunes*, pp. 328 ss.

7. L. DUCHATELET, "Le problème de la lacune en législation sociale", *Les lacunes*, p. 429.

8. Cassação de 24 de dezembro de 1956, *Pas.*, 1956, I, 466.

9. J. GILISSEN, "Le problème des lacunes du droit dans l'évolution du droit médiéval et moderne", *Les lacunes*, pp. 197-246.

10. Cf. Ch. HUBERLANT, *Les lacunes*, p. 54.

11. Cf. *ibid.*, p. 52.

12. Cf. *ibid.*, p. 54, bem como J. GILISSEN, *Les lacunes*, p. 240.

13. Ch. HUBERLANT, *Les lacunes*, p. 53, e P. FORIERS, "Les lacunes du droit", *Les lacunes*, p. 12.

14. Cf. W. ONCLIN, "Les lacunes de la loi en droit canonique", *Les lacunes*, p. 184.

15. G. TEDESCHI, "Article 46 of the Palestine Order in Council and the Existence of Lacunæ", *Les lacunes*, pp. 275-304.

16. C.W. CANARIS, "De la manière de constater et de combler les lacunes en droit allemand", *Les lacunes*, p. 162.

17. H. BUCH, "Les lacunes en droit administratif", *Les lacunes*, pp. 455 ss.

18. R. LEGROS, "Considérations sur les lacunes et l'interprétation en Droit", *Les lacunes*, p. 388.

19. Comunicação da Sra. M.-Th. MOTTE e dos Srs. P. FORIERS, R. DEKKERS, Ch. PERELMAN, "Essais de logique juridique", *Journal des Tribunaux*, 22 de abril de 1956, pp. 261-274.

20. *Ibid.*, pp. 269, 272 e 274.

21. Cf. E. KRINGS, "Les lacunes en droit fiscal", *Les lacunes*, pp. 469 ss.

22. R. VANDER ELST, "Lacunes en droit international privé", *Les lacunes*, pp. 418 ss.

23. Cf. "As antinomias em direito", *supra*, § 52.

24. Cf. Luc SILANCE, "Un moyen de combler les lacunes en droit: l'induction amplifiante", *Les lacunes*, p. 489.

25. E. WOLF, "Les lacunes en droit et leur solution en Droit suisse", *Les lacunes*, p. 110.

26. *Pas.*, 1946, I, 156.

27. Cf. F. TERRÉ, "Les lacunes en droit", *Les lacunes*, p. 148.

28. Cf. Ch. PERELMAN, "A regra de justiça", *supra*, § 3.

29. Reproduzido e comentado *in Journal des Tribunaux* de 17 de dezembro de 1966, nº 4554, pp. 739-741.

30. A. VAN WELKENHUYZEN, "De quelques lacunes en droit constitutionnel belge", *Les lacunes*, p. 348.
31. K. ENGISCH, *Einführung in das juristische Denken*, Stuttgart, Kohlhammer, 3ª ed., 1964, pp. 139-141.
32. Cf. C.W. CANARIS, *op. cit.*, *Les lacunes*, p. 172.
33. Cf. acórdão do Conselho de Estado, 18 de dezembro de 1964, nº 10.944.
34. Z. ZIEMBINSKI, "Les lacunes de la loi dans le système juridique polonais contemporain et les méthodes utilisées pour les combler", *Les lacunes*, p. 134.
35. Ver "A propósito da regra de direito. Reflexões sobre método", *supra*, pp. 610-621.

§ 54. *As noções com conteúdo variável em direito*

1. Exposição feita no CNRL (Centro Nacional de Pesquisas de Lógica), em 20 de abril de 1983, publicado *in Les notions à contenu variable en droit*, Bruxelas, Bruylant, 1984.
2. Cf. Fr. RIGAUX, "Les notions à contenu variable en droit international privé", *op. cit.*, pp. 237-249.
3. Cf. G. GOTTLIEB, *The Logic of Choice*, Londres, Allen & Unwin, 1968, p. 44.
4. Cf. Ch. PERELMAN (org.), *Le problème des lacunes en droit*, Bruxelas, Bruylant, 1968, e *Les antinomies en droit*, Bruxelas, Bruylant, 1965.
5. Cf. Ch. PERELMAN, *Logique juridique*, Paris, Dalloz, 1972², §§ 27 a 30, e, mais especialmente, meu artigo "O razoável e o desarrazoado em direito", *supra*, pp. 427-437.
6. Cf. J. CARBONNIER, "Les notions à contenu variable dans le droit français de la famille", *Les notions à contenu variable en droit*, pp. 99-112.
7. Cf. H. BAUER-BERNET, "Notions indéterminées et droit communautaire", *ibid.*, pp. 269-295.
8. Cf. J. GILISSEN, "Collaboration avec l'ennemi, sécurité de l'État, incivisme, notions à contenu variable", *ibid.*, pp. 296-327.
9. Cf. J. VERHAEGEN, "Notions floues en droit pénal", *ibid.*, pp. 7-19.
10. Cf. R. LEGROS, "Notions à contenu variable en droit pénal", *ibid.*, pp. 21-35.
11. Cf. J. PERRIN, "Comment le juge suisse détermine-t-il les notions juridiques à contenu variable?", *ibid*, pp. 201-235.

12. Cf. G. FRANSEN, "Les notions à contenu variable en droit canonique", *ibid.*, pp. 337-349.

13. Cf. G. T. CHRISTIE, "Due Process of Law – A Confused and Confusing Notion", *ibid.*, pp. 157-179.

14. Cf. G. HAARSCHER, "Les droits de l'homme, notion à contenu variable", *ibid.*, pp. 329-355.

15. Cf. W. SCHRECKENBERGER, *Rhetorische Semiotik, Analyse von Texten des Grundgesetzes und von rhetorischen Grundstructuren der Argumentation des Bundesverfassungsgerichts*, Freiburg, Alber, 1978.

16. Cf. St. RIALS, "Les standards – notions critiques du droit", *Les notions à contenu variable en droit*, pp. 39-53.

17. Cf. J. J. A. SALMON, "Les notions à contenu variable en droit international public", *ibid.*, pp. 251-268.

18. Cf. A. VANWELKENHUYZEN, "La séparation des pouvoirs, notion à contenu variable", *ibid.*, pp. 113-129.

19. Cf. R. ZIPPELIUS, "Rechtsgewinnung durch experimentierendes Denken", *ibid.*, pp. 351-361.

20. Cf. J. GHESTIN, "Ordre public, notion à contenu variable en droit privé français", *ibid.*, pp. 77-97.

21. Cf. G. BOLAND, "La notion d'urgence dans la jurisprudence du Conseil d'État de Belgique", *Le fait et le droit*, Bruxelas, 1961, pp. 170-186.

22. Cf. N. McCORMICK, "On Reasonableness", *Les notions à contenu variable en droit*, pp. 131-155.

23. P. FORIERS, "Le raisonnement practique, le raisonnable et ses limites", *Revue Internationale de Philosophie*, n.º 127-128, 1979, pp. 303-324.

24. Cf. H. BAUER-BERNET, "Notions indéterminées et droit communautaire", *Les notions à contenu variable en droit*, pp. 269-295.

25. *Ibid.*, p. 278.

26. Cf. G. LEIBHOLZ, *Die Gleichheit vor dem Gesetz*, Beck, Munique, 1959^2.

27. Cf. C. STARCK, "L'égalité en tant que mesure du droit", *Les notions à contenu variable en droit*, pp. 181-199, bem como Ch. PERELMAN, "Égalité et intérêt général", *L'égalité*, VIII, Bruxelas, Bruylant, 1982, pp. 615-624.

28. Cf. A. SCHNEEBALG, "Les récents développements en matière d'égalité des sexes dans le droit des États-Unis", *in ibid.*, Bruxelas, 1982, pp. 519-531.

29. Cf. N. LAHAYE, "Outrage aux mœurs, infraction à contenu variable", *Les notions à contenu variable en droit*, pp. 55-75.

30. Cf. J. PERRIN, "Comment le juge suisse détermine-t-il les notions juridiques à contenu variable", *ibid.*, p. 223.

§ 55. *O uso e o abuso das noções confusas*

1. Versão original de uma conferência feita em 28 de janeiro de 1978 no seminário "Rhetoric and Public Policy" na Universidade de Iowa, Publicada *in Logique et analyse*, Bruxelas, n° 81, 1978, pp. 3-17.

2. SINNREICH, *Zur philosophie der idealen Sprache*, D.T.W., Munique, 1972.

3. Cf. A. CHURCH, *Introdution to Mathematical Logic*, vol. I, Princeton University Press, 1956, pp. 50-52.

4. Cf. no tocante a isso e ao que se segue, meu artigo: "Perspectives rhétoriques sur les problèmes sémantiques", *in Logique et analyse*, 67-68, 1974, pp. 242-252.

5. PASCAL, *Pensées*, *in Œuvres*, Bibliothèque de la Pléiade, p. 1.003 (687, ed. Brunschvicg).

6. J. MARITAIN, *Autour de la nouvelle déclaration universelle des droits de l'homme*, textos reunidos pela UNESCO, Paris, Sagittaire, 1949, p. 12.

7. Cf. "Da justiça", *supra*, p. 7.

8. *Ibid.*, pp. 17-20.

9. Cf. C.L. STEVENSON, "Persuasive definitions", *Mind*, julho de 1938.

10. J. BENTHAM, *Œuvre*, Bruxelas, 1840, t. I, p. 481.

1ª edição julho de 1996 | 2ª edição novembro de 2005 | 1ª reimpressão fevereiro de 2011
Diagramação Studio 3 | **Fonte** Times New Roman | **Papel** Offset 75g/m²
Impressão e acabamento Cromosete